Charlotte Brontë
Jane Eyre

Charlotte Brontë

Jane Eyre

Die Waise von Lowood

Eine Autobiografie

Aus dem Englischen von
Marie von Borch

Vollständig neu überarbeitet von
Martin Engelmann

Anaconda

Die englische Originalausgabe erschien 1847 bei Smith, Elder & Co., London, unter dem Titel *Jane Eyre. An Autobiography. Edited by Currer Bell.*

Die erste deutsche Ausgabe in der Übersetzung von M. v. Borch erschien 1888 bei Philipp Reclam jun., Leipzig, unter dem Titel *Jane Eyre, die Waise von Lowood. Eine Autobiographie von Currer Bell.*

Die Deutsche Nationalbibliothek verzeichnet diese Publikation in der Deutschen Nationalbibliografie; detaillierte bibliografische Daten sind im Internet unter http://dnb.d-nb.de abrufbar.

Lizenzausgabe mit freundlicher Genehmigung
© 2008 Anaconda Verlag GmbH, Köln
© Aufbau Media GmbH, Berlin, 2008 (für die revidierte Übersetzung)
Alle Rechte vorbehalten.
Umschlagmotiv: Frederic Leighton (1830–96), »Study of a Lady«,
Private Collection, © Whitford & Hughes, London / bridgemanart.com
Umschlaggestaltung: www.katjaholst.de
Satz und Layout: GEM mbH, Ratingen
Printed in Czech Republic 2008
ISBN 978-3-86647-228-0
info@anaconda-verlag.de

Erstes Kapitel

Es war ganz unmöglich, an diesem Tag einen Spaziergang zu machen. Am Morgen waren wir zwar noch eine ganze Stunde in den blätterlosen, jungen Anpflanzungen umhergewandert, aber seit dem Mittagessen – Mrs. Reed speiste stets zu früher Stunde, wenn keine Gäste zugegen waren – hatte der kalte Winterwind so düstere, schwere Wolken und einen so durchdringenden Regen mit sich gebracht, dass von weiterer Bewegung im Freien nicht mehr die Rede sein konnte.

Ich war von Herzen froh darüber, denn lange Spaziergänge waren mir stets zuwider, besonders an frostigen Nachmittagen. Ich fand es furchtbar, in der rauen Dämmerstunde nach Hause zu kommen, mit fast erfrorenen Händen und Füßen und mit einem vom Schimpfen der Kinderfrau Bessie schweren Herzen, gedemütigt durch das Bewusstsein meiner körperlichen Minderwertigkeit gegenüber Eliza, John und Georgiana Reed.

Eliza, John und Georgiana hatten sich gerade im Salon um ihre Mama versammelt. Diese ruhte auf einem Sofa in der Nähe des Kamins, umgeben von ihren Lieblingen, die zufälligerweise in diesem Moment weder zankten noch schrien, und sah vollkommen glücklich aus. Mich hatte sie davon befreit, mich dieser Gruppe anzuschließen: Sie bedauere es zutiefst, sei aber gezwungen, mich fernzuhalten, solange sie nicht selbst oder durch Bessies Worte überzeugt sei, dass ich ernsthaft versuche, mir anziehendere und freundlichere Manieren, einen kindlicheren, geselligeren Charakter und ein leichteres, offenherzigeres, natürlicheres Benehmen anzueignen. Bis dahin müsse Sie mich aber leider von allen Vorrechten ausschließen, die nur für zufriedene, glückliche kleine Kinder gedacht seien.

»Was sagt denn Bessie, dass ich getan habe?«, fragte ich.

»Jane, ich liebe weder Spitzfindigkeiten noch Fragen; außerdem ist es geradezu widerlich, wenn ein Kind ältere Leute in dieser Weise zur Rede stellt. Sofort setzt du dich irgendwohin und schweigst, bis du höflicher reden kannst!«

An das Wohnzimmer grenzte ein kleines Frühstückszimmer, in das ich hineinschlüpfte. Hier stand ein großer Bücherschrank. Ich ergriff einen dicken Band, wobei ich sorgsam darauf achtete, dass er auch bebildert war. Dann kletterte ich auf den Sitz in der Fenstervertiefung, zog die Füße hoch und kreuzte die Beine wie ein Türke. Schließlich zog ich die roten Wollvorhänge fest zusammen und war auf diese Weise doppelt versteckt.

Scharlachrote Stofffalten verdeckten mir die Aussicht nach rechts; links befanden sich die großen, klaren Fensterscheiben, die mich vor dem düsteren Novembertag schützten, mich aber nicht von ihm trennten. In kurzen Momenten, wenn ich die Seiten meines Buches umblätterte, fiel mein Blick auf den Winternachmittag. In der Ferne lagen Wolken über einem blassen, leeren Nebel, davor in endlosem Regen die freie Rasenfläche mit ihren entlaubten, sturmgepeitschten Sträuchern.

Ich kehrte zu meinem Buch zurück, es war Bewicks »Britische Vogelkunde«. Im Allgemeinen kümmerte ich mich wenig um den gedruckten Text, und doch waren da einige einleitende Seiten, welche ich nicht gänzlich übergehen konnte. Sie handelten von den Verstecken der Seevögel, von jenen einsamen Felsen und Klippen, die nur ihnen gehören, und von der Küste Norwegens, die von ihrer äußersten südlichen Spitze, dem Lindesnes, bis hinauf zum Nordkap mit Inseln übersät ist:

»Wo der nördliche Ozean, in wildem Wirbel
Um die nackten, öden Inseln tobt
Des fernen Thule; und das atlantische Meer
Sich stürmisch zwischen die Hebriden wälzt.«

Auch konnte ich nicht unbeachtet lassen, was dort stand über die düsteren Küsten Lapplands und Sibiriens, über die Küsten von Spitzbergen, Nowaja Semlja, Island und Grönland, den endlosen Bereich der arktischen Zone und jene einsamen Regionen leeren Raumes – jenes »Reservoir von Eis und Schnee, wo fest gefrorene Eisfelder, durch Jahrhunderte des Winters auf alpine Höhen geschichtet, den Nordpol umgeben und zu einem Ort der strengsten, äußersten Kälte vereinigt sind«. Von diesen todesweißen Regionen machte ich mir meine eigenen Vorstellungen: schattenhaft, wie alle nur halb verstandenen Gedanken im Kopf eines Kindes, aber einen seltsam tiefen Eindruck hinterlassend. Die Worte dieser einleitenden Seiten verbanden sich mit den darauffolgenden Vignetten und gaben ihnen eine tiefere Bedeutung: jenem Felsen, der aus einem Meer von Wellen und Wogenschaum emporragte; dem zertrümmerten Boot, das an traurig-wüster Küste gestrandet war; dem kalten, geisterhaften Mond, der durch düstere Wolkenmassen auf ein sinkendes Wrack herabblickt.

Ich weiß nicht mehr, mit welchen Empfindungen ich auf den stillen, einsamen Friedhof mit seinem beschrifteten Grabstein sah, auf jenes Tor, die beiden Bäume, den niedrigen Horizont, der durch eine zerfallene Mauer begrenzt war, auf die schmale Mondsichel, die die Stunde der Abendflut bezeichnete.

Die beiden Schiffe, welche auf regungsloser, windstiller See lagen, hielt ich für Meeresungeheuer.

Über den Unhold, welcher sich sein Diebesbündel auf den Rücken schnürte, eilte ich flüchtig hinweg; er war ein Gegenstand des Schreckens für mich.

Ein gleiches Entsetzen flößte mir das schwarze, gehörnte Etwas ein, das hoch auf einem Felsen saß und eine Menschenmenge in weiter Ferne beobachtete, die um einen Galgen stand.

Jedes Bild erzählte eine Geschichte. Oft war diese für meinen noch nicht entwickelten Verstand geheimnisvoll und meinem unbestimmten Empfinden unverständlich, stets aber flößte sie mir das tiefste Interesse ein: dasselbe Interesse, mit welchem ich den Erzählungen Bessies lauschte, wenn sie zuweilen an Winterabenden in guter Laune war. Dann pflegte sie, ihr Bügelbrett an das Kaminfeuer des Kinderzimmers zu bringen und erlaubte uns, unsere Stühle heranzurücken. Und während sie Mrs. Reeds Spitzenmanschetten bügelte und die Rüschen ihrer Nachthauben kräuselte, erfreute sie uns mit Erzählungen von Liebesgram und Abenteuern aus alten Märchen und noch älteren Balladen, oder – wie ich erst viel später entdeckte – aus den Romanen »Pamela« und »Henry, Graf von Moreland«.

Mit dem »Bewick« auf meinen Knien war ich damals glücklich, glücklich wenigstens auf meine Art. Ich fürchtete nichts als eine Unterbrechung, eine Störung – und diese kam nur zu bald. Die Tür zum Frühstückszimmer wurde geöffnet.

»Oho, Madam Trübsal!«, ertönte John Reeds Stimme. Dann hielt er inne, augenscheinlich war er erstaunt, das Zimmer leer zu finden.

»Wo zum Teufel ist sie denn?«, fuhr er fort. »Lizzy! Georgy!«, rief er seinen Schwestern zu, »Jane ist nicht hier. Sagt Mama, dass sie in den Regen hinausgelaufen ist – dieses Biest!«

›Wie gut, dass ich den Vorhang zugezogen habe‹, dachte ich, und dann wünschte ich inbrünstig, dass er mein Versteck nicht entdecken möge. John Reed allein würde es auch niemals entdeckt haben – er war langsam, sowohl im Begreifen wie in seinem Wahrnehmungsvermögen – aber Eliza steckte den Kopf zur Tür herein und sagte sofort:

»Sie ist gewiss wieder in die Fenstervertiefung gekrochen, sieh nur da nach, Jack.«

Ich kam sofort heraus, denn ich zitterte bei dem Gedanken, dass Jack mich hervorzerren würde.

»Was möchtest du?«, fragte ich mit schlecht geheuchelter Gleichgültigkeit.

»Sag: ›Was wünschen Sie, Mr. Reed?‹«, lautete seine Antwort. »Ich will, dass du hierher kommst!« Und indem er in einem Lehnstuhl Platz nahm, gab er mir durch eine Geste zu verstehen, dass ich näher kommen und vor ihn treten solle.

John Reed war ein Schuljunge von vierzehn Jahren – vier Jahre älter als ich, denn ich war erst zehn Jahre alt. Er war groß und stark für sein Alter, hatte eine unreine, ungesunde Haut, grobe Züge in einem breiten Gesicht, schwerfällige Gliedmaßen und große Hände und Füße. Gewöhnlich pflegte er sich bei Tisch so vollzustopfen, dass er gallig wurde und trübe Augen und schlaffe Wangen bekam. Eigentlich hätte er jetzt in der Schule sein müssen, aber seine Mama hatte ihn für ein bis zwei Monate nach Hause geholt, »seiner zarten Gesundheit wegen«. Mr. Miles, der Direktor der Schule, versicherte, dass es ihm außerordentlich gut gehen würde, wenn man ihm nur weniger Kuchen und Leckerbissen von zu Hause schicken wollte, aber das Herz der Mutter empörte sich über eine so rohe Behauptung und neigte mehr zu der feineren und zarteren Ansicht, dass Johns Blässe von Überanstrengung beim Lernen und vielleicht auch von Heimweh herrühre.

John hegte wenig Liebe für seine Mutter und seine Schwestern – und eine starke Antipathie gegen mich. Er quälte und bestrafte mich, nicht zwei- oder dreimal in der Woche, nicht ein- oder zweimal am Tage, sondern fortwährend und unaufhörlich. Jeder Nerv in mir fürchtete ihn, und jeder Zollbreit Fleisch auf meinen Knochen schauderte und zuckte, wenn er in meine Nähe kam. Es gab Augenblicke, wo der Schrecken, den er mir einflößte, mich ganz verrückt machte, denn ich hatte niemanden, der mich gegen seine Drohungen und seine Tätlichkeiten verteidigte. Die Dienerschaft wagte es nicht, ihren jungen Herren zu beleidigen, indem sie für mich gegen ihn Partei ergriff, und Mrs. Reed war in diesem Punkte blind und taub: Sie sah niemals, wenn er mich schlug, sie hörte niemals, wenn er mich beschimpfte, obgleich er beides gar oft in ihrer Gegenwart tat, häufiger jedoch noch hinter ihrem Rücken.

Aus Gewohnheit gehorchte ich John auch dieses Mal und näherte mich seinem Stuhl. Eine schier endlose Zeit brachte er damit zu, mir seine Zunge so weit entgegenzustrecken, wie er es ohne Gefahr für seine Zungenbänder bewerkstelligen konnte. Ich fühlte, dass er mich jetzt gleich schlagen würde, und obgleich ich eine furchtbare Angst vor dem kommenden Schlag empfand, vermochte ich doch über die ekelerregende und hässliche Erscheinung des Burschen, der mich gleich schlagen würde, meine Betrachtungen anzustellen. Ich weiß nicht, ob er diese Gedanken auf meinem Gesicht las, denn plötzlich, ohne ein Wort zu sagen, schlug er heftig und brutal auf mich los. Ich taumelte, dann gewann ich das Gleichgewicht wieder und trat einige Schritte von seinem Stuhl zurück.

»Das ist für die Frechheit, dass du vor einer Weile Mama eine unverschämte Antwort gegeben hast«, sagte er, »und dass du gewagt hast, dich hinter dem Vorhang zu verkriechen, und für den Blick in deinen Augen vor zwei Minuten, du Ratte, du!«

An Johns Beschimpfungen gewöhnt, fiel es mir niemals ein, irgendetwas auf dieselben zu erwidern; ich dachte immer nur daran, den Schlag zu ertragen, der unfehlbar auf die Schimpfworte folgen würde.

»Was hast du da hinter dem Vorhang gemacht?«, fragte er weiter.

»Ich habe gelesen.«

»Zeig mir das Buch!«

Ich ging an das Fenster zurück und holte es.

»Du hast kein Recht, unsere Bücher zu nehmen, du bist eine Untergebene, hat Mama gesagt. Du hast kein Geld, dein Vater hat dir keins hinterlassen, eigentlich solltest du betteln und hier nicht mit den Kindern eines Gentleman, wie wir es sind, zusammenleben, und dieselben Mahlzeiten essen wie wir, und Kleider tragen, die unsere Mama dir kaufen muss. Nun, ich werde dich lehren, zwischen meinen Büchern herumzustöbern, denn sie gehören mir, und das ganze Haus gehört mir oder wird mir wenigstens in einigen Jahren gehören. Geh und stell dich an die Tür; weg vom Spiegel und den Fenstern!«

Ich tat, wie mir geheißen, ohne eine Ahnung von seiner Absicht zu haben. Als ich aber gewahrte, dass er das Buch emporhob und mit demselben zielte, sprang ich instinktiv zur Seite und stieß einen Schreckensschrei aus – jedoch nicht schnell genug: Das Buch traf mich, ich fiel hin, schlug mit dem Kopf gegen die Tür und verletzte mich. Die Wunde blutete, der Schmerz war heftig; mein Entsetzen aber hatte den Höhepunkt überschritten und andere Empfindungen bemächtigten sich meiner.

»Du gemeiner Kerl!«, schrie ich. »Du bist wie ein Mörder – wie ein Sklaventreiber – du bist wie die römischen Kaiser!«

Ich hatte Goldsmiths »Geschichte Roms« gelesen und mir meine eigene Ansicht über Nero, Caligula und andere gebildet. Im

Stillen hatte ich schon meine Vergleiche gezogen, welche laut zu äußern allerdings niemals meine Absicht gewesen war.

»Was, was?«, schrie er. »Hat sie *das* zu mir gesagt? Habt ihr es gehört, Eliza und Georgiana? Das will ich Mama erzählen! Aber vorher ...«

Er stürzte auf mich zu; ich fühlte, wie er meine Haare und meine Schulter fasste. Doch er kämpfte mit einem verzweifelten Geschöpf: Ich sah wirklich einen Tyrannen in ihm, einen Mörder. Ich fühlte, wie einzelne Blutstropfen von meinem Kopf auf den Hals herabfielen, und empfand einen stechenden Schmerz. Diese Empfindungen siegten für den Augenblick über die Furcht und ich trat ihm in wahnsinniger Wut entgegen. Was ich mit meinen Händen tat, kann ich nicht mehr sagen, aber er schrie fortwährend »Ratte! Ratte!«, und brüllte aus Leibeskräften. Hilfe für ihn war sofort zur Stelle: Eliza und Georgiana waren gelaufen, um Mrs. Reed zu holen, die nach oben gegangen war. Jetzt erschien sie auf der Szene, und ihr folgten Bessie und ihre Zofe Abbot. Man trennte uns, dann hörte ich die Worte:

»Mein Liebling, mein Liebling! – Welch eine Furie, so auf Mr. John loszustürzen!«

»Hat man jemals ein so leidenschaftliches Geschöpf gesehen?«

Und Mrs. Reed verfügte: »Bringt sie in das Rote Zimmer und schließt sie dort ein!«

Vier Hände bemächtigten sich meiner und man trug mich nach oben.

Zweites Kapitel

Auf dem ganzen Weg leistete ich Widerstand; dies war etwas Neues und ein Umstand, der viel dazu beitrug, Bessie und Miss Abbot in der schlechten Meinung zu bestärken, welche diese ohnehin schon von mir hegten. Tatsache ist, dass ich vollständig außer mir war. Ich wusste sehr wohl, dass die Empörung dieses einen Augenblicks mir schon außergewöhnliche Strafen zugezogen haben musste, daher war ich in meiner Verzweiflung wie jeder rebellische Sklave fest entschlossen, nun bis ans Äußerste zu gehen.

»Halten Sie ihre Arme fest, Miss Abbot, sie ist wie eine wilde Katze.«

»Schämen Sie sich! Schämen Sie sich!«, rief die Zofe. »Welch ein abscheuliches Betragen, Miss Eyre, einen jungen Gentleman zu schlagen! Den Sohn Ihrer Wohltäterin! Ihren jungen Herrn!«

»Herr? Wieso ist er mein Herr? Bin ich denn eine Dienerin?«

»Nein, Sie sind weniger als eine Dienerin, denn Sie tun nichts, Sie arbeiten nicht für Ihren Unterhalt. Da! Setzen Sie sich und denken Sie über Ihre Bosheit nach!«

Sie hatten mich inzwischen in den von Mrs. Reed genannten Raum gebracht und mich auf einen Stuhl geworfen. Mein erster Impuls war, wie eine Sprungfeder emporzuschnellen, jedoch drückten mich vier Hände augenblicklich wieder zurück.

»Wenn Sie nicht still sitzen, werden wir Sie festbinden«, sagte Bessie. »Miss Abbot, borgen Sie mir Ihre Strumpfbänder, die meinen würde sie augenblicklich zerreißen.«

Miss Abbot wandte sich ab, um ein starkes Bein von den notwendigen Banden zu befreien. Die Vorbereitungen, mir Fesseln anzulegen, und die Schande, die dies für mich bedeutete, dämpften meine Aufregung ein wenig.

»Nehmen Sie sie nicht ab«, weinte ich, »ich werde ganz still sitzen!«

Um ihnen für dieses Versprechen eine Garantie zu bieten, hielt ich mich mit beiden Händen an meinem Sitz fest.

»Das möchte ich Ihnen auch raten«, sagte Bessie, und als sie sich überzeugt hatte, dass ich wirklich anfing, mich zu beruhigen, ließ sie mich los. Dann stellten sie und Miss Abbot sich mit gekreuzten Armen vor mich und blickten finster und zweifelnd in mein Gesicht, als glaubten sie nicht an meinen gesunden Verstand.

»Das hat sie bis jetzt noch niemals getan«, sagte Bessie endlich zur Kammerzofe.

»Aber es hat schon lange in ihr gesteckt«, lautete die Antwort. »Ich habe der gnädigen Frau schon oft meine Meinung über das Kind gesagt, und sie hat mir auch beigestimmt. Sie ist ein verschlagenes kleines Ding: Ich habe noch nie ein Mädchen in ihrem Alter gesehen, das so hinterlistig war.«

Bessie antwortete nicht. Nach einer Weile wandte sie sich zu mir und sagte:

»Fräulein, Sie sollten doch wissen, dass Sie Mrs. Reed verpflichtet sind, sie versorgt Sie schließlich. Wenn sie Sie fortschickte, so müssten Sie ins Armenhaus gehen.«

Auf diese Worte hatte ich nichts zu erwidern; sie waren mir nicht neu. Soweit ich in meinem Leben zurückdenken konnte, war ich schon immer auf diese Umstände hingewiesen worden. Der Vorwurf meiner Abhängigkeit war in meinen Ohren schon fast zur leeren, bedeutungslosen Leier geworden, sehr schmerzlich und bedrückend zwar, aber nur halb verständlich. Nun fiel auch Miss Abbot ein:

»Und glauben Sie ja nicht, dass Sie mit den Fräulein Reed und Mr. Reed auf gleicher Stufe stehen, weil Mrs. Reed Ihnen gütig erlaubt, mit ihren Kindern erzogen zu werden. Diese werden einmal ein großes Vermögen haben, und Sie sind arm. Sie müssen demütig und bescheiden sein und versuchen, sich den anderen angenehm zu machen.«

»Was wir Ihnen sagen, ist zu Ihrem Besten«, fügte Bessie in weicherem Ton hinzu. »Sie sollten versuchen, sich nützlich und angenehm zu machen, dann werden Sie hier vielleicht eine Heimat finden; wenn Sie aber heftig, roh und ungezogen sind, so wird Mrs. Reed Sie fortschicken, davon bin ich fest überzeugt.«

»Außerdem«, sagte Miss Abbot, »wird Gott Sie strafen. Er könnte Sie mitten in Ihrem Trotz tot zu Boden fallen lassen, und wohin kämen Sie dann? Kommen Sie, Bessie, wir wollen sie allein lassen: Um keinen Preis der Welt möchte ich ihr Herz haben. Sagen Sie Ihr Gebet, Miss Eyre, wenn Sie allein sind, denn wenn Sie nicht bereuen, könnte etwas Schreckliches durch den Kamin herunterkommen und Sie holen.«

Sie gingen hinaus und schlossen die Tür hinter sich ab.

Das Rote Zimmer war ein Gästezimmer, in dem nur selten jemand schlief; man könnte beinahe sagen niemals oder nur dann, wenn ein übergroßer Besucherstrom auf Gateshead Hall es notwendig machte, alle Räumlichkeiten des Hauses zu nutzen. Und doch war das Zimmer eines der schönsten und prächtigsten Gemächer des Herrenhauses. Wie ein Tabernakel stand ein Bett im Mittelpunkt des Raumes, von massiven Mahagonipfeilern getragen und mit Vorhängen von dunkelrotem Damast behängt. Die beiden großen Fenster, deren Jalousien immer herabgelassen waren, wurden durch Gehänge und Faltendraperien des gleichen Stoffes halb verhüllt. Der Teppich war rot und auch der Tisch am Fußende des Bettes war mit einer tiefroten Decke belegt. Die Wände waren mit einem Stoff behängt, der auf lichtbraunem Grund ein zartes rosa Muster trug; die Garderobe, der Toilettentisch, die Stühle waren aus dunklem, poliertem Mahagoni angefertigt. Aus diesen düsteren Schatten erhoben sich hoch und glänzend die aufgehäuften Matratzen und Kopfkissen des Bettes, über die eine schneeweiße Decke gebreitet war. Ebenso unheimlich stach ein großer, gepolsterter, ebenfalls weißer Lehnstuhl hervor, der am Kopfende des Bettes stand und vor dem sich ein Fußschemel befand; damals erschien er mir wie ein geisterhafter Thron.

Das Zimmer war kalt, weil hier nur selten ein Feuer angezündet wurde; es war still, weil es weit vom Kinderzimmer und der Küche entfernt lag; und es war unheimlich, weil ich wusste, dass fast nie jemand das Zimmer betrat. Nur am Sonnabend kam das Hausmädchen hierher, um den stillen Staub einer Woche von den Möbeln und den Spiegeln zu wischen; und in großen Abständen kam auch Mrs. Reed, um den Inhalt einer gewissen Schublade zu kontrollieren, in welcher sich verschiedene Urkunden, ihre Juwelenschatulle und ein Miniaturbild ihres verstorbenen Gatten befanden. Und hierin bestand auch das Geheimnis des Roten Zimmers, der Zauberbann, weshalb es trotz seiner Pracht so einsam und verlassen war.

Mr. Reed war seit neun Jahren tot. In diesem Zimmer hatte er seinen letzten Atemzug getan, hier lag er aufgebahrt, von hier hatten die Leichenträger ihn hinausgetragen, und seit jenem Tag hatte ein weihevoll-düsteres Gefühl mögliche Besucher von der Schwelle des Raumes ferngehalten.

Der Sitz, auf welchen Bessie und die bitterböse Miss Abbot mich gebannt hatten, war eine niedrige Ottomane, welche nahe dem weißen Marmorkamin stand. Das Bett türmte sich vor mir auf; zu meiner Rechten befand sich ein hoher dunkler Garderobenschrank, auf dessen Täfelung sich matte, düstere Lichter brachen; zu meiner Linken waren die verhängten Fenster. Ein großer Spiegel zwischen ihnen wiederholte die leere Majestät von Bett und Zimmer. Ich war nicht mehr ganz sicher, ob sie die Tür zugeschlossen hatten, und als ich wieder Mut genug hatte, um mich zu bewegen, stand ich auf und sah nach. Aber ach, keine Kerkertür war jemals sicherer verschlossen! Als ich wieder an die Ottomane zurückging, musste ich an dem Spiegel vorüber, und mein gebannter Blick bohrte sich unwillkürlich in die Tiefe desselben ein. In ihm sah alles noch kühler, hohler und düsterer aus als in Wirklichkeit, und die seltsame, kleine Gestalt, die mir aus ihm entgegenblickte, mit weißem Gesicht und Armen, die grell aus der Dunkelheit hervorleuchteten, mit Augen, die vor Furcht hin- und herrollten, wo sonst alles bewegungslos war – diese kleine Gestalt sah aus wie ein wirkliches Gespenst. Ich dachte an eines jener zarten Phantome, halb Elfe, halb Kobold, wie sie in Bessies Dämmerstunden-Geschichten aus einsamen, wilden Schluchten und düsteren Mooren hervorkamen und sich dem Auge des nächtlichen Wanderers zeigten ... Ich kehrte auf meinen Sitz zurück.

In diesem Augenblick bemächtigte der Aberglaube sich meiner, aber die Stunde seines vollständigen Sieges über mich war noch nicht gekommen: Mein Blut war noch warm, die Wut des empörten Sklaven erhitzte mich noch mit ihrer ganzen Bitterkeit. Ich hatte noch einen wilden Strom von Gedanken an die Vergangenheit zu bändigen, bevor ich mich ganz dem Jammer über die trostlose Gegenwart hingeben konnte.

Wie der schmutzige Bodensatz aus einem trüben Brunnen, so stieg aus meinem bewegten, aufgeregten Gemüt alles an die Oberfläche meines Empfindens: John Reeds wilde Tyrannei, die hochmütige Gleichgültigkeit seiner Schwestern, die Abneigung seiner Mutter, die Parteilichkeit der Dienstboten. Weshalb musste ich stets leiden, stets mit verächtlichen Blicken angesehen werden, immer beschuldigt, immer verurteilt werden? Weshalb konnte ich niemals etwas recht machen? Weshalb war es immer nutzlos, wenn ich versuchte, irgendeines Menschen Gunst zu erringen? Man hatte Achtung vor Eliza, die doch so eigensinnig und selbstsüchtig war. Jedermann hatte Nachsicht mit Georgiana, die stets übel gelaunt, trotzig und frech war. Ihre Schönheit, ihre rosigen Wangen und goldigen Locken schienen jeden zu entzücken, der sie anblickte, und ihr Vergebung für all ihre Mängel und Fehler zu erkaufen. John wurde niemals bestraft, niemand widersprach ihm jemals, obgleich er den Tauben die Hälse umdrehte, die jungen Hühner umbrachte, die Hunde auf die Schafe hetzte, den Weinstock im Treibhaus seiner Trauben beraubte und von den seltensten Pflanzen die Knospen abriss. Er nannte seine Mutter sogar »altes Mädchen«, nahm kaum Rücksicht auf ihre Wünsche, ja zerriss und beschmutzte nicht selten ihre seidenen Kleider – und doch war er »ihr einziger Liebling«. Ich wagte niemals, einen Fehler zu begehen; ich bemühte mich stets, meine Pflicht zu tun. Und mich nannte man unartig und unerträglich, mürrisch und hinterlistig, vom Morgen bis zum Mittag, vom Mittag bis zum Abend.

Mein Kopf schmerzte noch und blutete von dem erhaltenen Schlag und dem Sturz. Niemand hatte John einen Verweis erteilt, dass er mich grundlos geschlagen hatte. Aber als ich mich gegen ihn aufgelehnt hatte, um seiner weiteren besinnungslosen Gewalt zu entgehen, hatten mich alle mit den lautesten Schmähungen überhäuft.

»Ungerecht! Ungerecht!«, sagte meine Vernunft, welche durch den Schmerz eine frühreife, wenn auch vorübergehende Kraft erlangt hatte; und die Entschlossenheit, welche ebenfalls geweckt war, ließ mich allerhand Mittel ersinnen, um eine Flucht aus dieser unerträglich gewordenen Unterdrückung zu bewerkstelligen. Ich dachte daran, einfach davonzulaufen, oder, wenn dies nicht möglich wäre, niemals wieder Speise und Trank zu mir zu nehmen und mich auf diese Weise zu Tode zu hungern.

Wie bestürzt war meine Seele an diesem traurigen Nachmittag, wie erregt war mein Gemüt, wie furchtbar empört mein Herz! Aber in welcher Finsternis, welcher Verblendung, welcher unglaublichen Unwissenheit wurde dieser Seelenkampf ausgekämpft! Ich hatte keine Antwort auf die sich mir unaufhörlich aufdrängende Frage, *weshalb* ich so viel leiden musste. Jetzt, aus dem Abstand von – nein, ich will nicht sagen, von wie vielen Jahren –, jetzt sehe ich alles klarer.

Ich war ein Misston in Gateshead Hall. Ich war ein Nichts an diesem Ort, ich hatte keine Gemeinschaft mit Mrs. Reed oder ihren Kindern oder ihren bezahlten Vasallen. Sie liebten mich nicht, und in der Tat, ich liebte sie ebenso wenig. Es war auch nicht ihre Pflicht, mit Liebe auf ein Geschöpf zu blicken, welches mit keiner ihrer Seelen übereinstimmen konnte; ein andersartiges Geschöpf, welches ihr direktes Gegenteil in Temperament, in Fähigkeiten und Neigungen war; ein nutzloses Geschöpf, welches ihrem Interesse nicht dienen, zu ihrem Vergnügen nichts beitragen konnte; ein giftiges Geschöpf, welches die tiefste Verachtung für ihre Urteile und die Keime der Empörung über die ihm widerfahrende Behandlung in sich nährte. Ich weiß wohl, dass, wenn ich ein unbekümmertes, geistreiches, schönes und wildes Kind gewesen wäre, Mrs. Reed meine – wenn auch ebenso abhängige und freundlose – Gegenwart leichter ertragen haben würde. Ihre Kinder hätten für mich ein freundlicheres Gefühl der Gemeinsamkeit gehegt; die Dienstboten wären weniger geneigt gewesen, mich zum Sündenbock des Kinderzimmers zu machen.

Das Tageslicht begann aus dem Roten Zimmer zu schwinden. Es war nach vier Uhr, und auf den bewölkten Nachmittag folgte eine trübe Dämmerung. Ich hörte, wie der Regen unaufhörlich gegen das Fenster der Treppe schlug, wie der Wind in den Laubgängen hinter dem Herrenhaus heulte; nach und nach wurde ich so kalt wie ein Stein und mein Mut begann zu sinken. Die gewöhnliche Stimmung des Gedemütigtseins, Zweifel an mir selbst und eine hilflose Traurigkeit bemächtigten sich meiner und legten sich auf die Asche meiner erkaltenden Wut. Alle sagten, dass ich boshaft sei – vielleicht stimmte es ja? Hatte ich nicht soeben den Gedanken gehegt, mich zu Tode zu hungern? Das war doch gewiss eine Sünde, denn war ich auf den Tod vorbereitet? War das Gewölbe unter der Kanzel in der Kirche von Gateshead ein so einladendes Ziel? In diesem Gewölbe lag Mr. Reed begraben, wie man mir gesagt hatte. Durch diesen Gedanken an ihn erinnert, versuchte ich, ihn mir dort vorzustellen und verweilte mit wachsendem Grauen dabei. Ich konnte mich nicht an ihn erinnern, aber ich wusste, dass er mein Onkel gewesen war, der einzige Bruder meiner Mutter, dass er mich in sein Haus aufgenommen hatte, als ich ein armes, elternloses Kind gewesen war, und dass er noch in seinen letzten Augenblicken Mrs. Reed das Versprechen abgenommen hatte, mich wie ihr eigenes Kind zu erziehen und zu versorgen. Mrs. Reed war höchstwahrscheinlich der Überzeugung, dass sie dieses Versprechen gehalten habe, und soweit ihre Natur ihr dies erlaubte, hatte sie es wohl auch tatsächlich getan. Wie sollte sie denn auch für einen Eindringling Liebe hegen, der nicht zu ihrer Familie gehörte und nach dem Tode ihres Gatten durch keine Bande mehr an sie gekettet war? Es musste ihr natürlich ärgerlich sein, sich durch ein unter solchen Umständen gegebenes Versprechen genötigt zu sehen, einem fremden Kinde, das sie nicht lieben konnte, die Eltern zu ersetzen; es ertragen zu müssen, dass eine ganz andersartige Fremde sich unaufhörlich in ihren Familienkreis drängte.

Eine sonderbare Idee bemächtigte sich meiner: Ich zweifelte nicht, ja hatte es niemals bezweifelt, dass Mr. Reed, wenn er noch am Leben wäre, mich mit Güte behandelt haben würde. Und jetzt, als ich so dasaß und auf die dunklen Wände und das weiße Bett blickte, zuweilen auch wie gebannt ein Auge auf den trübe blinkenden Spiegel warf, da begann ich mich an das zu erinnern, was ich von Toten gehört hatte, die im Grabe keine Ruhe finden konnten, weil man ihre letzten Wünsche unerfüllt gelassen hatte. Wie sie jetzt auf die Erde zurückkehrten, um die Meineidigen zu strafen und die Bedrückten zu rächen. Ich stellte mir vor, wie Mr. Reeds Geist, gequält durch das Unrecht, welches man dem Kinde seiner Schwester zufügte, seine Ruhestätte verließ – entweder das Gewölbe der Kirche oder das unbekannte Land der Abgeschiedenen – und in diesem Zimmer vor mir erscheinen würde. Ich trocknete meine Tränen und unterdrückte mein Schluchzen; denn ich fürchtete, dass diese lauten Äußerungen meines Grams eine übernatürliche Stimme zu meinem Trost erwecken oder aus dem mich umgebenden Dunkel ein Antlitz mit einem Heiligenschein hervorleuchten lassen könnten, das sich mit wundersamem Mitleid über mich beugte. Diese vielleicht ganz trostreiche Vorstellung würde entsetzlich sein, wenn sie Wirklichkeit annehmen würde. Mit aller Gewalt versuchte ich, diese Gedanken zu unterdrücken – ich bemühte mich, ruhig und gefasst zu sein. Indem ich mir das Haar von Stirn und Augen strich, hob ich den Kopf und versuchte, in dem dunklen Zimmer umherzublicken. In diesem Augenblick sah ich plötzlich den Widerschein eines Lichtes an der Wand. War dies vielleicht der Mondschein, der durch eine Öffnung in dem Vorhang drang? Nein, die Mondesstrahlen waren ruhig und dieses Licht bewegte sich; während ich noch hinblickte, glitt es zur Decke hinauf und erzitterte über meinem Kopf. Heute kann ich freilich erraten, dass dieser Lichtstreifen aller Wahrscheinlichkeit nach der Schimmer einer Laterne war, welche jemand über den freien Platz vor dem Haus trug, aber damals, mit dem auf Schrecken und Entsetzen vorbereiteten Gemüt, mit meinen vor Aufregung bebenden Nerven hielt ich den sich schnell bewegenden Strahl für den Herold einer Erscheinung, die aus einer anderen Welt zu mir kam. Mein Herz pochte laut, mein Kopf wurde heiß und in meinen Ohren spürte ich ein Brausen, das ich für das Rauschen von Flügeln hielt. Etwas schien sich mir zu nähern, ich fühlte mich bedrückt, erstickt, mein Widerstandsvermögen gab nach, ich stürzte auf die Tür zu und rüttelte mit verzweifelter Anstrengung an der Klinke. Eilende Schritte kamen durch den Korridor heran; der Schlüssel wurde im Schloss herumgedreht und Bessie und Miss Abbot traten ein.

»Miss Eyre, sind Sie krank?«, fragte Bessie.

»Welch ein fürchterlicher Lärm! Ich bin ganz außer mir!«, rief Abbot aus.

»Lasst mich raus! Lasst mich ins Kinderzimmer gehen!«, schrie ich.

»Weshalb denn? Ist Ihnen irgendetwas geschehen? Haben Sie etwas gesehen?«, fragte wiederum Bessie.

»Oh, ich sah ein Licht und ich meinte, dass ein Geist kommen würde.« Ich hatte jetzt Bessies Hand ergriffen, und sie entzog sie mir nicht.

»Sie hat mit Absicht so geschrien«, erklärte Abbot mit einigem Abscheu. »Was für ein Geschrei! Wenn sie große Schmerzen gehabt hätte, so könnte man es noch entschuldigen, aber sie wollte weiter nichts, als uns alle herbeilocken. Ich kenne ihre bösen Streiche schon.«

»Was gibt es denn hier?«, fragte eine andere Stimme gebieterisch. Mrs. Reed kam mit flatternden Haubenbändern und wehendem Kleid durch den Korridor daher. »Abbot und Bessie, ich glaube, dass ich Befehl gegeben habe, Jane Eyre in dem Roten Zimmer zu lassen, bis ich selbst sie holen würde.«

»Miss Jane schrie so laut, Madam«, wandte Bessie zögernd ein.

»Lasst sie los«, war Mrs. Reeds Antwort. »Lass Bessies Hand los, Kind! Verlass dich darauf, auf diese Weise wirst du nicht hinausgelangen. Ich verabscheue solche List, besonders bei Kindern; es ist meine Pflicht, dir zu beweisen, dass du mit derartigen Ränken und Schlichen nicht weit kommst. Jetzt wirst du noch eine ganze Stunde hierbleiben, und auch dann gebe ich dich nur frei, wenn du mir das Versprechen gibst, vollkommen ruhig und gehorsam zu sein.«

»Oh Tante, hab Erbarmen! Vergib mir doch! Ich kann, ich kann es nicht ertragen ... Bestrafe mich doch auf andere Weise! Ich komme um, wenn ...«

»Sei still! Diese Heftigkeit ist ganz widerlich und empörend!«

Ohne Zweifel hegte sie Abscheu gegen mein Betragen. In ihren Augen war ich eine frühreife Schauspielerin; sie sah auf mich wie auf eine Zusammensetzung der heftigsten Leidenschaften, eines niedrigen, gemeinen Geistes und gefährlicher Falschheit.

Als Bessie und Abbot sich zurückgezogen hatten, warf Mrs. Reed, die meiner wilden Angst und meines lauten Schluchzens wohl müde geworden war, mich rasch in das Zimmer zurück und schloss mich ohne weitere Worte wieder ein. Ich hörte noch, wie sie davonrauschte, und bald nachdem sie gegangen war, muss ich in Krämpfe verfallen sein: Bewusstlosigkeit machte der Szene ein Ende.

Drittes Kapitel

Das Nächste, woran ich mich erinnere, ist, dass ich mit dem Gefühl eines schrecklichen Albtraumes erwachte: Vor mir sah ich eine unheimliche rote Glut, von der sich dicke, schwarze Gitterstäbe abhoben. Ich hörte Stimmen, die so hohl an mein Ohr klangen, als würden sie durch Wasserrauschen oder das Toben des Windes übertönt. Aufregung, Ungewissheit und ein alles beherrschendes Gefühl des Entsetzens hielten meine Sinne gefangen. Es vergingen nur wenige Augenblicke und dann gewahrte ich, dass jemand mich berührte, mich aufhob und in eine sitzende Stellung brachte, und zwar viel zärtlicher und sorgsamer, als mich bis jetzt irgendjemand gestützt oder emporgehoben hatte. Ich lehnte meinen Kopf gegen einen Arm oder ein Polster und fühlte mich unendlich wohl.

Nach fünf Minuten lösten sich die letzten Wolken der Bewusstlosigkeit auf. Jetzt wusste ich sehr wohl, dass ich in meinem eigenen Bett lag, und dass die rote Glut nichts anderes war, als das Feuer im Kamin des Kinderzimmers. Es war Nacht, eine Kerze brannte auf dem Tisch; Bessie stand am Fußende meines Bettes und hielt eine Waschschüssel in der Hand. Ein Herr saß auf einem Lehnstuhl neben mir und beugte sich über mich.

Ich empfand eine unbeschreibliche Erleichterung, eine wohltuende Überzeugung der Sicherheit und der Geborgenheit, als ich sah, dass sich ein Fremder im Zimmer befand, ein Mensch, der nicht zum Haushalt von Gateshead, nicht zu den Verwandten von Mrs. Reed gehörte. Mich von Bessie abwendend – obgleich ihre Gegenwart mir weit weniger unangenehm war, als mir zum Beispiel Abbots Gesellschaft gewesen wäre –, prüfte ich die Gesichtszüge des Herrn. Ich erkannte ihn: Es war Mr. Lloyd, ein Apotheker, den Mrs. Reed zuweilen rufen ließ, wenn ihre Dienstboten krank waren. Für sich selbst und ihre Kinder nahm sie immer nur die Hilfe des Arztes in Anspruch.

»Nun, wer bin ich?«, fragte er.

Ich sprach seinen Namen aus und streckte ihm gleichzeitig meine Hand entgegen. Er nahm sie, lächelte und sagte: »Ah, wir werden uns jetzt langsam erholen.« Dann legte er mich nieder, wandte sich zu Bessie und empfahl ihr, sehr vorsichtig zu sein und mich während der Nacht nicht zu stören. Nachdem er noch weitere Weisungen erteilt und gesagt hatte, dass er am folgenden Tag wiederkommen würde, ging er zu meiner größten Betrübnis fort. Während er auf dem Stuhl neben meinem Kopfkissen saß, fühlte ich mich so beschützt, so sicher, und als sich die Tür hinter ihm schloss, wurde das ganze Zimmer dunkel und mein Herz verzagte von Neuem unter der Last einer unbeschreiblichen Traurigkeit.

»Glauben Sie, dass Sie schlafen können, Miss?«, fragte Bessie mich ungewöhnlich sanft.

Kaum wagte ich, ihr zu antworten, denn ich fürchtete, dass ihre nächsten Worte wieder grob klingen würden. »Ich will es versuchen«, sagte ich leise.

»Möchten Sie nicht irgendetwas essen oder trinken?«

»Nein danke, Bessie.«

»Nun, dann werde ich auch schlafen gehen, denn es ist schon nach Mitternacht. Aber Sie können mich rufen, wenn Sie während der Nacht irgendetwas brauchen.«

Welch seltene Höflichkeit! Das ermutigte mich, eine Frage zu stellen:

»Bessie, was ist denn mit mir geschehen? Bin ich sehr krank?«

»Ich vermute, dass Sie vom Schreien im Roten Zimmer krank geworden sind; aber Sie werden ohne Zweifel bald wieder ganz gesund sein.«

Bessie ging in das angrenzende Zimmer der Hausmädchen. Ich hörte, wie sie dort flüsterte:

»Sarah, komm und schlaf bei mir im Kinderzimmer. Um mein Leben könnte ich nicht diese Nacht mit dem armen Kind allein bleiben; es könnte sterben! Wie sonderbar, dass Miss Jane einen solchen Anfall haben musste! Ich möchte doch wissen, ob sie irgendetwas gesehen hat. Mrs. Reed war dieses Mal aber auch zu hart gegen sie.«

Sarah kam mit ihr zurück; beide gingen zu Bett und flüsterten mindestens noch eine halbe Stunde miteinander, bevor sie einschliefen. Ich hörte einige Bruchstücke ihrer Unterhaltung, aus denen ich auf den Gegenstand ihres Gespräches schloss:

»Etwas ist an ihr vorübergeschwebt, ganz in Weiß gekleidet, und dann ist es wieder verschwunden ...« – »... ein großer, schwarzer Hund hinter ihm ...« – »... dreimal hat es laut an der Zimmertür geklopft ...« – »... ein Licht auf dem Friedhof gerade über seinem Grab ...« – und so weiter, und so weiter.

Endlich schliefen beide ein. Feuer und Licht erloschen. In schaurigem Wachen ging die Nacht für mich langsam dahin; Entsetzen und Angst hielten Ohren, Augen und Sinne wach – Entsetzen und Angst, wie nur Kinder sie zu empfinden imstande sind.

Diesem Zwischenfall im Roten Zimmer folgte keine lange, ernste, körperliche Krankheit, nur eine heftige Erschütterung meiner Nerven, deren Widerhall ich noch bis auf den heutigen Tag empfinde. Ja, Mrs. Reed, Ihnen verdanke ich gar manchen qualvollen Schmerz der Seele. Aber ich sollte Ihnen verzeihen, denn Sie wussten nicht, was Sie taten. Während Sie jede Faser meines Herzens zerrissen, glaubten Sie, nur meine bösen Neigungen und Anlagen zu ersticken.

Am nächsten Tag gegen Mittag war ich bereits aufgestanden und angekleidet und saß, in einen warmen Schal gehüllt, vor dem Kaminfeuer. Ich fühlte mich körperlich schwach und gebrochen, aber mein schlimmstes Übel war ein unaussprechlicher Jammer der Seele, ein Jammer, der mir fortwährend stille Tränen entlockte. Kaum hatte ich einen salzigen Tropfen von meiner Wange getrocknet, als auch schon ein weiterer folgte. Und doch meinte ich, dass ich augenblicklich glücklich sein müsste, denn keiner von den Reeds war da, alle waren mit ihrer Mama im großen Wagen spazieren gefahren. Auch Abbot nähte in einem anderen Zimmer, und während Bessie hin und her ging, Spielsachen forträumte und Schubladen ordnete, richtete sie dann und wann ein ungewöhnlich freundliches Wort an mich. Diese Lage der Dinge wäre für mich ein Paradies des Friedens gewesen, für mich, die ich nur an ein Dasein voll von nie endendem Tadel und ungedankter Plackerei gewöhnt war – aber meine Nerven waren jetzt in einem solchen Zustand, dass keine Ruhe sie mehr besänftigen, kein Vergnügen sie mehr freudig stimmen konnte.

Bessie war unten in der Küche gewesen und brachte mir einen Kuchen herauf, der auf einem bunt bemalten Porzellanteller lag. Er zeigte einen Paradiesvogel, welcher auf einem Kranz von Maiglöckchen und Rosenknospen schaukelte und bisher immer meine begeisterte Bewunderung hervorgerufen hatte. Gar oft hatte ich innig gebeten, diesen Teller in die Hand nehmen zu dürfen, um ihn genauer betrachten zu können, bis jetzt hatte man mich aber stets einer solchen Gunst für unwürdig gehalten. Jetzt stellte man mir nun diesen kostbaren Teller auf den Schoß und bat mich freundlich, das Stückchen auserlesenen Gebäcks, welches auf demselben lag, zu essen. Oh eitle Gunst! Sie kam zu spät – wie so manch andere, die innig erwünscht und lange versagt wird. Ich konnte den Kuchen nicht essen, und selbst das Gefieder des Vogels und die Farben der Blumen schienen mir seltsam verblasst. Ich schob Teller und Gebäck von mir. Bessie fragte mich, ob ich ein Buch haben wolle. Das Wort Buch übte seinen Reiz auf mich aus, und ich bat sie, mir »Gullivers Reisen« aus der Bibliothek zu holen. Dieses Buch hatte ich schon unzählige Male mit Entzücken gelesen; ich hielt es für eine Erzählung von Tatsachen und nahm daher ein weit tieferes Interesse an ihm, als ich es für Märchen hatte. Denn nachdem ich die Elfen vergebens unter den Blättern des Fingerhuts und der Glockenblume, unter Pilzen und altem, von Efeu umranktem Gemäuer gesucht hatte, hatte ich mich mit der traurigen Wahrheit ausgesöhnt, dass sie England wohl verlassen hätten, um in ein unbekanntes Land zu gehen, wo die Wälder noch stiller, wilder und dichter, die Menschen noch spärlicher gesät sind. Liliput hingegen und Brobdingnag waren nach meiner Überzeugung solide Bestandteile der Erdoberfläche; ich zweifelte nicht, dass, wenn ich eines Tages eine weite Reise machen könnte, ich mit meinen eigenen Augen die kleinen Felder und Häuser, die winzigen Menschen, die zierlichen Kühe, Schafe und Vögel des einen Königreichs sehen würde, und ebenso die baumhohen Kornfelder, die mächtigen Bullenbeißer, die Katzen-Ungeheuer und die turmhohen Männer und Frauen des anderen. Und doch, als ich den geliebten Band jetzt in den Händen hielt, als ich die Seiten umblätterte und in den wundersamen Bildern den Reiz suchte, welchen sie mir bis jetzt stets gewährt hatten – da war alles düster und unheimlich; die Riesen waren hagere Kobolde, die Pygmäen boshafte und scheußliche Gnomen, Gulliver ein trübseliger Wanderer in grauenhaften und gefährlichen Regionen. Ich schloss das Buch, in dem ich nicht länger zu lesen wagte, und legte es auf den Tisch neben das unberührte Stück Kuchen.

Bessie war jetzt mit dem Abstauben und Aufräumen des Zimmers fertig. Nachdem sie ihre Hände gewaschen hatte, öffnete sie eine kleine Schublade, welche mit den schönsten, prächtigsten Stoffresten von Seide und Atlas angefüllt war, und fing an, einen Hut für Georgianas neue Puppe zu machen. Dann begann sie zu singen:

> »Als wir streiften durch Wald und Flur,
> Vor langer, langer Zeit ...«

Wie oft hatte ich dieses Lied schon gehört, und immer mit dem größten Entzücken, denn Bessie hatte eine schöne Stimme – wenigstens nach meinem Geschmack. Aber jetzt, obgleich ihre

Stimme noch immer lieblich klang, lag für mich eine unbeschreibliche Traurigkeit in dieser Melodie. Zuweilen, wenn ihre Arbeit sie ganz in Anspruch nahm, sang sie den Refrain sehr leise, sehr langsam: »Vor langer, langer Zeit.« Dann klang es wie die traurigste Kadenz eines Grabliedes. Endlich begann sie eine andere Ballade zu singen, diesmal eine wirklich traurige:

>»Mein Körper ist müd und wund ist mein Fuß,
>Weit ist der Weg, den ich wandern muss,
>Bald wird es Nacht und den Weg ich nicht find,
>Den ich wandern muss, armes Waisenkind!
>
>Weshalb sandten sie mich so weit, so weit,
>Durch Feld und Wald, auf die Berg', wo es schneit?
>Die Menschen sind hart! Doch Engel so lind,
>Bewachen mich armes Waisenkind.
>
>Die Sterne, sie scheinen herab so klar,
>Die Luft ist mild! Es ist doch wahr:
>Gott ist barmherzig, er steuert dem Wind,
>Dass er nicht erfasse das Waisenkind.
>
>Und wenn ich nun strauchle am Waldesrand
>Oder ins Meer versink, wo mich führt keine Hand,
>So weiß ich doch, dass den Vater ich find,
>Er nimmt an sein Herz das Waisenkind!
>
>Das ist meine Hoffnung, die Kraft mir gibt,
>Dass Gott da droben sein Kind doch liebt.
>Bei ihm dort oben die Heimat ich find,
>Er liebt auch das arme Waisenkind!«

»Kommen Sie, Miss Jane, weinen Sie nicht«, sagte Bessie, als sie zu Ende war. Ebenso gut hätte sie dem Feuer sagen können »Brenne nicht!«, aber wie hätte sie denn auch eine Ahnung von dem herzzerreißenden Schmerz haben können, der mich quälte? Im Laufe des Vormittags kam Mr. Lloyd wieder.

»Wie? Schon aufgestanden?«, rief er, als er ins Kinderzimmer trat. »Nun, Bessie, wie geht es ihr denn?«

Bessie entgegnete, dass es mir außerordentlich gut gehe.

»Dann sollte sie aber fröhlicher aussehen. Kommen Sie her, Miss Jane. Sie heißen Jane, nicht wahr?«

»Ja, Sir. Jane Eyre.«

»Nun, Sie haben geweint, Miss Jane Eyre, wollen Sie mir nicht sagen, weshalb? Haben Sie Schmerzen?«

»Nein, Sir.«

»Ach, ich vermute, dass sie weint, weil sie nicht mit Mrs. Reed spazieren fahren durfte«, warf Bessie ein.

»Oh nein, gewiss nicht, für solche Albernheiten ist sie doch schon zu groß.«

Das dachte ich auch, und da meine Selbstachtung durch die falsche Beschuldigung verletzt war, antwortete ich schnell: »In meinem ganzen Leben habe ich noch keine Tränen um solche Dinge vergossen. Ich hasse die Spazierfahrten. Ich weine, weil ich so unglücklich bin.«

»Schämen Sie sich, Miss!«, rief Bessie.

Der gute Apotheker schien ein wenig verwirrt. Ich stand vor ihm, und er sah mich eindringlich an. Seine Augen waren klein und grau, nicht sehr leuchtend, aber ich glaube, dass ich sie heute sehr klug finden würde. Trotz der harten Züge hatte er ein gutmütiges Gesicht. Nachdem er mich lange mit Muße betrachtet hatte, sagte er:

»Was hat Sie gestern krank gemacht?«

»Sie ist gefallen«, warf Bessie ein.

»Gefallen! Nun, das ist gerade wieder wie ein Kind! Kann sie bei ihrem Alter denn noch nicht allein gehen? Sie muss doch acht oder neun Jahre alt sein!«

»Jemand hat mich zu Boden geschlagen«, lautete meine derbe Erklärung, welche der Schmerz des gekränkten Stolzes mir eingab, »aber das hat mich nicht krank gemacht.«

Mr. Lloyd nahm bedächtig eine Prise Tabak.

Als er die Tabaksdose wieder in seine Westentasche schob, rief der laute Klang einer Glocke die Dienstboten zum Mittagessen. Mr. Lloyd wusste, was das bedeutete: »Das gilt Ihnen, Bessie«, sagte er, »Sie können hinuntergehen. Ich werde Miss Jane einige Lehren geben, bis Sie zurückkehren.«

Bessie wäre lieber geblieben, aber sie war gezwungen zu gehen, weil man in Gateshead Hall streng auf die Pünktlichkeit bei den Mahlzeiten achtete.

»Der Sturz hat Sie nicht krank gemacht? Nun, was war es dann?«, fragte Mr. Lloyd, nachdem Bessie gegangen war.

»Ich war in einem Zimmer eingesperrt, wo ein Geist umgeht – und es war schon lange dunkel.«

Ich sah, wie Mr. Lloyd lächelte und zugleich die Stirn runzelte. »Ein Geist! Was denn, sind Sie am Ende doch noch ein kleines Kind? Sie fürchten sich vor Geistern?«

»Ja, vor Mr. Reeds Geist fürchte ich mich. Er starb in jenem Zimmer und lag dort auf der Bahre. Weder Bessie noch sonst jemand geht am Abend da hinein, wenn es nicht dringend nötig ist. Und es war furchtbar grausam, mich dort allein und ohne Licht einzuschließen – so grausam, dass ich glaube, ich werde es niemals vergessen können.«

»So ein Unsinn! Das macht Sie so elend? Fürchten Sie sich jetzt bei Tage auch noch?«

»Nein. Aber es dauert nicht lange und dann wird es wieder Nacht. Und außerdem bin ich unglücklich, sehr unglücklich, um anderer Dinge willen.«

»Was für Dinge denn? Können Sie mir die nicht nennen?«

So sehr ich wünschte, offen und ehrlich auf diese Frage antworten zu können, so schwer war es, die richtigen Worte für eine solche Antwort zu finden. Kinder können wohl empfinden, aber sie können ihre Empfindungen nicht zergliedern, und wenn ihnen die Zergliederung zum Teil auch in Gedanken gelingt, so wissen sie nicht, wie sie das Resultat dieses Vorganges in Worte kleiden sollen. Da ich aber fürchtete, dass diese erste und einzige Gelegenheit, meinen Kummer durch Mitteilung zu erleichtern, ungenützt vorübergehen würde, gelang es mir nach einer Weile schließlich doch noch, eine unzulängliche, aber wahre Antwort hervorzubringen.

»Erstens habe ich keinen Vater, keine Mutter, keinen Bruder und keine Schwester.«

»Aber Sie haben eine gütige Tante, liebe Cousinen und einen Vetter.«

Wiederum hielt ich inne, dann rief ich aus:

»Aber John Reed hat mich zu Boden geschlagen und meine Tante hat mich im Roten Zimmer eingesperrt!«

Zum zweiten Mal holte Mr. Lloyd seine Schnupftabaksdose hervor.

»Finden Sie denn nicht, dass Gateshead Hall ein wunderschönes Haus ist?«, fragte er. »Sind Sie nicht dankbar, an einem so schönen Ort leben zu können?«

»Es ist nicht mein eigenes Haus, Herr, und Abbot sagt, dass ich weniger Recht habe, hier zu sein, als ein Dienstbote.«

»Dummes Zeug! Sie können doch nicht so dumm sein, zu wünschen, dass Sie einen so herrlichen Ort wie diesen verlassen wollen?«

»Wenn ich nur wüsste, wohin ich gehen sollte, ich wäre wahrhaftig froh zu gehen. Aber ich darf Gateshead erst verlassen, wenn ich erwachsen bin.«

»Vielleicht doch auch früher, wer weiß? Haben Sie außer Mrs. Reed denn keine Verwandten?«

»Ich glaube nicht, Sir.«

»Niemanden, der mit Ihrem Vater verwandt war?«

»Ich weiß es nicht. Einmal fragte ich Tante Reed, und da sagte sie, dass ich möglicherweise irgendwelche armen, heruntergekommenen Verwandten namens Eyre haben könnte, dass sie aber nichts über sie wisse.«

»Würden Sie denn zu denen gehen wollen, wenn es solche Leute gäbe?«

Ich besann mich. Armut – das klingt für erwachsene Menschen abschreckend, für Kinder aber noch mehr. Kinder haben keinen

Sinn für fleißige, arbeitsame, ehrenhafte Armut, das Wort erweckt in ihnen nur Gedanken an zerlumpte Kleider, kärgliche Nahrung, einen kalten Ofen, rohe Manieren und entwürdigende Laster. Auch für mich war Armut gleichbedeutend mit Entehrung.

»Nein! Ich möchte nicht bei armen Leuten leben«, war daher meine Antwort.

»Auch nicht, wenn diese gütig gegen Sie wären?«

Ich schüttelte den Kopf. Ich konnte nicht begreifen, wie arme Leute überhaupt die Mittel haben sollten, gütig zu sein. Und sollte ich etwa reden wie sie, ihre Manieren annehmen, schlecht erzogen werden, aufwachsen wie eines jener armen Weiber, die ich zuweilen vor den Hütten ihre Kinder warten und ihre Kleider waschen sah? Nein, ich war nicht heroisch genug, meine Freiheit um den Preis meiner Kaste zu erkaufen.

»Aber sind Ihre Verwandten denn wirklich so arm? Gehören sie zur arbeitenden Klasse?«

»Das weiß ich nicht. Tante Reed sagt, wenn ich überhaupt Angehörige habe, so müssen sie Bettlergesindel sein. Nein, nein, ich möchte nicht betteln gehen.«

»Möchten Sie gerne in die Schule gehen?«

Wieder dachte ich nach; wusste ich doch kaum, was eine Schule eigentlich war. Bessie sprach zuweilen davon wie von einem Ort, an dem man von jungen Damen erwartete, dass sie außerordentlich manierlich und geziert sind. John Reed hasste seine Schule und schmähte seinen Lehrer, aber John Reeds Ansichten und Geschmack waren keine Maßstäbe für mich. Und wenn Bessies Berichte über die Schuldisziplin – diese stammten von den Töchtern einer Familie, in welcher sie gedient hatte, bevor sie nach Gateshead kam – auch etwas abschreckend klangen, so waren ihre Erzählungen von den verschiedenen Talenten und Kenntnissen, welche die besagten jungen Damen sich in der Schule angeeignet hatten, andererseits höchst verlockend. Bessie schwärmte von wunderschönen Gemälden mit Landschaften und Blumen, welche sie vollendet hatten, von Liedern, die sie singen und Klavierstücken, die sie spielen konnten, von Täschchen, die sie häkelten und von französischen Büchern, die sie übersetzten – so lange, bis mein Gemüt zur Nachahmung aufgestachelt wurde. Zudem bedeutete die Schule eine gründliche Veränderung: Es wäre eine lange Reise damit verknüpft, eine gänzliche Trennung von Gateshead und ein Eintritt in ein neues Leben.

»Ja, ich möchte in der Tat gerne zur Schule gehen«, war die hörbare Schlussfolgerung dieser meiner Gedanken.

»Nun ja, wer weiß schon, was nicht alles geschehen kann?«, sagte Mr. Lloyd, indem er sich erhob. »Das Kind braucht Luft- und Ortsveränderung«, fügte er für sich selbst hinzu, »die Nerven sind in einer bösen Verfassung.«

Jetzt kam Bessie zurück, und im selben Augenblick hörte man auch Mrs. Reeds Wagen über den Kies der Gartenwege rollen.

»Ist das Ihre Herrin, Bessie?«, fragte Mr. Lloyd. »Ich möchte noch mit ihr reden, bevor ich gehe.«

Bessie begleitete ihn ins Frühstückszimmer. Wie ich aus den nachfolgenden Begebenheiten schloss, wagte der Apotheker während seiner Unterredung mit Mrs. Reed die Empfehlung, mich doch in eine Schule zu schicken. Und ohne Zweifel wurde dieser Rat sehr bereitwillig angenommen, denn als ich an einem der folgenden Abende im Bett lag und Bessie und Abbot mich schlafend glaubten, sagte Letztere: »Ich glaube, die gnädige Frau ist nur zu froh, solch ein langweiliges, boshaftes Kind loszuwerden; sie sieht immer aus, als beobachte sie jeden Menschen und schmiede heimliche Pläne.« Ich glaube wahrhaftig, dass Abbot mich für einen verschlagenen Attentäter, eine Art kindlichen Guy Fawkes[1] hielt.

Bei dieser Gelegenheit erfuhr ich auch aus Miss Abbots Mitteilungen an Bessie, dass mein Vater ein armer Pastor gewesen war, den meine Mutter gegen den Willen ihrer Angehörigen geheiratet hatte, welche diese Heirat für erniedrigend hielten. Mein Großvater Reed war so erzürnt über den Ungehorsam meiner Mutter, dass er sie gänzlich enterbte. Nachdem er kaum ein Jahr mit meiner Mutter verheiratet gewesen war, holte sich mein Vater den Typhus in den armen Vierteln der großen Fabrikstadt, in welcher seine Pfarre lag. Meine arme Mutter folgte dann ihrem Gatten kaum einen Monat später ins Grab.

Als Bessie diese Erzählung anhörte, seufzte sie und sagte: »Abbot, die arme Miss Jane ist wirklich zu bedauern.«

»Ja, ja«, entgegnete Abbot. »Wenn sie ein liebes, gutes, hübsches Kind wäre, so könnte man wohl Mitleid mit ihr haben, weil sie so gänzlich verlassen ist. Aber solch eine scheußliche kleine Kröte kann einem doch unmöglich Erbarmen einflößen.«

»Nein, nicht viel«, stimmte Bessie ihr bei, »auf jeden Fall würde eine so prächtige Schönheit wie Miss Georgiana in einer solchen Lage viel rührender wirken.«

»Ja, ich bete Miss Georgiana an!«, rief die begeisterte Abbot. »Der kleine süße Liebling! Mit ihren langen Locken, blauen Augen und der frischen Farbe, gerade wie gemalt! – Weißt du was, Bessie, ich bekomme wahrhaftig Appetit auf geröstetes Brot mit Käse zum Abend.«

»Ich auch, ich auch – mit geschmorten Zwiebeln. Kommen Sie, wir wollen hinuntergehen.«

Und sie gingen.

Viertes Kapitel

Aus meiner Unterredung mit Mr. Lloyd und dem soeben geschilderten Gespräch zwischen Abbot und Bessie schöpfte ich Hoffnung genug, um den Wunsch nach Genesung zu hegen. Eine Veränderung schien bevorzustehen, und ich hoffte und wartete im Stillen. Die Sache verzögerte sich indessen. Die Tage und Wochen vergingen, mein Gesundheitszustand war wieder normal, aber ich vernahm keine Hinweise mehr auf den Gegenstand, über welchen ich grübelte. Oft betrachtete Mrs. Reed mich mit strengen, finsteren Blicken, aber nur selten sprach sie zu mir. Seit meiner Krankheit hatte sie eine schärfere Grenzlinie denn je zwischen mir und ihren eigenen Kindern gezogen; mir war eine kleine Kammer als

Schlafgemach zugewiesen worden, man hatte mich verurteilt, meine Mahlzeiten allein einzunehmen, und ich musste allein im Kinderzimmer verweilen, während ihre Kinder sich stets im Wohnzimmer aufhielten. Indessen gab es noch immer keine Anzeichen von dem Plan, mich in eine Schule zu schicken. Und doch hegte ich die instinktive Gewissheit, dass sie mich nicht mehr lange unter ihrem Dach dulden würde, denn mehr denn je las ich in Mrs. Reeds Blicken ihren unüberwindlichen und tief verwurzelten Abscheu.

Eliza und Georgiana handelten augenscheinlich nach Instruktionen, da sie so wenig wie möglich mit mir sprachen. John streckte die Zunge heraus, sobald er mich nur erblickte, und einmal versuchte er sogar, mich zu schlagen. Da ich mich aber augenblicklich gegen ihn wandte und er in meinen Blicken dieselbe Wut wahrnahm, mit welcher ich mich schon einmal gegen ihn aufgelehnt hatte, hielt er es für besser, abzulassen und unter lauten Verwünschungen davonzulaufen, während er schrie, ich hätte ihm das Nasenbein zertrümmert. Tatsächlich hatte ich nach diesem hervorspringenden Gesichtsteil einen Schlag geführt, so heftig, wie meine Knöchel ihn nur auszuteilen vermochten. Und als ich bemerkte, dass entweder dieser Schlag oder aber meine Blicke ihn wirklich eingeschüchtert hatten, verspürte ich die größte Neigung, meinen Vorteil noch weiter auszubeuten. Er war indessen schon zu seiner Mutter gelaufen. Ich hörte, wie er mit stammelnden Lauten eine Geschichte begann, wie »diese abscheuliche Jane Eyre«, einer wilden Katze gleich, auf ihn gesprungen sei. Mit strenger Stimme unterbrach ihn jedoch seine Mutter:

»Sprich mir nicht von ihr, John, ich habe dir gesagt, dass du ihr nicht zu nahe kommen sollst. Sie ist deiner Beachtung nicht wert und ich will nicht, dass du dich mit ihr abgibst. Und für deine Schwestern gilt das Gleiche.«

In diesem Augenblick lehnte ich mich über das Treppengeländer und schrie plötzlich, ohne im Geringsten über meine Worte nachzudenken:

»Nein, *sie* sind es nicht wert, mit mir zu verkehren!«

Mrs. Reed war eine ziemlich starke Frau; als sie indessen diese seltsamen und dreisten Worte vernahm, kam sie ganz leichtfüßig die Treppe heraufgerannt und zerrte mich mit Windeseile ins Kinderzimmer, und indem sie mich an die Seite meines kleinen Bettes drückte, verbot sie mir mit pathetischer Stimme, mich von dieser Stelle fortzurühren oder während des ganzen Tages auch nur noch ein einziges Wort zu sprechen.

»Was würde Onkel Reed jetzt sagen, wenn er noch lebte?«, war meine fast willenlos gestellte Frage. Ich sage ›fast willenlos‹, denn es war, als spräche meine Zunge diese Worte aus, ohne dass mein Wille darum wusste – es sprach etwas aus mir, worüber ich keine Gewalt hatte.

»Was?«, zischte Mrs. Reed fast unhörbar, und in ihren sonst so kalten, ruhigen, grauen Augen blitzte etwas auf, das der Furcht glich. Sie ließ meinen Arm los und blickte mich an, als wisse sie nicht recht, ob ich ein Kind oder ein Teufel sei. Jetzt fasste ich Mut.

»Mein Onkel Reed ist im Himmel und kann alles sehen, was Sie tun und sagen, und mein Vater und meine Mutter auch. Sie wissen, dass Sie mich den ganzen Tag einsperren und dass Sie nur wünschen, ich wäre tot.«

Mrs. Reed fasste sich schnell wieder; sie schüttelte mich heftig, ohrfeigte mich und verließ mich dann, ohne ein weiteres Wort zu sprechen. Bessie füllte diese Lücke aus, indem sie mir eine stundenlange Strafpredigt hielt, in welcher sie mir zweifelsfrei bewies, dass ich das elendeste und pflichtvergessenste Kind sei, das jemals unter einem Dache aufgezogen worden ist. Halb und halb glaubte ich ihr, denn ich empfand selbst, wie in diesem Augenblick nur böse Gefühle in meiner Brust tobten.

November, Dezember und der halbe Januar gingen vorüber. Das Weihnachtsfest und Neujahr wurden in Gateshead in der üblichen fröhlichen Weise gefeiert, Geschenke waren nach allen Seiten hin ausgeteilt und Mittags- und Abendgesellschaften gegeben worden. Ich war natürlich von allen Festlichkeiten ausgeschlossen; mein Anteil an diesen bestand darin, dass ich täglich mit ansehen musste, wie Eliza und Georgiana in ihren zarten Musselinkleidern und rosenroten Schärpen, mit sorgsam gelocktem Haar auf das Schönste herausgeputzt in den Salon hinabgingen. Später horchte ich dann auf die Töne des Klaviers oder der Harfe, die zu mir heraufdrangen; hörte, wie der Kellermeister und die Diener hin und her liefen, wie die Teller klapperten und die Gläser klangen, während die Erfrischungen gereicht wurden. Und wenn die Türen des Salons geöffnet und wieder geschlossen wurden, drangen sogar abgebrochene Sätze der Konversation an mein Ohr. Des Lauschens müde geworden, verließ ich dann meinen Posten auf dem Treppenabsatz und ging in das stille, einsame Kinderzimmer zurück. Dort, wenn ich auch traurig war, fühlte ich mich wenigstens nicht elend. Offen gestanden hegte ich nicht das leiseste Verlangen, in Gesellschaft zu gehen, denn in der Gesellschaft schenkte mir selten irgendjemand Beachtung. Wenn Bessie nur ein wenig liebenswürdig und freundlich gewesen wäre, so hätte ich es für eine Bevorzugung angesehen, die Abende ruhig mit ihr anstatt unter den gefürchteten Augen von Mrs. Reed in einem Kreise von mir unsympathischen Herren und Damen zubringen zu dürfen. Aber sobald Bessie ihre jungen Damen angekleidet hatte, pflegte sie sich in die lebhafteren Regionen der Küche und des Zimmers der Haushälterin hinunterzubegeben und gewöhnlich auch noch die Lampe mit fortzunehmen. Dann saß ich da mit meiner Puppe im Arm, bis das Feuer herabgebrannt war, und blickte zuweilen ängstlich umher, um mich zu vergewissern, dass sich nichts Schlimmeres als ich selbst in dem düsteren Zimmer befand. Wenn sich dann nur noch ein Häufchen glühend roter Asche auf dem Rost befand, entkleidete ich mich hastig, riss und zerrte mit allen Kräften an den Bändern und Knöpfen meiner Röcke und suchte in meinem Bettchen Schutz vor der Kälte und der Dunkelheit. In dieses Bettchen nahm ich auch stets meine Puppe mit: Jedes menschliche Wesen muss etwas lieben, und da mir jeder andere Gegenstand für meine Liebe fehlte, fand ich meine Glückseligkeit darin, ein farbloses, verblasstes Gebilde zu lieben, das noch hässlicher als eine Miniatur-Vogelscheuche war. In der Erinnerung scheint es mir jetzt unbegreiflich, dass ich mit so alberner Zärtlichkeit an diesem kleinen Spielzeug hängen konnte. Oft bildete ich mir ein, dass es lebendig sei und mit mir empfinden könnte. Ich konnte nicht schlafen, wenn ich es nicht in die Falten meines Nachthemdchens gehüllt hatte, und wenn es dort sicher und warm lag, fühlte ich mich verhältnismäßig glücklich, weil ich glaubte, dass es ebenfalls glücklich sein müsse.

Wie lang schienen mir die Stunden, wenn ich auf das Fortgehen der Gäste und auf Bessies Schritte auf der Treppe horchte. Zuweilen kam sie auch zwischendurch einmal herauf, um ihren Fingerhut und ihre Schere zu suchen oder mir irgendetwas zum Abendbrot heraufzubringen, einen Käsekuchen oder ein Milchbrot vielleicht. Dann pflegte sie auf der Bettkante zu sitzen, während ich aß, und wenn ich fertig war, wickelte sie mich fest in die Decken, küsste mich zweimal und sagte: »Gute Nacht, Miss Jane.« Wenn Bessie so sanft war, erschien sie mir wie das beste, hübscheste, freundlichste Geschöpf auf der Welt, und dann wünschte ich so innig, dass sie stets so fröhlich und liebenswert sein und mich niemals wieder umherstoßen oder schelten oder mich ungerecht beschuldigen möchte, wie es doch meistens ihre Gewohnheit war. Ich glaube, dass Bessie Lee ein Mädchen mit guten natürlichen Anlagen gewesen sein muss. In allem, was sie tat, war sie flink und geschickt, außerdem hatte sie ein wundervolles Erzähltalent – oder wenigstens schien es mir so, nach dem Eindruck, welchen ihre Geschichten auf mich machten. Auch war sie hübsch, wenn mich die Erinnerung an ihre Gestalt und ihr Gesicht nicht täuscht. Sie steht vor mir als eine schlanke, junge Frau mit schwarzem Haar, dunklen Augen, sehr hübschen Zügen und einer klaren, gesunden Gesichtsfarbe. Aber sie war von heftigem und launischem Temperament und sehr unausgeglichen, was Grundsätze und Gerechtigkeit anbelangte. Und doch, wie und was sie auch sein mochte, sie war mir lieber, als irgendein anderes lebendes Wesen in Gateshead Hall.

Es war am 15. Januar, ungefähr gegen neun Uhr morgens. Bessie war zum Frühstück hinuntergegangen, meine Cousinen waren noch nicht zu ihrer Mama gerufen worden. Eliza zog gerade ihren warmen Gartenmantel an und setzte ihren Hut auf, um hinunterzugehen und das Geflügel zu füttern – eine Beschäftigung, welche sie sehr liebte. Ebenso viel Vergnügen machte es ihr, der Haushälterin ihre Eier zu verkaufen und das Geld, welches sie auf solche Weise erlangte, zu sparen. Sie hatte viel Sinn für den Handel und einen ausgesprochenen Hang zur Sparsamkeit. Dies zeigte sich nicht allein im Verkaufen von Hühnern und Eiern, sondern auch im scharfen Feilschen mit dem Gärtner um Blumenpflanzen, Samen und junge Schösslinge – der Gärtner hatte von Mrs. Reed den strengen Befehl erhalten, der jungen Herrin alle Produkte ihres kleinen Gartens, welche sie etwa zu verkaufen wünschte, abzukaufen. Eliza würde jedes einzelne Haar ihres Kopfes verkauft haben, wenn sie einen hinreichenden Profit dabei erzielt hätte. Anfänglich hatte sie ihr Geld in allen möglichen Winkeln und Ecken, in altem Lockenwicklerpapier oder in Lumpen versteckt; aber als einige dieser wohlverwahrten Schätze vom Zimmermädchen entdeckt wurden, willigte Eliza, welche fürchtete, eines Tages ihr ganzes Hab und Gut zu verlieren, ein, es ihrer Mutter gegen unerhörte Wucherzinsen anzuvertrauen – fünfzig oder sechzig Prozent. Diese Zinsen trieb sie regelmäßig jedes Vierteljahr ein und führte mit ängstlicher Sorgfalt in einem kleinen Notizbuch darüber Rechnung.

Georgiana saß auf einem hochbeinigen Stuhl und ordnete ihr Haar vor dem Spiegel; in ihre Locken flocht sie künstliche Blumen und verblichene Federn, von denen sie einen ganzen Vorrat in einer Kiste auf dem Dachboden gefunden hatte. Ich brachte mein Bett in Ordnung, denn Bessie hatte mir den strikten Befehl erteilt, damit fertig zu sein, bevor sie zurückkommen würde. Sie benutzte mich jetzt häufig als zweites Zimmermädchen, ich musste aufräumen, den Staub von den Möbeln wischen und dergleichen. Nachdem ich die Bettdecke ausgebreitet und mein Nachtkleid zusammengefaltet hatte, ging ich an das Fensterbrett, um einige Bilderbücher und Puppenmöbel, welche dort umherlagen, fortzuräumen. Ein lauter Befehl Georgianas, ihre Spielsachen nicht anzurühren, gebot meinem Tun jedoch Einhalt: Die Liliput-Stühle und Spiegel, die Feen-Teller und Tassen gehörten ihr. In Ermangelung einer anderen Beschäftigung fing ich daher an, auf die Eisblumen zu hauchen, welche die Kälte auf die Fensterscheiben gezaubert hatte. Ich verschaffte mir so eine kleine Öffnung auf dem Glas, durch welche ich in den Garten blicken konnte, wo der harte Frost alles getötet und versteinert hatte.

Durch dieses Fenster waren die Loge des Portiers und die Fahrstraße sichtbar, und gerade als ich so viel von dem silberweißen Blattwerk, das die Scheiben verschleierte, fortgehaucht hatte, um hinausblicken zu können, sah ich, dass die Pforten geöffnet wurden und ein Wagen durch das Tor rollte. Gleichgültig verfolgte ich, wie er vor das Haus fuhr. Es kamen ja oft Wagen nach Gateshead, aber niemals brachten sie Besucher, für die ich auch nur das geringste Interesse hegte. Der Wagen hielt vor dem Hause, die Glocke wurde heftig gezogen, der Besucher erhielt Einlass. Da dieser ganze Vorgang mich aber nicht kümmerte, wurde meine unbeschäftigte Aufmerksamkeit bald von dem Anblick eines kleinen, hungrigen Rotkehlchens angezogen, das sich piepsend auf die entlaubten Zweige eines Kirschbaumes nahe am Fenster gesetzt hatte. Die Reste meines Frühstücks aus Brot und Milch standen auf noch dem Tisch. Ich zerrieb eine Semmel zu Krümeln und zog gerade an dem Klappfenster, um die Brosamen auf das Fenstersims streuen zu können, als Bessie atemlos ins Kinderzimmer stürzte:

»Miss Jane, nehmen Sie Ihre Schürze ab! Was machen Sie da? Haben Sie heute Morgen Gesicht und Hände schon gewaschen?« – Bevor ich antwortete, zog ich noch einmal an der Fensterklinke, denn der Vogel sollte doch sein kleines Mahl bekommen. Die Klinke gab nach und ich streute die Brosamen aus, einige auf das steinerne Gesims, andere auf die Zweige des Kirschbaumes. Dann schloss ich das Fenster und entgegnete:

»Nein, Bessie, ich bin erst jetzt mit dem Aufräumen fertig geworden.«

»Unartiges, unordentliches Mädchen! Was machen Sie da? Sie sehen so rot aus, als hätten Sie irgendein Unheil angerichtet. Weshalb haben Sie das Fenster aufgerissen?«

Die Antwort blieb mir erspart, denn Bessie schien zu große Eile zu haben, um meinen Erklärungen Gehör schenken zu können. Sie zerrte mich an den Waschtisch, unterwarf meine Hände und mein Gesicht einer erbarmungslosen aber glücklicherweise kurzen Waschung mit Seife, Wasser und einem groben Handtuch, ordnete danach meinen Kopf mit einer scharfen Bürste, entkleidete mich meiner Schürze und riss mich dann hastig an die Treppe, wo sie mir gebot, eilig hinunterzugehen, da man mich im Frühstückszimmer erwarte.

Ich hätte gern gewusst, wer mich wohl erwartete, gern hätte ich gefragt, ob Mrs. Reed dort sei, aber Bessie war schon wieder davongelaufen und hatte die Kinderzimmertür hinter sich geschlossen. Langsam stieg ich die Treppe hinunter. Seit fast drei Monaten hatte Mrs. Reed mich nicht mehr rufen lassen. Seit dieser Zeit war ich ins Kinderzimmer verbannt gewesen, und das Frühstückszimmer, der Speisesaal und der Salon waren für mich Regionen geworden, die ich nur noch mit Schrecken und Angst betreten konnte.

Ich stand jetzt in der leeren Halle, vor mir war die Tür des Frühstückszimmers. Zitternd und furchtsam hielt ich inne. Welch einen elenden kleinen Feigling hatte die Furcht vor ungerechter Bestrafung in jenen Tagen aus mir gemacht! Ich fürchtete mich, in das Kinderzimmer zurückzugehen; ich fürchtete mich, in das Wohnzimmer einzutreten. Zehn Minuten stand ich ängstlich zögernd da, aber das heftige Klingeln der Glocke im Frühstückszimmer entschied: Ich musste eintreten.

›Wer konnte nach mir verlangen?‹, fragte ich mich, als ich mit beiden Händen die Türklinke erfasste, welche mehre Sekunden meinen Anstrengungen widerstand. ›Wen würde ich noch außer Tante Reed in dem Zimmer erblicken? Einen Mann oder eine Frau?‹ Die Klinke gab nach, die Tür sprang auf, ich trat ein, machte einen tiefen Knicks, blickte auf und sah – eine schwarze Säule! Denn auf den ersten Blick erschien mir die lange, schmale, schwarz gekleidete Gestalt als eine solche, die da kerzengerade vor dem Kamin stand: Das ernste Gesicht zuoberst sah aus wie eine geschnitzte Maske, die als Kapitell auf die Säule gestellt war.

Mrs. Reed hatte ihren gewohnten Platz neben dem Kamin eingenommen. Sie machte mir ein Zeichen, näher zu treten. Ich tat es und sie stellte mich dem steinernen Fremden mit den Worten vor: »Dies ist das kleine Mädchen, wegen dem ich mich an Sie wandte.«

Er, denn es war ein Mann, wandte den Kopf langsam nach der Seite, auf welcher ich stand, und nachdem er mich mit zwei neugierigen, unter einem Paar buschiger Augenbrauen funkelnden Augen geprüft hatte, sagte er feierlich mit einer tiefen Stimme: »Sie ist klein von Gestalt, wie alt ist sie?«

»Zehn Jahre.«

»Tatsächlich?«, lautete die zweifelnde Antwort. Darauf fuhr er noch einige Zeit fort, mich schweigend zu prüfen, bevor er mich anredete:

»Ihr Name, kleines Mädchen?«

»Jane Eyre, Sir.«

Als ich diese Worte aussprach, blickte ich auf. Er erschien mir wie ein großer Mann, aber ich war eben sehr klein; seine Züge waren breit und wirkten hart und steif wie seine ganze Gestalt.

»Nun, Jane Eyre, sind Sie ein gutes Kind?«

Unmöglich, diese Frage bejahend zu beantworten. Die kleine Welt, die mich umgab, war anderer Meinung, also schwieg ich. Mrs. Reed antwortete für mich mit einem ausdrucksvollen Schütteln des Kopfes, gleich darauf fügte sie hinzu: »Je weniger man über diesen Punkt spricht, Mr. Brocklehurst, desto besser.«

»Tut mir leid, das zu hören! Da muss ich mich aber dann wohl doch ein wenig mit ihr unterhalten.« Damit knickte die senkrechte Säule in der Mitte ein und ließ sich im Lehnstuhl gegenüber von Mrs. Reed nieder. »Kommen Sie hierher«, sagte er.

Ich ging über den Kaminteppich zu ihm hinüber und er rückte mich gerade und aufrecht vor sich zurecht. Was hatte er doch für ein Gesicht, jetzt, wo ich mich ihm gegenüber auf gleicher Höhe befand! Welch eine ungeheure Nase und welch ein Mund! Welche großen, hervorstehenden Zähne!

»Es gibt keinen schrecklicheren Anblick, als den eines unartigen Kindes«, begann er, »besonders eines unartigen kleinen Mädchens!

Wissen Sie, wohin die Gottlosen kommen, wenn sie gestorben sind?«

»Sie kommen in die Hölle«, lautete meine schnelle und orthodoxe Antwort.

»Und was ist die Hölle? Können Sie mir das ebenfalls sagen?«
»Eine Grube voll Feuer.«
»Und möchten Sie wohl in diese Grube hineinfallen und dort für ewig brennen?«
»Nein, Sir.«
»Was müssen Sie denn tun, um das zu vermeiden?«
Einen Augenblick überlegte ich meine Antwort, aber als sie kam, war gewiss viel gegen sie einzuwenden: »Ich muss gesund bleiben und nicht sterben.«

»Wie können Sie denn gesund bleiben? Täglich sterben Kinder, die jünger sind als Sie. Erst vor zwei oder drei Tagen habe ich ein kleines Kind von fünf Jahren begraben – ein gutes Kind, dessen Seele jetzt im Himmel ist. Es steht zu befürchten, dass man dasselbe nicht von Ihnen sagen könnte, wenn Sie aus diesem Leben abberufen würden.«

Da ich nicht in der Lage war, seine Zweifel zu zerstreuen, schlug ich nur die Augen nieder und ließ sie auf seinen ungeheuerlichen Füßen ruhen, die sich in den Kaminteppich eingegraben hatten. Dann seufzte ich tief auf. Ich wünschte mich weit, weit fort.

»Ich hoffe, dass dieser Seufzer aus der Tiefe Ihres Herzens kommt und dass Sie bedauern, die Quelle so vieler Unannehmlichkeiten für Ihre ausgezeichnete Wohltäterin gewesen zu sein.«

›Wohltäterin, Wohltäterin!‹, wiederholte ich innerlich. ›Jedermann nennt Mrs. Reed eine Wohltäterin! Wenn sie das wirklich war, so ist eine Wohltäterin eine sehr unangenehme Sache.‹

»Sprechen Sie abends und morgens Ihr Gebet?«, fuhr er mit dem Verhör fort.

»Ja, Sir.«
»Lesen Sie Ihre Bibel?«
»Zuweilen.«
»Mit Freude? Lieben Sie Ihre Bibel?«

»Ich liebe die Offenbarung, das Buch Daniel, die Genesis und Samuel – und ein wenig vom Buch der Prediger und einen Teil der Könige und der Chronik. Und Hiob und Ruth.«

»Und die Psalmen? Ich hoffe, Sie lieben diese auch?«

»Nein, Sir.«

»Nein? Oh, entsetzlich! Ich habe einen kleinen Knaben, viel jünger als Sie, der sechs Psalmen auswendig weiß. Und wenn Sie ihn fragen, ob er lieber eine Pfeffernuss essen oder einen Vers aus den Psalmen auswendig lernen möchte, so sagt er: ›Oh, den Vers aus den Psalmen! Die Engel singen Psalmen‹, sagt er, ›und ich möchte schon hier auf Erden ein kleiner Engel sein.‹ Und dann bekommt er zum Lohn für seine kindliche Frömmigkeit *zwei* Pfeffernüsse.«

»Psalmen interessieren mich nicht«, bemerkte ich.

»Das beweist, dass Sie ein bösartiges Herz haben. Sie müssen Gott bitten, dass er Ihnen ein besseres gibt, ein neues, ein reines; dass er Ihnen Ihr Herz von Stein nimmt und Ihnen ein Herz von Fleisch gibt.«

Ich war gerade im Begriff, ihn nach der Art und Weise zu fragen, in der die Operation, mir ein neues Herz einzusetzen, vor sich gehen solle, als Mrs. Reed mich unterbrach, indem sie mir gebot, mich zu setzen. Dann übernahm sie selbst das Gespräch:

»Mr. Brocklehurst, ich glaube, dass ich in dem Brief, welchen ich Ihnen vor ungefähr drei Wochen schrieb, schon angedeutet habe, dass dieses kleine Mädchen nicht ganz den Charakter und die Eigenschaften hat, welche mir wünschenswert erscheinen. Wenn Sie sie in die Schule von Lowood aufnehmen sollten, so würde ich Ihnen dankbar sein, wenn Sie die Vorsteherin und die Lehrer ersuchen wollten, ein scharfes Auge auf sie zu haben und vor allen Dingen ihrem schlimmsten Fehler, einem Hang zur Lüge und Verstellung, entgegenzuarbeiten. Ich erwähne diese Sache in deiner Gegenwart, Jane, damit du nicht versuchst, auch Mr. Brocklehurst zu täuschen.«

Wie sollte ich Mrs. Reed nicht fürchten und eine tiefe Abneigung gegen sie hegen, wo es doch in ihrer Natur lag, mich stets aufs Grausamste zu verletzen? Niemals fühlte ich mich glücklich in ihrer Gegenwart. Wie sorgsam ich mich auch bemühte, ihr zu gefallen, ihr aufs Wort zu gehorchen – meine Anstrengungen wurden mir immer nur durch Zurückweisungen gelohnt. Mir schnitt diese Beschuldigung, vor einem Fremden ausgesprochen, tief ins Herz. Ich erkannte, wie Mrs. Reed schon vorab jegliche Hoffnung aus der neuen Lebensphase, in welche ich einzutreten im Begriff war, verbannte. Ich fühlte, obgleich ich für diese Empfindung keine Ausdrucksweise gefunden hätte, dass sie bemüht war, Abneigung und Unfreundlichkeit auf meinen künftigen Lebenspfad zu säen; ich fühlte förmlich, wie ich mich in Mr. Brocklehursts Augen in ein verschlagenes, eigensinniges Kind verwandelte. Aber was konnte ich gegen diese Ungerechtigkeit schon tun?

›Nichts, gar nichts!‹, dachte ich, ein Schluchzen unterdrückend und mir hastig ein paar Tränen abtrocknend – ohnmächtige Zeugen meines Leids.

»Verstellung ist in der Tat ein trauriger Charakterfehler bei einem Kind«, sagte Mr. Brocklehurst, »ein Fehler, welcher mit Falschheit und Lüge einhergeht, und alle Lügner werden ihren Anteil bekommen an dem See, in welchem Pech und Schwefel brennen. Wir werden das Mädchen sorgsam im Auge behalten, Mrs. Reed. Ich werde mit Miss Temple und den Lehrerinnen sprechen.«

»Ich wünsche, dass sie in einer Weise erzogen wird, welche mit ihren Lebensaussichten übereinstimmt«, fuhr meine Wohltäterin fort. »Sie soll sich nützlich machen und demütig bleiben und auch die Ferien soll sie stets, mit Ihrer Erlaubnis, in Lowood verbringen.«

»Ihre Bestimmungen, Madam, sind durchaus vernünftig«, entgegnete Mr. Brocklehurst. »Die Demut ist ein Schmuck der Christen und einer, der ganz besonders für die Schülerinnen von Lowood passend ist. Ich gebe daher die Weisung, dass ihrer Pflege eine besondere Sorgfalt gewidmet wird. Ich habe ein Studium darauf verwendet, zu ergründen, wie das weltliche Gefühl des Stolzes und des Hochmuts am besten in ihnen zu ersticken ist. Und vor wenigen Tagen erst hatte ich eine angenehme Probe meiner Erfolge: Meine zweite Tochter, Augusta, hatte mit ihrer Mama die

Schule besucht, und bei ihrer Rückkehr rief sie aus: ›Oh mein teurer Papa, wie unscheinbar und einfach all die Mädchen in Lowood aussehen! Mit ihrem Haar, das glatt hinter die Ohren gestrichen ist, und ihren langen Schürzen und den kleinen Taschen, welche sie über ihren Kleidern tragen – sie sehen beinahe aus, wie die Kinder armer Leute! Und‹, fuhr sie fort, ›sie starrten Mamas und mein Kleid an, als ob sie in ihrem ganzen Leben noch kein seidenes Kleid gesehen hätten.‹«

»Eine solche Einrichtung der Dinge hat meinen ungeteilten Beifall«, erwiderte Mrs. Reed. »Wenn ich auch ganz England durchsuchen würde, so würde ich sicher keine bessere Schule finden können für ein Kind, wie Jane Eyre es ist. Konsequenz und Festigkeit, mein lieber Mr. Brocklehurst, ich befürworte Konsequenz in allen Dingen!«

»Konsequenz, Madam, ist die erste der christlichen Pflichten, und sie wird in Lowood bei jeder Maßnahme zuvörderst berücksichtigt: Einfache Kost, einfache Kleidung, einfache Einrichtungen, fleißige Gewohnheiten – das ist die Tagesordnung für das Haus und seine Bewohnerinnen.«

»Sehr richtig, Sir. Ich kann mich also darauf verlassen, dass dieses Kind als Schülerin in Lowood aufgenommen und dort entsprechend ihrer Stellung und Lebensaussichten erzogen wird?«

»Ja, Madam, das können Sie. Sie soll an jene Pflegestätte auserlesener Pflanzen versetzt werden. Und ich hoffe, dass sie sich dankbar zeigen wird für das unschätzbare Privileg, welches ihr dadurch zuteilwird.«

»Ich werde sie Ihnen sobald wie möglich schicken, Mr. Brocklehurst, denn ich versichere Ihnen, ich hege das innigste Verlangen, so schnell wie irgend möglich von einer Verantwortung befreit zu werden, welche mir lästig geworden ist.«

»Ohne Zweifel, Madam, ohne Zweifel. Und jetzt will ich Ihnen einen guten Tag wünschen. In ungefähr zwei bis drei Wochen werde ich nach Brocklehurst Hall zurückkehren; mein guter Freund, der Erzdiakon, wird mir kaum erlauben, ihn früher zu verlassen. Übrigens werde ich Miss Temple ankündigen, dass sie ein neues Mädchen zu erwarten hat, damit bei ihrem Eintritt keine Schwierigkeiten entstehen. Leben Sie wohl!«

»Leben Sie wohl, Mr. Brocklehurst, und empfehlen Sie mich Mrs. und Miss Brocklehurst, Augusta und Theodore sowie Master Broughton Brocklehurst!«

»Das werde ich tun, Madam. – Mein kleines Mädchen, hier ist ein Buch mit dem Titel: ›Des Kindes Führer‹. Lesen Sie es mit Andacht, besonders jenen Teil, welcher von dem ›furchtbaren und plötzlichen Tode der Marta G.‹ handelt, einem unartigen Kinde, welches der Falschheit und Lüge ergeben war.«

Mit diesen Worten legte Mr. Brocklehurst ein Pamphlet in meine Hand, welches sorgsam in einen Umschlag genäht war. Dann ließ er seinen Wagen vorfahren und verschwand.

Mrs. Reed und ich blieben allein; mehre Minuten verharrten wir im Schweigen; sie nähte, ich beobachtete sie. Mrs. Reed mochte zu jener Zeit ungefähr sechs- oder siebenunddreißig Jahre alt sein, sie war eine Frau von robuster Gestalt, breiten Schultern und starken Knochen, nicht schlank, aber auch nicht dick. Sie hatte ein ziemlich großes Gesicht mit einem stark entwickelten, hervortretenden Unterkiefer. Ihre Stirn war niedrig, das Kinn breit, Mund und Nase waren ziemlich regelmäßig. Unter ihren farblosen Brauen blitzten Augen, die wenig Herzensgüte verrieten; ihre Haut war dunkel und matt, das Haar flachsblond. Sie war von fester und gesunder Konstitution – niemals nahte sich ihr eine Krankheit. Sie war eine strenge, pünktliche Hausfrau, der Haushalt und die Dienerschaft standen vollständig unter ihrer Kontrolle – nur ihre Kinder trotzten zuweilen ihrer Autorität und verlachten sie höhnisch. Sie verstand es, ihre stets sorgfältig Kleidung zur Geltung zu bringen.

Ich saß wenige Schritte von ihrem Lehnstuhl entfernt auf einem niedrigen Schemel und ließ meine Blicke prüfend auf ihren Gesichtszügen ruhen. In der Hand hielt ich das Traktat, welches von dem plötzlichen Tod der Lügnerin handelte und das – als passende Warnung für mich – meiner besonderen Aufmerksamkeit anempfohlen worden war. Noch schmerzte mir die Seele von dem, was soeben geschehen war, was Mrs. Reed in Bezug auf mich zu Mr. Brocklehurst gesagt hatte. Ich hatte jedes Wort ebenso klar empfunden, wie ich es gehört hatte, und das leidenschaftlichste Rachegefühl begann sich in mir zu regen.

Mrs. Reed blickte von ihrer Arbeit auf; ihre Augen bohrten sich in die meinen und ihre Finger hielten in ihrer geschäftigen Bewegung inne.

»Verlass das Zimmer! Geh wieder ins Kinderzimmer zurück!«, befahl sie. In meinem Blick musste sie etwas Herausforderndes entdeckt haben, denn sie sprach mit nur mühsam unterdrücktem Zorn. Ich stand auf und ging an die Tür. Dann kam ich aber wieder zurück und ging ans Fenster, schließlich jedoch quer durch das Zimmer bis dicht an ihren Lehnstuhl.

Ich musste sprechen, man hatte mich zu schmerzhaft verletzt, ich musste mich auflehnen. Doch wie? Welche Mittel hatte ich denn, um meine Gegnerin wirksam zu treffen? Ich nahm meinen ganzen Mut, meine ganze Energie zusammen und schleuderte ihr folgende Worte ins Gesicht:

»Ich bin nicht falsch, nicht lügnerisch, wäre ich es, so würde ich sagen, dass ich Sie liebte. Aber ich erkläre Ihnen, dass ich Sie nicht liebe, ich hasse Sie mehr als irgendjemanden auf der ganzen Welt, John Reed ausgenommen, und dieses Buch hier mit der Geschichte einer Lügnerin, das können Sie Ihrer Tochter Georgiana geben, denn sie ist es, die beständig lügt, nicht ich!«

Mrs. Reeds Hände ruhten untätig auf ihrer Arbeit, ihre eisigen Augen waren wie erstarrt.

»Hast du sonst noch etwas zu sagen?«, fragte sie mich in einem Ton, den man wohl Erwachsenen gegenüber, niemals aber im Gespräch mit einem Kind anzuschlagen pflegt.

Ihre Augen und ihre Stimme wühlten all den Hass, der in mir lebte, auf. Von Kopf bis Fuß bebend, von einer Erregung geschüttelt, der ich nicht mehr Herr werden konnte, fuhr ich fort:

»Ich bin glücklich, dass Sie nicht meine Blutsverwandte sind. Niemals, solange ich lebe, werde ich Sie wieder Tante nennen. Niemals, selbst wenn ich erwachsen bin, werde ich kommen, um

Sie zu besuchen, und wenn irgendjemand mich fragen sollte, ob ich Sie liebe und wie Sie mich behandelt haben, so werde ich antworten, dass der Gedanke an Sie allein schon genügt, um mich todkrank zu machen, und dass Sie mich mit elender Grausamkeit behandelt haben!«

»Wie kannst du es wagen, Jane Eyre, so etwas zu behaupten?«

»Wie ich es wagen kann, Mrs. Reed? Wie *ich* es wagen kann? Weil es die Wahrheit ist! Sie glauben, dass ich kein Gefühl habe, dass ich ohne die geringste Liebe und Güte leben kann, aber so kann ich nicht leben. Sie kennen kein Mitleid, kein Erbarmen. Ich werde niemals vergessen, wie Sie mich heftig und roh in das Rote Zimmer zurückgestoßen und mich dann eingeschlossen haben – bis zu meiner Sterbestunde werde ich es nicht vergessen. Obgleich ich Todesangst hatte, obgleich ich, vor Jammer und Entsetzen fast erstickend, mit allen Kräften schrie und flehte: ›Hab Erbarmen, Tante Reed! Hab Erbarmen!‹ Und diese Strafe ließen Sie mich erdulden, weil Ihr boshafter, schlechter Sohn mich schlug – mich ohne Grund und Ursache zu Boden schlug. Und diese Geschichte – gerade so, wie ich sie jetzt erzähle – werde ich jedem erzählen, der mich fragt. Die Leute glauben, dass Sie eine gute Frau sind, aber Sie sind schlecht! Sie sind hartherzig! Sie sind lügnerisch und falsch!«

Ehe ich noch mit dieser Antwort zu Ende war, begann sich ein seltsam glückliches Gefühl der Freiheit und des Triumphes meiner Seele zu bemächtigen. So hatte ich noch niemals empfunden. Es war, als wenn unsichtbare Fesseln und Bande plötzlich zerrissen wären und ich mir endlich den Weg zur unverhofften Freiheit erkämpft hätte. Und dieses Gefühl kam nicht ohne Veranlassung über mich, denn Mrs. Reed schien erschrocken und eingeschüchtert. Die Arbeit war von ihrem Schoße gefallen, sie erhob die Hände und wiegte sich hin und her, ja, ihr Gesicht verzerrte sich – fast, als wolle sie anfangen zu weinen.

»Jane, du irrst, du irrst dich, Kind! Was ist mit dir vorgegangen? Weshalb zitterst du so heftig? Möchtest du einen Schluck Wasser trinken?«

»Nein, Mrs. Reed.«

»Möchtest du irgendetwas anderes, Jane? Du kannst mir glauben, ich wünsche nichts anderes, als dir eine Freundin zu sein.«

»Nein, das ist nicht wahr. Sie haben Mr. Brocklehurst gesagt, dass ich einen lügnerischen, bösen und falschen Charakter hätte. Aber ich werde jedem Menschen in Lowood erzählen, was Sie sind und was Sie getan haben! Das schwöre ich Ihnen!«

»Jane, du verstehst solche Dinge nicht. Kinder müssen von ihren Fehlern geheilt werden.«

»Ich bin aber keine Lügnerin, Falschheit ist nicht mein Fehler!«, schrie ich mit wilder, gellender Stimme.

»Aber du bist leidenschaftlich und heftig, Jane, das musst du zugeben. Und jetzt geh wieder in das Kinderzimmer … sei ein gutes, liebes Kind … geh und ruh dich ein wenig aus!«

»Ich bin nicht Ihr gutes, liebes Kind! Ich kann mich nicht ausruhen! Schicken Sie mich bald in die Schule, Mrs. Reed, denn das Leben hier ist mir unerträglich und verhasst.«

»Wahrhaftig, ich muss sie so schnell wie möglich in die Schule schicken«, murmelte Mrs. Reed vor sich hin. Dann raffte sie ihre Arbeit zusammen und verließ hastig das Zimmer.

Ich blieb allein zurück, als Siegerin auf dem Schlachtfeld. Es war der erbittertste Kampf, den ich bisher gekämpft, und der erste Sieg, den ich je errungen hatte. Einige Augenblicke stand ich vor dem Kamin auf derselben Stelle, wo zuvor Mr. Brocklehurst gestanden hatte, und genoss meinen einsamen Erfolg. Ich lächelte still vor mich hin und fühlte mich erhaben. Aber diese trotzige Freude schwand in demselben Maße dahin, wie das Rasen meines Pulsschlags nachließ. Ein Kind kann nicht mit älteren Leuten streiten, kann seinen Gefühlen nicht freien Lauf lassen, wie soeben geschehen, ohne dass es nachher quälende Gewissensbisse hat und Furcht vor Konsequenzen empfindet. Als ob ein Höhenzug in der Heide in Flammen steht, lebendig strahlend und sich verzehrend – so war mein Gemüt, als ich Mrs. Reed anklagte und bedrohte. Dasselbe Heideland, nachdem die Flammen erloschen sind, schwarz und versengt, würde ein passendes Bild meiner sich anschließenden Verfassung abgeben. Eine ruhige halbe Stunde des Nachdenkens führte mir den Wahnsinn meines Verhaltens und die Trostlosigkeit meiner verhassten Lage vor Augen.

Zum ersten Mal hatte ich von der Rache gekostet. Wie ein kräftiger Wein schmeckte sie mir, der während des Trinkens süß und feurig ist, dem aber ein herb-metallischer Nachgeschmack folgt, als ob er vergiftet wäre. Gern hätte ich nun um Mrs. Reeds Verzeihung gebeten, aber ich wusste, teils aus Erfahrung, teils aus Instinkt, dass sie mich dann nur mit doppelter Verachtung zurückstoßen und dadurch meine Auflehnung aufs Neue erwecken würde.

Ich war von meinen guten Anlagen überzeugt, wie gerne hätte ich diese anstelle des Trotzes entwickeln wollen, wie gerne andere mir innewohnende Fähigkeiten geübt als Ausbrüche wütender Empörung, wie gerne sanftere Gefühle gehegt. Ich griff mir ein Buch – es waren die »Geschichten aus Tausendundeiner Nacht« –, setzte mich und bemühte mich zu lesen. Ich konnte den Sinn des Ganzen aber nicht verstehen; meine eigenen Gedanken schwebten fortwährend zwischen mir und den Zeilen, die mich sonst stets gefesselt hatten. Also öffnete ich die Glastür, welche aus dem Frühstückszimmer in den Garten führte. Die jungen Anpflanzungen lagen still vor mir; der strenge Frost, weder durch Sonne noch Wind gestört, hatte sein Reich im Garten aufgeschlagen. Ich bedeckte meinen Kopf und meine Arme mit dem Rand meines Kleides und lief hinaus, um in einen abgeschiedenen Teil des Parks zu gehen. Aber ich fand keine Freude an den stillen, bewegungslosen Bäumen, den herabfallenden Tannenzapfen, den erstarrten Relikten des Herbstes, den braunen, welken Blättern, welche der Wind in Haufen zusammengefegt und der Frost bewegungslos gemacht hatte. Ich lehnte mich gegen eine Pforte und blickte auf eine einsame Weide, auf welcher keine Schafe mehr grasten, wo das kurze Gras geschwärzt, welk und traurig aussah. Es war ein sehr grauer Tag. Ein matter Himmel, der voll Wolken hing, wölbte sich über die Landschaft; dann und wann fielen einige Schneeflocken, die auf den hart gefrorenen Wegen, den Büschen und Bäumen liegen blieben, ohne zu schmelzen.

Da stand ich nun, ein unglückliches Kind, und flüsterte immer wieder: »Was soll ich tun? Was soll ich nur tun?«

Plötzlich hörte ich eine helle Stimme nach mir rufen: »Miss Jane! Wo sind Sie? Kommen Sie zum Mittagessen!«

Ich wusste sehr wohl, dass es Bessie war, aber ich rührte mich nicht von der Stelle. Dann ertönte ihr leichter Schritt auf dem Gartenweg.

»Sie unartiges, kleines Ding!«, sagte sie. »Weshalb kommen Sie nicht, wenn man Sie ruft?«

Bessies Gegenwart hellte die düsteren Gedanken auf, die meine Gesellschaft gewesen waren, obwohl Bessie wie gewöhnlich etwas zornig war. Eigentlich machte ich mir nach meiner siegreichen Auseinandersetzung mit Mrs. Reed kaum noch etwas aus dem vorübergehenden Zorn des Kindermädchens. Ich war vielmehr geneigt, mich in ihrer jugendlichen Unbeschwertheit zu sonnen. So schlang ich denn meine beiden Arme um ihren Hals und sagte schmeichelnd: »Komm Bessie, schimpf nicht mit mir!«

Dies war natürlicher und furchtloser als nur irgendetwas, was ich mir je erlaubt hatte; aber anscheinend gefiel es Bessie auch.

»Sie sind ein sonderbares Kind, Miss Jane«, sagte sie, indem sie zu mir herabblickte. »Ein ruheloses, einsames kleines Ding. Und nun wird man Sie also in die Schule schicken?«

Ich nickte.

»Und wird es Ihnen nicht schwer werden, Ihre arme Bessie zu verlassen?«

»Was sollte das Bessie schon ausmachen? Sie schimpft ja immer nur mit mir.«

»Weil Sie ein so furchtsames, scheues, sonderbares kleines Ding sind. Sie sollten mutiger sein.«

»Was? Um noch mehr Schläge zu bekommen?«

»Unsinn! Aber es ist schon wahr, es wird hart mit Ihnen umgegangen. Als meine Mutter mich vorige Woche besuchte, sagte sie, dass sie keins von ihren kleinen Kindern an Ihrer Stelle wissen möchte. – Aber kommen Sie jetzt nur herein, ich habe Ihnen etwas Schönes zu erzählen!«

»Ach nein, Bessie, das glaube ich nicht.«

»Kind! Was fällt Ihnen denn ein? Mit welch traurigen Augen Sie mich ansehen! Nun, die gnädige Frau und die jungen Damen und Master John fahren heute Nachmittag zum Tee aus, und Sie sollen mit mir Tee trinken. Ich werde die Köchin bitten, dass sie Ihnen einen kleinen Kuchen bäckt. Und später sollen Sie mir helfen, Ihre Schränke und Schubladen durchzusehen, denn ich werde bald Ihren Koffer packen müssen. Die gnädige Frau hat beschlossen, dass Sie in ein bis zwei Tagen Gateshead verlassen sollen. Sie dürfen sich die Spielsachen aussuchen, die Sie mitnehmen möchten.«

»Bessie, du musst mir versprechen, nicht mehr mit mir zu schimpfen, solange ich noch hier bin.«

»Nun, das will ich Ihnen versprechen! Aber nun müssen Sie auch ein gutes Kind sein und sich nicht mehr vor mir fürchten. Schrecken Sie nicht immer gleich auf, wenn ich einmal ein bisschen scharf spreche, das ärgert mich!«

»Nein, ich glaube nicht, dass ich mich jemals wieder vor dir fürchten werde, Bessie; ich habe mich jetzt an dich gewöhnt, und gar bald werden andere Leute da sein, vor denen ich mich zu fürchten habe.«

»Wenn Sie sich vor den Leuten fürchten, so werden die Sie niemals mögen.«

»So wie du, Bessie?«

»Oh, ich habe Sie lieb, Fräulein, ich glaube, ich halte mehr von Ihnen, als von all den anderen.«

»Aber du zeigst es mir nicht!«

»Sie kluges, kleines Ding! Sie sprechen mit einem Mal ganz anders. Was macht Sie denn so mutig, so verwegen?«

»Nun, ich werde ja bald weit von hier sein, und außerdem ...« – ich war schon im Begriff, etwas von dem zu sagen, was zwischen Mrs. Reed und mir vorgefallen war, jedoch fühlte ich plötzlich, dass es doch besser sei, über diesen Punkt zu schweigen.

»Sie sind also froh, mich zu verlassen?«

»Oh gewiss nicht, Bessie. In diesem Augenblick tut es mir beinahe leid.«

»›In diesem Augenblick‹ und ›beinahe‹! Wie ruhig die kleine Dame das sagt! Ich glaube wahrhaftig, wenn ich Sie in diesem Augenblick um einen Kuss bitten würde, so würden Sie ihn mir nicht geben. Sie würden dann sicher sagen: ›beinahe, aber lieber nicht‹.«

»Ich will dir einen Kuss geben, sehr gerne, komm, beug deinen Kopf zu mir herunter!« Bessie neigte sich, wir umarmten uns und ich folgte ihr ganz getröstet ins Haus. Dieser Nachmittag verging in Frieden und Eintracht, und am Abend erzählte Bessie mir einige ihrer bezauberndsten Geschichten und sang mir ihre schönsten Lieder vor: Sogar auf *mein* Leben fiel dann und wann ein Sonnenstrahl.

Fünftes Kapitel

Am Morgen des 19. Januar hatte es kaum fünf Uhr geschlagen, als Bessie ein Licht in meine kleine Kammer brachte und mich beinahe fertig angekleidet fand. Ich war schon eine halbe Stunde vor ihrem Eintritt aufgestanden, hatte mein Gesicht gewaschen und mich beim Schein des gerade untergehenden Halbmondes, der seine letzten Strahlen durch das schmale Fenster neben meinem Bett warf, angekleidet. Heute sollte ich Gateshead mit der Postkutsche verlassen, die um sechs Uhr morgens am Parktor des Herrenhauses vorbeikam. Bessie war die einzige Person, die mit mir aufgestanden war; sie hatte im Kinderzimmer ein Feuer im Kamin angezündet und bereitete mir dort jetzt ein Frühstück. Nur wenige Kinder vermögen zu essen, wenn sie von dem Gedanken an eine Reise beherrscht sind – und auch ich konnte es nicht. Umsonst bat Bessie mich, wenigstens ein paar Löffel von dem Milch- und Brotbrei zu versuchen, den sie für mich gekocht hatte; ich weigerte mich hartnäckig. Sie wickelte darum etwas Zwieback in ein Papier und schob das Päckchen in meine Reisetasche. Dann half sie mir beim Ankleiden mit Hut und Pelz, hüllte sich selbst in ein dickes

Tuch und wir verließen das Kinderzimmer. Als wir an Mrs. Reeds Schlafzimmer vorüberkamen, sagte sie: »Wollen Sie hineingehen und Ihrer Tante Lebewohl sagen?«

»Nein, Bessie. Als du gestern zum Abendbrot in die Küche hinuntergegangen warst, kam sie an mein Bett und sagte, dass ich weder sie noch meine Cousinen heute Morgen zu stören bräuchte, und dann ermahnte sie mich, nie zu vergessen, dass sie stets meine beste Freundin gewesen sei – und dass ich dankbar von ihr sprechen und an sie denken solle.«

»Und was antworteten Sie darauf, Fräulein?«

»Nichts. Ich bedeckte mein Gesicht mit der Decke und wandte mich von ihr ab.«

»Das war nicht recht, Miss Jane.«

»Es war ganz recht, Bessie. Mrs. Reed ist niemals meine Freundin gewesen, sie war meine ärgste Feindin.«

»Oh, Miss Jane, das dürfen Sie nicht sagen!«

»Lebe wohl Gateshead!«, rief ich, als wir durch die Halle gingen und durch die große Haustür hinaustraten.

Der Mond war verschwunden und es war noch sehr dunkel. Bessie trug eine Laterne, deren Licht auf nasse Stufen und einen durch plötzlichen Tau aufgeweichten Kiesweg fiel. Feucht und rau war dieser Wintermorgen, meine Zähne schlugen vor Kälte zusammen, als wir den Fahrweg hinuntereilten. Aus dem Pförtnerhäuschen glänzte ein Licht. Als wir näher kamen, sahen wir, dass die Pförtnersfrau gerade ein Feuer machte. Mein Koffer, welcher schon am Abend zuvor hinuntergetragen worden war, stand mit Stricken verschnürt vor der Tür. Es fehlten nur noch wenige Minuten an sechs Uhr, und kurz nachdem die volle Stunde geschlagen hatte, verkündete das ferne Rollen von Rädern das Nahen der Postkutsche. Ich ging an die Tür und beobachtete, wie die Laternen des Wagens schnell durch die Dunkelheit näher kamen.

»Fährt sie allein?«, fragte die Portiersfrau.

»Ja.«

»Und wie weit ist es von hier?«

»Fünfzig Meilen.«

»So ein weiter Weg! Mich wundert es nur, dass Mrs. Reed nicht besorgt ist, sie die lange Strecke allein fahren zu lassen.«

Die Kutsche hielt vor der Tür. Da stand sie nun, mit ihren vier Pferden und voll besetzt mit Reisenden. Der Kutscher und sein Begleiter riefen laut zur Eile auf, mein Koffer wurde hinaufgehoben und man zog mich von Bessie fort, deren Hals ich umklammert hielt, um ihr noch einen Kuss zu geben.

»Dass Sie mir nur gut auf das Kind achten!«, rief Bessie dem Begleiter zu, der mich in das Innere des Wagens hob.

»Jaja«, war seine Antwort. Die Tür wurde wieder zugeschlagen, eine Stimme rief »In Ordnung!«, und los ging es. So trennte ich mich von Bessie und von Gateshead – so fuhr ich davon, unbekannten und, wie ich damals glaubte, fernen und geheimnisvollen Regionen entgegen.

Von jener Reise erinnere ich mich nur noch an wenige Einzelheiten. Ich weiß noch, dass der Tag mir von einer unnatürlichen Länge erschien, und dass es mir vorkam, als ob die Landstraße, auf welcher wir dahinfuhren, Hunderte von Meilen lang sei. Wir kamen durch verschiedene Orte, und in einem größeren hielt die Kutsche an. Die Pferde wurden ausgespannt und die Passagiere stiegen aus, um zu Mittag zu essen. Ich wurde in ein Wirtshaus geführt, wo der Begleiter mich aufforderte, doch etwas zu essen. Da ich jedoch keinen Appetit hatte, ließ er mich in einem großen Zimmer allein, an dessen beiden Enden sich je ein Kamin befand; ein Kronleuchter hing von der Decke herab, und oben an der Wand war eine kleine, rote Galerie angebracht, auf der verschiedene Musikinstrumente lagen. In diesem Raum ging ich lange auf und ab. Mir war seltsam zumute und ich hatte furchtbare Angst, dass jemand hereinkommen könnte, um mich zu rauben, denn ich glaubte an Kinderdiebe – ihre Untaten hatten in Bessies Kaminfeuererzählungen stets eine herausragende Rolle gespielt. Endlich kam der Begleiter zurück, noch einmal wurde ich in die Kutsche gehoben, das Horn erklang und wir rasselten über die steinigen Straßen von L*** davon.

Nass und neblig kam der Nachmittag heran, und als schließlich die Dämmerung hereinbrach, begann ich zu fühlen, dass wir in der

Tat schon weit von Gateshead entfernt sein mussten. Wir kamen durch keine Ortschaften mehr und die Landschaft veränderte sich. Große, graue Hügel begannen den Horizont einzuschließen. Als es immer dunkler wurde, fuhren wir in ein düsteres, dicht bewaldetes Tal hinab, und lange nachdem die Nacht sich herabgesenkt und jede Aussicht unmöglich machte, hörte ich den wilden Sturm durch die Bäume rauschen.

Dieses Rauschen lullte mich ein, endlich schlief ich fest. Doch hatte ich noch nicht lange geschlummert, als das plötzliche Ende der schaukelnden Bewegungen mich weckte. Die Tür der Postkutsche war geöffnet und eine Person, die wie eine Dienerin gekleidet war, stand davor. Beim Schein der Laterne konnte ich ihr Gesicht und ihre Kleidung erkennen.

»Ist ein kleines Mädchen hier, welches Jane Eyre heißt?«, fragte sie. Ich antwortete »Ja!«, und wurde herausgehoben. Man setzte meinen Koffer ab, und augenblicklich fuhr der Postwagen weiter.

Ich war steif vom langen Sitzen und ganz betäubt vom Lärm und von der Bewegung der Kutsche; nachdem ich mich gestreckt hatte, blickte ich umher. Regen, Wind und Dunkelheit füllten die Luft, trotzdem erkannte ich vor mir eine Mauer mit einer geöffneten Tür. Durch diese Tür geleitete mich meine neue Führerin, die die Pforte hinter uns sorgsam verschloss. Jetzt wurde ein Haus oder ein Komplex von Häusern sichtbar; es war ein Gebäude von großer Ausdehnung mit vielen, vielen Fenstern. Durch einige derselben fiel Lichterschein. Wir gingen einen breiten, mit Kies bestreuten Weg hinauf und wurden durch eine Tür in das Haus eingelassen, dann führte die Dienerin mich durch einen Korridor in ein Zimmer, wo ein helles Kaminfeuer brannte. Hier blieb ich allein.

Ich stellte mich an die Glut und wärmte meine erstarrten Finger, dann blickte ich umher. Es brannte kein Licht, aber bei dem unsicheren Schein des Kaminfeuers konnte ich tapezierte Wände, einen Teppich, Vorhänge und glänzende Mahagonimöbel unterscheiden. Es war ein Wohnzimmer, zwar nicht so geräumig und prächtig wie der Salon in Gateshead Hall, aber dennoch hübsch und gemütlich. Ich war gerade damit beschäftigt, einen Kupferstich, welcher an der Wand hing, genauer zu betrachten, als die Tür geöffnet wurde und eine Gestalt eintrat, welche ein Licht in der Hand trug; eine zweite folgte ihr auf dem Fuße.

Die erste war eine schlanke Dame mit dunklem Haar, dunklen Augen und einer weißen, hohen Stirn. Ihre Gestalt wurde zum Teil durch einen Schal verhüllt, ihr Gesicht war ernst, ihre Haltung gerade.

»Das Kind ist doch noch zu jung, um eine solche Reise allein zu machen«, sagte sie, indem sie das Licht auf den Tisch stellte. Eine Weile betrachtete sie mich aufmerksam, dann fügte sie hinzu:

»Es wird gut sein, wenn sie bald zu Bett geht, sie sieht so müde aus. Bist du müde?«, fragte sie und legte ihre Hand auf meine Schulter.

»Ein wenig, Madam.«

»Und auch hungrig, ohne Zweifel. Sorgen Sie dafür, Miss Miller, dass sie etwas zu essen bekommt, bevor sie sich schlafen legt. Ist es das erste Mal, dass du deine Eltern verlassen hast, meine Kleine, um hier in die Schule zu kommen?«

Ich erklärte ihr, dass ich keine Eltern habe. Sie fragte mich, wie lange sie schon tot seien; dann wie alt ich wäre, wie ich heiße, ob ich lesen könne und auch schreiben und ein wenig nähen? Endlich berührte sie meine Wange sanft mit ihrem Zeigefinger und sagte, »sie hoffe, dass ich ein gutes Kind sein würde«, und dann schickte sie mich mit Miss Miller fort.

Die Dame, die ich soeben verlassen hatte, mochte vielleicht Ende zwanzig sein; die, welche mit mir ging, konnte einige Jahre weniger zählen. Hatte die Erstere durch ihr Auftreten, ihren Blick und ihre Stimme einen großen Eindruck auf mich gemacht, so war Miss Miller von gewöhnlicherer Art. Ihr Teint war gesund, obgleich ihre Züge die Spuren von Kummer und Sorgen trugen. Und sie war hastig in Gang und Bewegungen, ganz wie jemand, der fortwährend eine Menge der verschiedensten Dinge zu besorgen hat. Man sah ihr auf den ersten Blick an, was sie – wie ich später erfuhr – war: eine Hilfslehrerin. Von ihr geführt, ging ich von

Zimmer zu Zimmer, von Korridor zu Korridor durch das große, unregelmäßige Gebäude. Endlich wurde die vollständige und trübselige Stille in den von uns durchschrittenen Räumen durch ein Gewirr von Stimmen abgelöst. Wir traten in ein großes, langes Zimmer, in welchem an jedem Ende zwei große, hölzerne Tische standen. Auf den Tischen brannten zwei Kerzen, und rund um dieselben saßen auf Bänken viele Mädchen jeden Alters zwischen neun und vielleicht zwanzig Jahren. Im trüben Schein der Talgkerzen schien mir ihre Anzahl ungeheuer groß, obgleich es in Wirklichkeit nicht mehr als achtzig waren. Sie trugen sämtlich eine Schuluniform von ganz altmodischem Schnitt aus braunem Wollstoff sowie lange, baumwollene Schürzen. Es war die Stunde, in welcher sie ihre Aufgaben für den kommenden Tag lernten, und das Summen von Stimmen, welches ich zuvor vernommen hatte, war das vereinigte Resultat ihrer geflüsterten Repetitionen.

Miss Miller machte mir ein Zeichen, mich auf eine Bank nahe der Tür zu setzen, dann ging sie an das obere Ende des großen Zimmers und rief mit sehr lauter Stimme:

»Aufseherinnen, sammelt die Schulbücher zusammen und legt sie an ihren Platz!«

Augenblicklich erhoben sich vier große Mädchen von verschiedenen Tischen, nahmen die Bücher zusammen und brachten sie fort. Von Neuem ertönte Miss Millers lautes Kommando:

»Aufseherinnen, holt die Tabletts mit dem Abendessen!«

Die großen Mädchen gingen hinaus und kehrten augenblicklich wieder zurück. Jede trug ein großes Präsentiertablett mit Portionen von Essen – ich konnte nicht erkennen, was es war. In der Mitte eines jeden solchen Brettes stand ein Krug mit Wasser und ein Becher. Die Portionen wurden herumgereicht, wer wollte, konnte auch einen Schluck Wasser trinken, der Becher war für alle gemeinsam bestimmt. Als die Reihe an mich kam, trank ich, denn ich war durstig, das Essen aber ließ ich unberührt. Aufregung und Ermüdung machten es mir unmöglich zu essen. Indessen sah ich jetzt, dass es ein dünner, in Stücke geschnittener Kuchen von Hafermehl war.

Als die Mahlzeit vorüber war, las Miss Miller das Abendgebet vor, und die Klassen gingen in Reihen von zwei und zwei nach oben. Jetzt hatte die Müdigkeit mich vollständig überwältigt, ich bemerkte kaum, welche Art von Aufenthaltsort das Schlafzimmer eigentlich war. Ich sah nur, dass es ebenso lang war wie das Schulzimmer. Diese Nacht musste ich das Bett mit Miss Miller teilen; sie half mir beim Entkleiden. Als ich mich niederlegte, blickte ich auf die lange Reihe von Betten, von denen jedes sich rasch mit zwei Mädchen füllte. Nach zehn Minuten wurde das einzige Licht gelöscht. Stille und vollständige Dunkelheit herrschten und ich schlief ein.

Die Nacht verstrich schnell. Ich war sogar zu müde und abgespannt, um träumen zu können. Nur einmal erwachte ich und vernahm, wie der Wind in wütenden Stößen durch die Bäume brauste. Der Regen fiel in Strömen. Jetzt gewahrte ich auch, dass Miss Miller ihren Platz neben mir eingenommen hatte. Als ich die Augen wieder öffnete, schlug der laute Ton einer Glocke an mein Ohr. Die Mädchen waren bereits aufgestanden und kleideten sich an. Der Tag war noch nicht angebrochen, und ein oder zwei Lichter brannten im Zimmer. Widerwillig erhob auch ich mich, denn es war bitterkalt. Ich kleidete mich so gut an, wie ich es vor Kälte bebend vermochte. Als eine Waschschüssel frei geworden war, wusch ich mich. Allerdings musste ich lange auf diese glückliche Fügung warten, denn auf den Waschtischen, welche entlang der Zimmermitte aufgestellt waren, befand sich immer nur eine Schüssel für je sechs Mädchen. Wieder ertönte die Glocke. Alle traten wie am vorigen Abend zwei und zwei in die Kolonne. In dieser Ordnung gingen sie die Treppe hinunter und schritten in das trübe erhellte und kalte Schulzimmer. Hier las Miss Miller das Morgengebet vor; dann rief sie laut:

»Bildet die Klassen!«

Nun folgte ein großer Tumult, der eine Weile anhielt. Miss Miller rief wiederholt zu Ruhe und Ordnung auf. Als diese endlich eingetreten waren, sah ich, dass sich alle in vier Halbkreisen vor vier Stühlen aufgestellt hatten, welche vor vier Tischen standen. Alle hielten Bücher in den Händen und ein großes Buch, einer Bibel ähnlich, lag auf jedem Tisch vor dem leeren Stuhl. Nun entstand eine minutenlange Pause, während welcher man nichts vernahm, als das leise Gemurmel von Zahlen. Miss Miller ging von Klasse zu Klasse und machte diese unbestimmten Laute verstummen.

Aus der Ferne ertönte eine Glocke. Gleich darauf traten drei Damen ins Zimmer. Jede derselben ging an einen der Tische und nahm Platz. Miss Miller nahm den vierten Stuhl, welcher der Tür am nächsten stand und um den die kleinsten Kinder sich versammelt hatten, dieser letzten Klasse wurde auch ich zugewiesen, und zwar als Letzte.

Jetzt begann die Arbeit. Das Tagesgebet wurde wiederholt, dann wurden mehrere Texte aus der Heiligen Schrift hergesagt und endlich folgte das Lesen von Kapiteln aus der Bibel, welches eine ganze Stunde dauerte. Als wir mit dieser Übung fertig waren, war auch der Tag vollständig angebrochen. Die unermüdliche Glocke ertönte jetzt zum vierten Mal. Die Klassen sammelten sich und marschierten in ein anderes Zimmer, wo das Frühstück eingenommen wurde. Wie froh war ich bei der Aussicht, jetzt endlich etwas zu essen zu bekommen. Der Hunger hatte mich beinahe schon krank gemacht, denn den Tag zuvor hatte ich fast gar keine Nahrung zu mir genommen.

Das Refektorium war ein großer aber niedriger, düsterer Saal. Auf zwei langen Tischen dampfte etwas Heißes in kleinen Näpfen, das zu meiner größten Enttäuschung aber einen Geruch ausströmte, der alles andere als einladend war. Als der Dampf dieser Mahlzeit in die Nasen der Mädchen drang, bemerkte ich eine allgemeine Unruhe. Aus der Vorhut unserer Prozession, die von den großen Mädchen der ersten Klasse gebildet wurde, hörte man es flüstern:

»Ekelhaft! Der Haferbrei ist schon wieder angebrannt!«

»Ruhe!«, gebot eine Stimme. Es war nicht diejenige Miss Millers, sondern sie gehörte einer der Oberlehrerinnen, einer kleinen dunklen Person, die hübsch gekleidet war, jedoch sehr mürrisch und unangenehm aussah. Diese nahm an dem oberen Ende eines

Tisches Platz, während eine behäbigere Dame an dem anderen präsidierte. Umsonst hielt ich Ausschau nach der Gestalt, welche ich am ersten Abend gesehen hatte, sie war nicht sichtbar. Miss Miller hatte am unteren Ende des Tisches Platz genommen, an welchem ich saß, und eine seltsam fremdartig aussehende, ältliche Dame – die französische Lehrerin, wie ich später erfuhr – nahm denselben Platz am nächsten Tisch ein. Ein langes Gebet wurde gesprochen, eine Hymne gesungen, dann brachte eine Dienerin den Tee für die Lehrerinnen herein und die Mahlzeit nahm ihren Anfang.

Vollständig ausgehungert und ermattet verschlang ich mehrere Löffel von meiner Portion, ohne an den Geschmack zu denken, als aber der erste, quälende Hunger gestillt war, bemerkte ich, welch übelriechendes Gemisch vor mir stand. Angebrannter Haferbrei ist beinahe ebenso abscheulich wie verfaulte Kartoffeln, selbst die Hungersnot schreckt davor zurück. Die Löffel bewegten sich ganz langsam, ich sah, wie die Mädchen die ihnen vorgesetzte Nahrung kosteten und wie sie versuchten, sie hinunterzuschlucken, aber in den meisten Fällen gaben sie auf: Das Frühstück ging vorüber und niemand hatte gefrühstückt. Wir sprachen das Dankgebet für etwas, was wir gar nicht bekommen hatten, und nachdem eine zweite Hymne abgesungen worden war, leerte sich das Refektorium und wir begaben uns ins Schulzimmer. Ich war eine der Letzten, die hinausgingen, und als ich die Tische passierte, sah ich, wie eine der Lehrerinnen einen Napf mit Haferbrei nahm, um den Inhalt desselben zu kosten. Sie blickte die anderen an, deren Gesichter sämtlich Entrüstung ausdrückten. Eine der Damen, die behäbige, flüsterte:

»Abscheulicher Mischmasch! Das ist empörend!«

Eine Viertelstunde verging, bevor die Stunden wieder begannen. Während dieser Zeit herrschte in dem Schulzimmer ein glorreicher Aufstand: In dieser Viertelstunde schien es nämlich erlaubt, frei und laut zu sprechen, und die Mädchen machten ausgiebig Gebrauch von diesem Recht. Die ganze Konversation drehte sich um das Frühstück, auf das alle ungeniert schimpften. Die Ärmsten, war dies Schimpfen doch der einzige Trost, der ihnen blieb. Außer

Miss Miller war keine weitere Lehrerin im Zimmer. Einige der größeren Mädchen bildeten eine Gruppe um sie und diskutierten gebärdenreich, ernsthaft und trotzig. Ich hörte von einigen Lippen den Namen Mr. Brocklehursts. Miss Miller schüttelte missbilligend den Kopf, aber sie machte keine großen Anstrengungen, um die allgemeine Wut und Empörung zu dämpfen – ohne Zweifel teilte sie dieselbe.

Die Uhr im Schulzimmer schlug die neunte Stunde. Miss Miller verließ den Kreis, welcher sich um sie gebildet hatte, trat in die Mitte des Zimmers und rief mit lauter Stimme:

»Ruhe! Auf die Plätze!«

In kurzer Zeit kam Ordnung in die wirre Menge, es kehrte wieder Disziplin ein und auf die babylonische Sprachverwirrung folgte eine verhältnismäßige Ruhe. Die Oberlehrerinnen nahmen pünktlich ihre Posten ein, und doch schienen alle noch auf irgendetwas zu warten. Auf den Bänken, welche sich an den Seiten des Raumes entlangzogen, saßen achtzig Mädchen bewegungslos und kerzengerade. Allen war das Haar glatt aus der Stirn gekämmt, nicht eine Locke war sichtbar. Eine seltsame Versammlung in braunen Kleidern, die bis an den Hals reichten und oben mit einer schmalen Rüsche abschlossen, mit kleinen, baumwollenen Taschen nach der Art der Beutel der Highlander, die an der Vorderseite des Kleides befestigt waren und als Handarbeitstäschchen dienten. Dazu kamen wollene Strümpfe und einfach gearbeitete Schuhe, welche mit Messingschnallen zusammengehalten wurden. Ungefähr zwanzig der auf diese Weise gekleideten Mädchen waren schon erwachsen oder zumindest über die erste Jugend hinaus; das Kostüm kleidete sie schlecht und gab selbst der hübschesten unter ihnen ein sonderbar abstoßendes Aussehen.

Ich betrachtete sie eingehend und danach auch die Lehrerinnen, von denen keine einzige mir besonders gefiel: Die Behäbige hatte etwas Gewöhnliches, die Dunkle sah sehr trotzig aus und die Fremde herb und grotesk. Und Miss Miller, das arme Ding, war blaurot, abgehärmt und überarbeitet. Da plötzlich, als meine Blicke noch von einem Gesicht zum anderen wanderten, erhob die ganze Schule sich zugleich und wie auf Kommando, als hätte eine einzige Sprungfeder sie alle in die Höhe geschnellt.

Was war geschehen? Ich hatte keinen Befehl vernommen – ich war ganz bestürzt. Bevor ich mich jedoch orientiert hatte, saßen die Klassen schon wieder. Da sich jetzt aber alle Blicke auf einen Punkt richteten, so sah auch ich in diese Richtung und erblickte die Dame, welche mich am vorhergehenden Abend empfangen hatte. Sie stand am Kamin am unteren Ende des Raumes. Ernst und ruhig musterte sie die beiden Reihen der Mädchen. Miss Miller näherte sich ihr und schien eine Frage zu stellen. Nachdem sie die Antwort erhalten hatte, ging sie an ihren Platz zurück und sagte laut:

»Aufseherin der ersten Klasse, gehen Sie und holen Sie die Globen!«

Während diese Weisung befolgt wurde, schritt die Dame langsam durch den Raum. Ich glaube, ich bin zu starker Verehrung fähig, denn noch heute erinnere ich mich des Gefühls staunender Bewunderung, mit welchem ich ihren Schritten folgte. Jetzt im hellen Tageslicht sah sie schlank, groß und wohlgestaltet aus. Braune Augen mit einem freundlichen, klaren Blick und fein gezeichnete Wimpern hoben die schneeige Weiße ihrer Stirn noch besonders hervor. Nach der Mode jener Zeit, wo weder glatte Scheitel noch lange Locken *en vogue* waren, trug sie ihr schönes, dunkelbraunes Haar in kurzen, dicken Locken an den Schläfen zusammengefasst. Ihre Kleidung, ebenfalls nach der Mode des Tages, bestand aus dunkelviolettem Tuch mit einer Art von spanischem Besatz aus schwarzem Samt. Eine goldene Uhr – Uhren wurden in jenen Tagen noch nicht allgemein getragen – hing an ihrem Gürtel. Um das Bild vollständig zu machen, muss der Leser sich noch feine, vornehme Züge hinzudenken, eine bleiche, aber klare Gesichtsfarbe und eine eindrucksvolle Haltung und Gestalt – dann hat er, so deutlich wie Worte sie zu geben vermögen, eine ungefähre Vorstellung von der äußeren Erscheinung von Miss Temple – Maria Temple, wie ich später einmal in einem Gebetbuch las, welches mir anvertraut wurde, um es in die Kirche zu tragen.

Die Vorsteherin von Lowood, denn dies war ihr Amt, nahm ihren Sitz vor zwei Globen ein, die auf einem der Tische standen, rief die erste Klasse auf, sich um sie zu versammeln, und begann eine Geografiestunde. Die Lehrerinnen wandten sich den niederen Schulklassen zu und prüften diese in Weltgeschichte und Grammatik. Dies dauerte eine Stunde. Dann folgten Arithmetik und Schreibunterricht, und Miss Temple gab einigen der größeren Mädchen eine Musikstunde. Die Dauer jeder Unterrichtsstunde wurde nach der Uhr bemessen. Endlich schlug es zwölf und die Vorsteherin erhob sich.

»Ich habe einige Worte an die Schülerinnen zu richten«, sagte sie.

Der Tumult, welcher stets nach Beendigung der Schulstunden einzutreten pflegte, hatte sich bereits erhoben, aber er legte sich sofort beim Klang ihrer Stimme. Sie fuhr fort:

»Ihr habt heute Morgen ein Frühstück gehabt, welches ihr nicht essen konntet. Ihr müsst hungrig sein – ich habe befohlen, dass für euch alle ein Gabelfrühstück von Brot und Käse aufgetragen wird.«

Die Lehrerinnen richteten Blicke auf sie, welche das größte Erstaunen verrieten.

»Es soll auf meine Verantwortung geschehen«, fügte sie in einem erklärenden Ton in Richtung dieser Damen hinzu; gleich darauf verließ sie das Zimmer.

Brot und Käse wurden alsbald hereingebracht und verteilt, zum größten Ergötzen und zur höchsten Befriedigung der ganzen Schule. Und nun erging die Order: »In den Garten!« Jede Schülerin setzte einen groben, hässlichen Strohhut mit Bändern von buntem Kaliko auf und band einen Mantel von grauem Fries um. Ich wurde in gleicher Weise ausgestattet und folgte dem Strom hinaus an die frische Luft.

Der Garten war eine weite Fläche und von so hohen Mauern umgeben, dass jeder Blick nach draußen unmöglich war. An der einen Seite zog sich eine überdachte Veranda entlang. Breite Kieswege umfassten eine Fläche in der Mitte, die in unzählige, kleine Beete unterteilt war. Diese Beete waren den Schülerinnen zum

Bebauen und zur Pflege übergeben, und jedes Beet hatte eine Besitzerin. Ohne Zweifel mussten die Beete sehr hübsch gewesen sein, wenn sie mit blühenden Blumen bedeckt waren, aber jetzt gegen Ende des Januars boten sie dem Auge nur ein Bild der winterlichen Zerstörung und des traurigen Verfalls. Es durchschauerte mich, als ich so dastand und umherblickte. Der Tag war der Bewegung im Freien durchaus nicht günstig, es herrschte zwar kein richtiger Regen, der alles durchnässte, dafür aber ein dicker, gelber, herabrieselnder Nebel. Der Boden unter unseren Füßen war durch den gestrigen Regen noch gänzlich durchweicht. Die kräftigeren unter den Mädchen liefen umher und amüsierten sich mit fröhlichen Spielen, aber unter der Veranda stand auch eine ganze Schar bleicher, magerer Gestalten, die ängstlich zusammenkrochen, als suchten sie hier Schutz und Wärme. Oft ertönte aus ihrer Mitte, wenn der dichte Nebel ihnen fast bis auf die Haut drang, ein hohles, ungesundes Husten.

Bis jetzt hatte ich noch mit niemandem gesprochen und niemand schien mir besondere Beachtung zu schenken; ich stand ganz allein da. Aber an das Gefühl der Einsamkeit war ich ja gewöhnt, es bedrückte mich nicht mehr als sonst. Ich lehnte mich gegen einen Pfeiler der Veranda und zog meinen grauen Mantel fest um mich zusammen. Und indem ich versuchte, die Kälte, die mich von außen schmerzte, und den unbefriedigten Hunger, der von innen an mir nagte, zu vergessen, gab ich mich ganz der Beobachtung und dem Nachdenken hin. Meine Gedanken waren zu unbestimmt und zu bruchstückhaft, als dass sie Erwähnung verdienten. Ich wusste noch kaum, wo ich mich eigentlich befand. Gateshead und mein bisheriges Leben schienen in einer unermesslichen Ferne zu verschwinden, die Gegenwart war seltsam und vage, und von der Zukunft wagte ich nicht, mir irgendein Bild zu machen. Ich blickte in dem klösterlichen Garten umher, dann zum Hause hinauf. Es war ein großes Gebäude, dessen eine Hälfte grau und alt erschien, während die andere ganz neu war. Dieser neue Teil, welcher das Schulzimmer und den Schlafsaal enthielt, hatte vergitterte Bogenfenster, die ihm ein kirchenähnliches Aussehen gaben. Eine steinerne Tafel oberhalb der Tür trug die Inschrift:

›Lowood Stiftung. Dieser Teil des Hauses wurde erbaut a. D. *** durch Naomi Brocklehurst von Brocklehurst Hall, in dieser Grafschaft. Lasset euer Licht leuchten vor den Menschen, dass sie eure guten Werke sehen und euren Vater im Himmel preisen. Mt. V, 16.‹

Wieder und wieder las ich diese Worte. Ich fühlte, dass sie noch eine Erklärung haben müssten, und war außerstande, ihren ganzen Inhalt zu erfassen. Noch dachte ich über die Bedeutung des Wortes »Stiftung« nach und bemühte mich, einen Zusammenhang zwischen den ersten Worten und dem Bibelvers zu finden, als ein hohler Husten hinter mir mich veranlasste, den Kopf zu wenden.

Ich sah ein Mädchen auf einer nahen Steinbank sitzen, sie war über ein Buch gebeugt, dessen Inhalt sie vollständig zu fesseln schien. Von der Stelle aus, wo ich stand, konnte ich den Titel lesen, er lautete »Rasselas« – ein Name, der mir seltsam vorkam und der mich neugierig machte. Als sie eine Seite umblätterte, blickte sie zufällig auf, und sogleich sagte ich:

»Ist dein Buch interessant?« Ich hatte bereits den Entschluss gefasst, sie eines Tages zu bitten, es mir zu leihen.

»Mir gefällt es«, sagte sie nach einer Pause von einigen Sekunden, während welcher sie mich gemustert hatte.

»Wovon handelt es denn?«, fuhr ich fort. Noch heute weiß ich kaum, woher ich den Mut nahm, in dieser Weise eine Konversation mit einer gänzlich Unbekannten anzufangen. Es war so ganz entgegen meiner sonstigen Gewohnheit und meiner Natur, aber ich glaube, dass ihre Beschäftigung irgendeine Saite in mir zum Klingen gebracht hatte, denn auch ich liebte die Lektüre, obgleich die meine bisher stets kindlich und nichtssagend gewesen war. Schweres und Ernstes konnte ich weder verstehen noch verdauen.

»Du darfst es dir ruhig ansehen«, sagte das Mädchen und gab mir das Buch.

Das tat ich. Ein kurzer Blick überzeugte mich, dass der Inhalt weit weniger fesselnd war als der Titel. »Rasselas« schien meinem seichten Geschmack höchst langweilig; ich fand nichts von Feen oder Dämonen, die eng bedruckten Seiten schienen keine fröhliche Abwechselung zu bieten. Ich gab ihr das Buch zurück. Sie nahm es ruhig und wollte sich, ohne ein weiteres Wort zu sprechen, ihrer früheren Beschäftigung wieder ganz hingeben, als ich noch einmal wagte, sie zu stören:

»Kannst du mir sagen, was die Inschrift dort auf dem Stein über der Tür bedeutet? Was heißt ›Stiftung Lowood?‹«

»Das ist das Haus, in welchem du hier lebst.«

»Und weshalb nennen sie es Stiftung? Ist es denn in irgendeiner Weise von anderen Schulen verschieden?«

»Es ist in gewisser Weise eine Wohltätigkeitsschule. Du und ich und alle Übrigen sind Mildtätigkeits-Zöglinge. Ich vermute, dass du eine Waise bist; ist nicht dein Vater oder deine Mutter tot?«

»Sie sind beide tot, schon lange, ich habe gar keine Erinnerung mehr an sie.«

»Nun, all die Mädchen hier haben entweder Vater oder Mutter oder beide Eltern verloren, und dies ist ein Institut für die Erziehung von Waisen.«

»Bezahlen wir denn kein Schulgeld? Werden wir hier umsonst erhalten?«

»Wir oder unsere Verwandten bezahlen fünfzehn Pfund jährlich.«

»Und weshalb nennt man uns dann Mildtätigkeits-Schüler?«

»Weil fünfzehn Pfund nicht hinreichend sind für Kost und Schule, das Fehlende wird durch Spenden aufgebracht.«

»Wer spendet denn?«

»Verschiedene barmherzige Damen und Herren in dieser Gegend und in London.«

»Und wer war Naomi Brocklehurst?«

»Die Dame, welche den neuen Teil dieses Hauses gebaut hat, wie die Inschrift besagt, und deren Sohn hier alles überwacht und anordnet.«

»Weshalb tut er das?«

»Weil er der Schatzmeister und Direktor des ganzen Instituts ist.«

»Dann gehört dieses Haus also nicht der großen, schlanken Dame, welche eine Uhr trägt, und die sagte, dass wir Brot und Käse bekommen sollten?«

»Miss Temple? Oh nein! Ich wollte, es gehörte ihr! Sie ist Mr. Brocklehurst für alles, was sie tut, verantwortlich. Mr. Brocklehurst kauft alle Nahrungsmittel und alle Kleider für uns.«

»Wohnt er hier?«

»Nein – zwei Meilen von hier, in einem großen, prächtigen Herrenhaus.«

»Ist er ein guter Mann?«

»Er ist ein Geistlicher, und man sagt, dass er sehr viel Gutes tut.«

»Sagtest du, dass die schlanke Dame Miss Temple heißt?«

»Ja.«

»Und wie heißen die anderen Lehrerinnen?«

»Die mit den roten Wangen heißt Miss Smith, sie muss auf die Handarbeiten achten und schneidet die Stoffe zu – wir nähen nämlich unsere Wäsche, Kleider, Mäntel und auch alles andere selbst. Die Kleine mit dem schwarzen Haar heißt Miss Scatcherd, sie lehrt Geschichte und Grammatik und prüft die zweite Klasse. Die Dritte, die einen Schal trägt und das Taschentuch mit einem gelben Band an der Seite festgebunden hat, ist Madame Pierrot. Sie kommt aus Lille in Frankreich und lehrt Französisch.«

»Liebst du die Lehrerinnen?«

»Oh ja, so ziemlich.«

»Liebst du auch die kleine Schwarze und die Madame ...? Ich kann ihren Namen nicht so gut aussprechen wie du.«

»Miss Scatcherd ist heftig, du musst dich hüten, sie ärgerlich zu machen. Aber Madame Pierrot ist keine üble Person.«

»Aber Miss Temple ist die Beste, nicht wahr?«

»Miss Temple ist sehr klug und sehr gut; sie steht über all den anderen, weil sie viel mehr weiß als sie.«

»Bist du schon lange hier?«

»Zwei Jahre.«

»Bist du eine Waise?«

»Meine Mutter ist tot.«

»Fühlst du dich hier glücklich?«

»Du stellst eigentlich zu viele Fragen. Für jetzt habe ich dir genug geantwortet. Ich will jetzt lesen.«

In diesem Augenblick erklang die Glocke, die uns zum Mittagessen rief. Alle kehrten ins Haus zurück. Der Geruch, welcher jetzt das Refektorium füllte, war kaum appetitlicher als jener, welcher unsere Nasen beim Frühstück beleidigt hatte. Das Mittagessen wurde in zwei riesigen Zinnschüsseln serviert, aus denen ein scharfer Dampf aufstieg, der stark an ranziges Fett erinnerte. Das Gericht bestand aus faden Kartoffeln und seltsamen Fetzen rötlichen Fleisches, die zusammengerührt und gekocht waren. Von dieser Speise wurde jeder Schülerin eine ziemlich große Portion vorgesetzt. Ich aß so viel ich konnte und fragte mich im Stillen, ob die Kost der anderen Tage wohl besser sein würde.

Nach dem Mittagessen verfügten wir uns sofort wieder in das Schulzimmer. Die Stunden begannen von Neuem und dauerten bis fünf Uhr.

Die einzige bemerkenswerte Begebenheit des Nachmittags bestand darin, dass ich sah, wie das Mädchen, mit dem ich in der Veranda gesprochen hatte, von Miss Scatcherd aus der Weltgeschichtsstunde gejagt wurde und inmitten des großen Schulzimmers stehen musste. Die Strafe schien mir im höchsten Grade entehrend, besonders für ein so großes Mädchen, das mehr als dreizehn Jahre zu zählen schien. Ich erwartete, bei ihr Anzeichen von großer Scham und Verzweiflung zu sehen, aber zu meinem größten Erstaunen weinte sie weder, noch errötete sie. Gefasst und ernst stand sie da, alle Blicke waren auf sie gerichtet. ›Wie kann sie das so ruhig, so gefasst tragen?‹, fragte ich mich. ›Wenn ich an ihrer Stelle wäre, so würde ich doch gewiss wünschen, dass die Erde sich öffnen möchte, um mich zu verschlingen. Sie aber sieht aus, als dächte sie an etwas weit Entferntes, an etwas ganz anderes als an ihre augenblickliche Lage, an etwas, das nicht um sie herum und nicht vor ihr passiert. Man spricht ja von Tagträumen – träumt sie jetzt einen solchen Traum? Ihre Augen sind auf den Boden geheftet, aber ich bin überzeugt, dass sie diesen nicht sieht. Ihr Blick scheint nach innen gewendet, in ihr Herz versenkt, sie sieht nur die Dinge, die in ihrer Erinnerung leben, nichts, was die Gegenwart ihr bringt. Ich möchte doch wissen, was für ein Mädchen sie ist – ob gut oder böse?‹

Bald nach fünf gab es wieder eine Mahlzeit, die aus einem kleinen Becher Kaffee und einer halben Scheibe Schwarzbrot bestand. Ich trank meinen Kaffee und verschlang mein Brot mit wahrem Genuss und blieb doch hungrig – wie froh wäre ich gewesen, wenn ich doppelt so viel gehabt hätte. Darauf folgte eine halbstündige Erholung, und dann begannen die Studien von Neuem. Schließlich kam das Glas Wasser mit dem Stückchen Haferkuchen, das Gebet und das Schlafengehen. – Dies war mein erster Tag in Lowood.

Sechstes Kapitel

Der nächste Tag begann wie der vorige. Wir standen bei Lampenlicht auf und kleideten uns an, aber an diesem Morgen wurde uns erlaubt, das Waschen ausfallen zu lassen – das Wasser in den Wasserkrügen war gefroren. Am Abend vorher war eine Veränderung im Wetter eingetreten. Ein scharfer Nordostwind, der die ganze Nacht durch die Ritzen in unseren Schlafzimmerfenstern gepfiffen hatte, hatte uns in unseren Betten vor Kälte beben lassen und den Inhalt der Waschkrüge in Eis verwandelt.

Bevor die langen anderthalb Stunden des Gebets und des Bibellesens zu Ende waren, war ich nahe daran, vor Kälte ohnmächtig zu werden. Endlich kam die Frühstückszeit, und an diesem Morgen war der Haferbrei nicht angebrannt. Die Qualität war essbar, allerdings ließ diesmal die Quantität viel zu wünschen übrig. Wie klein erschien mir doch meine Portion; ich wünschte, sie wäre doppelt so groß gewesen.

Im Laufe des Tages wurde ich der vierten Klasse als Schülerin eingereiht und mir wurden regelmäßige Aufgaben und Beschäftigungen angewiesen. War ich bis jetzt nur Zuschauerin in Lowood gewesen, so sollte ich jetzt eine der Mitwirkenden werden. Da ich wenig daran gewöhnt war, etwas auswendig zu lernen, schienen mir die Aufgaben unendlich lang und schwer; auch der häufige Wechsel des Gegenstandes der Lektionen verwirrte mich. Ich war daher froh, als Miss Smith mir gegen drei Uhr nachmittags einen zwei Ellen langen Streifen weißen Musselins samt Fingerhut und Schere gab und mir gebot, mich in einen stillen Winkel des Schulzimmers zu setzen, wo ich den Stoff säumen sollte. Um diese Zeit nähte auch die Mehrzahl der anderen Mädchen; nur eine Klasse war noch um Miss Scatcherds Stuhl versammelt und mit Lesen beschäftigt. Da tiefe Stille herrschte, konnte man den Gegenstand des Unterrichts deutlich vernehmen und ebenso die Art und Weise, wie jedes Mädchen seine Aufgabe erledigte oder Miss Scatcherd ihre Missbilligung oder Anerkennung zu verstehen gab. Es ging um englische Geschichte. Unter den Leserinnen bemerkte ich meine Bekannte von der Veranda. Zu Beginn der Lektion hatte sie den Platz der Klassenersten eingenommen, aber wegen irgendeines Irrtums in der Aussprache oder einer Unaufmerksamkeit in Bezug auf die Interpunktion wurde sie plötzlich an das Ende der Reihe geschickt. Und selbst noch auf diesem Platz blieb sie unausgesetzt ein Gegenstand für Miss Scatcherds Aufmerksamkeit; fortwährend richtete sie Worte wie die folgenden an sie:

»Burns« – dies schien ihr Name zu sein, die Mädchen wurden hier, wie anderswo die Knaben, mit ihren Familiennamen angeredet – »Burns, du spielst mit den Füßen herum, stell dich augenblicklich ordentlich hin!« – »Burns, weshalb streckst du das Kinn in so hässlicher, unangenehmer Weise vor? Halte den Kopf gerade!« – »Burns, ich bestehe darauf, dass du dich gerade hältst, ich will dich in solcher Stellung nicht vor mir sehen!« Und so weiter, und so weiter.

Als das Kapitel zweimal durchgelesen war, wurden die Bücher geschlossen und die Mädchen geprüft. Die Lektion hatte einen Teil der Regierung von Charles I. umfasst, und es waren verschiedene Fragen über Schiffsladungen und Zollgebühren gestellt worden, welche die meisten der Mädchen nicht beantworten konnten. Jedes Problem wurde jedoch gelöst, wenn die Reihe an Burns kam; ihr Gedächtnis schien die Substanz der ganzen Lektion erfasst zu haben, und sie hatte für jede Frage eine Antwort bereit. Ich saß da und wartete freudig erregt, dass Miss Scatcherd ihre Aufmerksamkeit rühmen würde, stattdessen rief sie plötzlich aus:

»Du schmutziges, widerwärtiges Mädchen! Heute Morgen hast du deine Nägel wieder nicht gereinigt!«

Burns antwortete nicht und ich wunderte mich über ihr Schweigen.

›Weshalb‹, dachte ich, ›erklärt sie denn nicht, dass sie weder ihr Gesicht waschen noch ihre Nägel reinigen konnte, da das Wasser gefroren war?‹

Hier wurde meine Aufmerksamkeit durch Miss Smith abgelenkt, welche mich bat, ihr mit dem Zwirn behilflich zu sein. Während sie ihn aufwickelte, sprach sie ein wenig mit mir, fragte, ob ich schon früher eine Schule besucht habe, ob ich zeichnen, sticken und stricken könne und anderes mehr. Bis sie mich wieder entließ, konnte ich meine Beobachtungen von Miss Scatcherds Verhalten nicht fortsetzen. Als ich endlich auf meinen Sitz zurückkehrte, erteilte diese Dame gerade einen Befehl, dessen Inhalt ich nicht verstehen konnte. Burns verließ jedoch augenblicklich die Klasse und trat in ein kleines, inneres Zimmer, wo die Bücher aufbewahrt wurden. Nach kaum einer halben Minute kehrte sie zurück und trug in ihrer Hand ein kleines Reisigbündel, das an einem Ende zusammengebunden war. Dieses ominöse Werkzeug überreichte sie Miss Scatcherd mit einem respektvollen Knicks, dann löste sie schweigend, ohne dass es ihr befohlen wurde, ihre Schürze – und augenblicklich versetzte die Lehrerin ihr mindestens ein Dutzend scharfer Streiche mit der Rute auf Arme und Nacken. Nicht eine einzige Träne trat in Burns' Augen, und während ich mit meiner Arbeit innehielt, weil ein Gefühl ohnmächtigen, hilflosen Zorns meine Finger erbeben ließ, veränderte sich nicht ein einziger Zug in ihrem nachdenklichen, ernsten Gesicht.

»Du störrisches Mädchen!«, rief Miss Scatcherd aus, »nichts kann dich von deinen unordentlichen Gewohnheiten heilen! – Trage die Rute wieder fort!«

Burns gehorchte. Ich sah ihr aufmerksam ins Gesicht, als sie wieder aus der Bücherkammer heraustrat: Sie schob gerade ihr Taschentuch wieder in die Tasche, eine Träne glänzte in ihrem Auge und rann dann langsam über ihre hohle, bleiche Wange.

Die Spielstunde am Abend galt mir als der angenehmste Teil des ganzen Tages in Lowood. Wenn das kleine Stück Brot und der Schluck Kaffee, die ich um fünf Uhr genossen hatte, meinen Hunger auch nicht stillen konnten, so hatten sie wenigstens meinen Lebensmut neu beseelt. Der lange Zwang des Tages fiel von allen ab. Das Schulzimmer war wärmer als am Morgen, denn die Feuer durften heller brennen, da sie andere Lichter ersetzen mussten, die nicht vorhanden waren. Der rötliche Feuerschein, der gestattete Lärm, das Durcheinander vieler Stimmen rief ein wohliges Gefühl von Freiheit hervor.

Am Abend des Tages, an dem ich gesehen hatte, wie Miss Scatcherd ihre Schülerin Burns mit der Rute geschlagen hatte, ging ich wie gewöhnlich ohne Gefährtin zwischen Tischen und Bänken und lachenden Gruppen umher, ich fühlte mich indessen nicht einsam. Wenn ich an den Fenstern vorüberging, hob ich dann und wann einen Vorhang in die Höhe und blickte hinaus. Der Schnee fiel in dichten Flocken, vor den unteren Fensterscheiben lag bereits eine hohe Schicht. Wenn ich mein Ohr dicht an das Fenster legte, hörte ich durch den fröhlichen Tumult im Zimmer hindurch das traurige Sausen und Toben des Windes draußen.

Hätte ich ein glückliches Heim und gütige Eltern verlassen, so wäre dies wahrscheinlich die Stunde gewesen, in der ich die Trennung am bittersten und schmerzlichsten empfunden hätte. Dieser draußen tobende Sturm würde mir das Herz schwer gemacht haben, dieses düstere Chaos würde meinen Frieden gestört haben – wie die Dinge aber lagen, rief das Getöse eine seltsame Erregung in mir wach. Ich wurde unruhig und fieberhaft, ich wünschte, dass der Wind lauter heulen, die Dämmerung zur Dunkelheit werden und der Lärm in Toben ausarten möchte.

Über Bänke fortspringend und unter Tischen weiterkriechend bahnte ich mir einen Weg zu einem der Kamine. Dort fand ich Burns, am hohen Kaminschutz kniend. Sie hatte beim matten Schein der glühenden Asche über der Gesellschaft ihres Buches alles vergessen, was um sie herum vorging.

»Ist es noch immer ›Rasselas‹?«, fragte ich sie von hinten.

»Ja«, sagte sie, »ich bin fast fertig.«

Nach einer kleinen Weile schlug sie das Buch zu. Ich war froh darüber.

›Jetzt‹, dachte ich, ›kann ich sie vielleicht zum Sprechen bringen.‹ Ich setzte mich neben sie auf den Fußboden.

»Welchen Namen hast du noch außer Burns?«

»Helen.«

»Bist du von weit her?«

»Ich komme aus dem Norden, von der schottischen Grenze.«

»Willst du irgendwann wieder dorthin zurück?«

»Ich hoffe es, aber niemand kann in die Zukunft sehen.«

»Wünschst du nicht sehr, Lowood zu verlassen?«

»Nein, weshalb sollte ich das wünschen? Ich bin nach Lowood geschickt worden, um eine gute Erziehung zu bekommen, und was würde es nützen, fortzugehen, wenn dieser Zweck nicht erreicht ist?«

»Aber jene Lehrerin, Miss Scatcherd, ist doch so grausam gegen dich.«

»Grausam? Durchaus nicht! Sie ist streng. Sie hat einen großen Widerwillen gegen meine Fehler.«

»Wenn ich an deiner Stelle wäre, würde ich sie hassen, ich würde mich gegen sie auflehnen; wenn sie mich mit einer Rute schlüge, würde ich sie ihr aus der Hand reißen, vor ihrer Nase würde ich das Ding zerbrechen!«

»Wahrscheinlich würdest du nichts von alledem tun, aber wenn du es tätest, so würde Mr. Brocklehurst dich mit Schimpf und Schande aus der Schule jagen. Und das wäre doch ein großer

Kummer für deine Angehörigen. Es ist viel besser, einen Schmerz mit Geduld zu ertragen, den niemand außer dir fühlt, als eine unüberlegte Tat zu begehen, deren böse Folgen alle treffen, die mit dir verwandt sind – und überdies gebietet die Bibel uns, Böses mit Gutem zu vergelten.«

»Aber es ist doch entehrend, mit Ruten gepeitscht zu werden und in der Mitte eines Zimmers stehen zu müssen, das voller Menschen ist! Und du bist schon so groß! Ich bin viel jünger als du, und ich könnte es nicht ertragen.«

»Und doch wäre es deine Pflicht, es zu ertragen, wenn du es nicht vermeiden könntest. Es ist schwach und albern zu sagen, dass du nicht ertragen kannst, was das Schicksal dir auferlegt.«

Staunend hörte ich ihr zu. Ich konnte diese Lehre der Duldsamkeit nicht begreifen; und noch weniger konnte ich die Versöhnlichkeit, mit welcher sie von ihrer Peinigerin sprach, verstehen, geschweige denn, mit derselben sympathisieren. Doch fühlte ich, dass Helen Burns alle Dinge in einem Lichte sah, das meinen Augen nicht sichtbar war. Ich vermutete, dass sie Recht hatte und ich Unrecht, aber ich wollte nicht tiefer über die Sache nachdenken. Wie Felix in der Apostelgeschichte schob ich es für eine passendere Gelegenheit auf.

»Du sagst, dass du Fehler hast, Helen? Nenne sie mir doch! Mir erscheinst du so gut.«

»Dann lerne von mir, dass man nicht nach dem Schein urteilen darf. Ich bin, wie Miss Scatcherd sagt, sehr unordentlich. Selten nur mache ich Ordnung zwischen meinen Sachen und niemals erhalte ich diese Ordnung. Ich bin unachtsam, ich vergesse die Vorschriften, ich lese, wenn ich meine Aufgaben machen sollte; ich habe keine Methode beim Lernen und zuweilen sage ich wie du: Ich kann es nicht ertragen, mich systematischen Regeln zu unterwerfen. All dies ist sehr ärgerlich für Miss Scatcherd, welche von Natur aus ordentlich, reinlich und pünktlich ist.«

»Und böse und grausam«, fügte ich hinzu, aber Helen Burns wollte diesen Zusatz nicht gelten lassen. Sie schwieg.

»Ist Miss Temple ebenso streng gegen dich, wie Miss Scatcherd?«, fragte ich weiter.

Bei der Nennung von Miss Temple flog ein sanftes Lächeln über ihr sonst so ernstes Gesicht.

»Miss Temple ist voller Güte; es bereitet ihr Schmerz, gegen irgendjemanden streng sein zu müssen, selbst gegen die schlimmste Schülerin der ganzen Schule. Sie sieht meine Fehler und belehrt mich mit Sanftmut über dieselben; wenn ich aber irgendetwas Gutes tue, so ist sie auch sehr freigebig mit ihrem Lob. Ein starker Beweis für meine elende, fehlerhafte und schwache Natur ist es, dass sogar ihre so milden und vernünftigen Ermahnungen nicht genug Einfluss haben, um mich von meinen Fehlern zu kurieren. Und sogar ihr Lob, obgleich ich es so hoch schätze, kann mich nicht zu andauernder Sorgsamkeit und Überlegung anspornen.«

»Das ist seltsam«, sagte ich, »es ist doch so leicht, sorgsam zu sein.«

»Für dich ist es das, ohne Zweifel. Ich habe dich heute Morgen in deiner Klasse beobachtet und sah, wie unverwandt aufmerksam du warst. Deine Gedanken schienen niemals abzuschweifen, während Miss Miller etwas erklärte oder dich befragte. Aber meine Gedanken wandern fortwährend. Wenn ich Miss Scatcherd zuhören und mit Sorgfalt alles in mich aufnehmen sollte, was sie sagt, höre ich oft sogar den Laut ihrer Stimme nicht mehr; ich versinke in eine Art von Traum. Manchmal glaube ich, dass ich in Northumberland bin und dass der Lärm, den ich um mich herum höre, das Plätschern und Rieseln eines kleinen Baches ist, der durch Deepden fließt, ganz nahe an unserem Haus vorbei. Wenn dann die Reihe an mich kommt zu antworten, muss ich erst geweckt werden, und weil ich dann von allem, was gelesen wurde, nichts gehört habe, weil ich ja dem Rauschen des imaginären Baches lauschte, so habe ich auch niemals eine Antwort parat.«

»Aber du hast doch heute Nachmittag so gut geantwortet.«

»Das war ein reiner Zufall. Der Gegenstand, über den wir gelesen hatten, hatte mein Interesse geweckt. Anstatt von Deepden zu träumen, dachte ich heute Nachmittag verwundert darüber nach, wie ein Mann, der so innig wünschte, das Gute zu tun, oft so ungerecht und unklug handeln konnte, wie Charles I. es getan hatte. Und ich dachte, wie traurig es ist, dass er bei all seiner Rechtschaffenheit und Gewissenhaftigkeit nichts anderes im Blick haben konnte, als die Vorrechte der Krone. Wenn er nur imstande gewesen wäre, in die Ferne zu blicken und zu sehen, wohin das, was man den Geist der Zeit nennt, eigentlich strebte! Und doch – ich liebe Charles, ich achte ihn, ich bedauere ihn, den armen gemordeten König! Ja, seine Feinde waren die Schlimmsten; sie vergossen Blut, welches zu vergießen sie kein Recht hatten! Wie konnten sie es wagen, ihn zu töten!«

Helen sprach jetzt mit sich selbst; sie hatte ganz vergessen, dass ich kaum imstande war, sie zu verstehen – dass ich unwissend war, dass der Gegenstand, über den sie sprach, mir fast unbekannt war. Ich rief sie wieder auf meine Ebene zurück.

»Wandern deine Gedanken auch, wenn Miss Temple dich unterrichtet?«

»Nein, gewiss nicht, oder doch nur selten. Miss Temple hat immer etwas zu sagen, das für meine eigenen Reflexionen noch neu ist. Ihre Sprechweise ist mir seltsam angenehm, und der Unterrichtsstoff, welchen sie vermittelt, ist meistens gerade das, was ich zu lernen wünsche.«

»Also mit Miss Temple stehst du gut?«

»Ja, auf eine passive Weise. Ich unternehme keine besonderen Anstrengungen, ich folge nur, wohin meine Neigung mich führt. Auf diese Weise gut zu sein, darin liegt kein besonderes Verdienst.«

»Ein großes Verdienst! Du bist gut mit denen, die gut mit dir sind. Wahrhaftig, nichts anderes wünschte ich auch. Wenn die Menschen stets gut und gehorsam den Ungerechten gegenüber wären, so ginge den bösen Menschen ja alles nach ihrem Kopfe; sie würden vor nichts mehr zurückschrecken und sich niemals bessern, sondern immer schlechter und schlechter werden. Wenn man uns ohne Grund schlägt, so sollten wir mit aller Macht zurückschlagen. Ganz gewiss, das sollten wir tun – so kräftig, dass die Person, welche es getan hat, sich wohl hüten wird, es jemals wieder zu tun.«

»Ich hoffe, du wirst anderen Sinnes werden, wenn du älter wirst, bis jetzt bist du ja nur ein kleines, unwissendes Mädchen, das es nicht besser gelernt hat.«

»Aber das fühle ich doch ganz deutlich, Helen, dass ich diejenigen hassen muss, die fortfahren, mich zu hassen, obwohl ich alles tue, was ihnen eigentlich Freude machen sollte. Ich *muss* mich auflehnen gegen die, welche mich ungerecht bestrafen. Es ist ebenso natürlich, wie dass ich jene liebe, die mir Liebe zeigen oder dass ich mich ruhig einer Strafe unterwerfe, wenn ich fühle, dass sie verdient ist.«

»Heiden und wilde Stämme huldigen vielleicht solchen Ideen, aber zu Christen und zivilisierten Nationen passen sie nicht.«

»Wie? Ich verstehe das nicht.«

»Hass kann nicht durch Gewalt besiegt werden, und Rache kann keine geschlagenen Wunden heilen.«

»Was sonst?«

»Lies das Neue Testament und merke, was Christus sagt, wie er handelt. Mach sein Wort zu deiner Richtschnur, sein Tun zu deinem Beispiel.«

»Was sagt er denn?«

»Liebet eure Feinde, segnet die, die euch verfluchen, tut denen wohl, die euch hassen und euch beleidigen.«

»Dann müsste ich ja Mrs. Reed lieben, und das kann ich nicht. Ich müsste ihren Sohn John segnen, und das ist unmöglich.«

Nun bat Helen Burns mich, ihr diese Worte zu erklären, und sofort begann ich ihr die ganze Geschichte meiner Leiden und Qualen, das ganze Register der mir widerfahrenen Unbill zu erzählen. Wild und bitter erzählte ich, da ich sehr erregt war. Ich sprach, wie ich fühlte – ohne Beschönigung, ohne Zurückhaltung.

Geduldig hörte Helen mir bis zum Ende zu. Ich erwartete, dass sie nun irgendeine Bemerkung machen würde, aber sie schwieg.

»Nun«, fragte ich ungeduldig, »ist Mrs. Reed nicht ein herzloses, böses Weib?«

»Sie ist nicht gütig gegen dich gewesen, ohne Zweifel, weil sie – das musst du begreifen lernen – deinen Charakter ebenso abstoßend findet, wie Miss Scatcherd den meinen. Wie genau du dich aber an alles erinnerst, was sie dir getan, was sie dir gesagt hat! Welch einen seltsam tiefen Eindruck ihre Ungerechtigkeit auf dein Herz gemacht zu haben scheint! So tief vermag die Erinnerung an erlittenes Unrecht sich *meinem* Gefühl nicht einzuprägen. Würdest du nicht auch glücklicher sein, wenn du versuchtest, ihre Strenge und die leidenschaftlichen Empfindungen, welche diese in dir wachrief, zu vergessen? Das Leben scheint mir doch zu kurz zu sein, um es damit hinzubringen, Feindseligkeit zu nähren und erduldete Unbill zu verzeichnen. Ein jeder von uns ist auf dieser Welt mit Fehlern beladen und er muss es sein, aber bald wird die Zeit kommen, das hoffe ich zuversichtlich, wo wir sie zusammen mit unserem vergänglichen, irdischen Leib ablegen, wo wir Vergänglichkeit und Sünde mit diesem hinfälligen Fleisch von uns streifen und nur der Seelenfunke zurückbleibt – dieser unerschütterliche, unverrückbare Grundstein des Lebens und des Denkens, so rein, wie er war, als er vom Schöpfer ausging, um das Geschöpf zu beleben. Er wird dorthin zurückkehren, woher er kam – vielleicht, um in ein Wesen überzugehen, das höher und erhabener ist als der Mensch, vielleicht, um alle Phasen der Ewigkeit bis zur Vollendung zu durchschreiten, von der ohnmächtigen, menschlichen Seele bis hinauf zum Engel! Denn gewiss, nimmer kann es doch sein, dass wir umgekehrt vom Menschen zum Teufel degenerieren! Nein, das kann ich nicht glauben. Mein Glaubensbekenntnis ist ein anderes. Niemand hat es mich jemals gelehrt, und nur selten spreche ich davon, aber es ist meine ganze Glückseligkeit, und ich klammere mich fest daran, denn es gewährt allen Hoffnung – es macht die Ewigkeit zur Ruhe, zum Frieden, zur himmlischen Heimat – nicht zum Schrecken, nicht zum Abgrund. Und außerdem gewährt dieser Glaube mir die Fähigkeit, zwischen dem Verbrecher und seinem Verbrechen zu unterscheiden. Ich bin imstande, Ersterem von Herzen zu vergeben, während ich seine Tat verabscheue. Und dieser mein Glaube macht auch, dass das Rachegefühl mein Herz niemals quält, Zurücksetzung mich nicht zu tief verwundet, Ungerechtigkeit mich niemals ganz zermalmen kann: Ich lebe in Frieden und denke an das Ende!«

Helens Kopf, den sie immer ein wenig gesenkt trug, sank noch tiefer herab, als sie die letzten Worte sprach. Ich sah es ihren Blicken an, dass sie kein Verlangen hegte, noch länger mit mir zu reden, dass sie gern mit ihren eigenen Gedanken allein sein wollte. Sie hatte jedoch nicht die Zeit zum Nachdenken: Eine Aufseherin, ein großes, grobes Mädchen trat in diesem Augenblick an sie heran und rief mit starkem cumberländischen Akzent:

»Helen Burns, wenn du nicht hinaufgehst und augenblicklich Ordnung in deiner Schublade machst und deine Handarbeit sauber zusammenfaltest, so werde ich Miss Scatcherd rufen und sie bitten, sich die Sache anzusehen!«

Helen seufzte, als ihre Träumereien ein so jähes Ende nahmen, aber sie erhob sich und gehorchte der Aufseherin ohne Zögern, ohne Erwiderung.

Siebentes Kapitel

Das erste Vierteljahr in Lowood dünkte mich ein Menschenalter, aber durchaus kein goldenes Zeitalter. Es bedeutete einen ermüdenden Kampf mit der Schwierigkeit, mich in neue Regeln und ungewohnte Aufgaben hineinzuarbeiten. Die Furcht, in diesen Punkten zu unterliegen, quälte mich mehr, als die physischen Mühseligkeiten und Entbehrungen, die mein Los waren. Aber auch diese waren wahrlich keine Kleinigkeiten.

Während der Monate Januar, Februar und März hinderten der tiefe Schnee und, nachdem dieser fortgeschmolzen war, die fast unpassierbaren Straßen uns daran, weiter zu gehen, als bis an die Mauern des Gartens – nur der sonntägliche Weg in die Kirche machte eine Ausnahme. Aber innerhalb dieser Grenzen mussten wir jeden Tag eine Stunde in freier Luft zubringen. Unsere Bekleidung war nicht hinreichend, um uns gegen die strenge Kälte zu schützen. Wir hatten keine Stiefel, der Schnee drang in unsere Schuhe und schmolz darin, unsere handschuhlosen Hände erstarrten und bedeckten sich nach und nach mit Frostbeulen, ebenso unsere Füße. Ich erinnere mich noch der Beschwerden, welche ich jeden Abend hatte, wenn meine Füße sich wieder aufwärmten, und der Schmerzen, wenn ich die geschwollenen, wunden und steifen Zehen am Morgen in die Schuhe zwängen musste. Auch die Kargheit der Nahrung brachte uns fast zur Verzweiflung; wir hatten den regen Appetit im Wachstum begriffener Kinder, aber man gab uns kaum genug, um einen schwachen Kranken damit am Leben zu erhalten. Aus diesem Mangel an Nahrung entstand eine Unsitte, welcher schwer auf den jüngeren Schülerinnen lastete: Wenn sich nämlich den größeren, heißhungrigen Mädchen eine Gelegenheit dazu bot, so brachten sie die Kleinen durch Schmeicheleien oder Drohungen dazu, ihnen ihren Anteil abzutreten. Gar manches Mal habe ich den kostbaren Bissen braunes Brot, den wir zur Teestunde bekamen, zwischen zwei Mädchen teilen müssen, die Anspruch darauf erhoben. Und nachdem ich dann noch einer Dritten die Hälfte vom Inhalt meines Kaffeenapfes gegeben hatte, schluckte ich den Rest zusammen mit bittern, geheimen Tränen hinunter, welche der Hunger mir im wahrsten Sinne des Wortes abpresste.

Die Sonntage waren trübe Tage in dieser Winterzeit. Wir mussten zwei Meilen bis zur Kirche von Brocklebridge gehen, wo unser Schutzherr den Gottesdienst abhielt. Halb erfroren machten wir uns auf den Weg, noch erfrorener langten wir in der Kirche an. Während des Morgengottesdienstes lähmte uns die Kälte beinahe. Der Weg war zu weit, um zum Mittagessen nach Lowood zurückzukehren, daher reichte man uns zwischen den beiden Predigten eine Ration von kaltem Fleisch und Brot in derselben kärglichen Menge, wie sie auch bei unseren gewöhnlichen Mahlzeiten üblich war.

Nach dem Ende des Nachmittagsgottesdienstes kehrten wir über eine hügelige, dem Wind ausgesetzte Straße nach Hause zurück. Der eisige Wintersturm, der über eine Kette schneebedeckter Berge vom Norden her blies, riss uns beinahe die Haut von den Wangen.

Ich erinnere mich noch an Miss Temple, wie sie leichtfüßig und schnell an unseren ermatteten Reihen entlangging – fest in ihren schottischen Mantel gehüllt, den der Wind ihr fortwährend zu entreißen drohte – und uns durch Worte und Beispiel ermunterte, Mut zu behalten und vorwärts zu schreiten, »tapferen Soldaten gleich«, wie sie zu sagen pflegte. Die übrigen Lehrerinnen, die armen Dinger, waren gewöhnlich selbst zu erschöpft, um andere zu ermutigen oder zu trösten.

Wie wir uns nach dem Licht und der Wärme eines hellen Feuers sehnten, wenn wir nach Hause kamen! Aber dieser Genuss blieb uns versagt – den Kleineren zumindest: Jeder Kamin im Schulzimmer war augenblicklich von einer doppelten Reihe großer Mädchen belagert. Hinter diesen drückten sich die Kleineren dann in trostlosen Gruppen zusammen, ihre abgemagerten Arme in ihre Schürzen hüllend.

Ein schwacher Trost ward uns in der Teestunde in Gestalt einer doppelten Brotration, eine ganze Scheibe anstatt einer halben, mit der köstlichen Zutat einer dünnen Schicht von Butter. Es war ein allwöchentlicher Genuss, dem wir von Sabbat zu Sabbat sehnsuchtsvoll entgegensahen. Gewöhnlich gelang es mir, die Hälfte dieses köstlichen Mahls für mich zu behalten, die andere Hälfte musste ich unweigerlich abgeben.

Der Sonntagabend wurde dazu verwandt, den Kirchenkatechismus sowie das fünfte, sechste und siebente Kapitel des Matthäus-Evangeliums auswendig aufzusagen und eine lange Predigt anzuhören, welche die arme Miss Miller, deren nicht zu unterdrückendes Gähnen ihre Müdigkeit verriet, uns vorlas. Häufig wurde die Predigt durch junge Mädchen unterbrochen, denen es erging, wie dem Eutychus in der Apostelgeschichte: Überwältigt von Müdigkeit pflegten sie oft umzufallen – wenn auch nicht vom dritten Stockwerk herunter, so aber doch von der Bank, sodass sie wieder emporgehoben werden mussten. Als Abhilfe und zur Strafe stieß man sie dann in die Mitte des Schulzimmers, wo sie gezwungen wurden auszuharren, bis die Predigt zu Ende war. Zuweilen versagten ihnen die Füße den Dienst und sie sanken zu einem hilflosen Häuflein zusammen; dann pflegte man sie durch die hohen Stühle der Aufseherinnen zu stützen.

Noch habe ich der Besuche Mr. Brocklehursts nicht Erwähnung getan; und in der Tat war dieser Gentleman während des größten Teils meines ersten Monats in Lowood vom Haus abwesend – vielleicht zog sich sein Besuch bei seinem Freund, dem Erzdiakon, so sehr in die Länge.

Seine Abwesenheit war eine Erleichterung für mich. Ich brauche wohl nicht zu sagen, dass ich meine besonderen Gründe hatte, sein Kommen zu fürchten.

Eines Nachmittags, ich war damals gerade seit drei Wochen in Lowood, saß ich mit der Tafel in der Hand da und zerbrach mir den Kopf über ein langes Divisionsexempel, als meine Blicke sich ganz gedankenlos auf das Fenster richteten. In diesem Augenblick schritt eine Gestalt an demselben vorbei. Fast instinktiv erkannte ich die hageren Umrisse, und als zwei Minuten später die ganze Schule mitsamt den Lehrerinnen sich erhob, *en masse* erhob, brauchte ich nicht aufzublicken, um mich zu vergewissern, wessen Eintritt denn auf diese Weise begrüßt wurde. Ein langer Schritt durchmaß das Schulzimmer und gleich darauf stand neben Miss Temple, die sich ebenfalls erhoben hatte, dieselbe schwarze Säule, welche vor dem Kamin im Herrenhaus von Gateshead Hall so finster und unheilvoll auf mich herabgeblickt hatte. Jetzt blickte ich von der Seite auf dieses architektonische Werk: Ja, ich hatte mich nicht getäuscht, es war Mr. Brocklehurst, fest in seinen Überzieher geknöpft, und länger, schmaler und steifer aussehend denn je.

Ich hatte wie gesagt meine besonderen Gründe, beim Anblick dieser Erscheinung zu erschrecken, erinnerte ich mich doch nur zu wohl der perfiden Winke, welche Mrs. Reed ihm über meinen Charakter gegeben hatte, und des von Mr. Brocklehurst gegebenen Versprechens, Miss Temple und die Lehrerinnen über meine lasterhafte, verderbte Natur in Kenntnis zu setzen. Während der ganzen Zeit hatte ich schon die Erfüllung seines Versprechens gefürchtet; täglich hatte ich Ausschau gehalten nach dem »Manne, der da wiederkehren wird«, um mich durch seine Auskunft über mein vergangenes Leben und mein Betragen als ein schlechtes Kind zu brandmarken – und jetzt war er da! Er stand neben Miss Temple, er sprach leise zu ihr ins Ohr. Ich zweifelte keinen Augenblick daran, dass er ihr Enthüllungen über meine Schlechtigkeit machte. Mit qualvoller Angst beobachtete ich ihre Blicke, jede Minute erwartete ich, ihr dunkles Auge sich voller Abscheu und Verachtung auf mich heften zu sehen. Auch lauschte ich. Und da ich am oberen Ende des Zimmers saß, konnte ich den größten Teil des von ihm geführten Gespräches hören. Der Inhalt desselben befreite mich jedoch von der augenblicklichen Furcht:

»Ich nehme an, Miss Temple, dass der Zwirn, den ich in Lowton gekauft habe, genügen wird. Es fiel mir ein, dass diese Qualität gerade für die Kattunhemden gut sein werde, und ich habe auch die dazu passenden Nadeln ausgesucht. Wollen Sie Miss Smith sagen, dass ich vergaß, mir die Stopfnadeln zu notieren; nächste Woche wird sie indessen mehre Päckchen derselben bekommen. Und sagen Sie ihr auch, dass sie den Schülerinnen unter keinen Umständen mehr als jeweils eine Nadel geben soll; wenn sie mehrere davon haben, werden sie nur nachlässig und verlieren sie. Und dann, oh, Miss Temple! Ich wünschte wirklich, dass den wollenen Strümpfen mehr Beachtung geschenkt würde! Als ich das letzte Mal hier war, ging ich in den Küchengarten und besah mir die Wäsche, welche auf der Leine trocknete. Eine ganze Anzahl der schwarzen Strümpfe war auf die mangelhafteste Weise gestopft. Aus der Größe der Löcher, welche ich in ihnen bemerkte, schloss ich, dass sie nicht gut ausgebessert sein konnten.«

Hier hielt er inne.

»Ihre Weisungen sollen befolgt werden, Sir«, sagte Miss Temple.

»Und, Madam«, fuhr er fort, »die Wäscherin erzählte mir, dass einige der Mädchen zwei frische Halskrausen in einer Woche erhalten hätten; das ist viel zu viel! Die Hausregel bestimmt, dass es *eine* sei.«

»Ich glaube, Sir, dass ich diesen Umstand genügend erklären kann. Am vorigen Donnerstag waren Agnes und Catherine Johnstone eingeladen, bei ihren Freunden in Lowton den Tee zu nehmen. Ich gab ihnen die Erlaubnis, für diese Gelegenheit frische Halskrausen anzulegen.«

Mr. Brocklehurst nickte.

»Nun, für einmal mag es hingehen, aber ich ersuche Sie, diesen Fall nicht zu oft eintreten zu lassen. Aber noch eine andere Sache hat mich höchlichst überrascht. Als ich die Rechnung mit der Haushälterin abschloss, fand ich, dass während der letzten zwei Wochen den Schülerinnen zweimal ein Gabelfrühstück serviert worden ist, welches aus Brot und Käse bestand. Was bedeutet das? Ich habe die Statuten durchgesehen und fand dort keine Mahlzeit erwähnt, die sich ›Gabelfrühstück‹ nennt. Wer hat diese Neuerung eingeführt und auf welche Autorität ist sie gestützt?«

»Für diesen Umstand bin ich verantwortlich, Sir«, entgegnete Miss Temple. »Das Frühstück war so außergewöhnlich schlecht zubereitet, dass die Schülerinnen es nicht essen konnten, und ich durfte nicht zulassen, dass sie bis zum Mittagessen fasteten.«

»Miss Temple, gestatten Sie mir einen Augenblick zu reden. – Sie wissen, dass es meine Absicht bei der Erziehung dieser Mädchen ist, sie nicht an Luxus und Wohlleben zu gewöhnen, sondern sie abzuhärten und sie aufopferungsvoll, geduldig und entsagend zu machen. Sollte nun einmal zufällig solch eine kleine Enttäuschung des Appetits vorkommen, wie z.B. das Verderben einer Mahlzeit, das Versalzen eines Fisches und dergleichen, so sollte dieser kleine, unbedeutende Zwischenfall nicht neutralisiert werden, indem man den verlorenen Genuss durch einen noch größeren Leckerbissen ersetzt und damit den Körper verweichlicht und den Zweck und das Ziel dieser barmherzigen Stiftung untergräbt. Man sollte ein solches Vorkommnis eher dazu benützen, den Schülerinnen eine geistige Erbauung zu schaffen, indem man sie ermutigt, auch bei temporären Entbehrungen ihre geistige Kraft zu behaupten. Eine kurze Ansprache bei solchen Gelegenheiten würde sehr angemessen sein. Ein kluger Lehrer würde z. B. auf die Leiden und Entsagungen der ersten Christen hinweisen, auf die Qualen der Märtyrer, ja sogar auf die Gebete unsers gesegneten

Heilands selbst, der seine Jünger ermahnt, ihr Kreuz auf sich zu nehmen und ihm zu folgen. Auf seine Warnungen, dass der Mensch nicht vom Brot allein lebt, sondern von einem jeglichen Wort, das aus dem Munde Gottes kommt; auf seine göttlichen Tröstungen: ›Glücklich seid ihr, so ihr für mich Hunger oder Durst leidet!‹ Oh Miss Temple, wenn Sie anstatt des angebrannten Haferbreis Brot und Käse in den Mund dieser Kinder legen, so füttern Sie allerdings ihre sündigen Leiber, aber Sie denken wenig daran, dass Sie ihre unsterblichen Seelen verhungern lassen.«

Mr. Brocklehurst hielt wieder inne, wohl von seinen Gefühlen übermannt. Beim Beginn seiner Rede hatte Miss Temple zu Boden geblickt, jetzt aber sah sie gerade vor sich hin, und ihr Gesicht, welches von Natur aus bleich wie Marmor war, schien nun auch die Kälte und Unbeweglichkeit dieses Materials anzunehmen. Besonders ihr Mund schloss sich so fest, als hätte es des Meißels eines Bildhauers bedurft, um ihn wieder zu öffnen. Ihre Stirn war wie versteinert.

Inzwischen stand Mr. Brocklehurst vor dem Kamin, die Hände hatte er auf den Rücken gelegt und majestätisch ließ er seine Blicke über die ganze Schule schweifen. Plötzlich zuckte er zusammen, als ob seine Augen geblendet oder schmerzhaft berührt worden seien. Dann wandte er sich um und sagte, deutlich schneller, als er bisher gesprochen hatte:

»Miss Temple, Miss Temple, was … was für ein Mädchen ist das da, mit den lockigen Haaren? Rotes Haar, Madam, lockig … ganz und gar lockig?« – Bei diesen Worten streckte er seinen Stock aus und zeigte auf den entsetzlichen Gegenstand, seine Hände zitterten vor Erregung.

»Das ist Julia Severn«, entgegnete Miss Temple ruhig.

»Julia Severn, Madam! Und weshalb hat sie oder irgendeine andere gelocktes Haar? Weshalb bekennt sie sich entgegen allen Vorschriften und Grundsätzen dieses Hauses so offen zu den Gelüsten der Welt, hier in einem dem Evangelium verpflichteten Institut der Barmherzigkeit? Hier wagt sie es, ihr Haar in derartigen Locken zu tragen?«

»Julias Haar ist von Natur aus lockig«, entgegnete Miss Temple noch ruhiger.

»Von Natur aus, ja! Aber wir sollen uns der Natur nicht anpassen! Ich wünsche, dass diese Mädchen Kinder der Gnade werden. Wozu da jener Überfluss? Ich habe doch zu wiederholten Malen angeordnet, dass ich das Haar einfach, bescheiden, glatt anliegend arrangiert zu sehen wünsche. Miss Temple, das Haar jenes Mädchens muss umgehend abgeschnitten werden! Gleich morgen werde ich einen Barbier herausschicken, denn ich sehe auch noch andere, die viel zu viel von diesem Auswuchs haben – das große Mädchen dort zum Beispiel. Sagen Sie ihr, dass sie sich umdreht. Sagen Sie den Mädchen der ganzen ersten Bank, dass sie sich erheben und die Gesichter der Wand zuwenden sollen!«

Miss Temple fuhr mit dem Taschentuch über die Lippen, als wollte sie ein unwillkürliches Lächeln verjagen, dass dieselben kräuselte; indessen erteilte sie den gewünschten Befehl. Und als die erste Klasse verstanden hatte, was man von ihr verlangte, taten alle, wie ihnen geheißen. Ich lehnte mich ein wenig auf meiner Bank zurück und konnte die Blicke und Grimassen wahrnehmen, mit welchen die Mädchen dieses Manöver begleiteten. Schade, dass nicht auch Mr. Brocklehurst sie so betrachten konnte. Vielleicht würde er ja eingesehen haben, dass, was immer er auch mit der Außenseite der Gefäße tun mochte, deren Inneres seiner Einmischung weiter entrückt war, als er begreifen konnte.

Ungefähr fünf Minuten lang betrachtete er die Rückseiten dieser lebenden Medaillen mit prüfenden Blicken – dann fällte er das Urteil. Die Worte tönten wie die Posaune des jüngsten Gerichts:

»All diese Haarflechten und Knoten müssen abgeschnitten werden!«

Miss Temple schien ihm widersprechen zu wollen.

»Madam«, fuhr er fort, »ich diene einem Herrn, dessen Reich nicht von dieser Welt ist. Meine Aufgabe ist es, in diesen Mädchen die Lüste des Fleisches zu ersticken, sie zu lehren, dass sie sich mit Ehrbarkeit und Schamhaftigkeit kleiden, nicht mit gesalbten Haaren und köstlicher Gewandung. Aber diese jungen Personen da vor uns tragen ihr Haar in Zöpfen, welche die Eitelkeit selbst geflochten hat – und diese, ich wiederhole es, müssen abgeschnitten werden! Denken Sie doch nur an die Zeit, welche damit verlorengeht, dass ...«

Hier wurde Mr. Brocklehurst unterbrochen. Neue Besucher, drei Damen, traten ins Zimmer. Sie hätten ein wenig früher kommen sollen, um diesen Vortrag über Kleidung zu hören, denn sie waren prächtig in Samt, Seide und Pelze gehüllt. Die beiden jüngeren Damen – schöne Mädchen von sechzehn und siebzehn Jahren – hatten graue Biberhüte, damals die neueste Mode, mit wallenden Straußenfedern, und unter dem Rande dieser graziösen Kopfbedeckung fiel ein Reichtum von goldenen, künstlich gelockten Haaren hervor. Die ältere Dame war in einen kostbaren Samtschal gehüllt, der mit Hermelin verbrämt war; auf ihre Stirn fielen falsche französische Locken.

Die Damen wurden von Miss Temple mit großer Hochachtung als Mrs. Brocklehurst und ihre Töchter begrüßt und dann zu den Ehrensitzen am oberen Ende des Zimmers geleitet. Anscheinend waren sie mit ihrem hochwürdigen Familienhaupt zusammen in der Kutsche gekommen und hatten gerade die oberen Zimmer besichtigt, oder besser: durchstöbert, während Mr. Brocklehurst mit der Haushälterin die Geschäfte ordnete, die Wäscherin ausfragte und die Vorsteherin des Instituts maßregelte. Die Damen begannen jetzt, Miss Smith, welcher die Verwaltung der Wäsche und die Beaufsichtigung der Schlafsäle anvertraut war, einige scharfe Verweise zu erteilen, aber ich hatte keine Zeit, auf das zu achten, was sie sagten – andere Dinge nahmen meine Aufmerksamkeit vollständig in Anspruch.

Während ich dem Gespräch zwischen Miss Temple und Mr. Brocklehurst lauschte, hatte ich es bis jetzt dennoch nicht versäumt, Vorsichtsmaßregeln für meine eigene Sicherheit zu treffen. Ich glaubte auch, dass dieselben wirksam sein würden, wenn es mir nur gelänge, der Beobachtung zu entgehen. Zu diesem Zweck hatte ich mich auf der Bank zurückgelehnt, und während ich mit meinen Rechenexempeln beschäftigt schien, hielt ich meine Tafel so, dass sie mein Gesicht gänzlich verdecken musste. Wahrscheinlich wäre ich seiner Wachsamkeit auch entgangen, wenn meine verräterische Tafel nicht durch einen unglücklichen Zufall meiner Hand entglitten und mit einem lauten Krachen, dem kein Ohr sich verschließen konnte, zu Boden gefallen wäre. Sofort waren aller Augen auf mich gerichtet. Ich wusste, dass jetzt alles zu Ende war. Während ich mich bückte, um die Bruchstücke meiner Tafel zusammenzusuchen, sammelte ich zugleich meine Kräfte für das Schlimmste. Es kam.

»Ein nachlässiges Mädchen!«, sagte Mr. Brocklehurst, und gleich darauf: »Ah, ich bemerke, es ist die neue Schülerin.« Und bevor ich noch Luft holen konnte, folgte: »Ehe ich es vergesse, ich habe noch ein Wort in Bezug auf sie zu sagen.« Dann laut – ach, wie laut erschien es mir! – »Lassen Sie das Kind, das seine Tafel zerbrochen hat, vortreten!«

Aus eigenem Antrieb hätte ich mich nicht bewegen können, ich war wie gelähmt, aber die beiden großen Mädchen, die mir zur Seite saßen, stellten mich auf die Füße und schoben mich vorwärts, dem gefürchteten Richter entgegen. Dann führte Miss Temple mich sanft bis vor ihn hin, und wie aus weiter Ferne vernahm ich ihren geflüsterten Rat:

»Fürchte dich nicht, Jane, ich habe gesehen, dass es ein unglücklicher Zufall war, du sollst nicht bestraft werden.«

Wie ein Dolch drang dieses gütige Flüstern mir ins Herz.

›Noch eine Minute, und sie wird mich als Heuchlerin verachten‹, dachte ich, und bei diesem Gedanken tobte eine namenlose Wut gegen Mrs. Reed, Mr. Brocklehurst und ihresgleichen in meinen Adern. Ich war keine Helen Burns.

»Holt jenen Stuhl!«, sagte Mr. Brocklehurst, auf einen sehr hohen Sitz deutend, von dem eine Schulaufseherin sich soeben erhoben hatte. Er wurde gebracht.

»Stellt jenes Kind hinauf!«

Ich wurde hinaufgestellt, ich weiß nicht, von wem, denn ich war nicht in der Verfassung, die begleitenden, näheren Umstände wahrzunehmen. Ich fühlte nur, dass ich ungefähr bis zur Höhe von Mr. Brocklehursts Nase gehoben wurde, dass er kaum eine Elle von mir entfernt stand und dass unter mir eine Wolke von silbergrauen Federn, dunkelrotem Seidenpelz und orangegelben Kleidern durcheinanderwogte.

Mr. Brocklehurst räusperte sich.

»Meine Damen«, sagte er zu seiner Familie gewandt, »Miss Temple, Lehrerinnen und Kinder, ihr alle seht dieses Mädchen?«

Natürlich sahen sie es, denn ich fühlte ihre Augen wie Brenngläser auf meine Haut gerichtet.

»Ihr seht, dass sie noch jung ist; ihr bemerkt, dass auch sie die gewöhnliche Gestalt eines Kindes hat. Gott in seiner Gnade hat auch ihr die Form gegeben, die er uns allen gewährt; keine abschreckende Hässlichkeit kennzeichnet sie als einen gezeichneten Charakter. Wer würde glauben, dass der Teufel in ihr bereits eine Dienerin und ein williges Werkzeug gefunden hat? Und doch – es schmerzt mich, es sagen zu müssen – ist dies der Fall.«

Eine Pause. – Ich versuchte, der Lähmung meiner Nerven Einhalt zu tun und mir zu sagen, dass der Rubikon überschritten, dass ich der Prüfung nicht mehr entgehen könne, sondern sie jetzt standhaft ertragen müsse.

»Meine Kinder«, fuhr der schwarze, steinerne Geistliche pathetisch fort, »dies ist eine betrübliche, eine traurige Angelegenheit, denn es ist meine Pflicht, euch vor diesem Mädchen zu warnen, das eins von Gottes auserwählten Lämmern sein könnte, aber eine Verworfene ist. Kein Mitglied der treuen Herde, sondern eine Fremde, ein Eindringling. Ihr müsst auf eurer Hut sein ihr gegenüber, ihr dürft ihrem Beispiel nicht folgen. Wenn es nötig ist, meidet ihre Gesellschaft, schließt sie von euren Spielen aus, habt keine Gemeinschaft, keinen Umgang mit ihr! – Und nun zu den Lehrerinnen: Sie müssen sie überwachen, ihr Tun beobachten, ihre Worte wohl erwägen und prüfen, ihre Taten untersuchen, ihren Leib strafen, um ihre Seele zu retten. Wenn eine solche Rettung überhaupt noch möglich ist, denn – meine Zunge scheut sich, es auszusprechen – dieses Mädchen, dieses Kind, diese Eingeborene eines christlichen Landes ist schlimmer als manche kleine Heidin, die ihr Gebet zu Brahma spricht und vor Jagannaht kniet – dieses Mädchen ist eine Lügnerin!«

Jetzt folgte eine lange Pause. Ich war wieder im Vollbesitz meiner Sinne und meines Verstandes und bemerkte, wie die weiblichen Brocklehursts ihre Taschentücher hervorzogen und sie an die Augen führten, wobei die ältere Dame sich hin und her wiegte und die beiden jüngeren flüsterten: »Wie entsetzlich!«

Mr. Brocklehurst begann von Neuem.

»Dies alles erfuhr ich durch ihre Wohltäterin, durch die fromme und barmherzige Dame, welche sich der verlassenen Waise annahm und sie wie ihre eigene Tochter erzog – und deren Güte, deren Großmut dieses unglückliche Mädchen durch eine so schwarze, so schändliche Undankbarkeit vergalt, dass ihre ausgezeichnete Beschützerin gezwungen war, sie von ihren eigenen Kindern zu trennen, aus Furcht, dass ihre lasterhafte Verderbtheit die Reinheit ihrer Kleinen besudeln könne. Sie hat sie hierher gesandt, um geheilt zu werden, wie die Juden des Altertums ihre Aussätzigen an den wogenden See von Bethesda schickten. Und daher, Vorsteherin, Lehrerinnen, flehe ich Sie an, lassen Sie die Wellen um dieses Kind nicht zum Stillstand kommen!«

Mit diesen erhabenen Schlussworten knöpfte Mr. Brocklehurst den obersten Knopf seines Überziehers zu und murmelte etwas in Richtung seiner Familie. Diese erhob sich, verneigte sich gegen Miss Temple, und dann segelten all die vornehmen Leute würdevoll zur Tür hinaus. Mein Richter aber wandte sich noch einmal um und sagte:

»Lasst sie noch eine halbe Stunde auf jenem Stuhl stehen, und dass keiner von euch während des ganzen übrigen Tages mit ihr spricht!«

Da stand ich also, hoch erhoben über alle. Ich, die ich zuvor gesagt hatte, dass ich die Schande nicht ertragen würde, auf eigenen Füßen in der Mitte des Zimmers stehen zu müssen – ich stand nun da, allen Blicken ausgesetzt auf einem Piedestal der Schande. Worte vermögen nicht zu beschreiben, welcher Art die Gefühle waren, die in mir tobten; aber gerade in dem Augenblick, wo sie mir die Kehle zusammenschnürten und mir den Atem zu rauben drohten, ging ein Mädchen an mir vorbei. Und im Vorbeigehen richtete sie ihre Blicke auf mich: Welch ein seltsames Licht strömten sie über mich aus, welch ein wunderbares Gefühl weckten ihre Strahlen in mir! Und wie stark dieses bis jetzt ungekannte Empfinden mich machte! Es war, als sei ein Held, ein Märtyrer an einem Sklaven oder an einem Opfer vorübergegangen und hätte ihm dadurch Mut und Kraft eingeflößt. Ich beherrschte und überwältigte den Weinkrampf, der sich meiner bemächtigen wollte, erhob den Kopf und stand dann fest und ohne Beben auf dem Stuhl. Helen Burns richtete eine unbedeutende Frage zu ihrer Arbeit an Miss Smith, wurde wegen der Trivialität derselben gescholten, ging an ihren Platz zurück und lächelte mir diesmal im Vorübergehen sogar zu. Welch ein Lächeln! Noch heute erinnere ich mich daran und ich weiß, dass es der Abglanz eines großen Geistes und wahren Mutes war. Das Lächeln verklärte ihre scharfen Züge, ihr abgemagertes Gesicht, ihre eingesunkenen, grauen Augen wie ein himmlischer Widerschein. Und doch trug Helen Burns in diesem Augenblick eine Armbinde, die sie als »schlampig« brandmarkte: Vor kaum einer Stunde hatte ich erst vernommen, wie Miss Scatcherd sie für den morgigen Tag dazu verurteilt hatte, ein Mittagsmahl von Wasser und Brot zu halten, weil sie eine Übung beim Abschreiben mit Tinte befleckt hatte. – Oh unvollkommene Natur des Menschen! Flecken gibt es auf der Oberfläche selbst der strahlendsten Planeten. Augen wie Miss Scatcherds sind nur imstande, diese winzigen Mängel und Fehler zu entdecken – für den vollen Glanz des Gestirns jedoch sind sie blind!

Achtes Kapitel

Noch ehe die halbe Stunde vorüber war, schlug es fünf Uhr. Die Klassen wurden entlassen, und alle begaben sich zum Tee ins Refektorium. Jetzt wagte ich, herabzusteigen. Es herrschte tiefe Dunkelheit. Ich ging in eine Ecke und setzte mich auf den Fußboden. Der

Zauber, der mich soweit aufrecht erhalten hatte, begann zu schwinden, ein Umschwung trat ein und so überwältigend war der Schmerz, der sich meiner bemächtigte, dass ich auf das Gesicht zu Boden fiel. Jetzt weinte ich. Helen Burns war nicht mehr da, nichts, niemand hielt mich aufrecht. Mir selbst überlassen gab ich mich dem Jammer hin, und meine Tränen netzten den Fußboden. Ich hatte die feste Absicht gehabt, in Lowood gut und brav zu werden, viel zu lernen, mir Freunde zu erwerben, Achtung und Liebe zu erringen. Schon hatte ich sichtbare Fortschritte gemacht, noch an diesem Morgen war ich die Erste in meiner Klasse geworden, Miss Miller hatte mich warm gelobt, Miss Temple hatte mir mit Beifall zugelächelt. Sie hatte mir sogar versprochen, mir Zeichenstunden zu geben und mich Französisch zu lehren, wenn ich noch weitere zwei Monate solche Fortschritte machte. Meine Mitschülerinnen waren mir freundlich gesinnt, meine Altersgenossinnen behandelten mich als ihresgleichen, niemand quälte, niemand belästigte mich. Und jetzt lag ich hier, zertreten, zermalmt! Würde ich mich jemals wieder erheben können?

›Niemals‹, dachte ich, und glühend, brennend wünschte ich mir, tot zu sein. Als ich unter Schluchzen diesen Wunsch hervorstammelte, näherte sich jemand. Ich fuhr empor und erkannte Helen Burns, die im Licht des erlöschenden Feuers durch das große, leere Zimmer daherkam, sie brachte mir Kaffee und Brot.

»Komm, iss ein wenig«, sagte sie. Aber ich schob beides zurück, mir war, als hätte in meinem gegenwärtigen Zustand ein Bissen, ein Tropfen mich ersticken müssen. Helen sah mich wohl erstaunt an, aber wie sehr ich mich auch bemühte, ich konnte meiner Erregung noch nicht Herr werden. Ich weinte immer noch vor mich hin. Sie setzte sich zu mir auf den Fußboden, schlang die Arme um ihre Knie und legte ihren Kopf darauf. In dieser Stellung verharrte sie regungslos wie ein Indianer. Ich sprach als Erste:

»Helen, weshalb bleibst du bei einem Mädchen, das alle für eine Lügnerin halten?«

»Alle, Jane? Nun, es sind doch nur achtzig Menschen, die gehört haben, wie man dich so nannte. Die Welt trägt Hunderte von Millionen Menschen.«

»Aber was habe ich mit diesen Millionen zu tun? Die achtzig, welche ich kenne, verachten mich.«

»Jane, du irrst. Wahrscheinlich ist nicht eine in der ganzen Schule, die dich verachtet oder dich hasst. Viele – da bin ich ganz sicher – bedauern dich von ganzem Herzen.«

»Wie können sie mich denn nach dem, was Mr. Brocklehurst gesagt hat, noch bedauern?«

»Mr. Brocklehurst ist kein Gott, er ist nicht einmal ein großer und geachteter Mensch. Man liebt ihn hier nicht, er hat auch niemals irgendetwas getan, um sich beliebt zu machen. Wenn er dich wie seinen besonderen Liebling behandelt hätte, so würdest du rund umher nur Feinde gefunden haben, offene oder heimliche. Wie die Dinge aber jetzt liegen, würden die meisten Mädchen dir gerne ihre Sympathie zeigen, wenn sie nur den Mut dazu hätten. Es ist möglich, dass Lehrerinnen und Schülerinnen dich während der nächsten zwei, drei Tage mit kalten Blicken betrachten, aber glaub mir, sie tragen freundliche Gefühle für dich im Herzen. Und wenn du fortfährst, gut und fleißig zu sein, so werden diese Gefühle binnen kurzem umso offener zutage treten, weil sie eine Zeitlang unterdrückt werden mussten. Außerdem, Jane, ...« Sie hielt inne.

»Nun, Helen?«, fragte ich und legte meine Hand in die ihre. Zärtlich rieb sie meine Finger, um sie zu erwärmen. Dann fuhr sie fort:

»Wenn auch die ganze Welt dich hasste und dich für böse und gottlos hielte, solange dein eigenes Gewissen dich von Schuld freispricht und dir Recht gibt, wirst du Freunde haben.«

»Nein. Ich weiß, dass ich gut von mir denken sollte, aber das ist mir nicht genug. Wenn andere mich nicht lieben, so will ich lieber sterben als leben. Ich kann es nicht ertragen, einsam und gehasst und verachtet zu sein, Helen. Sieh doch – um von dir oder Miss Temple oder sonst jemand, den ich wirklich mag, ein wenig wahre, aufrichtige Zuneigung zu erringen, würde ich mir gerne meinen Arm brechen oder mich von einem wilden Stier aufspießen lassen, oder mich einem scheu gewordenen Pferde in den Weg werfen und meine Brust von seinen Hufen zertreten lassen ...«

»Still Jane, still! Du misst der Liebe der Menschen zu viel Bedeutung zu, du bist zu stürmisch, zu heftig, du lässt dich zu sehr von deinen Empfindungen beherrschen. Die allmächtige Hand, die deinen Leib erschaffen und ihm Leben eingehaucht hat, gab dir auch andere Stützen als dein schwaches Selbst oder Wesen, die ebenso schwach sind wie du. Außer dieser Welt, außer dem Menschengeschlecht gibt es eine unsichtbare Welt und ein Reich der Geister, diese Welt umgibt uns, denn sie ist überall, diese Geister bewachen uns, denn sie sind da, um uns zu behüten. Und wenn wir in Kummer und Schande sterben würden, wenn Verachtung von allen Seiten auf uns eindränge, wenn Hass uns zermalmte, so sähen Engel unsere Qualen, würden unsere Unschuld erkennen, wenn wir unschuldig sind. Und ich weiß, du bist schuldlos, diese Anklage, welche Mr. Brocklehurst aus zweiter Hand von Mrs. Reed hat und so jämmerlich und schwach und pathetisch gegen dich wiederholte – sie trifft dich nicht. Auf deiner reinen Stirn, in deinen lebensvollen Augen steht es geschrieben, dass du ein offenherziger Mensch bist. Gott wartet nur auf die Trennung der Seele vom Fleisch, um uns mit dem höchsten Lohn zu krönen. Nun denn, weshalb von Leid überwältigt zu Boden sinken, wenn das Leben so bald zu Ende ist und der Tod uns den Eintritt zu Seligkeit und Herrlichkeit bedeutet?«

Ich schwieg. Helen hatte mich beruhigt, aber in die Ruhe, welche sie mir gegeben hatte, mischte sich ein Hauch von unsäglicher Traurigkeit. Ich fühlte einen Schmerz als sie sprach, aber ich konnte nicht sagen, woher er kam. Und als sie mit ihrer Rede zu Ende war, ein wenig schneller atmete und trocken und kurz hustete, vergaß ich für einen Augenblick meinen eigenen Kummer und gab mich einer unbestimmten Furcht und Unruhe in Bezug auf sie hin.

Meinen Kopf an Helens Schulter lehnend, schlang ich meinen Arm um ihre Taille. Sie zog mich an sich, und so ruhten wir lange schweigend. Nach Verlauf von ungefähr einer Viertelstunde trat eine dritte Person ins Zimmer. Ein frischer Wind hatte einige schwere Wolken vom Horizont fortgetrieben und der Mond ging klar auf; durch ein nahes Fenster warf er seine hellen Strahlen auf uns und auf die nahende Gestalt, in welcher wir sofort Miss Temple erkannten.

»Ich kam, um dich zu suchen, Jane Eyre«, sagte sie, »du sollst in mein Zimmer kommen, und da Helen Burns bei dir ist, mag sie uns begleiten.«

Wir gingen. Unter Führung der Vorsteherin hatten wir unseren Weg durch ein Labyrinth von Korridoren zu suchen und eine Treppe emporzusteigen, bevor wir ihr Zimmer erreichten. Ein helles Feuer brannte im Raum; alles sah freundlich und behaglich aus. Miss Temple bedeutete Helen Burns, sich in einen niedrigen Sessel an einer Seite des Kamins zu setzen, sie selbst nahm auf einem zweiten Platz und rief mich an ihre Seite.

»Ist es jetzt vorüber?«, fragte sie und blickte mir ins Gesicht. »Hast du deinen Kummer fortgeweint?«

»Ich fürchte, das werde ich nicht können.«

»Warum nicht?«

»Weil ich ungerecht und fälschlich beschuldigt worden bin. Und jetzt werden Sie, Madam, und alle anderen Menschen mich für böse und gottlos halten.«

»Wir werden dich für das halten, mein Kind, als was du dich erweist. Fahre fort, dich wie ein gutes Mädchen zu betragen, und ich bin mit dir zufrieden.«

»Wirklich, Miss Temple?«

»Wirklich, Jane«, sagte sie und legte ihren Arm um mich. »Und jetzt erzähle mir, wer die Dame ist, die Mr. Brocklehurst deine Wohltäterin nannte.«

»Mrs. Reed, die Gattin meines Onkels. Mein Onkel ist tot, und er ließ mich in ihrer Obhut zurück.«

»Sie nahm dich also nicht aus eigenem Antrieb an Kindesstatt an?«

»Nein, Madam, sie hat es sehr ungern getan, aber wie ich die Dienstboten oft erzählen hörte, nahm er ihr kurz vor seinem Tod das Versprechen ab, stets für mich zu sorgen.«

»Nun also, Jane, du weißt ja, oder ich will es dir sagen, dass, wenn ein Verbrecher angeklagt wird, man ihm stets gestattet, seine eigene Verteidigung zu führen. Man hat dich der Falschheit, der

Lügenhaftigkeit angeklagt, verteidige dich vor mir so gut du kannst. Sag alles, was dein Gedächtnis als wahr rechtfertigen kann, aber füge nichts hinzu, verschweige nichts und übertreibe nichts.«

In der Tiefe meines Herzens beschloss ich, mich zu mäßigen, so korrekt wie möglich zu sein; und nachdem ich einige Augenblicke nachgedacht hatte, um das, was ich zu sagen hatte, zusammenhängend zu ordnen, erzählte ich ihr die ganze Geschichte meiner traurigen Kindheit. Durch die Erregung sehr erschöpft, sprach ich in gemäßigteren Ausdrücken, als ich es sonst zu tun pflegte, wenn ich auf dieses qualvolle Thema kam. Helens Warnung gedenkend, mich dem Rachegefühl nicht rückhaltlos hinzugeben, ließ ich viel weniger Galle und Wermut in die Erzählung einfließen, als es sonst wohl geschah. So vereinfacht und beschränkt, klang sie sehr überzeugend: Während ich sprach, empfand ich, dass Miss Temple mir vollen Glauben schenkte.

Im Laufe der Erzählung erwähnte ich auch, wie Mr. Lloyd gekommen war, um mich nach jenem Krampfanfall zu besuchen, denn niemals vergaß ich die für mich so entsetzliche Episode im Roten Zimmer. Wenn ich diese Details erzählte, konnte ich gewiss sein, dass meine Erregung in einem gewissen Grade die Grenzen überschritt, denn selbst in meiner Erinnerung noch hatte die Todesangst sich frisch erhalten, welche sich meiner bemächtigte, als Mrs. Reed mein wildes Flehen um Verzeihung verlachte und mich zum zweiten Mal in das düstere, gespenstische Zimmer sperrte.

Ich kam zum Ende. Schweigend betrachtete Miss Temple mich eine Weile, dann sagte sie:

»Ich kenne Mr. Lloyd ein wenig, ich werde an ihn schreiben. Wenn seine Antwort mit deinen Angaben übereinstimmt, so sollst du öffentlich von jeder Anklage freigesprochen werden. Für mich, Jane, stehst du schon jetzt unschuldig da.«

Sie küsste mich und behielt mich noch an ihrer Seite. Das Betrachten ihres Gesichts, ihres Kleides, ihrer wenigen, prunklosen Schmuckgegenstände, ihrer weißen Stirn, ihrer dicken, glänzenden Locken und ihrer strahlenden schwarzen Augen gewährte mir ein kindliches Vergnügen.

Zu Helen Burns gewandt, fuhr sie fort:

»Wie geht es dir heute Abend, Helen? Hast du während des Tages viel gehustet?«

»Nicht ganz so viel wie sonst, glaube ich.«

»Und der Schmerz in deiner Brust?«

»Er ist nicht mehr so heftig.«

Miss Temple erhob sich, nahm ihre Hand und prüfte den Puls. Dann kehrte sie auf ihren Sitz zurück. Ich hörte, wie sie leise seufzte. Eine Zeitlang verharrte sie im Nachdenken, dann erwachte sie gleichsam und sagte fröhlich:

»Aber heute Abend seid ihr beide meine Gäste; ich will euch als solche bewirten.« Sie zog die Glocke.

»Barbara«, sagte sie zu dem hereintretenden Dienstmädchen, »ich habe noch keinen Tee getrunken, bringe mir bitte das Tablett. Und bringe auch Tassen für diese beiden jungen Damen.«

Bald wurde das Tablett gebracht. Wie hübsch erschienen der glänzende Teetopf und die Porzellantassen meinen Augen, als sie auf dem kleinen Tisch neben dem Kamin standen, und wie köstlich war das Aroma des heißen Getränks. Und nun erst der Duft der gerösteten Weißbrotschnitten! Zu meinem Bedauern – denn der Hunger machte sich jetzt bei mir bemerkbar – sah ich nur eine kleine Portion davon auf dem Teller. Auch Miss Temple fiel das auf.

»Barbara«, sagte sie, »könntest du mir nicht noch etwas Brot und Butter bringen? Es ist nicht genug für drei.«

Barbara ging hinaus und kurz darauf kam sie wieder zurück.

»Madam, Mrs. Harden sagt, sie hätte die übliche Portion heraufgeschickt.«

Ich muss bemerken, dass Mrs. Harden die Haushälterin war, eine Frau nach Mr. Brocklehursts Herzen, die aus gleichen Teilen von Fischbein und Eisen zusammengesetzt schien.

»Schon gut, schon gut!«, entgegnete Miss Temple, »dann muss es wohl für uns genug sein, Barbara.« Als das Mädchen fort war, fügte sie lächelnd hinzu: »Glücklicherweise liegt es in meiner Macht, dem Mangel dieses Mal abzuhelfen.«

Nachdem sie Helen und mich aufgefordert hatte, uns an den Tisch zu setzen, und jeder von uns eine Tasse heißen Tees und eine Scheibe köstlichen gerösteten Weißbrots gegeben hatte, erhob sie sich, öffnete eine Schublade, nahm aus derselben ein in Papier gewickeltes Paket und enthüllte vor unseren Augen einen großen, prächtigen Krümelkuchen.

»Ich hatte die Absicht, jeder von euch ein Stück hiervon mit auf den Weg zu geben«, sagte sie, »da man uns aber so wenig Toast bewilligt hat, sollt ihr den Kuchen jetzt schon haben.« Und sie begann, den Kuchen in großzügige Scheiben zu schneiden.

Wir schmausten an diesem Abend wie von Nektar und Ambrosia, und es war nicht die geringste Freude dieses Festes, dass unsere Wirtin uns mit freundlich zufriedenem Lächeln zusah, wie wir unseren regen Appetit an den köstlichen Leckerbissen, welche sie uns vorsetzte, stillten. Als der Tee getrunken und der Tisch abgeräumt war, rief sie uns wieder an den Kamin. Wir setzten uns ihr zur Seite und es folgte ein Gespräch zwischen Helen und ihr, welchem lauschen zu dürfen ich als besondere Gunst empfand.

Miss Temple strahlte Ruhe und Seelenfrieden aus, sie wahrte stets eine vornehme Haltung und eine gemessene Sprache, welche jede Abweichung in das Feurige, Erregte oder Ungestüme ausschloss. Jene, welche sie anblickten und ihr zuhörten, machte dies auf eine mit Ehrfurcht gepaarte Weise glücklich. In diesem Augenblick war das auch meine Empfindung. Was aber Helen Burns anbetraf, so überraschte sie mich aufs Höchste:

Die aufbauende Mahlzeit, das wärmende Feuer, die Gegenwart ihrer geliebten Lehrerin oder vielleicht auch etwas in ihrem eigenen, einzigartigen Gemüt hatte alle Kräfte in ihr geweckt. Sie erwachte, ja sie entflammte förmlich. Ihre Wangen, welche ich bis zu dieser Stunde niemals anders als bleich und blutleer gekannt hatte, glühten nun in strahlenden Farben. Ihre feucht glänzenden Augen bekamen plötzlich eine Schönheit, die noch eigentümlicher war, als jene Miss Temples – eine Schönheit, die weder in ihrer Farbe, noch in den langen Wimpern oder den herrlich gezeichneten Augenbrauen lag, sondern in ihrem Ausdruck, in ihrer

Bewegung. Jetzt trug sie ihr Herz auf der Zunge und die Worte flossen – ich weiß nicht, aus welcher Quelle, denn kann ein vierzehnjähriges Mädchen ein solches Herz haben, das groß, stark und kräftig genug ist, um die Quelle solch feuriger Beredsamkeit zu sein? Das Eigenartige an Helens Worten an diesem mir unvergesslichen Abend aber war, dass sie mir klangen, als ob ihr Geist sich beeilen wollte, in einer kurzen Zeitspanne ebenso voll und ganz zu leben, wie die meisten Menschen während eines langen Daseins.

Sie sprachen über Dinge, von denen ich noch nie gehört hatte, von längst vergangenen Zeiten und Völkern, von fernen Ländern, von entdeckten oder nur geahnten Naturgeheimnissen: Sie sprachen von Büchern. Wie viele hatten sie schon gelesen, welch reichen Schatz von Kenntnissen besaßen sie! Sie schienen mir so vertraut mit französischen Namen und französischen Schriftstellern. Mein Erstaunen stieg aber aufs Höchste, als Miss Temple Helen fragte, ob sie zuweilen einen freien Augenblick erübrigen könne, um das Latein, welches ihr Vater sie gelehrt hatte, mit ihr zu wiederholen. Dann nahm sie ein Buch vom Regal und bat sie, eine Seite des Virgil zu lesen und zu übersetzen. Helen gehorchte, und meine Verehrung und Hochachtung steigerte sich mit jeder Zeile, während ich lauschte. Kaum hatte sie geendet, als die Glocke ertönte, welche die Zeit des Schlafengehens verkündete; wir durften nicht länger verweilen. Miss Temple umarmte uns beide und sagte, während sie uns an ihr Herz zog: »Gott segne euch, meine Kinder!«

Helen drückte sie ein wenig länger als mich und ließ sie widerstrebender los, ihre Augen folgten ihr bis an die Tür und ihr galt auch der traurige Seufzer, welcher ihre Brust hob, und die Träne, welche sie schnell zu trocknen bemüht war.

Als wir das Schlafzimmer erreichten, hörten wir Miss Scatcherds Stimme. Sie sah nach, ob die Schubladen in Ordnung waren, gerade hatte sie jene von Helen Burns herausgezogen, und als wir eintraten, wurde Helen mit einem scharfen Verweis begrüßt und die Lehrerin kündigte ihr an, dass sie am folgenden Tag ein halbes Dutzend der unordentlich zusammengelegten Dinge an die Schulter geheftet bekäme.

»Meine Sachen waren wirklich furchtbar unordentlich«, flüsterte Helen mir zu, »ich wollte ja aufräumen, aber ich hatte es vergessen.«

Am nächsten Morgen schrieb Miss Scatcherd das Wort »Schlampe« mit großen Buchstaben auf ein Stück Pappe und band es wie einen Denkzettel um Helens große, kluge und gütige Stirn. Geduldig und ohne Murren trug sie das Schild bis zum Abend, es als verdiente Strafe ansehend. Kaum hatte Miss Scatcherd sich aber nach den letzten Unterrichtsstunden zurückgezogen, als ich auf Helen losstürzte, es herabriss und ins Feuer warf. Die Wut, zu der sie nicht fähig war, hatte den ganzen Tag über in meiner Seele getobt, und große, heiße Tränen hatten fortwährend meine Wangen genetzt, denn der Anblick ihrer traurigen Resignation stach mir unerträglich ins Herz.

Ungefähr eine Woche nach dem oben Erzählten erhielt Miss Temple Antwort von Mr. Lloyd. Wie es schien, bestätigte das, was er sagte, meinen Bericht. Miss Temple rief die ganze Schule zusammen und verkündete, dass die Anklagen, welche gegen Jane Eyre erhoben wurden, genau und sorgfältig untersucht worden sind, und dass sie glücklich sei, mich von jeder Schuld freisprechen zu können. Darauf schüttelten die Lehrerinnen mir die Hände und küssten mich, und ein Murmeln der Freude lief durch die Reihen meiner Gefährtinnen.

Eine schwere Last war mir vom Herzen genommen, und von dieser Stunde an begann ich von Neuem ernstlich zu arbeiten. Ich war fest entschlossen, mir einen Weg durch alle Schwierigkeiten zu bahnen, ich mühte mich ab und der Erfolg entsprach meinen Anstrengungen. Mein Gedächtnis, welches von Natur aus nicht sehr stark war, besserte sich durch stete Übung. Mein Verstand wurde durch die Arbeit geschärft, nach einigen Wochen wurde ich in eine höhere Klasse versetzt, in weniger als zwei Monaten war mir gestattet, mit dem Französischen und dem Zeichnen zu beginnen. An nur einem Tag lernte ich die ersten beiden Zeiten des Verbums *être* und skizzierte mein erstes Cottage – dessen Mauern, nebenbei gesagt, in ihrer Schräge den Turm von Pisa bei Weitem übertrafen. Als ich an jenem Abend zu Bett ging, vergaß ich sogar, mir in meiner Phantasie das Barmakidenmahl aus »Tausendundeiner Nacht« auszumalen, das aus heißen Bratkartoffeln, Weißbrot und frisch gemolkener Milch bestand und mit dem ich allabendlich mein inneres Verlangen zu stillen pflegte. Stattdessen erfreute ich mich am Anblick imaginärer Zeichnungen, welche ich im Dunkeln vor mir sah – alle waren Werke von meiner eigenen Hand: fein gezeichnete Häuser und Bäume, malerische Felsen und Ruinen, stattliche Viehherden, reizende Bilder von Schmetterlingen, welche halb verschlossene Rosen umflogen; Vögel, welche an reifen Kirschen pickten, Nester von Zaunkönigen, in denen perlengroße Eier lagen, während junge Efeuranken sie umwucherten. Ich grübelte, ob ich jemals imstande sein würde, das kleine französische Geschichtenbuch, welches Madame Pierrot mir am gleichen Tag gezeigt hatte, fließend übersetzen zu können. Jedoch noch bevor ich diese Frage zu meiner Zufriedenheit beantwortet hatte, war ich schon sanft eingeschlafen.

Wie recht hat Salomo: »Besser ein Mahl von frischen Kräutern, wo die Liebe ist, als ein gemästeter Ochse, wo der Hass ist.«

Jetzt hätte ich Lowood mit all seinen Entbehrungen nicht mehr gegen Gateshead Hall mit seinem täglichen Luxus eintauschen wollen.

Neuntes Kapitel

Und die Entbehrungen oder vielmehr Mühseligkeiten in Lowood wurden weniger. Der Frühling kündigte sich an – er war fast schon da: Die Winterfröste hatten aufgehört, der Schnee war geschmolzen und die schneidenden Winde hatten nachgelassen. Meine armen, geschundenen Füße, welche das Januarwetter wund gemacht hatte, begannen sich im milderen April zu erholen und zu heilen. Die Nächte und Morgen ließen uns nicht mehr durch kanadische Temperaturen das Blut in den Adern erfrieren und wir ertrugen es jetzt, die Freistunde im Garten zuzubringen. Zuweilen, an besonders sonnigen Tagen, begann es schon angenehm freundlich zu werden. Ein zartes Grün überzog die braunen Beete, das täglich frischer wurde und die Vorstellung erweckte, dass die Hoffnung selbst während der Nacht über sie hinschreite, um jeden Morgen schönere Spuren ihrer Schritte zurückzulassen. Unter den Blättern blickten Blumen hervor – Schneeglöckchen, Krokusse, dunkelrote Aurikeln und goldäugige Ackerveilchen. An den freien Donnerstagnachmittagen machten wir jetzt lange Spaziergänge und fanden am Feldrain und unter den Hecken noch weit schönere Blumen.

Zudem entdeckte ich außerhalb der hohen und mit eisernen Spitzen gekrönten Mauern unseres Gartens ein großes Vergnügen, einen Genuss, welchem nur der Horizont eine Grenze setzte: Dieser Genuss bestand in der Aussicht, welche eine lange Reihe hoher, grüner Gipfel bot, die ein schattiges Tal umschlossen, durch welches sich ein klarer Bach voll dunkler Steine und funkelnder Wirbel schlängelte.

Wie ganz anders hatte dieses Bild ausgesehen, als ich es in Frost erstarrt, in ein Leichentuch von Schnee gehüllt unter dem bleiernen Himmel des Winters gesehen hatte! Wenn kalte Wolken, vom Ostwind gejagt, über diese düsteren Gipfel hinzogen und über Wiesen und Anhöhen hinunterrollten, bis sie sich mit dem frostigen Nebel des Baches vereinigten! Dieser Bach selbst war damals ein Strom, zügellos und tobend; er riss das Gestrüpp des Waldes mit sich und erfüllte die Luft mit tosendem Lärm und wildem Sprühregen, sodass der Wald an seinen Ufern nur noch aus einer kahlen Reihe von Gerippen bestand.

Aus dem April wurde Mai, ein klarer, schöner Mai, all seine Tage brachten blauen Himmel und milden Sonnenschein und leise westliche oder südliche Winde. Und jetzt brach die Vegetation mit Macht hervor: Lowood schüttelte seine Locken, es wurde grün und blütenreich und in seine großen Ulmen-, Eschen- und Eichen-Skelette kehrte majestätisches Leben zurück. Waldblumen sprossen in allen Ecken und Winkeln; zahllose Arten von Moos füllten die Vertiefungen und wilde Schlüsselblumen bedeckten den Boden wie mit Lichtstrahlen – wie oft habe ich an schattigen

Stellen ihren zarten, goldigen Glanz für hellen Sonnenschein gehalten. All dies genoss ich oft und ausgiebig, frei, unbewacht und fast immer allein. Diese ungewohnte Freiheit, dieses Vergnügen hatte eine Ursache, von welcher ich nun zu reden habe:

Habe ich die Lage meiner Wohnstätte nicht als eine reizende beschrieben, wenn ich erzählte, dass sie in Hügel und Wald eingebettet und am Rande eines Stromes lag? Reizvoll in der Tat war die Stiftung gelegen; ob diese Lage aber auch gesund war, das war eine andere Frage.

Jenes neblige Waldtal, in welchem Lowood sich befand, war nämlich auch Brutstätte einer aus dem Nebel entstandenen Krankheit. Diese wuchs mit dem Frühling heran, kroch in das Waisenasyl und hauchte den Typhus in die überfüllten Schlafsäle und Schulzimmer. Und bevor der Mai gekommen war, hatte sich die Erziehungsanstalt in ein Hospital verwandelt.

Durch Hunger und verschleppte Erkältungen war die Mehrzahl der Schülerinnen für die Ansteckung anfällig; von achtzig Mädchen wurden fünfundvierzig gleichzeitig von der Krankheit ergriffen. Die Schulstunden hörten auf, alle Regeln blieben unbeachtet. Den wenigen, welche gesund blieben, wurde eine fast unbeschränkte Freiheit gewährt, denn der Arzt bestand auf häufiger Bewegung an frischer Luft, um sie gesund zu erhalten. Aber selbst wenn es anders gewesen wäre, so hätte doch niemand Zeit oder Lust gehabt, sie zu bewachen oder zurückzuhalten. Miss Temples ganze Aufmerksamkeit war von den Patientinnen in Anspruch genommen; sie wohnte bei ihnen im Krankenzimmer, das sie niemals verließ, mit Ausnahme von wenigen Stunden der Nacht, wo sie selbst die ihr so nötige Ruhe suchte. Die Lehrerinnen waren vollauf mit dem Packen und anderen notwendigen Vorbereitungen für die Abreise jener Mädchen beschäftigt, welche glücklich genug waren, Freunde und Verwandte zu besitzen, die sie vom Seuchenherd wegholten. Viele, welche den Keim der Ansteckung bereits in sich trugen, kehrten nur nach Hause zurück, um dort zu sterben; einige starben in der Anstalt und wurden schnell und ruhig begraben, da die Art der Krankheit hier keinen Aufschub duldete.

Während die entsetzliche Krankheit eine Bewohnerin von Lowood geworden war und der Tod ein häufiger Besucher, während innerhalb der Mauern Furcht und Trauer herrschten, während die Dünste eines Hospitals durch Zimmer und Korridore zogen und Tränke und Pastillen umsonst versuchten, den Ausdünstungen des Todes entgegenzuwirken – während all diesem leuchtete draußen der strahlende Mai über stolze Hügel und herrliches Waldland. Der Garten prangte im Blumenflor: Rosenpalmen waren wie Bäume in die Höhe geschossen, Lilienkelche öffneten sich, Tulpen und Rosen standen in Blüte, die Ränder der kleinen Beete strahlten im Schmuck von rosa Seenelken und dunkelroten Tausendschönchen; morgens und abends strömten Heckenrosen ihren würzigen Duft aus. All diese blühenden Schätze waren jetzt für die meisten Bewohnerinnen von Lowood wertlos – nur zuweilen legte man ihnen eine Handvoll Blüten und Kräuter in den Sarg.

Aber ich und die Übrigen, welche gesund blieben, genossen in vollen Zügen die Schönheit des Frühlings und der Gegend. Man ließ uns wie Zigeuner im Wald umherstreifen; wir taten von morgens bis abends nur, was uns gefiel, gingen, wohin wir wollten und führten überhaupt ein ganz anderes Leben als früher. Mr. Brocklehurst und seine Familie kamen Lowood jetzt gar nicht mehr zu nahe, die Angelegenheiten der Haushaltung wurden nicht mehr geprüft und die böse Haushälterin war fort – die Furcht vor Ansteckung hatte sie fortgetrieben. Ihre Nachfolgerin, welche zuvor in der Armenapotheke in Lowton Vorsteherin gewesen war, kannte die Gebräuche ihres neuen Aufenthalts noch nicht und versorgte uns mit verhältnismäßiger Freigebigkeit. Außerdem waren wir ja weniger geworden, die da Nahrung verlangten, und die Kranken aßen kaum. Unsere Frühstücksschüsseln wurden besser gefüllt, und wenn keine Zeit war, ein richtiges Mittagessen herzurichten – ein Fall, der ziemlich häufig eintrat –, gab die Haushälterin uns ein großes Stück kalter Pastete oder eine große Schnitte mit Brot und Käse. Diesen Proviant nahmen wir dann mit uns in den Wald hinaus, wo jede von uns ihr Lieblingsplätzchen aufsuchte und ein königliches Mahl hielt.

Mein Lieblingssitz war ein breiter, glatter Stein, welcher weiß und trocken mitten aus dem Waldbach herausragte; er war nur zu erreichen, indem man durch das Wasser watete. Dies tat ich auch ziemlich oft, und zwar barfuß. Der Stein war gerade breit genug, um außer mir noch einem anderen Mädchen einen bequemen Platz zu gewähren, und meine auserwählte Gefährtin damals war Mary Ann Wilson. Diese war ein kluges, aufmerksames Mädchen, dessen Gesellschaft mir Freude machte, zum einen, weil sie witzig und originell war, zum anderen, weil sie Manieren und Sitten hatte, welche mir besonders zusagten. Um einige Jahre älter als ich, kannte sie mehr von der Welt und konnte mir von vielen Dingen erzählen, die ich gern hörte. In ihrer Gesellschaft wurde meine Neugier befriedigt, mit meinen Fehlern hatte sie die größte Nachsicht und niemals versuchte sie, meinen Worten Zwang oder Zügel anzulegen. Sie hatte ein großes Erzähltalent, ich besaß Talent für die Analyse; sie liebte es zu belehren, ich zu fragen – so kamen wir prächtig miteinander aus und zogen, wenn auch nicht viel Belehrung, so doch viel Vergnügen aus unserem gegenseitigen Verkehr.

Und wo war inzwischen Helen Burns? Weshalb brachte ich diese schönen Tage der Freiheit nicht in ihrer Gesellschaft zu? Hatte ich sie vergessen? Oder war ich so leichtsinnig, so unwürdig, dass ich ihres guten Einflusses und ihrer Gesellschaft müde geworden war? Gewiss war Mary Ann Wilson meiner ersten Freundin nicht ebenbürtig; sie konnte mir nur lustige Geschichten erzählen oder irgendeinen witzigen Klatsch wiederholen, der mir gerade Vergnügen machte. Helen hingegen war in der Lage, denen, welche die Gunst des Umgangs mit ihr genossen, Sinn und Geschmack für höhere, reinere Dinge einzuflößen.

Dies war die Wahrheit, und ich wusste und fühlte das. Und obgleich ich ein unvollkommenes Geschöpf bin mit vielen Fehlern und nur wenigen guten Eigenschaften, so war ich Helens doch niemals überdrüssig geworden. Niemals hatte ich aufgehört, für sie eine Liebe zu hegen, die so stark, so zärtlich und so achtungsvoll war, wie nur je ein Gefühl mein Herz bewegt hat. Wie hätte es denn auch anders sein können, wo Helen mir doch zu allen Zeiten und unter allen Umständen eine ruhige und treue Freundschaft bewiesen hatte, welche keine böse Laune je verbitterte, kein Streit jemals störte? – Aber Helen war nun krank; seit mehreren Wochen war sie meinen Augen bereits entrückt. Ich wusste nicht einmal, in welchem Zimmer sie sich jetzt befand. Man hatte mir gesagt, dass sie sich nicht in der Hospitalabteilung unter den Fieberkranken befände, denn ihre Krankheit war die Schwindsucht, nicht der Typhus, und ich stellte mir in meiner Unwissenheit unter Schwindsucht etwas Mildes vor, das durch Pflege und Fürsorge mit der Zeit geheilt werden könnte.

In dieser Vorstellung wurde ich noch dadurch bestärkt, dass Helen einige Male an sonnigen, warmen Nachmittagen herunterkam und von Miss Temple in den Garten geführt wurde. Bei diesen Gelegenheiten gestattete man mir aber nicht, mit ihr zu sprechen oder mich ihr auch nur zu nähern. Ich sah sie nur aus dem Fenster des Schulzimmers, und dann nicht einmal deutlich, denn sie war in viele Tücher gehüllt und saß in einiger Entfernung auf der Veranda.

Eines Abends zu Beginn des Monats Juni war ich sehr lange mit Mary Ann im Wald geblieben, wie gewöhnlich hatten wir uns von den anderen getrennt und waren weit gewandert, so weit, dass wir den Weg verloren und denselben in einer einsamen Hütte erfragen mussten, wo ein Mann und eine Frau wohnten, die eine Herde halbwilder Schweine zu hüten hatten, welche von den Eicheln des Waldes lebten. Als wir endlich zurückkamen, war der Mond schon aufgegangen. Ein Pony, welches wir als dem Arzt gehörig erkannten, stand an der Gartenpforte. Mary Ann bemerkte, dass wahrscheinlich irgendjemand schwer erkrankt sein müsse, wenn Mr. Bates noch so spät am Abend geholt worden sei. Sie ging ins Haus, ich blieb zurück, um noch eine Handvoll Wurzeln, die ich im Wald ausgegraben hatte, in meinem Garten einzupflanzen – ich fürchtete, dass sie bis zum nächsten Morgen verwelkt sein könnten. Nachdem dies geschehen war, verweilte ich noch einige Minuten. Die Blumen dufteten so süß als der Tau fiel, es war ein so wunderschöner Abend, so rein, so ruhig, so warm. Und der noch gerötete Westen versprach wiederum einen schönen kommenden

Tag. Im dunklen Osten stieg majestätisch der Mond empor. Ich beobachtete dies alles und freute mich daran, wie ein Kind sich zu freuen vermag. Da kam mir plötzlich ein Gedanke, wie ich ihn niemals zuvor gehabt hatte:

›Wie traurig ist es doch, jetzt auf dem Krankenbett liegen zu müssen und in Todesgefahr zu schweben! Diese Welt ist so schön – wie entsetzlich wäre es, abberufen zu werden und wer weiß wohin gehen zu müssen!‹

Und dann machte meine Seele die erste ernste Anstrengung, das zu begreifen, was man in Bezug auf Himmel und Hölle in sie gelegt hatte. Zum ersten Mal blickte ich um mich und sah vor mir, neben mir, hinter mir nichts als einen unermesslichen Abgrund; zum ersten Mal bebte meine Seele entsetzt zurück, sie empfand und fühlte nichts Sicheres mehr als den einen Punkt, auf welchem sie stand – die Gegenwart. Alles andere war eine formlose Wolke, eine unergründliche Tiefe – es schauderte mich bei dem Gedanken zu straucheln, zu wanken und in das Chaos hinabzutauchen. Als ich noch diesen neuen Gedanken nachhing, hörte ich, wie die große Haustür geöffnet wurde. Mr. Bates trat heraus, und mit ihm eine Krankenwärterin. Nachdem sie gewartet hatte, bis er aufs Pferd gestiegen und fortgeritten war, wollte sie die Tür wieder schließen. Ich lief zu ihr.

»Wie geht es Helen Burns?«

»Sehr schlecht«, lautete die Antwort.

»Ist Mr. Bates ihretwegen gekommen?«

»Ja.«

»Und was sagt er?«

»Er sagt, dass sie nicht mehr lange bei uns sein wird.«

Hätte ich diese Worte gestern gehört, so hätte ich nur angenommen, dass man sie nach Northumberland in ihre Heimat bringen wolle. Ich hätte niemals vermutet, dass es bedeuten könnte, sie würde sterben. Jetzt aber begriff ich die Worte sofort, es wurde mir augenblicklich klar, dass Helen Burns' Tage auf dieser Welt gezählt waren und dass sie bald hinauf in die Region der Geister gehen würde – wenn es überhaupt eine solche Region gab. Im ersten Moment bemächtigte sich meiner ein namenloser Schrecken, dann empfand ich den heftigsten Schmerz, dann nur einen Wunsch – den Wunsch, sie zu sehen. Und ich fragte, in welchem Zimmer sie läge.

»Sie ist in Miss Temples Zimmer«, sagte die Wärterin.

»Kann ich hinaufgehen und mit ihr sprechen?«

»Oh nein, Kind! Das geht nicht an. Und jetzt ist es auch Zeit für Sie, hineinzugehen. Sie werden das Fieber bekommen, wenn Sie draußen sind, während der Tau fällt.«

Die Wärterin schloss die Haustür, ich ging durch den Seiteneingang, welcher zu dem Schulzimmer führte, und kam noch zu rechter Zeit: Es war neun Uhr, und Miss Miller rief die Schülerinnen gerade zum Schlafengehen.

Es war vielleicht zwei Stunden später, ungefähr gegen elf Uhr, und ich konnte nicht einschlafen. Aus der tiefen Ruhe, welche im Schlafzimmer herrschte, schloss ich, dass meine Gefährtinnen fest schliefen. Leise stand ich auf, zog mein Kleid über mein Nachthemd und schlich mich barfuß aus dem Gemach, um Miss Temples Zimmer zu suchen. Es befand sich am entgegengesetzten Ende des Hauses, aber ich kannte den Weg und die Strahlen des unbewölkten Sommermondes halfen mir, ihn zu finden. Ein scharfer Geruch von Kampfer und gebranntem Essig warnte mich, als ich mich dem Zimmer der Fieberkranken näherte; schnell eilte ich an der Tür vorüber, aus Furcht, dass die Krankenwärterin, welche die ganze Nacht wachen musste, mich hören könnte. Ich hatte Angst davor, entdeckt und zurückgeschickt zu werden, denn ich musste Helen sehen, ich musste sie umarmen bevor sie starb, musste ihr einen letzten Kuss geben, noch ein letztes Wort mit ihr sprechen.

Nachdem ich die Treppe hinuntergegangen war, einen Teil vom Erdgeschoss des Hauses durchschritten hatte und es mir gelungen war, ohne Geräusch zwei Türen zu öffnen, erreichte ich eine zweite Treppe. Diese stieg ich wieder hinauf und befand mich dann gerade vor der Tür von Miss Temples Zimmer. Durch das Schlüsselloch und eine Spalte unterhalb der Tür fiel ein Lichtschein, ringsum herrschte tiefste Stille. Als ich näher kam, fand ich die Tür ein wenig geöffnet, wahrscheinlich um in das dumpfe Krankengemach etwas Luft dringen zu lassen. Nicht gewillt zu zögern, drängend vor Ungeduld und mit in heftigem Schmerz erbebenden Sinnen öffnete ich die Tür ganz und blickte hinein. Meine Augen suchten Helen und fürchteten, nur den Tod vorzufinden.

Dicht neben Miss Temples Bett und halb verhängt von dessen weißen Vorhängen stand ein kleines Bettchen. Ich sah die Umrisse einer Gestalt unter der Bettdecke, doch das Gesicht war durch die Gardinen verdeckt. Die Wärterin, mit welcher ich im Garten gesprochen hatte, saß in einem Lehnstuhl und schlief. Eine halb herabgebrannte Kerze, die auf dem Tisch stand, verbreitete ein trübes Licht. Miss Temple war nicht sichtbar, später erfuhr ich, dass sie zu einer im Delirium liegenden Fieberkranken gerufen worden war. Ich wagte mich weiter ins Zimmer hinein, dann stand ich still neben dem kleinen Bett und meine Hand fasste den Vorhang, doch hielt ich es für besser, zu sprechen, bevor ich denselben zur Seite zog. Ein Schauer fasste mich bei dem Gedanken, dass ich vielleicht nur noch eine Leiche sehen könnte.

»Helen«, flüsterte ich sanft, »bist du wach?«

Sie bewegte sich und schob den Vorhang selbst zurück und ich blickte in ihr bleiches, abgezehrtes aber ruhiges Gesicht. Sie schien so wenig verändert, dass meine Furcht augenblicklich schwand.

»Bist du's wirklich, Jane?«, fragte sie mit ihrer gewohnten, sanften Stimme.

›Ah!‹, dachte ich, ›sie wird nicht sterben; sie irren sich alle. Wäre das der Fall, so könnte sie nicht so ruhig, so friedlich aussehen, das wäre gar nicht möglich.‹

Ich ging an ihr Bett und küsste sie, ihre Stirn war kalt und ihre Wangen waren abgezehrt, ebenfalls ihre Hände und ihre Arme – aber ihr Lächeln war das alte geblieben.

»Weshalb kommst du hierher, Jane? Es ist schon nach elf Uhr, ich habe es vor einigen Minuten schlagen hören.«

»Ich kam, um dich zu sehen, Helen. Ich hörte, du seist sehr krank, und ich konnte nicht einschlafen, bevor ich noch einmal mit dir gesprochen hatte.«

»Du bist also gekommen, um mir Lebewohl zu sagen? Wahrscheinlich bist du gerade noch zu rechter Zeit gekommen.«

»Willst du fort, Helen? Willst du etwa nach Hause?«

»Ja, nach Hause – in meine letzte, meine ewige Heimat.«

»Nein, nein, Helen«, unterbrach ich sie jammernd. Während ich versuchte, meiner Tränen Herr zu werden, hatte Helen einen heftigen Hustenanfall, der aber die Krankenwärterin nicht aufweckte. Als er vorüber war, lag Helen einige Minuten ganz erschöpft da. Dann flüsterte sie:

»Jane, deine Füße sind nackt; leg dich zu mir ins Bett und deck dich zu.«

Dies tat ich, sie schlang ihren Arm um mich und ich schmiegte mich dicht an sie. Nach langem Schweigen fuhr sie flüsternd fort:

»Ich bin sehr glücklich, Jane, und wenn du hörst, dass ich gestorben bin, so musst du mir versprechen, nicht zu trauern, denn es ist nichts zu betrauern. Wir alle müssen ja eines Tages sterben, und die Krankheit, die mich fortrafft, ist nicht schmerzhaft; sie schreitet langsam und schmerzlos fort; mein Gemüt ist in Frieden. Ich hinterlasse niemanden, der mich betrauert: Ich habe nur einen Vater, er hat vor kurzem wieder geheiratet und wird mich nicht vermissen. Ich sterbe zwar jung, aber ich werde auch vielen Leiden entgehen. Ich hatte keine Eigenschaften, keine Talente, die mir geholfen hätten, einen guten Weg durch die Welt zu machen. Fortwährend würde ich das Verkehrte getan haben.«

»Aber wohin gehst du denn, Helen? Kannst du es sehen? Kannst du glauben?«

»Ich glaube, ich habe die feste Zuversicht: Ich gehe zu Gott.«

»Wo ist Gott? Was ist Gott?«

»Mein Schöpfer und der deine, der niemals zerstören kann, was er geschaffen hat. Ich glaube fest an seine Macht und vertraue seiner Güte. Ich zähle die Stunden bis zu jener großen, bedeutungsvollen Stunde, die mich ihm zurückgeben soll, ihn mir von Angesicht zu Angesicht zeigen wird.«

»Du bist also sicher, Helen, dass es ein Etwas gibt, das sich Himmel nennt, und dass unsere Seelen dorthin gehen werden, wenn wir sterben?«

»Ich bin sicher, dass es ein künftiges Leben gibt. Ich glaube, dass Gott gut ist; ich gebe ihm meinen unsterblichen Teil vertrauensvoll hin. Gott ist mein Vater, Gott ist mein Freund, ich liebe ihn. Und ich glaube, dass er mich auch liebt.«

»Und werde ich dich wiedersehen, Helen, wenn ich sterbe?«

»Du wirst in dieselben Regionen der Glückseligkeit kommen wie ich; derselbe mächtige Allvater wird auch dich an sein Herz nehmen, Jane, zweifle nicht daran.«

Wiederum fragte ich, doch dieses Mal nur in Gedanken: ›Wo sind jene Regionen? Sind sie wirklich?‹ Und fester schlang ich meine Arme um Helen; sie war mir in diesem Augenblick teurer denn je. Mir war, als könne ich sie nicht fortgehen lassen. Ich verbarg mein Gesicht an ihrer Brust. Gleich darauf sagte sie in ihrer freundlichsten Weise:

»Wie wohl ich mich fühle! Jener letzte Hustenanfall hat mich ein wenig ermüdet, mir ist, als könnte ich jetzt einschlafen. Aber verlass mich nicht, Jane! Es ist so schön, dich so nahe zu wissen.«

»Ich bleibe bei dir, liebe Helen. Niemand soll mich von hier fortbringen.«

»Ist dir warm genug, meine Liebe?«

»Ja.«

»Gute Nacht, Jane.«

»Gute Nacht, Helen.«

Sie küsste mich und ich küsste sie. Bald schliefen wir beide.

Als ich erwachte, war es Tag. Eine ungewöhnliche Bewegung weckte mich; ich öffnete die Augen. Jemand hielt mich in den Armen; es war die Krankenwärterin. Sie trug mich durch die Korridore in den Schlafsaal zurück. Man erteilte mir keinen Verweis dafür, dass ich mein Bett verlassen hatte; die Leute hatten an andere Dinge zu denken. Auf meine vielen Fragen gab man mir damals keine Erklärungen, aber einige Tage später erfuhr ich, dass Miss Temple, als sie in ihr Zimmer zurückgekehrt war, mich in dem kleinen Bett gefunden hatte. Mein Gesicht ruhte auf Helens Schulter, meine Arme umschlangen ihren Hals. Ich schlief, und Helen war – tot.

Ihr Grab befindet sich auf dem Friedhof von Brocklebridge. Noch fünfzehn Jahre nach ihrem Tod bedeckte es nur ein einfacher Grashügel. Jetzt bezeichnet eine graue Marmortafel die Stelle, darauf steht ihr Name und das Wort:

»Resurgam«.[2]

Zehntes Kapitel

Bis hierher habe ich jede Begebenheit meines unbedeutenden Daseins bis ins kleinste Detail geschildert; den ersten zehn Jahren meines Lebens habe ich fast ebenso viele Kapitel gewidmet. Aber dies soll keine normale Autobiografie sein; ich will mir nur *die* Erinnerungen wachrufen, die mir in gewisser Hinsicht von Interesse scheinen. Und so übergehe ich einen Zeitraum von acht Jahren fast mit Stillschweigen – wenige Zeilen sind hier ausreichend, um die Verbindung aufrechtzuerhalten.

Als der Typhus seine zerstörerische Mission in Lowood erfüllt hatte, verschwand er nach und nach auch wieder; aber nicht, ohne durch seine Stärke und die Anzahl seiner Opfer die öffentliche Aufmerksamkeit auf unsere Schule gezogen zu haben. Die Ursache dieser Geißel wurde genau untersucht und dabei wurden auch mehrere Umstände entdeckt, welche eine allgemeine öffentliche Empörung des höchsten Grades hervorriefen. Die ungesunde Lage des Instituts, die Quantität und die Qualität der Nahrung, welche den Kindern verabreicht wurde, das schlechte, brackige Wasser, welches bei der Zubereitung verwendet wurde, die elende, unzureichende Bekleidung der Schülerinnen – alle diese Dinge kamen ans Tageslicht, und die Entdeckungen hatten sehr beschämende Folgen für Mr. Brocklehurst, aber eine wohltätige Wirkung auf das Institut.

Mehrere wohlhabende und wohlwollende Leute in der Gegend zeichneten große Summen für den Aufbau eines passenderen Gebäudes in einer besseren Lage, neue Statuten wurden aufgestellt, Verbesserungen in Diät und Kleidung eingeführt. Das Betriebskapital der Schule wurde der Verwaltung eines Komitees anvertraut. Mr. Brocklehurst, welcher seiner Familienverbindungen und seines Reichtums wegen nicht ganz übergangen werden konnte, behielt das Amt eines Kassenverwalters; aber bei der Erledigung seiner Pflichten standen ihm Herren von mitfühlenderem Wesen und humanerem Charakter zur Seite. Auch sein Amt als Inspektor musste er mit Leuten teilen, welche Strenge mit Vernunft, Komfort mit Sparsamkeit und Mitgefühl mit Gerechtigkeit zu paaren wussten. In solcher Gestalt verbessert, wurde die Schule mit der Zeit zu einer wahrhaft nützlichen und edlen Gründung. Ich verblieb nach ihrer Erneuerung noch acht Jahre als Bewohnerin in ihren Mauern: sechs Jahre als Schülerin und zwei als Lehrerin. In beiden Eigenschaften kann ich nur ihren großen Wert und ihre Wichtigkeit bezeugen.

Während dieser acht Jahre war mein Leben außerordentlich einförmig, aber nicht unglücklich, weil es nicht untätig war. Die Mittel, mir eine ausgezeichnete Erziehung anzueignen, waren mir an die Hand gegeben und ich konnte bei meinen Studien auch eigene Vorlieben entwickeln. Der Wunsch, in allen Fächern das Höchste zu erreichen, verbunden mit dem innigen Bedürfnis, meine Lehrerinnen zu erfreuen, besonders jene, welche ich mochte – dies alles trieb mich vorwärts und ich nutzte ausgiebig alle Gelegenheiten, welche sich mir darboten. Mit der Zeit stieg ich zur besten Schülerin in der ersten Klasse empor, dann wurde ich mit dem Posten einer Lehrerin betraut. Die Pflichten dieses Amtes erfüllte ich hingebungsvoll über einen Zeitraum von zwei Jahren. Doch nach Ablauf dieser Zeit gab es eine Veränderung.

Während aller Wandlungen war Miss Temple die Vorsteherin der Schule geblieben; ihrem Unterricht verdankte ich den besten Teil meiner Kenntnisse; ihre Freundschaft und ihre Gesellschaft waren mein immerwährender Trost gewesen. Sie hatte den Rang einer Mutter bei mir eingenommen, sie war meine Erzieherin und später meine Gefährtin gewesen. Dann heiratete sie und zog mit ihrem Mann – einem Geistlichen, der ein ausgezeichneter Mensch und seiner Gattin beinahe würdig war – in eine entfernte Grafschaft; für mich war sie folglich verloren.

Seit dem Tag, an dem sie uns verließ, war ich nicht mehr dieselbe. Mit ihr war jedes Gefühl der Festigkeit, jede Gemeinschaft, die Lowood bis zu einem gewissen Grade zu meiner Heimat gemacht hatte, dahin. Ich hatte einiges von ihrer Natur und viele ihrer Gewohnheiten angenommen – harmonischere Gedanken und geordnetere Empfindungen wohnten nun in meiner Seele. Ich hatte mich der Pflicht und der Ordnung unterworfen und war ruhig geworden. Ich glaubte, dass ich zufrieden sei; den Augen anderer, oft sogar meinen eigenen, erschien ich als ein disziplinierter und gefestigter Charakter.

Aber das Schicksal trat zwischen Miss Temple und mich in Gestalt von Reverend Mr. Nasmyth. Ich sah sie kurz nach der Trauung im Reisekleid in die Postkutsche steigen, sah den Wagen den Hügel hinauffahren und hinter dem Hügel verschwinden. Dann ging ich auf mein Zimmer. Und dort verbrachte ich in Einsamkeit den größten Teil des halben Ferientages, den man uns zu Ehren der Feier gewährt hatte.

Viele Stunden lang ging ich im Zimmer auf und ab. Ich bildete mir ein, dass ich nur meinen Verlust betraure und überlegte, wie ich ihn ersetzen könnte. Als ich aber am Ende meiner Überlegungen aufsah und bemerkte, dass der Nachmittag bereits vergangen und selbst der Abend schon weit fortgeschritten war, da dämmerte eine andere Entdeckung vor mir auf: Ich fühlte, dass ich gerade eine Veränderung durchgemacht hatte, dass mein Gemüt alles abgestreift hatte, was von Miss Temple entlehnt war – oder vielmehr, dass sie die reine Atmosphäre, welche ich in ihrer Nähe eingeatmet hatte, mit sich genommen hatte, und dass ich jetzt in meinem eigenen natürlichen Element zurückgeblieben sei. Ich fühlte, wie die alten, wilden Gefühle wieder in mir erwachten. Es war nicht, als ob mir eine Stütze genommen sei, sondern vielmehr, als ob eine bewegende Kraft verlorengegangen wäre. Nicht, als ob die Fähigkeit, ruhig und zufrieden zu sein, geschwunden sei, sondern als ob die Ursache der Zufriedenheit dahin wäre. Für viele Jahre war Lowood meine ganze Welt gewesen; meine Erfahrung kannte nichts anderes als seine Vorschriften, sein System. Jetzt aber fiel mir ein, dass die Welt groß war, und dass ein weites, wechselvolles Feld von Furcht und Hoffnung, von Bewegung und Anregung jene erwartete, welche genug Mut besaßen, in diese Weite hinauszugehen, um wirkliche Lebenserfahrung und Kenntnisse inmitten von Gefährdungen zu erlangen.

Ich ging ans Fenster, öffnete es und blickte hinaus. Da lagen die beiden Flügel des Gebäudes, da war der Garten, dort die Grenze von Lowood, weit hinten der bergige Horizont. Mein Auge schweifte über alle anderen Gegenstände fort, um an den entferntesten haften zu bleiben: an den Gipfeln! Diese zu übersteigen sehnte ich mich; alles, was innerhalb ihrer felsigen Grenzen an Heide lag, schien mir Gefängnisboden, Exil zu sein. Ich verfolgte die weiße Landstraße mit den Augen, welche sich am Fuße eines Berges dahinzog und in einer Schlucht zwischen zwei Höhen verschwand. Ach, wie gern wäre ich ihr noch weiter gefolgt! Ich erinnerte mich der Zeit, da ich in einer Postkutsche auf ebendieser Straße entlangfuhr, ich erinnerte mich, wie ich in der Dämmerung jenen Hügel herunterkam. Ein Menschenalter schien vergangen seit jenem Tage, der mich zuerst nach Lowood geführt – und nicht für eine Stunde hatte ich es seitdem verlassen. Alle meine Ferien waren in der Schule dahingegangen; Mrs. Reed hatte mich niemals wieder nach Gateshead kommen lassen und ebenso wenig hatte sie oder irgendein Mitglied ihrer Familie mich besucht. Weder durch Briefe noch durch mündliche Botschaft hatte ich einen Verkehr mit der Außenwelt aufrechterhalten; Schulregeln, Schulpflichten, Schulgebräuche, Schulgedanken, Stimmen, Gesichter, Phrasen, Kostüme, Sympathien und Antipathien – das war alles, was ich vom Dasein kannte. Und jetzt empfand ich, dass dies nicht genug sei. An einem einzigen Nachmittag wurde ich der Routine von acht Jahren überdrüssig. Ich ersehnte die Freiheit, ich lechzte nach Freiheit, um die Freiheit betete ich, doch mein Gebet verlor sich im Wind, der sich leise erhob. So gab ich die

Freiheit auf und versuchte einen demütigeren Wunsch: Ich bat um Veränderung, um irgendeine neue Verlockung. Aber auch diese Bitte schien sich im leeren Raum zu verlieren. »Dann«, weinte ich verzweifelt, »dann sei mir wenigstens eine neue Aufgabe gewährt!«

In diesem Moment rief mich die Glocke nach unten, welche die Stunde des Abendessens verkündete.

Bis zur Zeit des Schlafengehens konnte ich meinen unterbrochenen Gedankengang nicht mehr aufnehmen; und selbst dann hielt mich noch eine Lehrerin, welche das Zimmer mit mir teilte, durch kleinliches, belangloses Geschwätz von dem Gegenstand fern, zu dem ich mich sehnte, mit meinen Gedanken zurückkehren zu können. Wie wünschte ich, dass der Schlaf sie endlich zum Schweigen gebracht hätte! Mir war, als würde mir dann schon irgendein Einfall zu Hilfe kommen, wenn es mir nur möglich wäre, zu jenen Gedanken zurückzukehren, die meine Seele beschäftigten, als ich am Fenster stand.

Endlich schnarchte Miss Gryce. Sie war eine schwerfällige Waliserin, und bis jetzt hatte ich ihre üblichen Schlafgeräusche immer nur als Belästigung betrachtet; heute Abend aber begrüßte ich die ersten tiefen Töne mit innerster Befriedigung: Ich brauchte keine Unterbrechungen mehr zu fürchten und meine halb aufgelösten Gedanken belebten sich von Neuem.

›Eine neue Stelle! *Das* könnte es sein‹, sagte ich zu mir selbst – natürlich nur im Geiste, denn ich sprach nicht laut. ›Ich denke wohl, das könnte es sein: Es klingt nicht so maßlos wie die Worte Freiheit, Aufregung und Vergnügen. Diese Worte klingen verlockend, aber sie sind für mich doch nichts anderes als Laute – so hohl und flüchtig, dass es wahre Zeitverschwendung ist, ihnen auch nur zu lauschen. Aber eine Stelle, das ist eine Tatsache! Jeder kann dienen! Ich habe hier acht Jahre gedient, und jetzt wünsche ich ja nichts weiter, als anderswo dienen zu dürfen. Kann ich meinen eigenen Willen denn nicht wenigstens soweit durchsetzen? Ist das denn nicht zu erlangen? Doch, dieses Ziel ist nicht so unerreichbar! Wenn nur mein Gehirn aktiv genug wäre, um die Mittel aufzuspüren, es zu erreichen.‹

Ich saß aufrecht im Bett, um meinen Verstand zur Tätigkeit anzuspornen. Es war eine frostige Nacht; ich bedeckte meine Schultern mit einem Schal und begann, mit allen Kräften zu grübeln.

›Was wünsche ich denn eigentlich? Eine neue Stelle in einem neuen Haus, unter neuen Gesichtern, unter neuen Verhältnissen. Dies wünsche ich, weil es nichts nützt, etwas Besseres, Größeres zu wünschen. Wie machen die Leute es denn, eine neue Stelle zu bekommen? Sie wenden sich vermutlich an ihre Freunde. – Ich habe keine Freunde. – Es gibt aber viele Menschen, die keine Freunde haben und sich selbst umsehen müssen und sich selbst helfen. Welches sind denn nun deren Hilfsquellen?‹

Ja, das wusste ich nicht, und niemand konnte mir antworten. Deshalb befahl ich meinem Verstand, eine Antwort zu finden, und zwar so schnell wie möglich. Die Gedanken überschlugen sich; ich fühlte den Puls in meinem Kopf und meinen Adern klopfen. Fast eine Stunde lang arbeitete es in mir, aber es war nur ein Chaos, und alle Anstrengungen hatten keinen Erfolg. Fieberhaft erregt durch die nutzlose Arbeit erhob ich mich wieder und ging einige Male im Zimmer auf und ab, zog den Vorhang zurück, blickte hinauf zu den Sternen, zitterte vor Kälte und kroch wieder in mein Bett.

Aber während meines Umherwanderns hatte wohl eine gütige Fee den erflehten Rat auf mein Kopfkissen gelegt, denn als ich lag, kam er ruhig und natürlich in meinen Sinn: ›Leute, welche Stellungen suchen, kündigen dies an; du musst es im »***shire Herald« ankündigen!‹

›Und wie? Ich weiß nichts über Zeitungsannoncen!‹

Schnell und wie von selbst kamen die Antworten:

›Du musst eine Annonce und das Geld dafür an den Herausgeber der Zeitung schicken; bei der ersten Gelegenheit, die sich dir bietet, musst du die Sendung in Lowton auf die Post geben. Die Antwort muss an J. E. an das dortige Postamt geschickt werden. Eine Woche nachdem du deinen Brief abgesandt hast, kannst du hingehen und dich erkundigen, ob irgendeine Antwort eingetroffen ist. Dann hast du zu handeln.‹

Zwei-, dreimal überdachte ich diesen Plan, dann hatte ich ihn genügsam verdaut und in eine klare, praktische Form gefasst. Nun war ich zufrieden und fiel in einen tiefen Schlaf.

Mit Tagesanbruch war ich auf. Ehe noch die Glocke ertönte, welche die ganze Schule weckte, hatte ich meine Annonce geschrieben, ins Kuvert gesteckt und adressiert; sie lautete folgendermaßen:

»Eine junge Dame, welche im Lehren geübt ist,« – war ich denn nicht zwei Jahre lang Lehrerin gewesen? – »wünscht eine Stellung in einer Familie zu finden, wo die Kinder unter vierzehn Jahren sind.« – Da ich selbst kaum achtzehn Jahre alt war, hielt ich es nicht für ratsam, die Erziehung von Schülern zu übernehmen, welche meinem eigenen Alter näher waren. – »Sie ist befähigt, in den üblichen Fächern zu unterrichten, welche zu einer guten, englischen Erziehung gehören, ebenso im Französischen, im Zeichnen und in der Musik.« – In jenen Tagen, lieber Leser, wurde diese heute unzureichend kurz erscheinende Liste für ausreichend und umfassend gehalten. – »Antworten an J. E., Post Lowton, ***shire«

Während des ganzen Tages lag dieses Dokument in meiner Schublade verschlossen. Nach dem Tee bat ich die neue Vorsteherin um die Erlaubnis, nach Lowton gehen zu dürfen, wo ich einige Besorgungen für mich und zwei meiner Mitlehrerinnen zu machen hatte. Die Erlaubnis wurde mir gern gewährt und ich machte mich auf den Weg. Es waren zwei Meilen und es war nass, aber noch waren die Tage lang. Ich besuchte zwei, drei Läden, warf meinen Brief in den Briefkasten und kam in strömendem Regen mit durchnässten Kleidern aber mit leichtem Herzen zurück.

Die jetzt folgende Woche schien mir endlos lang. Wie alle Dinge dieser Welt nahm aber auch sie ein Ende, und an einem herrlichen Herbstabend befand ich mich abermals zu Fuß unterwegs nach Lowton. Nebenbei erwähnt, es war ein malerischer Weg, der an dem Waldbach und den herrlichsten Windungen des Tals entlangführte. An diesem Tag aber dachte ich nicht an die Reize von Berg und Tal, nur an die Briefe, die mich in dem kleinen Marktflecken erwarteten oder nicht erwarteten.

Als Vorwand für diesen Weg wollte ich mir das Maß zu einem Paar Schuhe nehmen lassen; folglich machte ich dieses Geschäft zuerst ab, und nachdem es erledigt war, ging ich aus dem Laden des Schuhmachers quer über die kleine, reinliche Straße in das Postbüro. Es wurde von einer alten Dame betrieben, die eine Hornbrille auf der Nase und schwarze, gestrickte Pulswärmer an den Händen trug.

»Sind irgendwelche Briefe für J. E. angekommen?«, fragte ich.

Sie blickte mich über ihre Brille hinweg an, dann öffnete sie eine Schublade und wühlte so lange in derselben umher, dass meine Hoffnung zu schwinden begann. Endlich, nachdem sie ein Dokument mindestens fünf Minuten lang vor ihre Augengläser gehalten hatte, reichte sie es mir durch den Postschalter hin, indem sie zugleich einen fragenden und misstrauischen Blick auf mich warf. Der Brief war tatsächlich an J. E. adressiert.

»Nur einer?«, erkundigte ich mich.

»Mehr ist nicht da«, sagte sie. Ich schob den Brief in die Tasche und machte mich auf den Nachhauseweg. Jetzt konnte ich ihn noch nicht öffnen; die Hausregel verpflichtete mich, um acht Uhr zurück zu sein, und es war bereits halb acht.

Nach meiner Heimkehr erwarteten mich zunächst verschiedene Pflichten; ich hatte die Mädchen während ihrer Arbeitsstunde zu überwachen, dann war die Reihe an mir, das Gebet zu lesen und darauf zu sehen, dass die Schülerinnen schlafen gingen. Anschließend nahm ich mit den anderen Lehrerinnen das Abendessen ein. Selbst als wir uns endlich für die Nacht zurückzogen, war noch die unvermeidliche Miss Gryce meine Gefährtin. Die Kerze auf unserem Leuchter war fast herabgebrannt und ich fürchtete, dass Miss Gryce redete, bis das Licht verlöschen würde. Glücklicherweise übte aber das üppige Mahl, welches sie zu sich genommen hatte, eine einschläfernde Wirkung auf sie aus. Sie schnarchte bereits, als ich mich noch nicht einmal entkleidet hatte. Noch war ein Stückchen Kerze vorhanden; ich zog also meinen Brief hervor. Das Siegel trug den Anfangsbuchstaben »F« – ich erbrach es. Der Inhalt war kurz:

»Wenn J.E., welche am letzten Donnerstag eine Annonce in den ›***shire Herald‹ rücken ließ, die aufgezählten Fähigkeiten besitzt und wenn sie in der Lage ist, genügende Referenzen über Charakter und Wirkungskreis geben zu können, so wird ihr eine Stellung geboten, deren Gehalt sich auf dreißig Pfund im Jahr beläuft und in der sie nur ein kleines Mädchen unter zehn Jahren zu unterrichten hat. – J.E. wird gebeten, Referenzen, Namen, Adresse und alles Nähere einzusenden an die Adresse: ›Mrs. Fairfax, Thornfield bei Millcote, ***shire‹.«

Lange prüfte ich das Schriftstück; die Handschrift war altmodisch und ziemlich unsicher, wie die einer alten Frau. Dies war ein beruhigender Umstand, denn eine heimliche Furcht hatte mich gequält, dass ich durch dieses eigenmächtige Handeln, ohne irgendeines Menschen Rat eingeholt zu haben, ins Unheil geraten würde. Und vor allen Dingen wünschte ich doch auch, dass das Resultat meiner Bemühungen respektabel, anständig und *en règle* sein solle. Jetzt meinte ich, dass die Reaktion einer älteren Dame durchaus kein schlechtes Zeichen für die Sache sei, welche ich so selbstständig in die Hand genommen hatte. Mrs. Fairfax! Ich sah sie in einem schwarzen Kleid und in der Witwenhaube vor mir, vielleicht etwas steif, aber nicht unhöflich: ein Muster der ältlichen, englischen Respektabilität. Thornfield! Das war ohne Zweifel der Name ihrer Besitzung. Gewiss ein sauberes, ordentliches Fleckchen Erde, obgleich es mir trotz der größten Anstrengung nicht gelang, mir eine Vorstellung des Grundstücks zu machen. Millcote, ***shire! Ich rief mir die Karte von England ins Gedächtnis – ja, da lag sie vor mir! Grafschaft und Stadt ***shire waren London um siebzig Meilen näher als die entlegene Grafschaft, in welcher ich jetzt gerade lebte. Allein dies war in meinen Augen schon eine große Empfehlung; ich sehnte mich dorthin, wo Leben und Bewegung war. Millcote war eine große Fabrikstadt, am Ufer des A*** gelegen. Ein geschäftiger Ort, ohne Zweifel. Umso besser, das würde wenigstens eine gründliche Veränderung sein. Nicht, dass ich etwa bei dem Gedanken an hohe Fabrikschornsteine und Rauchwolken ins Schwärmen geraten wäre – ›aber‹, dachte ich mir, ›Thornfield liegt sicherlich eine gute Strecke Wegs von der Stadt entfernt.‹

Hier erlosch die Kerze, vollständige Dunkelheit herrschte und ich schlief ein.

Am folgenden Tag mussten weitere Schritte getan werden. Meine Pläne konnten nicht länger in der eigenen Brust verschlossen bleiben; um sie ihrer Ausführung näher zu bringen, musste ich Mitteilung von ihnen machen. Nachdem ich bei der Vorsteherin des Instituts um ein Gespräch nachgesucht und diese Gelegenheit in der Mittagspause erhalten hatte, teilte ich ihr mit, dass ich Aussicht auf eine neue Stellung hätte, in welcher das Gehalt das Doppelte von dem betragen würde, was ich jetzt erhielt – in Lowood verdiente ich nur fünfzehn Pfund jährlich. Ich bat sie, die Angelegenheit für mich bei Mr. Brocklehurst oder irgendeinem anderen Mitglied des Komitees zur Sprache zu bringen und sich zu erkundigen, ob diese Herren mir ein Zeugnis ausstellen würden. Sehr freundlich willigte sie ein, in dieser Sache als Vermittlerin auftreten zu wollen. Am nächsten Tag trug sie Mr. Brocklehurst die Angelegenheit vor und dieser erwiderte, dass man dafür an Mrs. Reed schreiben müsse, da diese schließlich mein Vormund sei. Also ging eine Notiz an diese Dame ab, auf welche sie antwortete, dass ich ganz nach eigenem Ermessen handeln könne, da sie längst jede Einmischung in meine Angelegenheiten aufgegeben habe. Dieser Brief machte die Runde bei dem Komitee, und nach langer und, wie es mir schien, sehr unnötiger Verzögerung erhielt ich die Erlaubnis, meine Stellung zu verbessern, wenn sich mir die Gelegenheit dazu böte. Der Einwilligung folgte die Versicherung, dass man mir – da ich mich sowohl als Schülerin wie auch als Lehrerin in Lowood immer gut geführt hätte – unverzüglich ein von den Inspektoren der Schule unterzeichnetes Zeugnis über Charakter und Fähigkeiten zustellen werde.

Nach ungefähr einer Woche erhielt ich dann das Zeugnis, schickte eine Abschrift desselben an Mrs. Fairfax und erhielt Antwort von ihr, welche besagte, dass sie zufrieden sei und mich in vierzehn Tagen in ihrem Haus erwarten würde, wo ich den Posten als Gouvernante antreten könne.

Nun war ich mit meinen Vorbereitungen beschäftigt: Die vierzehn Tage gingen schnell dahin. Ich hatte keine große Garderobe, obgleich sie meinen Bedürfnissen vollkommen genügte. Der letzte Tag reichte aus, um meinen Koffer zu packen – denselben, welchen ich bereits vor acht Jahren von Gateshead mitgebracht hatte.

Der Koffer wurde verschnürt und es wurde eine Adresskarte draufgenagelt. In einer halben Stunde sollte der Bote kommen, um ihn nach Lowton mitzunehmen, wohin ich selbst mich in früher Stunde am folgenden Morgen begeben wollte, um von dort mit der Post weiterzufahren. Ich hatte mein schwarzwollenes Reisekleid sorgsam ausgebürstet, meinen Hut, Muff und meine Handschuhe zurechtgelegt sowie in allen Schubladen nachgesucht, damit nichts zurückbliebe. Jetzt, da nichts mehr zu tun war, setzte ich mich hin, um auszuruhen. Jedoch ich konnte es nicht: Obgleich ich während des ganzen Tages auf den Füßen gewesen war, konnte ich jetzt doch nicht einen Augenblick Ruhe finden, so heftig war ich erregt. Heute Abend schloss ein Abschnitt meines Lebens ab, morgen begann ein neuer – es war einfach unmöglich, in der Zwischenzeit zu schlafen. Fieberhaft wachte ich, während sich der Übergang vollzog. –

»Miss«, sagte ein Mädchen, welches mich in dem Korridor, wo ich wie ein ruheloser Geist auf- und abging, aufsuchte, »unten ist eine Person, die mit Ihnen sprechen möchte.«

»Ohne Zweifel der Bote«, dachte ich und lief ohne weitere Frage die Treppe hinunter. Um zur Küche zu gelangen, ging ich an dem hinteren Wohnzimmer der Lehrerinnen vorbei, dessen Tür halb geöffnet war, als jemand aus dem Zimmer gestürzt kam.

»Das ist sie, wahrhaftig, sie ist's! Ich hätte sie überall wiedererkannt!«, rief die Gestalt, die mich auf meinem Weg aufhielt und meine Hand ergriff.

Ich blickte auf. Vor mir stand eine Frau, gekleidet wie eine herrschaftliche Dienerin, matronenhaft, aber dennoch jung. Sie war hübsch, hatte schwarzes Haar, dunkle Augen und eine frische Gesichtsfarbe.

»Nun, wer ist's wohl?«, fragte sie mit einem Lächeln und einer Stimme, die ich halb und halb erkannte. »Aber Miss Jane, ich hoffe doch, dass Sie mich nicht ganz vergessen haben!«

Im nächsten Augenblick umarmte und küsste ich sie von Herzen: »Bessie! Bessie! Bessie!«, weiter konnte ich nichts hervorbringen. Sie hingegen lachte bald, bald weinte sie. Dann gingen wir zusammen ins Wohnzimmer. Am Kaminfeuer stand ein kleiner Junge von etwa drei Jahren in schottischem Anzug.

»Das ist mein kleiner Junge«, sagte Bessie einfach.

»Du bist also verheiratet, Bessie?«

»Ja. Seit beinahe fünf Jahren – mit Robert Leaven, dem Kutscher. Außer Bobby dort habe ich noch ein kleines Mädchen, das Jane getauft ist.«

»Und du wohnst nicht mehr in Gateshead?«

»Ich wohne jetzt im Pförtnerhaus; der alte Portier ist fort.«

»Nun, und wie geht es allen dort? Du musst mir alles erzählen, Bessie! Aber nimm erst Platz. Und du, Bobby, komm zu mir und setze dich auf meinen Schoß, magst du?« Aber Bobby zog es vor, sich neben seine Mama zu stellen.

»Sie sind nicht sehr groß geworden, Miss Jane, und auch nicht sehr stark«, fuhr Mrs. Leaven fort. »Vermutlich hat man Sie hier in der Schule nicht allzu gut gefüttert. Miss Reed ist mindestens einen Kopf größer als Sie, und Miss Georgiana ist gewiss zweimal so breit.«

»Georgiana ist wohl sehr hübsch geworden, Bessie?«

»Sehr hübsch! Im vorigen Winter ist sie mit ihrer Mama in London gewesen und dort hat jedermann sie bewundert. Ein junger Lord hat sich in sie verliebt, aber seine Verwandten waren gegen die Heirat und – was glauben Sie wohl? – er und Miss Georgiana verabredeten, miteinander davonzulaufen. Aber es kam an den Tag und sie wurden aufgehalten. Miss Reed hat die Sache verraten; ich glaube, sie war neidisch. Und jetzt leben sie und ihre Schwester wie Hund und Katze miteinander, sie zanken und streiten unaufhörlich.«

»Nun, und was ist aus John Reed geworden?«

»Ach, er führt sich nicht so brav auf, wie seine Mutter es wohl wünschen könnte: Er war auf der Universität, aber sie haben ihn rausgeworfen. Seine Onkel wollten ja, dass er die Rechte studieren und Advokat werden sollte. Er ist jedoch ein so leichtsinniger junger Mensch, ich glaube, dass niemals viel aus ihm werden wird.«

»Wie sieht er aus?«

»Er ist sehr schlank. Einige Leute finden, dass er ein schöner junger Mann ist, aber er hat so dicke, aufgeworfene Lippen.«

»Und Mrs. Reed?«

»Die gnädige Frau sieht wohlbeleibt aus, aber ich glaube nicht, dass sie sich sehr wohl fühlt. Mr. Johns Betragen gefällt ihr nicht – er braucht sehr, sehr viel Geld.«

»Hat *sie* dich hergeschickt, Bessie?«

»Nein, wirklich nicht! Ich habe schon so lange gewünscht, Sie wiederzusehen, und als ich hörte, dass ein Brief von Ihnen gekommen sei und dass Sie in eine andere Gegend des Landes gehen wollten, da dachte ich mir, dass ich mich auf die Reise machen müsse, um Sie noch einmal zu sehen, bevor Sie ganz aus meinem Bereich wären.«

»Ich fürchte, Bessie, du bist von mir in deinen Erwartungen enttäuscht.« Dies sagte ich wohl lachend, aber ich hatte bemerkt, dass Bessies Blicke, wenn sie auch achtungsvoll waren, in keiner Weise Bewunderung ausdrückten.

»Nein, Miss Jane, das nicht gerade. Sie sehen sehr fein aus; Sie sehen aus wie eine Dame, und mehr habe ich eigentlich nie von Ihnen erwartet. Als Kind waren Sie auch keine Schönheit.«

Ich musste über Bessies offenherzige Antwort lächeln. Ich fühlte, dass sie zutraf, aber ich muss gestehen, dass ich doch nicht ganz unempfindlich gegen ihren Inhalt war. Mit achtzehn Jahren wünschen die meisten Menschen zu gefallen, und die Überzeugung, dass ihr Äußeres nicht geeignet ist, ihnen die Erfüllung dieses Wunsches zu verschaffen, bringt alles andere als Freude hervor.

»Aber ich vermute, dass Sie sehr gelehrt sind«, fuhr Bessie fort, wie um mich zu trösten. »Was können Sie denn alles? Können Sie Klavier spielen?«

»Ein wenig.«

Im Zimmer stand ein Instrument; Bessie ging hin und öffnete es. Dann bat sie mich, ihr ein Stück vorzuspielen. Ich spielte ihr ein oder zwei Walzer und sie war entzückt.

»Die beiden Miss Reed können nicht so gut spielen!«, sagte sie triumphierend. »Ich habe ja immer gesagt, dass Sie sie im Lernen übertreffen würden. Können Sie auch zeichnen?«

»Dort über dem Kamin hängt eins von meinen Bildern.« Es war eine Landschaft in Wasserfarben, welche ich der Vorsteherin aus Dankbarkeit für ihre liebenswürdige Vermittlung bei dem Komitee geschenkt hatte und die sie unter Glas und Rahmen hatte bringen lassen.

»Aber das ist wirklich schön, Miss Jane! Der Zeichenlehrer der Miss Reeds könnte es auch nicht schöner gemalt haben – von den jungen Damen selbst will ich schon gar nicht reden, die kommen da nie heran. Haben Sie auch Französisch gelernt?«

»Ja, Bessie, lesen und auch sprechen.«

»Und können Sie auch sticken und nähen?«

»Aber gewiss kann ich das.«

»Oh, Sie sind ja eine ganze Dame geworden, Miss Jane! Das habe ich mir immer gedacht. Ihnen wird es immer gut gehen, ob Ihre Verwandten sich um Sie kümmern oder nicht. Ich wollte Sie noch um etwas befragen. – Haben Sie mal von den Verwandten Ihres Vaters, den Eyres, etwas gehört?«

»Nein, nie.«

»Nun, Sie wissen ja, Mrs. Reed hat immer gesagt, dass sie arm und ganz gewöhnlich wären. Schon möglich, dass sie arm sind, aber ganz gewiss gehören sie ebenso zum Landadel wie die Reeds selbst, denn eines Tages vor beinahe sieben Jahren kam ein Mr. Eyre nach Gateshead und wollte Sie sehen. Mrs. Reed sagte ihm, dass Sie fünfzig Meilen entfernt in einer Schule wären. Er schien sehr enttäuscht, denn er konnte nicht bleiben; er wollte auf eine Reise in ein fremdes Land gehen, und das Schiff sollte schon in zwei, drei Tagen von London aus ablegen. Er sah aus wie ein Gentleman, und ich glaube, dass er Ihres Vaters Bruder war.«

»In welches fremde Land ging er denn, Bessie?«

»Auf eine Insel, die Tausende Meilen entfernt ist und wo sie Wein machen – der Kellermeister hat mir das gesagt.«

»Nach Madeira vermutlich?«

»Ja, ja, das war's, so hieß sie.«

»Und dann ging er wieder fort?«

»Ja. Er blieb nur wenige Minuten im Haus. Mrs. Reed war sehr von oben herab mit ihm. Nachher sagte sie von ihm, er wäre ein ›armseliger Handelsmann‹ gewesen. Mein Robert glaubt, dass er ein Weinhändler war.«

»Gut möglich«, entgegnete ich, »oder vielleicht der Angestellte oder der Agent eines Weinhändlers.«

Noch eine ganze Stunde lang sprachen Bessie und ich von alten Zeiten, und dann war sie gezwungen, mich zu verlassen. Als ich am nächsten Morgen in Lowton auf die Postkutsche wartete, sah ich sie noch für einige Minuten wieder. Schließlich trennten wir uns vor der Tür des »Brocklehurst Arms« und jede ging ihrer Wege: Sie begab sich auf die Kuppe des Berges von Lowood, wo der Wagen vorüberkam, der sie nach Gateshead zurückbringen sollte; ich bestieg das Gefährt, das mich in die unbekannte Gegend von Millcote brachte, einem neuen Leben und neuen Pflichten entgegen.

Elftes Kapitel

Ein neues Kapitel in einem Roman ist wie ein neuer Akt in einem Schauspiel. Wenn ich nun den Vorhang wiederum in die Höhe ziehe, lieber Leser, so musst du dir ein Zimmer im »George Inn« in Millcote vorstellen, mit groß gemusterten Tapeten an den Wänden, wie sie in Gasthauszimmern üblich sind, mit dazu passenden Teppichen, Möbeln und Nippesfiguren auf dem Kaminsims, mit Kupferstichen von George III., dem Prinzen von Wales und einer Darstellung des Todes von General Wolfe. Und all dies siehst du beim Schein einer Öllampe, welche von der Decke herabhängt, und einem hellen Kaminfeuer, neben welchem ich in Mantel und Hut sitze. Muff und Regenschirm liegen auf dem Tisch. Ich versuche, mich an der Wärme des Ofens von der Steifheit und Betäubung zu erholen, welche das Resultat einer sechzehnstündigen Reise in kaltem Oktoberwetter waren. Um vier Uhr früh hatte ich Lowton verlassen und jetzt schlug die Stadtuhr von Millcote gerade die achte Stunde.

Lieber Leser, wenn es auch den Anschein hat, als ob ich mich ganz behaglich fühlte, so befindet mein Gemüt sich doch durchaus in keiner beneidenswerten Verfassung. Ich hatte gehofft, hier bei Ankunft der Postkutsche jemanden zu meinem Empfang vorzufinden. Als ich die hölzerne Treppe hinabstieg, welche der Hausknecht zu meiner größeren Bequemlichkeit an den Wagen gestellt hatte, blickte ich ängstlich umher in der Erwartung, von irgendjemandem meinen Namen zu hören und einen Wagen zu erblicken, welcher meiner harrte, um mich nach Thornfield zu bringen. Aber nichts Derartiges war sichtbar, und als ich den Kellner fragte, ob jemand da gewesen sei, um sich nach Miss Eyre zu erkundigen, wurde meine Frage verneint. So blieb mir also nichts anderes übrig, als um ein Zimmer zu bitten – und hier sitze ich nun, während Furcht und Zweifel aller Art meine Seele martern.

Für die unerfahrene Jugend ist es ein seltsames Gefühl, sich plötzlich ganz allein in der Welt zu sehen, von jeder Verbindung getrennt, durch Tausend Schwierigkeiten an der Rückkehr in den sicheren Ursprungshafen gehindert und gänzlich im Ungewissen, ob man den Hafen, welchen man anstrebt, auch erreichen wird. Der Reiz des Neuen und die Freude am Abenteuer versüßen das Gefühl, das Bewusstsein der Selbstständigkeit erwärmt es – aber die Empfindung der Furcht dämpft es auch wieder. Und kaum war eine halbe Stunde vergangen, in welcher ich noch immer allein war, so wurde das Gefühl der Furcht vorherrschend. Da fiel mir ein, nach dem Kellner zu läuten.

»Ist hier in der Nähe ein Ort, welcher Thornfield heißt?«, fragte ich den Kellner, welcher auf mein Klingeln erschien.

»Thornfield? Ich weiß nicht, Madam. Ich werde mich in der Schankstube erkundigen.« Er verschwand, kam aber augenblicklich wieder zurück:

»Ist Ihr Name Eyre, Miss?«

»Ja.«

»Es wartet jemand auf Sie.«

Ich sprang auf, griff nach Muff und Regenschirm und eilte in den Korridor des Gasthauses. Ein Mann stand in der offenen Tür und auf der von Laternen erhellten Straße konnte ich die Umrisse eines einspännigen Gefährts erkennen.

»Dies ist wohl Ihr Gepäck?«, sagte der Mann in der Tür hastig, als er meiner ansichtig wurde. Er zeigte auf meinen Koffer, der im Gang stand.

»Ja.« Er hievte ihn auf die Kutsche, welche ein geschlossener Wagen war, und dann stieg auch ich auf. Ehe er die Tür hinter mir zuschlug, fragte ich, wie weit es bis Thornfield sei.

»Eine Strecke von sechs Meilen.«

»Und wie lange fahren wir?«

»Vielleicht anderthalb Stunden!«

Er sicherte die Wagentür, kletterte auf seinen Sitz und wir fuhren ab. Wir kamen nur langsam vorwärts, und ich hatte reichliche Muße zum Nachdenken. Ich war zufrieden, dem Endziel meiner Reise so nahe zu sein, und als ich mich in das bequeme, wenn auch durchaus nicht elegante Gefährt zurücklehnte, gab ich mich ungestört meinen Gedanken hin.

›Nach der Einfachheit und der Anspruchslosigkeit des Dieners und des Wagens zu urteilen, ist Mrs. Fairfax keine sehr elegante Person ... Umso besser, ich habe ja bereits einmal unter feinen Leuten gelebt und mich bei ihnen sehr unglücklich gefühlt. Ich möchte wissen, ob sie mit diesem kleinen Mädchen ganz allein lebt. Wenn das der Fall und sie auch nur einigermaßen liebenswürdig ist, werde ich sehr gut mit ihr fertig werden. Ich werde mein Bestes tun. Aber wie schade, dass es nicht immer genügt, sein Bestes zu tun ... In Lowood hatte ich diesen Entschluss gefasst und ausgeführt, und es gelang mir, allen zu gefallen; aber bei

Mrs. Reed erinnere ich mich, dass selbst mein Bestes immer nur Hohn und Verachtung hervorrief. Ich bitte Gott, dass Mrs. Fairfax keine zweite Mrs. Reed sein möge. Wenn sie es aber ist, so brauche ich nicht bei ihr zu bleiben. Wenn es hart auf hart kommt, so kann ich ja immer noch wieder eine Annonce in Zeitung setzen lassen ... Wie weit wir jetzt wohl schon auf dem Weg sein mögen?‹

Ich ließ das Fenster herab und blickte hinaus. Millcote lag hinter uns; nach der Anzahl seiner Lichter schien es ein Ort von beträchtlicher Größe, viel größer als Lowton. Soweit ich es überblicken konnte, befanden wir uns jetzt auf offenem Land; jedoch waren über den ganzen Distrikt Häuser verstreut. Ich bemerkte, dass wir uns in einer Gegend befanden, welche sehr verschieden von Lowood war; dichter bevölkert, aber weniger malerisch; sehr belebt, aber weniger romantisch.

Die Straßen waren schlammig, die Nacht war neblig. Mein Kutscher ließ sein Pferd fortwährend im Schritt gehen, und ich glaube, dass aus den anderthalb Stunden mindestens zwei wurden. Endlich wandte er sich um und sagte:

»Nun sind Sie nicht mehr weit von Thornfield.«

Wieder blickte ich hinaus. Wir fuhren an einer Kirche vorüber; ich sah den niedrigen, breiten Turm sich gegen den Himmel abzeichnen, seine Glocken verkündeten die Viertelstunde. Dann sah ich auch eine schmale Reihe von Lichtern auf einer Anhöhe; es war ein Dorf oder ein Weiler. Nach ungefähr zehn Minuten stieg der Kutscher ab und öffnete eine Pforte; wir fuhren hindurch und sie schlug hinter uns zu. Jetzt kamen wir langsam über den großen Fahrweg eines Parks und fuhren an der langen Front eines Hauses entlang; aus einem verhängten Bogenfenster fiel ein Lichtschein, alle übrigen waren dunkel. Der Wagen hielt vor der Haustür. Eine Dienerin öffnete dieselbe; ich stieg aus und ging hinein.

»Bitte diesen Weg, Fräulein«, sagte das Mädchen, und ich folgte ihr durch eine quadratische Halle, in welche von allen Seiten Türen mündeten. Sie führte mich in ein Zimmer, dessen doppelte Beleuchtung durch Kerzen und Kaminfeuer mich im ersten Augenblick blendete, denn sie unterschied sich zu stark von der Dunkelheit, an welche meine Augen sich während der letzten Stunden gewöhnt hatten. Als ich jedoch imstande war, wieder zu sehen, bot sich meinen Blicken ein gemütliches und angenehmes Bild:

Ein hübsches, sauberes kleines Zimmer, ein runder Tisch an einem lustig lodernden Kaminfeuer. Auf einem hochlehnigen, altmodischen Stuhl saß eine zierliche ältere Dame. Sie trug eine Witwenhaube, ein schwarzes Seidenkleid und eine schneeweiße Musselinschürze – es war alles gerade so, wie ich mir Mrs. Fairfax vorgestellt hatte, nur, dass die Dame weniger stattlich und viel milder und gütiger aussah. Sie war mit Stricken beschäftigt, eine große Katze lag schnurrend zu ihren Füßen – kurzum: Nichts fehlte, um dem Idealbild häuslicher Behaglichkeit zu entsprechen. Eine angenehmere Einführung einer neuen Gouvernante ließ sich kaum denken; keine Erhabenheit, die überwältigte, keine Herablassung, die in Verlegenheit setzte. Als ich eintrat, erhob sich die alte Dame und kam mir schnell und freundlich entgegen.

»Wie geht es Ihnen, meine Liebe? Ich fürchte, dass Sie eine sehr langweilige Fahrt gehabt haben – John fährt so langsam. Es muss Ihnen doch kalt sein, kommen Sie ans Feuer.«

»Mrs. Fairfax, nehme ich an?«, fragte ich.

»Die bin ich. Bitte, nehmen Sie Platz!«

Sie führte mich zu ihrem eigenen Stuhl und begann dort, mir meinen Schal abzunehmen und meine Hutbänder zu lösen. Ich bat sie, sich meinetwegen keine Umstände zu machen.

»Oh, das sind keine Umstände. Ihre eigenen Hände müssen vor Kälte ja ganz erstarrt sein. Leah, bereite ein wenig Glühwein und ein paar Butterbrote; hier sind die Schlüssel zur Speisekammer.«

Mit diesen Worten zog sie ein sehr hausfrauliches Schlüsselbund aus ihrer Tasche und übergab es der Dienerin.

»Und jetzt rücken Sie näher an das Feuer«, fuhr sie fort. »Nicht wahr, meine Liebe, Sie haben Ihr Gepäck mitgebracht?«

»Jawohl, Madam.«

»Ich werde dafür sorgen, dass man es auf Ihr Zimmer trägt«, sagte sie und trippelte geschäftig hinaus.

»Sie behandelt mich wie einen Gast«, dachte ich. »Solch einen Empfang habe ich wahrlich nicht erwartet. Ich sah nichts als Kälte und Steifheit voraus; dies gleicht wenig den Erzählungen, die ich von der Behandlung der Gouvernanten gehört habe. – Aber ich darf nicht zu früh jubeln.«

Sie kehrte zurück und räumte selbst ihr Strickzeug und mehrere Bücher vom Tisch, um Platz für das Speisetablett zu machen, welches Leah jetzt brachte. Dann bediente sie mich. Ich war ein wenig verwirrt, mich als Gegenstand so ungewohnter Aufmerksamkeit zu sehen, und das noch obendrein von meiner Brotherrin. Da diese selbst aber gar nicht zu finden schien, dass sie etwas tat, was unüblich wäre, hielt ich es für das Beste, ihre Liebenswürdigkeit ruhig hinzunehmen.

»Werde ich das Vergnügen haben, Miss Fairfax noch heute Abend zu sehen?«, fragte ich, nachdem ich von dem probiert hatte, was sie mir vorgesetzt hatte.

»Was sagten Sie, meine Liebe? Ich bin ein wenig taub«, entgegnete die gute Dame, indem sie ihr Ohr meinem Mund näherte.

Deutlicher wiederholte ich die Frage.

»Miss Fairfax? Oh, Sie meinen Miss Varens! Varens ist der Name Ihrer künftigen Schülerin.«

»In der Tat? Dann ist sie also nicht Ihre Tochter?«

»Nein. – Ich habe keine Familie.«

Eigentlich wollte ich meiner Frage noch einige andere folgen lassen und mich erkundigen, in welcher Weise Miss Varens denn mit ihr verwandt sei; aber ich erinnerte mich glücklicherweise noch zur rechten Zeit, dass es nicht höflich sei, so viele Fragen zu stellen. Überdies wusste ich ja, dass ich mit der Zeit sicher alles erfahren würde.

»Ich bin so froh«, fuhr sie fort, indem sie sich mir gegenübersetzte und die Katze auf ihren Schoß nahm, »ich bin so froh, dass Sie gekommen sind. Jetzt wird das Leben hier mit einer Gefährtin ganz angenehm sein. Nun, es ist wohl auch sonst ganz angenehm, denn Thornfield ist ein prächtiger alter Herrensitz; während der letzten Jahre ist es allerdings ein wenig vernachlässigt worden. Immerhin ist es ein stattlicher Ort. Aber Sie können sich vorstellen, selbst in dem schönsten Haus fühlt man sich zur Winterszeit unglücklich, wenn man ganz allein ist. Ich sage allein – Leah ist gewiss ein liebes Mädchen, und John und sein Weib sind anständige, brave Leute; aber sehen Sie, es sind doch immer nur Dienstboten und man kann nicht mit ihnen wie mit seinesgleichen verkehren. Man muss immer zehn Schritte Abstand halten, aus Furcht, seine Autorität zu verlieren. Sie können mir glauben, im letzten Winter – er war sehr streng, wenn Sie sich erinnern können, und wenn es nicht schneite, tobte der Wind und es regnete – kam vom November bis zum Februar nicht eine lebende Seele in dies Haus, mit Ausnahme des Schlachters und des Postboten. Und ich wurde wahrhaftig ganz melancholisch, wie ich so Abend für Abend allein dasaß. Zwar musste Leah mir zuweilen vorlesen, aber ich fürchte, dass das arme Mädchen von dieser Aufgabe nicht sonderlich entzückt war; sie kam sich dabei wohl wie eine Gefangene vor. Im Frühling und Sommer ging es dann natürlich besser. Sonnenschein und lange Tage machen einen großen Unterschied. Und zu Anfang dieses Herbstes kam die kleine Adela Varens mit ihrem Kindermädchen; ein Kind bringt ja sofort Leben ins Haus. Und jetzt, da auch Sie hier sind, werden wir am Ende gar noch ganz lustig und vergnügt werden.«

Als ich die würdige alte Dame so plaudern hörte, wurde mein Herz ganz warm für sie. Ich zog meinen Stuhl näher an den ihren und sprach den aufrichtigen Wunsch aus, dass meine Gesellschaft sich wirklich als so angenehm für sie erweisen möge, wie sie erwartete.

»Heute Abend will ich Sie aber nicht lange wachhalten«, sagte sie. »Es ist jetzt Schlag zwölf Uhr, und Sie sind den ganzen Tag unterwegs gewesen; Sie müssen ja todmüde sein. Sobald Ihre Füße ordentlich aufgewärmt sind, will ich Ihnen Ihr Schlafzimmer zeigen. Ich habe das Gemach, welches an das meine stößt, für Sie herrichten lassen. Es ist nur ein kleines Zimmer, jedoch ich meinte, dass es Ihnen lieber sein würde, als eins der großen Vorderzimmer, die zwar prächtigere Möbel haben, aber so düster und einsam sind, dass ich niemals darin schlafen könnte.«

Ich dankte ihr für ihre rücksichtsvolle Wahl, und da ich mich von der langen Reise wirklich ermüdet fühlte, sagte ich, dass ich mich gern auf mein Zimmer zurückzuziehen würde. Sie nahm ihr Licht und ich folgte ihr auf den Korridor hinaus. Zuerst überzeugte sie sich, ob die große Haustür auch wirklich verschlossen sei. Nachdem sie den Schlüssel aus dem Schloss gezogen hatte, führte sie mich die Treppe hinauf. Stufen und Geländer waren von Eichenholz; das Treppenfenster war hoch und vergittert. Die Treppe und die lange Galerie mit den Schlafzimmertüren sahen aus, als gehörten sie eher zu einer Kirche als zu einem Wohnhaus. Eine feuchte, dumpfe Luft wie in einem Gewölbe herrschte auf der Treppe und in der Galerie, eine Luft, die Gedanken an trostlos leere Räume und düstere Einsamkeit wachrief. Ich war froh, als ich endlich in mein Zimmer trat und fand, dass es klein und modern möbliert war.

Als Mrs. Fairfax mir herzlich »Gute Nacht!« gewünscht und ich meine Tür sorgsam verschlossen hatte, sah ich mich mit Muße um. Der Anblick meines behaglichen, kleinen Zimmers löschte einigermaßen den Eindruck aus, welchen die weite Halle, die düstere, große Treppe und jene lange, kalte Galerie auf mich gemacht hatten, und endlich wurde mir bewusst, dass ich nach mehreren Tagen körperlicher Anstrengung und geistiger Erregung nun endlich in einem sicheren Hafen war. Dankbarkeit erfüllte mein Herz, ich kniete neben meinem Bett nieder und sandte ein inniges Dankgebet zu dem empor, dem ich Dank schuldete. Und bevor ich mich wieder erhob, vergaß ich nicht, weitere Hilfe für meinen Weg zu erflehen und um die Gabe zu bitten, der Güte gerecht zu werden, welche mir in so reichem Maße zuteil wurde, noch bevor ich sie mir hatte verdienen können. In dieser Nacht lag ich auf keinem Dornenlager; mein einsames Zimmer war von Ruhe und Frieden erfüllt. Zugleich müde und zufrieden schlief ich schnell und fest ein. Als ich erwachte, war es bereits heller Tag.

Im Sonnenschein, welcher durch die hellblauen Fenstervorhänge fiel, erschien mir mein Zimmer so freundlich und gemütlich! Ich wurde ganz wohlgemut beim Anblick der tapezierten

Wände und des teppichbelegten Fußbodens, welche den buntfarbigen Kalkwänden und nackten Holzböden in Lowood so unähnlich waren – Äußerlichkeiten üben einen so großen Einfluss über die Jugend aus. Mir war, als müsse jetzt ein schönerer Lebensabschnitt für mich anbrechen, eine Ära, welche neben Dornen und Mühsal auch ihre Blüten und Freuden haben würde. All meine Seelenkräfte schienen durch die Ortsveränderung und durch die neue Aufgabe wieder lebendig geworden. Ich konnte nicht genau erklären, was ich erwartete, aber es war etwas Freudiges: vielleicht nicht unbedingt für einen bestimmten Tag oder Monat, aber jedenfalls für eine unbestimmte Zeit in der Zukunft.

Ich erhob mich und kleidete mich mit großer Sorgfalt an. Wenn mir hierbei auch nur Schlichtes zur Verfügung stand – ich hatte kein einziges Kleidungsstück, welches nicht in der einfachsten Weise gemacht wäre –, so hatte ich doch von Natur aus das größte Verlangen, sauber und nett auszusehen. Es war durchaus nicht meine Gewohnheit, achtlos in Bezug auf mein Äußeres oder unbekümmert um den Eindruck zu sein, welchen ich hervorrief; im Gegenteil, ich wünschte stets, so hübsch wie möglich zu sein und so sehr zu gefallen, wie mein gänzlicher Mangel an Schönheit es gestattete. Wie oft bedauerte ich, nicht schöner zu sein! Wie innig wünschte ich, rosige Wangen, eine gerade Nase und einen kleinen Kirschenmund zu besitzen; ich hätte groß, schlank und von edler Figur sein mögen; ich empfand es wie ein Unglück, so klein und bleich zu sein, so unregelmäßige, markante Züge zu haben. Aber weshalb hatte ich diese Wünsche, dieses Verlangen, ja dieses Bedauern? Das ist schwer zu sagen. Damals hätte ich mir keine klare Rechenschaft darüber geben können, indessen gab es einen Grund, und einen logischen noch dazu. – Als ich mein Haar sehr sorgsam gekämmt und mein schwarzes Kleid angezogen hatte, welches trotz seiner Quäkerhaftigkeit das Verdienst hatte, aufs Genaueste zu passen, als ich eine reine, weiße Halskrause umgebunden hatte, glaubte ich sauber und respektabel genug auszusehen, um vor Mrs. Fairfax erscheinen zu können. Von meiner Schülerin hoffte ich, dass sie wenigstens nicht mit Widerwillen vor mir zurückschrecken werde. Nachdem ich das Fenster geöffnet und mich vergewissert hatte, dass ich auf dem Toilettentische alles sauber und ordentlich zurückließ, wagte ich mich hinaus.

Nachdem ich die lange, mit Teppichen bedeckte Galerie entlanggegangen war, stieg ich die glänzend blanke Eichentreppe hinunter, dann kam ich in die Halle. Hier verweilte ich eine Minute und betrachtete die Bilder an den Wänden – noch heute erinnere ich mich an diese: Der eine stellte einen finster aussehenden Mann mit Brustharnisch dar, der andere eine Dame mit gepuderten Haaren und einem Perlenhalsband. Eine Bronzelampe hing von der Decke herab und es gab eine große, alte Wanduhr, deren Gehäuse aus Eiche seltsam geschnitzt und durch die Zeit schwarz und blank wie Ebenholz geworden war. Alles erschien mir sehr stattlich und imposant – aber ich war ja auch so wenig an Glanz und Pracht gewöhnt. Die Tür nach draußen, welche halb aus Glas war, stand offen. Ich überschritt die Schwelle, es war ein herrlicher Herbstmorgen. Die Sonne schien auf bunt gefärbtes Laub und noch immer grüne Felder herab. Ich ging auf den freien Platz hinaus und betrachtete die Front des Herrenhauses. Es war drei Stockwerke hoch und von großen, jedoch nicht überwältigenden Proportionen – eher das Herrenhaus eines Gentlemans als der Landsitz eines Edelmannes. Die Zinnen auf dem Dach gaben dem Haus ein pittoreskes Aussehen. Die graue Front hob sich hübsch von den Krähennestern im Hintergrund ab. Deren krächzende Bewohner waren gerade unterwegs: Sie flogen über den Rasen und den Park, um sich auf einer großen Wiese niederzulassen, von welcher die Anlagen durch einen Graben getrennt waren. Auf dieser Wiese stand eine lange Reihe alter, starker, knorriger Dornenbäume, mächtig wie Eichen, welche sofort die Etymologie der Benennung des Herrenhauses erklärten. In der Ferne waren Hügel – nicht so hoch, gezackt und barrierenartig wie jene um Lowood, welche einen von der übrigen Welt abschlossen, aber stille, einsame Hügel, die Thornfield eine Abgeschiedenheit verliehen, die ich in der lebhaft-bewegten Nähe Millcotes niemals vermutet hätte. Ein kleiner Weiler, dessen Dächer von Bäumen überschattet waren, zog sich an einem der Hügel hinauf; die Kirche des Distrikts stand näher an Thornfield, ihr alter Turm sah über einen Hügel zwischen dem Hause und den Parkpforten hervor.

Ich erfreute mich noch an der friedlichen Aussicht und an der frischen, angenehmen Luft, horchte noch mit Entzücken auf das Krächzen der Krähen, blickte noch auf die große, von der Zeit geschwärzte Front des Hauses und dachte bei mir, welch ein weitläufiger Aufenthalt es für eine einzelne kleine Dame wie Mrs. Fairfax sei, als diese in der Tür erschien.

»Was, schon draußen?«, sagte sie. »Ich sehe, Sie sind gewohnt, früh aufzustehen.« Ich ging zu ihr und wurde mit einem herzlichen Händedruck und einem Kuss begrüßt.

»Wie gefällt Ihnen Thornfield?«, fragte sie. Ich sagte ihr, dass ich es sehr schön fände.

»Ja«, entgegnete sie, »es ist ein reizendes Fleckchen, aber ich fürchte, es wird vernachlässigt werden, wenn Mr. Rochester es sich nicht überlegt, herzukommen und permanent hier zu residieren oder wenigstens häufiger zu Besuch zu kommen. Große Häuser und schöne Parks erfordern die Anwesenheit ihres Besitzers.«

»Mr. Rochester?«, rief ich aus. »Wer ist das?«

»Der Besitzer von Thornfield«, antwortete sie ruhig. »Wussten Sie nicht, dass er Rochester heißt?«

Keineswegs wusste ich das – ich hatte ja noch niemals von ihm gehört! Aber die alte Dame schien sein Dasein für ein allgemein bekanntes Faktum zu halten, das jedermann geläufig sein musste.

»Ich glaubte«, fuhr ich fort, »dass Thornfield Ihr Eigentum wäre.«

»Mein Eigentum? Gott segne Sie, Kind! Welche eine Idee! Mein Eigentum? Ich bin nur die Haushälterin, die Verwalterin. Allerdings bin ich durch die Familie seiner Mutter entfernt mit den Rochesters verwandt, oder wenigstens war mein Gatte es: Er war ein Geistlicher, Pfarrer von Hay – jenes kleine Dorf da drüben auf dem Hügel –, und die Kirche neben der Parkpforte war die seine. Die Mutter des jetzigen Mr. Rochester war eine Fairfax und meines Mannes Cousine zweiten Grades. Aber ich bilde mir auf diese

Verwandtschaft nichts ein und erlaube mir deshalb keine Freiheiten – in der Tat, ich mache mir gar nichts daraus. Ich betrachte mich selbst als ganz gewöhnliche Haushälterin; mein Brotherr ist immer höflich, und mehr erwarte ich nicht.«

»Und das kleine Mädchen – meine Schülerin?«

»Sie ist Mr. Rochesters Mündel; er beauftragte mich, eine Gouvernante für sie zu suchen. Ich glaube, dass er die Absicht hegt, sie in ***shire erziehen zu lassen. Da kommt sie ja mit ihrer *bonne*, wie sie ihr Kindermädchen nennt.« Das Rätsel war also gelöst: Diese freundliche und gütige kleine Witwe war keine große Dame, sondern eine Untergebene wie ich selbst. Deshalb war sie mir aber nun nicht weniger lieb; im Gegenteil, ich fühlte mich wohler als zuvor. Die Gleichheit zwischen ihr und mir bestand wirklich, sie war nicht das Resultat bloßer Herablassung von ihrer Seite. Umso besser – meine Stellung war so viel unabhängiger.

Während ich noch über diese Entdeckung nachdachte, kam ein kleines Mädchen, welchem eine Begleiterin folgte, über den Rasen gelaufen. Ich betrachtete meine Schülerin, die mich anfangs nicht zu bemerken schien. Sie war noch ein Kind, vielleicht sieben oder acht Jahre alt, zart gebaut, blass, mit kleinen Gesichtszügen und einem Überfluss von Haar, das in Locken über die Schultern wallte.

»Guten Morgen, Miss Adela«, sagte Mrs. Fairfax. »Kommen Sie her und begrüßen Sie diese Dame, welche Ihre Lehrerin sein wird, damit Sie eines Tages eine gescheite Frau werden.« Die Kleine kam näher.

»C'est là ma gouvernante?«, fragte sie ihr Kindermädchen, wobei sie auf mich zeigte.

Das Kindermädchen antwortete: »Mais oui, certainement.«

»Sind es Ausländerinnen?«, fragte ich, ganz erstaunt, die französische Sprache zu hören.

»Das Kindermädchen ist eine Ausländerin und Adela wurde auf dem Kontinent geboren; ich glaube auch, dass sie bis vor sechs Monaten noch dort war. Als sie herkam, konnte sie kein Wort Englisch; jetzt hat sie es schon zu ein paar Brocken gebracht. Ich verstehe sie zwar nicht, denn sie vermischt es so sehr mit dem Französischen, aber ich vermute, dass Sie sehr gut begreifen werden, was sie meint.«

Zum Glück hatte ich den Vorzug genossen, Französisch von einer Französin zu lernen. Ich hatte mich stets bemüht, so viel wie möglich mit Madame Pierrot zu reden, hatte während der letzten sieben Jahre täglich mehrere Seiten Französisch auswendig gelernt sowie hart an meinem Akzent gearbeitet und versucht, so nah wie möglich an die Aussprache meiner Lehrerin zu gelangen – kurz, ich verfügte über einen Grad der Sprachfertigkeit, welcher mich in den Stand setzen sollte, im Gespräch mit Mademoiselle Adela nicht verloren zu sein. Als sie hörte, dass ich ihre Gouvernante sei, kam sie auf mich zu und reichte mir die Hand. Ich führte sie in das Frühstückszimmer und versuchte einige Worte in ihrer Muttersprache. Anfangs antwortete sie sehr kurz, aber nachdem wir am Tisch Platz genommen hatten und sie mich ungefähr zehn Minuten mit ihren großen hellbraunen Augen angesehen hatte, begann sie plötzlich ganz geläufig zu plaudern.

»Ach«, rief sie auf Französisch. »Sie sprechen meine Muttersprache ebenso gut wie Mr. Rochester, ich kann mit Ihnen reden wie mit ihm, und Sophie kann es auch. Sie wird glücklich sein, denn hier kann sie niemand verstehen. Madam Fairfax ist durch und durch Engländerin! Sophie ist mein Kindermädchen; sie ist mit mir über das Meer gekommen, auf einem großen Schiff mit einem Schornstein, der rauchte – und wie er rauchte! Und ich war krank, und Sophie war es auch und Mr. Rochester auch. Mr. Rochester legte sich auf ein Sofa in einem hübschen Zimmer, das Salon genannt wurde, und Sophie und ich hatten kleine Betten in einem anderen Zimmer. Beinahe wäre ich aus meinem herausgefallen, es war ganz wie ein Brett. Und, Mademoiselle – wie heißen Sie?«

»Eyre – Jane Eyre.«

»Aire? Bah! Das kann ich nicht aussprechen. Nun gut: Gegen Morgen, der Tag war noch nicht ganz angebrochen, hielt unser Schiff in einer großen Stadt – in einer riesengroßen Stadt, mit sehr düsteren Häusern, die ganz von Rauch geschwärzt waren. Die

Stadt hatte gar keine Ähnlichkeit mit der sauberen, hübschen Stadt, aus welcher ich komme. Und Mr. Rochester trug mich auf seinen Armen über ein Brett ans Land, und Sophie kam hinterher. Dann stiegen wir alle in einen Wagen, der uns bis an ein großes, prächtiges Haus brachte, viel größer und viel, viel schöner als dieses, und es hieß ›Hotel‹. Dort blieben wir beinahe eine Woche. Sophie und ich gingen oft auf einem großen, grünen Platz voller Bäume umher, den sie ›Park‹ nannten. Außer mir waren noch viele, viele Kinder dort, und ein Teich mit prachtvollen Vögeln darauf, die ich oft mit Brotkrumen gefüttert habe.«

»Können Sie sie denn eigentlich verstehen, wenn sie so schnell plappert?«, fragte Mrs. Fairfax.

Ich verstand sie sehr gut, denn ich war an Madame Pierrots flinke Zunge gewöhnt.

Dann fuhr die gute Dame fort: »Ich hätte gern, dass Sie ein paar Fragen über ihre Eltern an sie richteten; ich frage mich, ob sie sich ihrer noch erinnert?«

»Adèle«, fragte ich, »mit wem hast du in jener hübschen, sauberen Stadt gewohnt, von welcher du mir erzählt hast?«

»Mit meiner Mama, aber das ist schon lange her; sie ist zur heiligen Jungfrau gegangen. Mama hat mich auch tanzen und singen und schöne Verse aufsagen gelehrt. Viele Herren und Damen kamen stets, um Mama zu besuchen, und dann pflegte ich ihnen etwas vorzutanzen oder vorzusingen. Oft nahmen sie mich auf den Schoß, und ich sagte ihnen Gedichte auf. Wollen Sie mich singen hören?«

Sie war mit ihrem Frühstück zu Ende, und deshalb erlaubte ich ihr, mir eine Probe ihres Talents zu geben. Sie kletterte von ihrem Stuhl herunter und kam zu mir, um sich auf meinen Schoß zu setzen. Dann faltete sie ernsthaft ihre kleinen Hände, warf ihre Locken zurück, heftete ihre Augen auf die Decke des Zimmers und begann, eine Melodie aus irgendeiner Oper zu singen. Es war ein Lied von einer verlassenen Frau, welche anfangs die Treulosigkeit ihres Geliebten beweint, dann aber ihren Stolz zu Hilfe ruft: Sie befiehlt ihrer Begleiterin, ihr die schönsten Gewänder und prächtigsten Juwelen zu bringen, und beschließt, dem Treulosen am Abend auf einem Ball zu begegnen und ihm durch ihre Fröhlichkeit zu beweisen, wie wenig sein Verrat sie ergriffen hat.

Das Lied schien mir seltsam gewählt für eine so kindliche Sängerin. Ich vermutete, dass man dieses Stück einzig mit der Absicht mit ihr einstudiert hatte, diesen Text über Liebe und Eifersucht von den Lippen des Kindes vortragen zu lassen – eine Pointe, die ich als äußerst geschmacklos empfand.

Adèle sang die Kanzonette ganz melodisch und mit der Naivität ihrer Jahre. Nachdem sie damit zu Ende war, sprang sie von meinem Schoß herab und sagte: »Jetzt, Mademoiselle, will ich Ihnen etwas aufsagen!«

Dann stellte sie sich in Positur und begann »La Ligue des Rats; fable de La Fontaine«. Sie deklamierte das kleine Stück mit einer Achtsamkeit auf Interpunktion und Betonung, einer Biegsamkeit der Stimme und einer Zartheit der Bewegungen, welche für ihr Alter äußerst ungewöhnlich waren und die deutlich bewiesen, dass man sehr sorgsam mit ihr geübt hatte.

»Hat deine Mama dich dieses Gedicht gelehrt?«, fragte ich.

»Ja, und sie pflegte es immer so zu sagen: ›Qu'avez-vous donc? Lui dit un de ces rats; parlez!‹ Und dann ließ sie mich meine Hand heben – so! – um mich daran zu erinnern, dass ich die Stimme erheben müsse bei der Frage. Soll ich Ihnen jetzt etwas vortanzen?«

»Nein, nun ist es genug. Aber bei wem wohntest du, als deine Mama zur heiligen Jungfrau gegangen war, wie du sagst?«

»Bei Madame Frédéric und ihrem Mann. Sie hat mich gepflegt und für mich gesorgt, aber sie ist nicht mit mir verwandt. Ich glaube, dass sie arm ist, denn sie hatte kein so schönes Haus wie Mama. Ich war nicht lange dort. Mr. Rochester kam und fragte mich, ob ich mit ihm nach England gehen und bei ihm bleiben möchte, und ich sagte Ja. Denn ich kannte Mr. Rochester, bevor ich Madame Frédéric kannte, und er war immer gütig gegen mich und schenkte mir schöne Kleider und hübsche Spielsachen. Aber Sie sehen, er hat nicht Wort gehalten, denn er hat mich nach England gebracht, aber er selbst ist wieder fortgegangen, und jetzt sehe ich ihn nie mehr.«

Nach dem Frühstück zog ich mich mit Adèle in die Bibliothek zurück; wie es schien, hatte Mr. Rochester bestimmt, dass dieser Raum als Schulzimmer genutzt werden sollte. Die Mehrzahl der Bücher war in Glasschränken verschlossen, aber ein Bücherschrank, welcher offen stand, enthielt alles, was für den Elementarunterricht gebraucht wurde, sowie verschiedene Bände der leichteren Literatur, Poesie, Biografien, Reisebeschreibungen, einige Romanzen und anderes mehr. Ich vermute, dass er der Ansicht gewesen war, dies sei alles, was eine Gouvernante für ihre Privatlektüre brauche. Und in der Tat genügte es mir für den Augenblick vollauf; im Vergleich zu den kärglichen Samenkörnchen, welche ich dann und wann in Lowood zu finden vermochte, schienen diese Bände mir eine reiche, goldene Ernte an Unterhaltung und Belehrung zu bieten. In diesem Zimmer befand sich auch ein ganz neues Klavier von herrlichem Ton; außerdem eine Staffelei und mehrere Erdkugeln.

Ich fand meine Schülerin außerordentlich liebenswürdig, aber sehr zerstreut. Sie war niemals an eine regelmäßige Beschäftigung irgendeiner Art gewöhnt gewesen. Ich fühlte, dass es nicht ratsam sein würde, sie im Anfang zu sehr mit Arbeit zu überhäufen, deshalb erlaubte ich ihr, als aus dem Morgen Mittag geworden war und ich viel mit ihr gesprochen und sie ein wenig hatte lernen lassen, zu ihrem Kindermädchen zurückzukehren. Mir selbst nahm ich vor, bis zur Stunde des Mittagessens einige kleine Skizzen für ihren Gebrauch anzufertigen.

Als ich hinaufging, um mein Skizzenbuch und meine Zeichenstifte zu holen, rief Mrs. Fairfax mir zu: »Ihre Morgenschulstunden sind jetzt vorüber, wie ich vermute?« Sie befand sich in einem Zimmer, dessen Flügeltüren weit geöffnet waren; da sie mich anredete, ging ich hinein. Es war ein großes, stattliches Gemach, mit purpurfarbenen Möbeln und Vorhängen, einem türkischen Teppich, nussholzverkleideten Wänden, einem großen bunten Fenster und einer reich geschnitzten Decke. Mrs. Fairfax wischte den Staub von einigen Vasen aus herrlichem Rubinglas, die auf einer Anrichte standen.

»Welch ein prächtiges Zimmer«, rief ich aus, indem ich umherblickte, denn ich hatte noch nie etwas gesehen, was auch nur halb so schön gewesen wäre.

»Ja, dies ist das Speisezimmer. Ich habe soeben das Fenster geöffnet, um ein wenig Luft und Sonnenschein hereinzulassen, denn in Zimmern, die selten bewohnt werden, wird alles feucht und dumpf. Drüben im großen Salon ist es fast wie in einem Gewölbe.«

Sie deutete auf einen großen Torbogen, welcher dem Fenster gegenüberlag und mit gerafften persischen Vorhängen dekoriert war. Als ich die zwei breiten Stufen zu diesem Durchgang erstiegen hatte, war mir, als täte ich einen Blick ins Feenreich – so herrlich erschien meinen Novizinnenaugen der Anblick, welcher sich mir darbot. Und doch war es nichts als ein sehr hübscher Salon mit einem Boudoir; beide waren mit weißen Teppichen belegt, die mit bunten Blumengirlanden bedeckt schienen. Die Decke war reich mit schneeigem Stuck verziert, welcher Weintrauben und Blätter darstellte. Deutlich kontrastierten damit die feuerroten Stühle und Ottomanen. Auf dem Kaminsims aus weißem Marmor stand funkelndes, rubinrotes böhmisches Glas, und in den Spiegeln zwischen den Fenstern wiederholte sich diese allgemeine Verbindung von Schnee und Feuer.

»Wie schön Sie diese Zimmer in Ordnung halten, Mrs. Fairfax!«, rief ich. »Keine Überzüge aus Leinwand und dennoch kein Staub! Man könnte wirklich glauben, dass sie ständig bewohnt wären, wäre die Luft nicht so kalt.«

»Nun, Miss Eyre, wenn Mr. Rochesters Besuche hier auch nur selten sind, so kommen sie doch stets unerwartet und plötzlich. Und da ich bemerkt habe, dass es ihm schlechte Laune bereitet, wenn er alles eingehüllt findet und er mitten in die Geschäftigkeit des Räumens hineinkommt, so dachte ich mir, es sei das Beste, die Zimmer immer in Bereitschaft zu halten.«

»Ist Mr. Rochester ein strenger und penibler Herr?«, fragte ich.

»Nicht gerade das; aber er hat die Neigungen und Gewohnheiten eines Gentleman und er erwartet, dass sich alle Dinge entsprechend anpassen.«

»Mögen Sie ihn? Ist er allgemein beliebt?«

»Oh ja! Die Familie hat hier stets in großer Hochachtung gestanden. Seit Menschengedenken hat alles Land in der Gegend, soweit das Auge reicht, den Rochesters gehört.«

»Gut; aber *mögen* Sie ihn, ganz abgesehen von seinen Besitzungen? Wird er um seiner selbst willen geschätzt?«

»Ich habe keine Ursache, etwas anderes zu tun, als ihn zu mögen, und ich glaube auch, dass seine Pächter und Untergebenen ihn als einen freigebigen und gerechten Gebieter betrachten; aber er hat niemals viel unter ihnen gelebt.«

»Was hat er für Eigentümlichkeiten, wie ist sein Charakter?«

»Oh, sein Charakter ist fleckenlos. Das glaube ich wenigstens. Vielleicht ist er in manchen Dingen ein klein wenig seltsam; ich vermute, dass er viel gereist ist und viel von der Welt gesehen hat. Ich glaube auch, dass er sehr gescheit ist, aber ich habe niemals Gelegenheit gehabt, mich viel mit ihm zu unterhalten.«

»In welcher Weise ist er denn seltsam?«

»Ich weiß es nicht. Das ist nicht so leicht zu beschreiben – nichts besonders Auffallendes, aber man fühlt es, wenn man mit ihm spricht. Man weiß niemals, ob er im Scherz oder im Ernst redet, ob er sich freut oder ob er sich ärgert. Kurzum, man versteht ihn nicht recht – wenigstens ich verstehe ihn nicht. Aber das schadet ja nicht; er ist ein sehr guter Herr und Gebieter.«

Dies war alles, was ich von Mrs. Fairfax über ihren Brotherrn und den meinen erfahren konnte. Es gibt Leute, welche nicht imstande sind, einen Charakter zu beschreiben, und die weder bei Menschen noch bei Dingen hervorragende Eigenschaften und Eigentümlichkeiten bemerken. Augenscheinlich gehörte die gute Dame zu diesen; meine Fragen verblüfften sie, brachten sie aber nicht zum Sprechen. Mr. Rochester war in ihren Augen Mr. Rochester, ein Gentleman, ein Gutsbesitzer – nichts anderes. Sie fragte und suchte nicht weiter und wunderte sich augenscheinlich über meinen Wunsch, eine bestimmtere Vorstellung von seiner Persönlichkeit zu bekommen.

Als wir das Speisezimmer verließen, schlug sie mir vor, mir den übrigen Teil des Hauses zu zeigen. Ich folgte ihr treppauf, treppab und bewunderte alles, denn alles war schön und geschmackvoll arrangiert. Besonders die großen Zimmer an der Vorderseite des Hauses erschienen mir prächtig und imposant, und einige der Zimmer des dritten Stocks, obgleich düster und niedrig, waren durch ihr altertümliches Aussehen interessant. Möbel, welche einst für die unteren Gemächer bestimmt waren, hatte man je nach den Anforderungen der Mode von Zeit zu Zeit hier heraufgeschafft, und das unsichere Licht, welches durch die niedrigen Fenster eindrang, fiel auf Bettstellen, welche mehr als ein Jahrhundert zählten. Truhen aus Nuss- und Eichenholz sahen mit ihren seltsamen Schnitzereien von Palmenzweigen und Engelsköpfen aus wie die hebräische Bundeslade. Es gab Reihen von ehrwürdigen Stühlen mit schmalen und hohen Lehnen und sogar noch ältere Sitze, auf deren gepolsterten Lehnen Spuren halb verwitterter Stickereien zu erkennen waren, welche vor zwei Generationen von Fingern gearbeitet worden waren, die längst im Grabe moderten. All diese Reliquien verliehen dem dritten Stockwerk von Thornfield Hall das Aussehen eines Heims der Vergangenheit, eines Schreins der Erinnerungen. Ich liebte die Ruhe, das Dämmerlicht, die Eigentümlichkeit dieser Räume während des Tages; aber ich wünschte mir durchaus nicht das Vergnügen einer Nachtruhe auf diesen großen und schweren Betten, von denen einige durch Türen von Eichenholz abgeschlossen, andere mit schweren altenglischen Vorhängen verdeckt waren, deren Muster seltsame Blumen, noch seltsamere Vögel und die allerseltsamsten menschlichen Gestalten darstellten – wie fremd würden all diese Dinge wohl erst im bleichen Mondlicht aussehen!

»Schlafen die Diener in diesen Zimmern?«, fragte ich.

»Nein, sie bewohnen eine Reihe kleinerer Gemächer an der Hinterseite des Hauses; hier schläft niemand. Man könnte fast sagen, dass, wenn wir auf Thornfield Hall einen Geist hätten, dies bestimmt sein Schlupfwinkel wäre.«

»Das glaube ich auch. Sie haben also keinen Geist hier?«

»Ich habe wenigstens niemals davon gehört«, entgegnete Mrs. Fairfax lächelnd.

»Auch keine darauf bezügliche Tradition? Keine Legenden, keine Geistergeschichten?«

»Ich glaube nicht. Es heißt, dass die Rochesters zu ihrer Zeit ein eher streitsüchtiges als friedliebendes Geschlecht gewesen wären. Vielleicht ist gerade das der Grund, weshalb sie jetzt ruhig in ihren Gräbern liegen.«

»Ja, ›nach des Lebens verzehrendem Fieber ruhen sie nun aus‹«, murmelte ich. »Wohin gehen Sie denn jetzt, Mrs. Fairfax?« – denn sie ging weiter.

»Hinauf aufs Dach. Wollen Sie nicht mitkommen, und einmal den Ausblick von dort ansehen?« Ich folgte ihr über eine sehr enge Treppe zu den Bodenkammern hinauf, und von dort über eine Leiter und durch eine Falltür auf das Dach des Herrenhauses. Ich befand mich jetzt auf gleicher Höhe mit der Krähenkolonie und konnte einen Blick in die Nester werfen. Als ich mich über die Zinnen lehnte und hinunterblickte, sah ich den Park und die Gärten wie eine Landkarte vor mir liegen: Der helle, wie Samt aussehende Rasen, der sich dicht um das graue Fundament des Hauses zog; die Felder und Wiesen, auf denen hier und da große Haufen von starkem Bauholz lagen; der ernste, düstere Wald, durch welchen sich ein Fußweg zog, dessen Moos grüner war als das Laub der Bäume; die Kirche an der Parkpforte; die Landstraße; die Hügel, welche majestätisch und ruhig in das klare Sonnenlicht des Herbsttages hineinragten; der weite, tiefblaue, mit leichten Federwölkchen besäte Himmelsbogen – das ganze vor mir liegende Bild zeigte nichts besonders Herausragendes, aber es war lieblich und gefällig. Als ich mein Auge abwandte und wieder durch die Falltür hinabstieg, konnte ich kaum meinen Weg über die Leiter hinunterfinden. Nach dem blauen Himmel, zu dem ich emporgeblickt hatte, erschien mir die Bodenkammer finster wie ein Grab, verglichen mit jenem sonnigen Bild des Parks, der Weiden und grünen Hügel, das ich soeben noch mit Wonne betrachtet hatte und dessen Mittelpunkt das Herrenhaus war.

Mrs. Fairfax blieb einen Augenblick zurück, um die Falltür zu schließen; ich tastete mich an den Ausgang der Bodentür und begann dann, die enge Bodentreppe hinunterzusteigen. In dem langen Korridor, welcher sich anschloss und die Vorder- und Hinterzimmer der dritten Etage trennte, hielt ich inne. Schmal, lang und dunkel, mit einem einzigen kleinen Fenster am äußersten Ende, sah der Gang mit seinen beiden Reihen kleiner, niedriger, schwarzer Türen aus wie ein Korridor in Ritter Blaubarts Schloss.

Als ich leise weiterging, schlug ein lautes Lachen an mein Ohr – das letzte Geräusch, welches ich in diesen Regionen erwartet haben würde! Es war ein seltsames Lachen, sehr deutlich, aber förmlich und freudlos. Ich stand still. Der Ton verhallte, doch nur für einen Augenblick, dann begann das Lachen von Neuem. Diesmal war es lauter als zuvor, wo es, wenn auch deutlich, so doch nur leise gewesen war. Es endete mit einem lauten Schall, welcher in jedem der einsamen Zimmer ein Echo zu wecken schien, obwohl es ja nur aus einer einzigen Kammer kam. Ich hätte sogar die Tür bezeichnen können, aus der die Töne drangen.

»Mrs. Fairfax!«, rief ich, denn jetzt hörte ich sie die große Treppe herabkommen. »Haben Sie das laute Lachen gehört? Woher kommt das, wer war das?«

»Wahrscheinlich eines der Dienstmädchen«, entgegnete sie, »vielleicht Grace Poole.«

»Sie haben es aber auch gehört, oder?«, fragte ich wieder.

»Ja, ganz deutlich. Ich höre sie oft, sie näht in einem dieser Zimmer. Zuweilen ist Leah bei ihr; sie machen oft großen Lärm miteinander.«

Wiederum ertönte das leise, eintönige, schaurige Lachen, es endete mit einem seltsamen Gemurmel.

»Grace!«, rief Mrs. Fairfax.

Ich erwartete wirklich nicht, dass irgendeine Grace auf diesen Ruf antworten würde, denn das Lachen klang so tragisch und so unnatürlich, wie ich noch niemals eines vernommen hatte. Und wenn es nicht heller Mittag gewesen wäre und mich dies befremdliche Vorkommnis zu einer anderen Tageszeit betroffen hätte, oder wenn etwa noch ein gespenstischer Umstand die seltsamen Laute begleitet haben würde, so hätte ich sicher eine abergläubische Furcht empfunden. Der Vorfall zeigte mir indessen, dass es närrisch gewesen war, auch nur zu erschrecken:

Die Tür neben mir öffnete sich, und eine Dienerin trat heraus. Es war eine Frau zwischen dreißig und vierzig, eine untersetzte, knochige Gestalt mit rotem Haar und einem harten, hässlichen Gesicht – eine weniger romantische oder geisterhafte Erscheinung ließ sich kaum denken.

»Zu viel Lärm, Grace«, sagte Mrs. Fairfax, »vergiss deine Weisungen nicht!« Ohne ein Wort zu sagen, machte Grace einen Knicks und ging wieder ins Zimmer.

»Wir haben sie hier, um zu nähen und Leah bei ihrer Hausarbeit zu helfen«, fuhr die Witwe fort. »In mancher Hinsicht ist sie nicht ohne Fehler, aber sie genügt uns. – Doch ehe ich das vergesse, wie waren Sie heute Morgen denn mit Ihrer Schülerin zufrieden?«

So kam das Gespräch auf Adèle, und wir fuhren fort, über sie zu sprechen, bis wir die sonnigeren, fröhlicheren Regionen des unteren Stockwerks erreicht hatten. Adèle kam uns in der Halle entgegengelaufen und rief:

»Mesdames, vous êtes servies!« Dann fügte sie lachend hinzu: »J'ai bien faim, moi!«

Die Mahlzeit war bereits angerichtet und wartete auf uns in Mrs. Fairfax' Zimmer.

Zwölftes Kapitel

Die Aussicht auf eine ruhige und angenehme Stellung, welche meine Begrüßung auf Thornfield Hall zu versprechen schien, wurde auch nach einer näheren Bekanntschaft mit dem Ort und seinen Bewohnern nicht getrübt. Mrs. Fairfax war tatsächlich das, was sie zu sein schien: eine leidenschaftslose, gutherzige, sich stets gleichbleibende Frau von ziemlich guter Erziehung und durchschnittlichem Verstand. Meine Schülerin war ein lebhaftes Kind, welches verzogen und verwöhnt und deshalb zuweilen eigensinnig und widerspenstig war; da sie jedoch gänzlich meiner Obhut anvertraut war und keine unberufene und unvernünftige Einmischung von irgendeiner Seite jemals meine Pläne und Absichten in Bezug auf ihre Erziehung durchkreuzte, vergaß sie bald ihre kleinen Launen und wurde gehorsam und lernbegierig. Sie besaß keine hervorragenden Talente, keine scharfen Charakterzüge, keine besondere Gefühls- oder Geschmacksrichtung, welche sie auch nur um einen Zoll über das normale Niveau anderer Kinder emporgehoben hätte; aber ebenso wenig hatte sie irgendein Laster oder einen Fehler, welcher sie unter dasselbe gestellt hätte. Sie machte ziemlich gute Fortschritte, hegte für mich eine lebhafte, wenn auch nicht sehr tief gehende Neigung und flößte mir ihrerseits durch ihre Naivität, ihr fröhliches Plaudern und ihre Bemühungen, mir zu gefallen, einen Grad von Zuneigung ein, welcher hinreichte, um uns ein gewisses Behagen an unserer gegenseitigen Gesellschaft finden zu lassen.

Personen, welche feierliche Vorstellungen über die engelsgleiche Natur der Kinder hegen und verlangen, dass jene, denen ihre Erziehung anvertraut ist, eine abgöttische Liebe für dieselben hegen sollen, werden meine Worte vielleicht für kalt und gefühllos halten. Aber ich schreibe nicht, um elterlichem Egoismus zu schmeicheln, Litaneien nachzubeten oder Unsinn zu unterstützen, ich erzähle nur die Wahrheit. Ich hegte eine gewissenhafte Sorgfalt für Adèles Wohlergehen und ihre Fortschritte und hatte ein ruhiges Wohlgefallen an ihrem kleinen Selbst – gerade so, wie ich für Mrs. Fairfax' Güte dankbar war, mich an ihrer Gesellschaft und an den Rücksichten, die sie auf mich nahm, erfreute und die weise Mäßigung in ihrem Charakter sowie in ihrem Gemüt zu schätzen wusste.

Mag mich tadeln, wer da will, wenn ich noch hinzufüge, dass ich dann und wann, wenn ich einen Spaziergang im Park gemacht hatte oder nach dem Parktor hinuntergegangen war, um von dort auf die Landstraße zu blicken, oder wenn Adèle mit ihrer Wärterin spielte und Mrs. Fairfax in der Vorratskammer Fruchtgelee kochte – dass ich dann anschließend die drei Treppen hinaufkletterte, die Falltür in der Bodenkammer öffnete, an die Galerie des Daches trat und weit über Felder und Hügel bis an die verschwommene Linie des Horizonts hinblickte. Dann wünschte ich mir die Gabe einer Seherin, um über jene Grenzen fortsehen zu können, dorthin, wo die geschäftige Welt, wo Städte und lebensvolle Regionen waren, von denen ich wohl gehört, die ich aber niemals gesehen hatte. Dann ersehnte ich mir mehr praktische Erfahrung, als ich besaß, mehr Verkehr mit meinesgleichen, mehr Kenntnis verschiedener Charaktere, als ich mir hier erringen konnte. Ich wusste das Gute in Mrs. Fairfax und das Gute in Adèle zu schätzen, aber ich glaubte, es müsse auch noch andere, lebensvollere Formen der Güte geben, und ich wünschte, diese auch kennenzulernen.

Wer tadelt mich? Sehr viele wahrscheinlich, und man wird mich unzufrieden und ungenügsam nennen. Ich konnte jedoch nichts dafür; die Ruhelosigkeit lag in meiner Natur und oft quälte sie mich aufs Äußerste. Dann fand ich die einzige Beruhigung darin, auf dem Korridor des dritten Stockwerks hin und her zu gehen, wo ich mich in der Einsamkeit des Ortes wohl und sicher fühlte, um das geistige Auge auf den herrlichen Visionen ruhen zu lassen, die sich vor ihm ausbreiteten – und es waren ihrer viele, prächtige und farbenglühende – und mein Herz schwellen zu lassen von lebensvoller Sehnsucht, die, wenn auch schmerzhaft, doch wenigstens Leben war. Vor allen Dingen aber liebte ich es, mein inneres Ohr auf eine Geschichte hören zu lassen, die niemals endete, eine Geschichte, welche meine Phantasie schuf und fortwährend wiederholte, eine Geschichte, in welcher all das Leben, das Feuer, die Empfindungen pulsierten, nach denen ich mich sehnte und die mein wirkliches Dasein mir nicht boten.

Es ist sinnlos zu sagen, dass der Mensch zufrieden sein sollte, wenn er nur Ruhe hat – er muss auch eine Tätigkeit haben, und er wird sie sich schaffen, wenn er sie nicht findet. Millionen sind zu einem stilleren Los verdammt als ich, und Millionen rebellieren still gegen ihr Los. Niemand weiß, wie viel Empörung – außer den politischen Revolten – in den Menschenmassen gärt, welche die Erde bevölkern. Es herrscht die Ansicht, dass Frauen eher ruhige Wesen sind, aber Frauen empfinden gerade so wie Männer. Auch sie brauchen – genau wie ihre Brüder – ein Tätigkeitsfeld für ihre Fähigkeiten; sie leiden unter zu schweren Fesseln und unter vollständiger Stagnation gerade so wie Männer es tun, und es ist engstirnig, wenn die begünstigtere Hälfte der Menschheit sagt, dass die Frauen sich darauf beschränken sollten, Pudding zu kochen und Strümpfe zu stopfen, Klavier zu spielen und Tabaksbeutel zu sticken. Es ist gedankenlos, die Frauen zu verdammen oder über sie zu lachen, wenn sie versuchen, mehr zu tun und mehr zu lernen als das, was die alten Sitten für ihr Geschlecht als gerade ausreichend erachten.

Wenn ich so allein war, hörte ich gar oft Grace Pooles Lachen, dasselbe Lachen, dasselbe leise, langsame »Hahaha!«, das mich beim ersten Mal so seltsam erschüttert hatte. Ich hörte auch ihr exzentrisches Gemurmel, das noch seltsamer war als ihr Lachen. Es gab Tage, an denen sie sich ganz still verhielt, aber wiederum auch andere, wo mir die Laute, welche sie von sich gab, ganz unerklärlich schienen. Zuweilen sah ich sie, dann pflegte sie, mit einem Teller oder einer Schüssel oder einer Schale aus ihrem Zimmer zu kommen, in die Küche hinunterzugehen und gewöhnlich – verzeih mir, romantischer Leser, wenn ich die Wahrheit sage – mit einem Krug voll Porter zurückzukommen. Ihre Erscheinung dämpfte stets die Neugierde, welche ihre stimmlichen Seltsamkeiten erregt hatten; sie war ein starkknochiges Weib mit harten Zügen, welches in keiner Weise Interesse zu wecken vermochte. Ich machte einige Versuche, sie in ein Gespräch zu verwickeln, aber sie schien eine wortkarge Person; eine einsilbige Antwort machte gewöhnlich all meinen Bemühungen dieser Art ein Ende.

Die andern Mitglieder des Haushalts, wie John und seine Frau, Leah das Hausmädchen und Sophie, das französische Kindermädchen, waren sehr anständige Leute, aber in keiner Weise erhoben sie sich über das Gewöhnliche. Mit Sophie pflegte ich französisch zu sprechen und zuweilen richtete ich auch Fragen über ihr Vaterland an sie. Sie besaß aber nicht die Gabe, erzählen oder beschreiben zu können und gab meistens so verwirrte und nichtssagende Antworten, dass sie meine Fragelust eher dämpften als ermutigten.

Oktober, November und Dezember gingen dahin. Eines Nachmittags im Januar hatte Mrs. Fairfax um einen Ferientag für Adèle gebeten, weil diese sich eine Erkältung zugezogen hatte; und da Adèle diese Bitte mit einer Eindringlichkeit unterstützte, welche mich daran erinnerten, wie kostbar solch ein gelegentlicher Ferientag mir selbst in meiner Kindheit gewesen war, gewährte ich denselben. Es schien mir geraten, in diesem Punkt Nachsicht zu zeigen. Obgleich sehr kalt, war es ein schöner, windstiller Tag. Den ganzen Morgen hatte ich ruhig sitzend in der Bibliothek zugebracht, jetzt war ich dessen müde. Mrs. Fairfax hatte gerade einen Brief beendet, welcher darauf wartete, zur Post getragen zu werden, und so nahm ich Hut und Mantel und erbot mich, ihn auf das Postamt nach Hay zu bringen. Der Weg, welcher ungefähr zwei Meilen betrug, sollte ein angenehmer Nachmittagsspaziergang für mich sein. Nachdem ich Adèle gemütlich in ihren kleinen Lehnstuhl vor Mrs. Fairfax' Kaminfeuer gesetzt und ihr die schönste Wachspuppe, welche ich gewöhnlich in Silberpapier gewickelt in einer Schublade verwahrt hielt, zum Spielen gegeben hatte – und noch ein Geschichtenbuch dazu, der Abwechselung wegen –, machte ich mich auf den Weg. Adèles »Revenez bientôt ma bonne amie, ma chère Mademoiselle Jeannette«[3] beantwortete ich zuvor noch mit einem herzlichen Kuss.

Der Boden war hart gefroren, die Luft war still, meine Straße einsam. Ich ging sehr schnell, bis ich mich erwärmt hatte, dann ging ich langsamer, um das Vergnügen, welches Zeit und Umstände für mich in sich bargen, zu genießen und zu ergründen. Die Kirchenuhr schlug drei, als ich am Glockenturm vorüberging. Die niedersinkende, matt strahlende Sonne und die herannahende Dämmerung machten die Stunde reizvoll. Ich war eine Meile von Thornfield entfernt auf einem engen Heckenweg, welcher im Sommer für seine wilden Rosen, im Herbst für seine Nüsse und Brombeeren bekannt war, und der sogar jetzt noch einige korallenrote Schätze in Gestalt von Hagebutten und Mehlbeeren aufzuweisen hatte. Im Winter jedoch bot der Weg die herrlichste, vollständige Einsamkeit in laubloser, starrer Ruhe. Selbst wenn ein

Lüftchen wehte, weckte es hier keinen Laut, denn hier war kein Stechpalmengesträuch, kein Immergrün, welches hätte rauschen können, und die entblätterten Weißdorn- und Haselnussbüsche lagen ebenso still da, wie die weißen, ausgetretenen Steine, mit welchen der Fußpfad in der Mitte gepflastert war. Weit und breit lagen zur Seite nur Felder, auf denen jetzt kein Vieh mehr weidete. Die kleinen braunen Vögel, welche sich dann und wann in der Hecke rührten, sahen aus wie einzelne welke Blätter, die vergessen hatten abzufallen.

Dieser Weg zog sich den Hügel nach Hay hinauf; als ich die halbe Strecke hinter mir hatte, setzte ich mich an einem Zaunübertritt nieder, über welchen man aufs Feld gelangen konnte. Ich hüllte mich dicht in meinen Mantel, verbarg die Hände in meinem Muff und fühlte auf diese Weise die Kälte nicht, obgleich es scharf fror: Eine dünne Eisschicht bedeckte den Fußpfad dort, wo noch vor wenigen Tagen nach starkem Tauwetter ein kleines Bächlein dahingerieselt war. Von meinem Platz aus konnte ich auf Thornfield hinunterblicken, das graue, mit Zinnen gekrönte Herrenhaus bildete den höchsten Punkt in dem Tal zu meinen Füßen, die Wälder und das dunkle Krähengenist erhoben sich gegen Westen. Ich verweilte, bis die Sonne hinter den Bäumen feurig und klar versank. Dann wandte ich mich ostwärts.

Über der Spitze des Hügels oberhalb des Weges stand der aufgehende Mond; jetzt noch bleich, aber mit jedem Augenblick strahlender werdend. Er blickte auf Hay hinab, das, halb in Bäumen versteckt, aus seinen wenigen Schornsteinen einen bläulichen Rauch gen Himmel sandte. Der Ort lag noch eine Meile entfernt, aber in der tiefen Stille, welche herrschte, drangen die Töne des schwachen Lebens, welches in dem Orte pulsierte, bis zu mir. Mein Ohr vernahm auch das Rauschen von Wasser; aus welchen Tiefen und Tälern es drang, vermochte ich aber nicht zu sagen. Jenseits von Hay waren viele Berge und zweifellos auch viele Bäche, welche von ihren Höhen herabrauschten. In der Ruhe dieses Abends vernahm man sowohl das Rieseln der nahen Bächlein wie das Rauschen der weit entfernten Bäche.

Plötzlich unterbrach ein grobes Geräusch dies zarte, ferne und doch so klare Flüstern und Rieseln, ein Trampeln und metallisches Klirren übertönte das sanfte Gemurmel der Wellen. Es war gerade so, wie wenn auf einem Bild ein großer Felsen oder das raue Geäst einer großen Eiche sich in groben und kühnen Zügen im Vordergrund erhebt und den Hintergrund stört: die luftige Ferne blauer Hügel, den sonnigen Horizont und die klaren Wolken, wo alle Farben ineinander verschwimmen.

Der Lärm war auf dem Fußpfad: Ein Pferd näherte sich. Die Windungen des Weges verbargen es zwar noch, aber es kam stetig näher. Ich wollte zuerst meinen Platz verlassen; da der Pfad aber schmal war, blieb ich doch lieber still sitzen, um es vorbeizulassen. In jenen Tagen war ich jung, und Tausend helle und düstere Phantasien bevölkerten mein Gemüt. Die Erinnerungen an Kinderzimmergeschichten lagen dort unter manch anderem Unsinn verborgen, und wenn sie wach wurden, verlieh die reifere Jugend ihnen eine Lebhaftigkeit und Stärke, welche die Kindheit ihnen nicht zu geben vermocht hatte. Als dieses Pferd näher kam und ich erwartete, es in der Dämmerung auftauchen zu sehen, fiel mir eine von Bessies Geschichten ein, in welcher ein Geist aus dem Norden Englands mit dem Namen Gytrash vorkam. Dieser suchte in Gestalt eines Pferdes, Maulesels oder großen Hundes einsame Wege heim und überfiel zuweilen nächtliche Wanderer, gerade so, wie dieses Pferd jetzt auf mich zukam.

Es war schon sehr nahe, aber immer noch nicht sichtbar, da vernahm ich außer jenem Getrappel noch ein Rascheln unter der Hecke, und dicht an den braunen Stämmen entlang lief ein großer Hund, dessen schwarz-weißes Fell ihn weithin kenntlich machte. Dies war nun gerade eine der Masken aus Bessies »Gytrash«, eine löwenähnliche Kreatur mit langer Mähne und großem Kopfe. Der Hund schlich indessen ruhig an mir vorüber und blickte mit seinen seltsam verständigen Hundeaugen nicht zu mir auf, wie ich schon fast erwartete. Dann folgte das Pferd – ein starkes Ross, auf seinem Rücken ein Reiter. Der Mann, das menschliche Wesen, brach den Zauber sofort. Den Gytrash konnte niemand reiten, er stürmte stets allein umher. Und wenn Kobolde auch in die stummen Leiber der Tiere fahren konnten, so vermochten sie nach meiner Kenntnis doch nicht, die gewöhnliche Menschengestalt anzunehmen. Dies war also kein Gytrash, sondern nur ein Reisender, welcher den kürzesten Weg nach Millcote einschlug. Er ritt vorüber und ich ging weiter. Nur wenige Schritte kam ich, dann wandte ich mich um: Ein Geräusch, als glitte irgendetwas aus, und ein Poltern weckten meine Aufmerksamkeit. Es folgte ein Ausruf: »Was denn nun, zum Teufel?« Ross und Reiter lagen am Boden; sie waren auf der Eisfläche ausgeglitten, welche den gepflasterten Fußpfad bedeckte. In großen Sprüngen kam der Hund zurück, und als er seinen Herrn in Verlegenheit sah und das Pferd stöhnen hörte, begann er zu bellen, dass es von den Hügeln widerhallte. Er beschnüffelte die auf dem Boden liegende Gruppe und kam dann zu mir gelaufen – das war alles, was er tun konnte; eine andere helfende Hand war nicht zur Stelle. Ich folgte ihm zu dem Reiter hin, welcher jetzt begann, sich unter seinem Pferd hervorzuarbeiten. Seine Anstrengungen waren so kräftig, dass ich glaubte, er könne keinen großen Schaden genommen haben. Aber ich fragte dennoch: »Haben Sie sich verletzt, Sir?«

Ich glaube beinahe, dass er fluchte, aber ich bin meiner Sache nicht ganz gewiss. Jedenfalls bediente er sich einer Redeform, welche ihn einer direkten Antwort enthob.

»Kann ich irgendetwas für Sie tun?«, fragte ich wiederum.

»Treten Sie zur Seite«, entgegnete er, indem er sich erhob, erst auf die Knie, dann auf die Füße. Ich tat, wie er mich hieß. Dann begann ein Heben, Stampfen, Schlagen, begleitet von einem Bellen und Springen, welches mich in der Tat einige Schritte weg trieb. Ich wollte mich jedoch nicht ganz entfernen, bevor ich das Resultat nicht gesehen hatte. Dieses war am Ende ein Glückliches; das Pferd stand wieder auf den Füßen und der Hund wurde mit einem »Sitz, Pilot!« zur Ruhe gebracht. Dann beugte der Reisende sich nieder und betastete seinen Fuß und sein Bein, wie um sich zu vergewissern, ob sie heil geblieben waren. Anscheinend hatte er sich aber verletzt, denn er hinkte bis zu dem Platz am Zaun, wo ich zuvor gesessen hatte, und ließ sich nieder.

Mich fasste wahrscheinlich eine Laune, mich nützlich zu machen oder doch wenigstens mich gefällig zu zeigen, denn ich näherte mich ihm erneut.

»Wenn Sie sich verletzt haben, Sir, oder Hilfe brauchen, so kann ich entweder aus Hay oder von Thornfield Hall Hilfe herbeiholen.«

»Ich danke Ihnen. Ich werde allein fertig werden. Ich habe kein Glied gebrochen, sondern nur eine kleine Verrenkung davongetragen.« Er stand wieder auf und prüfte seinen Fuß; die Untersuchung entlockte ihm aber ein unwillkürliches »Au!«

Das Tageslicht war noch nicht ganz gewichen und der Mond schien bereits hell, ich konnte ihn also deutlich sehen: Die Gestalt war in einen weiten Reitmantel mit Pelzkragen und Stahlverschlüssen gehüllt; die Proportionen waren nicht genau zu unterscheiden, aber ich sah, dass der Mann von mittlerer Größe und sehr breitschultrig sein musste. Er hatte ein finsteres Gesicht mit ernsten Zügen und hoher Stirn; die Augen mit den hochgewölbten, zusammengewachsenen Brauen sprühten in diesem Augenblick vor Wut und Zorn. Er war über die erste Jugend hinaus, das mittlere Lebensalter hatte er aber noch nicht erreicht – er mochte ungefähr fünfunddreißig Jahre zählen. Ich fürchtete mich nicht vor ihm und hegte auch keine zurückhaltende Scheu. Wäre er ein schöner, heroisch blickender junger Mann gewesen, so würde ich nicht gewagt haben, so dazustehen und ihm meine Dienste unaufgefordert anzubieten oder ihn gegen seinen Willen mit Fragen zu behelligen. Bis jetzt hatte ich kaum jemals einen schönen Jüngling gesehen und noch nie in meinem Leben mit einem solchen gesprochen. Ich hegte eine theoretische Verehrung und Hochachtung für Schönheit, Eleganz, Galanterie und Liebenswürdigkeit; hätte ich jedoch all diese Eigenschaften in einem Mann verkörpert gefunden, so würde ich instinktiv gefühlt haben, dass dieser niemals Sympathie für irgendetwas in mir hegen konnte, und ich würde ihn gemieden haben, wie man den Blitz oder das Feuer oder sonst irgendetwas meidet, das wohl glänzend und strahlend, jedoch abweisend ist.

Und wenn dieser Fremde mich angelächelt hätte oder freundlich gewesen wäre, als ich ihn anredete, wenn er die ihm angebotene Hilfe dankbar und liebenswürdig abgelehnt hätte – so würde ich wahrscheinlich meiner Wege gegangen sein und durchaus keinen Wunsch in mir verspürt haben, mein Anerbieten zu erneuern. Aber das Stirnrunzeln, die Rauheit des Reisenden machten mich unbefangen. Als er mir winkte, beiseite zu gehen, verharrte ich auf meinem Platz und kündigte ihm an:

»Ich kann gar nicht daran denken, Sir, Sie zu so später Stunde auf diesem einsamen Gässchen allein zu lassen, bevor ich nicht gesehen habe, ob Sie imstande sind, Ihr Pferd wieder zu besteigen.«

Als ich dies sagte, blickte er mich an – bis dahin hatte er die Augen kaum auf mich gerichtet.

»Mich dünkt, Sie sollten dafür sorgen, dass Sie selbst nach Hause kämen«, sagte er, »wenn Sie ein Haus in der Nähe haben. Woher kommen Sie denn?«

»Von dort unten, und ich fürchte mich durchaus nicht, spät draußen auf der Landstraße zu sein, wenn der Mond scheint. Wenn Sie es wünschen, werde ich mit Vergnügen für Sie nach Hay hinüberlaufen – ich muss nämlich dorthin, um einen Brief auf die Post zu bringen.«

»Sie wohnen dort unten? Sie meinen doch nicht in jenem Haus dort, mit den Zinnen?«, mit diesen Worten deutete er auf Thornfield Hall, auf welches der Mond jetzt seinen bleichen Schein warf. Deutlich und hell hob es sich von den Wäldern ab, welche jetzt im Gegensatz zu dem westlichen Himmel eine ungeheure, schattige Masse bildeten.

»Doch, Sir.«

»Wem gehört das Haus?«

»Mr. Rochester.«

»Kennen Sie Mr. Rochester?«

»Nein, ich habe ihn niemals gesehen.«

»Er wohnt also jetzt nicht dort?«

»Nein.«

»Können Sie mir denn sagen, wo er sich aufhält?«

»Nein, das kann ich nicht.«

»Natürlich sind Sie keine Dienerin im Herrenhaus. Sie sind ...«, er hielt inne und ließ die Augen über meine Kleidung schweifen, welche wie immer sehr einfach war: ein schwarzer Merinomantel und ein schwarzer Filzhut. Beides würde nicht im Entferntesten elegant genug für eine Zofe gewesen sein. Es ward ihm schwer zu entscheiden, was ich sein könnte. Ich half ihm.

»Ich bin die Gouvernante.«

»Ah, die Gouvernante!«, wiederholte er. »Der Teufel soll mich holen, die hatte ich ganz vergessen! Die Gouvernante! Die Gouvernante!«, und wiederum unterwarf er meine Toilette einer eingehenden Prüfung. Nach einer Weile erhob er sich von seinem Platz am Zaun; sein Gesicht drückte den größten Schmerz aus, als er versuchte, eine Bewegung zu machen.

»Ich kann Sie nicht beauftragen, Hilfe herbeizuholen«, sagte er, »aber Sie selbst könnten mir ein wenig helfen, wenn Sie vielleicht so gut wären?«

»Ja, Sir.«

»Haben Sie nicht einen Regenschirm, den ich als Stütze gebrauchen könnte?«

»Nein.«

»Versuchen Sie, die Zügel meines Pferdes zu fassen, und es mir herzuführen. Sie fürchten sich doch nicht?«

Wäre ich allein gewesen, so würde ich mich gefürchtet haben, ein Pferd zu berühren; da mir jedoch geheißen wurde, es zu tun, war ich geneigt zu gehorchen. Ich legte meinen Muff am Zaun nieder und näherte mich dem großen Tier. Ich bemühte mich, die Zügel zu fassen, es war aber ein feuriges Tier und es wollte mich nicht zu nahe an seinen Kopf herankommen lassen. All meine Versuche blieben erfolglos. Dabei fürchtete ich mich beinahe zu Tode vor seinen Vorderhufen, mit denen es unaufhörlich ausschlug. Der Fremde wartete und beobachtete mich einige Zeit; endlich lachte er laut auf.

»Ich sehe schon«, sagte er, »der Berg will sich nicht zu Mohammed bringen lassen, also können Sie weiter nichts tun, als Mohammed helfen, dass er zum Berge gehe. Ich muss Sie bitten herzukommen.«

Ich ging. »Verzeihen Sie mir«, fuhr er fort, »aber die Not zwingt mich, Sie zu beanspruchen.« Er legte eine schwere Hand auf meine Schulter, und sich mit Nachdruck auf mich lehnend, hinkte er bis zu seinem Pferd. Als es ihm erst einmal gelungen war, die Zügel zu fassen, beherrschte er das Tier sofort und schwang sich in den Sattel. Der verrenkte Knöchel musste ihn dabei jedoch so heftig geschmerzt haben, dass sich sein Gesicht verzerrte und er sich auf die Unterlippe biss, dass es blutete.

»Jetzt«, sagte er, seine Unterlippe freigebend, »geben Sie mir meine Peitsche; sie liegt dort unter der Hecke.«

Ich suchte und fand sie.

»Ich danke Ihnen! Jetzt eilen Sie mit Ihrem Brief nach Hay und dann kehren Sie so schnell wie möglich zurück.«

Eine Berührung mit dem bespornten Absatz machte, dass sein Pferd sich bäumte und dann davonsprengte; der Hund folgte wie rasend den Spuren und alle drei verschwanden ...

›Wie Blüten, die auf öder Haid
Der wilde Sturm von dannen trägt.‹

Ich nahm meinen Muff wieder auf und ging weiter; der Vorfall war vorüber. Er war an sich ohne Bedeutung, ohne Romantik, eigentlich ganz und gar uninteressant, und doch hob er eine einzelne Stunde aus einem ansonsten einförmigen Leben heraus. Meine Hilfe war gebraucht und in Anspruch genommen worden. Ich hatte geholfen und es machte mich glücklich, irgendetwas getan zu haben. Ich war meiner passiven Existenz so müde. So unbedeutend und vorübergehend die Tat auch gewesen war, so hatte sie doch eine Leistung von mir verlangt. Auch war das neue Gesicht wie ein neues Bild, welches meiner Galerie der Erinnerungen einverleibt worden war, und es war allen anderen, die dort aufgehängt waren, so gänzlich unähnlich: Erstens war es ein männliches Gesicht, und zweitens war es düster, streng und ernst. Ich sah es noch vor mir, als ich nach Hay kam und den Brief beim Postbüro einwarf; ich sah es vor mir auf dem ganzen Weg nach Hause. Als ich an den Zaunübertritt kam, hielt ich eine Zeitlang inne, blickte umher und horchte. Mir war, als müsse ich wiederum Pferdegetrappel auf dem gepflasterten Weg vernehmen, als müsse wiederum ein Reiter im Mantel und ein Gytrash-ähnlicher Neufundländer erscheinen. Aber ich sah nur eine Hecke und eine Weide vor mir, die still und gerade in das klare Mondlicht hineinragte; ich hörte nur den leisen Windhauch, welcher eine Meile weiter hügelabwärts dann und wann durch die Bäume fuhr, welche das Herrenhaus von Thornfield umstanden, und als ich der Richtung, aus welcher das leise Murmeln kam, mit den Augen folgte, sah ich, wie ein Fenster an der Vorderseite des Hauses plötzlich erhellt wurde. Es erinnerte mich daran, dass es bereits spät war. Ich eilte weiter.

Es machte mir keine Freude, Thornfield wieder zu betreten. Seine Schwelle zu überschreiten bedeutete, zur Stagnation zurückzukehren, durch die stille Halle zu gehen, die düstere Treppe hinaufzusteigen, mein eigenes einsames, kleines Zimmer aufzusuchen, später der ruhigen Mrs. Fairfax zu begegnen und den langen Winterabend mit ihr und nur mit ihr zuzubringen.

Es bedeutete, vollständig die leise Erregung zu ersticken, welche der Spaziergang in mir erweckt hatte, meinen Fähigkeiten abermals die traurig-aussichtslosen Fesseln einer einförmigen und tötenden Existenz anzulegen, einer Existenz, deren große Vorteile der Sicherheit, des Geborgenseins und des Wohllebens ich nicht mehr zu schätzen vermochte. Wie nützlich würde es mir zu jener Zeit gewesen sein, in den Stürmen eines unsicheren, gefährdeten, mühsam kämpfenden Lebens hin und her geworfen zu werden und inmitten rauer und bitterer Erfahrung die Sehnsucht nach der Ruhe und dem Frieden zu empfinden, welche mich jetzt fast erdrückten! – Ja, es wäre mir ebenso nützlich gewesen wie ein langer Spaziergang einem Manne, der es müde geworden ist, immer in einem zu bequemen Lehnstuhl zu sitzen. Und der Wunsch nach Bewegung war bei mir ebenso natürlich, wie er es bei einem solchen Manne gewesen sein würde.

An der Parkpforte zögerte ich, ich zögerte auf dem Rasen und ich ging schließlich auf der Terrasse hin und her. Die Jalousien der Glastür waren herabgelassen; ich konnte nicht in das Innere des Zimmers blicken, und sowohl meine Augen wie meine Seele schienen von dem düsteren Haus – es erschien mir wie eine graue Felsmasse, in welche dunkle Zellen hineingehauen waren – fortgezogen zu werden. Hinaufgezogen zum klaren Himmel, der sich wie ein blaues, bewegungsloses Meer über mir ausbreitete. Feierlich und majestätisch stieg der Mond empor und ließ die Spitzen jener Berge unter sich, hinter denen er hervorgekommen war. Er strebte dem tiefdunklen, unermesslich fernen Zenit entgegen, und ihm folgten die zitternden Sterne, zu denen ich mit bebendem Herzen und fieberndem Puls aufblickte. Doch kleine und geringe Dinge rufen uns wieder auf diese Erde zurück: In der Halle schlug die Uhr, das genügte. Ich wandte meine Augen von Mond und Sternen ab, öffnete eine Seitentür und trat ins Haus.

Die Halle war nicht dunkel, aber ebenso wenig war sie wirklich erhellt durch die Bronzelampe, welche hoch oben an der Decke hing. Angenehme Wärme herrschte sowohl hier wie auf dem unteren Teil der alten Eichentreppe. Ein heller Schein drang aus dem großen Speisezimmer, dessen hohe Flügeltüren geöffnet waren und ein lustig flackerndes Feuer im Kamin sehen ließen. In prächtigem Glanz zeigten sich die dunkelroten Draperien, die polierten Möbel, die Marmorverkleidung des Kamins. Der Schein des Feuers fiel auf eine Gruppe, welche sich davor befand; kaum war ich derselben ansichtig geworden, kaum hatte ich den Ton fröhlicher Stimmen vernommen, unter denen ich jene Adèles zu erkennen glaubte, als die Tür auch schon wieder geschlossen wurde.

Ich eilte zu Mrs. Fairfax' Zimmer; auch dort brannte ein Feuer, jedoch kein Licht. Und keine Mrs. Fairfax war sichtbar. Statt ihrer fand ich auf dem Kaminteppich einen großen, langhaarigen, schwarz-weißen Hund, einsam, aufrecht sitzend und ernst, ähnlich dem Gytrash aus dem Heckengässchen. Er war ihm in der Tat so ähnlich, dass ich näher ging und rief:

»Pilot!« Das Tier erhob sich, kam auf mich zu und beschnüffelte mich. Ich streichelte den Hund, welcher mit seinem großen, schweren Schwanz wedelte. Aber er sah mir doch ein wenig zu unheimlich aus, um mit ihm allein zu bleiben, und ich wusste ja auch nicht einmal, woher er gekommen war. Ich zog die Glocke, denn ich wünschte ein Licht, und überdies hoffte ich auch, Auskunft über diesen Gast zu erhalten. Leah trat ein.

»Wo kommt dieser Hund her?«

»Er ist mit dem Herrn gekommen.«

»Mit wem?«

»Mit dem Herrn, mit Mr. Rochester, er ist soeben angekommen.«

»Wirklich? Und ist Mrs. Fairfax bei ihm?«

»Ja. Und Fräulein Adèle auch. Sie sind im Speisezimmer, und John ist eben gegangen, um einen Wundarzt zu holen, denn unser Herr hat einen Unfall gehabt. Sein Pferd ist gestürzt und er hat sich den Knöchel verrenkt.«

»Ist das Pferd auf dem Heckenweg gestürzt, der von Hay herabführt?«

»Ja, als er bergab ritt, ist es auf dem Glatteis gestürzt.«

»Ach, Leah, wollen Sie mir nicht eine Kerze bringen, ich bitte Sie.«

Leah brachte sie; als sie eintrat, folgte Mrs. Fairfax ihr auf dem Fuße und wiederholte die Erzählung. Sie fügte noch hinzu, dass Mr. Carter gekommen und jetzt bei Mr. Rochester sei. Dann eilte sie hinaus, um ihre Vorbereitungen für den Tee zu treffen. Ich ging nach oben, um Hut und Mantel abzulegen.

Dreizehntes Kapitel

Wie es schien, befolgte Mr. Rochester den Befehl des Arztes, indem er an diesem Abend frühzeitig zu Bett ging. Am folgenden Morgen stand er spät auf. Als er dann herunterkam, war es nur, um sich den Geschäften zu widmen; sein Bevollmächtigter und einige seiner Pächter waren gekommen und warteten jetzt, um mit ihm sprechen zu können.

Adèle und ich mussten das Bibliothekszimmer jetzt räumen; es sollte tagsüber als Empfangsraum für die Besucher dienen. Im oberen Stockwerk wurde ein Zimmer geheizt, dorthin trug ich unsere Bücher und richtete es als Schulzimmer ein. Im Laufe des Morgens verwandelte sich Thornfield Hall in einen gänzlich anderen Ort: Es war nicht mehr still wie in einer Kirche, stündlich hallte ein lautes Klopfen an der Tür oder der Ton der Glocke durch das Haus, oft ertönten Schritte in der Halle und von unten herauf vernahm man den Schall fremder Stimmen. Ein Bächlein aus der Außenwelt rieselte plötzlich durch unser stilles Heim. Thornfield hatte einen Herrn bekommen. Mir gefiel es jetzt besser.

An diesem Tag war es nicht leicht, Adèle zu unterrichten; sie konnte sich nicht konzentrieren. Jeden Augenblick lief sie zur Tür und blickte über das Treppengeländer hinab, um zu sehen, ob sie nicht einen Schimmer von Mr. Rochester erhaschen könne. Dann erfand sie allerlei Vorwände, um hinuntergehen zu dürfen; ich vermute, dass sie nur in die Bibliothek gehen wollte, wo sie, wie ich sehr wohl wusste, durchaus nicht gebraucht wurde. Als ich dann ein wenig ärgerlich wurde und ihr befahl, still zu sitzen, begann sie unaufhörlich von ihrem »Ami, Monsieur Edouard Fairfax *de* Rochester«, wie sie ihn taufte, zu sprechen – ich hatte seine Vornamen bis jetzt noch nicht gekannt – und Vermutungen über die Geschenke anzustellen, welche er ihr möglicherweise mitgebracht hatte. Wie es schien, hatte er ihr am Abend zuvor angedeutet, dass sie, wenn sein Gepäck aus Millcote käme, eine kleine Schachtel finden würde, deren Inhalt sie möglicherweise interessieren könne.

»Et cela doit signifier«, sagte sie, »qu'il y aura là dedans un cadeau pour moi, et peut-être pour vous aussi, Mademoiselle. Monsieur a parlé de vous: il m'a demandé le nom de ma gouvernante, et si elle n'était pas une petite personne, assez mince et un peu pâle. J'ai dit que oui: car c'est vrai, n'est-ce pas, Mademoiselle?«[4]

Wie gewöhnlich speisten meine Schülerin und ich in Mrs. Fairfax' Wohnzimmer. Der Nachmittag war grau und es schneite, und wir brachten ihn im Schulzimmer zu. Mit dem Dunkelwerden erlaubte ich Adèle, Bücher und Arbeiten fortzulegen und hinunterzulaufen, denn aus der verhältnismäßigen Stille unten und dem Aufhören des Läutens an der Haustür schloss ich, dass Mr. Rochester jetzt unbeschäftigt sei. Allein geblieben, trat ich ans Fenster, aber man konnte nichts mehr sehen. Die Dämmerung und das Schneegestöber verbargen sogar das Gebüsch auf dem Rasen vor dem Haus. Ich zog die Vorhänge zusammen und setzte mich wieder ans Feuer.

In der glühenden Kohle zeichnete sich ein Umriss ab, welcher Ähnlichkeit mit einer Ansicht des Heidelberger Schlosses am Rhein hatte.[5] Da trat Mrs. Fairfax ein, und das feurige Mosaik, mit dem ich mich beschäftigt hatte, fiel zusammen. Zugleich zerstoben auch einige trübe, schwere, unwillkommene Gedanken, die angefangen hatten, meine friedliche Einsamkeit zu stören.

»Es würde Mr. Rochester sehr angenehm sein, wenn Sie und Ihre Schülerin heute Abend den Tee mit ihm im Salon einnehmen wollten«, sagte sie. »Er ist während des ganzen Tages so sehr beschäftigt gewesen, dass er bis jetzt keine Zeit gehabt hat, Sie aufzusuchen.«

»Um welche Zeit nimmt er den Tee?«, fragte ich.

»Oh, um sechs Uhr. Auf dem Lande hält er sich an frühe Stunden. Es wäre am besten, wenn Sie jetzt schon gingen, um Ihre Toilette zu wechseln. Ich werde mitkommen, um Ihnen zu helfen. Hier ist eine Kerze.«

»Ist es denn durchaus notwendig, meine Kleidung zu wechseln?«

»Ja, es ist besser, wenn Sie es tun. Ich mache stets Toilette für den Abend, wenn Mr. Rochester hier ist.«

Diese Zeremonie erschien mir ein wenig übertrieben, gleichwohl begab ich mich auf mein Zimmer und tauschte mit Mrs. Fairfax' Hilfe mein schwarzes Wollkleid gegen ein seidenes von gleicher Farbe. Es war das beste und nebenbei auch das einzige

Kleid, welches ich besaß, mit Ausnahme eines hellgrauen, das aber nach den Vorstellungen, die ich aus Lowood mitgebracht hatte, zu prächtig und elegant war, um es bei anderen als höchst feierlichen Gelegenheiten zu tragen.

»Sie brauchen noch eine Brosche«, sagte Mrs. Fairfax. Ich besaß einen einzigen kleinen Schmuckgegenstand aus echten Perlen, welchen Miss Temple mir beim Abschied als Andenken geschenkt hatte. Diesen legte ich an und dann gingen wir hinunter. Ich war nicht an den Verkehr mit Fremden gewöhnt, und daher war es fast eine schwere Prüfung für mich, so förmlich eingeladen vor Mr. Rochester zu erscheinen. Ich ließ Mrs. Fairfax zuerst eintreten und hielt mich in ihrem Schatten, als wir das Speisezimmer durchschritten. Dann gingen wir unter dem Bogen hindurch, dessen Vorhänge jetzt herabgelassen waren, und traten in das elegante Separee, welche sich dahinter befand.

Zwei Wachskerzen brannten auf dem Tisch und zwei auf dem Kamin. In der Wärme und dem Licht eines prächtig lodernden Feuers lag Pilot, neben ihm kniete Adèle. Halb zurückgelehnt auf einem Sofa saß Mr. Rochester; sein Fuß war durch ein Polster gestützt. Er blickte auf Adèle und den Hund; der Schein des Feuers fiel voll auf sein Gesicht. Ich erkannte sofort den Reiter mit der hohen Stirn und den dichten, kohlschwarzen Augenbrauen wieder, das schwarze Haar ließ die Stirn noch weißer erscheinen. Ich erkannte seine scharf geschnittene Nase, die eher charakteristisch als schön war – seine Nasenlöcher deuteten auf eine cholerische Natur. Dazu sein grimmiger Mund, das Kinn, die Kinnbacken – ja, alles war grimmig, darüber konnte kein Irrtum bestehen. Seine jetzt mantellose Gestalt stand seinem Gesicht an Schärfe nicht nach. Ich vermute, dass man sie vom athletischen Standpunkt aus schön hätte nennen können – die Brust war breit, die Hüften schmal –; aber sie war weder schlank noch geschmeidig.

Mr. Rochester musste Mrs. Fairfax' und meinen Eintritt wohl bemerkt haben; aber ich nehme an, dass er nicht in der Laune war, Notiz von uns zu nehmen, denn er wandte nicht einmal den Kopf, als wir näher traten.

»Hier ist Miss Eyre, Sir«, sagte Mrs. Fairfax in ihrer ruhigen Weise. Er neigte den Kopf leicht, aber immer wandte er noch keinen Blick von der Gruppe des Hundes mit dem Kinde.

»Lassen Sie Miss Eyre Platz nehmen«, sagte er, und in der förmlichen, steifen Verbeugung, in dem ungeduldigen, gezwungenen Ton lag etwas, das zu sagen schien: ›Was zum Teufel kümmert es mich, ob Miss Eyre da ist oder nicht? In diesem Augenblick verspüre ich keine Lust, mit ihr zu sprechen.‹

Ich setzte mich und meine Verlegenheit war gänzlich geschwunden. Ein Empfang von äußerster Höflichkeit würde mich wahrscheinlich verwirrt haben; ich hätte ihn nicht durch Eleganz oder Grazie meinerseits erwidern können. Aber solch schroffe Launen legten mir keine Verpflichtung auf; im Gegenteil, ich errang durch seinen Mangel an guten Manieren einen leichten Vorteil über ihn, indem ich dieses Benehmen schweigend ignorierte. Außerdem fand ich das Außergewöhnliche seines Verhaltens reizvoll: Es interessierte mich zu erfahren, wie es nun weitergehen würde.

Er benahm sich weiterhin so, wie es eine Statue getan haben würde, das heißt, er sprach weder, noch bewegte er sich. Mrs. Fairfax schien es für notwendig zu halten, dass einer von uns sich liebenswürdig zeige, und so begann sie zu reden. Freundlich wie gewöhnlich und wie gewöhnlich auch zuerst sehr alltäglich, begann sie ihn wegen der dringenden Geschäfte zu bemitleiden, die ihn während des ganzen Tages beansprucht hätten, und wegen der Verrenkung, welche ihm große Schmerzen verursachen müsse – dann begann sie, ihm Geduld und Ausdauer während der Heilung anzuempfehlen.

»Madam, ich bitte um eine Tasse Tee«, lautete die einzige Antwort, welche sie erhielt. Sie beeilte sich, die Glocke zu ziehen, und als das Tablett gebracht wurde, begann sie, die Tassen, Löffel und anderen Dinge mit geschäftiger Schnelligkeit zu ordnen. Adèle und ich gingen an den Tisch, aber der Hausherr verließ seinen Platz nicht.

»Wollen Sie Mr. Rochester die Tasse reichen?«, sagte Mrs. Fairfax zu mir. »Adèle könnte den Tee verschütten.«

Ich tat, was sie wollte. Als er mir die Tasse aus der Hand nahm, rief Adèle, welche den Augenblick vielleicht für geeignet hielt, eine Bitte zu meinen Gunsten auszusprechen:

»N'est-ce pas, Monsieur, qu'il y a un cadeau pour Mademoiselle Eyre dans votre petit coffre?«[6]

»Wer redet von *cadeaux*?«, fragte er roh. »Haben Sie ein Geschenk erwartet, Miss Eyre? Lieben Sie vielleicht Geschenke?« Und forschend blickte er mir ins Gesicht mit Augen, in denen Zorn und Ärger blitzten.

»Ich weiß es nicht, Sir; ich habe in dieser Beziehung wenig Erfahrung. Aber im Allgemeinen hält man sie doch für sehr angenehme Dinge.«

»›Im Allgemeinen hält man sie dafür!‹ Und was halten *Sie* davon?«

»Ich müsste mir wirklich Zeit nehmen, Sir, um zu überlegen, bis ich eine Antwort finden könnte, die Ihrer Annahme würdig wäre. Ein Geschenk hat viele Gesichter, nicht wahr? Und man sollte jedes Einzelne betrachten, ehe man eine Meinung über seine Beschaffenheit ausspricht.«

»Miss Eyre, Sie sind nicht so harmlos und einfach wie Adèle; sie verlangt laut ein ›cadeau‹, sobald sie meiner ansichtig wird. Sie hingegen klopfen auf den Busch.«

»Weil ich weniger Vertrauen zu meinen Verdiensten habe als Adèle. Sie kann das Recht der Gewohnheit und die alte Bekanntschaft geltend machen, denn sie hat mir erzählt, dass Sie ihr stets Spielsachen zu schenken pflegten. Mir würde es aber die größte Schwierigkeit bereiten, irgendeinen Anspruch an Sie zu erheben, denn ich bin eine Fremde und habe nichts getan, um eine Belohnung von Ihnen zu verdienen.«

»Oh, bitte, verfallen Sie jetzt nicht in das Extrem zu großer Bescheidenheit! Ich habe Adèle examiniert und finde, dass Sie sich mit ihr große Mühe gegeben haben. Sie ist nicht besonders aufgeweckt, sie hat kein großes Talent, und doch hat sie in kurzer Zeit große Fortschritte gemacht.«

»Sir, jetzt haben Sie mir mein ›cadeau‹ gegeben; ich bin Ihnen außerordentlich dankbar. Nichts kann einer Lehrerin eine größere Freude machen als ein Lob der Fortschritte ihrer Schülerin.«

»Hm!«, sagte Mr. Rochester und trank dann seinen Tee schweigend aus.

»Kommen Sie hierher ans Feuer«, sagte der Hausherr, als das Teegeschirr abgetragen war und Mrs. Fairfax sich mit ihrem Strickzeug in einen Winkel setzte. Adèle führte mich gerade an der Hand durch das ganze Zimmer, um mir all die prächtigen Bücher und Nippsachen auf den Konsolen und Regalen zu zeigen. Wir gehorchten pflichtschuldigst. Adèle wollte auf meinem Schoß Platz nehmen, aber es wurde ihr gesagt, sich mit Pilot zu beschäftigen.

»Sie halten sich jetzt schon drei Monate in meinem Hause auf?«

»Ja, Sir.«

»Und Sie kamen aus ...?«

»Aus der Schule zu Lowood in ***shire.«

»Ah! Eine Wohltätigkeitsanstalt. – Wie lange waren Sie dort?«

»Acht Jahre.«

»Acht Jahre! Sie müssen ein zähes Leben haben. Ich meinte, dass die Hälfte der Zeit genügen müsse, um jede Konstitution aufzureiben! Kein Wunder, dass Sie beinahe aussehen, als kämen Sie aus einer anderen Welt. Ich habe mich schon ganz erstaunt gefragt, woher Sie ein solches Gesicht haben könnten. Als Sie mir gestern Abend auf dem Heckenweg entgegenkamen, musste ich unwillkürlich an Gespenstergeschichten denken, und ich hatte schon die Absicht zu fragen, ob Sie mein Pferd verhext hätten. Ganz sicher bin ich dessen auch jetzt noch nicht. Wer sind Ihre Eltern?«

»Ich habe keine.«

»Und hatten vermutlich auch niemals welche ... Erinnern Sie sich ihrer denn nicht?«

»Nein.«

»Das dachte ich mir. So warteten Sie also auf Ihre Leute, als Sie dort am Zaun saßen.«

»Auf wen, Sir?«

»Auf die Männchen in Grün. Es war gerade eine rechte Mondscheinnacht für sie. Habe ich vielleicht einen Ihrer Zauberkreise zerbrochen, dass Sie das verdammte Eis über den Fußsteig zogen?«

Ich schüttelte den Kopf. »Die Männchen in Grün haben alle schon vor hundert Jahren England verlassen«, sagte ich und sprach ebenso ernst, wie er es getan hatte. »Und nicht einmal im Heckengässchen von Hay oder auf den umliegenden Feldern würden Sie jetzt noch eine Spur von ihnen finden. Ich glaube, dass weder im Herbst, noch im Sommer oder Winter der Mond jemals wieder auf ihre Feste herabscheinen wird.«

Mrs. Fairfax hatte ihr Strickzeug auf den Schoß sinken lassen und mit emporgezogenen Augenbrauen hörte sie erstaunt auf unser Gespräch.

»Nun«, fuhr Mr. Rochester fort, »wenn Sie nun auch Ihre Eltern verleugnen, so müssen Sie doch irgendwelche Verwandten haben, Onkel oder Tanten?«

»Keine, die ich jemals gesehen hätte.«

»Und Ihr Heim?«

»Ich habe keins.«

»Wo leben denn Ihre Brüder und Schwestern?«

»Ich habe weder Brüder noch Schwestern.«

»Wer empfahl Ihnen denn, hierher zu kommen?«

»Ich ließ eine Annonce in die Zeitung rücken, und Mrs. Fairfax beantwortete diese Annonce.«

»Ja«, sagte die gute Dame, welche jetzt wusste, auf welchem Boden wir uns bewegten, »und täglich danke ich der Vorsehung für die Wahl, welche sie mich treffen ließ. Miss Eyre ist eine unschätzbare Gefährtin für mich, und eine gütige, sorgsame, pflichtgetreue Lehrerin für Adèle.«

»Bemühen Sie sich nicht, ihr ein Zeugnis auszustellen«, entgegnete Mr. Rochester. »Lobreden ködern mich nicht, ich werde für mich selbst urteilen. Immerhin hat sie damit angefangen, mein Pferd zu Boden zu strecken.«

»Sir?«, sagte Mrs. Fairfax.

»Ihr habe ich diese Verrenkung zu verdanken.«

Die Witwe blickte uns erstaunt an.

»Miss Eyre, sagen Sie mir, haben Sie jemals in einer Stadt gewohnt?«

»Nein, Sir.«

»Haben Sie viel Gesellschaft gesehen?«

»Keine andere als die Schülerinnen und Lehrerinnen von Lowood; und jetzt die Bewohner von Thornfield.«

»Haben Sie viel gelesen?«

»Nur solche Bücher, die ich zufällig in die Hände bekam. Und diese waren weder sehr zahlreich noch sehr gelehrt.«

»Sie haben das Leben einer Nonne geführt; ohne Zweifel sind Sie in religiösen Formen gut geschult. Brocklehurst, wie der Direktor von Lowood wohl heißt, ist ein Prediger, wenn ich nicht irre?«

»Ja, Sir.«

»Und die Mädchen verehren ihn wahrscheinlich, wie die Nonnen eines Klosters ihren Priester anbeten?«

»Oh nein!«

»Sie sind sehr aufrichtig: ›Nein!‹ Glaubt man das, eine Novizin, die ihren Priester nicht vergöttert? Das klingt doch fast wie Blasphemie!«

»Ich mochte Mr. Brocklehurst durchaus nicht, und ich stand mit meinem Gefühl nicht allein da. Er ist ein harter Mensch, überheblich und besserwisserisch. Er ließ uns das Haar abschneiden, und aus Sparsamkeit kaufte er immer nur schlechte Nähnadeln und schlechten Zwirn, mit denen wir kaum nähen konnten.«

»Das war eine sehr verkehrte Sparsamkeit«, bemerkte Mrs. Fairfax, welche den Faden des Gesprächs jetzt wieder aufnehmen konnte.

»Und war dies das größte und schwärzeste seiner Verbrechen?«, fragte Mr. Rochester.

»Er ließ uns beinahe verhungern, als er die alleinige Aufsicht über die Verpflegung führte. Das war, bevor dann das Komitee eingesetzt wurde. Und einmal wöchentlich langweilte er uns mit langen Vorträgen und mit abendlichen Vorlesungen aus Büchern, die er selbst verfasst hatte. Sie handelten stets von plötzlichen Todesfällen und fürchterlichen Strafen, sodass wir abends immer gequält und geängstigt zu Bett gingen.«

»Wie alt waren Sie, als Sie nach Lowood kamen?«

»Ungefähr zehn Jahre.«

»Und acht Jahre blieben Sie dort. Da sind Sie also jetzt achtzehn Jahre alt?«

Ich nickte bejahend.

»Wie Sie sehen, ist die Arithmetik sehr nützlich. Ohne ihre Hilfe wäre ich kaum imstande gewesen, Ihr Alter zu erraten. Das ist eine sehr schwierige Sache in einem Falle wie dem Ihren, wo die Gesichtszüge und die Haltung so sehr im Widerspruch zum wirklichen Alter stehen. Und nun erzählen Sie mir, was Sie in Lowood gelernt haben. Können Sie Klavier spielen?«

»Ein wenig.«

»Natürlich ›ein wenig‹! Das ist so die gewöhnliche Antwort. Gehen Sie in die Bibliothek – das heißt, wenn Sie so liebenswürdig sein wollen? Verzeihen Sie meinen Kommandoton, ich bin daran gewöhnt zu sagen: ›Tun Sie dies!‹, und es ist geschehen. Ich kann meine alten Gewohnheiten einem einzigen neuen Hausgenossen zuliebe nicht ablegen. Gehen Sie also in die Bibliothek, nehmen Sie eine Kerze mit, lassen Sie die Tür offen, setzen Sie sich ans Klavier und spielen Sie ein Lied.«

Ich ging, um seinen Weisungen Folge zu leisten.

»Genug!«, rief er nach wenigen Minuten. »Sie spielen allerdings ›ein wenig‹, ich sehe schon. Gerade so, wie jedes andere englische Schulmädchen, vielleicht noch ein wenig besser, aber durchaus nicht gut.«

Ich schloss das Klavier und kehrte ins Wohnzimmer zurück. Mr. Rochester fuhr fort:

»Adèle hat mir heute Morgen einige Zeichnungen gezeigt, von denen sie sagte, dass es die Ihrigen seien. Ich weiß nicht, ob dieselben Ihr Werk allein sind – wahrscheinlich hat ein Lehrer Ihnen dabei geholfen?«

»Nein, gewiss nicht!«, rief ich schnell.

»Ah, da erwacht die Eitelkeit! Gut also, holen Sie Ihre Zeichenmappe, wenn Sie dafür bürgen können, dass sie nur Originale enthält. Aber geben Sie Ihr Wort nicht, wenn Sie nicht ganz sicher sind. Ich erkenne jedes Flickwerk sofort.«

»Dann werde ich also gar nichts sagen, Sir, und Sie werden selbst urteilen.«

Ich holte die Mappe aus der Bibliothek.

»Bringen Sie mir den Tisch heran«, sagte er, und ich schob ihn vor sein Sofa. Adèle und Mrs. Fairfax kamen auch hinzu, um die Bilder zu sehen.

»Kein Gedränge«, sagte Mr. Rochester, »nehmen Sie die Zeichnungen, wenn ich damit fertig bin, aber drücken Sie Ihre Gesichter nicht an das meine.«

Mit Muße betrachtete er jedes Bild, jede Zeichnung. Drei legte er beiseite; die andern schob er von sich, nachdem er sie geprüft hatte.

»Nehmen Sie sie nach jenem Tische dort, Mrs. Fairfax«, sagte er, »und betrachten Sie sie mit Adèle.« Und mit einem Blick auf mich: »Sie nehmen Ihren Sitz wieder ein und beantworten meine Fragen. Ich sehe, dass diese Skizzen von ein und derselben Hand stammen; war es die Ihre?«

»Ja.«

»Und wann haben Sie Zeit gefunden, sie zu machen? Sie haben viel Zeit und auch einiges Nachdenken erfordert.«

»Während der letzten Ferien entwarf ich sie in Lowood, als ich keine andere Beschäftigung hatte.«

»Woher haben Sie die Motive genommen?«

»Aus meinem Kopf.«

»Aus dem Kopf, den ich jetzt da auf Ihren Schultern sehe?«

»Ja, Sir.«

»Hat er noch mehr dergleichen Vorräte in sich?«

»Ich glaube schon, oder besser: Ich hoffe es.«

Er breitete die Bilder erneut vor sich aus und betrachtete sie abwechselnd.

– Während er noch damit beschäftigt ist, will ich dir, lieber Leser, erzählen, was sie darstellten. Vor allen Dingen muss ich vorausschicken, dass sie durchaus nichts Wunderbares waren. Die Motive entstammten wirklich lebhaften inneren Vorstellungen. Als ich sie noch mit dem geistigen Auge sah, bevor ich versuchte, sie festzuhalten, waren sie wohl außergewöhnlich, aber mein Pinsel konnte mit meiner Phantasie nicht Schritt halten. In allen drei Fällen war die Ausführung nur ein schwaches Abbild dessen geworden, was mir vorgeschwebt hatte.

Die Bilder waren in Wasserfarben gemalt. Das erste Aquarell stellte düstere, blaugraue, tief hängende Wolken über einer wildbewegten See dar. Die Ferne lag ebenso in Finsternis wie der Vordergrund, oder vielmehr: die vorderen Wellen, denn es war gar kein Land auf dem Bild. Ein einziger Lichtstrahl fiel auf einen halb aus dem Wasser herausragenden Mast, auf welchem dunkel und groß ein Kormoran saß, dessen Flügel mit Wellenschaum besprizt waren. Im Schnabel hielt er ein goldenes Armband, welches mit Edelsteinen reich besetzt war. Diesen hatte ich die reichsten Farben verliehen, welche meine Palette besaß, die strahlendste Deutlichkeit, zu der mein Zeichenstift fähig war. Hinter Mast und Vogel schien ein ertrunkener Leichnam in dem grünen Wasser zu versinken; ein weißer Arm war das einzige Glied, das deutlich sichtbar war. Von ihm war das Armband heruntergespült oder gerissen.

Der Vordergrund des zweiten Bildes zeigte nur die neblige Spitze eines Berges, mit Grashalmen und Blättern, die sich im Wind neigten. Hinter und über dem Gipfel breitete sich der Himmel aus, tiefblau wie zur Dämmerzeit. In den Himmel hinein ragten die Umrisse einer Frau, die ich in so weichen und unbestimmten Farben gemalt hatte, wie es nur möglich war. Die klare Stirn war von einem Stern gekrönt, die unteren Gesichtszüge sah man nur wie durch dichten Nebel. Die Augen glänzten dunkel und wild, das Haar fiel schattengleich herab wie eine glanzlose Wolke, welche der Sturm oder die Elektrizität zerrissen hat. Auf ihrem Nacken lag ein bleicher Schein wie von Mondesstrahlen, und derselbe matte Glanz ruhte auch auf den dünnen Wolken, aus welchen diese Vision des Abendsterns emporzusteigen schien.

Das dritte Bild zeigte die Spitze eines Eisberges, die in den nördlichen Winterhimmel hineinragte. Am Horizont schoss ein Nordlicht seine schlanken Lanzen dicht nebeneinander empor. Es erschien jedoch nichtig gegenüber einem sich im Vordergrund erhebenden Kopfe – einem kolossalen Kopf, welcher sich dem Eisberg zuneigte und an diesem ruhte. Zwei magere Hände, die sich unter der Stirn kreuzten und diese stützten, zogen einen schwarzen Schleier vor die unteren Gesichtszüge. Allein eine bleiche Stirn, weiß wie Elfenbein, und ein hohles, starres Auge, das keinen anderen Ausdruck hatte als den der Verzweiflung, waren sichtbar. Über den Schläfen, zwischen turbanartigen Falten aus düsterem Stoff, der in Form und Farbe unbestimmt wie eine Wolke war, glänzte ein Ring von weißen Flammen, auf dem hier und da Funken von noch intensiverem Glanz leuchteten. Dieser blasse Halbkreis war »Das Abbild einer Königskrone«, und was sie krönte, war »Die Form, die keine Form hat.«

»Waren Sie glücklich, als Sie diese Bilder malten?«, fragte Mr. Rochester.

»Ich hatte mich in die Arbeit vertieft, Sir; ja – ich war glücklich. Als ich sie malte, empfand ich eine der höchsten Freuden, die ich jemals gekannt.«

»Das will nicht viel sagen. Nach Ihrer eigenen Erzählung sind Ihrer Freuden nicht viele gewesen; aber ich vermute, dass Sie sich in einer Art ›Traumland des Künstlers‹ befanden, als Sie diese seltsamen Farben mischten und auf die Leinwand übertrugen. Haben Sie täglich viele Stunden bei dieser Arbeit zugebracht?«

»Ich hatte nichts anderes zu tun, da es Ferienzeit war, und ich saß vom Morgen bis zum Mittag und vom Mittag bis zum Abend daran. Die Länge der Mittsommertage begünstigte meine Neigung zum Fleiß.«

»Und waren Sie mit dem Resultat Ihrer angestrengten Arbeit zufrieden?«

»Weit entfernt davon. Der Abstand zwischen meiner Idee und meiner Ausführung quälte mich; in jedem dieser drei Fälle hatte mir etwas vorgeschwebt, was ich nicht verwirklichen konnte.«

»Nicht ganz. Den Schatten Ihrer Gedanken festzuhalten, ist Ihnen immerhin gelungen. Aber wahrscheinlich auch nicht mehr. Sie hatten nicht genug künstlerisches Geschick und Kenntnisse, um Ihre Gedanken lebendig werden zu lassen. Für ein Schulmädchen sind die Zeichnungen immerhin beachtenswert. Die Ideen sind geisterhaft. Diese Augen in dem ›Abendstern‹ müssen Sie einmal im Traum gesehen haben. Wie haben Sie es nur angefangen, sie so klar und trotzdem nicht glänzend wiederzugeben? Denn der Stern oberhalb der Stirn schwächt ihre Strahlen. Und welche Bedeutung liegt in ihrer feierlichen Tiefe? Und wer hat Sie gelehrt, den Wind zu malen? Unter diesem Himmel und über jenem Berggipfel tobt ein heftiger Sturm. Wo haben Sie Latmos gesehen? Denn das ist Latmos. Hier – tragen Sie die Zeichnungen wieder fort.«

Kaum hatte ich die Bänder meiner Zeichenmappe wieder zusammengebunden, als er auf seine Uhr sah und dann plötzlich sagte:

»Es ist neun Uhr. Was fällt Ihnen ein, Miss Eyre, Adèle so lange aufbleiben zu lassen? Bringen Sie sie zu Bett!«

Adèle gab ihm einen Kuss, bevor sie das Zimmer verließ. Er ließ sich die Liebkosung gefallen, aber er schien kaum mehr Freude daran zu finden, als Pilot es hätte, wahrscheinlich sogar weniger.

»Ich wünsche Ihnen allen eine gute Nacht«, sagte er, und machte eine Handbewegung nach der Tür, zum Zeichen, dass er unserer Gesellschaft müde sei und uns entließe. Mrs. Fairfax legte ihr Strickzeug zusammen und ich nahm meine Zeichenmappe. Wir verneigten uns vor ihm, erhielten eine steife und kalte Verbeugung als Gegengruß, und zogen uns dann zurück.

»Mrs. Fairfax, Sie sagten, dass Mr. Rochester keine auffallenden Eigentümlichkeiten besitze«, bemerkte ich, als ich wieder zu ihr ins Zimmer trat, nachdem ich Adèle ins Bett gebracht hatte.

»Nun, und besitzt er solche?«

»Ich glaube wohl. Er ist sehr launenhaft und abrupt.«

»Das ist allerdings wahr. Ohne Zweifel muss er einem Fremden so erscheinen, aber ich bin schon so lange an seine Art und Weise gewöhnt, dass ich mir gar keine Gedanken mehr darüber mache. Und überdies sollte man sich nicht darüber wundern, wenn seine Laune nicht immer gleichmäßig ist.«

»Weshalb?«

»Teilweise, weil es in seiner Natur liegt – und keiner von uns kann gegen seine Natur kämpfen; hauptsächlich aber, weil er wohl oft traurige und qualvolle Gedanken haben mag, die ihn peinigen und seine gute Laune stören.«

»Was quält ihn denn?«

»Familienkummer vor allen Dingen.«

»Aber er hat ja keine Familie.«

»Jetzt nicht mehr, aber er hatte eine. Verwandte wenigstens. Er verlor seinen älteren Bruder vor einigen Jahren.«

»Seinen *älteren* Bruder?«

»Ja. Der gegenwärtige Mr. Rochester ist noch nicht sehr lange im Besitz der Güter und des Vermögens; erst ungefähr seit neun Jahren.«

»Neun Jahre *sind* eine lange Zeit! Liebte er seinen Bruder so sehr, dass er jetzt noch über seinen Verlust untröstlich ist?«

»Warum? Nein, das ist eher nicht der Fall. Ich glaube, dass einige Missverständnisse zwischen ihnen gewesen sind. Mr. Rowland Rochester war Mr. Edward gegenüber nicht ganz gerecht, und vielleicht war er es auch, der den Vater gegen ihn einnahm. Der alte Herr liebte das Geld gar sehr und war stets ängstlich darauf bedacht, das Familienvermögen und die Güter zusammenzuhalten. Der Gedanke, den Besitz durch Teilung zu verringern, war ihm unangenehm, und doch wünschte er, dass auch Mr. Edward reich sein solle, um den Glanz des Namens aufrechtzuerhalten. Und bald nachdem er volljährig geworden war, wurden einige Schritte getan, die nicht ganz redlich waren und sehr viel Unheil anrichteten. Der alte Mr. Rochester und Mr. Rowland brachten Mr. Edward in eine, wie er es empfand, peinliche Lage, durch die er ein Vermögen erwerben sollte. Welcher Art diese Lage war, habe ich nicht genau erfahren, aber sein Gemüt konnte niemals überwinden, was er dadurch zu leiden hatte. Er brach mit seiner Familie und hat jetzt seit vielen Jahren ein unstetes Leben geführt. Ich glaube nicht, dass er seit dem Tod seines Bruders, der ohne Testament starb und ihm die Güter hinterließ, vierzehn Tage hintereinander in Thornfield ausgehalten hat. Und in der Tat, es ist ja auch kein Wunder, wenn er das alte Haus meidet.«

»Weshalb sollte er es denn meiden?«

»Vielleicht erscheint es ihm bedrückend.«

Die Antwort klang ausweichend. Ich hätte gerne etwas Bestimmteres erfahren, aber Mrs. Fairfax wollte oder konnte mir keine genauere Auskunft über die Ursache oder die Art von Mr. Rochesters Prüfungen geben. Sie behauptete, dass diese auch für sie ein Geheimnis seien, und dass alles, was sie wisse, nur auf Vermutungen basiere. Es war augenscheinlich, dass sie wünschte, ich möge den Gegenstand fallenlassen. – Und das tat ich auch.

Vierzehntes Kapitel

Während der folgenden Tage sah ich Mr. Rochester wenig. Morgens schien er ganz von Geschäften in Anspruch genommen, und am Nachmittag kamen gewöhnlich Herren aus Millcote oder der Nachbarschaft, um ihre Besuche zu machen und zuweilen auch, um am Essen teilzunehmen. Als seine Verrenkung soweit geheilt war, dass er wieder aufs Pferd steigen konnte, machte er viele und weite Ausritte. Wahrscheinlich erwiderte er jene Besuche, denn gewöhnlich kam er erst spät in der Nacht zurück.

Während dieser Zeit wurde auch Adèle nur selten zu ihm geholt, und meine Beziehung zu ihm beschränkte sich auf gelegentliche Begegnungen in der Halle, auf der Treppe oder in der Galerie. Zuweilen ging er hochmütig und kalt vorüber und nahm von meiner Gegenwart nur durch eine steife Verbeugung oder einen kalten Blick Notiz; andere Male hingegen lächelte er und begrüßte mich mit der zwanglosen Höflichkeit eines Gentleman. Seine wechselnde Laune beleidigte mich nicht, denn ich sah bald ein, dass meine Person mit diesen Wechseln nichts zu tun hatte. Die Ebbe und Flut hing von Ursachen ab, mit denen ich nicht in Verbindung stand.

Eines Tages hatte er zum Mittagessen Gäste und hatte meine Zeichenmappe holen lassen – ohne Zweifel zu dem Zweck, ihren Inhalt zu zeigen. Die Herren entfernten sich zeitig, um einer öffentlichen Versammlung in Millcote beizuwohnen, wie Mrs. Fairfax mir mitteilte. Da der Abend aber unfreundlich und nass war, begleitete Mr. Rochester sie nicht. Bald nachdem sie sich entfernt hatten, zog er die Glocke. Er verlangte, dass Adèle und ich nach unten kommen sollten. Ich bürstete Adèles Haar und machte sie nett zurecht, und nachdem ich mich vergewissert hatte, dass meine übliche Quäkertracht keiner Korrektur bedurfte – es war ohnehin alles zu schlicht und zu glatt, die Frisur einbegriffen, um eine Unordnung zuzulassen –, gingen wir hinunter. Adèle fragte mich, ob ich glaube, dass der *petit coffre* endlich angekommen sei; denn durch irgendeinen Irrtum hatte seine Ankunft sich bis jetzt verzögert. Ihre Hoffnung ging in Erfüllung: Da stand er auf dem Tisch, der kleine Karton; gleich beim Eintreten schien sie ihn instinktiv zu erkennen.

»Ma boîte! ma boîte!«,[7] rief sie aus, und lief auf den Tisch zu.

»Ja, da ist deine ›boîte‹ endlich. Nimm sie dir in eine Ecke, du echte Tochter des schönen Paris, und amüsiere dich beim dem Auspacken«, ließ sich Mr. Rochesters tiefe und sarkastische Stimme aus einem großen, tiefen Lehnstuhl vom Kamin her vernehmen. »Und denk dran«, fuhr er fort, »behellige mich nicht mit anatomischen Details oder irgendeiner Bemerkung über den Zustand der Eingeweide; führe deine Operation unter Stillschweigen aus – tiens-toi tranquille, enfant; comprends-tu?«[8]

Adèle schien dieser Warnung aber gar nicht zu bedürfen; sie hatte sich mit ihrem Schatz bereits auf ein Sofa zurückgezogen und war damit beschäftigt, den Bindfaden, welcher den Deckel hielt, zu lösen. Nachdem sie dieses Hindernis entfernt und einige silberne Seidenpapiere emporgehoben hatte, rief sie nur aus:

»Oh, ciel, que c'est beau!«[9] Dann verharrte sie regungslos in ekstatischer Betrachtung.

»Ist Miss Eyre da?«, fragte der Herr des Hauses jetzt, indem er sich halb aus seinem Lehnsessel erhob und sich nach der Tür umblickte, neben welcher ich noch immer stand.

»Ah, das ist gut! Treten Sie näher, setzen Sie sich hierher.« Er zog einen Stuhl an den seinen heran. »Ich bin kein Freund von Kindergeplapper«, fuhr er fort, »denn ein alter Junggeselle wie ich hat keine freundlichen Erinnerungen, die sich an ihr Lallen knüpfen könnten. Es wäre unerträglich für mich, wenn ich einen ganzen Abend *tête-à-tête* mit solch einem Balg zubringen sollte. Ziehen Sie den Stuhl nicht weiter zurück, Miss Eyre, setzen Sie sich gerade da, wohin ich ihn hingestellt habe, das heißt natürlich, wenn es Ihnen recht ist. Zum Teufel mit diesen Förmlichkeiten! Ich vergesse sie immer wieder. Für einfältige ältere Damen habe ich übrigens auch keine besondere Vorliebe. Dabei fällt mir ein, für die meine sollte ich sie doch haben; es würde nichts Gutes daraus entstehen, wenn ich sie vernachlässigen wollte. Sie ist eine Fairfax, oder war doch mit einem solchen verheiratet; und Blut ist dicker als Wasser, wie das Sprichwort sagt.«

Er zog die Glocke und sandte eine Aufforderung an Mrs. Fairfax, welche gleich darauf mit ihrem Strickkorb in der Hand erschien.

»Guten Abend, Madam. Ich ließ Sie zu einem mildtätigen Zweck hierher bitten: Ich habe Adèle verboten, mit mir über ihre Geschenke zu sprechen, und sie stirbt jetzt beinahe vor verhaltener Aufregung. Haben Sie die Güte, ihr als Zuhörerin und Fragestellerin zu dienen; es wäre sicher eine der barmherzigsten Taten, die Sie jemals vollbracht haben.«

In der Tat, kaum hatte Adèle Mrs. Fairfax erblickt, als sie ihr schon ein Zeichen machte, an das Sofa zu kommen. Dort füllte sie ihr den Schoß mit dem ganzen Inhalt ihrer *boîte* von Porzellan, Elfenbein und Wachs und gab zugleich ihr Entzücken in dem kleinen Vorrat von Englisch zu erkennen, dessen sie mächtig war.

»Jetzt habe ich die Rolle eines liebenswürdigen Wirtes gespielt und meinen Gästen den Weg gezeigt, auf dem sie sich miteinander amüsieren können«, fuhr Mr. Rochester fort. »Nun sollte es mir aber auch erlaubt sein, meinen eigenen Vergnügungen nachzugehen. Miss Eyre, ziehen Sie Ihren Stuhl noch ein klein wenig näher, Sie sitzen noch zu weit entfernt. Ich kann Sie nicht sehen, ohne meine bequeme Lage in diesem prächtigen Stuhl aufzugeben, und dazu habe ich wirklich keine Lust.«

Ich tat, wie mir geheißen wurde, obgleich ich viel lieber ein wenig im Schatten geblieben wäre. Aber Mr. Rochester hatte eine so direkte Art, seine Befehle zu erteilen, dass es die natürlichste Sache der Welt war, ihm augenblicklich zu gehorchen.

Wie ich schon erwähnt habe, befanden wir uns im Speisezimmer. Der Kronleuchter, dessen Kerzen für das Essen angezündet worden waren, erfüllte das Zimmer mit einem festlichen Glanz; das große Feuer brannte rot und hell; die Purpurvorhänge hingen in reichen Falten vor dem hohen Bogenfenster und der noch höheren Bogentür. Ringsum herrschte Ruhe, nur Adèles leises Geplauder – sie wagte nicht, laut zu sprechen – unterbrach dann und wann die Stille. Draußen schlug der Winterregen kaum hörbar gegen die Scheiben.

Wie Mr. Rochester so in seinem prächtigen Lehnstuhl dasaß, sah er ganz anders aus, als er mir bis dahin erschienen war – nicht ganz so streng, weniger finster. Auf seinen Lippen war ein Lächeln und seine Augen funkelten. Ob dies die Wirkung des Weins war oder nicht, kann ich nicht sagen, ich halte es aber für wahrscheinlich. Kurzum, er war in seiner Nachtischlaune: entspannt, jovial und sich gehen lassend; ganz anders als in seiner kalten und strengen Morgenstimmung. Und doch sah er immer noch ein wenig grimmig aus, wie er seinen massiven Kopf gegen die schwellenden Polster des Lehnstuhls legte und der Schein des Feuers auf seine wie aus Granit gehauenen Züge und seine großen, dunklen Augen fiel – denn er hatte große, dunkle und obendrein sehr schöne Augen. Zuweilen wechselte der Ausdruck in ihrer Tiefe, und wenn es auch nicht gerade Zärtlichkeit war, die sich dort spiegelte, so erinnerte es doch wenigstens an diese Empfindung.

Wohl zwei Minuten hatte er ins Feuer geblickt, und ebenso lange hatte ich ihn angesehen – da wandte er sich plötzlich um und erhaschte meinen Blick, der noch auf seiner Physiognomie ruhte.

»Sie prüfen mein Gesicht, Miss Eyre?«, sagte er. »Finden Sie mich schön?«

Nach einiger Überlegung würde ich auf diese Frage wohl mit irgendeiner konventionellen Höflichkeit geantwortet haben; aber ehe ich selbst recht wusste wie, entschlüpfte die Antwort schon meinen Lippen: »Nein, Sir.«

»Ah! Auf mein Wort, Sie haben etwas ganz Eigentümliches an sich«, sagte er. »Sie sehen aus wie eine kleine Nonne: einfach, ruhig, ernst und selbstbewusst, wie Sie so mit gefalteten Händen dasitzen und den Blick gewöhnlich auf den Teppich heften. Ausgenommen natürlich, wenn sie auf mein Gesicht starren, wie gerade eben. Und wenn man dann eine Frage an Sie richtet oder eine Bemerkung macht, auf welche Sie zu antworten gezwungen sind, so kommen Sie mit einer Entgegnung, die, wenn auch nicht gerade grob, so doch wenigstens brüsk ist. Was bezwecken Sie eigentlich damit?«

»Sir, ich war wohl zu direkt, ich bitte um Entschuldigung. Ich hätte antworten müssen, dass es nicht so leicht ist, aus dem Stegreif eine Frage über die äußere Erscheinung zu beantworten; dass der Geschmack verschieden ist; dass Schönheit wenig bedeutet, oder irgendetwas Ähnliches.«

»Nein, Sie hätten durchaus nichts Ähnliches antworten müssen. Schönheit soll wenig bedeuten, oh je! Und so, unter dem Vorwand, die vorhergehende Beleidigung wiedergutzumachen, mich zu streicheln und zu beruhigen, stoßen Sie mir ein feines, kleines Messer in den Nacken! Fahren Sie nur fort, welche Fehler finden Sie sonst noch an mir? Bitte, sprechen Sie! Meine Glieder und Gesichtszüge sind doch hoffentlich nicht anders, als bei anderen Leuten?«

»Mr. Rochester, erlauben Sie mir, meine erste Antwort zurückzunehmen. Ich hatte nicht die Absicht, eine spitze Bemerkung zu machen, es war wirklich nur eine Dummheit.«

»Da haben Sie recht, das glaube ich auch. Und nun sollen Sie dafür einstehen. Kritisieren Sie mich. Gefällt meine Stirn Ihnen nicht?«

Er strich die schwarzen, bis zu den Augenbrauen reichenden Wellen seines Haares nach hinten und zeigte dabei eine ungewöhnlich große Stirn, die auf einen beachtlichen Verstand hindeutete; sanfte Zeichen von Wohlwollen und Güte fehlten ihr indessen.

»Nun Fräulein, bin ich ein Narr?«

»Keineswegs, Sir. Halten Sie mich für ungezogen, wenn ich Sie im Gegenzug frage, ob Sie ein Philanthrop sind?«

»Schon wieder! Noch so ein Stich mit dem feinen, kleinen Federmesser, während Sie vorgaben, meinen Kopf zu streicheln. Und das nur, weil ich gesagt habe, dass ich die Gesellschaft kleiner Kinder und alter Frauen – leise sei es gesagt – nicht liebe! Nein, meine junge Dame, ich bin im Allgemeinen kein Philanthrop. Aber ich habe ein Gewissen ...«, und dabei wies er auf seine Stirn, welche dieses beherbergen und deren bemerkenswerte Breite wohl recht anschaulich für die dahinter verborgenen Eigenschaften oder Fähigkeit bürgen könnte, »... und außerdem wohnte meinem Herzen einst eine rohe Art von Zärtlichkeit inne. Als ich so alt war wie Sie, war ich ein ganz gefühlvoller Bursche. Ich hatte Mitleid mit den Unterdrückten, den Vernachlässigten, den Unglücklichen, aber seitdem hat das Schicksal mich hin- und hergeworfen. Es hat mich mit seinen Fäusten förmlich geknetet, und jetzt schmeichle ich mir, hart zu sein und so zäh wie ein Gummiball. Allenfalls an ein oder zwei verborgenen Stellen vermag vielleicht noch etwas einzudringen und den kleinen Rest an Empfindsamkeit zu erreichen, der ganz in der Mitte verblieben sein mag. Meinen Sie, es gibt noch irgendeine Hoffnung für mich?«

»Hoffnung worauf, Sir?«

»Auf meine schließliche Wiederumgestaltung von Gummi zu Fleisch und Blut?«

›Ganz entschieden hat er zu viel Wein getrunken‹, dachte ich bei mir und ich wusste nicht, welche Antwort ich auf seine sonderbare Frage geben sollte. Wie konnte ich denn wissen, ob er zu einer solchen Verwandlung noch fähig sei?

»Sie sehen ganz verblüfft aus, Miss Eyre; und obgleich Sie nicht schöner sind als ich es bin, so kleidet diese verblüffte Miene Sie doch ausgezeichnet. Außerdem ist sie bequem, denn sie lenkt Ihre prüfenden Blicke von meiner Physiognomie ab und beschäftigt sie mit den gewebten Blumen auf dem Kaminteppich; also seien Sie nur weiter verblüfft. Junge Dame, heute Abend bin ich in der Stimmung, lebhaft und mitteilsam zu sein.«

Mit dieser Ankündigung erhob er sich von seinem Stuhl, ging an das Feuer und lehnte den Arm auf den Kaminsims. In dieser Stellung traten seine Figur und sein Gesicht besonders deutlich hervor, ebenso die ungewöhnliche Breite seiner Schultern, welche zu seiner Höhe in gar keinem Verhältnis stand. Ich bin fest überzeugt, dass die meisten Menschen ihn für einen hässlichen Mann gehalten haben würden, und doch lag in seiner Haltung so viel unbewusster Stolz, in seinen Bewegungen so viel Leichtigkeit, in seiner Miene so unendliche Gleichgültigkeit gegen seine eigene äußere Erscheinung – ein so hochmütiges, stolzes Sichverlassen auf die Macht anderer Eigenschaften innerer und äußerer Art, die für den Mangel persönlicher Reize entschädigen konnten, dass man unwillkürlich diese Gleichgültigkeit teilen musste, wenn man ihn ansah, und sogar in einem gewissen, nur halb bewussten Sinne an sein Selbstvertrauen zu glauben begann.

»Ich bin heute Abend in der Stimmung, lebhaft und mitteilsam zu sein«, wiederholte er, »und das ist der Grund, weshalb ich Sie hierher bitten ließ. Das Kaminfeuer und der Kronleuchter genügten mir nicht als Gesellschaft, und ebenso wenig Pilot, denn das alles kann nicht reden. Adèle ist um einen Grad besser, doch noch tief unter der Linie; Mrs. Fairfax dito. Aber *Sie* können meine Erwartungen erfüllen, wenn Sie nur wollen, dessen bin ich gewiss. Sie haben mich schon am ersten Abend verblüfft, als ich Sie einlud, herunterzukommen. Seitdem hatte ich Sie beinahe schon wieder vergessen. Andere Gedanken haben Sie aus meinem Kopf vertrieben; heute Abend aber bin ich entschlossen, mich Wohlzufühlen, alles zu verbannen, was quälend ist und nur an das denken, was angenehm ist. Jetzt würde es mir Freude machen, Sie zum Plaudern zu bringen, Sie näher kennenzulernen – deshalb sprechen Sie!«

Anstatt zu sprechen, lächelte ich, aber es war kein unterwürfiges oder gefälliges Lächeln.

»So reden Sie doch«, drängte er.

»Worüber denn, Sir?«

»Worüber Sie wollen. Das Gesprächsthema und die Art und Weise seiner Behandlung überlasse ich Ihnen; wählen Sie selbst!«

Ich sagte gar nichts. ›Wenn er erwartet, dass ich sprechen soll, nur um zu sprechen und mich zu zeigen, so mag er sehen, dass er an die falsche Person gekommen ist‹, dachte ich.

»Sie sind stumm, Miss Eyre?«

Ich war noch immer stumm. Er neigte den Kopf zu mir und schien mit einem einzigen hastigen Blick in die tiefste Tiefe meiner Seele tauchen zu wollen.

»Starrköpfig?«, fragte er, »und beleidigt? Ah, das habe ich auch verdient. Ich habe meine Bitte in einer albernen, beinahe unverschämten Form vorgebracht. Miss Eyre, ich bitte Sie um Verzeihung. Ein für alle Mal möchte ich Ihnen hier sagen, dass ich Sie nicht wie eine Untergebene behandeln möchte. Das heißt ...«, verbesserte er sich, »... ich nehme nur jene Überlegenheit für mich in Anspruch, welche die zwanzig Jahre Unterschied im Alter und die hundert Jahre in Erfahrung mir geben. Das ist nur gerecht, *et j'y tiens*,[10] wie Adèle sagen würde. Und kraft dieser Überlegenheit und nur wegen dieser allein wünschte ich, dass Sie die Güte haben möchten, jetzt ein wenig mit mir zu plaudern und meine Gedanken zu zerstreuen, die durch das Verweilen bei einer einzigen Sache ganz gallig geworden sind und angefressen wie ein rostiger Nagel.«

Er hatte mich einer Erklärung gewürdigt, beinahe einer Entschuldigung; ich war nicht unempfindlich dafür, aber ich wollte es mir nicht anmerken lassen.

»Ich will Sie gern unterhalten, Sir, sehr gern. Aber ich kann kein Gesprächsthema wählen, weil ich nicht weiß, was Sie interessieren könnte. Fragen Sie mich nur, und ich will mein Bestes tun, um Ihnen zu antworten.«

»Also zum Ersten: Stimmen Sie mit mir überein, dass ich das Recht habe, ein wenig herrisch und seltsam, zuweilen vielleicht auch ein wenig rechthaberisch zu sein, fußend auf den Gründen, die ich Ihnen angeführt habe? Nämlich, dass ich alt genug bin, um Ihr Vater zu sein, und dass ich mit vielen Menschen und vielen Nationen die verschiedensten Erfahrungen gemacht und mehr als die Hälfte des Erdballs durchstreift habe, während Sie ruhig mit denselben Menschen in demselben Hause gelebt haben.«

»Ganz wie Sie meinen, Sir.«

»Das ist keine Antwort, oder vielmehr eine sehr ärgerliche, weil es eine ausweichende ist. Bitte antworten Sie klar.«

»Ich glaube nicht, Sir, dass Sie ein Recht haben, mir zu befehlen, nur weil Sie älter sind oder weil Sie mehr von der Welt gesehen haben als ich. Ihr Anspruch auf Überlegenheit entspringt dem Gebrauch, welchen Sie von Ihrer Zeit und Ihren Erfahrungen gemacht haben.«

»Hm, das ist sehr gut gesprochen. Aber ich werde das nicht zugeben, weil ich sehe, dass es meiner Sache nicht nützen würde. Ich habe von beiden genannten Vorteilen nur einen mittelmäßigen, um nicht zu sagen schlechten Gebrauch gemacht. Wenn wir die ›Überlegenheit‹ nun auch ganz aus dem Spiel lassen, so müssen Sie aber einwilligen, hin und wieder Befehle von mir entgegenzunehmen, ohne sich durch den herrischen Ton, in welchem ich sie gebe, verletzt zu fühlen – wollen Sie das?«

Ich lächelte. Ich dachte bei mir: Mr. Rochester *ist* ein seltsamer Mann, er scheint zu vergessen, dass er mir dreißig Pfund jährlich zahlt, damit ich seine Befehle ausführe.

»Lächeln ist sehr schön«, sagte er, denn er hatte meinen flüchtigen Gesichtsausdruck augenblicklich bemerkt, »aber Sie müssen nun auch sprechen.«

»Ich dachte darüber nach, dass sehr wenige Herren sich darum kümmern würden, ob ihre bezahlten Untergebenen durch ihre Befehle verletzt und beleidigt wären oder nicht.«

»Bezahlte Untergebene, sind Sie meine bezahlte Untergebene? Ach ja, ich hatte das Gehalt vergessen. Gut also! Wollen Sie mir also auf diesen feilen Grund hin erlauben, ein wenig anmaßend zu sein?«

»Nein Sir, auf diesen Grund hin nicht. Aber auf den Grund hin, dass Sie ihn vergessen konnten, und dass Sie sich darum kümmern, ob eine Untergebene in ihrer Abhängigkeit glücklich ist oder nicht, willige ich von Herzen gern ein.«

»Und wollen Sie auch einwilligen, mich von einer ganzen Menge konventioneller Formen und Phrasen zu dispensieren, ohne zu glauben, dass diese Unterlassung der Unverschämtheit entspringt?«

»Ich bin überzeugt, Sir, dass ich Zwanglosigkeit niemals mit Unverschämtheit verwechseln würde; für das eine habe ich eine gewisse Schwäche, dem anderen würde sich kein Freigeborener fügen, nicht einmal um eines Lohnes willen.«

»Unsinn! Die meisten frei geborenen Geschöpfe würden alles ertragen um eines Lohnes willen. Deshalb urteilen Sie nur für sich selbst und sprechen Sie nicht über Allgemeinheiten, über die Sie gänzlich in Unwissenheit sind. Indessen schüttele ich Ihnen im Geiste die Hand für Ihre Antwort, obgleich sie nicht treffend war, und ebenso sehr für die Art, in welcher Sie sie gaben: offen und aufrichtig. Das trifft man nicht allzu oft an. Nein, im Gegenteil, Ziererei oder Kälte, oder dummes, gemeines Missverstehen der Absicht sind der gewöhnliche Lohn für Aufrichtigkeit. Unter dreitausend eben der Schule entwachsenen Gouvernanten würden nicht drei mir geantwortet haben, wie Sie es soeben taten. Aber ich habe nicht die Absicht, Ihnen zu schmeicheln; wenn Sie in einer anderen Form gegossen sind als die Mehrzahl, so ist das nicht Ihr eigenes Verdienst, die Natur hat es getan. Und dann bin ich auch wahrscheinlich zu voreilig mit meinen Schlüssen, denn wie kann ich eigentlich wissen, ob Sie besser sind als die Übrigen? Sie können ja unzählige unerträgliche Mängel und Fehler haben, welche Ihren paar guten Seiten das Gegengewicht halten.«

›Ebenso wie Sie‹, dachte ich bei mir. Als dieser Gedanke mein Hirn kreuzte, begegnete mein Blick dem seinen; er schien in ihm zu lesen und er antwortete mir, als hätte ich laut gedacht:

»Jaja, Sie haben recht«, sagte er, »ich habe selbst eine Menge Fehler. Ich weiß das sehr wohl und versuche durchaus nicht, sie zu beschönigen, dessen versichere ich Sie. Gott weiß, dass ich keine Ursache habe, andern gegenüber zu streng zu sein. Mein früheres Dasein, eine lange Folge von Taten, eine Färbung meines Lebens sind in meiner eigenen Brust verzeichnet, welche mein Naserümpfen und mein Urteil leicht von meinem Nächsten auf mich selbst lenken könnten. Im Alter von einundzwanzig Jahren brachte man mich – denn wie andere Sünder schiebe auch ich gern die Hälfte der Schuld auf ein trauriges Schicksal und auf widrige Umstände – auf den falschen Pfad, und seitdem ist es mir noch nicht geglückt, den rechten Weg wiederzufinden. Aber ich hätte ein anderer Mensch sein *können*; ich hätte vielleicht so gut sein können wie Sie – klüger, und fast so untadelig. Ich beneide Sie um Ihren Seelenfrieden, um Ihr reines Gewissen, Ihre unbefleckte Erinnerung! Mein kleines Mädchen, eine Erinnerung ohne einen dunklen Fleck, ohne Vorwurf muss ein großer Schatz sein – eine unerschöpfliche Quelle reinster Erfrischung, ist es nicht so?«

»Wie waren Ihre Erinnerungen denn, als Sie achtzehn Jahre zählten?«

»Oh, damals war alles noch gut – klar, durchsichtig und gesund. Damals hatte noch kein einströmendes Kielwasser sie zu einem faulen Tümpel gemacht. Mit achtzehn Jahren war ich Ihnen gleich – ganz gleich. Die Natur hatte mich im großen Ganzen zu einem guten Menschen bestimmt, Miss Eyre, zu einem von der besseren Sorte – und wie Sie sehen, bin ich es doch nicht geworden. Sie könnten mir nun erwidern, dass Sie das nicht sehen; wenigstens schmeichle ich mir, das in Ihren Augen zu lesen. Nebenbei gesagt, hüten Sie sich davor, irgendetwas durch die Augen zu verraten, denn ich bin sehr rasch darin, diese Sprache zu deuten. Aber nehmen Sie mein Wort darauf – ich bin kein Schurke, das dürfen Sie nicht annehmen, solch einen Rang dürfen Sie mir nicht zutrauen. Nein, ich bin eher dank der Umstände als nach meinem eigenen natürlichen Hang ein ganz gewöhnlicher Sünder geworden, schon abgenützt durch all die gemeinen und armseligen Zerstreuungen, mit denen die Reichen und Liederlichen das Leben auszuschmücken pflegen. Wundern Sie sich darüber, dass ich

Ihnen dies Geständnis mache? Sie sollten wissen, dass Sie in Zukunft wohl noch oft zur unfreiwilligen Vertrauten der Geheimnisse Ihrer Bekanntschaften gemacht werden. Instinktiv werden die Menschen stets, wie ich es getan habe, herausfinden, dass Ihre Stärke darin besteht, nicht von sich selbst zu reden, sondern aufmerksam zuzuhören, wenn andere von sich sprechen. Sie werden auch herausfühlen, dass Sie nicht mit spöttischer Verachtung auf die Ergüsse ihrer Indiskretionen horchen, sondern mit wirklicher Sympathie, welche tröstlich und ermutigend ist, weil sie sich weder laut noch aufdringlich kundtut.«

»Woher wissen Sie das? – Wie können Sie dies alles erraten, Sir?«

»Ich weiß es sehr wohl, deshalb spreche ich so frei von der Leber weg, als ob ich meine Gedanken in ein Tagebuch schriebe. Sie möchten mir gern sagen, dass ich stärker als die Verhältnisse hätte sein müssen – ja, das hätte ich sein müssen, das hätte ich sein müssen. Aber Sie sehen – ich war es nicht. Als das Schicksal mir ein Unrecht zufügte, besaß ich nicht genug Weisheit, um kalt und ruhig zu bleiben; ich geriet in Verzweiflung – dann verkam ich. Und wenn heute irgendein lasterhafter Dummkopf durch schäbige Zoten meinen Ekel erweckt, so kann ich mir nicht mehr schmeicheln, dass ich besser bin als er. Ich bin gezwungen zuzugeben, dass er und ich auf der gleichen Stufe stehen. Ach, wie sehr wünsche ich mir, dass ich standhaft geblieben wäre, Gott allein weiß, wie innig ich es wünsche! Wenn die Versuchung an Sie herantritt, Miss Eyre, so fürchten Sie sich vor Gewissensbissen! Gewissensqualen sind das Gift des Lebens!«

»Aber Sir, man sagt, dass die Reue sie heilt!«

»Nein, Reue heilt sie nicht! Sich *ändern* mag Heilung für sie sein, und ich könnte mich bessern, ich besitze noch Kraft genug dazu, wenn ... Aber was nützt es denn, auch nur daran zu denken, gehindert, belastet, verflucht, wie ich bin? Und außerdem, da das Glücklichsein mir unwiderruflich versagt ist, habe ich doch wenigstens das Recht, dem Leben so viel Vergnügen abzugewinnen, wie möglich. Und dieses will ich haben, koste es, was es wolle!«

»Aber dann werden Sie immer tiefer sinken, Sir.«

»Möglich. Aber warum sollte ich, wenn ich süße, neue Vergnügungen haben kann? Und ich kann solche haben, so süß, so frisch, so unberührt wie der Honig, welchen die Biene im Wald sammelt.«

»Aber diese Freuden werden stechen, sie werden bitter schmecken, Sir.«

»Wie können Sie das wissen? – Sie haben es ja niemals versucht. Wie unendlich ernst, wie feierlich Sie aussehen! Und dabei verstehen Sie so wenig von der Sache wie diese Kamee hier«, und er nahm einen in Stein geschnittenen Kopf vom Kaminsims.

»Sie haben kein Recht, mir zu predigen. Sie sind eine Neophytin, welche noch nicht durch das Tor des Lebens gegangen ist, Sie sind mit den Mysterien ja noch gänzlich unvertraut.«

»Ich erinnere Sie nur an Ihre eigenen Worte, Sir. Sie sagten, dass Fehltritte nur Gewissensbisse bringen und Sie erklärten Gewissensbisse für das Gift des Lebens.«

»Wer spricht denn jetzt von Fehlern? Ich glaube kaum, dass der Gedanke, welcher gerade mein Hirn durchkreuzte, ein Fehler war. Ich glaube, es war eher eine Eingebung als eine Versuchung, sehr beruhigend und sehr belebend. Und hier kommt dieser Gedanke schon wieder! Er ist kein Teufel, das versichere ich ihnen; oder wenn doch, so hat er jedenfalls das Kleid eines Engels des Lichts angelegt. Einen so schönen Gast muss ich doch einlassen, wenn er so flehentlich Einlass in mein Herz begehrt!«

»Misstrauen Sie ihm, Sir; er ist kein wahrer Engel.«

»Noch einmal: Wie können Sie das wissen? Kraft welchen Instinkts glauben Sie, zwischen einem gefallenen Engel aus dem Abgrund der Hölle und einem Boten vom Thron des Ewigen unterscheiden zu können – zwischen einem Führer und einem Verführer?«

»Ich urteilte nach Ihrem Gesicht, Sir, und dieses sah kummervoll aus, als Sie sagten, dass jener Gedanke Sie abermals heimsuche. Ich bin überzeugt, dass noch mehr Elend für Sie daraus entspringt, wenn Sie ihm Gehör schenken.«

»Durchaus nicht. Es ist die lieblichste Botschaft der Welt; und überdies sind Sie ja nicht die Hüterin meines Gewissens, deshalb beruhigen Sie sich. Hier, komm herein, lieblicher Wanderer!«

Die letzten Worte sprach er wie zu einer Erscheinung, die keinem anderen Auge sichtbar war als dem seinen. Dann verschränkte er die Arme, welche er halb ausgebreitet hatte, über der Brust und schien das unsichtbare Wesen in eine innige Umarmung zu schließen.

»Jetzt«, fuhr er zu mir gewendet fort, »habe ich den Pilger eingelassen – eine verkleidete Gottheit, wie ich glaube. Sie hat mir schon Liebes getan; mein Herz war eine Art von Beinhaus; jetzt wird es ein Altar sein.«

»Wenn ich die Wahrheit gestehen soll, Sir, so verstehe ich Sie durchaus nicht. Ich kann das Gespräch nicht weiterführen, weil es mein Fassungsvermögen übersteigt. Ich weiß nur eins: Sie sagten, dass Sie nicht so gut seien, wie Sie selbst zu sein wünschten; und dass Sie Ihre eigene Unvollkommenheit tief beklagten. Das kann ich wohl verstehen. Sie deuteten an, dass es ein ewig wirkendes Gift sei, eine Vergangenheit zu haben, welche nicht ganz rein ist. Mir ist's, als sollte es Ihnen mit der Zeit möglich sein, das zu werden, was Sie zu sein wünschen. Wenn Sie es nur ernstlich versuchten, wenn Sie von heute an den festen Entschluss fassten, Ihre Taten und Gedanken zu bessern, so würden Sie finden, dass Sie in wenigen Jahren einen neuen und fleckenlosen Vorrat von Erinnerungen haben würden, auf die Sie stets mit Freuden zurückblicken könnten.«

»Sehr richtig gedacht und richtig gesagt, Miss Eyre. Und in diesem selben Augenblick pflastere ich mit größter Energie den Weg zur Hölle.«

»Sir?«

»Mit guten Vorsätzen, welche ebenso hart wie Kieselsteine sind. Ganz gewiss, meine Gefährten, meine Freunde, meine Beschäftigungen sollen andere werden, als sie es bisher waren.«

»Und bessere?«

»Und bessere. So wie reines Erz besser ist als schmutzige Schlacke. Sie scheinen an mir zu zweifeln; ich selbst zweifle nicht. Ich kenne mein Ziel, ich kenne meine Motive. Und jetzt, in diesem Augenblick, erlasse ich ein Gesetz, unverrückbar, unantastbar wie das der Meder und Perser, dass beide im Recht sind.«

»Das können sie aber nicht sein, Sir, wenn sie dafür ein neues Gesetz benötigen.«

»Sie sind es doch, Miss Eyre, obgleich sie durchaus ein neues Gesetz verlangen. Außergewöhnliche Umstände und Verhältnisse verlangen auch außergewöhnliche Regeln und Gesetze.«

»Das scheint mir eine gefährliche Maxime, Sir, weil man auf den ersten Blick sehen kann, dass sie leicht missbraucht werden kann.«

»Eine treffende Weisheit, so ist es. Aber ich schwöre bei den Penaten meines Hauses, dass ich sie nicht missbrauchen werde.«

»Sie sind auch nur ein Mensch und fehlbar.«

»Das weiß ich, aber Sie sind es ebenfalls. Was nun?«

»Die, die da menschlich sind und fehlbar, sollten sich nicht eine Macht aneignen, welche nur der Ewige mit Sicherheit handhaben kann.«

»Welche Macht?«

»Jene, von seltsamen und nicht sanktionierten Handlungen sagen zu dürfen: Sie sollen gerecht sein.«

»›Sie sollen gerecht sein.‹ Ja, ja, das sind die rechten Worte: Sie haben sie ausgesprochen.«

»Sie *können* gerecht sein«, sagte ich, indem ich mich erhob. Ich hielt es für nutzlos, ein Gespräch weiterzuführen, bei welchem ich gänzlich im Dunkeln tappte. Außerdem fühlte ich, dass der Charakter meines Gegenübers sich gänzlich meiner Beurteilung entzog, wenigstens meinem augenblicklichen Urteilsvermögen, und die Unsicherheit bemächtigte sich meiner, welche stets die Überzeugung der eigenen Unwissenheit begleitet.

»Wohin gehen Sie?«

»Ich will Adèle ins Bett bringen; es ist schon über ihre gewöhnliche Schlafenszeit hinaus.«

»Sie fürchten sich vor mir, weil ich dunkel spreche wie eine Sphinx.«

»Ihre Sprache ist allerdings rätselhaft, Sir. Aber obgleich ich verblüfft bin, fürchte ich mich doch nicht.«

»Sie fürchten sich doch, Ihre Eigenliebe fürchtet sich, einen Irrtum zu begehen.«

»Ja, in dieser Beziehung fürchte ich mich allerdings. Ich wünsche nicht, Unsinn zu schwatzen.«

»Und wenn Sie dies wirklich täten, so würde es in einer so ernsten, ruhigen Weise geschehen, dass ich es für sehr sinnreich halten würde. Lachen Sie niemals, Miss Eyre? Bemühen Sie sich nicht, mir zu antworten – ich sehe, Sie lachen nur selten. Aber Sie können sehr fröhlich lachen. Glauben Sie mir, von Natur sind Sie ebenso wenig unfreundlich, wie ich lasterhaft bin. Der Zwang von Lowood lastet noch immer ein wenig auf Ihnen; er beherrscht Ihre Züge, dämpft Ihre Stimme und lähmt Ihre Glieder; und Sie fürchten in Gegenwart eines Mannes und Bruders – oder Vaters oder Herrn, sei es, wer es sei – zu fröhlich zu lachen, zu frei zu sprechen oder sich zu schnell zu bewegen. Aber ich hoffe, dass Sie es mit der Zeit lernen werden, mir gegenüber natürlich zu sein, denn ich finde es ganz unmöglich, mit Ihnen so förmlich zu verkehren. Dann werden Ihre Züge und Ihre Bewegungen mehr Freiheit und Lebhaftigkeit und Abwechselung annehmen, als sie sich jetzt erlauben. Zuweilen hasche ich durch die engen Stäbe eines Käfigs den Anblick eines seltsamen Vogels: Ein lebhafter, ruheloser, entschlossener Gefangener sitzt drinnen; wäre er aber frei, so würde er hoch in die Lüfte steigen. – Wollen Sie noch immer gehen?«

»Es hat bereits neun Uhr geschlagen.«

»Das schadet nichts, warten Sie noch eine Minute! Adèle ist noch nicht bereit, sich schlafen zu legen. Meine Stellung mit dem Rücken gegen das Feuer und dem Gesicht gegen das Zimmer begünstigt meinen Wunsch, Beobachtungen anzustellen, Miss Eyre. Während ich mit Ihnen sprach, beobachtete ich auch gelegentlich Adèle – ich habe meine Gründe, sie für ein lohnendes Studienobjekt zu halten, Gründe, die ich Ihnen vielleicht, nein, gewiss eines Tages mitteilen werde. Vor ungefähr zehn Minuten zog sie einen kleinen rosa Seidenrock aus ihrem Koffer und Entzücken malte sich auf ihren Zügen, als sie ihn entfaltete. Die Koketterie liegt ihr im Blut, sitzt ihr im Mark und vernebelt ihren Verstand. ›Il faut que je l'essaie!‹, rief sie, ›et à l'instant même!‹[11] Und mit diesen Worten stürzte sie aus dem Zimmer hinaus. Sie ist jetzt bei Sophie und lässt sich ankleiden. In wenigen Minuten wird sie wieder eintreten, und ich weiß, was ich dann erblicken werde: eine Miniatur von Céline Varens, wie sie auf den Brettern erschien, wenn der Vorhang sich hob … Doch lassen wir das lieber. Jedenfalls, mein Innerstes wird einen Schlag bekommen, ich ahne es schon. Bleiben Sie noch, um zu sehen, ob sich meine Ahnung bestätigt.«

Nicht lange dauerte es und wir hörten Adèles kleine Füße durch die Halle trippeln. Sie trat ein, verwandelt, wie ihr Vormund es vorhergesagt hatte. Ein Kleid aus rosa Satin, sehr kurz und so faltenreich, wie der schwere Stoff es erlaubte, ersetzte das braune Kleidchen, welches sie vorher getragen hatte. Ein Kranz von Rosenknospen umschloss ihre Stirn; seidene Strümpfe und kleine, weiße Satinschuhe bekleideten ihre Füße.

»Est-ce que ma robe va bien?«, rief sie, vorwärts hüpfend, »et mes souliers? et mes bas? Tenez, je crois que je vais danser!«[12]

Und indem sie ihr Kleid emporhob, tänzelte sie durch das Zimmer. Als sie Mr. Rochester erreicht hatte, wirbelte sie vor ihm leicht auf den Zehen herum, ließ sich dann vor seinen Füßen auf ein Knie nieder und rief aus:

»Monsieur, je vous remercie mille fois de votre bonté«, dann erhob sie sich und fügte hinzu: »C'est comme cela que maman faisait, n'est ce pas, Monsieur?«[13]

»Genau so!«, lautete die Antwort, »und *comme cela* lockte sie mir auch das englische Gold aus meinen britischen Hosentaschen. Ja, ich war auch einmal grün, Miss Eyre, grasgrün! Und kein frühlingsfrischer Hauch schmückt Sie jetzt, der nicht auch einst auf mir geruht hätte! Mein Frühling ist indes dahin, und er hat mir jene kleine französische Blütenknospe hinterlassen, welche ich in manchen Stimmungen schon gern wieder los sein möchte. Ich verehre die Wurzel nicht mehr, welcher sie entsprungen ist, seit ich erfahren habe, dass sie zu jener Art gehörte, welche nur mit Goldstaub gedüngt werden konnte. Und ich liebe auch die Blüte nur noch halb, besonders wenn sie so künstlich aussieht, wie in diesem Augenblick. Ich erhalte sie und pflege sie eigentlich nur nach jener Lehre der römisch-katholischen Kirche, die da sagt, dass wir durch eine gute Tat unzählige Sünden zu sühnen vermögen. Aber all dies werde ich Ihnen ein andermal erklären. Gute Nacht!«

Fünfzehntes Kapitel

Und Mr. Rochester erklärte mir bei einer späteren Gelegenheit tatsächlich alles. Es war an einem Nachmittag, als er mir und Adèle zufällig im Garten begegnete. Während sie mit Pilot und ihrem Federball spielte, forderte er mich auf, mit ihm in einer langen Buchenallee auf und ab zu spazieren, von wo aus wir Adèle im Auge behalten konnten.

Er erzählte mir also, dass sie die Tochter einer französischen Tänzerin, Céline Varens, sei, für welche er einst, wie er sich ausdrückte, eine *grande passion* gehegt hatte. Und Céline hatte vorgegeben, diese *passion* mit einer ebenso glühenden Liebe zu erwidern. Er hielt sich trotz seiner Hässlichkeit für ihren Abgott; er sagte, er habe geglaubt, dass sie seine *taille d'athlète* der Eleganz des Apoll von Belvedere vorziehe.

»Und, Miss Eyre, so sehr schmeichelte mir der Vorzug, welchen jene gallische Nymphe ihrem britischen Gnomen gab, dass ich sie in einem *hôtel* unterbrachte, ihr einen ganzen Haushalt von Dienern gab, eine Equipage, indische Schals, Diamanten, Spitzen und anderes mehr. Kurzum, ich begann damit, mich in der hergebrachten Weise zu ruinieren, wie jeder beliebige Dummkopf. Wie es scheint, besaß ich nicht einmal so viel Originalität, einen neuen Weg zur Schande und zum Ruin zu finden, sondern ich ging mit blöder Akribie auf der alten Spur entlang und wich nicht einen Zollbreit von der ausgetretenen Straße ab. Und ganz wie ich es verdiente, traf auch mich das Los aller anderen Tölpel. Eines

Abends, als Céline mich nicht erwartete, kam ich zufällig, um ihr einen Besuch zu machen, und fand sie nicht zu Hause. Es war ein heißer Abend, und da ich des Umherschlenderns in Paris müde war, setzte ich mich in ihr Boudoir, glücklich, die Luft einatmen zu können, welche sie soeben noch durch ihre Gegenwart geweiht hatte. Nein, ich übertreibe, ich habe niemals geglaubt, dass sie irgendeine heiligende Tugend besitze – es war vielmehr ein sehr süßliches Parfüm, welches sie zurückgelassen hatte, ein Duft von Amber und Moschus, der durchaus nicht an Heiligkeit erinnerte. Ich war gerade im Begriff, an dem Geruch der Treibhausblumen und der versprengten Essenzen zu ersticken, als es mir noch zu rechter Zeit einfiel, das Fenster zu öffnen und auf den Balkon hinauszugehen. Der Mond schien hell, das Gaslicht ebenfalls, und die Luft war still und klar. Auf dem Balkon standen ein oder zwei Stühle; ich setzte mich und zog eine Zigarre heraus ... Ich werde jetzt auch eine nehmen, wenn Sie gestatten.«

Während er eine Havanna herausnahm und anzündete, entstand eine Pause. Nachdem er sie an seine Lippen geführt und den Rauch in die kalte, frostige, sonnenlose Luft geblasen hatte, fuhr er fort:

»In jenen Tagen mochte ich sogar Bonbons, Miss Eyre, und ich knusperte abwechselnd – verzeihen Sie diese Barbarei – Schokoladenkonfekt und rauchte meine Havanna. Ich betrachtete die Equipagen, welche durch die vornehmen Straßen dem benachbarten Opernhaus zurollten, als ich in einem eleganten, geschlossenen, von einem herrlichen Paar englischer Pferde gezogenen Wagen, den ich deutlich in dem strahlenden Gaslicht sah, die *voiture* erkannte, welche ich Céline geschenkt hatte. Sie kehrte zurück; selbstverständlich pochte mein Herz ungestüm vor Ungeduld gegen das eiserne Gitter, auf welches ich mich lehnte. Wie ich erwartet hatte, hielt der Wagen an der Tür des Hauses; meine Flamme – das ist das richtige Wort für ein Opernliebchen – stieg aus. Und obgleich sie in einen Mantel gehüllt war – eine unnötige Last an einem so warmen Juniabend –, erkannte ich sie sofort an ihrem kleinen Fuß, welcher unter dem Rand ihres Kleides hervorsah, als sie von dem Wagentritt herunterhüpfte. Ich war gerade im Begriff, mich über den Balkon zu beugen und in einem Ton, welcher nur für das Ohr der Liebe vernehmbar sein sollte, ›Mon ange!‹ zu flüstern, als nach ihr noch eine Gestalt aus dem Wagen sprang. Auch diese war in einen Mantel gehüllt, aber es war ein bespornter Absatz, welcher auf dem Straßenpflaster klirrte, ein mit einem schwarzen Hut bedeckter Kopf, welcher unter der gewölbten *porte-cochère* des Hauses verschwand.

Nicht wahr, Miss Eyre, Sie haben noch niemals gefühlt, was Eifersucht ist? Natürlich nicht. Ich brauche gar nicht zu fragen. Sie haben ja niemals Liebe gekannt. Beide Gefühle sollen Sie erst durch die Erfahrung kennenlernen; Ihre Seele schläft noch; der Schlag soll noch erfolgen, der sie wecken wird. Sie glauben, dass das ganze Leben in dem ruhigen Bache dahinfließt, in welchem Ihre Jugend bis jetzt dahinschleicht. Mit geschlossenen Augen und tauben Ohren lassen Sie sich treiben, Sie sehen die Felsen nicht, welche sich kurz unter der Oberfläche erheben; Sie hören nicht, wie die Fluten sich an den Wellenbrechern aufbäumen. Aber ich sage Ihnen – und merken Sie sich meine Worte: Sie werden eines Tages an dem felsigen Engpass des Kanals ankommen, wo der ganze Lebensstrom sich in Wirbel und Tumult auflöst, in Lärm und Schaum und Toben. Entweder werden Sie an den Felsen in Atome zerschellen, oder eine große Welle wird Sie emporheben und Sie in einen ruhigen Strom tragen – wie es mir geschehen ist.

Ich liebe diesen Tag, ich liebe diesen bleiernen Himmel. Ich liebe diese Ruhe, diese Stille, diese Erstarrung der Welt in diesem Frost. Ich liebe Thornfield, sein altehrwürdiges Aussehen, seine Abgeschiedenheit, seinen alten Krähenhorst und seine Dornbäume, seine graue Fassade, die langen Reihen dunkler Fenster, welche jenen metallenen Himmel widerspiegeln! Und doch, wie lange Zeit habe ich den bloßen Gedanken an diesen Ort verabscheut, wie ein von der Pest befallenes Haus! Wie verabscheue ich noch heute ...«

Er knirschte mit den Zähnen und schwieg; dann hielt er im Gehen inne und stampfte auf den hart gefrorenen Boden. Irgendein verhasster Gedanke schien ihn erfasst zu haben und ihn so festzuhalten, dass er nicht imstande war, einen Schritt vorwärts zu tun.

Wir schritten gerade die Allee hinauf, als er auf diese Weise stehenblieb; das Herrenhaus lag vor uns. Indem er die Augen erhob, warf er einen Blick auf jene Zinnen, wie ich vorher und nachher niemals einen ähnlichen gesehen hatte. Schmerz, Schande, Wut, Ungeduld, Ekel und Abscheu schienen in diesem Augenblick einen wogenden Kampf in seinen großen Augen zu führen, über denen sich die ebenholzschwarzen Brauen wölbten. Wild war der Streit um die Oberhand, dann aber schien ein anderes Gefühl zu triumphieren: hart und zynisch, eigenwillig und entschlossen. Seine Leidenschaft war gedämpft und sein Gesicht war wie versteinert. Er fuhr fort:

»Während des Augenblickes, wo ich schwieg, Miss Eyre, kämpfte ich eine Sache mit meinem Schicksal aus. Da stand es, an jenem Birkenstamme – eine Hexe, ähnlich einer von jenen, welche Macbeth auf der Heide von Forres erschienen. ›Liebst du Thornfield?‹, fragte sie und hob den Finger empor. Und dann schrieb sie eine Mahnung in die Luft, welche in feurigen Hieroglyphen an der ganzen Front des Hauses entlanglief, zwischen den Fenstern der Stockwerke: ›Liebe es, wenn du kannst! Liebe es, wenn du den Mut dazu hast!‹ – ›Ich will es lieben!‹, sagte ich. ›Ich habe den Mut, es zu lieben‹, und ...«, fügte er düster hinzu, »... ich werde mein Wort halten. Ich werde jedes Hindernis zertrümmern, das sich dem Glück und dem Gutsein in den Weg stellt – ja, dem Gutsein. Ich will ein besserer Mensch sein, als ich war, als ich bin – wie Hiobs Leviathan den Speer, den Wurfspieß und die Harpune zerbrach. Hindernisse, welche andere Menschen für Stahl und Eisen halten, sollen für mich nichts anderes sein als Strohhalme, als schwaches, faules Holz.«

Hier kam Adèle ihm mit ihrem Federball entgegengelaufen. »Fort mit dir!«, rief er heftig, »halte dich fern, Kind, oder geh hinein zu Sophie!« Als er dann seinen Weg wieder schweigend fortsetzte, wagte ich es, ihm den Punkt seiner Erzählung wieder ins Gedächtnis zurückzurufen, an dem er plötzlich abgeschweift war.

»Und verließen Sie den Balkon, Sir, als Mademoiselle Varens eintrat?«, fragte ich.

Ich erwartete beinahe eine Zurechtweisung für diese schlecht angebrachte Frage, aber das Gegenteil geschah. Er erwachte aus seiner düsteren Grübelei, wandte die Blicke zu mir und der trübe Schatten schien von seiner Stirn zu schwinden.

»Ach ja, ich hatte Céline vergessen! Also, um wieder auf die Sache zurückzukommen: Als ich meine Zauberin so von einem Kavalier begleitet ins Zimmer treten sah, war mir's, als vernähme ich ein Zischen und die grünäugige Schlange der Eifersucht ringelte sich in unzähligen Windungen vom mondbeschienenen Balkon empor, kroch in meine Weste und hatte in einem Augenblick den Weg bis in das Innerste meines Herzens gefunden. Seltsam!«

Wieder brach er ab.

»Seltsam, dass ich Sie zur Vertrauten all dieser Dinge wählen musste, junge Dame, und noch viel seltsamer, dass Sie mir so ruhig zuhören, als wäre es die natürlichste und gewöhnlichste Sache der Welt, dass ein Mann einem zarten, unerfahrenen Mädchen wie Sie es sind die Geschichten seiner Geliebten, einer Tänzerin, erzählt! Aber diese letzte Sonderbarkeit erklärt die erste, wie ich schon einmal andeutete. Sie mit Ihrem Ernst, Ihrer Überlegung und Vorsicht sind dafür geschaffen, die Großsiegelbewahrerin von Geheimnissen zu sein. Und außerdem weiß ich, mit was für einem Gemüt ich kommuniziere; ich weiß, dass es für Ansteckung unempfänglich ist. Es ist ein seltsames, ein einzigartiges Gemüt. Glücklicherweise habe ich nicht die Absicht, ihm Schaden zuzufügen; aber selbst wenn ich sie hegte, so würde es sich von mir nicht schaden lassen. Je mehr Sie und ich miteinander sprechen, desto besser; denn während ich Ihre Seele nicht trüben kann, besitzen Sie die Fähigkeit, die meine zu erfrischen!« Nach dieser Abschweifung fuhr er wieder fort:

»Ich blieb auf dem Balkon. ›Ohne Zweifel werden sie in ihr Boudoir kommen‹, dachte ich, ›ich werde einen Hinterhalt vorbereiten.‹ Ich schob meine Hand leise durch das geöffnete Fenster, zog den Vorhang zu und ließ nur einen kleinen Spalt offen, durch welchen ich meine Beobachtungen machen konnte. Dann schloss ich das Fenster bis auf eine schmale Ritze, die gerade weit genug war, um die geflüsterten Schwüre eines Liebhabers herausdringen zu lassen. Schließlich stahl ich mich zurück auf meinen Stuhl, und kaum hatte ich denselben eingenommen, als das Paar eintrat. Schnell war mein Auge an der Öffnung: Célines Zofe trat ein, zündete eine Lampe an, stellte sie auf den Tisch und entfernte sich wieder. So konnte ich das Paar also deutlich sehen. Beide legten ihre Mäntel ab, und da stand sie, die Varens, strahlend in Atlas und Juwelen – meine Geschenke natürlich. Und da stand auch ihr Begleiter in der Uniform eines Offiziers.

Ich erkannte in ihm einen jungen Vicomte – einen gehirnarmen, lasterhaften Wüstling, den ich zuweilen in der Gesellschaft getroffen und den ich niemals geglaubt hatte, hassen zu müssen, weil ich ihn so gründlich verachtete. Als ich ihn erkannte, war der Giftzahn der Schlange Eifersucht augenblicklich gebrochen, denn in demselben Augenblick sank meine Liebe für Céline unter den Gefrierpunkt. Es war nicht der Mühe wert, um ein Weib zu kämpfen, das mich um eines solchen Rivalen willen verraten konnte. Sie verdiente nichts als Verachtung – aber immer noch weniger als ich selbst verdiente, der ich mich von ihr hatte betrügen lassen.

Sie begannen zu sprechen und ihre Unterhaltung beruhigte mich vollständig: Frivol, eigennützig, herzlos und dumm war sie nur dazu angetan, einen Lauscher zu ermüden, anstatt ihn zu empören. Meine Visitenkarte lag auf dem Tisch; als dies bemerkt wurde, zogen sie meinen Namen in die Diskussion. Keiner von beiden besaß genug Witz oder Energie, um ihn gründlich zu bearbeiten; aber sie beleidigten mich so roh und gemein, wie es ihnen in ihrer kleinlichen Weise möglich war, besonders Céline, die beinahe geistreich wurde, als sie über meine äußeren Mängel und Fehler herfiel – Deformationen, wie sie es nannte. Nun war es stets ihre Gewohnheit gewesen, in wortreiche Bewunderung über das auszubrechen, was sie meine ›beauté mâle‹ nannte – worin sie sich übrigens diametral von Ihnen unterschied, die Sie mir bei unserer zweiten Begegnung schon erklärten, dass Sie mich durchaus nicht für schön halten. Der Kontrast frappierte mich damals sehr, und ...«

Hier kam Adèle wiederum gelaufen.

»Monsieur, John ist eben da gewesen, um zu sagen, dass Ihr Agent angekommen ist und Sie zu sprechen wünscht.«

»Ah! In diesem Falle muss ich mich kurz fassen: Ich öffnete die Balkontür und trat zu ihnen ins Zimmer, entließ Céline aus meiner Protektion, zeigte ihr an, dass sie das Haus zu verlassen habe und bot ihr eine gefüllte Börse für die augenblicklich dringendsten Ausgaben. Ich kümmerte mich nicht um Geschrei, hysterische Tränen, Bitten, Beteuerungen, Krämpfe und Zuckungen und traf mit dem Vicomte eine Verabredung für den folgenden Morgen im Bois de Boulogne. Am nächsten Morgen hatte ich das Vergnügen, ihm gegenüberzustehen, ließ eine Kugel in einem seiner jämmerlichen, kranken Arme zurück, die so schwach waren, wie die Flügel eines jungen Huhns, das den Pips hat, und glaubte dann, mit der ganzen Gesellschaft fertig zu sein. Unglücklicherweise hatte die Varens mir aber sechs Monate zuvor dieses Mädchen Adèle geschenkt, von welcher sie schwor, dass sie mein Kind sei, und vielleicht ist sie's auch, obgleich ich in ihrem Gesicht keinen Zug ihres grausam hässlichen Vaters entdecken kann; Pilot hat mehr Ähnlichkeit mit mir als sie. Einige Jahre nachdem ich mit der Mutter gebrochen hatte, verließ sie ihr Kind und lief nach Italien mit einem Musikanten oder einem Sänger. Ich erklärte, dass Adèle durchaus keine natürlichen, selbstverständlichen Ansprüche habe, von mir erhalten zu werden, und ebenso wenig erkenne ich jetzt solche Ansprüche an, denn ich bin nicht ihr Vater. Als ich aber hörte, dass das arme Geschöpf ganz verlassen sei, nahm ich es aus dem Schmutz und dem Elend und dem Schlamm von Paris und verpflanzte es hierher, um auf dem reinen und gesunden Boden eines englischen Landhauses aufzuwachsen. Dann fand Mrs. Fairfax Sie, die Sie die zarte Pflanze pflegen und erziehen wollen – aber jetzt, wo Sie wissen, dass sie der Sprössling einer französischen Sängerin ist, werden Sie vielleicht anders von Ihrer Stellung und Ihrem Schützling denken? Eines Tages werden Sie mir mit der Nachricht kommen, dass Sie eine andere Stelle gefunden haben und mich bitten, mich nach einer anderen Gouvernante umzusehen, nicht wahr?«

»Nein. Adèle ist weder für die Sünden ihrer Mutter, noch für die Ihren verantwortlich. Ich hege eine Neigung für sie, und jetzt, wo ich weiß, dass sie in gewissem Sinne elternlos ist – verlassen von ihrer Mutter und verleugnet von Ihnen, Sir –, jetzt werde ich sie noch lieber haben als bisher. Wie wäre es denn möglich, dass ich den verzogenen Liebling einer reichen Familie, der seine Gouvernante wie ein notwendiges Übel hassen würde, einer armen, einsamen Waise vorziehen könnte, die an mir hängt wie an einer Freundin?«

»Ah! Das ist also das Licht, in dem Sie die Sache ansehen! Nun, ich muss jetzt hineingehen. Und Sie ebenfalls, es wird dunkel!«

Aber ich blieb noch einige Minuten mit Pilot und Adèle draußen, lief mit ihr um die Wette und spielte noch eine Partie Federball. Als wir endlich ins Haus gegangen waren, nahm ich ihr Hut und Mantel ab und setzte sie auf meinen Schoß. Dort behielt ich sie eine Stunde und erlaubte ihr, nach Herzenslust zu plaudern. Ich erteilte ihr auch keinen Verweis für einige kleine Freiheiten und altkluge Reden, in die sie leicht zu verfallen pflegte, wenn sie Beachtung fand, und welche eine Oberflächlichkeit des Charakters verrieten, die sie wahrscheinlich von ihrer Mutter geerbt hatte und die zu einem englischen Gemüt durchaus nicht zu passen schien. Aber sie hatte ja auch ihre guten Seiten, und ich war geneigt, alles Gute bei ihr aufs Höchste zu schätzen. Ich suchte in ihren Zügen und ihrem Gesichtsausdruck eine Ähnlichkeit mit Mr. Rochester, aber ich fand keine – kein Zug, keine Miene verriet eine Verwandtschaft. Es war schade. Wenn man ihm nur hätte beweisen können, dass sie Ähnlichkeit mit ihm habe, so würde er mehr Liebe für sie gehegt haben.

Erst nachdem ich mich abends in mein Zimmer zurückgezogen hatte, um mich schlafen zu legen, begann ich ernstlich über die Geschichte nachzudenken, die Mr. Rochester mir erzählt hatte. Wie er selbst sagte, war der Kern der Erzählung wahrscheinlich gar nichts Außergewöhnliches. In der besseren Gesellschaft war die Leidenschaft eines reichen Engländers für eine französische Sängerin oder Tänzerin und ihr Verrat an ihm gewiss eine Sache, die ohne Zweifel alle Tage vorkam. Aber in der krampfhaften Erregung, die ihn so plötzlich erfasste, als er im Begriff war, mir die gegenwärtige Zufriedenheit seiner Seele und seine neu erstandene Freude an dem alten Herrenhaus und seiner Umgebung zu schildern, lag entschieden etwas Seltsames. Über diesen Umstand dachte ich verwundert nach, aber nach und nach entließ ich ihn aus meinen Gedanken, da ich ihn für den Augenblick unerklärlich fand, und wandte mich der Art und Weise zu, welche der Herr des Hauses mir gegenüber an den Tag legte. Das Vertrauen, welches er mir zu schenken für gut befunden hatte, schien ein Tribut, den er meiner Diskretion zollte: Ich sah es wenigstens dafür an und schätzte es auf diese Weise. Während der letzten Wochen war sein Betragen gegen mich gleichmäßiger gewesen als am Anfang. Ich schien ihm niemals mehr im Weg zu sein, er bekam nicht mehr jene Anfälle erstarrenden Hochmuts und wenn er mir unerwartet begegnete, so schien diese Begegnung ihm willkommen zu sein. Er hatte stets ein Wort und zuweilen auch ein Lächeln für mich, und wenn er mich in aller Form auffordern ließ, ihm Gesellschaft zu leisten, so wurde ich mit einem so außerordentlich freundlichen Empfang beehrt, dass ich deutlich merkte, wie wertvoll ihm meine Unterhaltung war, und dass er diese abendlichen Zusammenkünfte ebenso sehr zu seinem eigenen Vergnügen wie zu meinem Wohle suchte.

Ich sprach verhältnismäßig wenig, aber es war mir ein Genuss, ihn sprechen zu hören. Es lag in seiner Natur, mitteilsam zu sein. Er liebte es, einem Gemüt, das mit der Welt unbekannt war, Bilder und Szenen vorzuführen – und ich meine nicht lasterhafte Bilder und wüste Szenen, sondern solche, welche durch ihre Neuheit fesseln konnten und ihr Interesse von dem großen Schauplatz herleiteten, auf welchem sie spielten. Und es war für mich eine reine Wonne, die neuen Gedanken, welche er bot, in mich aufzunehmen, mir die Bilder zu vergegenwärtigen, welche er malte, und ihm durch die neuen Regionen zu folgen, welche er eröffnete. Niemals erschreckte oder bekümmerte er mich durch eine verderbliche, schädliche Anspielung.

Die Leichtigkeit und Freiheit seiner Manieren befreite mich von quälendem Zwang; seine freundliche Offenherzigkeit, die ebenso korrekt wie wohltuend war, zog mich zu ihm hin. Zuweilen war mir, als sei er mir nahe verwandt und ich vergaß ganz, dass er eigentlich mein Brotherr war. Wohl war er hier und da noch gebieterisch und herrisch, aber es kränkte mich nicht mehr – ich wusste, dass dies nun einmal so seine Art war. Ich wurde so zufrieden, so glücklich mit dieser neuen Bereicherung, welche mein Leben erhalten hatte, dass ich aufhörte, mich nach einer Gefährtin zu sehnen. Die schwach leuchtende Mondsichel meines Schicksals wurde heller, die Leere meines Daseins war ausgefüllt, meine Gesundheit wurde besser und ich wurde stärker und kräftiger.

War Mr. Rochester in meinen Augen noch immer hässlich? Nein, lieber Leser: Dankbarkeit und andere gute, sympathische Regungen ließen mir sein Gesicht das liebste von allen werden. Seine Gegenwart machte das Zimmer heller, wärmer und gemütlicher als das loderndste Kaminfeuer. Seine Fehler hatte ich jedoch noch immer nicht vergessen, und ich konnte es auch in der Tat nicht, denn er führte sie mir beständig vor Augen. Er war stolz, sarkastisch und hart gegenüber jeder Art von Unterlegenheit; in der geheimsten Tiefe meines Herzens wusste ich, dass die ungerechte Strenge gegen viele andere seiner großen Güte gegen mich die Waage hielt. Er war auch launisch auf die unberechenbarste Weise. Wenn er mich hatte holen lassen, um ihm vorzulesen, fand ich ihn mehr als einmal allein in der Bibliothek, den Kopf auf die verschränkten Arme gebeugt. Und wenn er dann aufblickte, verdüsterte ein mürrischer, fast böser Blick seine Miene. Aber ich glaubte, dass seine Launenhaftigkeit, seine Härte und seine früheren Sünden – ich sage frühere, denn jetzt schien er sich bekehrt zu haben – ihren Ursprung in irgendeinem harten Schicksalsschlag hatten. Ich glaubte, dass die Natur ihn zu einem Menschen von besseren Anlagen, strengeren Grundsätzen und reineren Neigungen bestimmt hatte, als diejenigen waren, welche Erziehung ihm eingeträufelt, traurige Verhältnisse in ihm entwickelt und das Schicksal in ihm ermutigt hatten. Ich glaubte, dass ausgezeichnete

Eigenschaften in ihm schlummerten, wenngleich für den Augenblick sein Inneres gänzlich verworren und elend schien. Ich kann nicht leugnen, dass ich um seinen Schmerz trauerte, welcher Art er auch sein mochte, und ich muss gestehen, dass ich viel gegeben hätte, wenn ich ihn hätte auf mich nehmen können.

Obgleich ich meine Kerze jetzt ausgelöscht hatte und bereits im Bett lag, konnte ich nicht schlafen, weil ich fortwährend den Blick vor mir sah, mit welchem er in der Allee stehen geblieben war und mir erzählt hatte, dass sein Schicksal vor ihm erstanden und ihn trotzig gefragt habe, ob er es wagen wolle, in Thornfield glücklich zu sein.

›Weshalb?‹, fragte ich mich, ›was lässt ihm das Haus fremd sein? Wird er es bald wieder verlassen? Mrs. Fairfax erzählte, dass er niemals länger als vierzehn Tage bliebe, und jetzt residiert er schon acht Wochen hier. Wenn er wieder geht, wird es eine schmerzliche Veränderung für mich sein. Wenn er nun Frühling, Sommer und Herbst fortbliebe – wie freudlos würde dann der Sonnenschein, wie traurig würden die schönen Tage für mich sein!‹

Ich weiß nicht, ob ich nach diesen Überlegungen eingeschlafen war oder nicht, auf jeden Fall schreckte ich empor, als ich ein undeutliches Murmeln vernahm, seltsam und unheimlich, und das, wie ich glaubte, gerade über meinem Kopf war. Ich wünschte, dass ich meine Kerze hätte brennen lassen, denn die Nacht war dunkel und bedrückend. Ich erhob mich und richtete mich im Bett auf, um zu horchen. Die Töne verstummten.

Wiederum versuchte ich zu schlafen, aber mein Herz klopfte ängstlich, meine innere Ruhe war dahin. Weit unten in der Halle verkündete die Uhr die zweite Stunde. In diesem Augenblick war es, als berühre jemand die Tür meines Zimmers, als hätte jemand sich durch die dunkle Galerie an den Holzverkleidungen der Wand entlanggetastet. Ich rief: »Wer ist da?« Niemand antwortete. Die Furcht machte mich fast erstarren.

Plötzlich fiel mir ein, dass es Pilot sein könnte, welcher oft, wenn die Küchentür nicht geschlossen war, seinen Weg bis an die Schwelle von Mr. Rochesters Zimmer fand. Oft hatte ich ihn am

Morgen selbst dort liegen sehen. Einigermaßen durch diesen Gedanken beruhigt, legte ich mich wieder. Stille besänftigt die Nerven, und da jetzt ununterbrochene Ruhe im ganzen Haus herrschte, fühlte ich, wie der Schlaf sich erneut auf meine Lider senkte. Aber das Schicksal hatte beschlossen, dass ich in dieser Nacht keinen Schlummer finden sollte. Kaum hatte ein Traum sich leise flüsternd meinem Ohr genähert, als er von einem markerschütternden Zwischenfall verschreckt wurde.

Es war ein dämonisches Lachen – leise, unterdrückt und tief – welches, wie es schien, durch das Schlüsselloch meiner Zimmertür drang. Das Kopfende meines Bettes stand nahe an der Tür, und im ersten Augenblick glaubte ich, dass dieser teuflische Lacher neben meinem Bett stehe oder vielmehr auf meinem Kopfpolster krieche. Ich sprang auf, blickte umher und konnte nichts sehen. Als ich noch ins Dunkel starrte, wiederholte sich der übernatürliche Laut. Ich wusste nun, dass er von der anderen Seite der Tür kam. Einem Impuls folgend, sprang ich auf und schob den Riegel vor, als Nächstes rief ich wiederum: »Wer ist da?«

Ich hörte ein Gurgeln und Stöhnen. Nicht lange danach vernahm ich leise Schritte, die sich über die Galerie in Richtung der Treppe zum dritten Stockwerk zurückzogen, vor welcher erst kürzlich eine verschließbare Tür angebracht worden war. Diese Tür wurde deutlich hörbar geöffnet und wieder geschlossen. Dann war alles still.

›War das Grace Poole? Und ist sie vom Teufel besessen?‹, dachte ich. Jetzt war es unmöglich, länger allein zu bleiben, ich musste zu Mrs. Fairfax gehen. Eilig warf ich mir Kleid und Schal über, mit zitternder Hand zog ich den Riegel zurück und öffnete die Tür. Draußen stand auf dem Teppich, welcher in der Galerie lag, eine brennende Kerze. Dieser Umstand setzte mich in Erstaunen, aber noch erstaunter war ich zu bemerken, dass die Luft ganz trübe war, wie mit Rauch angefüllt, und während ich nach links und rechts blickte, um zu sehen, woher die blauen, sich kräuselnden Wolken kamen, machte sich schon ein starker Brandgeruch bemerkbar.

Etwas knarrte – es war eine halb geöffnete Tür. Diese Tür führte zu Mr. Rochesters Zimmer, und von dort kamen jetzt auch dichte, schwere Rauchwolken. Ich dachte nicht mehr an Mrs. Fairfax, ich dachte nicht mehr an Grace Poole oder an das Lachen – in einem Augenblick stand ich in seinem Gemach. Rund um das Bett züngelten Flammen empor, die Vorhänge brannten lichterloh. Inmitten dieses Feuers und Rauches lag Mr. Rochester bewegungslos ausgestreckt; tiefer Schlaf hielt ihn umfangen.

»Wachen Sie auf! Wachen Sie auf!«, schrie ich. Ich schüttelte ihn, aber er murmelte nur etwas Unverständliches und drehte sich um: Der Rauch hatte ihn bereits betäubt. Es war kein Augenblick zu verlieren, die Betttücher fingen bereits Feuer. Ich stürzte an die Waschschüssel und an den Wasserkrug; zum Glück waren diese groß und tief und mit Wasser angefüllt. Ich hob sie auf, überflutete das Bett und den darin Liegenden, flog zurück in mein eigenes Zimmer, brachte meinen Wasserkrug und begoss das Lager von Neuem, und mit Gottes Hilfe gelang es mir, die Flammen zu löschen, welche es verzehrten.

Das Zischen des verlöschenden Elements, das Zerbrechen des Kruges, den ich aus der Hand schleuderte, als er geleert war, und vor allem das Wasser, welches ich so reichlich über ihm ausgossen hatte, weckten Mr. Rochester endlich. Obgleich es jetzt dunkel war, wusste ich, dass er erwachte, denn ich hörte ihn seltsame Flüche murmeln, als er sich in einer Wasserlache liegend fand.

»Ist das eine Überschwemmung?«, schrie er.

»Nein, Sir«, entgegnete ich, »aber es war ein Feuer. Stehen Sie auf, ich flehe Sie an, Sie sind gänzlich durchnässt. Ich werde ein Licht holen.«

»Im Namen aller Elfen der Christenheit, ist das Jane Eyre?«, fragte er. »Was haben Sie mit mir gemacht, Sie Hexe, Sie Zauberin? Wer ist noch außer Ihnen im Zimmer? Haben Sie sich vorgenommen, mich zu ertränken?«

»Ich werde Ihnen ein Licht holen, Sir. Und stehen Sie auf, um Gottes willen! Irgendjemand hatte böse Absichten; Sie können nicht früh genug untersuchen, wer oder was es ist!«

»So, jetzt bin ich auf, aber es geht auf Ihre eigene Gefahr, wenn Sie jetzt ein Licht holen. Warten Sie noch eine Weile, bis ich in trockene Kleider komme, wenn es deren hier überhaupt noch welche gibt – ja, hier ist mein Schlafrock, jetzt eilen Sie!«

Und ich eilte. Ich brachte das Licht, welches noch in der Galerie stand. Er nahm es mir aus der Hand, hielt es in die Höhe und betrachtete das Bett, welches ganz schwarz und versengt war. Die Betttücher waren durchnässt, der Teppich ringsum stand unter Wasser.

»Was ist das? Und wer hat das getan?«, fragte er.

Ich erzählte ihm kurz, was ich bemerkt hatte, das seltsame Lachen in der Galerie, die leisen Schritte, welche in das dritte Stockwerk emporstiegen, der Rauch, der Brandgeruch, welcher mich an seine Tür geführt hatte; in welchem Zustand ich ihn da gefunden und wie ich ihn mit allem Wasser, dessen ich habhaft werden konnte, überflutet hatte.

Er hörte sehr ernst zu, wobei sein Gesicht mehr Kummer als Erstaunen ausdrückte. Als ich zu Ende war, schwieg er noch einige Zeit.

»Soll ich Mrs. Fairfax rufen?«, fragte ich.

»Mrs. Fairfax? Nein. Weshalb zum Teufel wollen Sie sie rufen? Was könnte sie tun? Lassen Sie sie unbehelligt schlafen.«

»Dann will ich Leah holen und John und seine Frau wecken.«

»Nein, durchaus nicht. Seien Sie nur ganz still. Haben Sie ein Tuch? Wenn Ihnen nicht warm genug ist, so nehmen Sie meinen Mantel, der dort hängt. Hüllen Sie sich ein und setzen Sie sich in jenen Lehnstuhl – so, ich werde Sie zudecken. Jetzt legen Sie Ihre Füße auf den Stuhl, damit sie nicht nass werden. Ich werde Sie ein paar Minuten allein lassen. Bleiben Sie, wo Sie sind, bis ich zurückkomme, halten Sie sich so still wie eine Maus. Ich nehme das Licht mit. Ich muss in das dritte Stockwerk hinaufgehen, um zu sehen, ob auch dort etwas geschehen ist. Rühren Sie sich nicht und rufen Sie niemanden, ich bitte Sie darum!«

Er ging. Ich sah, wie das Licht sich entfernte. Leise ging er die Galerie entlang, mit so wenig Geräusch wie möglich öffnete er die Treppentür und schloss sie wieder hinter sich – der letzte Lichtstrahl verschwand. Ich blieb in undurchdringlicher Finsternis zurück. Angestrengt lauschte ich, ob ich ein Geräusch vernehmen könnte, aber ich hörte nichts. Es verging eine Zeit, die mich fast eine Ewigkeit dünkte. Ich wurde müde und trotz des Mantels fror ich. Auch begriff ich nicht, zu welchem Zweck ich bleiben und warten sollte, wenn ich niemanden im Hause wecken durfte. Gerade war ich im Begriff, Mr. Rochesters Missfallen zu riskieren, indem ich seinen Befehl nicht befolgte, als der schwache Schein des Lichts wieder an der Mauer der Galerie sichtbar wurde und ich den Tritt seiner unbeschuhten Füße auf dem Teppich vernahm.

›Ich hoffe, dass er es ist‹, dachte ich, ›und nichts Schlimmeres.‹

Er trat wieder ein, bleich, düster, niedergeschlagen. »Ich habe jetzt alles entdeckt«, sagte er, indem er den Leuchter auf den Waschtisch stellte, »es ist alles so, wie ich vermutete.«

»Wie, Sir?«

Er entgegnete nichts, sondern stand mit verschränkten Armen da und blickte zu Boden. Nach Verlauf von einigen Minuten fragte er mit seltsamem Ton:

»Ich habe vergessen, was Sie mir sagten: Haben Sie irgendetwas gesehen, als Sie die Tür Ihres Zimmers öffneten?«

»Nein, Sir, ich sah nichts als den Leuchter, welcher auf dem Teppich dicht vor meiner Tür stand.«

»Aber Sie hörten ein eigentümliches Lachen? Haben Sie dasselbe oder ein ähnliches schon früher gehört?«

»Ja, Sir. Hier ist eine Person, die sich mit Nähen beschäftigt. Sie heißt Grace Poole – sie lacht in dieser Weise. Überhaupt ist sie ein sonderbares Geschöpf.«

»Die ist's. Grace Poole – Sie haben es erraten. Sie ist, wie Sie sagen, sonderbar – sehr sonderbar. Nun, ich werde über die Sache nachdenken. Inzwischen bin ich froh, dass Sie außer mir die einzige Person sind, welche die genauen Umstände der Geschehnisse dieser Nacht kennt. Sie sind keine geschwätzige Närrin – also sprechen Sie nicht darüber. Für diese Zustände hier …«, er zeigte auf das Bett, »… will ich schon eine Erklärung finden. Und jetzt kehren Sie in Ihr Zimmer zurück. Ich werde es mir für den Rest der Nacht auf dem Sofa in der Bibliothek bequem machen. Es ist beinahe vier Uhr, in zwei Stunden werden die Dienstboten wach sein.«

»Gute Nacht dann, Sir«, sagte ich, im Gehen begriffen.

Er schien erstaunt – mir war das unerklärlich, denn er hatte mir ja soeben gesagt, ich sollte gehen.

»Wie!«, rief er aus, »Sie verlassen mich schon, und in dieser Weise?«

»Sie sagten ja, Sir, dass ich gehen könne!«

»Aber doch nicht, ohne Abschied zu nehmen; nicht ohne ein oder zwei Worte des Mitgefühls, des guten Willens; kurzum, nicht in jener kurzen, trockenen Manier. Sehen Sie! Sie haben mir das Leben gerettet! Sie haben mich einem entsetzlichen, qualvollen Tod entrissen! Und Sie gehen an mir vorüber, als wären wir einander fremd. Reichen Sie mir wenigstens die Hand!«

Er streckte seine Hand aus und ich gab ihm die meine; er fasste sie erst mit der einen, dann auch mit der zweiten Hand.

»Sie haben mir das Leben gerettet. Es macht mir Freude, Ihnen gegenüber eine so große Pflicht der Dankbarkeit zu haben. Keinem anderen lebenden Wesen gegenüber hätte ich eine solche Verpflichtung ertragen, aber mit Ihnen ist es anders: Jane, die Dankbarkeit gegen Sie ist mir keine Last.«

Er hielt inne und er blickte mich an. Ich sah, wie ihm die Worte auf den Lippen zitterten, aber seine Stimme versagte ihm den Dienst.

»Noch einmal gute Nacht, Sir. Sprechen Sie nicht von Schuld, Wohltaten, Verpflichtungen; in diesem Falle gibt es keine solchen.«

»Ich fühlte immer«, fuhr er fort, »dass Sie mir zu irgendeiner Zeit Gutes erweisen würden. Als ich Sie zum ersten Mal erblickte, sah ich es in Ihren Augen! Nicht umsonst …«, hier hielt er inne, um dann hastig weiterzusprechen »… nicht umsonst strahlte Ihr Lächeln mir Wonne bis in den geheimsten Winkel meines Herzens. Die Menschen sprechen von natürlichen Sympathien, ich habe von gütigen Schutzengeln gehört – selbst in den wildesten Fabeln gibt es doch ein Körnchen Wahrheit. Meine verehrte Lebensretterin, gute Nacht!«

In seiner Stimme lag eine seltsame Energie, in seinen Blicken ein wunderbares Feuer.

»Ich bin glücklich, dass ich zufällig wach war«, sagte ich. Dann wandte ich mich erneut zum Gehen.

»Wie, Sie wollen gehen?«

»Mich friert, Sir.«

»Es friert Sie? Ja, und da stehen Sie mitten in einer Wasserpfütze? Gehen Sie denn, Jane, gehen Sie!«

Aber er hielt noch immer meine Hand, und ich konnte sie nicht befreien. Da fiel mir ein Ausweg ein:

»Ich glaube, Sir, ich höre Mrs. Fairfax«, sagte ich.

»Nun gut, lassen Sie mich also allein.« Er ließ meine Hand los und ich ging.

Ich suchte mein Lager auf, aber ich dachte nicht an Schlaf. Bis zum Tagesanbruch schaukelte ich auf einem tobenden Meer, wo Wogen von Kummer und Sorge unter Brandungen von Glück und Wonne dahinrollten. Zuweilen war mir, als sähe ich hinter jenen wilden Gewässern eine Küste, schön wie die Hügel von Beulah. Dann und wann trug eine erfrischende Brise, durch die Hoffnung geweckt, meine Seele triumphierend der Küste entgegen, aber ich konnte sie nicht erreichen, nicht einmal im Geiste – ein hindernder Wind blies vom Lande her und trieb mich unaufhörlich zurück. Die Sinne wollten dem Delirium widerstehen, die Vernunft wollte die Leidenschaft warnen. Zu fieberhaft, um ruhen zu können, erhob ich mich mit Tagesanbruch.

Sechzehntes Kapitel

Am Morgen, der dieser schlaflosen Nacht folgte, fürchtete und wünschte ich zugleich, Mr. Rochester wiederzusehen. Ich sehnte mich, seine Stimme zu hören, und doch fürchtete ich, seinem Blick zu begegnen. Während der ersten Morgenstunden erwartete ich jeden Augenblick sein Kommen. Es gehörte nicht gerade zu seinen Gewohnheiten, in das Schulzimmer zu kommen, aber zuweilen trat er doch auf einige Minuten ein, und ich hatte die Ahnung, dass er an diesem Tag gewiss kommen würde.

Aber der Morgen ging hin wie gewöhnlich und nichts trug sich zu, das den ruhigen Verlauf von Adèles Studien hätte stören können. Nur kurz nach dem Frühstück vernahm ich einigen Lärm in der Nähe von Mr. Rochesters Zimmer und hörte die Stimmen von Mrs. Fairfax, Leah und der Köchin, welche Johns Frau war – sogar Johns eigene raue Töne waren zu vernehmen. Ich hörte Ausrufe wie: »Welch ein Glück, dass unser Herr nicht in seinem eigenen Bett verbrannt ist!« – »Es ist stets gefährlich, ein Licht während der Nacht brennen zu lassen!« – »Welch ein glücklicher Zufall, dass er Geistesgegenwart genug hatte, an den Wasserkrug zu denken!« – »Es wundert mich nur, dass er niemanden geweckt hat!« – »Hoffentlich wird er sich beim Schlafen auf dem Sofa der Bibliothek nicht erkältet haben!«, und dergleichen.

Auf dieses endlose Geplauder folgten Geräusche des Schrubbens und Aufräumens; und als ich auf dem Weg hinunter zum Mittagessen an seinem Zimmer vorüberging, sah ich durch die geöffnete Tür, dass sich alles bereits wieder in der alten Ordnung befand, nur die Vorhänge vom Bett waren heruntergenommen. Leah stand in der Fenstervertiefung und rieb die Glasscheiben, welche durch den Rauch geschwärzt waren. Ich wollte sie schon ansprechen, denn ich wünschte zu wissen, welche Deutung der Sache gegeben worden war; als ich jedoch näher trat, sah ich noch eine zweite Person im Zimmer – eine Frau, die neben dem Bett saß und Ringe an die neuen Vorhänge nähte. Diese Frau war keine andere als Grace Poole.

Da saß sie, ruhig und schweigsam wie gewöhnlich, in ihrem braunen Wollkleid, der karierten Schürze, dem weißen Halstuch und der Haube. Sie war emsig mit ihrer Arbeit beschäftigt, in welcher alle ihre Gedanken aufzugehen schienen. Auf ihrer harten Stirn und in ihren gewöhnlichen Zügen war nichts von der Blässe und der Verzweiflung sichtbar, welche man auf dem Gesicht einer Frau erwartet haben würde, die einen Mordversuch begangen hatte, und deren erwähltes Opfer ihr am vorhergehenden Abend in ihren Schlupfwinkel gefolgt war und sie – wie ich glaubte – des beabsichtigten Verbrechens angeklagt hatte. Ich war erstaunt und verwirrt. Sie sah auf, als ich sie noch anstarrte. Sie fuhr nicht zusammen, kein Wechsel der Farbe verriet irgendeine Bewegung, von der man auf ein Schuldbewusstsein oder auf eine Furcht vor Entdeckung hätte schließen können. Sie sagte: »Guten Morgen, Fräulein«, in ihrer gewöhnlichen, knappen und phlegmatischen Weise. Dann nahm sie einen neuen Ring und ein Stück Schnur zur Hand und nähte weiter.

›Ich werde sie auf die Probe stellen‹, dachte ich, ›eine solche Kaltblütigkeit geht über meine Begriffe.‹

»Guten Morgen, Grace!«, sagte ich. »Ist hier irgendetwas geschehen? Mir war, als hätte ich vor kurzem die Stimmen der Dienstboten gehört.«

»Nein. Der Herr hat nur gestern Abend im Bett gelesen, ist eingeschlafen und hat das Licht brennen lassen; so gerieten die Vorhänge in Brand. Aber zum Glück ist er aufgewacht, ehe die Betten oder das Holz der Bettstelle Feuer fingen, und es ist ihm gelungen, das Feuer mit dem Wasser aus dem Waschkrug zu löschen.«

»Eine seltsame Geschichte!«, sagte ich leise, dann fuhr ich fort und blickte sie fest an: »Hat Mr. Rochester niemanden geweckt? Hat ihn denn niemand gehört?«

Wiederum blickte sie zu mir auf, und diesmal glaubte ich, etwas wie Schuldbewusstsein in ihren Augen zu entdecken. Sie schien mich genau zu prüfen, dann entgegnete sie:

»Sie wissen, Fräulein, die Dienstboten schlafen so weit entfernt; es ist recht unwahrscheinlich, dass sie ihn da gehört haben. Mrs. Fairfax' Zimmer und das Ihrige sind dem Zimmer des Herrn am nächsten; aber Mrs. Fairfax sagt, dass sie nichts gehört hat. Wenn Leute älter werden, haben sie oft einen festen Schlaf.« Sie hielt inne und fügte dann mit gespielter Gleichgültigkeit, aber immer noch in sehr deutlichem und bedeutsamem Ton hinzu: »Aber Sie sind jung, Fräulein, und man sollte doch meinen, dass Sie einen leichten Schlaf haben. Vielleicht haben *Sie* ja ein Geräusch vernommen?«

»Das habe ich«, sagte ich so leise wie möglich, sodass Leah, welche noch immer die Scheiben putzte, mich nicht hören konnte. »Und anfangs glaubte ich, dass es Pilot sei. Aber Pilot kann nicht lachen, und ich bin sicher, dass ich ein Lachen vernommen habe, ein sehr seltsames noch dazu.«

Sie nahm einen neuen Faden für ihre Nadel, wachste ihn sorgsam, fädelte ihn mit fester Hand ein und bemerkte dann mit vollkommener Fassung:

»Es ist kaum denkbar, Fräulein, dass der Herr gelacht haben sollte, wenn er in solcher Gefahr war, sollte ich meinen. Sie müssen geträumt haben.«

»Ich habe nicht geträumt«, erwiderte ich mit einiger Erregung, denn ihre eiserne Ruhe reizte mich. Wiederum blickte sie mich mit einem durchdringend-prüfenden Blick an.

»Haben Sie dem Herrn gesagt, dass Sie ein Lachen gehört haben?«, fragte sie.

»Ich habe noch nicht die Gelegenheit gefunden, heute Morgen mit ihm zu sprechen.«

»Ist es Ihnen denn nicht eingefallen, Ihre Tür zu öffnen und in die Galerie hinauszusehen?«, fragte sie weiter.

Sie schien ein Kreuzverhör mit mir anstellen zu wollen, indem sie mir unvermutet Antworten zu entreißen suchte. Plötzlich kam mir der Gedanke, dass, wenn sie entdeckte, dass ich von ihrer Schuld etwas wisse, sie mir einige von ihren boshaften Streichen spiele würde. So hielt ich es denn für ratsam, auf der Hut zu sein.

»Im Gegenteil«, sagte ich, »ich verriegelte meine Tür.«

»So pflegen Sie Ihre Tür also nicht jeden Abend zu verriegeln, bevor Sie sich schlafen legen?«

›Zum Teufel! Sie will meine Gewohnheiten ausforschen, damit sie danach ihre Pläne schmieden kann!‹, dachte ich. Empörung trug aber wiederum den Sieg über die Vorsicht davon, und ich erwiderte scharf: »Bis jetzt habe ich es stets unterlassen, den Riegel vorzuschieben; ich hielt es nicht für notwendig. Ich wusste nicht, dass auf Thornfield Hall irgendeine Gefahr oder ein Ärger zu erwarten sei. Aber in Zukunft ...«, und ich legte einen besonderen

Nachdruck auf die Worte, »... in Zukunft werde ich so vorsichtig sein und alles sichern, bevor ich mich schlafen lege.«

»Es ist sehr vernünftig, das zu tun«, lautete ihre Antwort. »Diese Gegend hier ist zwar so ruhig und sicher wie keine zweite, und seit Thornfield Hall ein Herrenhaus ist, habe ich nicht gehört, dass irgendein Raubversuch gemacht worden ist, obgleich sich in der Kammer Silbergeschirr im Werte von vielen hundert Pfund befindet, wie wohl jedermann weiß. Und sehen Sie, für ein so großes Haus befinden sich auch nur wenige Dienstboten hier, weil der Herr sich ja nur so selten im Herrenhaus aufhält. Ein Junggeselle wie er braucht nur sehr wenig Aufwartung und Bedienung. Aber ich halte es trotzdem immer für das Beste, wenn man die Vorsicht ein wenig übertreibt. Eine Tür ist schnell geschlossen, und es kann nicht schaden, wenn man einen vorgeschobenen Riegel zwischen sich und allem möglichen Unheil hat. Es gibt eine Menge Leute, Fräulein, die dafür sind, alles der Vorsehung anheimzustellen. Ich aber sage, auch die Vorsehung kommt nicht ohne Hilfsmittel aus, und der Herr segnet die Mittel, wenn man sie vernünftig anwendet.«

Und damit schloss sie ihre Rede. Es war eine sehr lange Rede für sie und sie hielt dieselbe mit dem Ernst einer Quäkerin.

Ich war noch vollständig verwirrt über das, was ich für unglaubliche Selbstbeherrschung und undurchdringliche Heuchelei hielt, als die Köchin eintrat.

»Mrs. Poole«, sagte sie zu Grace, »das Mittagessen der Dienstboten wird bald bereit sein. Wollen Sie nicht herunterkommen?«

»Nein. Aber stellen Sie mir ein Viertel Porter und etwas Pudding auf ein Tablett, das will ich dann nach oben holen.«

»Wollen Sie kein Fleisch haben?«

»Nur einen kleinen Bissen und ein Stück Käse, das ist alles, was ich brauche.«

»Und der Sago?«

»Den brauche ich jetzt nicht. Ich werde noch vor dem Tee hinunterkommen und ihn selbst machen.«

Dann wandte sich die Köchin zu mir und teilte mir mit, dass Mrs. Fairfax mich erwartete. Ich ging hinunter.

So sehr war ich damit beschäftigt, meinen Kopf über Grace Pooles rätselhaften Charakter zu zermartern, dass ich während des Mittagessens Mrs. Fairfax' Erzählung von dem Vorhangbrand gar nicht hörte. Und noch mehr dachte ich über Grace Pooles Stellung in Thornfield Hall nach; ich fragte mich, weshalb man sie an diesem Morgen nicht ins Gefängnis gesteckt oder sie doch wenigstens aus Mr. Rochesters Dienst entlassen hatte. Am vorhergehenden Abend schien er mir doch von ihrer Schuld überzeugt; welche geheimnisvolle Ursache hielt ihn denn zurück, sie anzuklagen? Weshalb hatte er auch mich zur Verschwiegenheit verpflichtet? Es war doch seltsam: Ein kühner, rachsüchtiger und hochmütiger Gentleman schien in der Macht einer der niedrigsten seiner Untergebenen zu sein, so sehr in ihrer Macht, dass er nicht einmal wagte, sie öffentlich anzuklagen oder gar zu bestrafen, wenn sie ihre Hand gegen sein Leben erhob!

Wenn Grace jung und schön gewesen wäre, so würde ich geglaubt haben, dass zartere Gefühle als Furcht oder Vorsicht Mr. Rochester in Bezug auf sie beherrschten; aber hässlich, unangenehm und alt wie sie war, konnte ich einem solchen Gedanken nicht Raum geben. ›Und doch‹, dachte ich weiter, ›auch sie ist einmal jung gewesen; ihre Jugend muss mit der ihres Brotherrn zusammengefallen sein. Mrs. Fairfax hat mir einmal erzählt, dass sie schon seit vielen Jahren hier lebt. Ich kann nicht glauben, dass sie jemals schön gewesen ist. Aber vielleicht besitzt sie Originalität und Charakterstärke, welche für den Mangel äußerer Reize entschädigen? Mr. Rochester ist ein Liebhaber des Entschiedenen und Exzentrischen; Grace ist wenigstens exzentrisch. Was, wenn eine frühere Laune, eine Grille, wie sie bei seiner heftigen, plötzlichen Natur wohl vorkommen kann, ihn in ihre Hände geliefert hätte und sie jetzt – Ergebnis seiner eigenen Indiskretion! – auf seine Handlungen und Bewegungen einen geheimen Einfluss ausübt, welchen er nicht abzuschütteln und nicht zu missachten wagt?‹

Als ich aber bei diesem Punkt meiner Vermutungen angekommen war, standen Mrs. Pooles vierschrötige, flache Figur und ihr hässliches, nüchternes und derbes Gesicht so deutlich vor meinem inneren Auge, dass ich dachte: ›Nein, unmöglich, das kann es nicht sein! – Und dennoch ...‹, sagte wieder die geheime Stimme, die in unserem Herzen zu uns spricht, ›... auch du bist nicht schön, und vielleicht findet Mr. Rochester trotzdem Gefallen an dir. Auf jeden Fall war dir oft ums Herz, als täte er es, und diese letzte Nacht ... denk an seine Worte, an seine Blicke, seine Stimme!‹

Ich erinnerte mich an alles, an seine Sätze, an seinen Blick, an seinen Ton – alles stand wieder lebendig vor mir. Jetzt war ich im Schulzimmer. Adèle zeichnete, ich beugte mich über sie und führte ihren Stift. Plötzlich fuhr sie zusammen und blickte zu mir auf.

»Qu'avez-vous, Mademoiselle?«, sagte sie. »Vos doigts tremblent comme la feuille, et vos joues sont rouges: mais, rouges comme des cerises!«[14]

»Mir ist heiß, Adèle, weil ich mich zu dir niedergebeugt habe!«

Sie fuhr mit dem Zeichnen fort, ich mit dem Denken.

Ich beeilte mich, die schlechten Gedanken, welche ich in Bezug auf Grace Poole gehabt hatte, aus meinem Kopf zu verjagen, sie ekelten mich an. Ich verglich mich mit ihr und fand, dass wir sehr verschieden waren. Bessie Leaven hatte gesagt, dass ich wie eine Dame aussähe, und sie sagte die Wahrheit: Ich war eine Dame. Und jetzt war ich doch viel hübscher als bei Bessies Besuch: Ich hatte eine frischere Farbe und war kräftiger geworden, mein Geist war erwacht und ich war voll Leben und Lebenslust, weil ich fröhlichere Hoffnungen und innigere Freuden hatte.

»Der Abend kommt«, sagte ich und blickte zum Fenster hinaus. »Ich habe heute während des ganzen Tages weder Mr. Rochesters Stimme noch seine Schritte im Haus gehört. Aber ich werde ihn gewiss heute noch sehen. Am Morgen fürchtete ich die Begegnung, jetzt wünsche ich sie. Meine Erwartungen sind so lange enttäuscht worden, dass ich nun ungeduldig geworden bin.«

Als die Dämmerung vollständig hereingebrochen war und Adèle mich verlassen hatte, um mit Sophie im Kinderzimmer zu spielen, war der Wunsch nach einem Wiedersehen zur Sehnsucht geworden. Ich horchte, ob die Glocke unten in der Halle nicht ertönen würde; ich horchte, ob Leah nicht mit einem Bescheid nach oben kommen würde. Zuweilen bildete ich mir ein, Mr. Rochesters Schritte zu hören, und ich wandte mich zur Tür in der festen Erwartung, ihn gleich eintreten zu sehen. Die Tür blieb geschlossen und Dunkelheit blickte durchs Fenster. Und doch war es noch nicht spät. Oft schickte er erst um sieben oder acht Uhr nach mir, und jetzt war es erst sechs. Heute Abend konnte er mich doch nicht umsonst hoffen lassen, heute, wo ich ihm so viel zu sagen hatte! Ich beabsichtigte, das Gespräch noch einmal auf Grace Poole zu lenken, um zu hören, was er mir antworten würde. Ich wollte ihn fragen, ob er wirklich glaube, dass sie den schändlichen Mordversuch von gestern Abend begangen hatte, und wenn dies der Fall war, weshalb er dann ein Geheimnis aus ihrer Schlechtigkeit mache. Es sollte mich wenig kümmern, ob meine Neugier ihn ärgerte – ich kannte das Vergnügen, ihn abwechselnd zu reizen und wieder zu besänftigen, ja ich fand sogar eine besondere Freude daran, und ein sicherer Instinkt bewahrte mich stets davor, zu weit zu gehen. Die Grenzen überschritt ich nie, aber ich liebte es, meine Geschicklichkeit auf der äußersten Grenze zu prüfen. Da ich selbst mich jederzeit respektvoll und meinem Stand entsprechend verhielt, konnte ich mich ohne unbehaglichen Zwang und ohne Furcht auf Streitgespräche mit ihm einlassen, und diese unterhielten sowohl ihn als auch mich.

Endlich knarrte die Treppe unter Fußtritten; Leah trat ein, aber es war nur, um mir anzuzeigen, dass der Tee in Mrs. Fairfax' Zimmer bereitet sei. Dorthin begab ich mich, froh, überhaupt hinuntergehen zu können, denn ich bildete mir ein, dass mich dies Mr. Rochester wenigstens etwas näher sein ließ.

»Sie müssen nach Ihrem Tee Verlangen tragen«, sagte die gute Dame, als ich zu ihr ins Zimmer kam. »Sie haben heute Mittag so wenig gegessen. Ich fürchte«, fuhr sie fort, »dass Sie heute nicht ganz wohl sind, Sie sehen fieberhaft und erhitzt aus.«

»Oh, ich bin durchaus wohl, ich habe mich niemals wohler gefühlt.«

»Dann beweisen Sie es mir, indem Sie einen guten Appetit zeigen. Wollen Sie den Tee aufgießen, während ich diese Nadel abstricke?« Als sie mit ihrer Arbeit zu Ende war, erhob sie sich, um den Vorhang herabzulassen, der noch offen stand, da sie für die Strickerei das letzte Tageslicht genutzt hatte. Jetzt ging die Dämmerung in vollständige Dunkelheit über.

»Es ist ein schöner Abend«, sagte sie, indem sie einen Blick durch die Scheiben warf, »wenn es auch nicht gerade sternenklar ist. Im Ganzen hat Mr. Rochester aber einen sehr schönen Tag für seine Reise gehabt.«

»Reise? – Ist Mr. Rochester verreist? Ich wusste nicht einmal, dass er nicht im Hause ist.«

»Ja, er ist gleich nach dem Frühstück aufgebrochen. Er ist nach Leas, dem Gut von Mr. Eshton, das zehn Meilen jenseits Millcote liegt. Ich glaube, es ist dort eine große Gesellschaft versammelt, Lord Ingram, Sir George Lynne, Colonel Dent und noch viele andere.«

»Erwarten Sie ihn heute Abend noch zurück?«

»Nein. Und morgen auch noch nicht. Ich halte es für sehr wahrscheinlich, dass er eine Woche oder länger fortbleibt. Wenn diese reichen und vornehmen Leute zusammenkommen, sind sie so von Eleganz und Fröhlichkeit umgeben und so gut mit allem versehen, was gefällt und unterhält, dass sie durchaus keine Eile haben, wieder auseinanderzugehen. Besonders Herren sind bei solchen Gelegenheiten oft gefragt, und Mr. Rochester ist in Gesellschaft so charmant und lebhaft, dass ich glaube, er ist der allgemeine Liebling. Die Damen haben ihn sehr gern, obgleich man vielleicht der Ansicht sein mag, dass sein Äußeres ihn nicht gerade begehrenswert erscheinen lässt; aber ich vermute, dass seine Kenntnisse und seine Talente, vielleicht auch sein Reichtum und sein alter Name ein wenig für seinen Mangel an Schönheit entschädigen.«

»Sind auch Damen in Leas?«

»Mrs. Eshton und ihre drei Töchter sind dort, sehr elegante junge Damen. Und dann sind noch die hochwohlgeborene Blanche und ihre Schwester Mary Ingram da, sehr schöne Frauen, wie ich vermute. In der Tat, ich habe Blanche einmal vor ungefähr sechs oder sieben Jahren gesehen, als sie ein junges Mädchen von achtzehn war. Sie kam zu einer Weihnachtsgesellschaft mit

Ball hierher, welche Mr. Rochester gab. An jenem Tag hätten Sie sehen sollen, wie reich das Speisezimmer dekoriert und wie herrlich es erleuchtet war! Ich glaube, es waren mindestens fünfzig Herren und Damen hier – alle aus den ersten Familien der Grafschaft. Und Miss Ingram war die Schönheit des Abends.«

»Sie sagen, dass Sie sie gesehen haben, Mrs. Fairfax? Wie sah sie aus?«

»Ja, ich habe sie gesehen. Die Türen des Speisezimmers waren geöffnet; und da es Weihnachtszeit war, war es den Dienstboten gestattet, sich in der Halle zu versammeln, um einige der Damen singen und spielen zu hören. Mr. Rochester wollte, dass ich hineinkomme, und so setzte ich mich in einen stillen Winkel und beobachtete sie alle. Niemals in meinem Leben habe ich ein prächtigeres Bild gesehen: Die Damen waren in den kostbarsten Toiletten; – die meisten, wenigstens die jüngeren, sahen sehr schön aus, aber Miss Ingram war entschieden die Königin.«

»Und wie sah sie aus?«

»Groß, eine schöne Büste, runde Schultern, ein langer, schlanker Hals, dunkler, klarer Teint, edle Züge. Mit Augen, welche denen Mr. Rochesters gleichen, groß, schwarz und ebenso strahlend wie ihre Juwelen. Und dann hatte sie das prächtigste Haar, rabenschwarz und sorgsam frisiert; rückwärts eine Krone von dicken, breiten, geflochtenen Zöpfen und vorn die längsten, glänzendsten Locken, die ich jemals gesehen habe. Sie war in strahlendes Weiß gekleidet und hatte eine bernsteinfarbene Schärpe über Schultern und Brust geschlungen, die an der Seite geknüpft war und in langen Fransen bis an den Saum des Kleides herabfiel. Dazu trug sie eine ebenfalls bernsteinfarbene Blume im Haar, welche mit der rabenschwarzen Masse ihrer Locken wunderbar kontrastierte.«

»Und natürlich wurde sie sehr bewundert?«

»Ja, in der Tat, und nicht allein um ihrer Schönheit, sondern auch um ihrer Talente willen. Sie war eine der Damen, die sangen, ein Herr begleitete sie auf dem Piano. Sie und Mr. Rochester sangen auch ein Duett.«

»Mr. Rochester? Ich wusste nicht, dass er singt.«

»Oh, er hat eine sehr schöne Bassstimme und ein feines Ohr für Musik.«

»Und Miss Ingram? Was für eine Stimme hatte sie?«

»Eine sehr reiche und kraftvolle. Sie sang entzückend; es war ein Genuss, ihr zuzuhören. Und später spielte sie auch. Ich verstehe nichts von Musik, aber Mr. Rochester schon. Und ich hörte ihn sagen, dass ihre Darbietung außergewöhnlich gut sei.«

»Und diese schöne und talentierte Dame ist noch nicht verheiratet?«

»Wie es scheint nicht. Ich glaube, dass weder sie noch ihre Schwester ein bedeutendes Vermögen haben. Die Güter des alten Lord Ingram waren zum größten Teil Fideikommiss,[15] und der älteste Sohn hat beinahe alles geerbt.«

»Aber es wundert mich, dass kein reicher Edelmann oder Gentleman sich in sie verliebt hat. Mr. Rochester zum Beispiel. Er ist doch sehr reich, nicht wahr?«

»Oh ja! Aber sehen Sie, es ist ein beträchtlicher Unterschied im Alter. Mr. Rochester ist beinahe vierzig, und sie kann nicht älter als fünfundzwanzig sein.«

»Was bedeutet das! Es werden täglich viel ungleichere Ehen geschlossen.«

»Das ist wohl wahr, doch ich glaube kaum, dass Mr. Rochester einen solchen Gedanken hegen würde. Aber Sie essen ja gar nicht! Sie haben nichts gegessen, seit Sie sich an den Teetisch gesetzt haben.«

»Nein, ich bin zu durstig, um zu essen. Würden Sie mir noch eine Tasse Tee reichen?«

Ich war im Begriff, auf die Möglichkeit einer Verbindung zwischen Mr. Rochester und der schönen Blanche zurückzukommen, als Adèle ins Zimmer kam und die Unterhaltung in andere Bahnen gelenkt wurde.

Als ich wieder allein war, dachte ich über die Mitteilungen nach, welche mir gemacht worden waren. Ich sah in mein eigenes Herz, prüfte seine Gedanken und Empfindungen und bemühte mich ernstlich, solche, welche durch die end- und pfadlose Wüste der Einbildungskraft geschweift waren, mit fester Hand in die enge Bahn der Vernunft zurückzuführen.

Über mich selbst zu Gericht sitzend, ließ ich mein Gedächtnis Zeugnis ablegen von den Hoffnungen, Wünschen und Gefühlen, die seit der letzten Nacht in mir erstanden waren – von dem allgemeinen Gemütszustand, dem ich mich seit beinahe vierzehn Tagen hingegeben hatte. Dann trat die Vernunft vor und gab in ihrer eigenen, ruhigen Weise eine einfache, ungeschminkte Erzählung davon, wie ich die Wirklichkeit verworfen und das Ideal mit Heißhunger verschlungen hatte. Schließlich sprach ich mir folgendes Urteil:

Es hat niemals eine größere Närrin als Jane Eyre auf diesem Erdenrund gelebt und auf so absurde Weise in süßen Lügen geschwelgt; und niemals hat ein denkendes Geschöpf mit größerer Begierde derart Gift verschlungen, als wenn es Nektar wäre.

›*Du*‹, sagte ich zu mir, ›wärest von Mr. Rochester wohl gelitten? *Du* mit der Macht begabt, ihm zu gefallen? *Du* von irgendeiner Bedeutung für ihn? Geh! Deine Torheit widert mich an. Du hast an zufälligen Zeichen der Bevorzugung Freude gefunden – sehr zweideutigen Zeichen, welche ein Gentleman von Familie, ein Mann von Welt einer Unerfahrenen, einer Untergebenen zuteil werden lässt. Wie konntest du nur? Arme, dumme Närrin! – Konnte nicht einmal dein eigenes Interesse dich weiser machen? Du hast dir heute Morgen die kurze Szene der letzten Nacht immer und immer wieder vor Augen geführt – verhülle dein Angesicht und schäme dich! Er sagte etwas zum Lob deiner Augen, ja? Du blinder Welpe! Öffne deine verblendeten Lider und erkenne deine verwünschte Bedeutungslosigkeit! Es tut keinem Weib gut, wenn es sich von einem Höherstehenden schmeicheln lässt, der unmöglich die Absicht hegen kann, sie zu heiraten. Jede Frau begeht eine Torheit, wenn sie eine heimliche Liebe in sich wachsen lässt, die, wenn sie unerwidert und unentdeckt bleibt, das Leben verzehren muss und die, wenn sie entdeckt und erwidert wird, sie wie ein Irrlicht in sumpfige Wildnis führen muss, aus der es keinen Ausweg mehr gibt.

Jane Eyre, höre also deinen Urteilsspruch: Nimm morgen den Spiegel, stelle ihn vor dich und zeichne dann so getreu wie möglich dein eigenes Bild, ohne irgendeinen Mangel zu verdecken, ohne eine harte Linie fortzulassen. Gleiche keinen unliebsamen Schönheitsfehler aus, und schreib darunter: ›Porträt einer armen, alleinstehenden, hässlichen Gouvernante.‹

Später nimm eine Platte weißen Elfenbeins – du hast eine solche in deinem Malkasten vorbereitet –, nimm die Palette, mische deine frischesten, schönsten und klarsten Farben, wähle deine zartesten Kamelhaarpinsel, zeichne mit Sorgfalt das schönste Gesicht, welches deine Einbildungskraft dir vorzaubern kann, male es in den weichsten Tönen und süßesten Farben nach der Beschreibung, welche Mrs. Fairfax dir von Blanche Ingram gemacht hat. Vergiss nicht die rabenschwarzen Locken und die orientalischen Augen. – Was, du willst dir diejenigen Mr. Rochesters zum Vorbild nehmen? – Ruhe! – Kein Schluchzen! – Keine Gefühle! – kein Bedauern! – Ich werde nur Vernunft und feste Entschlossenheit gelten lassen. Rufe dir die majestätischen und doch harmonischen Linien, den griechischen Nacken, die antike Büste ins Gedächtnis zurück; lass den runden, strahlenden Arm sichtbar werden und die zarte Hand; vergiss weder das Armband noch den Diamantring. Male getreu das Kleid, die luftig zarten Spitzen, den schillernden Atlas, die graziöse Schärpe, die goldene Rose. Nenne es: ›Blanche, eine vollendete Dame von Rang!‹

Wenn du dir in Zukunft jemals einbilden solltest, dass Mr. Rochester gut von dir denkt, so nimm diese beiden Bilder vor und sage: Mr. Rochester würde wahrscheinlich die Liebe dieser edlen Dame gewinnen, wenn er sich die Mühe geben wollte, sie zu erobern, aber ist es vorstellbar, dass er dieser armen, unbedeutenden Plebejerin auch nur einen Gedanken widmet? – So will ich es machen‹, beschloss ich, und nachdem dieser Entschluss besiegelt war, wurde ich ruhig und fiel in einen tiefen Schlaf.

Ich hielt mein Wort. Ein oder zwei Stunden genügten, um mein eigenes Porträt in Kreide zu zeichnen, und in weniger als einer Stunde hatte ich ein Miniaturbild der imaginären Blanche Ingram auf Elfenbein vollendet. Es war ein gar liebliches Bild, und wenn ich es mit dem der Wirklichkeit nachgezeichneten Kopf in Kreide verglich, so war der Kontrast so groß, wie die Selbsterkenntnis ihn nur immer wünschen konnte. Die Arbeit war eine Wohltat für mich. Sie hatte meinen Kopf und meine Hände beschäftigt und den neuen Erkenntnissen, welche ich unauslöschlich in mein Herz graben wollte, Kraft und Festigkeit verliehen.

Es dauerte nicht lange und ich hatte alle Ursache, mich zu der strengen Disziplin, welcher ich meine Gefühle unterworfen hatte, zu beglückwünschen. Dank ihr war ich imstande, den nachfolgenden Begebenheiten mit der nötigen Ruhe zu begegnen, Begebenheiten, die, wenn sie mich unvorbereitet gefunden hätten, mir wahrscheinlich jede äußere Fassung geraubt hätten.

Siebzehntes Kapitel

Eine Woche verging, und von Mr. Rochester kam keine Nachricht. Zehn Tage, und noch immer kam er nicht. Mrs. Fairfax sagte, dass sie durchaus nicht erstaunt sein würde, wenn er von Leas direkt nach London und von dort nach dem Kontinent gehen würde, ohne vor Ablauf eines ganzen Jahres den Fuß wieder nach Thornfield Hall zu setzen. Schon oft habe er das alte Haus ebenso unerwartet und jäh verlassen. Als ich dies hörte, kam eine ohnmächtige Schwäche über mich, mein Herz stand fast still. Ich gestattete mir sogar das betäubende, niederschmetternde Gefühl der Enttäuschung; aber all meinen Verstand zusammenraffend und mich meiner erst kürzlich gefassten Grundsätze erinnernd, rief ich dann mit aller Gewalt meine Vernunft wieder zur Ordnung. Und es war wunderbar, wie ich meine kurzzeitige Dummheit wiedergutmachte; wie ich mir selbst erklärte, dass es ein grober Irrtum ist zu glauben, dass Mr. Rochesters Tun und Lassen mich irgendetwas angehen würde. Nicht, dass ich mich mit einer sklavischen Idee von der eigenen Niedrigkeit gedemütigt hätte – im Gegenteil, ich sagte mir:

›Du hast weiter nichts mit dem Besitzer von Thornfield zu tun, als das Gehalt von ihm anzunehmen, das er dir dafür zahlt, dass du seinen Schützling unterrichtest. Du hast ihm dankbar zu sein für die achtungsvolle und gütige Behandlung, die du von ihm zu erwarten hast, wenn du deine Pflicht gewissenhaft erfüllst. Sei fest davon überzeugt, dass dies das einzige Band zwischen euch ist, das er jemals anerkennen wird. Mache ihn also nicht zum Gegenstand deiner zärtlichen Gefühle, deines Entzückens, deiner Qualen und so weiter. Er ist nicht von deiner Art, bleibe bei deinesgleichen und hege mehr Achtung vor dir selbst, um die Liebe deines Herzens, deiner Seele und all deine Kräfte nicht da zu verschwenden, wo eine solche Gabe nicht verlangt wird und nur verschmäht werden kann.‹

Ruhig verrichtete ich die Geschäfte des Tages, aber dann und wann drängten sich mir doch Gründe auf, die als Vorwand dienen könnten, Thornfield Hall zu verlassen. Und unwillkürlich setzte ich Annoncen auf und stellte Betrachtungen über neue Stellungen an – diese Gedanken zu unterdrücken, hielt ich nicht für nötig. Sie sollten nur keimen und Früchte tragen, wenn es möglich war.

Mr. Rochester war ungefähr vierzehn Tage abwesend gewesen, als die Post einen Brief für Mrs. Fairfax brachte.

»Er ist von unserem Herrn«, sagte sie, als sie die Adresse las. »Vermutlich werden wir jetzt erfahren, ob wir ihn bald zurückerwarten dürfen oder nicht.«

Und während sie das Siegel erbrach und den Inhalt langsam durchlas, fuhr ich fort, meinen Kaffee zu trinken – wir saßen nämlich beim Frühstück –, er war sehr heiß, und diesem Umstand schrieb ich es zu, dass plötzlich eine feurige Glut mein Gesicht überzog. Weshalb meine Hand zitterte und ich unwillkürlich die Hälfte meiner Tasse auf die Unterschale vergoss, darüber wollte ich nicht weiter nachdenken.

»Nun, manchmal ist mir's, als lebten wir hier zu einsam; aber jetzt werden wir für eine kurze Weile vielleicht genug zu tun bekommen«, sagte Mrs. Fairfax, während sie noch immer den Brief vor ihre Brillengläser hielt.

Bevor ich mir noch erlaubte, sie um eine Erklärung zu bitten, band ich Adèles Schürzenbänder, die lose herabhingen, wieder zusammen. Nachdem ich ihr noch einen Kuchen gegeben und ihren Becher erneut mit Milch gefüllt hatte, sagte ich ganz nachlässig:

»Vermutlich kehrt Mr. Rochester fürs Erste noch nicht zurück?«

»In der Tat kehrt er zurück – in drei Tagen schon, wie er sagt. Das würde also am nächsten Donnerstag sein, und er kommt nicht allein. Ich weiß nicht, wie viele von den feinen Leuten von Leas mit ihm kommen, er schickt mir nur die Weisung, dass alle guten Fremdenzimmer instand gesetzt werden müssen. Die Bibliothek und die Salons sollen gereinigt werden und aus dem ›George Inn‹ in Millcote soll ich mir Hilfspersonal für die Küche holen lassen, oder wenn nicht von dort, so von irgendeinem andern Orte. Die Damen werden ihre Zofen und die Herren ihre Kammerdiener mitbringen; wir werden also ein volles Haus haben.« Und Mrs. Fairfax verschlang schnell ihr Frühstück und eilte von dannen, um mit den Vorbereitungen zu beginnen.

Wie sie es vorausgesagt hatte, brachten die drei Tage Beschäftigung genug. Ich hatte immer geglaubt, dass alle Zimmer auf Thornfield Hall aufs Schönste gereinigt und hergerichtet wären, aber anscheinend hatte ich mich geirrt. Drei Frauen wurden geholt, um Hilfsdienste zu leisten, und niemals habe ich vorher oder nachher ein solches Scheuern, solches Bürsten, solches Waschen von Wänden, Ausklopfen von Teppichen, Herabnehmen und Wiederaufhängen von Bildern, Polieren von Spiegeln und Kronleuchtern, solch ein Anzünden von Kaminfeuern in Schlafzimmern, solch ein Lüften von Betttüchern und Federbetten gesehen. Adèle rannte inmitten all dieser Vorgänge wie wild umher. Die Vorbereitungen für die Besucher und die Aussicht auf ihre Ankunft schienen sie förmlich in Ekstase zu versetzen. Sie wollte, dass Sophie all ihre *toilettes*, wie sie ihre Kleider nannte, genau durchsah. Jene, welche *passées* waren, mussten ausgebessert werden, die neuen mussten gelüftet und bereitgelegt werden. Was sie selbst anbetraf, tat sie nichts, als in den Vorderzimmern umherzulaufen, auf die Betten hinauf- und wieder herunterzuspringen und sich vor den enormen Feuern, welche in den Kaminen loderten, auf den aufgehäuften Matratzen, Kopfkissen und Federpolstern umherzuwälzen. Von allen Schulpflichten war sie dispensiert; Mrs. Fairfax hatte mich verpflichtet, ihr zur Hand zu gehen, und ich war während des ganzen Tages in den Vorratskammern, ihr und der Köchin helfend oder auch beide in ihrer Arbeit hindernd. Ich lernte Vanillepudding, Käsekuchen und französisches Gebäck zu bereiten, Dessertschüsseln zu garnieren und Wildbret zu spicken.

Die Gesellschaft wurde am Donnerstagnachmittag erwartet, rechtzeitig, um das Dinner um sechs Uhr einnehmen zu können. In der dazwischen liegenden Zeit hatte ich nicht die Muße, meinen Schimären nachzuhängen, und ich glaube, dass ich ebenso fröhlich und tätig war wie alle anderen – mit Ausnahme Adèles. Aber dann und wann wurde meine Fröhlichkeit doch gedämpft, und gegen meinen Willen verfiel ich wieder in Zweifel und die Region der Möglichkeiten und dunklen Vermutungen. Dies geschah immer nur, wenn mein Auge zufällig auf die Treppentür des dritten Stockwerks fiel, und diese, die in der jüngsten Zeit immer verschlossen gewesen war, sich langsam öffnete und Grace Pooles Gestalt mit sauberer Mütze, weißer Schürze und Halstuch heraustrat. Oft sah ich sie die Galerie entlanggleiten, ihr leiser Tritt wurde noch durch dicke Filzschuhe gedämpft. Dann pflegte sie wohl in eines der Schlafzimmer zu treten, in denen alles drunter und drüber ging, und den Arbeitsfrauen Anweisungen zu geben, wie man ein Kamingitter am besten polieren oder einen Kaminsims reinigen oder Flecken von den Tapeten entfernen könne. Dann ging sie weiter. So stieg sie einmal am Tag in die Küche hinunter, aß ihr Mittagsmahl, rauchte eine kleine Pfeife in der Ofenecke und ging dann zurück, einen Topf mit Porter zu ihrem privaten Trost in ihren eigenen, düsteren, oberen Schlupfwinkel mit sich nehmend. Nur eine einzige Stunde von vierundzwanzig brachte sie mit den anderen Dienstboten unten in der Küche zu, die übrige Zeit saß sie in einem niedrigen, mit Eichenholz verkleideten Gemach des dritten Stockwerks und nähte. Vielleicht lachte sie auch in ihrer unheimlichen Weise vor sich hin – so einsam, so verlassen, wie ein Verbrecher in seiner Gefängniszelle.

Das Sonderbarste bei all diesem war aber, dass außer mir keine Seele im ganzen Haus ihre Gewohnheiten zu bemerken oder sich über dieselben zu wundern schien. Niemand sprach über ihre Stellung oder ihre Beschäftigung; niemand bemitleidete sie wegen ihrer Vereinsamung. Einmal hörte ich einige Worte von einem Gespräch zwischen Leah und einer der Arbeiterinnen, in dem es um Grace ging. Leah hatte etwas gesagt, das ich nicht verstanden hatte, und die Arbeitsfrau hatte daraufhin bemerkt:

»Vermutlich bekommt sie einen hohen Lohn?«

»Ja«, sagte Leah, »ich wollte, der meine wäre ebenso hoch. Nicht, dass ich mich zu beklagen hätte – auf Thornfield Hall gibt es keinen Geiz –, aber ich bekomme noch nicht einmal ein Fünftel von der Summe, welche Mrs. Poole bekommt. Und sie legt viel auf die Seite. In jedem Quartal geht sie auf die Bank von Millcote. Es sollte mich gar nicht wundern, wenn sie schon genug hätte, um unabhängig zu sein, wenn es ihr einmal einfallen sollte, aus dem Dienst zu gehen. Aber ich glaube, sie hat sich nun einmal schon an den Ort gewöhnt; und sie ist ja auch noch nicht vierzig Jahre alt und stark und kräftig und zu aller Arbeit verwendbar. Es ist doch noch zu früh für sie, um sich zur Ruhe zu setzen.«

»Sie ist eine gute Arbeiterin, wie ich mir denken kann«, sagte die Scheuerfrau.

»Ja, sie versteht ihre Arbeit, sie weiß, was sie zu tun hat. Keiner versteht es besser«, fiel Leah mit einer eigentümlichen Betonung ein. »Und nicht jeder wäre imstande, ihren Platz auszufüllen. Nicht einmal für all den Lohn, den sie bekommt.«

»Da haben Sie recht!«, lautete die Antwort. »Ich möchte doch wissen, ob der Herr …«

Die Tagelöhnerin wollte noch weitersprechen, aber hier wandte Leah sich um und ward meiner ansichtig. Augenblicklich gab sie ihrer Gefährtin einen Rippenstoß.

»Weiß sie es nicht?«, hörte ich die Frau flüstern.

Leah schüttelte den Kopf, und die Unterhaltung hatte ein Ende. Alles, was ich daraus entnommen hatte, war Folgendes: Es musste ein Geheimnis auf Thornfield geben, und ich war mit Absicht von der Mitwisserschaft dieses Geheimnisses ausgeschlossen.

Der Donnerstag kam; am Abend zuvor waren wir mit aller Arbeit fertig geworden: Die Teppiche waren ausgerollt, die Bettvorhänge aufgehängt, glänzend weiße Bettdecken ausgebreitet, Toiletten-Tische arrangiert, die Möbel poliert, Blumen in Vasen gesteckt. Auch die große Halle war gereinigt, die Stufen und Geländer der Treppe sowie die alte geschnitzte Standuhr waren so blank gerieben wie Glas; im Speisezimmer funkelte das Silberzeug auf der Kredenz; im Boudoir und Salon begegneten dem Auge überall Vasen mit exotischen Blumen.

Der Nachmittag kam. Mrs. Fairfax legte ihr bestes, schwarzes Satinkleid, ihre Handschuhe und ihre goldene Uhr mit Kette an, denn es oblag ihr, die Gesellschaft zu empfangen, die Damen in ihre Zimmer zu führen und dergleichen. Auch Adèle wollte angezogen werden, obgleich ich der Ansicht war, dass sie nur wenig Aussicht hatte, an diesem Tag noch der Gesellschaft vorgestellt zu werden. Jedoch, um ihr eine Freude zu machen, gestattete ich Sophie, ihr eines ihrer reichen, weißen Musselinkleider anzuziehen. Was mich anbetraf, so hatte ich nicht nötig, irgendeine Änderung an meiner Toilette vorzunehmen; von mir würde ja niemand verlangen, mein geheiligtes Schulzimmer zu verlassen – denn ein Sanktuarium war es jetzt für mich geworden, eine Zufluchtsstätte in Zeiten des Kummers.

Es war ein klarer, milder Frühlingstag gewesen, einer jener Tage, die sich gegen Ende März oder Anfang April strahlend über die Erde emporheben wie die Herolde des Sommers. Jetzt ging der Tag zu Ende, aber auch der Abend war warm und ich saß mit meiner Arbeit am geöffneten Fenster des Schulzimmers.

»Es wird spät«, bemerkte Mrs. Fairfax, die in ihrem rauschenden Staat eintrat. »Ich bin nur froh, dass ich das Dinner eine Stunde später als zu der von Mr. Rochester angegebenen Zeit bestellt habe; es ist jetzt sechs Uhr vorüber. Ich habe John hinunter an die

Parkpforte geschickt, ob auf der Landstraße schon irgendetwas zu erkennen ist. Von dort kann man in der Richtung nach Millcote sehr weit sehen.« Sie trat ans Fenster. »Da kommt er ja!«

»Nun, John«, rief sie, sich hinauslehnend, »was gibt es? Irgendetwas zu sehen?«

»Sie kommen, Madam«, lautete die Antwort. »In zehn Minuten werden sie hier sein.«

Adèle flog ans Fenster. Ich folgte ihr, mich behutsam auf der Seite haltend, damit ich, vom Vorhang geschützt, sehen konnte, ohne gesehen zu werden.

Die zehn Minuten, welche John prophezeit hatte, schienen sehr lang. Aber endlich hörten wir das Rollen der Räder; vier Reiter sprengten den Weg herauf und ihnen folgten zwei offene Wagen. Wehende Schleier und wogende Federn füllten die Equipagen; zwei der Kavaliere waren junge, elegante Herren, der dritte war Mr. Rochester auf seinem schwarzen Pferd Mesrour. Pilot sprang in großen Sätzen vor ihm her, ihm zur Seite ritt eine Dame. Sie und er waren die ersten der Gesellschaft. Ihr dunkelrotes Reitkleid berührte beinahe den Boden, ihr langer Schleier flatterte im Wind und reiche, rabenschwarze Locken schienen durch seine Falten.

»Miss Ingram!«, rief Mrs. Fairfax aus, und in der größten Eile begab sie sich auf ihren Posten unten in der Halle.

Die Kavalkade folgte den Biegungen des Fahrweges, der um die Ecke des Hauses bog, und ich verlor sie aus den Augen. Jetzt bat Adèle, hinuntergehen zu dürfen, aber ich nahm sie auf meinen Schoß und machte ihr begreiflich, dass sie unter keinen Umständen vor das Angesicht der Damen treten dürfe, weder heute noch zu irgendeiner anderen Zeit, wenn sie nicht ausdrücklich dazu aufgefordert werde, andernfalls würde Mr. Rochester sehr ärgerlich sein. Als ich ihr dies sagte, vergoss sie natürlich einige Tränen; da ich aber eine sehr ernste Miene machte, trocknete sie diese rasch wieder.

Jetzt tönte ein fröhliches Lärmen aus der Halle herauf; die tiefen Stimmen der Herren und die silbernen Stimmen der Damen mischten sich harmonisch. Über allen anderen hörte man die sonore Stimme des Gebieters von Thornfield Hall, der die schönen und galanten Gäste unter seinem Dache willkommen hieß. Dann kamen leichte Schritte die Treppe herauf und aus der Galerie vernahm man ein Trippeln, leises, fröhliches Lachen und ein Öffnen und Schließen von Türen. Dann war für eine Weile alles still.

»Elles changent de toilettes«,[16] sagte Adèle, welche aufmerksam lauschte und jede Bewegung verfolgte. Sie seufzte.

»Chez maman«, sagte sie, »quand il y avait du monde, je le suivais partout, au salon et à leurs chambres; souvent je regardais les femmes de chambre coiffer et habiller les dames, et c'était si amusant: comme cela on apprend.«[17]

»Bist du nicht hungrig, Adèle?«

»Mais oui, Mademoiselle: voilà cinq ou six heures que nous n'avons pas mangé.«[18]

»Nun gut, während die Damen in ihren Zimmern sind, will ich mich hinunterwagen und dir etwas zu essen holen.«

Mit größter Vorsicht verließ ich mein Asyl und ging zur Hintertreppe, welche direkt in die Küche führte. Dort war alles Feuer, Hitze und Bewegung: Die Suppe und der Fisch waren im letzten Stadium des Werdens, und die Köchin hing über ihren Tiegeln in einem körperlichen und nervlichen Zustand, welcher befürchten ließ, dass sie augenblicklich Feuer fing. In der Halle der Dienstboten standen und saßen mehrere Kammerdiener und zwei Kutscher ums Feuer; die Zofen waren vermutlich oben bei ihren Gebieterinnen. Die neuen Dienstboten, welche aus Millcote gemietet waren, waren überall geschäftig. Mich durch dieses Chaos hindurchwindend, erreichte ich endlich die Speisekammer. Dort nahm ich ein kaltes Huhn, ein Weißbrot und einige kleine Torten sowie zwei Teller und Besteck. Mit dieser Beute trat ich eilig den Rückzug an. Ich hatte die Galerie schon wieder erreicht und schloss gerade die Hintertür, als ein lauter werdendes Stimmengemurmel mir verkündete, dass die Damen im Begriff waren, ihre Zimmer zu verlassen. Ich konnte nicht in das Schulzimmer gelangen, ohne an einigen ihrer Türen vorüberzugehen und mit meiner Lebensmittelladung ertappt zu werden. Also blieb ich an diesem Ende des Ganges stehen, der keine Fenster hatte und folglich dunkel war –

um diese Zeit schon vollständig dunkel, denn die Sonne war bereits untergegangen und die Dämmerung sank herab.

In diesem Augenblick entließen die Gästezimmer ihre schönen Bewohnerinnen eine nach der anderen, und jede Einzelne kam fröhlich und lustig heraus in einer Toilette, die hell durch die Dunkelheit leuchtete. Einen Augenblick standen sie in einer Gruppe zusammen am äußersten Ende der Galerie und sprachen mit unterdrückter Lebhaftigkeit, dann schwebten sie geräuschlos die Treppe hinunter wie helle Nebel einen Berghang hinunterrollen. Ihre Erscheinung hatte mir den Eindruck der vornehmsten Eleganz gemacht, einen Eindruck, den ich nie zuvor empfangen hatte.

Ich fand Adèle, wie sie durch die Tür des Schulzimmers blickte, die sie halb geöffnet hielt. »Welche schönen Damen!«, rief sie auf Englisch. »Ach, ich wollte, ich könnte zu ihnen gehen! Glauben Sie, dass Mr. Rochester uns nach dem Mittagessen holen lassen wird?«

»Nein, das glaube ich nicht. Mr. Rochester hat an andere Dinge zu denken. Kümmere dich heute Abend nicht mehr um die Damen; vielleicht wirst du sie ja morgen sehen. Hier ist dein Essen.«

Sie war wirklich hungrig; das Hühnchen und die Torten lenkten ihre Aufmerksamkeit für eine Weile ab. Es war ein Glück, dass ich diesen Vorrat geholt hatte, sonst hätten Adèle, ich und Sophie, welcher ich einen Teil unserer Mahlzeit gebracht hatte, aller Wahrscheinlichkeit nach gar kein Essen bekommen. Unten waren alle zu sehr mit anderen Dingen beschäftigt, um an uns zu denken. Das Dessert wurde erst nach neun Uhr hineingetragen, und noch um zehn liefen die Diener hin und her mit Tabletts und Kaffeetassen. Ich erlaubte Adèle, viel länger als gewöhnlich aufzubleiben, denn sie erklärte, dass sie unmöglich einschlafen könne, wenn die Leute so hin- und herliefen und die Türen fortwährend geöffnet und geschlossen würden. Außerdem, fügte sie hinzu, könne Mr. Rochester sie möglicherweise doch noch holen lassen, und: *alors quel dommage* – wie schade dann, wenn sie schon ausgezogen wäre!

Solange sie mir zuhören wollte, erzählte ich ihr Geschichten. Dann führte ich sie zur Abwechslung noch einmal in die Galerie hinaus. Die Lampe in der Vorhalle war jetzt angezündet, und es amüsierte sie, über die Balustrade hinab die Diener hin- und herlaufen zu sehen. Sehr spät am Abend ertönte Musik aus dem Salon, in welchen das Piano gestellt worden war. Adèle und ich setzten uns auf die oberen Stufen der Treppe, um zu lauschen. Plötzlich mischte sich Gesang mit den Tönen des Klaviers; es war eine Dame und sie sang mit sehr schöner Stimme. Als das Solo zu Ende war, folgte ein Duett und dann ein Scherzgesang. Ein fröhliches Summen der Unterhaltung füllte die Zwischenpausen aus. Ich lauschte lange. Plötzlich entdeckte ich, dass mein Ohr sich anstrengte, die verschiedenen Klänge zu analysieren und aus dem Gewirr der Stimmen diejenige von Mr. Rochester herauszuhören. Als ihm dies bald gelungen war, machte es sich an die Aufgabe, die Laute, welche durch die Entfernung undeutlich wurden, zu Worten zusammenzusetzen.

Es schlug elf. Ich blickte auf Adèle, die ihren Kopf an meine Schultern gelehnt hatte. Ihre Augenlider wurden schwer, deshalb nahm ich sie in meine Arme und trug sie ins Bett. Es war fast ein Uhr, als die Herren und Damen sich in ihre Zimmer begaben.

Der folgende Tag war ebenso schön wie sein Vorgänger und der größte Teil der Gesellschaft benutzte ihn dazu, einen Ausflug in die Nachbarschaft zu unternehmen. Früh am Vormittag machten sie sich auf den Weg, einige zu Pferd, die meisten im Wagen. Ich beobachtete sowohl die Abfahrt als auch die Wiederkehr. Wie tags zuvor war Miss Ingram wieder die einzige Reiterin, und wie tags zuvor ritt Mr. Rochester wieder an ihrer Seite. Beide hatten sich von den Übrigen getrennt. Ich machte Mrs. Fairfax, welche ebenfalls am Fenster stand, auf diesen Umstand aufmerksam.

»Sie hielten es nicht für wahrscheinlich, dass diese beiden an eine Heirat denken würden«, sagte ich, »aber wie Sie sehen, zieht er sie augenscheinlich allen anderen Damen vor.«

»Das ist wohl möglich. Ohne Zweifel bewundert er sie.«

»Und sie ihn«, fügte ich hinzu. »Sehen Sie nur, wie sie ihren Kopf zu ihm neigt, als wenn sie vertraulich mit ihm spräche. Ich möchte ihr Gesicht so gern sehen; bis jetzt ist es mir nicht gelungen, einen Schimmer von ihr zu erhaschen.«

»Sie werden sie heute Abend sehen«, antwortete Mrs. Fairfax. »Zufällig bemerkte ich Mr. Rochester gegenüber, wie sehr Adèle sich wünscht, den Damen vorgestellt zu werden, und da sagte er: ›Oh! Lassen Sie sie nach dem Mittagessen in den Salon kommen, und bitten Sie Miss Eyre, sie zu begleiten.‹«

»Ach, er sagte das bestimmt nur aus Höflichkeit; sicherlich brauche ich nicht zu gehen«, antwortete ich.

»Nun, ich bemerkte ihm gegenüber schon, dass ich kaum glaube, dass es Ihnen angenehm sei, vor einer so lustigen Gesellschaft zu erscheinen – noch dazu lauter Fremde –, weil Sie so wenig daran gewöhnt wären, unter Menschen zu gehen. Da antwortete er mir in seiner barschen Weise: ›Unsinn! Wenn sie Einwendungen macht, so sagen Sie ihr, dass es mein ganz besonderer Wunsch ist; und wenn sie dann noch widerspricht, so sagen Sie nur, dass ich kommen werde, sie im Falle des Ausbleibens zu holen.‹«

»Die Mühe werde ich ihm ersparen«, entgegnete ich. »Wenn es nicht anders geht, so werde ich erscheinen; aber es macht mir durchaus keine Freude. Werden Sie auch dort sein, Mrs. Fairfax?«

»Nein, ich entschuldigte mich, und er nahm meine Entschuldigung an. Ich werde Ihnen aber verraten, wie Sie das förmliche Eintreten vermeiden können, denn das ist das Unangenehmste bei der ganzen Sache: Sie müssen in den Salon gehen, während er leer ist und die Damen die Tafel noch nicht verlassen haben. Wählen Sie Ihren Platz in irgendeinem stillen Winkel, der Ihnen gefällt, und wenn es Ihnen nicht angenehm ist, brauchen Sie ja nicht mehr lange zu bleiben, nachdem die Herren hereingekommen sind. Wenn Mr. Rochester nur gesehen hat, dass Sie da sind, können Sie ja gleich fortschlüpfen – niemand wird Sie bemerken.«

»Glauben Sie, dass diese Leute lange hierbleiben?«

»Vielleicht zwei oder drei Wochen; gewiss nicht länger. Nach den Osterferien muss Sir George Lynn, der vor kurzem als Parlamentsmitglied für Millcote gewählt worden ist, nach London gehen, um seinen Sitz einzunehmen. Es wundert mich, dass er seinen Aufenthalt auf Thornfield Hall schon so lange ausgedehnt hat. Vermutlich wird Mr. Rochester ihn begleiten.«

Mit einigem Zittern sah ich der Stunde entgegen, in welcher ich mich mit meiner Pflegebefohlenen in den Salon hinunterbegeben sollte. Adèle war während des ganzen Tages in einem Zustand der größten Erregung gewesen, nachdem sie gehört hatte, dass sie am Abend den Damen vorgestellt werden sollte, und erst als Sophie mit dem Ankleiden anfing, begann sie, sich ein wenig zu beruhigen. Dann nahm die Wichtigkeit dieser Prozedur sie bald gänzlich in Anspruch, und als sie endlich ihr Haar in glänzenden, tief herabwallenden Locken geordnet sah, ihr rosa Satinkleid angelegt hatte, ihre lange Schärpe geknüpft und die zarten Spitzenhandschuhe angezogen hatte, sah sie so ernst aus wie ein Richter. Es bedurfte nicht der Ermahnung, ihre Toilette nicht in Unordnung zu bringen; sie setzte sich ernst und behutsam auf ihren kleinen Stuhl. Dabei nahm sie sorgfältig ihr Satinröckchen auf, aus Furcht, es zu zerdrücken, und dann versicherte sie mir, dass sie sich nicht rühren werde, bevor ich nicht bereit sei. Das war ich allerdings schnell: Mein bestes Kleid – das silbergraue, das ich für Miss Temples Hochzeit gekauft und seitdem niemals wieder getragen hatte – war bald angelegt, und mein Haar zu ordnen, nahm wenig Zeit in Anspruch. Schließlich nahm ich noch die Perlenbrosche, den einzigen Schmuckgegenstand, welchen ich besaß, und wir gingen hinunter.

Glücklicherweise gab es noch einen anderen Eingang in den Salon als jenen durch den Speisesaal, in welchem alle Gäste beim Dinner saßen. Wir fanden das Gemach leer. Im Marmorkamin brannte ein großes Feuer und zwischen den seltenen, duftenden Blumen, mit denen die Tische geschmückt waren, leuchteten Wachskerzen in fröhlicher Einsamkeit. Der feuerrote Vorhang wallte vom hohen Türbogen herab. Wie dünn dieser Stoff auch sein mochte, der uns von der Gesellschaft im Saal nebenan trennte, so drang von ihrer Konversation doch nichts zu uns heraus als ein ruhiges, halblautes Murmeln.

Adèle, von der Feierlichkeit der Situation eingeschüchtert, setzte sich ohne zu sprechen auf den Fußschemel, den ich ihr bezeichnete. Ich zog mich in eine Fenstervertiefung zurück, nahm ein Buch vom nächsten Tisch und bemühte mich zu lesen. Adèle brachte ihren Schemel und setzte sich mir zu Füßen; nach einer kurzen Weile berührte sie mein Knie.

»Was willst du, Adèle?«

»Est-ce que je ne puis pas prendre une seule de ces fleurs magnifiques, Mademoiselle? Seulement pour compléter ma toilette?«[19]

»Du denkst viel zu viel an deine *toilette*, Adèle, aber ich will dir trotzdem eine Blume geben.« Und ich nahm eine Rose aus einer der Vasen und steckte sie in ihre Schärpe. Sie stieß einen befriedigten Seufzer aus, als ob ihr Glück jetzt vollkommen wäre. Ich wandte das Gesicht ab, um ein Lächeln zu verbergen, das ich nicht unterdrücken konnte. Es lag etwas Komisches und zugleich auch Trauriges in dem Ernst und der Hingabe, mit welcher die kleine Pariserin die Angelegenheit ihrer Toilette behandelte.

Jetzt vernahm man das Geräusch rückender Stühle, der Vorhang vor dem Türbogen wurde zurückgezogen und das Innere des Speisesaals wurde sichtbar. Der Kronleuchter sandte sein Licht auf eine Tafel herab, auf welcher schweres, prächtiges Silbergeschirr und funkelndes Kristall in malerischer Unordnung durcheinanderstanden. Unter der Wölbung des Torbogens stand eine Gesellschaft von Damen, sie traten ein, und der Vorhang fiel hinter ihnen wieder zu.

Es waren eigentlich nur acht; als sie jedoch ins Zimmer rauschten, schien es, als wären sie eine weit größere Anzahl. Einige von ihnen waren sehr groß, viele trugen weiße Kleider und alle waren von einem Faltenreichtum umgeben, der ihre Gestalten zu vergrößern schien, wie ein Nebelhof den Mond vergrößert. Ich erhob mich und verneigte mich vor ihnen; eine oder zwei nickten als Erwiderung mit dem Kopf; die andern starrten mich nur an.

Sie zerstreuten sich im Zimmer; in der Leichtigkeit und Lebhaftigkeit ihrer Bewegungen erinnerten sie mich an einen großen Schwarm weißer Vögel. Einige legten sich halb auf die Sofas und Ottomanen, andere beugten sich über die Tische und besahen die Blumen und Bücher, die Übrigen sammelten sich in einer Gruppe um den Kamin. Alle sprachen in einem leisen, klaren Ton, der ihnen eigen zu sein schien. Später erfuhr ich ihre Namen, die ich aber ebenso gut schon an dieser Stelle nennen kann:

Vor allen Dingen war also Mrs. Eshton mit ihren beiden Töchtern da. Augenscheinlich war sie einst eine sehr schöne Frau gewesen, und eigentlich war sie es immer noch. Von ihren Töchtern war die älteste, Amy, ziemlich klein, naiv und kindlich in Gesicht und Manieren, mit einer reizenden Figur. Ihr weißes Musselinkleid und die blaue Schärpe kleideten sie vorzüglich. Die zweite, Louisa, war größer und von eleganterer Erscheinung, mit einem sehr hübschen Gesicht von jenem Typus, den die Franzosen *minois chiffonné* nennen. Beide Schwestern waren weiß wie die Lilien.

Lady Lynn war eine große und stattliche Person von ungefähr vierzig Jahren, sehr gerade, sehr hochmütig aussehend und prächtig gekleidet in eine Satinrobe von changierender Farbe. Ihr dunkles, mit einem Diamantreif geschmücktes Haar glänzte unter einer azurblauen Feder.

Mrs. Colonel Dent war weniger auffallend, aber sie schien mir mehr *ladylike*. Sie war von schlanker Gestalt, hatte ein bleiches, sanftes Gesicht und blondes Haar. Ihr schwarzes Satinkleid, ihre Schärpe von ausländischer Spitze und ihr Perlenschmuck gefielen mir besser als die regenbogenartige Pracht der adligen Dame.

Aber die drei distinguiertesten Damen – ein wenig vielleicht auch, weil sie die größten in der Gesellschaft waren – schienen die verwitwete Lady Ingram und ihre beiden Töchter Blanche und Mary zu sein. Es waren die drei eindrucksvollsten Frauengestalten, die ich jemals gesehen hatte. Die Mutter mochte zwischen vierzig und fünfzig sein; ihr Haar war – bei Kerzenlicht wenigstens – noch immer schwarz; auch ihre Zähne waren scheinbar ganz fehlerlos. Die meisten Leute würden sie noch immer eine schöne Frau für ihr Alter genannt haben, und das war sie ohne Zweifel auch, wenn man nur von ihrem Äußeren sprach. Aber in ihrer Haltung und ihrem Gesichtsausdruck lag etwas unerträglich Hochmütiges. Sie hatte römische Gesichtszüge und ein Doppelkinn, das in einem säulengleichen Hals verschwand. Ihre Züge schienen mir getrübt, ja geschwollen und durchfurcht von Dünkel. Nach diesem Prinzip schien sie auch ihr Kinn zu halten, und zwar in einer Lage, die beinahe unnatürlich aufrecht erschien. Sie hatte harte und trotzige Augen, welche mich an diejenigen Mrs. Reeds erinnerten. Sie verzog den Mund beim Sprechen, ihre Stimme war tief, ihre Rede geschwollen und rechthaberisch – kurzum: ganz unerträglich. Eine feuerrote Samtrobe und ein Turban, der aus einem golddurchwirkten indischen Schal gewunden war, bekleidete sie – wie sie selbst vermutlich glaubte – mit einer wahrhaft königlichen Würde.

Blanche und Mary hatten dieselbe Figur – schlank und gerade wie Pappeln. Mary war zu mager für ihre Höhe, aber Blanche war gewachsen wie eine Diana. Ich betrachtete sie natürlich mit ganz besonderem Interesse. Erstens wünschte ich zu sehen, ob ihre Erscheinung mit Mrs. Fairfax' Beschreibung übereinstimmte, zweitens, ob sie dem Phantasie-Miniaturbildchen ähnlich wäre, welches ich von ihr gemalt hatte, und drittens – es muss heraus! –, ob sie so sei, wie ich glaubte, dass sie sein müsse, um Mr. Rochesters Geschmack zu entsprechen.

Soweit es ihre äußere Erscheinung betraf, glich sie Punkt für Punkt sowohl meinem Bild wie Mrs. Fairfax' Beschreibung. Die edle Büste, die runden Schultern, der graziöse Nacken, die dunklen Augen und die schwarzen Locken: Alles war da. Aber ihr Gesicht? Ihr Gesicht war dem ihrer Mutter ähnlich, eine jugendliche Ähnlichkeit ohne Falten – dieselbe Stirn, dieselben Züge, derselbe Stolz. Es war indessen kein so strenger Stolz, denn sie lachte unaufhörlich. Ihr Lachen aber war spöttisch-überheblich, und das war auch der gewöhnliche Ausdruck ihrer geschwungenen, hochmütigen Lippen.

Man sagt, dass das Genie selbstbewusst sei: Ich weiß nicht, ob Miss Ingram ein Genie war, aber sie war selbstbewusst, wirklich außergewöhnlich selbstbewusst. Sie begann mit der sanften Mrs. Dent ein Gespräch über Botanik. Es scheint, dass Mrs. Dent diese Wissenschaft nicht studiert hatte, obgleich sie, wie sie sagte, die Blumen liebte, »besonders die Feldblumen«. Miss Ingram war indessen schon tiefer in dieses Thema eingedrungen und prunkte mit einer Fülle von Fachbegriffen. Ich merkte sofort, dass sie sich damit über Mrs. Dent lustig machte und über ihre Unwissenheit spottete. Ihre Art, dies zu tun, mochte geistreich sein, aber es war entschieden nicht gutmütig. Sie spielte Klavier, und ihre Technik war brillant; sie sang, und ihre Stimme war prächtig; sie sprach nebenbei französisch mit ihrer Mama, und sie sprach es gut, fließend und mit trefflichem Akzent.

Mary hatte ein milderes und offenherzigeres Gesicht als Blanche, ihre Züge waren sanfter und ihre Haut um einige Nuancen heller – Miss Ingram war dunkel wie eine Spanierin. Aber Mary mangelte der Ausdruck, ihr Gesicht hatte keine Lebendigkeit, ihr Auge keinen Glanz; sie wusste nichts zu sagen, und wenn sie einmal ihren Sitz eingenommen hatte, blieb sie ruhig wie eine Statue in ihrer Nische. Die Schwestern waren beide in makelloses Weiß gekleidet.

Und glaubte ich nun, dass Miss Ingram die Wahl sei, welche Mr. Rochester möglicherweise treffen würde? Ich wusste es selbst nicht – ich kannte ja seinen Geschmack in Bezug auf weibliche Schönheit nicht. Wenn er das Majestätische liebte, so war sie der Inbegriff der Majestät. Außerdem war sie gebildet und lebhaft. Die meisten Männer mussten sie einfach bewundern, meinte ich, und dass *er* sie bewunderte, dafür glaubte ich bereits Beweise zu haben. Um den letzten Schatten eines Zweifels zu entfernen, blieb mir nur noch übrig, beide zusammen zu sehen.

Du darfst nicht glauben, lieber Leser, dass Adèle während all dieser Zeit bewegungslos auf ihrem Schemel zu meinen Füßen ausgeharrt hätte. Nein, als die Damen eintraten, erhob sie sich, ging ihnen entgegen, machte eine sittsame Verbeugung und sagte mit dem größten Ernst:

»Bonjour, Mesdames.«

Und Miss Ingram hatte mit spöttischer Miene auf sie niedergeblickt und ausgerufen: »Oh, welch ein Püppchen!«

Lady Lynn hatte bemerkt: »Vermutlich ist es Mr. Rochesters Mündel – das kleine französische Mädchen, von dem er uns erzählt hat.«

Mrs. Dent hatte sie freundlich bei der Hand genommen und ihr einen Kuss gegeben. Amy und Louisa Eshton hatten gleichzeitig ausgerufen: »Welch ein reizendes Kind!«

Und dann hatten sie sie auf ein Sofa genommen, wo sie jetzt saß, von beiden eingeschlossen, und abwechselnd französisch und gebrochen englisch sprach. Adèle nahm nicht allein die Aufmerksamkeit der jungen Damen in Anspruch, sondern auch jene von Mrs. Eshton und Lady Lynn, und sie ließ sich nach Herzenslust verwöhnen.

Endlich wird der Kaffee gebracht, und man ruft die Herren. Ich sitze im Schatten, wenn es in einem hell erleuchteten Zimmer überhaupt einen Schatten gibt. Der Fenstervorhang verbirgt mich zur Hälfte. Wiederum gähnt der weite Türbogen: Sie kommen. Der versammelte Eintritt der Herren ist ebenso imposant, wie jener der Damen. Sie sind alle in Schwarz gekleidet; die meisten von ihnen sind groß, einige jung. Henry und Frederick Lynn sind in der Tat sehr schneidige Burschen. Und Colonel Dent ist ein schöner, militärisch aussehender Mann. Mr. Eshton, der Magistrat des Distrikts, ist sehr *gentlemanlike*; sein Haar ist ganz weiß, seine Augenbrauen und der Bart aber sind noch dunkel, was ihm das Aussehen eines *père noble* vom Theater gibt. Lord Ingram ist groß wie seine Schwestern, wie sie ist er ebenfalls schön, aber er hat den apathischen, leblosen Blick Marys. Er scheint mehr körperliche Größe als Lebhaftigkeit und Verstand zu besitzen.

Und wo ist Mr. Rochester?

Endlich tritt auch er ein. Ich blicke nicht nach dem Türbogen hin, aber ich sehe ihn eintreten. Ich versuche, mich auf meine Stricknadeln zu konzentrieren, auf die Maschen der Börse, die ich stricke. Ich will nur an die Arbeit denken, die ich in den Händen habe, nur auf die Silberperlen und Seidenfäden sehen, die auf meinem Schoß liegen – aber als ich seine Gestalt so deutlich sehe, kehrt unwillkürlich der Augenblick in mein Gedächtnis zurück, in dem ich ihn zuletzt sah: gleich, nachdem ich ihm einen Dienst erwiesen, den er bedeutsam genannt hatte, dabei meine Hand haltend und mir ins Gesicht blickend; mich musternd mit Augen, die ein zum Überfließen gefülltes Herz verrieten. Und ich hatte an dieser Erregung Anteil, wie nahe war ich ihm in jenem Augenblick gewesen! Was war inzwischen geschehen, das unsere gegenseitige Stellung ändern konnte? Und jetzt, wie fremd, wie fern waren wir einander. So fremd, dass ich nicht einmal mehr erwartete, dass er zu mir kommen und mit mir sprechen würde. Ich wunderte mich also nicht, dass er, ohne mich anzusehen, am anderen Ende des Zimmers einen Stuhl nahm und mit einigen Damen ein Gespräch begann.

Kaum hatte ich festgestellt, dass seine Aufmerksamkeit abgelenkt war und ich ihn ansehen konnte, ohne dass es bemerkt wurde, wurden meine Augen von seinem Gesicht angezogen. Ich konnte die Lider einfach nicht unter Kontrolle halten, sie hoben sich von allein und die Iris richtete sich auf ihn. Ich blickte ihn an und fand eine innige Freude an diesem Anblick – eine köstliche, aber schmerzliche Freude; pures Gold mit einem tödlichen Kern von Stahl – eine Freude, wie sie ein verdurstender Mensch empfinden mag, der da weiß, dass der Brunnen, zu welchem er gekrochen ist, vergiftet ist. Und der doch sich niederbeugt und trinkt.

Wie wahr ist es, dass die Schönheit im Auge des Betrachters liegt. Das blasse, ins Oliv spielende Gesicht meines Gebieters, seine eckige, massive Stirn, seine breiten, rabenschwarzen Augenbrauen, seine dunklen Augen, die starken Züge, sein fester, strenger Mund – alles Energie, Entschlossenheit und Willen. Dies alles war nicht schön nach den Regeln der Schönheit, aber für mich war es mehr als schön. Seine Züge besaßen eine Faszination für mich, einen Einfluss, der mich gänzlich übermannt hatte, der meine Gefühle meiner eigenen Macht entwand und sie der seinen unterordnete. Ich hatte nicht die Absicht, ihn zu lieben; der Leser weiß, dass ich alles versucht hatte, die Keime dieser Liebe aus meiner Seele zu reißen, sobald ich sie entdeckt hatte. Aber jetzt, wo ich ihn zum ersten Mal wiedersah, da lebten sie sofort frisch und stark wieder auf. Ohne dass er mich ansah, machte er, dass ich ihn lieben musste.

Ich verglich ihn mit seinen Gästen. Was war der galante Charme der Lynns, die lässige Eleganz Lord Ingrams oder sogar die militärische Vornehmheit von Colonel Dent im Vergleich zu der inneren Kraft und angeborenen Stärke, welche aus seinen Blicken sprach? Für die Erscheinungen und die Ausstrahlung der Gäste konnte ich nichts empfinden; und doch war anzunehmen, dass die meisten Betrachter sie als anziehend, schön und eindrucksvoll, Mr. Rochester hingegen als schroff und melancholisch bezeichnen würden. Ich sah sie lächeln, lachen – es war nichts; das Licht der Kerzen hatte mehr Seele in sich, als ihr Lächeln, das Klingen der Schellen ebenso viel Bedeutung wie ihr Lachen. Ich sah Mr. Rochester lächeln – und seine harten Züge wurden weich, seine Augen wurden glänzend und sanft und ihr Leuchten drang mir bis ins Herz. In diesem Augenblick sprach er mit Louisa und Amy Eshton. Es setzte mich in Erstaunen zu sehen, mit welcher Ruhe sie seinen Blick auffingen, der mir so durchdringend erschien; ich erwartete, dass ihre Augen sich senken würden, dass sie erröteten. Und doch war ich glücklich, als ich sah, dass sie in keiner Weise bewegt waren. ›Er ist für sie nicht, was er für mich ist‹, dachte ich, ›er ist nicht ihresgleichen. Ich glaube, er ist von meiner Art – ich bin dessen gewiss, ich fühle mich ihm verwandt, ich verstehe die Sprache seiner Bewegungen, seiner Gesichtszüge. Wenn auch Rang und Reichtum eine weite Kluft zwischen uns bilden, so habe ich etwas in meinem Hirn und Herzen, in meinem Blut und meinen Nerven, das mich ihm gleichstellt. Habe ich noch vor wenigen Tagen gesagt, dass ich nichts weiter mit ihm zu tun habe, als meinen Lohn aus seinen Händen zu empfangen? Habe ich mir untersagt, ihn in einem anderen Licht zu sehen, als in dem meines Geldgebers? Blasphemie gegen die Natur! Jedes gute, wahre, mächtige Gefühl, das mir innewohnt, sammelt sich um ihn. Ich weiß, dass ich meine Empfindungen verbergen muss, dass ich alle Hoffnung ertöten muss; ich darf nicht vergessen, dass er nur wenig Interesse für mich hegen kann. Denn wenn ich sage, dass ich von seiner Art bin, so meine ich nicht, dass ich seine Macht besitze und seine geheimnisvolle Anziehungskraft. Ich will nur sagen, dass ich gewisse Ansichten und Gefühle mit ihm gemein habe. Und ich muss fortwährend wiederholen, dass wir für ewig getrennt sind ... und doch, solange ich atme und denke muss ich ihn lieben.‹

Der Kaffee wird herumgereicht. Seit die Herren ins Zimmer getreten sind, sind die Damen lebhaft wie die Lerchen geworden, die Konversation wird lustig und angeregt. Colonel Dent und Mr.

Eshton sprechen über Politik, ihre Frauen hören ihnen zu. Die beiden stolzen Witwen, Lady Lynn und Lady Ingram, plaudern miteinander. Sir George – den ich übrigens zu beschreiben vergessen habe: ein sehr großer und blühend aussehender Landedelmann – steht vor ihrem Sofa mit der Tasse in der Hand und lässt gelegentlich ein Wort in die Konversation einfließen. Mr. Frederick Lynn hat neben Mary Ingram Platz genommen und erklärt ihr die Kupferstiche eines prächtigen Buches; sie lauscht mit Aufmerksamkeit, lächelt dann und wann, spricht aber offenbar sehr wenig. Der große und phlegmatische Lord Ingram lehnt mit verschränkten Armen an der Rücklehne des Stuhls, auf welchem die kleine, lebhafte Amy Eshton sitzt. Sie blickt zu ihm auf und plaudert wie ein Zaunkönig; sie mag ihn lieber als Mr. Rochester. Henry Lynn hat zu Louisas Füßen auf einer Ottomane Platz genommen; Adèle sitzt bei ihm. Er versucht, mit ihr französisch zu sprechen, und Louisa lacht über seine Fehler. Zu wem wird Blanche Ingram sich gesellen? Sie steht allein am Tisch und beugt sich voll Grazie über ein Album. Es scheint, dass sie darauf wartet, gefunden zu werden. Aber allzu lange wartet sie nicht: Sie wählt sich selbst einen Gefährten.

Mr. Rochester steht, nachdem er die Eshtons verlassen hat, ebenso einsam am Kamin, wie sie am Tisch. Sie stellt sich ihm gegenüber, indem sie den Platz an der anderen Seite des Kaminsimses einnimmt.

»Mr. Rochester, ich glaubte, dass Sie kein Freund von Kindern seien!«

»Das bin ich auch nicht.«

»Wie ist es denn gekommen, dass Sie sich solch einer kleinen Puppe, wie jene dort, annehmen konnten?« Damit zeigte sie auf Adèle. »Wo haben Sie sie gefunden?«

»Ich habe sie nicht gefunden. Sie wurde mir hinterlassen.«

»Sie hätten sie in die Schule schicken sollen.«

»Das konnte ich mir nicht leisten. Schulen sind sehr teuer.«

»Nun, ich vermute, dass Sie eine Gouvernante für sie genommen haben. Soeben habe ich eine Person mit ihr gesehen – ist sie schon fort? Oh nein, da sitzt sie ja hinter dem Fenstervorhang. Sie müssen ihr doch wahrscheinlich auch einen Lohn zahlen, ich glaube, das ist doch ebenso teuer, wenn nicht noch teurer. Schließlich müssen Sie hier beide versorgen.«

Ich fürchtete – oder soll ich sagen, ich hoffte? –, dass die Erwähnung meiner Person Mr. Rochesters Blicke in jene Richtung lenken würden, wo ich saß, und unwillkürlich zog ich mich tiefer in den Schatten zurück. Aber er wandte sich nicht um.

»Darüber habe ich noch gar nicht nachgedacht«, sagte er gleichgültig und blickte gerade vor sich hin.

»Nein, Männer überlegen niemals, was ökonomisch und was vernünftig ist. Sie sollten Mama hören, wenn Sie über dieses Kapitel spricht. Ich glaube, Mary und ich haben zu unserer Zeit mindestens ein Dutzend Gouvernanten gehabt; die eine Hälfte von ihnen war abscheulich, die andere lächerlich, und alle miteinander unerträglich – nicht wahr, Mama?«

»Sprachst du zu mir, mein liebster Schatz?«

Die junge Dame, welche so als kostbarster Besitz der adligen Witwe bezeichnet wurde, wiederholte ihre Frage mit einer Erklärung.

»Mein teures Kind, sprich nur nicht von Gouvernanten; das Wort allein macht mich schon nervös. Ich habe mit ihren Inkompetenzen und Launen ein Martyrium durchlitten. Ich danke Gott täglich, dass ich endlich mit ihnen fertig bin!«

Hier neigte Mrs. Dent sich zu der frommen Dame hinüber und flüsterte ihr etwas ins Ohr. Aus der Antwort, welche erfolgte, schloss ich, dass sie sie auf die Anwesenheit eines Exemplars der geächteten Gattung hinwies.

»*Tant pis!*«, sagte die Lady, »ich hoffe, dass es ihr nützlich sein wird!« Dann fügte sie leise hinzu, aber immer noch laut genug, um von mir gehört zu werden: »Ich habe sie sehr wohl bemerkt. Ich bin eine Kennerin von Physiognomien, und in der ihren sehe ich alle Fehler ihrer Klasse.«

»Und welches sind diese, Madam?«, fragte Mr. Rochester laut.

»Das werde ich Ihnen einmal leise ins Ohr sagen«, entgegnete sie und wackelte dreimal mit ihrem Turban vielsagend hin und her.

»Meine Neugier möchte aber gern gleich befriedigt sein; sie ist ganz ausgehungert.«

»Fragen Sie Blanche; sie ist Ihnen näher als ich.«

»Oh Mama, weise ihn nicht an mich! Ich habe nur ein einziges Wort für den ganzen Stamm: Sie sind einfach eine Plage, ein notwendiges Übel. Nicht, dass ich selbst jemals viel von ihnen gelitten hätte. Nein, ich trug stets Sorge, den Spieß zu wenden. Welche Streiche Theodore und ich unseren Miss Wilsons, Mrs. Greys und Madame Jouberts gespielt haben! – Mary war ja stets zu schläfrig, um mit ganzer Seele an unseren Verschwörungen teilzunehmen. – Den größten Spaß hatten wir mit Madame Joubert. Miss Wilson war ein armes, kränkliches, trauriges, weinerliches Ding, kurz und gut, es verlohnte gar nicht der Mühe, bei ihr zu siegen. Und Mrs. Gray war roh und unempfindlich, sie spürte keinen Schlag. Aber die arme Madame Joubert! Ich sehe sie noch in ihrer tobenden Leidenschaft, wenn wir sie zum Äußersten getrieben hatten – sie vergoss unseren Tee, zerbröckelte unsere Butterbrote, warf unsere Bücher bis zur Decke empor und machte ein buntes Durcheinander mit Lineal, Schreibpult, Kamingitter und der Feuerzange. Theodore, erinnerst du dich noch an jene fröhlichen Tage?«

»Jaaa, gewiss tue ich das«, schnarrte Lord Ingram, »und der arme alte Stecken pflegte auszurufen: ›Oh, ihr schlechte Kindern!‹ Und wir predigten ihr dann, wie vermessen es eigentlich sei, solch Schlauköpfe, wie wir es waren, belehren zu wollen, wenn man selbst nicht einmal richtig sprechen konnte.«

»Ja, das taten wir! Und, Tedo, weißt du noch, wie ich dir half, deinem Hauslehrer, dem blassen, grauen Mr. Vining zuzusetzen und ihn zu überführen? Den säuerlichen Pfarrer, wie wir ihn nannten? Er und Miss Wilson nahmen sich die Freiheit, sich ineinander zu verlieben – wenigstens bildeten Theodore und ich uns das ein; wir fingen verschiedene zärtliche Blicke und Seufzer auf, die wir als Anzeichen einer *belle passion* deuteten. Und ich kann Ihnen versichern, das Publikum profitierte gar bald von unserer Entdeckung, wir benutzten sie nämlich als Druckmittel, um diesen Ballast aus dem Hause zu werfen. Meine gute Mama dort – sobald sie

Wind von der Geschichte bekommen hatte, fand sie auch schon heraus, dass die Sache zum Unmoralischen tendierte. Nicht wahr, beste Mutter?«

»Gewiss, meine Beste. Und ich hatte recht, verlassen Sie sich darauf! Es gibt Tausend Gründe, weshalb eine Liaison zwischen der Gouvernante und dem Hauslehrer in einem wohlgeregelten Haushalt nicht geduldet werden sollte; erstens ...«

»Oh Gnade, Mama! Verschone uns mit der Aufzählung der Gründe! *Au reste*, wir kennen sie ja alle: die Gefahr des schlechten Beispiels für die Unschuld der Jugend, Ablenkung und darauffolgende Vernachlässigung der Pflichten seitens der Verliebten, ihr wechselseitiges Bündnis und ihre gegenseitige Unterstützung mit daraus entspringenden Vertraulichkeiten – in der Folge dann Dreistigkeit, Empörung, Meuterei und allgemeiner Ärger! Habe ich nicht recht, Baronin Ingram von Ingram-Park?«

»Meine Lilie, du hast wie immer recht.«

»Verlieren wir also kein Wort mehr darüber. Sprechen wir von etwas anderem.«

Amy Eshton, die dieses Diktum nicht gehört oder nicht beachtet hatte, fiel in ihrem sanften, kindlichen Ton ein: »Louisa und ich pflegten unsere Gouvernante auch zu ärgern, aber sie war ein so liebes, gutes Wesen, sie ertrug alles, nichts konnte ihre gute Laune stören. Sie war niemals böse mit uns, nicht wahr, Louisa? Niemals.«

»Nein, niemals; wir konnten tun, was wir wollten – ihren Nähtisch und ihr Schreibpult durchstöbern und ihre Schubladen umkramen und das Unterste nach oben kehren. Sie war immer gutmütig, sie gab uns alles, was wir verlangten.«

»Ich vermute«, sagte Miss Ingram, indem sie die Lippen sarkastisch verzog, »dass wir jetzt einen Auszug aus den Memoiren aller lebenden und gewesenen Gouvernanten zu hören bekommen. Um einer solchen Heimsuchung zu entgehen, möchte ich noch einmal ein neues Thema anregen. Mr. Rochester, stimmen Sie meinem Vorschlag bei?«

»Madam, ich unterstütze Sie in dieser Hinsicht wie in jeder anderen.«

»Dann möge mir also gestattet sein, damit zu beginnen. Signor Eduardo, sind Sie heute Abend bei Stimme?«

»Donna Bianca, wenn Sie befehlen, werde ich es sein.«

»Dann Signor, hören Sie also meinen herrschaftlichen Befehl, Ihre Lungen und die anderen Gesangsorgane herauszuputzen, da sie in meinem königlichen Dienste gebraucht werden.«

»Wer möchte nicht der Rizzio[20] einer solch göttlichen Maria sein?«

»Was soll mir Rizzio!«, rief sie, den Kopf in den Nacken werfend, sodass alle Locken flatterten, als sie ans Klavier ging. »Meine Meinung ist, dass der Fiedler David ein alberner Geselle gewesen sein muss. Mir gefällt Bothwell[21] besser. Ich liebe keinen Mann, der nicht ein wenig vom Teufel in sich hat; und die Geschichte mag von James Hepburn sagen, was sie will – ich bilde mir ein, dass er gerade der wilde, trotzige Banditenheld war, den ich zu heiraten eingewilligt haben würde.«

»Meine Herren, hören Sie! Wer von Ihnen hat am meisten Ähnlichkeit mit Bothwell?«, rief Mr. Rochester.

»Ich möchte fast glauben, dass Sie diesen Vorzug genießen«, antwortete Colonel Dent.

»Bei meiner Ehre, ich bin Ihnen sehr verbunden«, lautete die Antwort.

Miss Ingram, die mit stolzer Grazie am Klavier Platz genommen hatte und ihre schneeweiße Robe in königlichem Faltenwurf um sich ordnete, begann, während sie weitersprach, ein brillantes Präludium. Sie saß an diesem Abend offensichtlich auf dem hohen Rosse; sowohl ihre Worte wie ihre Miene schienen nicht allein die Bewunderung, sondern auch das Erstaunen ihrer Zuhörer herausfordern zu wollen. Ganz augenscheinlich wollte sie einen blendenden, verblüffenden Eindruck auf sie machen.

»Ach, ich bin der jungen Männer von heute so müde!«, rief sie aus, während sie weiter vor sich hin klimperte. »Arme, kranke, verzärtelte Dinger, die nicht imstande sind, einen Schritt über die Pforten von Papas Park hinaus zu tun; die ohne Mamas Erlaubnis und Schutz nicht einmal so weit zu gehen wagen! Kreaturen, die vollständig von der Sorge um ihre hübschen Gesichter, weißen Hände und kleinen Füße in Anspruch genommen werden! Als ob Männer überhaupt etwas mit Schönheit zu tun hätten! Als wenn die Schönheit nicht das besondere Vorrecht der Frauen wäre – ihre rechtmäßige Apanage und ihr Erbteil! Ich gebe zu, dass ein hässliches Weib ein Flecken auf dem schönen Gesicht der Schöpfung ist. *Gentlemen* aber sollten nur sorgen, dass sie Tapferkeit, Mut und Kraft besitzen! Ihr Motto sei: Jagen, Schießen, Kämpfen, alles andere ist ganz und gar unbedeutend. Das wäre meine Devise, wenn ich ein Mann wäre!«

»Wenn ich mich jemals verheirate«, fuhr sie nach einer kleinen Pause fort, die niemand unterbrochen hatte, »so bin ich entschlossen, dass mein Gemahl nicht mein Rivale, sondern meine Folie sein soll. Ich werde keinen Mitbewerber um die Herrschaft dulden; ich werde ungeteilte Huldigung verlangen. Seine Anbetung darf nicht zwischen mir und der Gestalt, welche er im Spiegel sieht, geteilt werden. Mr. Rochester, singen Sie jetzt, ich werde Sie begleiten!«

»Ich gehorche in allem«, lautete die Antwort.

»Hier ist also ein Korsarenlied. Sie müssen wissen, dass ich Korsaren vergöttere, und deshalb müssen Sie das Lied *con spirito* singen.«

»Befehle von Miss Ingrams Lippen würden selbst einem Glas mit Wasser verdünnter Milch eine Seele einflößen.«

»Nehmen Sie sich in Acht! Wenn Sie nicht nach meinem Geschmack singen, so werde ich Sie beschämen, indem ich Ihnen zeige, wie solche Dinge gesungen werden müssen.«

»Das hieße ja, dem Nichtkönnen eine Prämie aussetzen! Jetzt werde ich mich bemühen, es schlecht zu machen.«

»Gardez-vous en bien![22] Wenn Sie absichtlich Fehler machen, so werde ich Ihnen eine passende Strafe diktieren.«

»Miss Ingram sollte barmherzig sein, denn es liegt in ihrer Macht, eine Strafe zu verhängen, welche über menschliche Kraft hinausgeht.«

»Ha, erklären Sie das«, rief die Dame.

»Verzeihen Sie mir! Eine Erklärung ist hier nicht nötig; Ihr eigenes feines Gefühl muss Ihnen sagen, dass ein Stirnrunzeln von Ihnen ein vollständiger Ersatz für die Todesstrafe wäre.«

»Singen Sie!«, sagte sie und begann eine lebhafte Begleitung auf dem Klavier zu spielen.

›Jetzt ist meine Zeit gekommen, mich fortzuschleichen‹, dachte ich, aber die Töne, welche in diesem Augenblick an mein Ohr schlugen, hielten mich zurück. Mrs. Fairfax hatte gesagt, dass Mr. Rochester eine schöne Stimme besitze. Das war der Fall – ein weicher, kräftiger Bass, in dem seine ganze Kraft, all sein Gefühl lag, der einen Weg durch das Ohr zum Herzen fand und dort ein wunderbar seliges Empfinden weckte. Ich wartete, bis der letzte tiefe, volle Ton verklungen war und die Flut des Gesprächs, die für einen Augenblick zu rauschen aufgehört hatte, wieder einsetzte. Dann verließ ich meinen verborgenen Winkel und ging durch eine Seitentür hinaus, die glücklicherweise in meiner Nähe war. Von dieser führte ein schmaler Korridor in die Halle; als ich dieselbe durchschritt, bemerkte ich, dass meine Sandale sich gelöst hatte. Ich beugte mich, um sie wieder festzubinden und stellte meinen Fuß zu diesem Zweck auf den Teppich der Treppe. Da vernahm ich, wie die Tür des Speisezimmers geschlossen wurde; ein Herr trat heraus. Hastig richtete ich mich auf und stand ihm von Angesicht zu Angesicht gegenüber. Es war Mr. Rochester.

»Wie geht es Ihnen?«, fragte er.

»Es geht mir sehr gut, Sir.«

»Weshalb kamen Sie im Zimmer nicht, um sich mit mir zu unterhalten?«

Ich dachte für mich, dass ich dieselbe Frage wohl an den Fragenden hätte richten können, aber ich erlaubte mir diese Freiheit nicht. Ich antwortete:

»Ich wollte Sie nicht stören, da Sie vollauf beschäftigt schienen, Sir.«

»Was haben Sie während meiner Abwesenheit gemacht?«

»Nichts Besonderes, ich habe Adèle unterrichtet wie gewöhnlich.«

»Und Sie sind sehr viel blasser geworden, als Sie waren. Das sah ich auf den ersten Blick. Was ist geschehen?«

»Gar nichts, Sir.«

»Haben Sie sich an jenem Abend, als Sie mich beinahe ertränkten, erkältet?«

»Durchaus nicht.«

»Gehen Sie in den Salon zurück, Sie entfernen sich zu früh.«

»Ich bin müde, Sir.«

Er sah mich einen Augenblick an.

»Und ein wenig traurig«, sagte er. »Was fehlt Ihnen? Sagen Sie es mir.«

»Nichts, gar nichts, Sir. Ich bin nicht traurig.«

»Aber ich versichere Ihnen, dass Sie es sind, so traurig, dass Ihnen die Tränen in die Augen treten würden, wenn ich noch einige Worte spräche; wirklich, ich sehe sie schon schimmern und glänzen, und jetzt ist eine Perle vom Augenlid auf die Wange herabgerollt. Wenn ich Zeit hätte und nicht in Angst wäre, dass irgendeine Klatschbase von einem Dienstboten hier vorbeikommen könnte, so würde ich bald herausfinden, was dies alles bedeutet. Nun, für heute Abend will ich Sie entschuldigen; aber Sie verstehen wohl, dass ich erwarte, Sie jeden Abend im Salon zu sehen, solange meine Gäste hier sind. Es ist mein Wunsch, vergessen Sie ihn nicht! Jetzt gehen Sie. Schicken Sie Sophie, dass sie Adèle holt. Gute Nacht, mein ...«

Hier hielt er inne, biss sich auf die Lippen und verließ mich plötzlich.

Achtzehntes Kapitel

Gar fröhlich gingen die Tage in Thornfield Hall dahin, und geschäftige Tage waren es auch. Wie verschieden waren sie von den ersten drei Monaten, die ich dort in Stille, Monotonie und Einsamkeit zugebracht hatte! Alle traurigen Empfindungen schienen aus dem

Haus geschwunden, alle traurigen Erinnerungen vergessen; überall war Leben, während des ganzen Tages war alles in Bewegung. Durch die einst so stille Galerie und in die Vorderzimmer, die sonst keine Seele bewohnte, konnte nun niemand gehen, ohne einer zierlichen Zofe oder einem eleganten Kammerdiener zu begegnen.

In der Küche, in der Vorratskammer des Kellermeisters, in der Halle der Dienstboten, in der großen Eintrittshalle – überall dasselbe Leben. In den Salons war nur Ruhe und Frieden, wenn der blaue Himmel und der Sonnenschein des herrlichen Frühlingswetters die Gäste in den Park hinausriefen. Selbst als das schöne Wetter zu Ende war und ununterbrochener Regen für einige Tage das Regiment hatte, schien das Vergnügen keine Einbuße erlitten zu haben. Als an Lustbarkeiten draußen nicht zu denken war, wurden die Zerstreuungen im Hause umso lebendiger und mannigfaltiger.

Ich fragte mich, was man wohl vorhatte, als das erste Mal zur Abwechslung der Abendunterhaltung eine Scharade vorgeschlagen wurde – in meiner Unwissenheit verstand ich den Ausdruck nicht. Die Diener wurden hereingerufen, die Speisetische beiseite gerollt, die Lampen anders platziert und die Stühle dem Türbogen gegenüber in einem Halbkreis aufgestellt. Während Mr. Rochester und die anderen Herren diese Veränderungen anordneten, liefen die Damen treppauf und treppab und riefen nach ihren Zofen. Mrs. Fairfax wurde herbeigerufen, um Auskunft über die Hilfsquellen zu geben, welche das Haus an Schals, Kleidern und Draperien aller Art zu bieten vermochte. Im dritten Stockwerk wurden gewisse Garderoben durchsucht, und die Zofen brachten ganze Arme voll von Brokatreifröcken, seidenen Kleidern, schwarzen Gewändern, Spitzenüberwürfen und dergleichen mehr herunter. Dann wurde eine Auswahl getroffen, und die ausgesuchten Sachen, die dem gewünschten Zweck entsprechen konnten, wurden in das Boudoir hinter den Salon gebracht.

Inzwischen hatte Mr. Rochester die Damen wieder um sich versammelt und suchte eine Anzahl von ihnen aus, die zu seiner Abteilung gehören sollten. »Miss Ingram ist natürlich die meine«, sagte er. Später ernannte er dann noch die beiden Miss Eshton sowie Mrs. Dent. Dann sah er mich. Zufällig stand ich in seiner Nähe, da ich gerade damit beschäftigt war, das Schloss von Mrs. Dents Armband, das aufgegangen war, wieder zu schließen.

»Wollen Sie mitspielen?«, fragte er. Verneinend schüttelte ich den Kopf. Er drang nicht weiter in mich, wie ich schon gefürchtet hatte, sondern gestattete mir, ruhig auf meinen gewöhnlichen Sitz zurückzukehren.

Nun zogen er und seine Helferinnen sich hinter den Vorhang zurück. Die andere Abteilung, welche von Colonel Dent angeführt wurde, nahm auf den im Halbkreis aufgestellten Stühlen Platz. Als einer der Herren, Mr. Eshton, meiner ansichtig wurde, schlug er wohl vor, mich auch hinzuzubitten, aber Lady Ingram wies diesen Vorschlag sofort zurück.

»Nein«, hörte ich sie sagen, »sie sieht zu dumm aus für ein Spiel dieser Art.«

Es währte nicht lange, so erklang eine Glocke und der Vorhang wurde aufgezogen.

Innerhalb des Türbogens gewahrte man, in ein weißes Betttuch gehüllt, die große Gestalt Sir George Lynns, welchen Mr. Rochester ebenfalls ausgewählt hatte. Vor ihm auf dem Tisch lag ein großes, aufgeschlagenes Buch; ihm zur Seite stand Amy Eshton, die sich in Mr. Rochesters Mantel drapiert hatte und ebenfalls ein Buch in der Hand hielt. Eine unsichtbare Gestalt läutete eine lustig klingende Glocke, dann kam Adèle nach vorn – welche darauf bestanden hatte, zur Gesellschaft ihres Vormundes zu gehören – und streute den Inhalt eines Blumenkorbes aus, den sie am Arm getragen hatte. Und jetzt erschien die prächtige Gestalt Miss Ingrams, ganz in Weiß gekleidet. Ein langer, weißer Schleier wallte von ihrem Haupt und eine Girlande von Rosen umkränzte ihre Stirn. Ihr zur Seite schritt Mr. Rochester und beide näherten sich dem Tisch. Sie knieten nieder, während Louisa Eshton und Mrs. Dent, die ebenfalls in Weiß gekleidet waren, hinter ihnen Aufstellung nahmen. Hierauf folgte eine stumme Zeremonie, aus welcher man leicht erriet, dass es die pantomimische Darstellung einer Trauung sei. Gegen den Schluss hin berieten Colonel Dent und seine Gesellschaft eine Weile im Flüsterton; dann rief der Oberst: »Braut!« Mr. Rochester verneigte sich und der Vorhang fiel nieder.

Geraume Zeit verfloss, bevor er aufs Neue in die Höhe ging. Die Szene, welche sich dem Auge jetzt darbot, war ungleich sorgsamer vorbereitet als die vorhergehende. Wie ich bereits erwähnt habe, schritt man über zwei Stufen von dem Speisesaal in das Gesellschaftszimmer hinauf. Auf der oberen dieser beiden Stufen stand jetzt eine große, prächtige Marmorschale, in welcher ich das Becken aus dem Gewächshaus wiedererkannte, welches für gewöhnlich von Goldfischen belebt und von seltenen exotischen Pflanzen umgeben war. Die Schale war von enormer Größe und äußerst schwer; ihr Transport in die Gesellschaftsräume musste viel Mühe und Zeit gekostet haben.

Zur Seite dieses Marmorbassins saß Mr. Rochester auf dem Teppich, in Schals gehüllt und mit einem Turban auf dem Kopf. Seine dunklen Augen, die bräunliche Hautfarbe und seine heidnischen Gesichtszüge passten ausgezeichnet zu diesem Kostüm. Er war das gelungenste Bild eines orientalischen Emirs; der Absender oder das Opfer einer seidenen Schnur. Und jetzt erschien auch Miss Ingram auf der Szene. Sie hatte ebenfalls eine orientalische Tracht angelegt; eine purpurrote Schärpe war um ihre Taille geschlungen, ein reich gesticktes Tuch um den Kopf geknüpft. Ihre wohlgeformten Arme waren bloß, der eine stützte einen Krug, den sie mit der vollkommensten Anmut auf dem Haupt balancierte. Sowohl ihre Gestalt wie ihre Züge, ihre Gesichtsfarbe und ihr ganzes Aussehen weckten den Gedanken an eine israelitische Prinzessin aus den Tagen der Patriarchen. Und eine solche sollte sie zweifelsohne auch darstellen.

Sie näherte sich dem Marmorbassin und beugte sich darüber, wie um ihren Krug zu füllen. Dann hob sie ihn wieder auf das Haupt empor. Die Gestalt am Brunnen schien jetzt zu ihr zu reden, ihr eine Bitte vorzutragen, ›... und eilend ließ sie den Krug hernieder auf ihre Hand, und gab ihm zu trinken.‹ Dann zog er aus den Falten seines Gewandes ein Juwelenkästchen, öffnete es und ließ kostbare Armspangen und Ringe vor ihren Augen funkeln.

Sie spielte Erstaunen und Bewunderung, er kniete nieder und legte ihr die Schätze zu Füßen. Nun zeigte sie ungläubige Freude, der Fremde aber legte die Spangen um ihre Arme und befestigte die Ringe an ihren Ohren. Es waren Eliezer, der Knecht Abrahams, und Rebekka – nur die Kamele fehlten.

Die ratende Gesellschaft steckte wieder die Köpfe zusammen; augenscheinlich konnten sie sich nicht über das genaue Wort oder die Silbe einigen, welche dieses Bild illustrieren sollte. Colonel Dent, der Sprecher, verlangte »das *tableau* des Ganzen«, und hierauf fiel der Vorhang erneut.

Als er zum dritten Mal in die Höhe ging, war nur ein Teil des Gesellschaftszimmers sichtbar. Der übrige Raum war durch einen Wandschirm verdeckt, der mit einer groben, düsteren Draperie verhängt war. Das Marmorbassin, welches im letzten Bild den Brunnen vorgestellt hatte, war entfernt worden, an seiner Stelle stand ein roh gezimmerter Holztisch und ein Küchenstuhl. Diese Dinge erblickte man bei dem Lichte, welches eine alte Stalllaterne gab; sämtliche Wachskerzen waren ausgelöscht.

Inmitten dieser elenden Umgebung saß ein Mann. Seine geballten Fäuste ruhten auf den Knien, seine Blicke waren auf den Boden geheftet und der Rock hing ihm lose vom Rücken herab, als wäre er ihm in einer Rauferei beinahe vom Leib gerissen worden. Er zeigte einen verzweifelten, düsteren Gesichtsausdruck und das Haar hing ihm wild und verworren um die Stirn. Ich erkannte Mr. Rochester trotz seines beschmierten Gesichts und seiner unordentlichen Kleidung. Als er sich bewegte, klirrte eine Kette; auch an den Händen trug er Fesseln.

»Bridewell!«[23] rief Colonel Dent aus, und die Scharade war gelöst.

Geraume Zeit verstrich, während welcher die Darsteller des lebenden Bildes ihre Gesellschaftskleider wieder anlegten. Endlich traten sie wieder in den Speisesaal. Mr. Rochester führte Miss Ingram am Arm, sie machte ihm große Komplimente für seine Darstellungskunst.

»Wissen Sie, dass mir von Ihren drei Figuren die letzte Darstellung bei Weitem am besten gefiel? Ach, wenn Sie doch nur einige

Jahre früher gelebt hätten! Welch ein galanter Gentleman-Straßenräuber wären Sie gewesen!«

»Habe ich allen Ruß aus meinem Gesicht gewaschen?«, fragte er und wandte ihr sein Gesicht zu.

»Ja, aber es ist jammerschade drum! Sie können nichts finden, was Sie besser kleidete, als die Schminke eines Raufbolds.«

»Sie könnten also einen Helden der Straße lieben?«

»Ein englischer Wegelagerer käme gleich nach einem italienischen Banditen; und dieser könnte wiederum nur von einem levantinischen Piraten übertroffen werden.«

»Nun, was ich auch sein mag, vergessen Sie nicht, dass Sie mein Weib sind. In Gegenwart all dieser Zeugen ist vor einer Stunde unsere Trauung vollzogen worden.«

Sie kicherte und ein tiefes Rot bedeckte ihre Wangen.

»Jetzt ist die Reihe an Ihnen, Dent«, fuhr Mr. Rochester fort.

Als der andere Teil der Gesellschaft sich nun zurückzog, nahm er mit seiner Truppe die leeren Sitze ein. Miss Ingram setzte sich zur Rechten ihres Führers; die übrigen Ratenden nahmen die Stühle zu beiden Seiten des Paars. Ich beachtete die Schauspieler nicht mehr, wartete nicht mehr interessiert darauf, dass der Vorhang sich heben möge. Meine ganze Aufmerksamkeit wurde von den Zuschauern in Anspruch genommen, meine Augen, die zuvor unverwandt auf den großen, gewölbten Bogen gerichtet gewesen waren, ruhten jetzt wie gebannt auf dem Halbkreis von Stühlen. Ich weiß nicht mehr, welche Scharade Colonel Dent und seine Gesellschaft aufführten, welches Wort sie wählten und wie sie es darstellten. Aber ich sehe noch heute die Beratung vor mir, welche nach jeder Szene folgte; ich sehe, wie Mr. Rochester sich zu Miss Ingram wandte und Miss Ingram sich zu ihm. Ich sehe, wie sie ihm ihr Haupt zuwandte, bis ihre rabenschwarzen Locken fast auf seiner Schulter ruhten und seine Wangen streiften. Ich höre ihr Geflüster, ich rufe mir die Blicke ins Gedächtnis zurück, welche sie miteinander wechselten, und sogar die Empfindungen, welche mich in jenem Augenblick beherrschten, steigen in der Erinnerung von Neuem in meiner Seele auf.

Ich habe dir, lieber Leser, ja schon gesagt, dass ich mich in Mr. Rochester verliebt hatte. Ich konnte dieses Gefühl nicht wieder in mir ersticken, nur weil ich fand, dass er gänzlich aufgehört hatte, meine Gegenwart zu bemerken – ich konnte stundenlang in seiner Nähe sein, ohne dass er auch nur ein einziges Mal einen Blick zu mir herübersandte –, oder weil ich sah, wie seine ganze Aufmerksamkeit sich auf eine schöne und vornehme Dame konzentrierte, die mich nicht einmal für würdig hielt, den Saum ihres Gewandes zu streifen, wenn sie stolz an mir vorüberrauschte. Die ihre dunklen und gebieterischen Augen sofort von mir abwandte, wenn ihr Blick mich zufällig traf, als ob ich ein Gegenstand wäre, der zu gering ist für die Betrachtung eines so hochstehenden Wesens. Ich konnte nicht aufhören, ihn zu lieben, nur weil ich sicher war, dass er diese Dame binnen kurzem heiraten würde – nur weil ich täglich aus der stolzen Sicherheit ihrer Haltung sah, dass sie über seine Pläne und Absichten in Bezug auf sie vollständig im Klaren war – nur weil ich stündlich Zeugin seiner Huldigungen war, die, wenn sie auch nachlässig waren und in seinen Worten eher entdeckt sein wollten, als dass er selbst nach Gelegenheiten für sie suchte, doch gerade durch diese Nonchalance bezaubernd und in ihrer stolzen Art unwiderstehlich waren.

All diese Umstände brachten nichts mit sich, das meine Liebe hätte abkühlen oder ersticken können, nein, sie brachten nur tiefinnerste Verzweiflung. Und, mein Leser, vielleicht meinst du auch, sie hätten mir Eifersucht bringen können, wenn ein Mädchen in meiner Stellung überhaupt hätte wagen können, auf eine Frau wie Miss Ingram eifersüchtig zu sein. Aber ich war nicht eifersüchtig, oder doch nur sehr selten – die Art des Schmerzes, welchen ich empfand, würde durch dieses Wort schlecht bezeichnet gewesen sein. Miss Ingram stand unter dem Niveau der Eifersucht; sie war zu unwürdig in geistiger Beziehung, um dieses Gefühl in mir erwecken zu können. Man entschuldige dieses Paradoxon, aber ich meine, was ich sage. Sie war wunderschön und hatte viele Fähigkeiten, aber ihr Geist war armselig und ihr Herz war von Natur aus unfruchtbar. Nichts blühte von allein auf diesem Boden, er trug keine natürlichen Früchte, die erquicken konnten. Sie war nicht gut, sie war nicht echt, sie pflegte volltönende Phrasen aus Büchern zu wiederholen. Sie sprach niemals eine eigene Meinung aus, denn sie hatte keine eigene Meinung. Sie schlug einen hohen Gefühlston an, aber sie kannte nicht das Gefühl der Sympathie und des Mitleids, Zärtlichkeit und Aufrichtigkeit waren nicht in ihr. Nur zu oft verriet sie dies, wenn sie der trotzigen Antipathie, welche sie ungerechterweise gegen die kleine Adèle gefasst hatte, freien Lauf ließ. Mit abfälligen Schimpfworten stieß sie das Kind von sich, wenn es sich ihr zufällig näherte; oft schickte sie Adèle aus dem Zimmer, und immer behandelte sie sie mit unveränderlicher Kälte, mit Bitterkeit und beißendem Spott. Außer den meinen verfolgten aber auch noch andere Augen diese Kundgebungen ihres Charakters – verfolgten sie genau, scharfsichtig und fein. Ja, der künftige Gatte Mr. Rochester selbst beobachtete seine Zukünftige unausgesetzt. Und aus dieser seiner klugen Wachsamkeit, dieser vollkommen klaren Erkenntnis der Mängel und Fehler seiner Schönen, dieser seiner in die Augen fallenden Leidenschaftslosigkeit für sie – aus all diesem entsprang mein grenzenloser Schmerz.

Ich sah ein, dass er sie heiraten würde; aus Rücksicht auf die Familie, vielleicht auch aus politischen Gründen, weil ihr Rang und ihre Verbindungen ihm zusagten. Ich fühlte aber, dass er sie nicht liebte, und dass ihre Eigenschaften auch nicht geeignet waren, ihm dieses Gefühl abzuringen. Und dies war der Punkt, dies war es, wo der Nerv berührt wurde und schmerzte, dies war es, was das Fieber nährte und steigerte: *Sie konnte ihn nicht dazu bringen, sie zu lieben.*

Wenn sie den Sieg mit einem Schlage errungen hätte, wenn er sich ergeben und ihr sein Herz zu Füßen gelegt hätte, so würde ich mein Antlitz bedeckt und der Wand zugewendet haben, um – im übertragenen Sinne – für sie beide zu sterben. Wenn Miss Ingram eine gute und edle Frau gewesen wäre, mit Kraft, Leidenschaft, Zärtlichkeit und Verstand begabt, so hätte ich nur einen entscheidenden Kampf mit den zwei Ungeheuern Eifersucht und Verzweiflung zu bestehen gehabt. Ich hätte mir das Herz aus der Brust gerissen, um es zu zertreten. Und dann hätte ich sie bewundert, angebetet, ich hätte ihre Überlegenheit anerkannt und wäre für den Rest meiner Tage in Frieden gewesen – und je absoluter ihre Überlegenheit wäre, desto tiefer wäre meine Bewunderung gewesen, desto ruhiger meine Ergebenheit. Aber wie die Dinge jetzt lagen: die Anstrengungen zu sehen, welche Miss Ingram machte, um Mr. Rochester zu fesseln – und auch das Misslingen dieser Anstrengungen zu gewahren; zu sehen, wie sie in der Einbildung lebte, dass jeder Pfeil ins Schwarze traf, und wie sie sich mit ihren eingebildeten Erfolgen brüstete, während ihr Hochmut und ihre Selbstgefälligkeit das Ziel nur weiter von ihr entfernten, welches sie anzulocken wünschte; Zeuge von all *diesem* zu sein, hieß, in einer fortwährenden Erregung, unter einem erbarmungslosen Zwang zu leben.

Denn ich sah, wie sie den Sieg hätte erringen können, während sie eine Niederlage erlitt. Pfeile, welche fortwährend von Mr. Rochesters Brust abprallten und wirkungslos zu seinen Füßen niederfielen, würden sein stolzes Herz getroffen und schwer verwundet haben, wenn eine sichere Hand sie abgeschossen hätte, das wusste ich. Sie hätten die Liebe in seinen kalten Augen leuchten lassen und sein sarkastisches Gesicht sanft gemacht. Oder besser: Ohne Waffen wäre ein stiller Sieg errungen worden.

›Weshalb kann sie nicht mehr Einfluss über ihn gewinnen, wenn sie doch dazu bestimmt ist, ihm einmal so nahe zu stehen?‹, fragte ich mich. ›Gewiss, sie kann ihn nicht wahrhaft lieben, jedenfalls nicht mit einer echten, reinen Liebe lieben! Denn wenn dies der Fall wäre, so brauchte sie nicht so überschwänglich zu lachen, müsste ihm nicht unaufhörlich Blicke zuwerfen und sich so künstlich gebärden. Mir scheint, als könnte sie seinem Herzen näher rücken, wenn sie einfach ruhig an seiner Seite weilen würde, weniger spräche und weniger kühn blickte. *Ich* habe in seinem Antlitz einen Ausdruck gesehen, der sehr verschieden war von der harten, versteinerten Miene, die er jetzt gar oft annimmt, wenn sie so eindringlich und lebhaft zu ihm spricht – jener Ausdruck kam von innen heraus, er war nicht künstlich hervorgezaubert durch verführerische Lockungen und berechnete Manöver. Man brauchte ihn nur hinzunehmen, ihm ohne Prätention zu antworten, wenn er fragte, ihn ohne Grimassen anzureden, wenn es nötig war, und jener Ausdruck wurde freundlicher und liebevoller und erwärmte einen wie ein Sonnenstrahl. Wie wird es ihr denn gelingen, ihm zu gefallen, wenn sie erst verheiratet sind? Oh nein, es wird ihnen nicht gelingen, dessen bin ich sicher. Aber es *kann* gelingen, und wahrhaftig, ich glaube, seine Gattin könnte die glücklichste Frau unter der Sonne sein.‹

Bis jetzt habe ich noch kein verdammendes Urteil über Mr. Rochesters Plan gefällt, um der Familienverbindungen und anderer materieller Interessen willen eine Heirat zu schließen. Ich war natürlich erstaunt, als ich seine Absicht entdeckte: hatte ich ihn doch für einen Mann gehalten, bei dem es nicht wahrscheinlich war, dass er sich bei der Wahl einer Gattin von so gewöhnlichen Motiven würde leiten lassen. Aber je länger ich die Stellung und die Erziehung beider in Betracht zog, desto weniger fühlte ich mich berechtigt, ihn oder Miss Ingram zu beurteilen oder zu verdammen, weil sie in Übereinstimmung mit den Grundsätzen und Ideen handelten, welche ihnen ohne Zweifel seit ihrer Kindheit eingepflanzt waren. Die ganze Gesellschaftsklasse, zu welcher sie gehörten, huldigte diesen Grundsätzen, folglich mussten sie auch eine Begründung für dieselben haben, wenn ich sie auch nicht ergründen konnte. Wäre ich ein Mann wie er, würde ich nur eine Frau an mein Herz ziehen, die ich auch lieben könnte. Aber es schien Argumente dagegen zu geben, gerade weil aus diesem Vorgehen offensichtlich das Glück des Mannes resultieren würde, Argumente, von denen ich keine Ahnung hatte – denn sonst hätte doch die ganze Welt so handeln müssen, wie ich es getan hätte.

In Bezug auf diesen Punkt und auch auf manchen anderen wurde ich meinem Brotherrn gegenüber sehr nachsichtig. Ich vergaß und übersah all seine Fehler, für die ich doch einst ein so scharfes Auge gehabt hatte. Früher hatte ich mich bemüht, alle Seiten seines Charakters zu studieren, die schlechten und die guten, und aus dem genauen Abwägen ein gleichmäßiges und gerechtes Urteil zu fällen. Jetzt sah ich keine schlechten Eigenschaften mehr. Der Sarkasmus, der mich einst zurückgestoßen, die Härte, die mich erschreckt und eingeschüchtert hatte – dies erschienen mir jetzt nur wie die notwendige Würze eines seltenen Gerichts: Ihr Vorhandensein machte es scharf, ihr Fehlen würde es geschmacklos und fade gemacht haben. Und jenes vage Etwas, das ein sorgsamer Beobachter dann und wann in seinem Blick entdecken konnte, um es schnell wieder verschwinden zu sehen, noch ehe man die seltsame, geheimnisvolle Tiefe ergründen konnte, jenes Etwas, das mich mit Furcht und Schrecken erfüllt hatte, wie wenn ich auf vulkanischem Boden gewandelt und plötzlich die Erde unter meinen Füßen hätte erbeben und einen Abgrund sich vor mir hätte öffnen sehen: jenes Etwas, ich sah es zuweilen noch jetzt, aber mein Herz klopfte vor Jammer und Mitgefühl. Es lähmte meine Nerven nicht mehr. Ich wusste nicht, ob es ein finsterer oder ein trauriger Ausdruck, ein hinterlistiger, verschmitzter oder ein verzweifelter sei; aber ich scheute mich jetzt nicht mehr davor, ich sehnte mich nur grenzenlos danach, ihn ergründen zu können. Ich pries Miss Ingram überglücklich, weil es ihr eines Tages vergönnt sein würde, in jenen Abgrund zu blicken, sein Geheimnis ergründen und seinen Jammer heilen zu dürfen.

Während ich nur an meinen Herrn und seine künftige Gemahlin dachte, nur sie sah, nichts hörte als ihre Zwiegespräche und nur ihrem Tun und Lassen Wichtigkeit und Bedeutung beilegte, war der übrige Teil der Gesellschaft mit dem eigenen Vergnügen und eigenen Sonderinteressen beschäftigt. Die Ladies Lynn und Ingram fuhren fort, die feierlichsten Konferenzen miteinander abzuhalten. Sie wiegten ihre Turbane hin und her und erhoben ihre vier Hände in Überraschung, Geheimniskrämerei oder Schrecken – je nach dem Gegenstand, um welchen ihre wichtige Unterhaltung sich drehte. Die beiden Damen bewegten sich wie zwei durch ein Vergrößerungsglas betrachtete Marionetten. Die milde Mrs. Dent unterhielt sich mit der gutmütigen Mrs. Eshton, und von diesen beiden erhielt ich zuweilen einen gütigen Blick, ein freundliches Wort. Sir George Lynn, Colonel Dent und Mr. Eshton diskutierten über Politik, Angelegenheiten ihrer Grafschaft oder Rechtssachen. Lord Ingram kokettierte mit Amy Eshton. Louisa sang und spielte mit einem der jungen Herren Lynn, und Mary Ingram horchte gelangweilt auf die zierlichen, wohlgesetzten Redensarten des andern. Und zuweilen gaben alle wie auf Verabredung ihr Zwischenspiel auf, um den Hauptträgern der Handlung zuzuhören und sie zu beobachten, denn trotz allem waren Mr. Rochester und Miss Ingram – diese nur, weil sie ihm so nahestand – die Seele und das Leben der Gesellschaft. Wenn er sich auch nur für eine Stunde aus dem Gesellschaftszimmer entfernte, so schien eine sehr bemerkbare Verstimmung und Langeweile sich seiner Gäste zu bemächtigen, und sein Wiedereintritt gab der Unterhaltung augenblicklich einen lebhaften Impuls zurück.

Das Fehlen seines belebenden Einflusses schien sich eines Tages ganz besonders bemerkbar zu machen, als er sich in dringenden Geschäftsangelegenheiten nach Millcote hatte begeben müssen und erst spät am Abend zurückerwartet wurde.

Der Nachmittag war regnerisch gewesen; ein Spaziergang, welchen die Gesellschaft zu einem Zigeunerlager, das auf einer Wiese jenseits von Hay aufgeschlagen war, geplant hatte, musste infolge des Regens aufgegeben werden. Einige der Herren hatten sich in die Ställe begeben, die Jüngeren und die jungen Damen spielten im Billardzimmer, die verwitweten Damen Lynn und Ingram suchten Trost in einem ruhigen Kartenspiel. Nachdem Blanche Ingram durch ihre mürrische Schweigsamkeit einige Versuche zurückgeschlagen hatte, die Mrs. Dent und Mrs. Eshton gemacht hatten, sie in die Konversation zu ziehen, hatte sie anfangs einige sentimentale Lieder und Melodien zur Klavierbegleitung gesummt, dann war sie plötzlich aufgesprungen, hatte einen Roman aus ihrem Zimmer geholt und lag jetzt in hochmütiger Gleichgültigkeit auf einem Sofa hingestreckt und versuchte, sich die langsam hinschleichenden Stunden seiner Abwesenheit mit lesen zu vertreiben. Im Zimmer und im ganzen Haus herrschte Ruhe. Nur zuweilen drang ein fröhliches Lachen aus dem Billardzimmer bis zu uns herunter.

Es begann schon zu dämmern, die Glocke hatte bereits das Zeichen zum Ankleiden für die Dinnerstunde gegeben, als die kleine Adèle, welche neben mir auf einem Sitz in der Fenstervertiefung kniete, plötzlich fröhlich ausrief:

»Voilà Monsieur Rochester qui revient!«[24]

Ich wandte mich um und sah, wie Miss Ingram mit der größten Eilfertigkeit von ihrem Sofa aufsprang. Auch die Übrigen blickten von ihren verschiedenen Beschäftigungen auf, denn im selben Augenblick wurden ein Knirschen von Rädern und das Platschen von Hufen auf dem durchweichten Kiesweg vor dem Haus hörbar. Eine Postkutsche fuhr vor.

»Was mag ihm nur eingefallen sein, auf diese Weise nach Hause zu kommen!«, sagte Miss Ingram. »Er ritt Mesrour, den Rappen, nicht wahr? Und Pilot war doch bei ihm, als er fortritt? Was kann er mit den Tieren angefangen haben?«

Indem sie dies sagte, kam sie mit ihrer hohen Gestalt und ihrer ungeheuren Kleiderfülle dem Fenster so nahe, dass ich mich weit zurücklehnen musste und fast das Rückgrat gebrochen hätte. In ihrer Aufgeregtheit bemerkte sie mich im ersten Augenblick fast gar nicht, und als ihr Blick denn doch auf mich fiel, verzog sie die Lippen höhnisch und wandte sich einem anderen Fenster zu.

Die Postkutsche hielt an. Der Kutscher zog die Glocke zur großen Eingangstür und ein Herr in Reisekleidern entstieg dem Gefährt. Aber es war nicht Mr. Rochester, sondern ein großer, schlanker, elegant aussehender Mann, ein Fremder.

»Wie ärgerlich!«, rief Blanche Ingram aus. »Du langweiliger Affe«, dies galt Adèle, »wer hat dich dort an das Fenster gesetzt, damit du falschen Alarm gibst?« Und bei diesen Worten warf sie mir einen zornigen Blick zu, als wäre ich die Schuldige gewesen.

Jetzt wurde draußen in der Halle ein kurzes Gespräch hörbar, und gleich darauf trat der Fremde ein. Er verbeugte sich tief vor Lady Ingram, die er wahrscheinlich für die älteste der anwesenden Damen hielt.

»Es scheint, Madam, dass ich zu sehr ungelegener Zeit komme«, sagte er, »denn mein Freund Rochester ist nicht zu Hause. Aber ich komme von einer sehr langen und ermüdenden Reise, und daher darf ich wohl die Rechte einer sehr alten und intimen Freundschaft geltend machen und mich hier bis zur Rückkehr meines Freundes niederlassen.«

Er war von ausgesuchter Höflichkeit, sein Akzent schien mir indessen etwas fremdartig – nicht gerade ausländisch, aber auch nicht entschieden englisch. Er mochte ungefähr so alt sein wie Mr. Rochester, zwischen dreißig und vierzig. Seine Gesichtsfarbe war seltsam fahl, sonst war er aber ein schöner Mann, besonders auf den ersten Blick. Bei näherer Prüfung entdeckte man in seinem Gesicht allerdings etwas, das abstieß, oder vielmehr etwas, das nicht gerade gefiel. Seine Züge waren regelmäßig, aber zu schlaff; seine Augen waren groß und schön geschnitten, aber man las darin, dass er ein nutzloses, leeres, unbedeutendes Leben geführt hatte. Wenigstens erschien es mir so.

Der Ton der Ankleideglocke zerstreute die Gesellschaft. Erst nach dem Dinner sah ich den Fremden wieder. Um diese Zeit schien er sich bereits ganz heimisch zu fühlen. Aber jetzt gefiel mir seine Physiognomie noch weniger als zuvor; sie war zugleich unruhig und doch leblos. Seine Blicke wanderten umher, aber man fühlte, dass sie nichts suchten. Das gab ihm einen so seltsamen Ausdruck, wie ich ihn noch niemals im Gesicht eines Menschen beobachtet hatte. Für einen schönen und nicht unliebenswürdigen Mann fand ich ihn merkwürdig abstoßend. Dieses glatte, oval geformte Gesicht übte keine Macht aus, in jener schmalen, gebogenen Nase, in dem kleinen Kirschenmund lag keine Kraft. Die niedrige, ungefurchte Stirn verriet keine Gedanken; das glänzende, braune Auge verstand nicht zu herrschen.

Als ich in meinem gewohnten Winkel saß und ihn im Schein der Leuchter, der vom Kaminsims hell auf ihn herabschien, betrachtete – er saß in einem Lehnstuhl, den er dicht an das wärmende Feuer gezogen hatte, und er schien trotzdem noch vor Kälte zu beben –, begann ich, ihn mit Mr. Rochester zu vergleichen. Ich glaube, bei allem Respekt, der Unterschied zwischen einem sanften Gänserich und einem stolzen Falken könnte nicht viel größer sein; nicht schärfer der Kontrast zwischen einem frommen Schaf und dem zotteligen, scharfäugigen Hund, seinem Hüter.

Er hatte von Mr. Rochester wie von einem alten Freund gesprochen. Eine seltsame Freundschaft musste dies gewesen sein, eine treffende Illustration des alten Sprichwortes ›Gegensätze ziehen sich an‹.

Zwei oder drei der Herren saßen neben ihm, und von Zeit zu Zeit drangen abgerissene Sätze ihrer Unterhaltung bis in meine abgelegene Ecke. Lange blieb mir der Sinn des Gehörten unklar, denn die Unterhaltung zwischen Mary Ingram und Louisa Eshton, die in meiner nächsten Nähe saßen, übertönte das Gespräch der Herren am Kamin. Die Damen sprachen über den Fremden, beide nannten ihn einen schönen Mann. Louisa sagte, er sei »ein reizender Mensch« und sie »schwärme für ihn«; Mary machte Bemerkungen über seinen »süßen kleinen Mund und seine entzückende Nase« – beides schien ihre Ideale von Schönheit zu verkörpern.

»Und welch eine freundliche Stirn er hat«, sagte Louisa, »so glatt, keine von diesen Falten, die ich so sehr verabscheue. Und welch ein ruhiges Auge, welch ein berückendes Lächeln!«

Und dann rief Mr. Henry Lynn sie zu meiner größten Erleichterung an das andere Ende des Zimmers, um noch irgendwelche Punkte über die aufgeschobene Exkursion nach Hay zu besprechen.

Jetzt war es mir wieder möglich geworden, meine Aufmerksamkeit auf die Gruppe am Kamin zu richten, und nun erfuhr ich auch bald, dass der Ankömmling Mr. Mason hieß. Dann hörte ich, dass er soeben in England angelangt sei und aus irgendeinem heißen Land komme. Letzteres war wahrscheinlich der Grund für sein fortwährendes Näherrücken an das Feuer und für den Überrock, den er auch im Salon nicht abgelegt hatte. Die Namen Jamaika, Spanish Town und Kingston, welche an mein Ohr schlugen, belehrten mich, dass Westindien sein Aufenthalt gewesen sein musste, und nicht gering war mein Erstaunen, als ich weiter erfuhr, dass er Mr. Rochesters Bekanntschaft in jenen Gegenden gemacht habe. Er sprach von der Abneigung seines Freundes gegen die sengende Hitze, die furchtbaren Orkane und die Regenzeiten dieser Regionen.

Ich wusste wohl, dass Mr. Rochester viel gereist war; Mrs. Fairfax hatte es mir ja erzählt, aber ich hatte bisher geglaubt, dass er sich auf den europäischen Kontinent beschränkt hatte. Niemals hatte er auch nur die leiseste Andeutung darüber gemacht, dass er selbst jene entlegenen Küsten besucht habe.

Über diese Dinge dachte ich nach, als ein Zwischenfall, und noch dazu ein sehr unerwarteter, den Faden meiner Grübeleien unterbrach. Mr. Mason, der jedes Mal von einem kalten Schauer gerüttelt wurde, wenn jemand die Tür aufmachte, hatte gebeten, dass man noch mehr Holz und Kohlen auf das Feuer lege, dessen Flammen nicht mehr emporloderten, obgleich die Asche noch rot und heiß glühte. Als der Diener, welcher das Feuerholz hereingebracht hatte, das Zimmer wieder verlassen wollte, trat er zuvor an Mr. Eshtons Stuhl und flüsterte diesem Herrn etwas ins Ohr, wovon ich nur die Worte »altes Weib« und »ziemlich lästig« verstehen konnte.

»Sagen Sie ihr, dass wir sie einsperren lassen, wenn sie nicht gleich verschwindet«, entgegnete der Magistrat Mr. Eshton.

»Nein, halt!«, unterbrach Colonel Dent. »Schicken Sie sie nicht fort, Eshton; wir könnten die Gelegenheit doch benützen. Fragen wir mal die Damen.« Und laut fuhr er fort: »Meine Damen, Sie haben davon gesprochen, zu der Wiese bei Hay gehen zu wollen, um das Zigeunerlager zu besuchen. Nun bringt Sam hier die Botschaft, dass eine der alten Zigeunerinnen sich in diesem Augenblick in der Halle der Dienstboten befindet und darauf besteht, bei den Herrschaften vorgelassen zu werden, um ihnen wahrsagen zu dürfen. Haben Sie Lust, die Alte zu sehen?«

»Wahrhaftig, Colonel«, rief Lady Ingram aus, »Sie wollen solch eine gemeine Betrügerin doch wohl nicht noch unterstützen? Schicken Sie sie unbedingt fort, augenblicklich!«

»Es war mir nicht möglich, sie zum Fortgehen zu bewegen, Mylady«, sagte der Diener, »und die anderen Dienstleute haben es auch vergeblich versucht. Jetzt ist Mrs. Fairfax bei ihr und bittet und fleht, dass sie fortgehen möge; sie hat sich aber einen Stuhl in der Ofenecke genommen und schwört, dass sie um keinen Preis von dort aufsteht, wenn man ihr nicht die Erlaubnis gibt, hierherzukommen.«

»Was will sie denn hier?«, fragte Mrs. Eshton.

»Sie will den Herrschaften wahrsagen, sagt sie, Mylady, und sie schwört, dass sie es tun muss und tun wird.«

»Wie sieht sie denn eigentlich aus?«, fragten die beiden Miss Eshton wie aus einem Munde.

»Ein furchtbar hässliches, altes Geschöpf, Miss; so schwarz wie ein Rabe.«

»Am Ende ist sie wirklich eine Hexe!«, rief Frederick Lynn dazwischen. »Auf jeden Fall müssen wir sie hereinlassen!«

»Allerdings«, fiel ihm sein Bruder in die Rede. »Es wäre doch töricht, wenn man solch eine Gelegenheit, sich zu amüsieren, ungenützt vorübergehen lassen wollte.«

»Was fällt euch denn eigentlich ein, meine lieben Söhne!«, rief Lady Lynn entsetzt aus.

»In meiner Gegenwart dürfen solche ungehörige Dinge nicht vor sich gehen«, stimmte die verwitwete Lady Ingram ihr bei.

»Oh doch, Mama, Sie dürfen es und Sie werden es«, ertönte da Blanche Ingrams hochmütige Stimme, während sie sich vom Piano her der Gesellschaft zuwandte. Bis zu diesem Augenblick hatte sie schweigend dort gesessen und, scheinbar ohne die Unterhaltung zu beachten, in den Noten herumgeblättert. »Ich bin neugierig und möchte mir wahrsagen lassen. Sam, schicken Sie die Zigeunerschönheit also herauf!«

»Aber Blanche, mein Liebling, bedenke doch …«

»Das tue ich. Ich bedenke alles, was zu bedenken ist. Und ich muss meinen Willen haben! Also beeilen Sie sich, Sam, schnell schnell!«

»Ja, ja, ja!«, rief die ganze Jugend, sowohl die Damen wie die Herren. »Sie muss heraufkommen! Das wird ein köstliches Vergnügen werden!«

Der Diener zögerte noch immer. »Sie sieht aber so fürchterlich aus«, sagte er endlich.

»Gehen Sie!«, rief Miss Ingram gebieterisch. Und der Mann ging.

Augenblicklich bemächtigte sich die größte Aufregung der ganzen Gesellschaft. Es entstand ein wahres Kreuzfeuer von Witz, Spott und Scherz. Da kehrte der Diener zögernd und ängstlich zurück.

»Sie will jetzt doch nicht mehr hereinkommen«, sagte er. »Sie sagt, es sei nicht ihre Aufgabe, vor dem Volkshaufen – ja, dieses Wort hat sie gebraucht – zu erscheinen. Ich sollte ihr ein Zimmer weisen, und wenn die Herrschaften sie um die Zukunft befragen wollen, so sollen Sie einzeln zu ihr kommen.«

»Siehst du, meine liebe Blanche, wie anmaßend das Weib wird?«, begann Lady Ingram von Neuem. »Lass dir raten, mein Engelskind, und ...«

»Bringen Sie sie in die Bibliothek«, unterbrach das ›Engelskind‹ sie scharf. »Ich brauche sie wirklich nicht vor dem ›Volkshaufen‹ anzuhören, die Person hat ganz recht. Ich will sie für mich allein haben. Brennt ein Feuer im Bibliothekszimmer, Sam?«

»Ja, Ma'am, aber – sie sieht aus wie ein Kesselflicker.«

»Schwatzen Sie nicht, Dummkopf, tun Sie nur, was ich Ihnen befehle.«

Wiederum verschwand Sam und die Wogen der Erregung und Erwartung gingen hoch.

»Jetzt ist sie bereit«, sagte der Diener, als er zurückkam. »Sie möchte wissen, wer sie zuerst befragen wird.«

»Ich glaube, es wird besser sein, wenn ich sie mir ansehe, bevor eine der Damen zu ihr geht«, sagte Colonel Dent.

»Sagen Sie ihr also, Sam, dass ein Herr kommen wird.«

Sam ging und kehrte gleich zurück.

»Sir, sie sagt, dass sie mit den Herren nichts zu tun haben will; sie bräuchten sich gar nicht erst zu bemühen, zu ihr zu kommen. Und auch ...«, fügte er zögernd hinzu, mit Mühe ein Kichern unterdrückend, »... von den Damen soll nur kommen, wer jung, schön und unverheiratet ist.«

»Beim Jupiter, die hat Geschmack!«, rief Henry Lynn laut lachend aus.

Mit großer Feierlichkeit erhob sich Miss Ingram. »Ich gehe zuerst«, sagte sie in einem Ton, welcher für den Anführer eines verlorenen Postens gepasst haben würde, der als Vorhut des Regiments eine Bresche in der feindlichen Festung erklimmt.

»Oh, meine Beste, mein teuerstes, liebstes Kind, halt ein, bedenke, was tust!«, rief ihre zärtliche Mutter aus. Aber in stolzem Schweigen rauschte Blanche an ihr vorbei und ging durch die Tür, welche Colonel Dent für sie offenhielt. Gleich darauf hörten wir, wie sie ins Bibliothekszimmer trat.

Jetzt kehrte eine verhältnismäßige Ruhe ein. Lady Ingram hielt es für passend und angebracht, die Hände zu ringen, und sie tat dies in ausgiebigstem Maße. Miss Mary erklärte, dass sie ihrerseits niemals den Mut zu so etwas gehabt haben würde. Amy und Louisa Eshton kicherten leise und verstohlen, sahen aber ängstlich und sehr befangen aus.

Außerordentlich langsam schlichen die Minuten dahin. Wir zählten deren fünfzehn, bevor das Geräusch der sich öffnenden Bibliothekstür an unser Ohr schlug. Gleich darauf trat Miss Ingram wieder ein.

Lachte sie? Hatte sie die ganze Sache als Scherz aufgefasst? Aller Augen waren mit intensivster Neugier auf sie geheftet, aber kalt und vorwurfsvoll begegneten ihre Blicke den unseren. Sie sah weder belustigt noch verwirrt aus. Stolz aufgerichtet und hochmütig schritt sie wieder auf ihren Sitz zu und setzte sich ohne ein Wort.

»Nun, Blanche?«, sagte Lord Ingram.

»Was sagte sie, Schwester?«, fragte Mary.

»Wie denkst du über sie? Wie fühlst du dich? Ist sie eine echte Wahrsagerin?«, fragten die Schwestern Eshton.

»Nanana, meine Lieben«, entgegnete Miss Ingram, »erdrückt mich nicht mit euren Fragen. Wahrlich, euer Staunen und eure Leichtgläubigkeit sind einfach zu gewinnen. Nach der Bedeutsamkeit, welche ihr alle – meine teure Mutter inbegriffen – dieser Angelegenheit beilegt, scheint ihr ja wirklich zu glauben, dass wir gegenwärtig eine echte Hexe im Haus haben, die mit dem alten schwarzen Gentleman im Bunde ist. Ich habe nur eine Vagabundin gesehen, die auf die übliche Weise die hohe Wissenschaft der Handleserei betreibt und mir gesagt hat, was solche Leute halt immer so prophezeien. Ich habe meine Laune befriedigt, und jetzt würde ich es für das Beste halten, wenn Mr. Eshton, wie er anfangs gedroht hat, das alte Scheusal morgen früh einsperren ließe.«

Miss Ingram nahm ein Buch, lehnte sich in den Sessel zurück und wies auf diese stumme aber deutliche Weise jede weitere Konversation zurück. Ich beobachtete sie dann wohl eine halbe Stunde hindurch; während dieser ganzen Zeit wandte sie nicht ein einziges Mal das Blatt um, und ihr Gesicht wurde zusehends düsterer, unzufriedener, und nahm immer mehr den Ausdruck der Enttäuschung und Bestürzung an. Augenscheinlich hatte sie nichts Angenehmes gehört, nichts, was mit ihren hochfliegenden Plänen übereinstimmte. Und trotz ihrer vorgeblichen Gleichgültigkeit schien es mir, als legte sie den ihr gemachten Enthüllungen eine ganz unberechtigte Wichtigkeit bei. Wenigstens erklärte ich mir auf diese Weise ihre düstere Schweigsamkeit und Verstimmung.

Inzwischen erklärten Mary Ingram sowie Amy und Louisa Eshton, dass sie nicht den Mut hätten, allein zu gehen, aber zugleich hegte jede von ihnen das brennende Verlangen danach. Durch die Vermittlung des Gesandten Sam wurden Unterhandlungen eingeleitet, und nach vielem Hin- und Herlaufen wurde der strengen Sybille endlich die Erlaubnis abgerungen, dass ihr die drei jungen Damen vereint ihre Aufwartung machen durften.

Dieser Besuch verlief nicht so still, wie jener Miss Ingrams. Aus dem Bibliothekszimmer drangen hysterisches Kichern und kleine, halb unterdrückte Schreie zu uns herüber. Nach zwanzig Minuten wurde endlich die Tür aufgerissen, und die jungen Mädchen kamen zu Tode erschrocken durch die Halle hereingestürzt.

»Gewiss, bei der geht es nicht mit rechten Dingen zu!«, riefen sie wie aus einem Munde. »Die hat uns Sachen gesagt! Sie weiß alles über uns!« Und atemlos sanken sie in die verschiedenen Sessel und Stühle zurück, welche die Herren sich beeilten, ihnen zu bringen.

Als man um weitere Erklärung in sie drang, erzählten sie, dass die Alte ihnen von Dingen gesprochen hätte, die sie gesagt und getan hatten, als sie noch kleine Kinder waren. Sie hatte ihnen von

Nippsachen und Büchern gesprochen, welche sich zu Hause in ihren Boudoirs befanden, von Andenken, welche verschiedene Verwandte ihnen geschenkt hatten. Sie bestätigten, dass sie sogar ihre Gedanken erraten hatte. Und dass sie jeder von ihnen den Namen jener Person ins Ohr geflüstert hatte, welche ihnen die liebste auf der Welt sei. Auch ihre geheimen Wünsche hatte die Alte erraten.

Hier sprachen die Herren die ernstliche Bitte aus, dass man sie ebenfalls über die beiden letztgenannten Punkte aufkläre, aber sie ernteten mit diesem anzüglichen Begehren nichts als schüchternes Erröten, Seufzer und Gekicher. Inzwischen wedelten die Matronen ihnen mit ihren Riesenfächern Luft zu, holten ihre Riechfläschchen hervor und sprachen ihr lebhaftes Bedauern aus, dass man ihre Warnung nicht rechtzeitig beachtet habe. Die älteren Herren lachten aus Leibeskräften und die jüngeren boten der aufgeregten Mädchenschar ihre Dienste an.

Inmitten dieses Tumults, und während meine Augen und Ohren vollauf mit der Szene beschäftigt waren, welche sich vor mir abspielte, hörte ich plötzlich ein leises, wiederholtes Räuspern dicht neben mir. Ich drehte mich schnell um und erblickte Sam.

»Ich bitte Sie, Miss, die Zigeunerin behauptet, dass noch eine junge, unverheiratete Dame hier im Zimmer sein muss, welche nicht bei ihr gewesen ist, und sie bleibt dabei und schwört hoch und heilig, dass sie nicht eher fortgeht, als bis sie alle gesehen hat. Ich dachte, dass es keine andere sein könne, als Sie. Sonst ist niemand mehr da. Was soll ich ihr sagen?«

»Ach, ich werde natürlich gehen«, entgegnete ich. Und ich freute mich der unerwarteten Gelegenheit, meine heftig erregte Neugier befriedigen zu können. Ich schlich zum Zimmer hinaus, ohne dass auch nur ein einziger Blick mir folgte. Die ganze Gesellschaft war noch mit dem soeben zurückgekehrten, bebenden Trio beschäftigt. Leise schloss ich die Tür hinter mir.

»Wenn Sie wollen, Miss«, sagte Sam, »so warte ich in der Halle auf Sie; und wenn sie Ihnen Angst macht, so rufen Sie nur, und ich komme Ihnen zu Hilfe.«

»Nein, Sam, gehen Sie nur wieder hinunter in die Küche, ich fürchte mich durchaus nicht.« – Und ich fürchtete mich in der Tat nicht. Aber die Sache interessierte und erregte mich im höchsten Grade.

Neunzehntes Kapitel

Das Bibliothekszimmer sah sehr friedlich aus, als ich eintrat; die Sibylle – wenn sie denn wirklich eine Sibylle war – saß ganz ruhig und bequem in einem Lehnstuhl vor dem Kamin. Sie trug einen roten Mantel und eine schwarze Haube, die eher ein breitkrempiger Zigeunerhut war, den sie mit einem gestreiften Tuch unter ihrem Kinn festgebunden hatte. Eine gelöschte Kerze stand auf dem Tisch. Sie beugte sich zum Kaminfeuer hinüber und schien beim Lichte der Flammen in einem kleinen, schwarzen Buch zu lesen, vielleicht ein Gebetbuch. Dabei murmelte sie die Worte vor sich hin, wie alte Frauen es oft zu tun pflegen, wenn sie lesen. Auch hörte sie nicht sofort bei meinem Eintreten mit dieser Beschäftigung auf; es sah aus, als wolle sie das Kapitel noch zu Ende lesen.

Ich stand auf dem Teppich vor dem Feuer und wärmte meine Hände, die fast erstarrt waren, weil ich im Gesellschaftszimmer in beträchtlicher Entfernung vom Kamin gesessen hatte. Ich war jetzt bereits so ruhig geworden, wie ich es sonst zu sein pflegte. In der äußeren Erscheinung der Zigeunerin lag tatsächlich nichts, was die Ruhe eines Menschen hätte erschüttern können. Sie schlug das Buch zu und blickte langsam auf. Der breite Rand ihres Hutes beschattete den größten Teil ihres Gesichts, und doch konnte ich, als sie zu mir aufsah, bemerken, dass es ein gar seltsames war: Es war durchweg braun und schwarz; verfilztes Haar quoll unter einer weißen Binde hervor, welche unter dem Kinn zusammenlief und Wangen sowie Kinn zur Hälfte bedeckte. Ihre Augen blickten mich mit einem scharfen, durchbohrenden Blick an.

»Nun, Sie wollen sich ebenfalls wahrsagen lassen?«, fragte sie mit einer Stimme, die ebenso scharf war wie ihr Blick und ebenso hart wie ihr Gesicht.

»Es liegt mir nicht viel daran, Mütterchen; tut, wie Ihr wollt! Aber eins muss ich Euch vorher sagen: Ich glaube nicht daran.«

»Diese Frechheit habe ich von Ihnen erwartet. Ich hörte es an Ihrem Schritt, als Sie über die Schwelle traten.«

»Wirklich? Dann habt Ihr ein scharfes Ohr.«

»Ja, das habe ich. Und ein gar scharfes Auge, und einen noch schärferen Verstand.«

»Nun, das alles braucht Ihr auch notwendig für Euer Handwerk.«

»Das brauche ich. Besonders, wenn ich es mit solchen Kunden zu tun habe, wie Ihnen. Weshalb zittern Sie eigentlich nicht?«

»Mich friert nicht.«

»Weshalb werden Sie nicht blass?«

»Ich bin nicht krank.«

»Und weshalb wollen Sie meine Kunst nicht in Anspruch nehmen?«

»Ich bin nicht so albern.«

Die alte Hexe kicherte leise in ihre Bandagen hinein. Dann zog sie eine kurze, geschwärzte Pfeife hervor, zündete sie an und begann zu rauchen. Nachdem sie sich eine Weile an diesem Beruhigungsmittel erfreut hatte, richtete sie den gebeugten Körper in die Höhe und nahm die Pfeife aus dem Mund. Und während sie unverwandt in das Feuer blickte, sagte sie ganz bedächtig und wohlüberlegt:

»Es friert Sie, Sie fühlen sich unwohl und Sie sind albern.«

»Beweist mir das«, entgegnete ich.

»Das werde ich mit wenigen Worten tun. Es friert Sie, weil Sie einsam sind – keine Berührung facht das Feuer, das in Ihnen glimmt, zur hellen Flamme an. Sie sind krank, weil das reinste der Gefühle, das höchste und süßeste, das dem Menschen in die Brust gelegt ist, Ihnen fern bleibt. Sie sind albern und dumm, weil Sie diesem Gefühl kein Zeichen machen, sich Ihnen zu nähern – wie sehr Sie auch leiden mögen. Und Sie wollen auch keinen Schritt tun, um ihm dorthin entgegenzueilen, wo es auf Sie wartet.«

Wiederum führte sie die kurze, schwarze Pfeife an die Lippen und begann in kräftigen Zügen zu rauchen.

»Ihr wisst, dass Ihr dies alles ebenso gut zu jeder anderen sagen könntet, die einsam und in abhängiger Stellung in einem großen Hause lebt.«

»Sagen könnte ich es wohl jeder – würde es aber auch auf jede passen?«

»Auf jede, die so lebt wie ich.«

»Ja, das ist's: Auf jede, die lebt wie Sie. Aber finden Sie doch noch eine, die so lebt!«

»Es wäre eine Kleinigkeit, Tausend solche zu finden.«

»Es würde Ihnen schwer fallen, auch nur eine Einzige zu finden. Wissen Sie, Ihre Lage ist eine ganz besondere. Sie stehen dem Glück sehr nahe, ja, Sie brauchen nur die Hand danach auszustrecken. Das ganze Material zum Glück ist vorbereitet, es bedarf nur noch einer einzigen Handlung, um alles zusammenzufügen. Nur der Zufall hat es an getrennten Orten aufgehäuft. Lassen Sie es sich nähern – und das Ende wird Glück sein.«

»Ich habe kein Verständnis für Rätsel. In meinem ganzen Leben war ich noch nicht imstande, eins zu lösen.«

»Zeigen Sie mir Ihre Hand, wenn Sie wollen, dass ich deutlicher reden soll.«

»Wahrscheinlich muss ich die Fläche mit Silber bedecken, nicht wahr, Mütterlein?«

»Natürlich.«

Ich gab ihr einen Schilling; sie steckte ihn in einen alten Strumpf, den sie aus ihrer Tasche zog. Und nachdem sie diesen wieder zusammengebunden und in die Falten ihres Rockes zurückgeschoben hatte, gebot sie mir, die Hand auszustrecken. Ich tat, wie mir geheißen. Sie näherte ihr Gesicht der Handfläche und sah sie lange sinnend an, ohne sie zu berühren.

»Sie ist zu schön und fein«, sagte sie endlich. »Aus einer solchen Hand kann ich nichts lesen; sie hat fast gar keine Linien. Und außerdem – was kann eine Hand sagen? In ihr steht das Schicksal nicht geschrieben.«

»Das glaube ich Euch wohl«, sagte ich.

»Nein«, fuhr sie fort, »im Gesicht steht es zu lesen, auf der Stirn, um die Augen herum, in den Augen selbst, in den Linien des Mundes. Knien Sie nieder und heben Sie den Kopf empor.«

»Ah, jetzt kommt Ihr der Wahrheit näher«, sagte ich, indem ich tat, was sie verlangte. »Nun werde ich bald anfangen, Euren Worten ein wenig Glauben zu schenken.«

Ich kniete dicht vor ihr nieder. Sie stocherte das Feuer auf, sodass die verglimmenden Kohlen wieder etwas Licht verbreiteten. Da sie aber saß, warf der Schein nur einen noch tieferen Schatten über ihr Gesicht, während das meine hell beleuchtet wurde.

»Ich möchte doch wissen, mit welchen Gefühlen Sie heute Abend zu mir ins Zimmer gekommen sind«, sagte sie, nachdem sie meine Züge eine Weile geprüft hatte. »Ich möchte wissen, welche Gefühle in Ihrem Herzen geschäftig sind, wenn Sie so stundenlang in jenem prächtigen, strahlenden Gesellschaftszimmer sitzen und die vornehmen, eleganten Leute vor Ihren Blicken auf- und abflattern wie die Figuren in einer Laterna magica. Zwischen Ihnen und jenen besteht doch so wenig Gemeinsamkeit, als wenn sie nur menschliche Schatten und nicht Gestalten aus Fleisch und Blut wären.«

»Oft bin ich müde, oft auch schläfrig, selten einmal traurig.«

»Dann nähren Sie also irgendeine geheime Hoffnung, die Sie erhebt und Sie mit süßen Flüstertönen auf die Zukunft vertröstet?«

»Ich habe keine. Das Höchste, was ich zu erhoffen wage, ist, dass ich einmal imstande sein werde, Geld zu sparen, um mir ein kleines Haus mieten und darin eine Schule einrichten zu können.«

»Eine kärgliche Nahrung, um das Leben der Seele zu fristen! Und wenn Sie in jener Fenstervertiefung sitzen – Sie sehen, ich kenne Ihr Leben bis in die kleinsten Details …«

»Ihr habt das von den Dienstboten erfahren, Mütterchen?«

»Ah, Sie halten sich also für sehr klug? Nun, vielleicht ist's auch so. Um die Wahrheit zu gestehen: Ich kenne eine von ihnen, eine Mrs. Poole …«

Ich sprang auf, als ich diesen Namen hörte.

›Aha, sicher doch kennt Ihr diese‹, dachte ich, ›es ist also doch eine Teufelei dabei im Spiel!‹

»Weshalb erschrecken Sie denn«, fuhr die seltsame Person fort, »Mrs. Poole ist eine zuverlässige Person, sehr ruhig und durchaus verschwiegen; jedermann kann ihr mit gutem Gewissen vertrauen. – Aber wie ich schon sagte: Wenn Sie in jener Fenstervertiefung sitzen, denken Sie an nichts als an Ihre künftige Schule? Hegen Sie gar kein Interesse für irgendeine der Gestalten, die auf jenen Sofas und Stühlen sitzen? Ist nicht ein Gesicht darunter, in dem Sie zu lesen suchen? Nicht eine Gestalt, deren Bewegungen Sie wenigstens mit ... nun, sagen wir, mit Interesse verfolgen?«

»Es macht mir Vergnügen, alle Gesichter und alle Gestalten zu studieren.«

»Aber machen Sie denn keinen Unterschied mit einem oder vielleicht auch zweien?«

»Oh gewiss, sehr oft sogar. Wenn ein Paar sich durch Gebärden oder Blicke verrät, so macht es mir das größte Vergnügen, sie zu beobachten.«

»Und welche Geschichten lassen Sie sich dann am liebsten verraten?«

»Ach, die Auswahl ist nicht so groß. Es dreht sich für gewöhnlich immer um dasselbe Thema – das Werben; und es endet für gewöhnlich mit derselben Katastrophe – mit der Heirat.«

»Und darf ich fragen, ob dieses einförmige Thema Ihnen gefällt?«

»Es ist mir eigentlich sehr gleichgültig. Was geht mich dieses Thema an?«

»Was es Sie angeht? Wenn eine schöne, junge, vornehme, reiche Dame – strahlend von Leben und Gesundheit, bezaubernd, unterhaltsam, witzig – dasitzt, und einem Herrn zulächelt, den Sie ...«

»Nun, den ich was?«

»Den Sie kennen, und von dem Sie vielleicht – gut denken.«

»Ich kenne die Herren nicht, welche hier im Hause sind, ich habe kaum eine Silbe mit einem von ihnen gesprochen. Und was das ›gut denken‹ anbetrifft, so halte ich einige von ihnen für respektabel, stattlich und im besten Alter, und andere wieder für jung, elegant, schön und lebhaft. Aber es steht ihnen allen frei, sich anlächeln zu lassen, von wem sie wollen, ohne dass dies meine Gefühle auch nur im Mindesten berührt.«

»Sie kennen die Herren hier im Hause nicht? Sie haben mit keinem derselben auch nur ein Wort gesprochen? Wollen Sie das von dem Herrn des Hauses auch behaupten?«

»Er ist nicht zu Hause.«

»Eine geistreiche Bemerkung, eine höchst originelle Spitzfindigkeit! Er hat sich heute Morgen nach Millcote begeben und wird noch heute Abend oder spätestens morgen früh zurückkommen. Schließt dieser Umstand ihn etwa aus der Liste Ihrer Bekannten aus? Verschwindet er dadurch ganz und gar aus Ihrem Leben? Bitte, antworten Sie mir darauf!«

»Nein. Aber ich kann nicht recht einsehen, was Mr. Rochester mit dem von Euch berührten Thema zu tun hat.«

»Ich sprach von Damen, welche die Herren verführerisch anlächeln! Und in letzter Zeit hat sich so manches Lächeln in Mr. Rochesters Augen gespiegelt, sodass diese davon überfließen wie zwei Schalen, die bis an den Rand mit edlem Rebensaft gefüllt sind. Haben Sie das niemals bemerkt?«

»Mr. Rochester hat ein Recht, sich an der Gesellschaft seiner Gäste zu erfreuen, sollte ich doch meinen.«

»Sein Recht stellt niemand infrage! Aber ist es Ihnen denn niemals aufgefallen, dass die meisten und interessantesten und wildesten Heiratsgeschichten, die hier mit so großem Eifer kolportiert werden, stets Mr. Rochester zum Helden haben?«

»Die Neugier des Zuhörers spornt die Zunge des Erzählers an.«

Diese Worte sprach ich mehr zu mir selbst als zu der Zigeunerin, deren seltsame Sprache, Stimme und Art mich nach und nach in einen Traumzustand versetzt hatten. Ein unerwarteter Satz nach dem anderen kam von ihren Lippen, bis ich mich förmlich in ein Netz verwickelt sah. Ich dachte nur noch verwundert darüber nach, welch unsichtbarer Geist seit Wochen an meinem Herzen gesessen haben könne, um dessen Arbeit zu beobachten und jeden Pulsschlag zu verzeichnen.

»Die Neugier des Zuhörers!«, wiederholte sie, »ja, Mr. Rochester hat stundenlang gesessen und sein Ohr den Worten jener bezaubernden Lippen geliehen, denen das Sprechen eine so unsagbare Wonne bereitet. Und Mr. Rochester war so unendlich dankbar für die Zerstreuung und den Zeitvertreib, welcher ihm auf diese Weise gewährt wurde. Haben Sie es bemerkt?«

»Dankbar? Ich erinnere mich nicht, den Ausdruck der Dankbarkeit in seinem Gesicht entdeckt zu haben.«

»›Entdeckt‹! Sie haben sich also doch so Ihre Gedanken gemacht. Und was haben Sie sonst entdeckt, wenn es nicht Dankbarkeit war?«

Ich antwortete nicht.

»Sie haben Liebe in seinen Zügen gesehen, nicht wahr? Und in die Zukunft blickend, sahen Sie ihn verheiratet – und seine Gattin war ein glückliches Weib?«

»Hm, das nun nicht gerade. Eure Hexenkunst irrt sich doch auch manchmal, wie ich sehe.«

»Was zum Teufel sahen Sie denn?«

»Das kümmert Euch nicht. Ich kam hierher, um zu fragen, nicht um zu beichten. Ist es allgemein bekannt, dass Mr. Rochester sich verheiraten wird?«

»Ja. Und zwar mit der schönen Miss Ingram.«

»In Kürze?«

»Wie es scheint, ist man zu dieser Schlussfolgerung berechtigt. Und ohne Zweifel werden sie ein außergewöhnlich glückliches Paar sein, obgleich *Sie* mit einer Kühnheit daran zu zweifeln sich erlauben, dass man beinahe versucht wäre, Sie dafür zu strafen. Er muss eine so schöne, vornehme, kluge und hochgebildete Dame doch lieben! Und höchst wahrscheinlich liebt sie ihn auch, oder, wenn auch nicht seine Person, so doch seinen Geldbeutel. Ich weiß, dass sie das Familiengut der Rochesters für außerordentlich begehrenswert hält; obgleich ich ihr – Gott verzeihe mir diese Sünde! – vor einer Stunde Dinge darüber gesagt habe, die sie seltsam ernst gestimmt haben. Die Winkel ihres schönen Mundes fielen um einen halben Zoll herab. Ich würde ihrem dunkeläugigen Anbeter doch raten, tüchtig auf seiner Hut zu sein. Wenn ein anderer kommt, der ein größeres und gesicherteres Einkommen hat, so lässt sie ihn einfach laufen ...«

»Aber Mütterchen, Ihr wisst doch, dass ich nicht hierher gekommen bin, um Euch über Mr. Rochesters Schicksal zu befragen! Ich wollte von dem meinen hören, und Ihr habt mir noch nicht eine Silbe darüber gesagt.«

»Ihr Schicksal ist noch ungewiss! Als ich Ihr Gesicht prüfte, widersprach ein Zug dem anderen. Das Geschick hat auch für Sie ein gewisses Maß von Glück bestimmt – so viel weiß ich. Ich wusste es bereits, bevor ich heute Abend hierherkam. Das Glück ist sorgsam für Sie auf die Seite gelegt worden, ich selbst habe dabei zugesehen. Es hängt von Ihnen ab, ob Sie die Hand ausstrecken und es nehmen. Ob Sie dies wollen, ist die Frage, welche ich gerade zu klären versuche. Knien Sie sich noch einmal dort auf jenen Teppich!«

»Aber Mütterchen, lasst mich nicht lange knien. Die Flammen versengen mich fast.«

Ich kniete nieder. Sie beugte sich nicht mehr zu mir herab, sondern blickte mich nur unverwandt an, indem sie sich auf dem Stuhl zurücklehnte. Dann begann sie zu murmeln:

»Die Flamme zittert im Auge; das Auge erglänzt wie Tautropfen; es ist weich und sanft und voll Gefühl; es lächelt über mein Geschwätz; es ist empfänglich; ein Eindruck jagt den andern durch jene klare Sphäre; wenn es zu lächeln aufhört, wird es traurig; eine unbewusste Müdigkeit lagert schwer auf den Lidern: Das bedeutet Traurigkeit, welche aus der Einsamkeit entspringt. Es wendet sich von mir ab; es will die genaue Prüfung nicht länger über sich ergehen lassen; sein spöttischer Blick scheint die Wahrheit der Entdeckungen, welche ich gemacht habe, leugnen zu wollen – es will die Anklage auf Empfindlichkeit entkräften – und doch bestärken sein Stolz und seine Zurückhaltung mich nur in meiner Meinung. Das Auge verspricht Gutes.

Was den Mund betrifft, so hat er zuweilen Freude am Lachen; er hat die Gewohnheit, alles auszusprechen, was das Hirn lenkt, obgleich ich überzeugt bin, dass er über alles, was das Herz empfindet, schweigt. Schmiegsam und beweglich, ist er gewiss nicht dazu bestimmt, in die ewige Schweigsamkeit des Alleinseins hineingezwängt zu werden; es ist ein Mund, der viel sprechen und oft lächeln sollte und eine warme Zuneigung für denjenigen hegen müsste, mit dem er spricht, dem er zulächelt. Jener Zug Ihres Gesichts ist ebenfalls günstig.

Gegen einen glücklichen Ausgang sehe ich nur einen einzigen Feind, und das ist die Stirn. Sie scheint zu sagen: ›Ich vermag allein zu leben, wenn Selbstachtung und die Umstände von mir verlangen, dass es so sei. Ich brauche meine Seele nicht zu verkaufen, um Glück zu erkaufen. Ich besitze einen Schatz in meinem Innern, einen Schatz, der mit mir geboren wurde, der mich am Leben erhalten wird, wenn jedes fremde Glück mir fern bleiben sollte oder mir nur um einen Preis geboten wird, den ich nicht zu zahlen vermag.‹ Die Stirn erklärt weiter: ›Meine Vernunft sitzt fest und hält die Zügel und sie wird nicht gestatten, dass die Gefühle sie fortreißen und in einen Abgrund stürzen. Die Leidenschaften mögen wild toben, Heiden, die sie sind; und die Wünsche mögen allerlei eitle Dinge herbeisehnen – aber dennoch soll die Vernunft in jeder Streitfrage das letzte Wort behalten und die entscheidende Stimme bei jeder Beschlussfassung. Stürme, Erdbeben und Feuersbrunst mögen hereinbrechen, ich werde mich dennoch stets der Führung jener leisen, schwachen Stimme anvertrauen, welche die Eingebungen des Gewissens zu deuten sucht.‹

Gut gesprochen, Stirn, deine Erklärung soll geachtet werden. Ich habe meine Pläne gemacht – ich glaube, dass es ehrliche und gerechte Pläne sind – und bei ihrer Ausarbeitung habe ich auf die Stimme des Gewissens, die Ratschläge der Vernunft gehört. Ich weiß, wie bald die Jugend schwindet und die Schönheit schwindet, wenn in den Kelch, welchen das Glück uns bietet, auch nur ein Tröpfchen von Schande, ein Hauch von Gewissensqualen geträufelt ist; und ich will keine Opfer, keinen Kummer, keine Zerstörung, das ist nicht nach meinem Geschmack. Ich will wohltun, ich will erhalten, aber nicht vernichten. Ich will Dankbarkeit ernten – nicht blutige Tränen auspressen, nicht einmal salzige. Ich will Lächeln, Liebkosungen, süße Worte ernten. – Nun ist's genug! Ich glaube, ich tobe in einem köstlichen Delirium. Ich möchte diesen Augenblick bis in die Ewigkeit verlängern, aber ich wage es nicht. Bis zu diesem Moment ist es mir gelungen, mich zu beherrschen. Ich habe gehandelt, wie ich mir innerlich geschworen hatte, handeln zu wollen – was aber jetzt kommt, geht über meine Kräfte. Stehen Sie auf, Miss Eyre, verlassen Sie mich, das Stück ist zu Ende gespielt!«

Wo war ich? Wachte ich oder träumte ich? Hatte ich das alles nur im Schlafe gehört, träumte ich noch immer? Die Stimme der alten Frau war plötzlich verändert. Ich kannte ihre Sprache und ihre Bewegungen ebenso gut, wie ich mein eigenes Gesicht im Spiegel wiedererkannte – wie die Sprache meiner eigenen Lippen. Ich erhob mich, aber ich ging nicht. Ich sah sie an, rührte in den Kohlen und blickte sie erneut an. Aber sie zog den Hut und die Binde noch tiefer ins Gesicht und gab mir wiederum ein Zeichen, mich zu entfernen. Die Flammen des Kamins beleuchteten ihre ausgestreckte Hand. Aufs Höchste gespannt, wie ich war, bemerkte ich diese Hand sofort: Sie war ebenso wenig welk oder greisenhaft wie meine eigene Hand, vielmehr war sie rund, kräftig und schön geformt. Ein kostbarer Ring blitzte an dem kleinen Finger, und indem ich mich verbeugte und den Edelstein betrachtete, erblickte ich ein Juwel, das ich schon hundertmal bemerkt hatte. Ich sah wieder zu dem Gesicht empor, das nun nicht mehr von mir abgewandt war – im Gegenteil, der Hut war fort, die Binde zurückgeschoben, der Kopf neigte sich mir zu.

»Nun, Jane, kennen Sie mich?«, fragte die mir wohlbekannte Stimme.

»Nehmen Sie nur den roten Mantel ab, Sir, dann werde ich wohl …«

»Das Band hat sich verknotet, helfen Sie mir.«

»Zerreißen Sie es nur, Sir.«

»Wohlan denn, fort mit dem Mummenschanz!« Und Mr. Rochester warf seine Verkleidung von sich.

»Aber Sir, welch seltsame Idee von Ihnen!«

»Indessen gut durchgeführt, nicht wahr? Stimmen Sie mir nicht bei?«

»Mit den Damen ist Ihnen das Spiel gelungen.«

»Mit Ihnen nicht?«

»Mir gegenüber haben Sie den Charakter der Zigeunerin nicht gut genug gespielt.«

»Welchen Charakter denn sonst? Meinen eigenen?«

»Nein, irgendeinen, der mir unverständlich war. Kurz und gut, ich glaube, dass Sie versucht haben, mich anzulocken, oder vielmehr, etwas aus mir herauszulocken. Sie redeten Unsinn, um mich ebenfalls gedankenloses Zeug sprechen zu lassen. Das war nicht schön von Ihnen, Sir.«

»Können Sie mir vergeben, Jane?«

»Das weiß ich nicht, bevor ich nicht über die ganze Sache nachgedacht habe. Wenn ich nach reiflicher Überlegung einsehen sollte, dass ich keine allzu große Albernheit begangen habe, so werde ich versuchen, Ihnen zu vergeben. Aber es war dennoch nicht recht von Ihnen, Sir.«

»Oh, Sie haben ganz korrekt gehandelt – Sie waren sehr vorsichtig, sehr vernünftig.«

Ich sann nach, ich überlegte und fand, dass dies wirklich der Fall gewesen war. Das war wenigstens ein Trost – ich war wirklich seit Beginn der Unterredung auf der Hut gewesen. Ich hatte gleich anfangs eine Verkleidung vermutet. Ich wusste, dass Wahrsagerinnen und Zigeunerinnen sich nicht auszudrücken pflegen, wie diese anscheinend alte Frau es getan hatte. Außerdem war mir ihre verstellte Stimme aufgefallen, und ich hatte bemerkt, welche Mühe sie sich gab, ihre Züge zu verbergen. Aber ich hatte an Grace Poole gedacht – an jenes lebende Rätsel, jenes Geheimnis aller Geheimnisse, wie sie mir stets erschien. Mr. Rochester war mir allerdings nicht in den Sinn gekommen.

»Nun«, sagte er, »woran denken Sie? Was bedeutet dieses melancholische Lächeln?«

»Ich bin verwundert und ich beglückwünsche mich selbst, Sir! Aber jetzt werden Sie hoffentlich erlauben, dass ich mich zurückziehe?«

»Nein, verweilen Sie noch einen Augenblick, um mir zu erzählen, was meine Gäste im Salon so treiben!«

»Vermutlich unterhalten sie sich noch über die Zigeunerin.«

»Setzen Sie sich! Lassen Sie mich hören, was jene über mich sprachen.«

»Es ist nicht ratsam, noch lange zu verweilen, Sir. Es muss bald elf Uhr sein. Oh, wissen Sie denn überhaupt, Mr. Rochester, dass während Ihrer Abwesenheit ein Fremder hier eingetroffen ist?«

»Ein Fremder? Nein, wer kann das sein? Ich erwarte niemanden. Ist er wieder fort?«

»Nein. Er sagte, dass er Sie seit langen Jahren kenne und sich daher die Freiheit nehmen dürfe, bis zu Ihrer Rückkehr zu warten.«

»Zum Teufel mit ihm! Hat er seinen Namen genannt?«

»Sein Name ist Mason, Sir, und er kommt aus Westindien, aus Spanish Town auf Jamaika, wenn ich nicht irre.«

Mr. Rochester stand neben mir; er hatte meine Hand gefasst, wie um mich zu einem Sessel zu führen. Als ich die letzten Worte sprach, packte er mein Gelenk wie im Krampf. Das Lächeln auf seinen Lippen erstarrte; es war, als hätte ein Anfall ihm den Atem geraubt.

»Mason! Westindien!«, sagte er, und die Worte entrangen sich seinen Lippen ungefähr so, wie ein redender Automat sie gesprochen haben würde. »Mason, Westindien«, wiederholte er mechanisch immer wieder und wurde dabei bleich wie ein Toter. Er schien kaum noch zu wissen, was er tat und was um ihn herum vorging.

»Fühlen Sie sich krank, Sir?«, fragte ich.

»Jane, das ist ein Schlag für mich, ein furchtbarer Schlag, Jane!«, stammelte er.

»Oh, Sir! Lehnen Sie sich an mich.«

»Jane, Sie haben mir schon einmal Ihre Schulter geboten; ich brauche sie wieder.«

»Ja, Sir, und meinen Arm.«

Er setzte sich und ich musste mich ihm zur Seite setzen. Er streichelte meine Hand, die er in der seinen hielt. Dann heftete er einen traurigen, müden Blick auf mich, der aber dennoch liebevoll war.

»Meine kleine Freundin!«, sagte er, »ich wollte, ich wäre allein mit Ihnen auf einer stillen, einsamen Insel, wo die trüben Erinnerungen, wo Ärger und Gefahr fern sind.«

»Kann ich Ihnen helfen, Sir? Ich würde mein Leben geben, Ihnen zu dienen.«

»Jane, wenn ich Hilfe brauche, werde ich sie bei Ihnen suchen, das verspreche ich Ihnen.«

»Ich danke Ihnen, Sir. Sagen Sie nur, was ich tun soll – ich werde wenigstens versuchen, es zu erfüllen.«

»Gut, Jane, holen Sie mir ein Glas Wein aus dem Speisesaal, sie werden dort jetzt beim Abendessen sein. Und sagen Sie mir dann, ob auch Mason unter ihnen ist und was er in diesem Augenblick tut.«

Ich ging. Wie Mr. Rochester vorhergesagt hatte, fand ich die ganze Gesellschaft im Speisezimmer beim Essen. Man saß aber nicht an der Tafel – das Mahl war auf der Anrichte aufgestellt, jeder hatte sich genommen, was ihm gefiel, und mit den Tellern und Gläsern in der Hand standen die Gäste in Gruppen beieinander. Alle schienen in bester Laune zu sein. Laut klangen das Gelächter und die allgemeine Unterhaltung mir entgegen. Mr. Mason stand am Kamin und sprach mit Colonel Dent und seiner Gemahlin; er schien der Fröhlichste unter allen. Ich ging und füllte ein Weinglas – Miss Ingram beobachtete mich dabei stirnrunzelnd, sicher war sie der Ansicht, dass ich mir eine große Freiheit erlaubte – und kehrte dann in die Bibliothek zurück.

Mr. Rochesters außergewöhnliche Blässe war verschwunden, und er schien die alte Ruhe und Festigkeit wiedererlangt zu haben. Er nahm mir das Glas aus der Hand.

»Dies auf Ihr Wohl, hilfreicher Geist!«, sagte er, trank den Inhalt in einem Zug aus und gab mir das Glas zurück. »Was tut man da drüben, Jane?«

»Sie lachen und sprechen, Sir.«

»Sehen sie nicht ernst und geheimnisvoll aus, als hätten sie soeben eine seltsame Geschichte erlebt?«

»Durchaus nicht: Sie scherzen, lachen und unterhalten sich auf das Lebhafteste.«

»Und Mason?«

»Er lacht auch.«

»Jane, was würden Sie tun, wenn all jene Leute hier einträten und mir ins Gesicht spucken würden?«

»Sie alle zum Zimmer hinaustreiben, wenn ich könnte, Sir.«

Er lächelte vage. »Wenn ich nun aber hinüberginge, und sie kalte Blicke auf mich hefteten und einander spöttische Dinge zuflüsterten, und wenn dann einer nach dem anderen dieses Haus verließe – was dann? Würden auch Sie mit ihnen gehen?«

»Ich glaube nicht, Sir. Ich würde glücklich sein, wenn ich allein bei Ihnen bleiben dürfte.«

»Um mich zu trösten?«

»Ja, Sir, um Sie zu trösten, so gut ich es eben vermag.«

»Und wenn man Sie mit einem Bann belegte, weil Sie treu zu mir hielten?«

»Wahrscheinlich würde ich von diesem Bann nichts erfahren. Und selbst wenn, so würde ich mich wenig darum kümmern.«

»Sie würden es also um meinetwillen wagen, der öffentlichen Meinung zu trotzen?«

»Ich würde es um eines jeden Freundes willen tun, den ich für wert hielte. Ebenso wie Sie, Sir, dessen bin ich sicher.«

»Gehen Sie ins Esszimmer zurück; gehen Sie still und unbemerkt zu Mason und flüstern Sie ihm ins Ohr, dass Mr. Rochester zurückgekehrt sei und mit ihm zu sprechen wünsche. Führen Sie ihn zu mir herein und verlassen Sie uns alsdann wieder.«

»Ja, Sir.«

Ich tat, wie er mir befohlen hatte. Die ganze Gesellschaft starrte mich an, als ich mitten durch sie hindurchschritt. Ich suchte Mr. Mason, richtete ihm jene Botschaft aus und ging dann ihm voran zum Zimmer hinaus. Vor der Tür der Bibliothek angekommen, öffnete ich ihm dieselbe und ging dann auf mein Zimmer.

Sehr spät in der Nacht, als ich schon längst mein Lager aufgesucht hatte, hörte ich, wie die Gäste sich auf ihre Zimmer begaben. Ich erkannte Mr. Rochesters Stimme und hörte ihn sagen: »Hier, Mason, dies ist dein Zimmer.«

Er klang fröhlich, und die klaren Töne beruhigten mein Herz. Bald schlief ich ein.

Zwanzigstes Kapitel

Ich hatte vergessen, die Vorhänge herabzulassen und die Fensterläden zu schließen. Das war ganz gegen meine sonstige Gewohnheit, und die Folge davon war, dass der strahlende Vollmond – es war eine herrliche, klare Nacht – mich mit seinem weißen Glanz weckte, als er auf seiner stillen Fahrt durch den Himmel an jene Stelle gelangte, die meinem Fenster gegenüberlag. Als ich mitten in der Nacht erwachte, fielen meine Blicke auf die silberweiße, kristallklare Scheibe. Es war schön, aber etwas zu feierlich. Ich erhob mich halb und streckte den Arm aus, um die Vorhänge ringsum zusammenzuziehen.

Guter Gott! Welch ein Schrei!

Die Nacht, die Stille und Ruhe wurden durch einen wilden, scharf-gellenden Ton zerrissen, der das Herrenhaus von Thornfield Hall von einem Ende bis zum anderen durchdrang.

Mein Puls hörte auf zu schlagen, mein ausgestreckter Arm war gelähmt und mein Herz stand still. Der Schrei erstarb, nichts weiter folgte. Und wirklich, welches Wesen diesen furchtbaren Schrei auch ausgestoßen haben mochte – es konnte ihn nicht so bald wiederholen; selbst der stolzeste, mächtigste Kondor der Anden hätte nicht vermocht, zweimal einen solch gellenden Schrei aus der Wolke herabzusenden, die seinen Horst einhüllt. Das Geschöpf, welches diesen Laut ausgestoßen hatte, musste ausruhen, bevor es dieselbe Anstrengung noch einmal machen konnte.

Der Schrei war aus dem dritten Stockwerk gekommen und war über meinen Kopf hinweggezogen. Und über mir – ja, gerade in dem Zimmer über dem meinen – hörte ich nun ein Ringen; dem Lärm nach zu urteilen, schien es ein tödlicher Kampf zu sein, und eine halb erstickte Stimme schrie dreimal hintereinander »Hilfe, Hilfe, Hilfe!«

»Kommt mir denn niemand zu Hilfe?«, rief es erneut.

Und während das Ringen, Stampfen und Schreien oben weiterging, hörte ich deutlich durch das Gebälk der Zimmerdecke die Worte:

»Rochester, Rochester! Um Gottes willen, komm!«

Eine Tür wurde geöffnet: Jemand stürzte lautlos, aber schnell wie von Furien gepeitscht durch die Galerie. Dann stampften andere Schritte über meinem Kopf, es folgte ein schwerer Fall, und dann war alles still.

Ich hatte schnell einige Kleidungsstücke übergeworfen, obgleich ich vor Entsetzen an allen Gliedern bebte. Jetzt trat ich aus meinem Zimmer heraus. Alle Schläfer waren aufgewacht: Rufe, erschreckte Stimmen tönten aus allen Zimmern. Eine Tür nach der anderen wurde aufgerissen, jemand schaute hinaus, dann ein zweiter, bald füllte sich die Galerie. Sowohl Herren wie Damen hatten ihre Betten verlassen, und von allen Seiten hörte man wirre Stimmen: »Was gibt's?« – »Ist jemand verletzt?« – »Was ist geschehen?« – »Holt ein Licht!« – »Ist Feuer ausgebrochen?« – »Sind es Diebe?« – »Wohin sollen wir?«

Hätte nicht der Mond seine Strahlen in die Galerie geworfen, so hätten wir alle uns in der tiefsten Dunkelheit befunden. Alles lief hin und her, drängte sich aneinander. Einige schluchzten, andere stolperten und fielen. Die Verwirrung war unbeschreiblich und schien unauflösbar.

»Wo zum Teufel ist Rochester?«, rief Colonel Dent. »In seinem Bett ist er nicht mehr.«

»Hier, hier!«, gab eine andere Stimme Antwort. »Beruhigen Sie sich alle! Ich komme sofort.«

Und dann wurde die Tür am Ende der Galerie aufgerissen. Mr. Rochester erschien, in der Hand trug er eine brennende Kerze. Er kam geradewegs aus dem oberen Stockwerk herab. Eine der Damen lief auf ihn zu und packte ihn am Arm: Es war Miss Ingram.

»Was ist Entsetzliches geschehen?«, fragte sie. »Sprechen Sie! Lassen Sie uns lieber gleich das Schlimmste erfahren!«

»Aber so reißen Sie mich nicht zu Boden und würgen Sie mich nicht«, erwiderte er, denn jetzt hatten auch die beiden Miss Eshtons sich an ihn gehängt und die beiden verwitweten Damen segelten majestätisch wie Dreimaster bei vollem Winde auf ihn zu.

»Alles in Ordnung, alles in Ordnung!«, rief er. »Es ist nur eine Probe von ›Viel Lärm um nichts‹. Meine Damen, halten Sie Abstand, oder ich werde gefährlich.«

Und gefährlich sah er aus; seine schwarzen Augen sprühten Funken. Dann zwang er sich zur Ruhe und fügte hinzu:

»Eine Dienerin hatte einen Albtraum, das ist alles. Sie ist eine leicht erregbare, nervöse Person. Ohne Zweifel hielt sie ihren Traum für eine Erscheinung oder irgendetwas Ähnliches und bekam vor Schreck Krämpfe. Nun, meine Herrschaften, muss ich Sorge tragen, dass Sie alle sicher in Ihre Zimmer zurückgelangen, denn bevor die Bewohner des Hauses sich nicht beruhigt haben, kann für die besagte Person nichts geschehen. Meine Herren, haben Sie die Güte, den Damen mit gutem Beispiel voranzugehen. Miss Ingram, ich bin fest überzeugt, dass Sie nicht unterlassen werden, sich als erhaben über solch eitlen Schrecken zu zeigen. Amy und Louisa, Ihr süßen Täubchen, kehrt in euer Nest zurück. Meine Damen …« – zu den beiden Witwen gewendet – »… Sie werden sich ohne Zweifel erkälten, wenn Sie auch nur noch eine Minute länger in dieser feuchtkalten Galerie verweilen.«

Und während er in dieser Weise abwechselnd befahl und schmeichelnd überredete, gelang es ihm, sie alle wieder in ihre verschiedenen Schlafgemächer hineinzubringen. Ich wartete nicht darauf, dass er mir befahl, das meinige wieder aufzusuchen, sondern zog mich so unbemerkt zurück, wie ich es auch unbemerkt verlassen hatte.

Aber nicht, um mich wieder schlafen zu legen: Im Gegenteil, ich begann, mich sorgfältig anzukleiden. Das Geräusch, welches ich unmittelbar nach jenem grässlichen Angstschrei vernommen hatte, und die Worte, welche an mein Ohr gedrungen waren, hatte wahrscheinlich außer mir niemand gehört, denn sie kamen ja aus dem Zimmer, welches sich direkt über dem meinen befand. Sie überzeugten mich aber, dass es nicht der Traum einer Dienerin gewesen war, was einen solchen Schrecken über das ganze Haus verbreitet hatte. Ich wusste, dass die Erklärung, welche Mr. Rochester gegeben hatte, nur eine Erfindung war, deren er sich bediente, um die erregten Gemüter seiner Gäste zu beruhigen. Ich kleidete mich also an, um auf alle Eventualitäten vorbereitet zu sein. Als ich damit fertig war, setzte ich mich ans Fenster und blickte lange auf den stillen Park und die vom silbernen Mondlicht beschienenen Felder hinaus. Ich wartete auf … ich weiß nicht, worauf. Mir war, als müsse auf jenen seltsamen Schrei, den Kampf und den Angstruf noch etwas folgen.

Aber nein. Überall herrschte Ruhe und Frieden. Nach und nach verstummten die Geräusche und nach Ablauf einer Stunde lag Thornfield Hall wieder so lautlos da wie die Wüste. Es schien, als herrschte der Schlaf wieder ungestört im Reiche der Nacht. Der Mond näherte sich seinem Untergang, dann verschwand er. Da ich nicht länger in der Kälte und der Dunkelheit dasitzen wollte, beschloss ich, mich in meinen Kleidern aufs Bett zu legen. Ich verließ den Sitz am Fenster und ging so geräuschlos und vorsichtig wie möglich über den Teppich. Als ich mich niederbeugte, um meine Schuhe auszuziehen, klopfte es mit leiser Hand an die Tür.

»Werde ich gebraucht?«, fragte ich.

»Sind Sie wach?«, fragte die Stimme, welche ich zu hören erwartet hatte, nämlich diejenige meines Herrn.

»Ja, Sir.«

»Und angekleidet?«

»Ja.«

»Dann kommen Sie heraus, aber leise.«

Ich gehorchte. Mr. Rochester stand in der Galerie, in der Hand hielt er eine brennende Kerze.

»Ich brauche Sie«, sagte er, »kommen Sie mit mir, aber lassen Sie sich Zeit und machen Sie keinen Lärm.«

Meine Schuhe waren dünn und leicht. Ich schlich über die mit Teppichen belegten Dielen so leise wie eine Katze. Er ging durch die Galerie, die Treppe hinauf und hielt in dem niedrigen, düsteren Korridor des verhängnisvollen dritten Stockwerks inne. Ich war ihm gefolgt und stand an seiner Seite.

»Haben Sie einen Schwamm in Ihrem Zimmer?«, fragte er im Flüsterton.

»Ja, Sir.«

»Haben Sie auch irgendein Salz – Riechsalz?«

»Gewiss.«

»Gehen Sie zurück und holen Sie beides.«

Ich ging zurück, suchte den Schwamm auf dem Waschtisch und das Riechsalz in meiner Kommode, und schlich noch einmal auf demselben Wege zurück. Er wartete noch auf mich, in der Hand hielt er einen Schlüssel. Dann ging er zu einer der kleinen, schwarzen Türen und steckte den Schlüssel ins Schloss, hielt aber plötzlich inne, wandte sich zu mir und fragte:

»Wird Ihnen unwohl beim Anblick von Blut?«

»Ich glaube nicht, aber ich war noch niemals in einer solchen Lage.«

Ein Schaudern überlief mich, als ich ihm diese Antwort gab, aber es war weder Kälte noch Übelkeit.

»Dann geben Sie mir Ihre Hand«, sagte er. »Es ist doch besser, es nicht auf eine Ohnmacht ankommen zu lassen.«

Ich legte meine Hand in die seine. »Sie ist warm und zittert nicht«, bemerkte er. Dann drehte er den Schlüssel im Schloss um und öffnete die Tür.

Vor mir sah ich ein Zimmer, das ich schon einmal gesehen hatte – an jenem Tage, als Mrs. Fairfax mir das ganze Haus zeigte. Der Raum war ringsum mit schweren Gobelins behängt, jetzt waren die Gobelins aber an einer Stelle aufgerafft und es war eine früher verborgene Tür sichtbar. Diese Tür stand offen und ein Lichtstrahl drang aus dem inneren Raum. Von dort kam ein schnappender, knurrender Ton, der fast wie das Knurren eines Hundes klang. Indem Mr. Rochester die Kerze auf den Tisch stellte, sagte er zu mir »Warten Sie einen Augenblick!«, und ging dann in das innere Gemach. Ein grelles Lachen begrüßte ihn bei seinem Eintritt; zuerst war es lärmend und tobend, aber es endete in Grace Pooles eigenartigem, gnomenhaften »Hahaha!« – Sie war also da. Er traf irgendein Arrangement ohne zu sprechen, obgleich ich eine leise Stimme vernahm, die ihn anredete. Dann kam er heraus und schloss die Tür hinter sich.

»Hierher, Jane!«, sagte er, und ich folgte ihm an die andere Seite eines großen Bettes, welches mit seinen faltenreichen Vorhängen einen großen Teil des Zimmers einnahm. Am Kopfende des Bettes stand ein Lehnstuhl, und auf diesem saß ein Mann, welcher bis auf den Mantel vollständig bekleidet war. Er war bewegungslos, sein Kopf war zurückgesunken, die Augen waren geschlossen. Mr. Rochester hielt das brennende Licht über ihn. In dem bleichen und anscheinend leblosen Gesicht erkannte ich den Fremden, Mr. Mason, wieder. Ich sah auch, dass sein Hemd an der einen Seite vollständig von Blut durchtränkt war.

»Halten Sie das Licht«, sagte Mr. Rochester, und ich nahm es. Er holte eine Schüssel mit Wasser vom Waschtisch. »Halten Sie dies«, sagte er. Ich gehorchte. Er nahm den Schwamm, tauchte ihn ins Wasser und befeuchtete das leichenblasse Gesicht. Dann verlangte er mein Riechfläschchen und hielt es Mr. Mason unter die Nase. Bald darauf öffnete dieser die Augen und stöhnte vor Schmerz. Mr. Rochester öffnete das Hemd des Verwundeten, dessen Arm und Schulter verbunden waren, und wusch das aus der Wunde hervorsickernde Blut ab.

»Ist es gefährlich?«, fragte Mr. Mason mit matter Stimme.

»Bah! Nein, das ist bloß ein Kratzer. Lass dich doch nicht so umwerfen, Mensch! Kopf hoch! Ich werde einen Arzt holen und morgen können wir dich hoffentlich schon transportieren. Jane …«, fuhr er fort.

»Sir?«

»Ich bin gezwungen, Sie für ungefähr eine Stunde mit diesem Herrn allein zu lassen – vielleicht werden auch zwei Stunden daraus. Sie werden das austretende Blut abwaschen, wie ich es hier tue. Wenn er ohnmächtig wird, führen Sie das Glas, welches auf jenem Tisch steht, an seine Lippen und das Riechsalz an seine Nase. Sie dürfen unter keinen Umständen mit ihm reden – und, Richard, es geht um dein Leben, wenn du mit ihr sprichst! Öffnest du auch nur die Lippen, regst du dich auf, so kann niemand für die Folgen stehen!«

Wieder stöhnte der arme Mensch. Er sah aus, als wage er nicht, sich zu bewegen; die Furcht vor dem Tod oder vor etwas anderem Entsetzlichen schien ihn fast zu lähmen. Mr. Rochester reichte mir den von Blut durchtränkten Schwamm, und ich fuhr fort, ihn zu benutzen, wie er es getan hatte. Er beobachtete mich eine Weile, dann sagte er: »Vergessen Sie nicht: Jede Unterhaltung ist verboten!« Gleich darauf verließ er das Zimmer. Ein seltsames Gefühl überkam mich, als ich hörte, wie er den Schlüssel im Schloss drehte und seine Schritte dann in dem langen Korridor verhallten.

Nun befand ich mich also in der dritten Etage, eingeschlossen in eine jener geheimnisvollen Zellen, schwarze Nacht um mich herum. Vor meinen Augen, unter meinen Händen eine bleiche, blutige Gestalt; von einer Mörderin nur durch eine einzige, schwache Tür getrennt. Ja, dies Letzte war fürchterlich! Das Übrige vermochte ich noch zu ertragen, aber ich schauderte bei dem Gedanken, dass Grace Poole sich auf mich stürzen könnte.

Ich musste indessen auf meinem Posten ausharren. Ich musste dieses geisterbleiche Gesicht betrachten, diese blauen, stillen Lippen, die sich nicht öffnen durften, diese Augen, die sich bald öffneten, bald schlossen, suchend im Zimmer umherwanderten, dann forschend auf mir ruhten und immer noch einen entsetzlichen

Schrecken widerspiegelten. Immer wieder musste ich meine Hand in die Schüssel voll Blut und Wasser tauchen, um das austretende Blut abzuwischen. Ich musste das Licht über meiner traurigen Beschäftigung tief herabbrennen sehen; die Schatten auf den alten Gobelins wurden dunkler, die Vorhänge des massiven, großen Bettes wurden düsterer. Seltsame Schatten spielten auf einem alten Schrank, dessen Türen in prächtiger Schnitzerei die Köpfe der zwölf Apostel trugen, während sich auf der oberen Kante des alten Möbelstücks ein Kruzifix mit einem sterbenden Christus von Ebenholz erhob.

Je nach der im flackernden Kerzenschein wechselnden Dunkelheit trat bald der bärtige Arzt Lukas mit gerunzelter Stirn, bald der heilige Johannes mit wallendem Haar und bald das teuflische Gesicht des Judas aus dem Rahmen hervor und schien Leben anzunehmen – die Wiederkehr Satans in seinem Stellvertreter, dem Erzverräter.

Und während dieser ganzen Zeit musste ich auf die Bewegungen des wilden Tieres oder des Teufels in der angrenzenden Zelle lauschen. Seit dem Besuch Mr. Rochesters in jenem Gemach schien das Wesen indessen gebannt. Während der ganzen Nacht hörte ich in langen Abständen nur dreimal ein Geräusch – einen knarrenden Schritt, eine kurze Wiederholung jener eigentümlich Laute, die an das Knurren eines Hundes erinnerten, und ein tiefes, menschliches Stöhnen.

Nun begannen meine eigenen Gedanken mich zu quälen: Was für ein Mensch gewordenes Verbrechen war es, das in diesem Haus abgesondert lebte, und welches der Besitzer weder zu bezwingen noch zu verbannen imstande war? Welch ein Geheimnis war es, das sich in der Stille der Nacht einmal in Feuer, ein anderes Mal in Blut offenbarte? Was für ein Geschöpf war es, das die Gestalt und das Gesicht eines gewöhnlichen Weibes trug und bald die Töne eines spöttischen Dämons, bald die eines beutegierigen Raubvogels ausstieß?

Und dieser Mann, über den ich mich beugte, dieser gewöhnliche, stille Fremde – wie war er in dieses Schreckensgewebe verwickelt? Weshalb hatte jene Furie sich auf ihn gestürzt, was hatte ihn veranlasst, diesen Teil des Hauses zu einer so ungewöhnlichen Zeit aufzusuchen, wenn er ruhig in tiefem Schlaf im Bett hätte liegen sollen? Ich hatte doch gehört, dass Mr. Rochester ihm im unteren Stockwerk ein Gemach angewiesen hatte – was hatte ihn denn hierher gebracht? Und weshalb war er jetzt so zahm nach der Gewalt oder dem Verrat, welchen man ihm angetan hatte? Weshalb unterwarf er sich so geduldig der Geheimhaltung, welche Mr. Rochester gebieterisch verlangt hatte? *Warum* hat Mr. Rochester überhaupt diese Geheimhaltung befohlen? Seinen Gast hatte man auf die empörendste Weise behandelt; bei einer früheren Gelegenheit hatte man ihm selbst abscheulich nach dem Leben getrachtet – und diese beiden Anschläge hüllte er in ein Geheimnis und suchte, sie in Vergessen zu begraben? Und schließlich sah ich auch, dass Mr. Mason sich vollständig dem Willen Mr. Rochesters unterwarf, dass die eiserne Willenskraft des Letzteren vollständige Gewalt über die Trägheit und Willenlosigkeit des Ersteren besaß. Die wenigen Worte, welche beide miteinander gewechselt hatten, mussten mich davon überzeugen. Es war augenscheinlich, dass die passive Sinnesart des einen während ihres früheren Verkehrs gewöhnlich durch die seltene Tatkraft des anderen beeinflusst worden war. Aber welchem Grund entsprang dann Mr. Rochesters Schrecken, als er von Mr. Masons Ankunft unterrichtet wurde? Weshalb hatte der bloße Name dieses willenlosen, schwachen Individuums, das er mit einem einzigen Wort beherrschen konnte wie ein Kind, ihn niedergeschmettert, wie der Blitz zuweilen die starke Eiche zerstört?

Ach, ich war nicht imstande, seinen Blick und sein bleiches Gesicht zu vergessen, als er flüsterte: »Jane, das ist ein Schlag für mich, ein furchtbarer Schlag, Jane!« – Ich konnte nicht vergessen, wie der Arm gezittert, der sich auf meine Schulter gestützt hatte. Und es konnte keine unbedeutende Kleinigkeit sein, wenn sie imstande war, den entschlossenen Geist und die mächtige Gestalt Fairfax Rochesters derartig zu erschüttern.

›Wann wird er kommen? Wann wird er wiederkommen?‹, rief alles in mir, als die Stunden der Nacht dahinschwanden, als der blutende Kranke stöhnte und schwächer und schwächer wurde – und weder Hilfe noch der Tag wollte kommen. Immer wieder hatte ich das Wasser an Mr. Masons bleiche Lippen geführt, fortwährend hatte ich ihm das stärkende Riechsalz geboten, aber all mein Bemühen schien erfolglos. Körperliche Schmerzen, seelische Leiden oder der Blutverlust – oder diese drei zusammen ließen seine Kräfte schnell dahinschwinden. Er stöhnte und sah so schwach, verwirrt und verloren aus, dass ich fürchtete, er würde sterben. Und es war mir nicht einmal gestattet, zu ihm zu sprechen!

Schließlich war das Licht zu Ende gebrannt und erlosch. Bei seinem letzten Aufflackern bemerkte ich, dass graue Streifen auf den Fenstervorhängen spielten – der Tagesanbruch war also nicht mehr fern. Und jetzt vernahm ich auch Pilots fernes Bellen, das aus einer Hundehütte im Hof zu mir heraufdrang, und ich bekam neue Hoffnung. Sie war nicht vergeblich, denn nach fünf Minuten wurde der Schlüssel im Schloss gedreht, die Tür wurde geöffnet und meine Nachtwache hatte ein Ende. Sie konnte kaum mehr als zwei Stunden gedauert haben, aber manche Woche hatte mich kürzer gedünkt, als diese Nachtstunden.

Mr. Rochester trat ein und mit ihm der Arzt, welchen er herbeigeholt hatte.

»Strengen Sie sich an, Carter«, sagte er zu diesem. »Sie haben nur eine halbe Stunde, um die Wunde zu untersuchen, einen Verband anzulegen und den Patienten nach unten zu bringen.«

»Kann er denn transportiert werden, Sir?«

»Ohne Zweifel! Es ist durchaus keine ernstliche Verwundung, er ist nur sehr nervös, man muss ihn aufzurütteln suchen. Schnell, schnell, walten Sie Ihres Amtes.«

Mr. Rochester zog die dicken Fenstervorhänge zur Seite, zog die holländische Jalousie auf und ließ so viel Tageslicht wie möglich ins Zimmer fallen. Wie froh und überrascht war ich zu sehen, dass die Morgendämmerung schon so weit fortgeschritten war und rosige Streifen den östlichen Horizont zu färben begannen. Dann trat Mr. Rochester zu seinem Gast, den der Arzt bereits untersuchte.

»Nun, alter Junge, wie geht's?«, fragte er heiter.

»Ich fürchte, sie hat mit mir ein Ende gemacht«, lautete die mit schwacher Stimme gegebene Antwort.

»Ach Unsinn, nur Mut! In vierzehn Tagen wirst du die ganze Sache bereits vergessen haben. Du hast ein wenig Blut verloren – das ist alles. Carter, versichern Sie ihm doch, dass nicht die mindeste Gefahr vorhanden ist!«

»Das kann ich mit bestem Gewissen tun«, sagte Carter, welcher jetzt den Verband abgenommen hatte. »Ich wünschte nur, ich wäre früher zur Stelle gewesen; er hätte dann nicht so viel Blut verloren. Aber was ist das denn hier? Das Fleisch hier auf der Schulter ist ja nicht nur zerschnitten, es ist förmlich zerrissen! Diese Wunde rührt nicht von einem Messer her: Hier haben Zähne gewütet!«

»Sie hat mich gebissen«, murmelte Mason. »Als Rochester ihr das Messer entrissen hatte, setzte sie mir wie eine Tigerin zu.«

»Du hättest nicht nachgeben sollen, du hättest sofort mit ihr kämpfen müssen«, sagte Mr. Rochester.

»Aber was blieb mir unter solchen Umständen denn übrig?«, entgegnete Mason. »Oh, es war fürchterlich, fürchterlich!«, fügte er schaudernd hinzu. »Und ich war gar nicht darauf gefasst, denn anfangs sah sie so ruhig und vernünftig aus.«

»Ich habe dich gewarnt«, lautete die Antwort seines Freundes. »Ich sagte dir: Sei auf der Hut, wenn du ihr nahe kommst! Außerdem hättest du bis zum Morgen warten können, damit ich dich begleite. Es war eine grenzenlose Torheit, die Unterredung schon am Abend und auch noch allein zu unternehmen.«

»Ich glaubte, ich würde etwas Gutes damit bewirken.«

»Du glaubtest, du glaubtest! Wahrhaftig, es macht mich ganz ärgerlich, dir zuzuhören. Aber, du hast jedenfalls gebüßt und wirst wahrscheinlich noch mehr dafür büßen müssen, dass du meinen Rat nicht befolgt hast. Deshalb will ich dir keine Vorwürfe mehr machen. – Carter, beeilen Sie sich, beeilen Sie sich! Die Sonne wird bald aufgehen und ich muss ihn fort haben!«

»Gleich, Sir, gleich! Die Schulter ist bereits verbunden. Jetzt muss ich diese zweite Wunde hier am Arm untersuchen. Wie es scheint, hatte sie ihre Zähne auch hier.«

»Sie sog das Blut heraus; sie sagte, sie wolle mein Herz trockenlegen«, sagte Mason.

Ich sah, wie Mr. Rochester schauderte. Ein seltsamer Ausdruck von Ekel, Entsetzen und Hass verzerrte sein Gesicht fast bis zur Unkenntlichkeit, aber er sagte nur:

»Komm Richard, schweig jetzt und kümmere dich nicht um ihr Geschwätz! Wiederhole es wenigstens nicht noch!«

»Ach, ich wollte, ich wäre imstande, es zu vergessen«, lautete die müde Antwort.

»Du wirst es, wenn du dieses Land erst im Rücken hast. Wenn du nach Spanish Town zurückgekehrt bist, dann stell dir vor, dass sie tot und begraben ist – oder besser noch, du denkst überhaupt nicht mehr an sie.«

»Unmöglich, diese Nacht zu vergessen!«

»Es ist *nicht* unmöglich! Mensch, zeig doch ein wenig Energie! Vor zwei Stunden meintest du noch, du seist so tot wie ein Hering, und jetzt lebst du noch und redest so lebendig wie ich. Siehst du! Carter ist jetzt auch beinahe fertig mit dem Verbinden. Und nun will ich dich noch schnell herrichten. – Jane ...«, dies war das erste Wort, das er seit seiner Rückkehr mit mir sprach, »... Jane, nehmen Sie diesen Schlüssel: Gehen Sie hinunter in mein Schlafzimmer und von dort geradewegs in mein Ankleidezimmer. Öffnen Sie die obere Schublade der Kommode und nehmen Sie ein sauberes Hemd und ein Halstuch heraus. Beides bringen Sie her. Aber beeilen Sie sich!«

Ich ging, suchte das erwähnte Möbelstück, fand die genannten Gegenstände und kam mit ihnen ins dritte Stockwerk zurück.

»Nun gehen Sie an die andere Seite des Bettes, während ich ihm beim Ankleiden helfe«, sagte Mr. Rochester. »Aber verlassen Sie das Zimmer nicht; es ist möglich, dass ich Ihrer Hilfe noch einmal bedarf.«

Ich zog mich hinter das große Himmelbett zurück, wie mein Herr mir befohlen hatte.

»War in den unteren Etagen schon jemand auf den Beinen, als Sie hinunterkamen, Jane?«, fragte dieser bald darauf.

»Nein, Sir, alles war still.«

»Wir werden dich bequem und ungesehen fortbringen, Dick. Und das wird das Beste sein, sowohl für dich wie für das arme Geschöpf da hinten. Ich habe so lange gekämpft, um eine Bloßstellung zu vermeiden, und ich möchte nicht, dass sie nun doch noch eintritt. Hier Carter, helfen Sie ihm ein wenig mit seiner Weste. Wohin hast du deinen Pelzmantel getan? In diesem verdammten kalten Klima kannst du nicht eine halbe Meile ohne denselben reisen, das weiß ich. In deinem Zimmer? – Jane, laufen Sie hinunter in Mr. Masons Zimmer, es stößt direkt an meines, und bringen Sie den Mantel, welchen Sie dort finden werden.«

Wiederum lief ich fort und kehrte mit einem ungewöhnlich großen Mantel zurück, der mit Pelz gefüttert und verbrämt war.

»So, jetzt habe ich noch einen Auftrag für Sie«, sagte mein unermüdlicher Brotherr. »Sie müssen noch einmal hinunter in mein Zimmer laufen. Welch ein Glück, Jane, dass Sie mit Samt beschuht sind; ein Bote mit Holzpantoffeln würde bei dieser Gelegenheit kaum zu verwenden sein. Sie müssen die mittlere Schublade meines Toilettentisches öffnen und ein kleines Fläschchen und ein Glas, welche Sie dort finden werden, herausnehmen. Bringen Sie mir diese schnell!«

Ich flog hinunter und wieder herauf und brachte die gewünschten Dinge.

»So ist's gut! Jetzt, Doktor, werde ich mir die Freiheit erlauben, ihm selbst eine Dosis zu verabreichen, auf meine eigene Verantwortung. Ich habe dieses Stärkungsmittel von einem italienischen Scharlatan aus Rom – einem Burschen, dem Sie, Carter, einen Fußtritt versetzen würden. Es ist keine Medizin, die man ohne Unterschied anwenden kann, aber bei manchen Gelegenheiten wirkt sie Wunder! Wie jetzt zum Beispiel ... Jane, ein wenig Wasser!«

Er reichte mir das kleine Glas, das ich bis zur Hälfte mit Wasser aus der Flasche vom Waschtisch füllte.

»Das ist genug. Jetzt befeuchten Sie den Rand des Fläschchens.«

Ich tat es. Er zählte zwölf Tropfen einer roten Flüssigkeit ab und reichte dies Mason hin.

»Trink Richard, es wird dir den Mut geben, der dir fehlt. Für eine Stunde wenigstens.«

»Aber wird es mir auch nicht schaden? Wird es keine Entzündung herbeiführen?«

»Trink! Trink! Trink!«

Mr. Mason gehorchte, aber nur, weil es augenscheinlich nutzlos war, sich zu widersetzen. Er war jetzt angekleidet und sah wohl noch immer bleich aus, aber nicht mehr blutig und beschmutzt.

Mr. Rochester gestattete ihm, sich drei Minuten auszuruhen, nachdem er die Flüssigkeit getrunken hatte. Dann fasste er seinen Arm:

»Jetzt bin ich fest überzeugt, dass du auf deinen Füßen stehen kannst. Versuch es nur!«, sagte er.

Der Kranke erhob sich.

»Carter, stützen Sie ihn auf der anderen Seite. Hab nur Mut, Richard, einen Schritt ... siehst du, es geht schon.«

»Ich fühle mich besser«, bemerkte Mr. Mason.

»Da bin ich sicher. Nun Jane, trippeln Sie uns voraus zur Hintertreppe, riegeln Sie die Tür des Seitenkorridors auf und sagen Sie dem Kutscher der Postkutsche, die Sie im Hof sehen werden – oder dicht vor dem Hoftor, denn ich befahl ihm, mit seinen rasselnden Rädern nicht über das Pflaster zu fahren –, sich bereitzuhalten. Wir kommen gleich. Und noch eins, Jane, wenn Sie unten irgendjemand wach finden, so kommen Sie an den Fuß der Treppe und räuspern Sie sich.«

Inzwischen war es halb sechs geworden, und die Sonne wollte gerade aufgehen. Trotzdem war die Küche noch dunkel und alles war ruhig. Die Tür des Seitenkorridors war verriegelt, ich öffnete sie so geräuschlos wie möglich. Auch im Hof herrschte noch Ruhe. Die Tore standen aber weit geöffnet und draußen hielt eine Postkutsche. Die Pferde waren eingespannt, der Kutscher saß auf dem Bock.

Ich ging zu ihm und sagte, dass die Herren kämen. Er nickte. Dann blickte ich sorgfältig umher und lauschte: Überall herrschte die Ruhe des frühen Morgens. Sogar an den Fenstern der Dienstbotenzimmer waren die Vorhänge noch herabgelassen. Nur in den blütenschweren Zweigen der Obstbäume, die wie weiße Girlanden über die Mauer der einen Hofseite hingen, zwitscherten die Vögel, und die Kutschpferde in den noch geschlossenen Ställen stampften von Zeit zu Zeit – ansonsten war alles still.

Jetzt kamen die Herren. Mr. Mason, welcher sich auf Mr. Rochester und den Arzt stützte, schien bereits wieder mit Leichtigkeit gehen zu können. Sie halfen ihm in den Wagen und Carter setzte sich zu ihm.

»Passen Sie gut auf ihn auf«, sagte Mr. Rochester zu dem Arzt, »und behalten Sie ihn in Ihrem Hause, bis er ganz wiederhergestellt ist. In ein oder zwei Tagen werde ich hinüberkommen, um zu sehen, wie seine Genesung fortschreitet. – Richard, wie fühlst du dich jetzt?«

»Die frische Luft belebt mich, Fairfax!«

»Carter, lassen Sie das Fenster an seiner Seite herab. Es ist ganz windstill; die frische Luft schadet ihm nicht. Lebe wohl Dick, alter Junge!«

»Fairfax ...«

»Nun, was gibt's noch?«

»Lass sie sorgsam behüten, lass sie so nachsichtig behandeln wie möglich, lass sie ...«, hier hielt er inne und brach in Tränen aus.

»Ich tue mein Bestes; ich habe es immer getan und werde es auch in Zukunft tun«, lautete die Antwort. Dann schlug er die Wagentür zu und die Kutsche fuhr davon.

»Oh, wollte Gott doch, dass dies alles ein Ende hätte!«, seufzte Mr. Rochester auf, als er die schweren Hoftore wieder schloss und sorgsam verriegelte. Nachdem er dies getan hatte, ging er mit langsamen Schritten, in düstere Gedanken versunken, auf eine Tür in jener Mauer zu, die den Obstgarten begrenzte.

Da ich vermutete, dass meine Arbeit hier getan sei, schickte ich mich an, ins Haus zurückzugehen, doch hörte ich ihn gleich darauf »Jane!« rufen. Er hatte die Pforte geöffnet und stand jetzt davor, anscheinend auf mich wartend.

»Kommen Sie für ein paar Augenblicke mit mir dorthin, wo es frisch und luftig ist; jenes Haus ist ein wahrer Kerker. Empfinden Sie das nicht ebenfalls?«

»Mich dünkt es ein prächtiges Schloss, Sir.«

»Ihre Augen sind durch mangelnde Erfahrung noch geblendet«, entgegnete er. »Sie sehen es durch einen Zauberspiegel; Sie können nicht erkennen, dass das Gold bloßer Schlamm und die seidenen Draperien nichts als Spinnweben sind, der Marmor nur elender Schiefer und das kostbar polierte Holz nur Späne und gemeine Baumrinde. Aber *hier* – damit deutete er auf eine baumbestandene Einfriedung, die wir soeben betraten –, hier ist alles schön, alles rein, alles wirklich!«

Er schlenderte einen Fußpfad hinunter, der mit Buchsbaum eingefasst war. Auf der einen Seite standen Apfel-, Birn- und Kirschbäume, auf der anderen Seite gab es Beete, auf denen alle möglichen altmodischen Blumen wie Levkojen, Feldrosen, Schlüsselblumen oder Stiefmütterchen wuchsen, dazwischen Stabwurz, Feldrosen und allerlei duftende Kräuter. Dies alles war so frisch und farbenprächtig, wie eine ganze Reihe von Aprilschauern es nur hervorbringen konnte, auf die ein lieblicher Frühlingsmorgen folgt. Die Sonne stieg majestätisch am Horizont empor und ihr Licht strahlte auf den taufrischen Obstgarten und seine stillen, lauschigen Wege herab.

»Jane, wollen Sie eine Blume?«

Er pflückte eine halb geöffnete Rose, die erste an ihrem Strauch, und reichte sie mir.

»Ich danke Ihnen, Sir.«

»Finden Sie diesen Sonnenaufgang schön, Jane? Jenen Himmel mit seinen hohen, leichten, lustigen Wolken, die sich zerstreuen werden, wenn der Tag älter wird – diese klare, balsamgleiche Luft?«

»Ja, Sir, sehr sogar.«

»Dies war eine seltsame Nacht, Jane.«

»Ja, Sir.«

»Und sie hat Sie bleich gemacht. Fürchteten Sie sich, als ich Sie mit Mason allein ließ?«

»Ich fürchtete nur, dass jemand aus dem inneren Zimmer kommen könnte.«

»Aber Sie hatten doch gesehen, wie ich die Tür verschloss. Den Schlüssel trug ich in der Tasche. Ich wäre ein pflichtvergessener Hirte gewesen, wenn ich ein Lamm – mein Lieblingslamm – unbehütet so nahe bei der Wolfshöhle gelassen hätte. Nein, Sie waren in Sicherheit.«

»Wird Grace Poole noch länger hier im Haus bleiben, Sir?«

»Oh gewiss! Aber zerbrechen Sie sich nicht den Kopf über sie, vergessen Sie das alles.«

»Und doch will mir scheinen, dass Sie Ihres Lebens nicht sicher sind, solange sie hier im Hause weilt.«

»Keine Sorge, ich passe schon auf mich auf.«

»Und ist die Gefahr, welche Sie gestern Abend fürchteten, vorübergegangen, Sir?«

»Dafür kann ich erst bürgen, wenn Mason England wieder verlassen haben wird. Jane, mein Leben ist das Leben auf einem Vulkan, der jeden Augenblick Feuer speien und mich verschlingen kann.«

»Aber Sir, Mr. Mason scheint doch ein Mann zu sein, der sich leicht leiten lässt. Ihr Einfluss scheint bei ihm allmächtig zu sein. Er wird Ihnen niemals trotzen oder Sie wissentlich zu schädigen suchen.«

»Oh nein, Mason wird mir niemals trotzen oder mir mit Wissen und Willen Schaden zufügen – aber unabsichtlich könnte er mich in einem einzigen Augenblick durch ein unüberlegtes Wort, wenn auch nicht um das Leben selbst, so doch um das ganze Glück meines Lebens bringen.«

»Sagen Sie ihm doch, vorsichtig zu sein, Sir. Lassen Sie ihn wissen, was Sie fürchten und zeigen Sie ihm, wie die Gefahr abgewendet werden kann.«

Er lachte ironisch, ergriff hastig meine Hand und schleuderte sie ebenso hastig wieder von sich.

»Wenn ich dies tun könnte, oh Einfalt, wo wäre dann die Gefahr? In einem Augenblick wäre sie vernichtet! Seit ich Mason kenne – und das ist schon eine lange Zeit –, habe ich ihm nur sagen müssen ›Tue das!‹, und die Sache wurde getan. Aber in diesem Fall kann ich ihm nichts befehlen, ich kann ihm nicht sagen ›Hüte dich davor, mir Schaden zuzufügen, Richard!‹, denn es ist durchaus notwendig, dass er niemals erfährt, es liege in seiner Macht, mich unglücklich zu machen. Nun sind Sie verwirrt – und ich werde Sie noch weiter verwirren. Sie sind doch meine kleine Freundin, nicht wahr, Jane?«

»Ich diene Ihnen gern, Sir, und gehorche Ihnen in allem, was recht ist.«

»In der Tat! Ich sehe, dass dem so ist. Ich sehe aufrichtige Zufriedenheit in Ihrer Miene und Haltung, in Ihren Augen und Ihrem Gesicht, wenn Sie mir helfen – wenn Sie für mich und mit mir arbeiten bei ›allem, was recht ist‹, wie Sie so bezeichnend sagen. Denn wenn ich etwas von Ihnen verlangte, was unrecht wäre, so würde ich wohl kein flinkes Laufen, keine bereitwillige Eilfertigkeit, keinen lebhaften Blick und keinen blühenden Teint sehen. Meine Freundin würde sich dann bleich und ruhig zu mir wenden und sagen: ›Nein, Sir, das ist unmöglich, ich kann das nicht tun, weil es Unrecht wäre.‹ Und sie würde unbeweglich bleiben wie ein Fixstern. Nun, auch Sie haben Macht über mich und könnten mir Schaden zufügen; aber ich wage nicht, Ihnen die Stelle zu zeigen, wo ich verwundbar bin, aus Furcht, dass Sie mich, treu und freundlich wie Sie sind, auf der Stelle durchbohren könnten.«

»Wenn Sie nicht mehr von Mr. Mason zu fürchten haben als von mir, Sir, dann sind Sie wahrlich sicher.«

»Gott gebe, dass es so ist! – Hier, Jane, ist eine Laube, setzen wir uns.«

Die Laube war ein dicht mit Efeu bewachsener Bogen in der Mauer; eine einfache, ländliche Bank stand darin. Mr. Rochester setzte sich und ließ für mich ausreichend Platz. Ich setzte mich aber nicht, sondern blieb vor ihm stehen.

»Setzen Sie sich«, sagte er, »die Bank hat Raum für uns beide. Zögern Sie denn, an meiner Seite Platz zu nehmen? Ist das auch unrecht, Jane?«

Ich antwortete ihm, indem ich mich setzte. Ihm seinen Wunsch abzuschlagen, wäre unklug gewesen; das fühlte ich.

»Und jetzt, meine kleine Freundin – während die Sonne den Tau trinkt, während all die Blumen in diesem altmodischen Garten zum Leben erwachen und sich öffnen, die Vögel ihren Jungen das Frühstück vom Kornfeld holen und die emsigen Bienen an ihre Arbeit gehen –, jetzt will ich Ihnen einen Fall vorlegen, und Sie müssen versuchen, sich in diesen hineinzuversetzen. Zuerst blicken Sie mich aber an und sagen Sie mir, dass Sie sich nicht unbehaglich fühlen und dass es nicht falsch von mir ist, Sie hier festzuhalten; und ebenso, dass es nicht falsch von Ihnen ist, hierzubleiben.«

»Nein, Sir. Ich fühle mich wohl hier.«

»Also gut, Jane, rufen Sie Ihre Phantasie zu Hilfe: Nehmen Sie mal an, dass Sie nicht mehr ein wohlerzogenes, gebildetes Mädchen wären, sondern ein wilder Knabe, der seit seiner Kindheit nur seinen eigenen Willen gekannt hat. Versetzen Sie sich in ein fremdes, fernes Land und nehmen Sie an, dass Sie dort einen großen Fehler begehen, gleichgültig welcher Art oder aus welchen Beweggründen, aber einen Fehler, dessen Konsequenzen Ihnen durch Ihr ganzes Leben folgen und Ihre ganze Existenz vernichten. Merken Sie wohl auf, ich sage nicht: *ein Verbrechen*. Ich spreche nicht von Blutvergießen oder irgendeiner anderen Schuld, welche den Täter dem Gesetz verfallen ließe, nein, mein Wort ist *Fehler*.

Die Folgen Ihrer Tat werden Ihnen mit der Zeit vollständig unerträglich; Sie ergreifen Maßregeln, um Ihre Lage zu erleichtern – ungewöhnliche Maßregeln, in der Tat, aber sie sind weder ungesetzlich noch verdammenswert. Und doch sind Sie tief elend, denn die Hoffnung verließ Sie schon, als Ihr Leben kaum begann. Ihre Sonne wird schon um die Mittagszeit durch eine Finsternis verdunkelt, welche – das ahnen Sie – bis zum Sonnenuntergang anhalten wird. Bittere, niedere Gedanken sind das Einzige, wovon Ihre Erinnerung zehren kann. Sie wandern hierhin und dorthin. Sie suchen Ruhe in der freiwilligen Verbannung, Glück im Vergnügen – ich meine, im herzlosen, sinnlichen Vergnügen, das den Verstand einschläfert und das Gefühl abstumpft. Nach langen Jahren des freiwilligen Exils kehren Sie heim, müde im Herzen, leer in der Seele. Sie machen eine neue Bekanntschaft – wie oder wo ist gleichgültig. In diesem fremden Wesen finden Sie all jene guten, glänzenden Eigenschaften, die Sie seit zwanzig Jahren suchten und niemals fanden; hier ist alles frisch, gesund, ohne Flecken und ohne Makel. Dieser Verkehr belebt Sie wieder, er lässt Sie neu geboren werden. Sie fühlen, wie wieder glücklichere Tage anbrechen, sie hegen wieder reinere Gefühle und edlere Wünsche. Sie haben das Verlangen, Ihr Leben von vorn zu beginnen und den Rest Ihrer Tage in einer Weise zu verbringen, die eines unsterblichen Wesens würdig ist.

Und um dies zu erreichen – sind Sie berechtigt, ein Hindernis, das im Hergebrachten liegt, zu übersteigen? Ein nur konventionelles Hindernis, das weder durch Ihr Gewissen geheiligt, noch durch Ihr gesundes Urteilsvermögen gebilligt wird?«

Hier hielt er inne und wartete auf eine Antwort. Was aber sollte ich sagen? Oh, war denn kein guter Geist da, mir eine vernünftige und zugleich befriedigende Antwort einzugeben? Eitler Wunsch! Der Westwind flüsterte in den herabhängenden Efeuranken, aber kein sanfter Engel Ariel nützte ihn als Medium seiner Worte; die Vögel sangen in den Baumkronen, aber wie süß ihr Gesang auch klang, er war unverständlich.

Mr. Rochester begann von Neuem:

»Ist der ruhelose, sündhafte, jetzt aber Ruhe suchende und reuige Mann berechtigt, der Meinung der Welt zu trotzen, indem er für alle Zeiten jenes gute, sympathische, liebevolle, fremde Wesen an sich fesselt und damit seinen eigenen Seelenfrieden und die Erneuerung seines Lebens sichert?«

»Sir«, entgegnete ich, »die Ruhe eines Irrenden, die Bekehrung eines Sünders sollte niemals von einem Mitmenschen abhängig sein dürfen. Männer und Frauen sterben. Philosophen fehlen in ihrer Weisheit, Christen irren in ihrer Güte. Wenn ein Mensch, den Sie kennen, gefehlt und gelitten hat, so lassen Sie ihn höher hinaufblicken als zu seinen Nebenmenschen; Trost und Heilung für seine Wunden, Kraft für seine Umkehr wird von oben herabkommen.«

»Aber das Werkzeug – das Werkzeug! Gott, der das Werk tut, wählt das Werkzeug. Ich selbst war ein weltlich gesinnter, ruheloser, verschwenderischer Mann – dies sage ich Ihnen, ohne in Gleichnissen zu sprechen –, und ich glaube, dass ich das Werkzeug für meine Bekehrung gefunden habe in …«

Er hielt inne. Die Vögel fuhren fort zu zwitschern und die Blätter rauschten über unseren Köpfen. Etwas wie Erstaunen kam über mich, dass nicht auch sie ihr Zwitschern und Rauschen einstellten, um jene unterbrochene Offenbarung zu hören. Aber sie hätten viele Minuten warten müssen, denn so lange dauerte das Schweigen.

Endlich blickte ich zu dem zögernden Sprecher auf: Er sah mich erwartungsvoll an.

»Kleine Freundin«, sagte er in gänzlich verändertem Ton. Und auch sein Gesicht veränderte sich, es verlor die Würde und Güte und wurde herausfordernd und sarkastisch. »Sie haben meine zärtliche Neigung für Miss Ingram bemerkt: Glauben Sie nicht, dass sie sich, wenn ich sie heiratete, tüchtig anstrengen würde, einen neuen Menschen aus mir zu machen?«

Dann sprang er plötzlich auf und ging schnell bis an das äußerste Ende des Fußpfades. Als er zu mir zurückkam, summte er ein Lied.

»Jane, Jane«, sagte er, vor mir stehenbleibend, »die Nachtwache hat Sie ganz bleich gemacht. Verwünschen Sie mich nicht, weil ich Ihre Ruhe gestört habe?«

»Sie verwünschen? Nein, Sir.«

»Geben Sie mir die Hand zur Bekräftigung Ihrer Worte. – Wie kalt diese kleine Hand ist! Sie war wärmer, als ich sie gestern Abend an der Tür des geheimnisvollen Zimmers berührte … Jane, wann werden Sie wieder mit mir wachen?«

»Wann immer ich Ihnen damit nützlich sein kann, Sir.«

»Zum Beispiel in der Nacht vor meiner Hochzeit, dann werde ich sicher nicht imstande sein zu schlafen. Wollen Sie versprechen, dann mit mir aufzubleiben und mir Gesellschaft zu leisten? Mit Ihnen kann ich von meiner Geliebten reden, denn Sie haben sie gesehen und kennen sie.«

»Ja, Sir.«

»Nicht wahr, Jane, sie ist ein seltenes Geschöpf?«

»Ja, Sir.«

»Stämmig, wirklich stämmig, Jane. Groß, braun und drall. Mit Haaren, wie die Frauen von Karthago sie gehabt haben müssen. – Gott sei mir gnädig: Dent und Lynn sind schon in den Ställen! Gehen Sie durch die Sträucher und durch das Tor!«

Während ich auf dem einen Weg davonging, schlug er einen anderen ein, und ich hörte noch, wie er laut und fröhlich im Hofe rief: »Mason ist euch allen heute früh zuvorgekommen, noch vor Sonnenaufgang ist er los. Ich bin um vier Uhr aufgestanden, um ihm Lebewohl zu sagen.«

Einundzwanzigstes Kapitel

Vorahnungen sind seltsame Dinge! Und ebenso Seelenverwandtschaften oder Vorzeichen – alle drei zusammen bilden ein Geheimnis, zu dem die Menschheit den Schlüssel noch nicht gefunden hat. Ich habe in meinem ganzen Leben noch nicht über Vorahnungen lachen können, denn ich habe selbst sehr eigentümliche erlebt. Und ich glaube auch, dass Seelenverwandtschaften existieren: Sympathien, deren Wirkungen weit über unser Begriffsvermögen hinausgehen. Weit voneinander entfernte, lange getrennte Verwandte zum Beispiel, die einander schon seit geraumer Zeit entfremdet sind, lassen dessen ungeachtet ja auch immer noch den gemeinsamen Ursprung erkennen. Und Vorzeichen sind vielleicht – wissen wir es denn? – die Sympathien, welche die Natur mit dem Menschen hat.

Als ich ein kleines Mädchen von kaum sechs Jahren war, hörte ich eines Abends, wie Bessie Leaven zu Martha Abbot sagte, ihr habe von einem kleinen Kinde geträumt, und es sei eine sichere Vorbedeutung von Kummer und Unglück für einen selbst oder die Angehörigen, wenn man von Kindern träume. Dieses Gespräch würde sich meinem Gedächtnis wahrscheinlich gar nicht eingeprägt haben, wenn nicht gleich darauf ein Umstand eingetreten wäre, der dazu angetan war, es für immer festzuhalten: Am nächsten Tag wurde Bessie nach Hause an das Totenbett ihrer jüngsten Schwester geholt.

In letzter Zeit war mir jenes Gespräch zusammen mit dem darauffolgenden Zwischenfall oft wieder eingefallen. Denn während der letzten Woche war kaum eine Nacht hingegangen, in der mir nicht von einem Kind geträumt hätte. Zuweilen wiegte ich es in meinen Armen, dann wieder schaukelte ich es auf meinen Knien. Manchmal sah ich es auch auf einer Wiese mit Gänseblümchen spielen oder seine Hände in fließendes Wasser tauchen. In dieser Nacht war es ein weinendes Kind, in der nächsten ein lachendes; mal schmiegte es sich an mich, dann wieder floh es vor mir. Doch welche Stimmung die Erscheinung auch zur Schau tragen und welche Züge sie auch haben mochte – sie trat mir in sieben aufeinanderfolgenden Nächten entgegen, sobald ich die Grenze zum Land des Schlummers überschritten hatte.

Mir gefiel diese stete Wiederkehr eines einzigen Gedankens nicht – diese seltsame Wiederholung des gleichen Bildes beunruhigte mich, und ich wurde nervös, wenn die Zeit des Schlafengehens näher kam und mit ihr die Stunde der Vision. Die Gesellschaft dieses Kinderphantoms war es gewesen, die mich in jener Mondscheinnacht geweckt hatte, als ich den Schrei hörte. Und am Nachmittag des folgenden Tages kam eine Dienerin mit der Botschaft zu mir, dass in Mrs. Fairfax' Zimmer jemand sei, der mich zu sprechen wünsche. Als ich hinunterkam, fand ich einen Mann, der auf mich wartete. Er sah aus wie ein herrschaftlicher Kammerdiener, aber er war in Trauer gekleidet, und auch der Hut, welchen er in der Hand hielt, hatte einen Trauerflor.

»Sie werden sich meiner kaum noch erinnern, Miss«, sagte er, indem er sich bei meinem Eintritt erhob, »aber mein Name ist Leaven. Als Sie vor acht oder neun Jahren in Gateshead waren, war ich Kutscher bei Mrs. Reed; ich bin auch jetzt noch in ihren Diensten.«

»Oh, Robert, wie geht es Ihnen? Ich erinnere mich sehr wohl an Sie – Sie ließen mich manchmal auf Miss Georgianas braunem

Pony reiten. Und wie geht es Bessie? Sie sind doch mit Bessie verheiratet?«

»Ja, Miss. Meine Frau ist kerngesund, danke! Vor zwei Monaten hat sie mir nochmal was Kleines geschenkt – wir haben jetzt drei –, und Mutter und Kinder gedeihen gut.«

»Und ist die Familie im Herrenhaus auch gesund, Robert?«

»Es tut mir leid, Miss, dass ich Ihnen von dort keine besseren Nachrichten bringen kann, aber es geht ihnen augenblicklich sehr schlecht – sie haben großen Kummer.«

»Ich hoffe, dass niemand von ihnen gestorben ist«, sagte ich, indem ich auf seinen schwarzen Anzug deutete. Auch er blickte auf den Krepp an seinem Hut und sagte:

»Mr. John ist gestern vor acht Tagen in seiner Wohnung in London gestorben.«

»Mr. John?«

»Ja, Miss.«

»Und wie trägt es seine Mutter?«

»Nun sehen Sie, Miss Eyre, dies ist kein gewöhnliches Unglück, er hat ein gar wildes Leben geführt. Während der letzten drei Jahre hat er sonderbare Dinge getrieben – und sein Tod war fürchterlich.«

»Ich hörte von Bessie, dass er kein ordentliches Leben führte.«

»›Kein ordentliches Leben‹! Er hätte nichts Schlimmeres tun können! Er hat seine Gesundheit und seine Güter in Gesellschaft der schlechtesten Männer und der schlimmsten Weiber zugrunde gerichtet. Er geriet in Schulden und kam ins Gefängnis. Zweimal hat seine Mutter ihm herausgeholfen, aber kaum war er frei, kehrte er auch schon wieder zu seinen alten Kumpanen und seinen alten Gewohnheiten zurück. Sein Kopf war nie besonders stark, wie Sie wohl wissen, und die Schurken, mit denen er sich abgab, betrogen ihn auf eine Weise, wie es mir noch nicht untergekommen ist. Vor ungefähr drei Wochen kam er nach Gateshead und verlangte von der Missis, dass sie ihm das ganze Besitztum übergeben solle. Die Missis weigerte sich: Durch seine Verschwendung waren ihre Mittel schon seit langer Zeit zusammengeschmolzen. So kehrte er denn wieder nach London zurück, und das Nächste, was wir von ihm hörten, war seine Todesnachricht. Wie er gestorben ist – weiß Gott! Es heißt, dass er sich umgebracht hat.«

Ich schwieg. Das war eine entsetzliche Nachricht.

Robert Leaven fuhr fort:

»Die Missis ist schon geraume Zeit kränklich gewesen. Sie ist sehr dick geworden, aber ihre Konstitution ist nicht stark, und der Verlust des Geldes und die Furcht vor der Armut haben sie schier zugrunde gerichtet. Die Nachrichten von Mr. Johns Tod und von der Art dieses Todes kamen zu plötzlich: Sie erlitt einen Schlaganfall. Drei Tage lang konnte sie kein Wort sprechen, aber am letzten Dienstag schien es ihr dann wieder besser zu gehen. Es war, als wollte sie etwas sagen, denn sie machte meiner Frau fortwährend Zeichen und murmelte unverständliche Worte. Erst gestern Morgen konnte Bessie verstehen, dass sie Ihren Namen aussprach, und zuletzt verstand sie ganz deutlich, wie sie sagte: ›Bringt mir Jane ... holt Jane Eyre, ich muss mit ihr sprechen!‹ Bessie wusste nun nicht, ob sie bei Sinnen ist und ob sie irgendetwas mit den Worten meint, aber sie hat es Miss Reed und Miss Georgiana gesagt und ihnen geraten, Sie, Miss, holen zu lassen. Die jungen Damen wollten anfangs nichts davon wissen, aber ihre Mutter wurde so ruhelos und rief so oft ›Jane, Jane!‹, dass sie endlich einwilligten. Ich verließ Gateshead gestern, und wenn Sie bis morgen früh fertig werden könnten, Miss, so würde ich Sie gern mitnehmen.«

»Ja, Robert, ich werde fertig sein. Mir scheint, dass ich mitkommen muss.«

»Ich glaube auch, Miss. Bessie sagte, Sie würden sich ganz gewiss nicht weigern. Aber Sie werden wohl um Erlaubnis bitten müssen, ehe Sie gehen?«

»Gewiss. Und ich werde es augenblicklich tun.«

Ich führte ihn in das Zimmer der Dienstboten, und nachdem ich ihn der Fürsorge von Johns Frau und Johns eigener Liebenswürdigkeit warm empfohlen hatte, machte ich mich auf den Weg, um Mr. Rochester zu suchen.

Er war in keinem der Zimmer des unteren Stockwerks, er war nicht auf dem Hof, nicht in den Ställen und nicht im Park. Ich fragte Mrs. Fairfax, ob sie ihn gesehen habe: Ja, sie glaubte, er sei mit Miss Ingram im Billardzimmer und spiele. Also eilte ich ins Billardzimmer, aus dem mir Stimmen und das Geräusch aufeinanderschlagender Billardkugeln entgegendrangen. Mr. Rochester, Miss Ingram, die beiden Schwestern Eshton und ihre Verehrer waren mit dem Spiel beschäftigt. Es bedurfte einigen Mutes, um eine solche Gesellschaft zu stören; mein Anliegen war aber derart, dass es keinen Aufschub duldete. Ich ging also zu meinem Herrn, der neben Miss Ingram stand.

Bei meiner Annäherung wandte sie sich um und maß mich mit einem hochmütigen Blick. Ihre Augen schienen zu fragen: ›Was kann diese schleichende Kreatur jetzt wollen?‹ Und als ich mit leiser Stimme sagte: »Mr. Rochester ...«, machte sie eine Bewegung, als wolle sie mich verscheuchen. Noch heute sehe ich sie vor mir, graziös und eindrucksvoll. Sie trug ein Morgenkleid von himmelblauem Crêpe, und ein durchsichtiges, azurfarbenes Band schlang sich durch ihre Locken. Sie war dem Spiel mit großer Lebhaftigkeit gefolgt, und ihre hochmütigen Züge wurden durch ihren verletzten Stolz nicht geschmälert.

»Will diese Person etwas von Ihnen?«, fragte sie Mr. Rochester. Und Mr. Rochester wandte sich um, um zu sehen, wer ›diese Person‹ sei. Er machte ein sonderbares Gesicht in seiner bekannt seltsamen, mehrdeutigen Art – warf das Billardqueue fort und folgte mir in den Korridor hinaus.

»Nun, Jane?«, fragte er, während er sich mit dem Rücken an die Tür des Schulzimmers lehnte, die er soeben geschlossen hatte.

»Sir, ich bin gekommen, um einen Urlaub von einer oder zwei Wochen von Ihnen zu erbitten.«

»Was wollen Sie damit? Wohin gehen Sie?«

»Ich will eine kranke Dame besuchen, die mich holen lässt.«

»Welche kranke Dame? Wo wohnt sie?«

»In Gateshead, in ***shire.«

»***shire? Das ist ja hundert Meilen von hier! Wer ist sie, dass Sie von Ihnen verlangen kann, eine solche Entfernung zurückzulegen?«

»Ihr Name ist Reed, Sir, Mrs. Reed.«

»Reed auf Gateshead? Ich kannte einen Reed auf Gateshead, der Ratsherr war.«

»Sie ist seine Witwe, Sir.«

»Und was haben Sie mit ihr zu tun? Woher kennen Sie sie überhaupt?«

»Mr. Reed war mein Onkel, der Bruder meiner verstorbenen Mutter.«

»Zum Teufel! War er das? Weshalb haben Sie mir das nicht längst erzählt? Sie sagten stets, dass Sie keine Verwandten hätten.«

»Keine, die mich anerkannten, Sir. Mr. Reed ist tot, und seine Witwe hat mich verstoßen.«

»Weshalb?«

»Weil ich arm und ihr eine Last war. Und sie mochte mich nicht.«

»Reed hat aber, soviel ich weiß, Kinder hinterlassen. Sie müssen also doch auch Vettern und Cousinen haben. Sir George Lynn sprach gestern von einem Reed von Gateshead, der, wie er sagte, einer der verkommensten Menschen von London sei; und Ingram erwähnte eine Miss Georgiana Reed aus demselben Hause, eine berühmte Schönheit, die in der letzten oder vorletzten Saison in London großes Aufsehen gemacht hat.«

»John Reed ist jetzt ebenfalls tot, Sir. Er hat sich selbst zugrunde gerichtet und seine Familie zur Hälfte mit in diesen Ruin hineingezogen. Man vermutet, dass er Selbstmord begangen hat. Diese Nachricht erschütterte seine Mutter so sehr, dass sie einen Schlaganfall erlitten hat.«

»Und was können Sie ihr da nützen? Unsinn, Jane! Es würde mir niemals in den Sinn kommen, hundert Meilen zu reisen, um eine alte Dame zu sehen, die möglicherweise schon tot ist, wenn man am Bestimmungsort ankommt. Außerdem erzählten Sie mir ja soeben, dass sie Sie verstoßen hat.«

»Ja, Sir, aber das ist schon so lange her. Damals lagen die Verhältnisse auch noch ganz anders. Ich würde niemals wieder Ruhe finden, wenn ich ihren Wunsch jetzt unberücksichtigt ließe.«

»Wie lange werden Sie fortbleiben?«

»So kurze Zeit wie irgend möglich, Sir.«

»Versprechen Sie mir, nur eine Woche wegzubleiben.«

»Ich kann Ihnen das nicht mit Sicherheit versprechen, wenn ich Ihnen mein Wort gäbe, könnte ich doch vielleicht gezwungen sein, es zu brechen.«

»Aber auf jeden Fall werden Sie zurückkommen! Versprechen Sie mir, sich unter keinen Umständen bewegen zu lassen, dauerhaft bei ihr Wohnung zu nehmen?«

»Oh nein! Ich werde zurückkehren, sobald alles in Ordnung ist.«

»Und wer begleitet Sie? Hoffentlich denken Sie nicht daran, die hundert Meilen allein zu reisen?«

»Nein, Sir. Sie hat ihren Kutscher geschickt.«

»Ein vertrauenswürdiger Mensch?«

»Ja, Sir, er lebt seit zehn Jahren in der Familie.«

Mr. Rochester sann nach.

»Und wann beabsichtigen Sie abzureisen?«

»Morgen in aller Frühe, Sir.«

»Gut. Aber Sie brauchen Geld. Sie können unmöglich ohne Geld reisen, und ich glaube kaum, dass Sie noch viel besitzen. Sie haben von mir noch kein Gehalt bekommen. Wie viel besitzen Sie noch in dieser Welt, Jane?«, fragte er, gutmütig lächelnd.

Ich zog meine Börse hervor; sie war allerdings ein mageres Ding. »Fünf Schilling, Sir.«

Er nahm mir die Börse aus der Hand, schüttete sich den ganzen Inhalt in die Hand und lachte, als gewähre diese armselige Summe ihm eine ganz besondere Freude. Gleich darauf zog er seine Brieftasche hervor:

»Hier«, sagte er, und bot mir eine Banknote. Es waren fünfzig Pfund, aber er schuldete mir nur fünfzehn. Ich sagte ihm, dass ich die Note nicht wechseln könne.

»Sie brauchen auch nicht zu wechseln, das wissen Sie. Nehmen Sie Ihr Gehalt.«

Ich weigerte mich, mehr anzunehmen, als ich rechtmäßig zu fordern hatte. Er runzelte die Stirn. Endlich sagte er, als ob ihm plötzlich ein Gedanke gekommen wäre:

»Ja, ja, ganz recht! Es ist besser, wenn ich Ihnen jetzt nicht alles gebe. Wenn Sie fünfzig Pfund hätten, würden Sie am Ende drei Monate fortbleiben. Hier haben Sie zehn, ist das ausreichend?«

»Ja, Sir. Aber jetzt sind Sie mir noch fünf Pfund schuldig.«

»Sie können wiederkommen, um diese einzukassieren. Sie haben jetzt bei mir, Ihrem Bankier, vierzig Pfund gut.«

»Mr. Rochester, da sich mir jetzt gerade Gelegenheit dazu bietet: Kann ich gleich noch von einer anderen Geschäftsangelegenheit mit Ihnen sprechen?«

»Geschäftsangelegenheit? Da bin ich doch neugierig.«

»Sie haben mir in ziemlich klaren Worten mitgeteilt, Sir, dass Sie sich binnen kurzem verheiraten werden.«

»Nun ja. Was weiter?«

»In diesem Falle, Sir, müsste Adèle doch in eine Schule geschickt werden. Ich bin überzeugt, dass auch Sie diese Notwendigkeit einsehen.«

»Damit sie meiner Braut aus dem Weg ist, welche sie sonst zu nachdrücklich schikanieren würde? Dieser Vorschlag ist sinnvoll, ohne Zweifel. Adèle wird, wie Sie sagen, in eine Schule müssen. Und Sie gehen dann natürlich geradewegs – zum Teufel?«

»Das hoffe ich nicht, Sir, aber ich werde mir eine andere Stellung suchen müssen.«

»Zu gegebener Zeit!«, rief er aus, in so scharfem Ton und mit derart verzerrtem Gesicht, das es zugleich komisch und tragisch war. Dann blickte er mich eine Weile an.

»Und vermutlich werden Sie die alte Madam Reed oder ihre Töchter ersuchen, Ihnen eine Stellung zu finden?«

»Nein, Sir. Ich stehe mit meinen Verwandten nicht auf einem solchen Fuße, dass ich das Recht hätte, Gefälligkeiten von ihnen zu verlangen. Aber ich werde annoncieren.«

»Sie würden die ägyptischen Pyramiden hinaufklettern!«, knurrte er. »Aber annoncieren Sie nur immer auf Ihre eigene Gefahr hin! Ich wünschte, ich hätte Ihnen nur einen Souvereign anstatt jener zehn Pfund gegeben. Geben Sie mir neun Pfund zurück, Jane, ich brauche sie!«

»Und ich brauche sie ebenfalls, Sir«, entgegnete ich, indem ich die Hand mit der Börse hinter meinem Rücken verbarg. »Ich kann unter keinen Umständen auf das Geld verzichten.«

»Kleiner Geizhals!«, sagte er, »Sie schlagen meine Bitte um Geld wirklich ab! Geben Sie mir fünf Pfund, Jane!«

»Nicht fünf Schilling, Sir, noch nicht einmal fünf Pence.«

»Lassen Sie mich das Geld nur noch einmal sehen!«

»Nein Sir, ich kann Ihnen nicht trauen.«

»Jane!«

»Sir!«

»Versprechen Sie mir eins!«

»Ich verspreche ihnen alles, Sir, wovon ich denke, dass ich es halten kann.«

»Annoncieren Sie nicht. Und überlassen Sie die Suche nach einer Stellung mir. Ich werde rechtzeitig etwas für Sie finden.«

»Das will ich mit Freuden tun, Sir, wenn Sie mir Ihrerseits versprechen, dass sowohl ich wie Adèle glücklich aus dem Hause sein werden, bevor Ihre Braut einzieht.«

»Sehr gut! Sehr gut! Darauf kann ich Ihnen mein Wort geben! Sie reisen also morgen?«

»Ja, Sir, sehr früh.«

»Werden Sie nach dem Dinner noch in den Salon hinunterkommen?«

»Nein, Sir. Ich muss meine Reisevorbereitungen treffen.«

»So müssen wir uns jetzt für eine kleine Weile Lebewohl sagen?«

»Vermutlich, Sir.«

»Und wie betragen sich die Menschen bei der Zeremonie des Abschiednehmens, Jane? Lehren Sie mich das, ich verstehe mich nicht recht darauf.«

»Sie sagen ›Lebe wohl!‹ oder irgendetwas anderes, das ihnen gefällt.«

»Also sagen Sie es.«
»Leben Sie wohl, Mr. Rochester, für jetzt.«
»Und was muss ich sagen?«
»Dasselbe, wenn Sie wollen, Sir.«
»Leben Sie wohl, Miss Eyre, für jetzt! – Ist das alles?«
»Ja.«
»Nach meinen Begriffen klingt das armselig, trocken und unfreundlich. Ich möchte noch etwas anderes, eine kleine Zugabe zum Ritual. Wenn man sich zum Beispiel die Hände reichte ... Aber nein, das würde mich auch noch nicht zufriedenstellen. Sie wollen also nichts weiter tun, als mir einfach Lebewohl sagen, Jane?«
»Es genügt, Sir. Ein einziges herzliches Wort kann genauso viel Wohlwollen enthalten wie viele Wörter.«
»Vielleicht! Aber es klingt doch leer und kalt – ›Leben Sie wohl!‹«
›Wie lange wird er noch so mit dem Rücken gegen die Tür gelehnt dastehen?‹, fragte ich mich. ›Ich möchte doch gern mit dem Packen anfangen.‹
Die Dinnerglocke läutete, und plötzlich schoss er pfeilschnell ohne ein weiteres Wort zur Tür hinaus. Ich sah ihn an diesem Tag nicht wieder, und am nächsten Morgen war ich schon lange unterwegs, bevor jemand im Hause aufgestanden war.

Am Nachmittag des ersten Mai erreichte ich gegen fünf Uhr das Pförtnerhäuschen von Gateshead. Bevor ich zum Herrenhaus hinaufging, trat ich zunächst hier ein. Es war außerordentlich sauber und hübsch. Vor den architektonisch schönen Fenstern hingen kleine, weiße Vorhänge, der Fußboden war fleckenlos, der Herd und die Feuerzange waren blank poliert und das Feuer loderte lustig empor. Bessie saß in der Ofenecke und stillte ihren Letztgeborenen, Robert und sein Schwesterchen spielten still in einem Winkel.

»Gott segne Sie! Ich wusste ja, dass Sie kommen würden!«, rief Mrs. Leaven bei meinem Eintritt.

»Ja, Bessie«, sagte ich, nachdem ich sie umarmt hatte, »und hoffentlich komme ich nicht zu spät. Wie geht es Mrs. Reed? Sie ist doch noch am Leben?«

»Ja, sie lebt noch, und sie ist ruhiger und gesammelter als sie war. Der Doktor sagt, dass es noch eine oder zwei Wochen mit ihr dauern kann, aber er glaubt nicht, dass sie sich noch einmal erholen wird.«

»Hat sie kürzlich wieder von mir gesprochen?«

»Heute Morgen erst hat sie von Ihnen gesprochen und gewünscht, dass Sie kommen möchten. Aber jetzt schläft sie. Wenigstens schlief sie, als ich vor zehn Minuten oben im Herrenhaus war. Gewöhnlich liegt sie während des ganzen Nachmittags in einer Art von Lethargie und erwacht erst gegen sechs oder sieben Uhr. Miss, wollen Sie sich hier nicht eine Stunde ausruhen? Später werde ich dann mit Ihnen hinaufgehen.«

Hier trat Robert ein, und Bessie legte ihr schlafendes Kind in die Wiege, um ihn zu begrüßen. Dann bestand sie darauf, dass ich meine Haube abnehme und eine Tasse Tee trinke, denn ich würde so müde und blass aussehen, sagte sie. Ich war froh und nahm ihre Gastfreundschaft dankend an. So widerstandslos, wie ich mich als Kind von ihr entkleiden ließ, gestattete ich ihr auch jetzt, mir meine Reisekleider abzunehmen.

Wie die alten Zeiten in meiner Erinnerung wieder auflebten, als ich ihrem geschäftigen Treiben zusah! Sie deckte den Teetisch mit ihrem besten Porzellan, schnitt Brot und brachte Butter, röstete Teegebäck und gab dem kleinen Robert oder der kleinen Jane hier und da einen Klaps, gerade wie sie es in vergangenen Zeiten mit mir zu tun pflegte. Bessie hatte sich ihr rasches Wesen ebenso gut bewahrt, wie ihren leichten Schritt und ihr hübsches Äußeres.

Als der Tee fertig war, wollte ich mich zum Tisch begeben, aber in ihrem alten, befehlenden Ton sagte sie mir, ich solle sitzenbleiben, wo ich war. Sie sagte, ich würde am Kaminfeuer bedient werden. Und dann stellte sie einen kleinen runden Tisch mit meiner Tasse und einem Teller Toast vor mich hin, gerade so, wie sie mich früher mit irgendeinem heimlich erbeuteten Leckerbissen zu versorgen pflegte, wenn ich in meinem Kinderstuhl saß. Ich lächelte und gehorchte ihr gern, wie ich es auch damals getan hatte.

Sie wollte dann wissen, ob ich auf Thornfield Hall glücklich wäre, und ich sollte ihr erzählen, was für eine Persönlichkeit die Frau des Hauses sei. Und als ich ihr gesagt hatte, dass Thornfield nur einen Herrn habe, wollte sie wissen, ob er liebenswürdig und gut sei, und ob ich ihn gern habe. Ich erzählte ihr, dass er zwar ein eher hässlicher Mann, aber durchaus ein Gentleman sei, dass er mich mit großer Güte behandelte und dass ich mich dort glücklich fühlte. Ferner beschrieb ich ihr die lustige Gesellschaft, die sich jetzt auf Thornfield Hall aufhielt, und diesen Details hörte Bessie mit wachem Interesse zu – es waren Dinge, die einen großen Reiz für sie hatten.

Unter solchen Gesprächen verging eine Stunde gar schnell. Bessie brachte mir schließlich meine Haube, und von ihr begleitet verließ ich das Pförtnerhäuschen, um mich hinauf ins Herrenhaus zu begeben. Sie hatte mich ebenfalls begleitet, als ich vor fast neun Jahren denselben Pfad hinuntergegangen war, den ich jetzt hinaufstieg. An einem düsteren, nebeligen, rauen Januarmorgen hatte ich mit verzweifeltem, erbittertem Herzen ein feindliches Dach verlassen, beinahe wie eine Verurteilte oder Gesetzlose, um in den frostigen Hafen von Lowood einzulaufen – dieses damals ferne, unbekannte Land. Jetzt stieg wieder jenes feindliche Dach vor mir empor. Meine Aussichten waren noch immer zweifelhaft, noch immer schmerzte mir das Herz. Noch immer fühlte ich mich wie ein Wanderer auf der Erde – aber ich hatte ein festeres Vertrauen zu mir selbst und zu meiner Kraft erlangt und fürchtete mich weniger vor dem Unterdrücktsein. Die klaffende Wunde meiner Misshandlung war jetzt geheilt; die Flamme meines Grolls war erloschen.

»Sie müssen sich zuerst in das Frühstückszimmer begeben«, sagte Bessie, als sie vor mir die Halle betrat, »die jungen Damen werden dort sein.«

Im nächsten Augenblick stand ich in diesem Raum. Jedes Einrichtungsstück sah noch genauso aus wie an jenem Morgen, als ich zum ersten Mal Mr. Brocklehurst vorgestellt wurde. Der Teppich, auf dem er gestanden hatte, lag noch immer vor dem Kamin. Als mein Blick über die Bücherschränke schweifte, meinte ich zu erkennen, dass jene zwei Bände »Bewicks Britische Vogelkunde« noch auf ihrem alten Platz auf dem dritten Regal standen, und »Gullivers Reisen« und »Tausendundeine Nacht« standen gerade darüber. Die leblosen Dinge waren ganz wie immer – die Menschen jedoch waren bis zur Unkenntlichkeit verändert.

Zwei junge Damen erschienen vor mir. Die eine war sehr groß, fast so groß wie Miss Ingram, aber sehr dünn, mit fahlem Teint und strengen Zügen. Es lag etwas Asketisches in ihrem Blick, das noch verstärkt wurde durch die außerordentliche Schlichtheit eines schwarzwollenen Kleides mit glattem Rock, einen weißen Leinwandkragen, stramm aus der Stirn gekämmte Haare und einen nonnenhaften Schmuck, der aus einer Schnur Ebenholzperlen und einem großen Kruzifix bestand. Es konnte nicht anders sein – dies war Eliza, obgleich ich in ihrem langen, blutleeren Gesicht wenig Ähnlichkeit mit ihrem früheren Selbst entdecken konnte.

Die andere war also Georgiana – aber nicht jene Georgiana, an die ich mich erinnerte, jenes schlanke, blonde Mädchen von elf Jahren. Diese hier war ein voll erblühtes, sehr fülliges Fräulein, hell wie Wachs, mit schönen, regelmäßigen Zügen, schmachtenden blauen Augen und lockigem gelben Haar. Auch sie trug ein schwarzes Kleid; der Schnitt desselben war aber sehr verschieden von dem ihrer Schwester, viel kleidsamer und graziöser – es war so modisch, wie das andere puritanisch war.

Jede der beiden Schwestern hatte einen Zug von der Mutter – doch nur einen einzigen. Die magere, blasse, ältere Tochter hatte die hervorstehenden Augen, das blühende, üppige, jüngere Mädchen hatte ihr Kinn. Vielleicht waren hier die Linien ein wenig gemildert, aber dennoch gaben sie dem sonst so schelmischen, üppigen Gesicht einen Zug von unbeschreiblicher Härte.

Als ich näher kam, erhoben sich beide, um mich zu begrüßen, und beide redeten sie mich mit dem Namen ›Miss Eyre‹ an. Elizas Gruß wurde in kurzer, abrupter Weise ausgesprochen, ohne dass sie bei ihren Worten auch nur eine Miene verzogen hätte. Nach der Begrüßung setzte sie sich wieder, heftete ihre Blicke auf das Kaminfeuer und schien meine Anwesenheit nicht weiter zu bemerken. Georgiana fügte ihrem »Guten Tag!« noch mehrere alltägliche Bemerkungen über meine Reise, das Wetter und dergleichen hinzu. Sie sprach in langsam gezogenem, schnarrendem Ton und maß mich dabei seitwärts mit vielsagenden Blicken von Kopf bis zu Fuß; bald musterte sie den Faltenwurf meines braunen Merino-Pelzmantels, bald weilte ihr Auge auf dem sehr einfachen Schnitt meiner Haube. Junge Damen haben eine merkwürdige Art, einen Menschen wissen zu lassen, dass sie ihn für einen Dummkopf halten, ohne das Wort geradezu auszusprechen. Ein gewisser Hochmut im Blick, Kälte im Wesen, Nonchalance im Ton drücken hinlänglich ihre Gefühle und Ansichten in dieser Beziehung aus, ohne dass sie sich noch besonders durch Unhöflichkeit in Wort oder Tat zu kompromittieren brauchen.

Ein Naserümpfen, ob nun versteckt oder offen, machte jetzt nicht mehr denselben Eindruck auf mich, den es früher zu machen pflegte. Als ich so dasaß zwischen meinen Cousinen, war ich ganz erstaunt zu finden, wie gleichgültig mir die vollständige Missachtung der einen und die halb sarkastische Höflichkeit der andern war. Eliza vermochte mich nicht zu demütigen, Georgiana konnte mich nicht aus meinem Gleichmut bringen.

In der Tat, ich hatte andere Dinge zu bedenken. Während der letzten Monate waren Gefühle und Empfindungen in mir wach geworden, die so viel mächtiger waren als irgendwelche, die sie zu erregen vermochten – Schmerzen und Freuden hatten in mir getobt, die so viel heftiger gewesen waren als irgendeine Regung, die sie hervorzurufen imstande gewesen wären. Die Mienen dieser beiden Damen konnten mich weder freudig noch traurig stimmen.

»Wie befindet sich Mrs. Reed?«, fragte ich alsbald, wobei ich Georgiana ruhig ins Gesicht blickte. Diese hielt es für passend, bei dieser direkten Frage aufzufahren, als sei es eine ganz unerlaubte Freiheit, die ich mir erlaubte.

»Mrs. Reed? Ah! Mama meinen Sie; sie ist außerordentlich krank. Ich glaube nicht, dass Sie sie heute Abend noch sehen können.«

»Ich wäre Ihnen dankbar, wenn Sie hinaufgehen würden, um ihr mitzuteilen, dass ich gekommen bin.«

Georgiana schreckte förmlich empor und riss ihre blauen Augen weit und wild auf.

»Ich weiß, dass sie den besonderen Wunsch geäußert hat, mich zu sehen«, fügte ich hinzu, »und ich möchte die Erfüllung dieses Wunsches nicht weiter hinausschieben, als absolut notwendig ist.«

»Mama mag es nicht, wenn man sie am Abend noch stört«, bemerkte Eliza. Bald darauf erhob ich mich, nahm ruhig und unaufgefordert meine Haube und meine Handschuhe ab und sagte, dass ich für einen Augenblick zu Bessie hinausgehen wolle. Diese sei vermutlich in der Küche und ich wolle sie bitten sich zu vergewissern, ob Mrs. Reed mich heute Abend noch sehen wolle oder nicht. Ich ging, und nachdem ich Bessie gefunden und sie mit meinem Auftrag hinaufgeschickt hatte, fuhr ich fort, weitere Maßregeln zu ergreifen.

Bis jetzt war es stets meine Gewohnheit gewesen, mich vor jeder Arroganz zurückzuziehen, förmlich vor derselben zu fliehen. Hätte man mich vor einem Jahr so empfangen, wie man mich heute in Gateshead empfing, so würde ich das Haus am nächsten Morgen wieder verlassen haben. Jetzt sah ich aber plötzlich ein, dass das ein sehr törichtes Verhalten gewesen wäre. Ich hatte eine Reise von über hundert Meilen gemacht, um meine Tante zu sehen, und ich musste jetzt bei ihr bleiben, bis es ihr besser ging oder bis sie starb. Den Stolz und die Dummheit ihrer Töchter musste ich unbeachtet lassen – mich vollständig unabhängig davon machen. Ich wandte mich also an die Haushälterin und bat sie, mir ein Zimmer anzuweisen; ich sagte ihr, dass ich wahrscheinlich ein oder zwei Wochen als Gast hier im Hause weilen würde, ließ meinen Koffer auf mein Zimmer bringen und ging dann selbst hinauf.

Auf der Treppe begegnete mir Bessie.

»Die Missis ist wach«, sagte sie. »Ich habe ihr erzählt, dass Sie da sind. Kommen Sie und lassen Sie uns sehen, ob sie Sie erkennen wird.«

Ich bedurfte keines Führers nach dem wohlbekannten Zimmer: Wie oft war ich in früheren Tagen hineingerufen worden, um einen Verweis oder eine Strafe zu bekommen. Ich eilte Bessie voran und öffnete vorsichtig und leise die Tür. Die Lampe auf dem Tisch war durch einen Schirm verdeckt. Da stand das große Himmelbett mit den bernsteinfarbenen Vorhängen noch wie in alten Zeiten, dort der Toilettentisch, der Lehnstuhl und der Fußschemel, auf dem zu knien ich Hunderte Male verurteilt gewesen war. Wie oft hatte ich dort Verzeihung für Sünden erbitten müssen, die ich niemals begangen hatte. Ich blickte in eine bestimmte Ecke und erwartete, die einst so gefürchtete Reitgerte zu sehen, die dort auf mich zu lauern pflegte und nur darauf wartete, wie ein böser Kobold herauszuspringen und auf meinem Nacken oder meinen Armen umhertanzen zu können. Ich näherte mich dem Bett, zog die Vorhänge zurück und beugte mich über die hoch aufgetürmten Polster.

Gar wohl erinnerte ich mich des Gesichts von Mrs. Reed und eifrig suchte ich nach den bekannten Zügen. Es ist wahrlich ein Glück, dass die alles mildernde Zeit auch die Rachsucht erstickt und die Eingebungen der Wut und des Abscheus besänftigt. Ich hatte diese Frau in Bitterkeit und Hass verlassen, und jetzt kehrte ich mit keiner anderen Empfindung zu ihr zurück, als mit einer Art von Erbarmen über ihr großes Leid und einem innigen Verlangen, alles Unrecht zu vergeben und zu vergessen – mich zu versöhnen und ihre Hand in Freundschaft zu drücken.

Das wohlbekannte Gesicht war da: finster, streng und erbarmungslos wie immer. Da waren jene eigentümlichen Augen, deren Blick durch nichts zu besänftigen war, da die geschwungenen, herrschsüchtigen, despotischen Brauen. Wie oft hatten diese Augen drohend vor Hass und Zorn auf mich herabgeblitzt! Wie erwachte die Erinnerung an die Schrecken und den Jammer der Kindheit wieder in mir, als ich diese harten Gesichtszüge wiedererkannte! Und doch beugte ich mich zu ihr hinab und küsste sie. Sie schaute mich an.

»Ist es Jane Eyre?«, fragte sie.

»Ja, Tante Reed. Wie fühlen Sie sich, liebe Tante?«

Ich hatte einmal geschworen, dass ich sie nie wieder Tante nennen wollte, aber ich hielt es für keine Sünde, jenes Gelübde in diesem Augenblick zu brechen. Meine Finger hielten ihre Hand umschlossen, welche auf der Bettdecke lag. Hätte sie die meine freundlich gedrückt, so würde ich in diesem Moment eine ehrliche Freude empfunden haben. Aber unempfindliche Naturen werden nicht so leicht erweicht, und angeborene Antipathien sind nicht so schnell auszurotten: Mrs. Reed zog ihre Hand fort, und indem sie ihr Gesicht von mir abwandte, bemerkte sie, dass es ein sehr warmer Abend sei. Und wieder blickte sie mich an, so eisig kalt, dass ich augenblicklich fühlte, dass ihre Ansichten über mich, ihre Empfindungen für mich unverändert waren, ja überhaupt keiner Änderung fähig waren. Ich sah es ihrem versteinerten Auge an, welches zu finster für jede Zärtlichkeit und zu undurchdringbar für Tränen war, dass sie sich entschlossen hatte, mich bis zum letzten Augenblick für schlecht zu halten. Mich für gut zu halten, hätte ihr keine Freude gewähren können, sondern nur eine Demütigung für sie bedeutet.

Ich empfand Kummer, dann bemächtigte sich meiner der Zorn, und schließlich fasste ich den Entschluss, sie zu besiegen – ihre Herrin zu werden trotz ihrer hartherzigen Natur und ihres starren Willens. Die Tränen waren mir in die Augen gestiegen, gerade so, wie in den Tagen meiner Kindheit, aber ich drängte sie an ihre Quelle zurück. Dann brachte ich einen Stuhl an das Kopfende des Bettes. Ich setzte mich und beugte mich über die Polster.

»Sie haben mich holen lassen«, sagte ich, »und jetzt bin ich hier. Und es ist meine Absicht zu bleiben, bis ich sehe, dass es sich mit Ihnen zum Besseren wendet.«

»Oh natürlich! Hast du meine Töchter gesehen?«

»Ja.«

»Gut, du kannst ihnen sagen, dass ich wünsche, dich hier zu behalten, bis ich mit dir über einige Dinge sprechen kann, die ich im Kopf habe. Heute Abend ist es zu spät, und es wird mir jetzt auch schwer, mich auf die Angelegenheit zu besinnen. Aber ich wollte dir auch etwas sagen ... was war es doch gleich ...«

Der wirre Blick und die veränderte Sprache zeigten mir nur zu deutlich, wie weit die Zerstörung in diesem einst so kraftvollen Körper bereits fortgeschritten war. Unruhig warf sie sich hin und her und zog dabei das Bettzeug mit. Mein Ellbogen, der auf einer Ecke des Bettes ruhte, fixierte die Bettdecke. Das verstörte sie augenblicklich.

»Sitz gerade!«, befahl sie. »Und ärgere mich nicht, indem du die Decke festhältst! Bist du Jane Eyre?«

»Ich bin Jane Eyre.«

»Ich habe mehr Mühe und Kummer und Verdrießlichkeiten mit dem Kind gehabt, als irgendein Mensch glauben würde. Mir eine solche Last aufzubürden! Und wie viel Ärger sie mir täglich und stündlich mit ihrem unbegreiflichen Charakter verursacht hat, mit ihren Ausbrüchen von Heftigkeit und ihrem unnatürlichen, fortwährenden Lauern und Horchen auf alles, was man tat! Ich kann versichern, sie hat eines Tages zu mir gesprochen wie eine Wahnsinnige oder wie ein Teufel – kein Kind hat jemals ausgesehen oder gesprochen wie sie! Kein Kind! Ich war so froh, sie aus dem Haus zu haben. Was haben sie in Lowood eigentlich mit ihr gemacht? Das Fieber brach dort aus, und viele, viele Schülerinnen sind gestorben. Aber sie – sie starb nicht. Ich habe trotzdem gesagt, dass sie tot sei! Ich wünschte, dass sie gestorben wäre!«

»Ein seltsamer Wunsch, Mrs. Reed! Weshalb hassen Sie sie so sehr?«

»Ich habe ihre Mutter immer gehasst, denn sie war die einzige Schwester meines Mannes und er hing mit unsäglicher Liebe an ihr. Er hinderte die Familie daran, sie zu verstoßen, als sie jene abscheuliche, niedere Ehe schloss. Und als die Nachricht von ihrem Tode kam, weinte er wie ein Narr. Er wollte durchaus, dass das Baby geholt werde, obgleich ich ihn anflehte, das Kind lieber in die Kost zu geben und für seine Erhaltung zu bezahlen. Ich hasste es schon, als meine Augen es zum ersten Mal sahen – ein kränkliches, weinerliches, elendes Ding! Die ganze Nacht hindurch konnte es in seiner Wiege liegen und winseln. Es schrie nicht herzlich und kräftig wie andere Kinder, nein, es stöhnte und wimmerte. Reed hatte Erbarmen mit ihm. Und er pflegte es und kümmerte sich darum, als wenn es sein eigenes Kind gewesen wäre, nein, mehr als er jemals die eigenen Kinder beachtet hatte, als sie in jenem Alter waren. Er versuchte auch, meine Kinder freundlich gegen die kleine Bettlerin zu stimmen, aber meine Lieblinge konnten sie nicht leiden, und er wurde ärgerlich, wenn sie ihre Abneigung zeigten. Als er dann erkrankte, ließ er das Kind fortwährend an sein Bett bringen, und kaum eine Stunde vor seinem Tod ließ er mich einen heiligen Eid ablegen, dass ich das Geschöpf stets erhalten und versorgen wolle. Mir wäre es lieber gewesen, wenn man mir die Sorge für ein Bettlerkind aus dem Arbeitshaus zur Pflicht gemacht hätte. Aber er war schwach, schwach von Natur. John ist seinem Vater durchaus nicht ähnlich – und ich bin froh darüber. John ist mir und meinen Brüdern ähnlich, er ist ein ganzer Gibson. Oh ich wollte, er hörte auf, mich mit seinen Bettelbriefen um Geld zu quälen! Ich habe nichts mehr, das ich ihm geben könnte: Wir verarmen! Ich muss die Hälfte der Dienstboten fortschicken und einen Teil des Hauses abschließen – oder es vermieten. Ich kann mich nicht dareinfinden, das zu tun – jedoch, wie soll es sonst mit uns weitergehen? Zwei Drittel meines Einkommens gehen für die Zinsen der Hypotheken drauf. John spielt ganz fürchterlich und er verliert immer, der arme Junge! Er ist von lauter Gaunern umgeben. John ist ganz gesunken und verkommen – er sieht grauenhaft aus – ich schäme mich für ihn, wenn ich ihn sehe ...«

Jetzt geriet sie in eine furchtbare Aufregung. »Ich glaube, es ist besser, wenn ich sie jetzt verlasse«, sagte ich zu Bessie, die an der anderen Seite des Bettes stand.

»Vielleicht wäre es besser, Miss. Gegen Abend spricht sie oft in dieser Weise – des Morgens ist sie gewöhnlich viel ruhiger.«

Ich erhob mich. »Halt!«, rief Mrs. Reed aus. »Ich habe noch etwas anderes zu sagen. Er droht mir – er droht mir unaufhörlich mit seinem Tode oder dem meinen. Und zuweilen träumt mir, dass ich ihn mit einer großen Wunde im Hals oder mit einem geschwollenen, schwarzen Gesicht sehe. Es ist gar seltsam mit mir gekommen.

Ich habe große Sorgen. Was ist zu tun? Woher soll das Geld kommen ...«

Bessie versuchte sie zu überreden, das Beruhigungsmittel zu nehmen; nur mit großer Mühe gelang es ihr. Gleich darauf wurde Mrs. Reed ruhiger und sank in eine Art von Halbschlaf. Ich verließ sie.

Mehr als zehn Tage vergingen, bevor ich wieder ein Gespräch mit ihr hatte. Sie lag entweder im Delirium oder in Lethargie, und der Doktor verbot alles, was sie erregen könnte. Inzwischen stellte ich mich mit Eliza und Georgiana so gut es eben gehen wollte. Anfangs waren sie in der Tat sehr kalt. Eliza pflegte halbe Tage hindurch dazusitzen und zu nähen, zu schreiben oder zu lesen, ohne auch nur eine einzige Silbe mit ihrer Schwester oder mir zu sprechen. Georgiana konnte stundenlang Unsinn mit ihrem Kanarienvogel schwatzen, ohne mich auch nur im Entferntesten zu beachten. Aber ich war entschlossen, es mir nicht an Zerstreuung oder Beschäftigung fehlen zu lassen; ich hatte meine Zeichen- und Malutensilien mitgebracht, und diese verschafften mir beides.

Mit verschiedenen Stiften und einigen Bogen Papier versehen, pflegte ich mich abseits von ihnen in die Nähe eines Fensters zu setzen und mich damit zu beschäftigen, Phantasievignetten zu zeichnen, indem ich jedes Bild zu Papier brachte, das sich mir in dem fortwährend wechselnden Kaleidoskop meiner Einbildungskraft darbot: ein Blick auf die See zwischen zwei Felsen hindurch; der aufgehende Mond und ein Schiff, das an seiner Scheibe vorübersegelt; eine Gruppe von Schlingpflanzen und Wasserlilien, aus welcher der Kopf einer mit Lotusblumen gekrönten Najade emportaucht; eine Elfe, die unter einem Kranz von wilden Rosen aus dem Nest einer Heckenbraunelle hervorschaut.

Eines Morgens war mir danach, ein Gesicht zu skizzieren. Ich wusste selbst nicht recht, was für ein Gesicht es werden sollte. Ich nahm einen weichen, schwarzen Stift, gab ihm eine breite Spitze und arbeitete drauflos. Bald hatte ich eine breite, hervortretende Stirn auf das Papier geworfen, die Linien der unteren Gesichtshälfte waren scharf und eckig. Diese Konturen machten mir

Freude, und geschäftig machten meine Finger sich daran, die übrigen Züge hineinzuzeichnen. Scharf markierte, horizontale Augenbrauen mussten unter die Stirn gesetzt werden, dann folgte natürlich eine schön gezeichnete Nase mit geradem Rücken und weiten Nasenlöchern und ein großer aber biegsamer Mund sowie ein festes Kinn, das in der Mitte gespalten war. Jetzt brauchte ich noch einen schwarzen Backenbart und kohlschwarzes Haar, das sich wollig an Stirn und Schläfen schmiegte. Und nun die Augen. Ich hatte sie bis zuletzt gelassen, weil sie die sorgsamste Ausführung verlangten. Ich zeichnete sie groß und formte sie schön; die Augenwimpern wurden lang und dunkel, die Iris glänzend und groß. ›Sehr gut, aber noch nicht besonders ähnlich‹, sagte ich zu mir selbst, als ich die Wirkung des Ganzen betrachtete: ›Die Augen brauchen mehr Kraft und Geist.‹ Und ich machte den Schatten noch dunkler, damit das Licht mehr zur Geltung kam – ein oder zwei glückliche Striche waren hier von bester Wirkung. So, jetzt hatte ich das Gesicht eines Freundes vor meinen Augen. Was bedeutete es dann noch, dass jene beiden jungen Damen mir den Rücken wandten? Ich sah die Zeichnung an, ich lächelte über die frappierende Ähnlichkeit und war zugleich gefesselt und zufrieden.

»Ist es das Porträt eines Menschen, den Sie kennen?«, fragte Eliza, welche unbemerkt an mich herangetreten war. Ich entgegnete, dass es nur ein Phantasiekopf sei und schob die Zeichnung eilig unter die anderen Blätter. Natürlich sprach ich die Unwahrheit, denn es war ein sehr getreues Porträt Mr. Rochesters. Aber was ging sie das an? Auch Georgiana kam, um einen Blick auf meine Blätter zu werfen. Die anderen Zeichnungen gefielen ihr ganz gut, aber die eine nannte sie »einen hässlichen Kerl«. Beide schienen von meiner Geschicklichkeit jedoch sehr überrascht. Ich erbot mich, auch ihre Porträts zu zeichnen, und jede saß mir zu einer Bleistiftskizze. Schließlich brachte Georgiana ihr Album. Ich versprach ihr ein Aquarell für dasselbe, und sie war augenblicklich in der besten Laune und schlug mir einen Spaziergang im Park vor. Als wir kaum zwei Stunden draußen waren, fanden wir uns mitten in einer vertraulichen Unterhaltung: Sie erfreute mich mit einer Beschreibung des glänzenden

Winters, den sie vor zwei Jahren in London zugebracht hatte, erzählte mir von der Bewunderung, die sie erregt, und von den Aufmerksamkeiten, die man ihr erwiesen hatte, und sie machte sogar Andeutungen über eine Eroberung, die sie in höchsten Kreisen gemacht hätte. Im Laufe des Nachmittags und des Abends kam sie wieder auf diese Andeutungen zurück und wurde noch deutlicher; sie wiederholte einige zärtliche Gespräche, beschrieb mir mehrere sentimentale Szenen: kurzum, sie improvisierte an diesem Tage einen ganzen Band Novellen aus dem modischen Leben, nur zu meiner Unterhaltung. Täglich machte sie mir neue Mitteilungen, wenn sie auch stets von demselben Thema handelten: von ihr, ihrer Liebe und ihrem Schmerz. Es war jedoch seltsam, dass sie niemals auch nur mit einer Silbe der schweren Krankheit ihrer Mutter und des fürchterlichen Todes ihres Bruders gedachte oder den augenblicklichen, traurigen Zustand der Familienangelegenheiten erwähnte. Ihr Gemüt schien sich nur mit der Erinnerung an entschwundenes Glück und der Hoffnung auf künftige Zerstreuungen zu beschäftigen. Jeden Tag brachte sie ungefähr fünf Minuten im Krankenzimmer ihrer Mutter zu, das war alles.

Eliza sprach noch immer sehr wenig; augenscheinlich hatte sie keine Zeit für Unterhaltungen. Ich habe niemals eine geschäftigere Person gesehen als sie. Und doch wäre es schwer gewesen zu sagen, was sie eigentlich tat, oder vielmehr, irgendein Resultat ihrer Geschäftigkeit zu entdecken. Sie hatte einen Wecker, die sie früh zum Aufstehen rief. Ich weiß nicht, womit sie sich vor dem Frühstück beschäftigte, nach demselben hatte sie ihre Zeit aber in regelmäßige Teile geteilt, und jede Stunde hatte die ihr zugeschriebene Arbeit. Dreimal am Tag studierte sie ein kleines Buch, welches sich nach einer genaueren Besichtigung meinerseits als gewöhnliches Gebetbuch erwies. Ich fragte sie einmal, worin die große Anziehungskraft dieses Buches für sie liege, und sie entgegnete mir: in der Liturgie. Drei Stunden widmete sie der Beschäftigung, mit Goldfäden den Rand eines viereckigen Tuches zu besticken, welches beinahe groß genug für einen Teppich gewesen wäre. Auf meine Frage nach der Verwendung dieses Gegenstandes sagte sie mir, dass es eine Altardecke für eine Kirche sei, welche vor kurzem in der Nähe von Gateshead erbaut worden war. Zwei Stunden widmete sie ihrem Tagebuch, zwei weitere arbeitete sie allein im Küchengarten, eine brauchte sie für die Regelung ihrer Rechnungen und Bücher. Sie schien keiner Gesellschaft, keines Verkehrs, keiner Unterhaltung zu bedürfen. Ich glaube, dass sie auf ihre Weise sehr glücklich war; diese Routine genügte ihr, und nichts verursachte ihr größeren Ärger, als wenn irgendein Umstand eintrat, welcher sie zwang, die pünktliche Regelmäßigkeit ihrer Arbeiten abzuändern.

Eines Abends, als sie mehr zur Mitteilsamkeit geneigt war als gewöhnlich, sagte sie mir, dass Johns Verhalten und der drohende Ruin ihrer Familie eine Quelle tiefen und nagenden Kummers für sie gewesen seien, jetzt aber habe ihr Gemüt sich beruhigt und ihr Entschluss sei gefasst. Sie habe Sorge getragen, Ihr eigenes Vermögen zu sichern, und wenn ihre Mutter stürbe – denn es sei durchaus unwahrscheinlich, dass sie jemals wieder genesen oder dass es noch lange mit ihr dauern könne, bemerkte sie sehr ruhig –, so würde sie einen lange gehegten Plan ausführen: dort Zuflucht suchen, wo pünktliche Gewohnheiten vor fortwährender Störung gesichert seien, und wo zwischen ihr und der gottlosen Welt eine mächtige Scheidewand aufgerichtet wäre. Ich fragte, ob Georgiana sie begleiten würde.

Nein, natürlich nicht. Sie und Georgiana hätten nichts miteinander gemein, hätten auch niemals die gleichen Interessen verfolgt. Unter keinen Umständen würde sie sich die Last ihrer Gesellschaft auferlegen. Georgiana solle nur ihren eigenen Weg gehen – sie, Eliza, würde den ihrigen finden.

Wenn Georgiana mir nicht gerade ihr Herz ausschüttete, so brachte sie fast ihre ganze Zeit auf dem Sofa zu, klagte und jammerte über die Düsterkeit des Hauses und wiederholte unaufhörlich den Wunsch, dass ihre Tante Gibson sie einladen möchte, mit ihr nach London zu kommen. »Es wäre so viel besser«, pflegte sie zu sagen, »wenn ich auf ein oder zwei Monate fort könnte, bis alles vorüber ist.« Ich fragte sie nicht, was sie mit dem »alles vorüber«

meinte, aber ich vermutete, dass es sich auf den erwarteten Tod ihrer Mutter bezog und auf das traurige Nachspiel des Begräbnisses. Eliza nahm von der Trägheit und den Klagen ihrer Schwester nicht mehr Notiz, als wenn solch ein murmelndes, stöhnendes, träges Geschöpf gar nicht in ihrer Nähe gewesen wäre. Eines Tages jedoch, als sie ihr Rechnungsbuch beiseitelegte und ihre Stickerei griff, nahm sie sich plötzlich ihrer an:

»Georgiana, ein eitleres und alberneres Tier als du ist sicherlich niemals auf Erden gewandelt. Du hattest nicht einmal das Recht, geboren zu werden, denn du weißt keinen Nutzen aus dem Leben zu ziehen. Anstatt für dich, mit und in dir zu leben, wie jedes vernünftige Wesen es tun sollte, suchst du nur, dich mit deiner Schwäche an die Kraft anderer Menschen anzulehnen. Und wenn du niemanden findest, der bereit ist, sich mit einem so fetten, aufgedunsenen, nutzlosen, schwächlichen Ding zu belasten, so schreist und jammerst du, dass du vernachlässigt, elend und misshandelt bist! Für dich soll das Dasein einen immerwährenden Wechsel und ewige Aufregung bringen, sonst nennst du die Welt ein Gefängnis. Du musst bewundert werden, man soll dir schmeicheln, du willst, dass man dir den Hof macht – du verlangst Musik, Tanz und Gesellschaft, oder du verschmachtest und stirbst. Hast du denn nicht einmal so viel Verstand, dass du dich unabhängig machen kannst vom Tun und den Meinungen anderer? Nimm dir doch den Tag, unterteile ihn in Sektionen und weise jeder Sektion ihre Aufgabe zu. Lass nirgends eine Viertelstunde verlorengehen, oder auch nur zehn oder fünf Minuten: Nutze die Zeit! Erledige jeden Teil deiner Geschäfte zu seiner Zeit, aber mit Methode, mit strenger Regelmäßigkeit. Dann wird der Tag zu Ende sein, bevor du gemerkt hast, dass er überhaupt begonnen hat. Und du bist keinem zu Dank verpflichtet, dass er dir geholfen hat, einen leeren Augenblick hinzubringen. Du bist nicht genötigt gewesen, irgendeines Menschen Gesellschaft aufzusuchen, von ihm Unterhaltung, Sympathie, Nachsicht zu verlangen – kurzum, dann hast du gelebt, wie ein unabhängiges Wesen leben sollte. Nimm meinen Rat – es ist der erste und letzte, den ich dir gebe –, dann wirst du weder mich noch irgendeinen Menschen brauchen, was auch kommen möge. Vernachlässigst du diesen Rat hingegen, fährst du fort zu faulenzen, zu jammern und zu stöhnen wie bisher, dann trage auch die Konsequenzen deiner Dummheit, wie furchtbar und unerträglich diese auch sein mögen. Eines sage ich dir offen, höre auf mich, denn wenn ich auch niemals wiederholen werde, was ich dir zu sagen im Begriff bin, so werde ich doch streng danach handeln: Nach dem Tod der Mutter will ich nichts mehr mit dir zu tun haben; von dem Tag an, wo man ihren Sarg in die Gruft von Gateshead tragen wird, sind wir, du und ich, so weit voneinander geschieden, als ob wir uns niemals gekannt hätten. Du brauchst dir nicht einzubilden, dass ich jemals irgendeinen Anspruch deinerseits an mich anerkennen werde, nur weil wir zufällig gemeinsame Eltern haben. Ich sage dir dies: Wenn das ganze menschliche Geschlecht – mit Ausnahme von uns beiden – plötzlich vertilgt würde und wir allein auf der Erde stünden, so würde ich dich allein in der alten Welt lassen und mich selbst in die neue begeben.«

Sie schloss ihre Lippen.

»Du hättest dir die Mühe sparen können, diese Tiraden loszulassen«, antwortete Georgiana. »Jeder Mensch weiß, dass du das selbstsüchtigste, herzloseste Geschöpf auf Gottes weitem Erdenrund bist, und *ich* kenne deinen trotzigen Hass, besonders gegen mich. Ich hatte ja eine Probe davon, als du mir jenen bösen Streich mit Lord Edwin Vere spieltest; du konntest es nicht ertragen, dass ich höher stehen sollte als du, dass ich einen Titel haben und in Gesellschaften kommen würde, in denen du nicht einmal wagen darfst, dein böses Gesicht zu zeigen. Und deshalb hast du die Spionin und Informantin gespielt und meine Aussichten für immer ruiniert.« Georgiana zog ihr Taschentuch hervor und schnäuzte sich noch eine ganze Stunde lang. Eliza saß kühl und unbewegt da und nähte fleißig.

Es ist wahr, Großmut wird von vielen Menschen für nicht sehr bedeutsam erachtet. Hier waren nun aber zwei Naturen, die der Mangel an großmütigen Gefühlen deformiert hatte: Die eine war unerträglich bitter, die andere verabscheuungswürdig und reizlos geworden. Gefühl ohne Vernunft ist in der Tat ein wässriges Getränk; aber Vernunft, die nicht durch Gefühl gemildert wird, ist ein vollends zu bitterer und rauer Bissen, als dass ein Mensch ihn schlucken könnte.

Es war ein feuchter und windiger Nachmittag. Georgiana war beim Lesen eines Romans auf dem Sofa eingeschlafen; Eliza war gegangen, um in der neuen Kirche einem Gottesdienst zu Ehren irgendeines Heiligen beizuwohnen, denn in Religionsdingen hielt sie sich strengstens an die Formen: Kein Wetter konnte sie jemals an der Ausübung dessen hindern, was sie für ihre kirchlichen Pflichten hielt. Ob Sonne, ob Regen – sie ging an jedem Sonntag dreimal in die Kirche, und wochentags ging sie, wann immer es eine Andacht gab.

Ich überlegte, nach oben zu gehen, um nach der sterbenden Frau zu sehen, die beinahe unbeachtet in ihrem Zimmer lag. Ihre eigenen Dienstboten erwiesen ihr eine nur sehr kärgliche Aufmerksamkeit, und die gemietete Krankenwärterin, welche in keiner Weise kontrolliert wurde, entwischte aus dem Zimmer, so oft sie konnte. Bessie war zwar treu, aber sie musste sich auch um ihre eigene Familie kümmern und konnte nur gelegentlich zum Herrenhaus kommen. Ich fand das Krankenzimmer unbehütet, wie ich es nicht anders erwartet hatte – keine Wärterin war dort, die Patientin lag still in Lethargie, ihr bleiches Gesicht war in die Kissen zurückgesunken und im Kamin war das Feuer dem Verlöschen nahe. Ich erneuerte den Brennstoff, ordnete die Betten und ließ meine Blicke eine Weile auf der Gestalt ruhen, welche mich jetzt nicht ansehen konnte. Dann trat ich ans Fenster.

Der Regen schlug heftig gegen die Scheiben, der Wind blies stürmisch. Da dachte ich: ›Hier liegt nun eine, die bald über alle Kämpfe der irdischen Elemente hinweg sein wird. Und wohin wird jener Geist, der sich jetzt aus seiner körperlichen Hülle losringt, fliegen, wenn er sich endlich befreit hat?‹

Als ich über dieses große Mysterium nachgrübelte, fiel mir Helen Burns ein und ihre letzten Worte kehrten in mein Gedächtnis zurück, ihr Glaube und ihre Lehre von der Gleichheit aller körperlosen Seelen. Noch hörte ich im Geiste ihre unvergessliche Stimme, ich rief mir ihr bleiches, vergeistigtes Gesicht, ihre schmerzerfüllten Züge und ihren erhabenen Blick zurück, wie sie so still auf ihrem Sterbebett lag. Noch hörte ich ihren sehnsüchtig geflüsterten Wunsch, in den Schoß des allmächtigen Vaters zurückkehren zu dürfen – als eine schwache Stimme vom Bett her murmelte:

»Wer ist da?«

Ich wusste, dass Mrs. Reed schon tagelang nicht mehr gesprochen hatte. Kehrte sie denn zum Leben zurück? Ich ging zu ihr.

»Ich bin es, Tante Reed.«

»Wer – ich?«, lautete ihre Antwort. »Wer bist du?« Sie blickte mich erstaunt und ein wenig erschrocken, aber doch nicht wirr an. »Du bist mir ja ganz fremd – wo ist Bessie?«

»Sie ist im Pförtnerhaus, Tante.«

»Tante!«, wiederholte sie. »Wer nennt mich Tante? Du bist keine von den Gibsons, und doch kenne ich dich – das Gesicht, die Augen und die Stirn sind mir vertraut; du siehst aus wie … warum, du bist wie Jane Eyre!«

Ich schwieg: Ich fürchtete, einen Schock herbeizuführen, wenn ich mich zu erkennen gab.

»Und doch«, sagte sie, »nehme ich an, dass ich mich irre. Meine Vorstellungen täuschen mich. Ich wünschte Jane Eyre zu sehen, und jetzt finde ich eine Ähnlichkeit, wo keine existiert. Außerdem muss sie sich doch während dieser acht Jahre verändert haben!«

Sanft und vorsichtig erklärte ich ihr nun doch, dass ich die Person sei, welche sie vermutete und welche sie zu sehen wünschte, und als ich bemerkte, dass sie mich verstand und dass sie vollständig bei Sinnen war, teilte ich ihr mit, dass Bessie ihren Mann nach Thornfield geschickt habe, um mich nach Gateshead zu holen.

»Ich weiß, dass ich sehr krank bin«, sagte sie nach einer Weile. »Vor ein paar Minuten versuchte ich, mich im Bett umzudrehen und fühlte, dass ich kein Glied mehr rühren kann. Es wäre gut, wenn ich mein Gemüt erleichtern könnte, bevor ich sterbe. Was uns wenig zu denken gibt, wenn wir gesund sind, lastet schwer auf uns in einer Stunde, wie diese es für mich ist. Wärterin, sind Sie da? Oder ist außer dir noch jemand im Zimmer?«

Ich versicherte ihr, dass wir allein seien.

»Nun, ich habe dir zweimal ein Unrecht zugefügt, das ich jetzt bereue. Das eine war, dass ich das Versprechen brach, welches ich meinem Mann gegeben hatte, dich stets wie mein eigenes Kind halten zu wollen. – Das andere …«, hier hielt sie inne. »Nun, vielleicht ist es doch von keiner so großen Bedeutung«, murmelte sie vor sich hin, »und vielleicht werde ich wieder gesund, und dann wäre der Gedanke schrecklich, mich so vor ihr gedemütigt zu haben.«

Sie machte eine Anstrengung, ihre Lage zu verändern, aber es gelang ihr nicht. Ihr Gesicht veränderte sich, sie schien eine innere Bewegung zu spüren – vielleicht die Vorboten des letzten Kampfes.

»Nun, ich muss es hinter mich bringen. Die Ewigkeit liegt vor mir: Es ist doch besser, wenn ich es ihr sage. Geh an meinen Toilettenkasten, öffne ihn und nimm den Brief heraus, den du dort finden wirst.«

Ich folgte ihrer Anweisung. »Lies den Brief«, sagte sie.

Er war kurz und enthielt Folgendes:

»Madam,
wollen Sie die Güte haben, mir die Adresse meiner Nichte Jane Eyre zu schicken und mir mitzuteilen, wie es ihr geht? Es ist meine Absicht, ihr demnächst zu schreiben und sie aufzufordern, zu mir nach Madeira zu kommen. Die Vorsehung hat meine Bemühungen mit Erfolg gekrönt und ich habe ein gutes Auskommen. Da ich unverheiratet und kinderlos bin, so bin ich gewillt, sie noch bei Lebzeiten zu adoptieren und ihr bei meinem Tode alles zu hinterlassen, worüber ich verfügen kann.
Der Ihre, Madam, u.s.w., u.s.w.
John Eyre, Madeira.«

Der Brief war vor drei Jahren geschrieben.

»Weshalb ist mir dies niemals mitgeteilt worden?«, fragte ich.

»Weil ich dich zu sehr und zu unabänderlich verabscheute, um die Hand dazu zu leihen, dass du zu Wohlstand kommst. Ich konnte dein Betragen gegen mich nicht vergessen, Jane, die Wut nicht vergessen, mit welcher du dich einst gegen mich gewandt hast; den Ton nicht, in welchem du mir erklärt hast, dass du mich mehr hasstest als irgendjemand auf der Welt; die unkindliche Stimme nicht und nicht den unnatürlichen Blick, mit dem du gesagt hast, dass der bloße Gedanke an mich dich krank mache, mit dem du behauptetest, dass ich dich mit Grausamkeit behandelt hätte. Ich konnte meine eigenen Empfindungen nicht vergessen, als du damals aufsprangst und all das Gift deiner Seele über mich ausgossest: Ich hatte Furcht empfunden – als ob ein Tier, das ich gestoßen oder geschlagen hatte, mich plötzlich mit menschlichen Augen angesehen und mich mit einer menschlichen Stimme verflucht hätte. – Bring mir Wasser! Oh, beeile dich!«

»Liebe Mrs. Reed!«, sagte ich, während ich ihr den gewünschten Trank reichte, »denken Sie nicht mehr an all diese Dinge, schlagen Sie sie sich aus dem Sinn. Verzeihen Sie mir meine leidenschaftliche Sprache: Ich war damals ein Kind; acht, fast neun Jahre sind seit jenem Tage vergangen.«

Sie beachtete meine Worte nicht. Als sie aber das Wasser getrunken und tief Atem geholt hatte, fuhr sie folgendermaßen fort: »Ich sage dir, ich konnte es nicht vergessen und ich suchte meine Rache. Ich konnte den Gedanken nicht ertragen, dass dein Onkel dich adoptieren und dich damit zu Glück und Wohlstand gelangen lassen wollte. Ich schrieb an ihn. Ich sagte, dass es mir leid täte um den Kummer, den ich ihm bereiten müsse, aber Jane Eyre sei tot, sie sei in Lowood am Typhus gestorben. Jetzt magst du tun, was dich gut dünkt; schreib ihm und widersprich meinen Angaben, decke meine Lüge auf, wann immer du willst. Ich glaube, du warst nur mir zur Qual geboren; meine letzte Stunde wird durch die Erinnerung an eine Tat gemartert, welche ich niemals begangen, wenn es sich dabei nicht um dich gehandelt hätte.«

»Wenn ich dich doch nur überreden könnte, Tante Reed, nicht mehr an diese Angelegenheit zu denken und mich mit Freundlichkeit und Vergebung anzusehen ...«

»Du hast einen sehr schlechten Charakter«, sagte sie, »und dazu einen, den ich bis auf den heutigen Tag nicht begreifen kann. Ich werde es nie verstehen, wie du über neun Jahre jede schlechte Behandlung ruhig und geduldig hinnehmen konntest, um im zehnten in Wut und Heftigkeit auszubrechen.«

»Mein Charakter ist nicht so schlecht wie Sie glauben, Tante Reed, ich bin leidenschaftlich, aber nicht rachsüchtig. Als ich ein kleines Kind war, wäre ich glücklich gewesen, wenn Sie sich von mir hätten lieben lassen wollen, und jetzt sehne ich mich von ganzem Herzen nach einer Versöhnung. Geben Sie mir einen Kuss, Tante!«

Ich näherte meine Wange ihren Lippen, aber sie berührte sie nicht. Sie sagte, ich würde sie einengen, wenn ich mich über das Bett lehne, und verlangte wiederum zu trinken. Als ich sie wieder niederlegte – denn während des Trinkens hatte ich sie aufgerichtet und mit meinem Arm gestützt – bedeckte ich ihre eisige, feuchte Hand mit der meinen. Ihre schwachen Finger zuckten unter meiner Berührung zusammen und ihre gläsernen Augen mieden meinen Blick.

»Nun, wie Sie wollen, hassen Sie mich oder lieben Sie mich«, sagte ich endlich. »Sie haben meine volle Verzeihung, bitten Sie jetzt den allmächtigen Gott um seine Vergebung – und finden Sie Frieden.«

Arme, leidende Frau! Jetzt war es zu spät für sie, jetzt konnte sie keine Anstrengung mehr unternehmen, um ihr Gemüt zu ändern: Während ihres ganzen Lebens hatte sie mich gehasst – und auch im Tode musste sie mich noch hassen.

Die Wärterin traf ein, und Bessie folgte ihr. Ich verweilte noch eine halbe Stunde, immer auf ein Zeichen von Freundlichkeit und Vergebung hoffend, aber es war umsonst, sie sah mich nicht mehr. Sie sank mehr und mehr in die Bewusstlosigkeit hinab, die Besinnung kehrte nicht wieder. Um zwölf Uhr in jener Nacht starb sie.

Ich war nicht da, um ihre Augen zuzudrücken, und auch ihre Töchter weilten nicht bei ihr. Am nächsten Morgen kamen die Wärterin und Bessie, um uns mitzuteilen, dass alles vorüber sei. Man hatte sie schon aufgebahrt. Eliza und ich gingen, um sie noch einmal zu sehen. Georgiana brach in lautes, krampfhaftes Weinen aus und sagte, sie habe nicht den Mut zu gehen. Da lag nun Sarah Reeds einstmals so kräftiger, lebensvoller Körper, starr und still. Die kalten Lider bedeckten die scharfen, erbarmungslosen Augen; die Stirn und die starren Züge trugen noch den Stempel ihrer unbeugsamen, unerbittlichen Seele. Dieser Leichnam hatte etwas Seltsames, Feierliches für mich. Mit Schauer und Kummer blickte ich auf ihn herab: Nichts Sanftes oder Friedliches rief er in mir hervor, weder Erbarmen noch Hoffnung; einzig einen wehen Kummer für *ihr* Leiden – nicht für *meinen* Verlust –, und eine finstertränenlose Bestürzung über ein solches Sterben.

Eliza blickte ruhig auf ihre Mutter herab. Nach einigen Minuten des Schweigens bemerkte sie:

»Mit ihrer Konstitution hätte sie ein schönes, hohes Alter erreichen können. Aber Kummer hat ihr Leben verkürzt.«

Dann zog ihr Mund sich einen Augenblick krampfhaft zusammen. Aber nur für einen Augenblick. Gleich darauf wandte sie sich ab und ging zur Tür hinaus. Dasselbe tat ich. Keine von uns hatte eine Träne vergossen.

Zweiundzwanzigstes Kapitel

Mr. Rochester hatte mir nur eine Woche Urlaub gegeben, aber es verfloss ein ganzer Monat, ehe ich Gateshead wieder verließ. Ich wollte unmittelbar nach dem Begräbnis abreisen, aber Georgiana flehte mich an zu bleiben, bis es ihr möglich sein würde, nach London abzureisen, wohin ihr Onkel, Mr. Gibson, sie nun endlich, endlich eingeladen hatte. Dieser war gekommen, um alle Anstalten für das Begräbnis seiner Schwester zu treffen und die Geldangelegenheiten der Familie zu ordnen. Georgiana sagte, sie fürchte sich, mit Eliza allein zu bleiben; von ihr hatte sie weder Sympathie in ihrer Trauer, noch Hilfe in ihrer Bedrängnis oder Unterstützung bei ihren Reisevorbereitungen zu erhoffen. Daher ertrug ich denn ihr kleinmütiges Jammern und ihre selbstsüchtigen Klagen so gut ich konnte und tat mein Bestes, indem ich für sie nähte und Wäsche und Kleider für sie einpackte. Es ist wahr, dass sie müßig umherging, während ich arbeitete, und gar oft dachte ich bei mir: ›Nun, Cousine, wenn wir beide verurteilt wären, miteinander zu leben, so würden wir die Sache bald anders anfassen. Ich würde mich nicht gutwillig dareinfinden, allein der arbeitende Teil zu sein; ich würde auch dir deinen Teil der Arbeit zukommen lassen und dich zwingen ihn zu tun, wenn er nicht ungetan bleiben sollte. Und ich würde auch darauf bestehen, dass du einige dieser nur halb aufrichtig empfundenen, schleppenden Klagelieder in deine eigene Brust verschlössest. Nur weil unser Verkehr ein sehr vorübergehender ist und in eine sehr traurige Zeit fällt, finde ich mich darein, so geduldig und gutwillig dir gegenüber zu sein.‹

Endlich kam der Augenblick für Georgianas Abreise, aber jetzt war die Reihe an Eliza, mich zu bitten, doch noch eine Woche zu bleiben. Sie sagte, dass ihre Pläne all ihre Zeit und Aufmerksamkeit in Anspruch nehmen würden, denn sie wäre im Begriff, an irgendeinen fremden Ort abzureisen. Während des ganzen Tages hielt sie sich in ihrem Zimmer auf, die Tür war von innen verschlossen und sie beschäftigte sich damit, Koffer zu packen, Schubladen zu leeren und Papiere zu verbrennen, ohne dass jemand sie bei dieser Arbeit hätte stören dürfen. Von mir wünschte sie, dass ich mich um den Haushalt kümmere, Besucher empfing und Kondolenzschreiben beantworte.

Eines Morgens sagte sie mir, dass sie meiner jetzt nicht weiter bedürfe. »Und«, fügte sie hinzu, »ich bin Ihnen sehr verbunden für Ihre außerordentlichen Dienste und Ihr diskretes Verhalten. Es ist freilich ein großer Unterschied, ob man mit Ihnen lebt oder mit Georgiana. Sie tragen Ihre eigene Last im Leben und quälen und belästigen niemanden. Morgen«, fuhr sie fort, »begebe ich mich nach dem Kontinent. Ich werde meinen Aufenthalt in einem frommen Haus bei Lille nehmen – einem Nonnenkloster, wie Sie es nennen würden. Dort werde ich ruhig und ungestört leben. Ich werde mich für einige Zeit der römisch-katholischen Lehre widmen und deren System sorgfältig studieren. Wenn ich finde – wie ich es halb und halb erwarte –, dass es dasjenige ist, welches das Leben am besten und am geordnetsten zu leben erlaubt, so werde ich mich zur römischen Lehre bekehren und wahrscheinlich den Schleier nehmen.«

Ich drückte durchaus kein Erstaunen über diesen Entschluss aus und versuchte ebenso wenig, sie davon abzubringen. ›Diese Berufung wird haargenau zu dir passen‹, dachte ich, ›mag dir die Sache gut bekommen!‹

Als wir uns trennten, sagte sie: »Leben Sie wohl, Cousine Jane Eyre; möge es Ihnen gut gehen, Sie haben immerhin Verstand.«

Ich entgegnete: »Auch Sie sind nicht ohne Verstand, Cousine Eliza; aber was Sie davon besitzen, wird wahrscheinlich binnen Jahresfrist in einem französischen Kloster eingemauert sein. Indessen geht mich das nichts an, und wenn Sie sich wohl dabei fühlen, mache ich mir keine Sorgen.«

»Da haben Sie recht«, entgegnete sie. Und mit diesen Worten trennten wir uns und gingen unserer Wege. Da ich nicht Gelegenheit haben werde, noch einmal auf sie oder ihre Schwester zurückzukommen, kann ich hier ebenso gut noch erwähnen, dass Georgiana eine vorteilhafte Heirat mit einem sehr reichen aber verlebten Mann von Welt schloss, und dass Eliza in der Tat den Schleier nahm und heute Oberin des Klosters ist, in welchem sie die Zeit ihres Noviziats zugebracht und dem sie auch Ihr Vermögen vermacht hat.

Wie es Leuten ums Herz sein muss, die nach einer längeren oder kürzeren Abwesenheit wieder in ihr Heim zurückkehren, das wusste ich nicht; ich hatte diese Erfahrung ja niemals machen können. Wohl wusste ich, was es für mich als Kind bedeutete, wenn ich in Gateshead nach einem langen Spaziergang heimkehrte – ich wurde gescholten, weil ich traurig und verfroren aussah. Später hatte ich erfahren, was es in Lowood hieß, nach langem Marsch aus der Kirche nach Hause zu kommen – ich sehnte mich dann nach einer guten, reichlichen Mahlzeit und einem warmen Kaminfeuer und bekam doch keins von beiden. Keine dieser Arten der Rückkehr war sehr angenehm oder wünschenswert; kein Magnet zog mich damals zu einem gewissen Punkt und verstärkte seine Anziehungskraft, je näher ich kam. Was die Heimkehr nach Thornfield für mich bedeutete, musste ich noch erst erfahren.

Meine Reise war langweilig – sehr langweilig. Fünfzig Meilen am ersten Tag, Nachtruhe in einem Gasthaus, fünfzig Meilen am zweiten Tag. Während der ersten zwölf Stunden dachte ich an Mrs. Reed und ihre letzten Augenblicke; ich sah ihr fahles, entstelltes Antlitz und hörte ihre seltsam veränderte Stimme. Ich dachte über den Begräbnistag nach, über den Sarg, den Leichenwagen, den langen, schwarzen Zug von Pächtern und Dienern – Verwandte waren nur wenige da –, die gähnende Gruft, die stille Kirche, den feierlichen Gottesdienst. Dann fielen mir Eliza und Georgiana ein. Ich sah die eine als Anziehungspunkt eines Ballsaales, die andere als Bewohnerin einer Klosterzelle, und ich verweilte dabei, ihre verschiedenen Charaktereigenschaften zu analysieren. Die späte Ankunft in dem Landstädtchen *** verjagte diese Gedanken, die Nacht leitete sie in andere Bahnen. Als ich mein Lager aufgesucht hatte, verließ mich das Erinnern und ich gab mich der Erwartung hin.

Ich sollte also nach Thornfield zurückkehren, wie lange aber würde ich dort bleiben? Nicht lange, dessen war ich gewiss. Während der Zeit meiner Abwesenheit hatte ich von Mrs. Fairfax Nachricht, dass sich die lustige, vornehme Gesellschaft, welche bei meiner Abreise noch im Herrenhaus versammelt war, nach allen Seiten zerstreut hatte. Mr. Rochester war vor drei Wochen nach London gereist, wurde aber während der nächsten vierzehn Tage von dort zurückerwartet. Mrs. Fairfax vermutete, dass er hingereist sei, um Vorbereitungen für seine Hochzeit zu treffen, da er davon gesprochen habe, eine neue Kutsche zu kaufen. Sie äußerte auch, es erscheine ihr zwar noch immer seltsam, dass er Miss Ingram heiraten wolle; aber nach allem, was alle Welt sagte und nach dem, was sie mit eigenen Augen gesehen habe, könne wohl kein Zweifel mehr daran bestehen, dass die Sache nahe bevorstand. ›Sie wären aber auch seltsam ungläubig, wenn Sie noch daran zweifelten‹, antwortete ich ihr im Geiste, ›ich meinesteils zweifle nicht einen Augenblick.‹

Und nun folgte die Frage: Wohin soll ich dann gehen? Während der ganzen Nacht träumte mir von Miss Ingram; ein lebhafter Morgentraum zeigte sie mir, wie sie die Tore von Thornfield vor mir schloss und mich auf die Straße wies. Mr. Rochester stand ruhig mit verschränkten Armen daneben und ließ sie gewähren. Wie es schien, lächelte er sarkastisch – sowohl über sie wie über mich.

Ich hatte Mrs. Fairfax den genauen Tag meiner Ankunft nicht mitgeteilt, denn ich wünschte nicht, dass man mir irgendeine Kutsche nach Millcote entgegenschickte. Ich hatte mir vorgenommen, die Strecke still für mich zu gehen, und nachdem ich meinen Koffer dem Hausknecht anvertraut hatte, machte ich mich unbemerkt aus dem »George Inn« davon und schlug an einem Juniabend gegen sechs Uhr die alte Straße nach Thornfield ein – einen Weg, der hauptsächlich durch Felder führte und wenig benutzt wurde.

Es war kein strahlender oder prächtiger Sommerabend, aber er war angenehm und mild. Entlang der Straße wurde Heu gemacht und der Himmel, wenn auch nicht wolkenlos, versprach gutes Wetter für die kommenden Tage. Sein Blau war – wo es sichtbar war – milde, und die Wolken zogen hoch und durchsichtig dahin. Auch der Westwind war warm; kein wässeriges Flimmern störte das Bild, es war, als sei ein Feuer angezündet, als brenne ein Altar hinter jenem dunstigen Vorhang, und wo dieser hier und da zerrissen war, schien eine goldene Röte hervor.

Ich fühlte mich froh, als die Straße vor mir immer kürzer wurde, so froh, dass ich einmal stehenblieb, um mich erstaunt zu fragen, was jene Empfindung des Glücks bedeute, und meine Vernunft daran zu erinnern, dass ich nicht in mein eigenes Heim, an einen dauerhaften Ruheplatz oder an einen Ort zurückkehre, wo treue, zärtliche Freunde meiner harrten und meine Ankunft herbeisehnten. ›Mrs. Fairfax wird jedoch ein freundliches Lächeln des

Willkommens für dich haben‹, sagte ich mir, ›und die kleine Adèle wird in die Hände klatschen und vor Freude springen, wenn sie dich sieht. Aber du weißt sehr wohl, dass du an jemand anderen als diese denkst – und dass jener nicht an dich denkt.‹

Aber was ist so eigensinnig wie die Jugend, was so blind wie Unerfahrenheit? Diese beiden behaupteten, dass es schon Glück genug wäre, Mr. Rochester noch einmal anzublicken, ob er mich nun ansähe oder nicht, und sie fügten hinzu: ›Eile, eile! Bleib bei ihm, so lange du darfst; nur noch wenige Tage oder höchstens Wochen, und du bist für immer von ihm getrennt!‹ Und dann erstickte ich eine neu aufbrechende Qual – ein verformtes Etwas, das ich nicht anerkennen, mir nicht zu eigen machen durfte – und lief weiter.

Auch auf den Wiesen von Thornfield sind die Leute mit dem Heu machen beschäftigt, oder besser: Zur Stunde meiner Ankunft haben die Arbeiter gerade ihr Tagewerk beendet und gehen mit den Harken auf den Schultern nach Hause. Ich muss nur noch zwei Felder überqueren und dann die Landstraße kreuzen, dann bin ich am Tor. Wie üppig die Rosen an den Hecken blühen! Aber ich habe keine Zeit, sie zu pflücken; ich will nur nach Hause! Ich komme an einem hohen Dornenstrauch vorüber, dessen dicht belaubte, blühende Zweige über den Weg wuchern. Ich sehe den engen Zaunübertritt mit den steinernen Stufen, und ich erblicke – Mr. Rochester, welcher dort sitzt. In der Hand hält er ein Buch und einen Bleistift. Er schreibt.

Nun, er ist kein Geist, und doch beben alle meine Nerven. Für einen Augenblick habe ich alle Herrschaft über mich selbst verloren. Was bedeutet dies? Ich hätte nicht gedacht, dass ich bei seinem Anblick so zittern, meine Stimme verlieren oder gelähmt sein würde. Sobald ich mich rühren kann, werde ich umkehren; ich muss mich doch nicht zum Narren machen! Es gibt schließlich noch einen anderen Weg zum Haus ... Aber schon spielt es keine Rolle mehr, ob ich einen oder zwanzig andere Wege kenne: Er hat mich bereits gesehen.

»Hallo!«, ruft er, und hält Buch und Stift in die Höhe. »Da sind Sie ja! Kommen Sie nur, wenn Sie mögen!«

Vermutlich gehe ich zu ihm, obgleich ich nicht weiß, wie dies geschieht. Ich habe kein Bewusstsein von dem, was ich tue. Ich bin nur bestrebt, ruhig zu erscheinen und vor allen Dingen die erregten Muskeln meines Gesichts zu beherrschen, die energisch gegen meinen Willen rebellieren und gerne zum Ausdruck bringen möchten, was ich mit Aufwand all meiner Kräfte verbergen will. Aber ich habe ja einen Schleier – nun ist er herabgezogen. Vielleicht gelingt es mir doch noch, mit anständiger Fassung zu erscheinen.

»Ist dies Jane Eyre? Kommen Sie zu Fuß von Millcote? Anscheinend wieder einer Ihrer Streiche! Nicht nach dem Wagen schicken und stattdessen über Stock und Stein dahergeklettert kommen, wie eine gewöhnliche Sterbliche! Sich in der Dämmerstunde in die Nähe Ihres Hauses schleichen, gerade als ob Sie ein Traumgebilde oder ein Schatten wären! Was zum Teufel haben Sie während des letzten Monats gemacht?«

»Ich war bei meiner Tante, Sir, die gestorben ist.«

»Das ist wieder eine Antwort à la Jane Eyre. Ihr Engel steht mir bei! Sie kommt aus der anderen Welt, aus dem Domizil von Leuten, die gestorben sind – und das erzählt sie mir, während sie mich hier allein in der Dämmerung trifft! Wenn ich den Mut hätte, würde ich Sie anrühren, um zu sehen, ob Sie Schatten oder Wirklichkeit sind, Sie Elfe! Aber geradeso gut könnte es mir einfallen, ein blaues Irrlicht auf dem Moor ergreifen zu wollen. Bummlerin, pflichtvergessene!«, fügte er nach nach einer kleinen Weile hinzu. »Einen ganzen Monat fern von mir gewesen! Und ich möchte schwören, dass sie mich ganz vergessen hat!«

Ich wusste, dass es eine Freude für mich sein würde, meinen Herrn wiederzutreffen, wenn sie auch durch die Furcht getrübt wurde, dass er bald aufhören würde, mein Herr zu sein, und das Bewusstsein, dass ich selbst ihm nichts sei. Aber Mr. Rochester besaß in so reichem Maße die Macht, glücklich zu machen – so glaubte ich wenigstens –, dass es schon ein köstliches Mahl war, von den Brosamen zu kosten, welche er fremden, verirrten Vögeln wie mir hinwarf. Seine letzten Worte waren Balsam: Sie schienen anzudeuten, dass es ihm nicht gleichgültig war, ob ich ihn vergaß oder nicht. Und er hatte Thornfield mein Zuhause genannt – wenn es doch mein Heim wäre!

Er verließ den Zaunübertritt nicht, und ich hatte nicht den Mut, ihn zu bitten, dass er mich vorüberlasse. Ich fragte daher, ob er nicht in London gewesen wäre.

»Ja. Vermutlich haben Sie das zweite Gesicht, dass Sie dies erfahren haben?«

»Mrs. Fairfax teilte es mir in einem Brief mit.«

»Und hat sie Sie auch gründlich von dem Zweck meiner Reise unterrichtet?«

»Oh ja, Sir! Jedermann kannte diesen Zweck.«

»Sie müssen sich die Kutsche ansehen, Jane, und mir sagen, ob sie Mrs. Rochester gefallen wird, und ob Mrs. Rochester nicht aussehen wird wie die Königin Boadicea, wenn sie sich in die dunkelroten Polster zurücklehnt. Ich wünschte nur, Jane, dass ich äußerlich ein klein wenig besser zu ihr passen würde. Sagen Sie mir, da Sie doch eine Fee sind, können Sie mir nicht ein Zaubermittel oder einen Trank oder so etwas geben, das einen schönen Mann aus mir macht?«

»Dazu reicht keine Zauberkraft, Sir.« Und innerlich setzte ich hinzu: ›Ein liebendes Auge ist aller Zauber, dessen es hier bedarf; einem solchen sind Sie schön genug. Ihr ernster Blick hat ihm sogar eine Macht verliehen, die größer ist als alle Schönheit.‹

Mr. Rochester hatte meine unausgesprochenen Gedanken oft mit einem Scharfsinn gelesen, die mir völlig unbegreiflich war. Auch in diesem Fall nahm er von meiner schroffen mündlichen Entgegnung keine Notiz, aber er lächelte mich mit jenem seltsamen Lächeln an, das nur ihm allein eigen war und das er nur bei den seltensten Gelegenheiten hatte. Für gewöhnliche Anlässe schien er es für zu gut zu halten; es war ein wahrer Sonnenschein des Gefühls, der sich über mich ergoss.

»Gehen Sie, Jane«, sagte er, indem er mir Platz machte, um über den Zaunübertritt steigen zu können, »gehen Sie nach Hause und lassen Sie Ihre kleinen, müden, wandernden Füße auf der Schwelle eines Freundes ausruhen.«

Jetzt blieb mir nichts übrig, als ihm schweigend zu gehorchen; es gab keine Veranlassung zu weiterem Zwiegespräch. Schweigend stieg ich über den Zaun und dachte, ihn ohne ein weiteres Wort zu verlassen. Ein Impuls hielt mich jedoch zurück, eine Macht hieß mich umwenden. Ich sagte – oder irgendetwas in mir sagte ohne mein Zutun:

»Danke, Mr. Rochester, für Ihre große Güte. Es macht mich so seltsam froh, wieder hier und bei Ihnen zu sein; und wo Sie sind, ist mein Heim – mein einziges Heim.«

Und dann ging ich so schnell davon, dass selbst er, wenn er gewollt hätte, mich nicht hätte einholen können. Die kleine Adèle war halb närrisch vor Freude, als sie meiner ansichtig wurde. Mrs. Fairfax empfing mich mit ihrer gewohnten, einfachen Herzlichkeit. Leah lächelte, und sogar Sophie sagte mir freundlich »bon soir«. Dies alles war so angenehm. Es gibt kein größeres Glück als das, von seinen Mitmenschen geliebt zu werden und zu fühlen, dass die eigene Nähe ihnen Freude und Wohlbehagen bereitet.

An diesem Abend war ich entschlossen, meine Augen vor der Zukunft zu verschließen. Ich wollte nicht auf die mahnende Stimme hören, die mich vor der nahenden Trennung und dem künftigen Kummer warnte. Als die Teestunde vorüber war und Mrs. Fairfax ihr Strickzeug genommen hatte, hatte ich mich auf einen niedrigen Sessel ihr zur Seite gesetzt, und Adèle, welche auf dem Teppich kniete, schmiegte sich dicht an mich. Ein Bewusstsein gegenseitiger Liebe schien uns wie mit einem goldenen Ring zu umschließen, und ich sandte ein stilles Gebet zum Himmel, dass unsere Trennung nicht zu nahe bevorstehen möge. Als wir noch so saßen, trat unangekündigt Mr. Rochester ein. Er blickte uns an und schien Freude an dieser glücklichen Gruppe zu finden. Dann sagte er, die alte Dame fühle sich jetzt, wo sie ihre Adoptivtochter wiederhabe, hoffentlich ganz glücklich, und er fügte hinzu, Adèle sei anscheinend »prête à croquer sa petite maman anglaise«.[25] Da bemächtigte sich meiner der Wunsch, dass er uns auch noch nach seiner Heirat irgendwo unter seinem Schutze möchte beisammen sein lassen und uns nicht ganz aus dem Sonnenschein seiner Gegenwart verbannen.

Vierzehn Tage zweifelhafter Ruhe verflossen nach meiner Rückkehr von Gateshead. Von der Heirat unseres Herrn wurde nicht gesprochen, und ich gewahrte auch keine Vorbereitungen, die auf ein so nahe bevorstehendes Ereignis hätten schließen lassen können. Fast täglich fragte ich Mrs. Fairfax, ob sie irgendetwas Bestimmtes gehört habe, und immer lautete ihre Antwort verneinend. Einmal sagte sie, dass sie Mr. Rochester direkt gefragt habe, wann er seine junge Frau nach Hause zu bringen gedenke; er hatte ihr aber nur mit einem Scherz und einem seiner seltsamen Blicke geantwortet, und jetzt sei sie ebenso klug wie zuvor.

Was mich aber ganz besonders in Erstaunen setzte, war, dass es kein Hin- und Herreisen gab, keine Besuche in und aus Ingram Park. Zwar lag diese Besitzung zwanzig Meilen entfernt, auf der Grenze einer andern Grafschaft, aber was bedeutete diese Entfernung für einen begeisterten Liebhaber? Für einen so geübten und unermüdlichen Reiter wie Mr. Rochester war dieser Weg doch nur ein Morgenritt. Ich begann Hoffnungen zu hegen, zu denen mich nichts berechtigte, ich hoffte, dass die Verbindung abgebrochen, dass das ganze Gerücht ein falsches gewesen sei, dass einer oder gar beide anderen Sinnes geworden wären. Ich pflegte das Gesicht meines Herrn zu prüfen, ob es trotzig oder traurig wäre, aber ich konnte mich an keine Zeit entsinnen, zu der es so ungetrübt klar und ruhig gewesen war wie gerade jetzt. Wenn ich in den Momenten, wo ich und meine Schülerin mit ihm zusammen waren, verstummte und in eine nicht zu bekämpfende Traurigkeit versank, konnte er sogar laut und fröhlich werden. Niemals hatte er so oft und andauernd meine Gesellschaft verlangt; niemals war er gütiger und liebevoller gewesen – ach, und niemals hatte ich ihn inniger geliebt!

Dreiundzwanzigstes Kapitel

Eine herrliche Mittsommerzeit war über England gekommen. Selten nur wird unser wogenumspültes Land mit einem so klaren

Himmel und einem so strahlenden Sonnenschein beglückt, wie wir sie jetzt ununterbrochen hatten. Es war, als ob eine Menge von italienischen Tagen wie eine Schar prächtiger Zugvögel vom Süden heraufgekommen wäre und sich, um auszuruhen, auf den Felsen Albions niedergelassen hätte. Alles Heu war hereingebracht. Die Wiesen um Thornfield waren grün und kurz geschoren, die Landstraßen waren heiß und staubig und die Bäume prangten in dunklem Grün. Hecken und Bäume in ihrem vollen dunklen Blätterschmuck kontrastierten auf das Prächtigste mit den hellen Matten, auf denen sie standen.

Am Johannisabend war Adèle, die den ganzen Tag bei Hay wilde Erdbeeren gesucht hatte und daher zu Tode ermüdet war, zusammen mit der Sonne schlafen gegangen. Ich hatte ihr dabei zugesehen, wie sie einschlief. Dann verließ ich sie und ging in den Garten.

Es war die schönste von allen vierundzwanzig Stunden. Das glühende Feuer des Tages war erloschen, und auf die lechzende Erde und die durstigen Hügel fiel der wohltätige Tau. Wo die Sonne in ihrer schlichten Pracht untergegangen war, ohne sich mit dem Pomp der Wolken zu umgeben, zog sich ein feierlicher, roter Streifen hin, in dem es hier und da funkelte wie das Feuer eines roten Edelsteins oder die Flamme eines lodernden Glutofens. Hoch und weit, schwächer und schwächer werdend, zog er sich über den halben Horizont. Im tiefblauen Osten stieg ein einzelner Stern empor, bald sollte ihm der Mond folgen, der jetzt noch hinter dem Horizont war.

Eine Weile ging ich auf der gepflasterten Terrasse hin und her, bald aber drang ein wohlbekannter Duft – der einer Zigarre – aus einem der geöffneten Fenster. Ich bemerkte, dass der Fensterflügel des Bibliothekszimmers vielleicht eine Handbreit geöffnet war, und ich wusste, dass man mich von dort aus möglicherweise beobachten konnte; deshalb ging ich hinunter in den Obstgarten. Im ganzen Park war kein Winkel, der sich an Ruhe und paradiesischer Schönheit mit diesem hätte messen können – hier wuchsen die schattenreichsten Bäume und die duftendsten Blumen. Eine sehr hohe Mauer trennte den Platz vom Wirtschaftshof auf der einen

Seite, auf der anderen verdeckte eine Buchenallee den großen dahinterliegenden Rasen. Am äußersten Ende war ein Graben die einzige Scheide zu einsamen Kornfeldern; zu diesem Graben führte ein gewundener Fußpfad, an welchem sich Lorbeerbäume entlangzogen und der vor einem riesenhaften Kastanienbaum endete, um dessen Stamm herum eine bequeme Bank aufgestellt war. Hier konnte man ungesehen umherwandern. Der Tau fiel, es wurde dunkler und immer dunkler, stiller und immer stiller, und mir war, als könnte ich an diesem geschützten Ort für immer verweilen. Als ich aber die Blumenbeete und Baumgruppen am oberen Ende dieses abgesonderten Winkels überblickte, wurde mein Schritt plötzlich gehemmt – nicht durch einen Gegenstand, nicht durch einen Laut, sondern wiederum durch einen verräterischen Duft.

Jasmin und Nelken, Stabwurz und Feldrosen haben längst ihr allabendliches Opfer an Weihrauch dargebracht; dieser neue Duft entsteigt weder einer Blume noch einem Strauch – er entströmt, ich weiß es nur zu wohl, Mr. Rochesters Zigarre. Ich blicke umher und lausche. Ich sehe die mit reifenden Früchten beladenen Bäume. Eine halbe Meile von hier entfernt, in einem lieblichen Gehölz, höre ich eine Nachtigall schlagen. Keine sich bewegende Gestalt ist sichtbar, kein nahender Schritt hörbar, aber jener Duft wird stärker: Ich muss fliehen. Ich schreite auf die Gitterpforte zu, welche in die Baumschule führt – und sehe Mr. Rochester eintreten. Ich trete seitwärts in eine efeuumrankte Nische; er wird ja nicht lange verweilen; bald wird er dorthin zurückkehren, von wo er gekommen ist, und wenn ich mich sehr ruhig verhalte, wird er mich vielleicht nicht sehen.

Aber nein – die Abendruhe ist ihm ebenso wohltuend wie mir, und dieser altertümliche Garten übt die gleiche Anziehungskraft auf ihn aus: Er schlendert weiter. Jetzt hebt er den Zweig eines Stachelbeerbusches empor, um die reifenden Früchte zu prüfen, welche so groß wie Pflaumen sind und schwer zu Boden hängen. Dann pflückt er eine reife Kirsche vom Spalier, nun wieder beugt er sich zu einer Blumengruppe nieder, entweder um ihren Duft einzuatmen, oder um die Tautropfen in ihren Kelchen zu bewundern. Ein großer Falter summt an mir vorüber, er lässt sich auf einer Pflanze zu Mr. Rochesters Füßen nieder. Dieser sieht ihn und beugt sich, um ihn genauer zu betrachten.

›Jetzt wendet er mir den Rücken‹, dachte ich, ›und ist emsig beschäftigt. Wenn ich sehr leise und geräuschlos gehe, komme ich vielleicht ungesehen davon.‹

Ich schlich am Rande der Beete entlang, damit das Knirschen der Kieselsteine, mit denen die Wege bestreut waren, mich nicht verraten konnte. Einige Fußbreit von der Stelle entfernt, an welcher ich vorbeimusste, stand er zwischen den Blumen; augenscheinlich beschäftigte der Falter ihn. ›Ich werde gewiss unbemerkt vorbeikommen‹, dachte ich. Als ich jedoch über seinen Schatten, welchen der eben aufgegangene Mond über den Fußpfad warf, hinwegschritt, sagte er ruhig und ohne sich umzuwenden:

»Jane, kommen Sie her und sehen Sie sich diesen Burschen an!«

Ich hatte kein Geräusch gemacht, er hatte auch keine Augen auf dem Rücken – konnte sein Schatten denn fühlen? Im ersten Augenblick schrak ich zusammen, dann näherte ich mich ihm.

»Sehen Sie sich die Flügel an«, sagte er, »sie erinnern mich an ein westindisches Insekt; in England sieht man einen so großen und lustigen Nachtschwärmer nicht oft. Da – nun ist er fort!«

Und der Falter flog davon. Auch ich wollte mich leise davonmachen, aber Mr. Rochester folgte mir, und als wir die Pforte erreichten, sagte er:

»Kehren Sie mit mir um, es ist eine Sünde, an einem so herrlichen Abend im Haus zu sitzen. Und niemand kann doch wünschen, sein Lager aufzusuchen, wenn Sonnenuntergang und Mondaufgang so wundersam zusammentreffen.«

Es ist einer meiner Mängel, dass meine Zunge, die oft so leicht die passende Antwort findet, mir dann zuweilen den Dienst versagt, wenn es gilt, eine Entschuldigung vorzubringen oder wenn ein leicht hingeworfenes Wort und ein plausibler Vorwand mich aus einer peinlichen Verlegenheit reißen könnten. Es war mir nicht angenehm, um diese Stunde mit Mr. Rochester allein im

Obstgarten spazieren zu gehen; aber mir fiel keine Ausrede ein, mit der ich ihn hätte verlassen können.

Mit zögernden Schritten folgte ich ihm, mein Gehirn mühte sich ab, ein Mittel zu finden, um mich aus der Affäre zu ziehen, aber er selbst sah so ruhig und ernst aus, dass ich begann, mich meiner Verwirrung zu schämen: Schlimme Hintergedanken – wenn sie denn vorhanden sein sollten – schienen nur mir zu kommen; seine Stimmung schien ruhig und gefasst zu sein.

»Jane«, begann er, als wir in den Lorbeerweg traten und langsam in Richtung des Grabens und des Kastanienbaumes schritten, »Jane, Thornfield ist ein prächtiger Aufenthalt im Sommer, nicht wahr?«

»Ja, Sir.«

»Das Haus muss Ihnen doch schon ein wenig lieb geworden sein, Ihnen, die Sie ein Auge für Naturschönheit haben und einen stark ausgebildeten Sinn der Sesshaftigkeit.«

»Allerdings, ich hänge an Thornfield.«

»Und obgleich ich nicht begreife, wie es zugeht, so bemerke ich doch, dass Sie eine Art von Zuneigung für das törichte kleine Ding, die Adèle, und ebenso für die bescheidene Dame Fairfax gefasst haben.«

»Ja, Sir, in verschiedener Weise habe ich beide herzlich lieb.«

»Und würde es Ihnen schwerfallen, sich von beiden zu trennen?«

»Gewiss.«

»Wie schade!«, sagte er seufzend. Dann schwieg er lange. »So geht es immer im Leben«, fuhr er nach einer Weile fort, »kaum hat man einen glücklichen Ruhefleck gefunden, schon ertönt die Stimme, die einem zuruft aufzustehen und weiterzugehen, denn die Stunde der Ruhe ist vorüber.«

»Muss ich denn weitergehen, Sir?«, fragte ich. »Muss ich Thornfield wieder verlassen?«

»Ich glaube, Sie müssen, Jane. Es tut mir leid, Janet, aber ich glaube wirklich, dass Sie fort müssen.«

Das war ein Schlag, aber ich ließ mich nicht von ihm zu Boden schmettern.

»Nun, Sir, ich werde bereit sein, wenn der Befehl zum Aufbruch kommt.«

»Er kommt jetzt – ich muss ihn schon heute Abend erteilen.«

»Sie wollen sich also verheiraten, Sir?«

»Sie haben es erraten – vollkommen erraten. Mit Ihrer üblichen Klugheit haben Sie den Nagel genau auf den Kopf getroffen.«

»Bald, Sir?«

»Sehr bald, meine ... Miss Eyre. Und Sie werden sich noch erinnern, als ich – oder als das Gerücht Ihnen zum ersten Mal mitteilte, dass es meine Absicht sei, meinen alten Junggesellennacken unter das heilige Joch zu beugen, in den heiligen Stand der Ehe zu treten, kurz: Miss Ingram an meine Brust zu ziehen – da hat man wirklich etwas im Arm; aber das ist nicht der Punkt, man kann ja eigentlich nie genug von so etwas Exquisitem wie meiner schönen Blanche haben – also ... nun, wie ich schon sagte – hören Sie, Jane! Sie wenden doch nicht etwa den Kopf ab, um noch mehr Nachtfalter zu suchen? Es war nur ein Verirrter, der heimwärts flog. Ich wollte Sie nur daran erinnern, dass Sie die Erste waren, die mir sagte – allerdings mit jener Vorsicht und Fürsorglichkeit und Demut, welche Ihrer verantwortungsvollen und abhängigen Stellung zukommen –, dass Sie und die kleine Adèle für den Fall, dass ich Miss Ingram heiraten sollte, am liebsten fortgehen würden. Ich will nicht von der Beleidigung reden, welche in diesem Begehren für die Angebetete meines Herzens liegt; wirklich, Jane, wenn Sie weit fort sein werden, will ich sogar versuchen, diese Beleidigung zu vergessen. Ich will nur an die weise Fürsorge denken, welche darin lag. Diese war so groß, dass ich sie sogar zur Richtschnur meiner Handlungsweise machen will. Adèle muss in eine Schule geschickt werden, und Sie, Miss Eyre, müssen eine neue Stellung haben.«

»Ja, Sir, ich will sofort eine Annonce in die Zeitungen rücken lassen. Bis dahin aber nehme ich an ...«, ich wollte sagen, ›nehme ich an, dass ich hierbleiben darf, bis ich eine andere Unterkunft gefunden habe‹, aber ich hielt inne, weil ich fühlte, dass ich mich nicht an einen so langen Satz wagen sollte, da ich meine Stimme in diesem Augenblick nicht ganz in der Gewalt hatte.

»In ungefähr einem Monat hoffe ich, Hochzeit zu halten«, fuhr Mr. Rochester fort, »und in der Zwischenzeit werde ich selbst nach einer Stellung und einem Asyl für Sie Ausschau halten.«

»Danke, Sir, es tut mir leid, dass ich Ihnen so viel Mühe verursache.«

»Oh, Sie brauchen sich nicht zu entschuldigen! Ich bin der Ansicht, dass eine Untergebene, welche ihre Pflicht so treu erfüllt hat, wie Sie, das Recht hat, von ihrem Brotherrn jede kleine Unterstützung und Hilfe zu verlangen, welche er ihr ohne große Mühe leisten kann. Ich habe sogar schon durch meine künftige Schwiegermutter von einer Stellung gehört, die Ihnen möglicherweise passen könnte: Es handelt sich darum, die Erziehung der fünf Töchter einer gewissen Mrs. Dionysius O'Gall auf Bitternut Lodge in der Grafschaft Connaught in Irland zu übernehmen. Irland wird Ihnen gefallen, glaube ich. Man sagte mir, dass die Menschen dort so warmherzig und gütig wären.«

»Das ist ein sehr weiter Weg, Sir.«

»Das schadet nichts – ein so vernünftiges Mädchen wie Sie wird sich doch nicht an einer langen Reise oder der Entfernung stoßen, nicht wahr?«

»Nicht an der Reise, aber an der Entfernung. Und dann ist das Meer doch immerhin auch eine Barriere …«

»Wovor, Jane?«

»Vor England, Thornfield und …«

»Nun?«

»Und *Ihnen*, Sir.«

Diese Worte entschlüpften mir fast unwillkürlich, und ohne dass ich etwas dagegen zu tun vermochte, stürzten mir die Tränen aus den Augen. Indessen weinte ich nicht so laut, dass man mich hätte hören können, ich enthielt mich wenigstens des Schluchzens. Der Gedanke an Mrs. O'Gall und Bitternut Lodge ließ mir fast das Herz erstarren; und noch erstarrender wirkte der Gedanke an all die Wogen und den Wellenschaum, die, wie es schien, bestimmt waren, zwischen mir und dem Mann, an dessen Seite ich jetzt wandelte, zu rauschen. Am tödlichsten aber war der Gedanke an jenes größere, tiefere, unschiffbare Meer von Reichtum, Stellung und Tradition, das mich von dem trennte, den ich unwiderstehlich, ewig lieben musste.

»Es ist so weit von hier«, sagte ich noch einmal.

»Gewiss ist es das, und wenn Sie einmal in Bitternut Lodge, Grafschaft Connaught in Irland sind, dann werde ich Sie niemals wiedersehen, Jane, das ist unumstößlich gewiss. Denn ich gehe niemals nach Irland hinüber, ich habe keine Sympathien für dieses Land. Aber nicht wahr, Jane, wir sind immer gute Freunde gewesen?«

»Ja, Sir.«

»Und wenn gute Freunde am Vorabend einer Trennung stehen, dann sind sie glücklich, wenn sie die kurze Zeit, die ihnen noch bleibt, Seite an Seite verleben können. Kommen Sie – lassen Sie uns für eine Stunde oder länger ruhig über die Trennung und die Reise spreche, und betrachten wir dabei die Sterne, wie sie still einer nach dem anderen am Himmel aufgehen. Hier auf dieser Bank unter dem alten, ehrwürdigen Kastanienbaum: Lassen wir uns heute Abend in Frieden nieder, vielleicht hat das Schicksal beschlossen, dass wir niemals wieder hier sitzen.«

Er drückte mich auf die Bank nieder und setzte sich dann neben mich.

»Der Weg nach Irland ist sehr weit, Jane, und es wird mir schwer, meine kleine Freundin auf eine so lange, mühevolle Reise zu schicken. Wenn es aber nicht in meiner Macht liegt, etwas Besseres zu tun – was dann? Glauben Sie, dass Sie mir seelenverwandt sind, Jane?«

Es war mir in diesem Augenblick nicht möglich, irgendeine Antwort zu geben; mein Herz war zu voll.

»Denn«, fuhr er fort, »zuweilen habe ich eine so seltsame Empfindung Ihnen gegenüber, besonders wenn Sie mir so nahe sind wie in diesem Augenblick. Es ist, als hätte ich unter meiner linken Rippe irgendwo einen Faden, welcher fest und unauflöslich mit einem gleichen Faden an derselben Stelle Ihres kleinen Körpers verknüpft wäre. Und ich fürchte, dass dies vereinigende Band für immer zerreißt, wenn jener stürmische Kanal und mehr als zweihundert Meilen Land zwischen uns liegen. Und ich hege eine nervöse Angst, dass ich dann an innerer Verblutung sterben müsste. Was Sie anbetrifft, Sie würden mich bald vergessen.«

»Das könnte ich *niemals*, Sir, wissen Sie ...« – es war unmöglich fortzufahren.

»Jane, hören Sie die Nachtigall dort drüben im Wald schlagen? Horchen Sie nur!«

Während ich lauschte, begann ich krampfhaft zu schluchzen. Ich konnte mein Empfinden nicht länger unterdrücken, ich musste nachgeben, und mein lange zurückgehaltener Schmerz schüttelte mich von Kopf bis Fuß. Als ich wieder redete, geschah es nur, um den leidenschaftlichen Wunsch auszusprechen, dass ich doch niemals geboren oder niemals nach Thornfield gekommen wäre.

»Weil es Ihnen schwer wird, wieder von hier fortzugehen, Jane?«

Machtvolle Empfindungen, durch Kummer und Liebe in mir erweckt, rangen nach der Oberherrschaft und wollten sich Bahn brechen, wollten leben, sich erheben, herrschen und – ja, wollten auch reden.

»Ich trauere, weil ich Thornfield verlassen soll, denn ich liebe Thornfield. Ich liebe es, weil ich hier ein volles und glückliches Leben gelebt habe – für kurze Augenblicke wenigstens. Man hat mich hier nicht mit Füßen getreten und ich musste mich nicht in mir selbst verschließen. Ich musste nicht mit niedrig denkenden, rohen Menschen zusammenleben und ich bin nicht von der Gemeinschaft mit allem ausgeschlossen worden, was hell, kraftvoll und erhaben ist. Ich habe von Angesicht zu Angesicht mit einem originellen, kraftvollen und weiten Geist reden können – etwas, das ich verehre und woran ich meine Freude habe. Ich habe Sie kennengelernt, Mr. Rochester, und es erfüllt mich mit Angst und Schrecken, dass ich mich für immer von Ihnen losreißen soll. Ich sehe die Notwendigkeit der Abreise vor mir, und sie erscheint mir wie die Notwendigkeit des Sterbens.«

»Wo sehen Sie die Notwendigkeit?«, fragte er plötzlich.

»Wo ich sie sehe? Sie selbst, Sir, haben sie mir doch vor Augen gestellt.«

»In welcher Gestalt?«

»In der Gestalt von Miss Ingram, einer edlen, schönen Frau – Ihrer Braut.«

»Meiner Braut! Welcher Braut? Ich habe keine Braut!«

»Aber Sie werden eine haben.«

»Ja, das werde ich! – Das werde ich!« Und fest entschlossen biss er die Zähne zusammen.

»Und deshalb muss ich gehen – Sie selbst haben es ja gesagt.«

»Nein: Sie müssen bleiben! Das schwöre ich, und dieser Eid wird gehalten.«

»Und ich sage Ihnen, dass ich gehen muss«, entgegnete ich leidenschaftlich. »Glauben Sie, dass ich bleiben kann, um ein Nichts für Sie zu werden? Meinen Sie denn, dass ich ein Automat bin, eine Maschine ohne Gefühl? Und dass ich es ertragen kann, wenn man mir den Bissen Brot vom Mund und den Wassertropfen aus meinem Becher hinwegstiehlt? Glauben Sie, dass ich ohne Seele, ohne Herz bin, weil ich arm, klein, hässlich und einsam bin? Sie irren sich! Ich habe eine ebenso große Seele wie Sie und ebenso viel Herz! Wenn Gott mir nur ein wenig Schönheit und Reichtum geschenkt hätte, so würde ich es Ihnen ebenso schwer gemacht haben, mich zu verlassen, wie es mir jetzt wird, von Ihnen zu gehen. Ich spreche in diesem Augenblick nicht zu Ihnen, wie es Bräuche und Konventionen erforderten, und es ist auch nicht die Stimme des Fleisches, die hier spricht – es ist meine Seele, die zu der Ihren redet. Es ist, als hätten wir beide das Grab hinter uns gelassen und stünden zu den Füßen Gottes – einander gleich, was wir ja sind!«

»Was wir sind!«, wiederholte Mr. Rochester – »So«, fügte er hinzu, schloss mich in seine Arme, zog mich an seine Brust und drückte seinen Mund auf meine Lippen. »So, Jane!«

»Ja, so, Sir«, erwiderte ich, »und doch nicht so. Denn Sie sind ein verheirateter Mann – oder so gut wie verheiratet. Und sogar verheiratet mit einer, die weit unter Ihnen steht – mit einer, mit der Sie nichts gemein haben und von der ich glaube, dass Sie sie nicht wahrhaft lieben können, denn ich habe gesehen und gehört, wie Sie über sie gespottet haben. Ich würde eine solche Verbindung verschmähen: Deshalb bin ich besser als Sie – lassen Sie mich gehen!«

»Wohin, Jane? Nach Irland?«

»Ja, nach Irland. Ich habe meine Ansicht jetzt ausgesprochen und kann überall hingehen.«

»Jane, schweigen Sie. Sie strampeln ja wie ein wilder Vogel, der aus Verzweiflung sein eigenes Gefieder zerreißt!«

»Ich bin kein Vogel, und kein Netz fängt mich. Ich bin ein freies, menschliches Wesen mit einem unabhängigen Willen, und jetzt mache ich denselben geltend, indem ich Sie verlasse.«

Eine erneute Anstrengung machte mich frei, und ich stand aufrecht vor ihm.

»Und Ihr Wille soll auch über Ihr Geschick entscheiden«, sagte er. »Ich biete Ihnen meine Hand, mein Herz und Teilhabe an allem, was ich besitze.«

»Sie spielen eine Posse, über die ich nur lachen kann.«

»Ich bitte Sie, an meiner Seite durchs Leben zu gehen – mein zweites Ich, meine treueste irdische Gefährtin zu sein.«

»Zu diesem Zweck haben Sie Ihre Wahl bereits getroffen, Sie müssen dabei bleiben.«

»Jane, seien Sie einen Augenblick ruhig; Sie sind mehr als aufgeregt. Auch ich will ruhig sein.«

Ein Windhauch zog durch die Lorbeergänge und klang zitternd in den Zweigen des Kastanienbaumes; dann zog er weiter, weiter in unbestimmte Fernen und erstarb. Jetzt war der Gesang der Nachtigall die einzige Stimme in der Natur; als ich auf sie horchte, begannen meine Tränen von Neuem zu fließen. Mr. Rochester saß regungslos da und blickte mich ernst und liebevoll an. Unter Schweigen gingen noch einige Minuten hin, dann sagte er endlich:

»Kommen Sie an meine Seite, Jane. Versuchen wir, uns zu erklären und einander zu verstehen.«

»Ich werde mich niemals wieder an Ihre Seite setzen. Ich habe mich losgerissen und kann nicht mehr zurück.«

»Aber Jane, ich rufe Sie als meine Frau; nur Sie beabsichtige ich zu heiraten.«

Ich schwieg. Ich glaubte, er spotte meiner.

»Kommen Sie Jane, kommen Sie her!«

»Ihre Braut steht zwischen uns.«

Er erhob sich und stand mit einem Schritt vor mir.

»Meine Braut steht hier«, sagte er und zog mich wieder an sich, »weil sie meinesgleichen ist und mir ähnlich. Jane, wollen Sie mich heiraten?«

Noch immer antwortete ich nicht, sondern suchte, mich seinen Armen zu entwinden; ich war noch immer ungläubig.

»Zweifeln Sie an mir, Jane?«

»Vollständig.«

»Sie haben kein Vertrauen zu mir?«

»Nicht ein bisschen.«

»Bin ich denn ein Lügner in Ihren Augen?«, fragte er leidenschaftlich. »Kleine Skeptikerin, ich *werde* Sie überzeugen. Welche Liebe könnte ich denn für Miss Ingram hegen? Keine, und Sie wissen das! Welche Liebe hegt sie für mich? Keine! Ich habe mir Beweise dafür verschafft. Ich machte mir die Mühe, das Gerücht zu verbreiten, dass mein Vermögen nicht ein Drittel von dem betrüge, was man vermutet, und gleich darauf trat ich ihr gegenüber, um zu ermessen, welche Wirkung dies hätte. Sie selbst und ihre Mutter empfingen mich außerordentlich kalt. Um keinen Preis würde ich Miss Ingram heiraten, nein, ich könnte es nicht. Sie … Sie seltsames, überirdisches Wesen! Ich liebe Sie wie mein eigenes Ich. Sie, die Sie arm und niedrig geboren und klein und unbedeutend sind: Ich flehe Sie an, mich zum Mann zu nehmen!«

»Was, mich?«, rief ich aus; sein Ernst und seine Unhöflichkeit ließen mich beginnen, an seine Aufrichtigkeit zu glauben. »Mich wollen Sie heiraten, die ich außer Ihnen keinen Freund auf der Welt habe – wenn Sie denn wirklich mein Freund sind –, die ich keinen Schilling besitze, außer dem, was Sie mir gegeben haben?«

»Ja, Sie Jane. Ich muss Sie mein Eigen nennen dürfen – ganz und gar mein Eigen. Wollen Sie mein sein? Sagen Sie ja, schnell!«

»Mr. Rochester, lassen Sie mich in Ihr Gesicht blicken; drehen Sie sich ins Mondlicht.«

»Warum?«

»Weil ich in Ihrem Gesicht lesen will. Drehen Sie sich!«

»Bitte, Sie werden es kaum leserlicher finden, als ein zerknülltes, zerkratztes Blatt. Lesen Sie, aber beeilen Sie sich, denn ich leide.«

Sein hochrotes Gesicht verriet die größte Erregung; in den Zügen arbeitete es gewaltig und ein seltsames Glühen war in seinen Augen.

»Oh Jane, Sie quälen mich!«, rief er. »Sie quälen mich mit diesen forschenden und doch so treuen, großherzigen Blicken! Sie quälen mich!«

»Wie könnte ich das? Wenn Sie aufrichtig sind und Ihr Antrag ernst gemeint ist, so können meine Gefühle Ihnen gegenüber nur Dankbarkeit und Hingabe sein – und diese können nicht quälen.«

»Dankbarkeit!«, rief er aus. Dann fügte er in wildem Ton hinzu: »Jane, akzeptieren Sie mich schnell! Sagen Sie: ›Edward‹ – nennen Sie mich bei meinem Namen – ›Edward, ich werde dich heiraten.‹«

»Ist es wahrhaftig Ihr Ernst? Lieben Sie mich wahr und aufrichtig? Wünschen Sie von Herzen, dass ich Ihre Frau werde?«

»Ja! Und wenn es eines Eides bedarf, um Sie zu beruhigen, so werde ich schwören.«

»Dann, Sir, werde ich Sie heiraten.«

»›Edward‹, meine kleine Frau!«

»Lieber Edward!«

»Komm zu mir, komm ganz zu mir«, sagte er, legte seine Wange an die meine und flüsterte mir ins Ohr: »Sei du mein Glück – ich werde das deine sein.«

»Gott möge mir verzeihen!«, fügte er nach einer langen Pause hinzu, »und die Menschen mögen sich nicht einmischen. Ich habe sie, und ich werde sie behalten!«

»Niemand wird sich einmischen, Sir. Ich habe keine Verwandten, die dreinreden könnten.«

»Nein, das ist das Beste daran«, sagte er, und wenn ich ihn weniger geliebt hätte, so würden seine Worte und sein Blick mir wild vorgekommen sein. Aber wie ich so neben ihm saß – befreit von dem Albdrücken einer nahe bevorstehenden Trennung und ins Paradies der Vereinigung gerufen –, da dachte ich nur an das Glück, das ich jetzt in so vollen Zügen genießen durfte. Immer und immer wieder fragte er mich: »Bist du glücklich, Jane?« Und immer wieder antwortete ich: »Ja!« Und dann murmelte er: »Das wird es gut machen – das wird es gut machen. Habe ich sie nicht arm und verlassen und ohne Freunde gefunden? Werde ich sie nicht behüten und lieben und trösten? Ist nicht Liebe in meinem Herzen und Beständigkeit in meinen Entschluss? Das wird mich vor Gottes Thron reinwaschen. Denn was das Urteil der Welt anbelangt – da wasche ich meine Hände. Es kümmert mich nicht. Der Meinung der Menschen trotze ich.«

Aber was war nur aus dem lichten Abend geworden? Der Mond konnte noch nicht untergegangen sein, und doch saßen wir in der Dunkelheit. Ich konnte kaum das Gesicht meines Herrn sehen, wie nahe ich ihm auch war. Und was war mit dem Kastanienbaum geschehen? Er ächzte und stöhnte, während der Wind in dem Lorbeerwäldchen heulte und sausend über uns dahinfuhr.

»Wir müssen hineingehen«, sagte Mr. Rochester, »das Wetter verändert sich. Ich hätte bis zum Morgen mit dir hier sitzen können, Jane!«

›Und ich ebenso‹, dachte ich. Vielleicht hätte ich dieser Empfindung auch Worte verliehen, aber ein bläulicher, heller Blitz schoss aus einer Wolke hervor, die ich gerade betrachtete, dann folgte ein Krachen, ein Dröhnen und ein Prasseln; ich dachte nur daran, meine geblendeten Augen an Mr. Rochesters Schulter zu verbergen.

Der Regen strömte herab. Mr. Rochester zog mich eilends durch den Gartenweg, durch den Park und hinein ins Haus, aber wir waren vollständig durchnässt, bevor wir die Schwelle erreicht hatten. Er war gerade im Begriff, mir in der großen Halle den Schal von den Schultern zu nehmen und mein nasses Haar zu trocknen, als Mrs. Fairfax aus ihrem Zimmer trat. Im ersten Augenblick bemerkte ich sie nicht, ebenso wenig Mr. Rochester. Die Lampe war angezündet, die Uhr schlug gerade zwölf.

»Beeile dich, deine nassen Kleider abzulegen«, sagte er; »und bevor du gehst, gute Nacht – gute Nacht, meine Liebe!«

Er küsste mich wiederholt. Als ich mich seinen Armen entwand und aufblickte, stand die Witwe vor mir, bleich, ernst und verwundert. Ich lächelte ihr nur zu und lief die Treppe hinauf. ›Die Erklärung kommt noch immer früh genug‹, dachte ich. Als ich dann mein Zimmer erreicht hatte, fühlte ich jedoch einen stechenden Schmerz im Herzen bei dem Gedanken, dass sie auch nur für einen Augenblick missdeuten könnte, was sie gesehen hatte. Aber das Glück überdeckte bald jedes andere Gefühl; und wie laut der Wind auch pfiff, wie heftig und nah der Donner grollte, wie blendend und oft der Blitz auch den Himmel durchzuckte, wie sintflutartig der Regen auch während dieses zweistündigen Gewitters fiel: Ich empfand keine Furcht und keinen Schrecken. Während dieses Aufruhrs in der Natur kam Mr. Rochester dreimal an meine Tür, um zu fragen, ob ich mich auch sicher und ruhig fühlte. Und das war ein Trost, das gab mir zu allem Kraft.

Ehe ich mich am nächsten Morgen erhob, kam die kleine Adèle in mein Zimmer gelaufen, um mir zu erzählen, dass der große Kastanienbaum am Ende des Gartens während der Nacht vom Blitz getroffen wurde und halb zerschmettert sei.

Vierundzwanzigstes Kapitel

Während ich mich erhob und mich ankleidete, überdachte ich noch einmal alles, was geschehen war, und fragte mich verwundert, ob das Ganze nicht nur ein Traum gewesen sei. Ich konnte nicht an die Wirklichkeit glauben, bevor ich Mr. Rochester nicht wiedergesehen und ihn seine Liebesworte und sein Gelöbnis hatte erneuern hören.

Während ich mein Haar zurechtmachte, betrachtete ich mein Gesicht im Spiegel und fand es gar nicht mehr unansehnlich: Es war hoffnungsfroh und von lebhafter Farbe. Meine Augen blickten, als hätten sie die Quelle der Erfüllung geschaut und ihren Glanz von deren spielenden Wellen geborgt. Ich hatte meinen Herrn oft nur widerstrebend angesehen, weil ich fürchtete, mein Blick könnte ihm unangenehm sein. Jetzt wusste ich aber, dass ich mein Gesicht zu dem seinen emporheben durfte, ohne dass sein Gefühl dadurch abkühlte. Ich nahm ein einfaches aber frisches, leichtes Sommerkleid aus meinem Schrank und legte es an. Mir war, als hätte kein Gewand mich jemals so gut gekleidet – ich hatte ja auch noch niemals eins in einer so glücklichen Stimmung getragen.

Als ich in die Halle hinunterlief, war ich durchaus nicht erstaunt zu sehen, dass ein herrlicher Junimorgen auf den heftigen Sturm der Nacht gefolgt war. Ein frischer, duftiger Luftzug strömte mir durch die geöffnete Glastür entgegen: Die Natur musste ja fröhlich sein, wenn ich so unsagbar glücklich war! Eine Bettlerin und ihr kleiner Knabe – beide bleich, elend und zerlumpt – kamen den breiten Gartenweg herauf, und ich lief ihnen entgegen und gab ihnen die ganze Summe, welche ich gerade in meiner Geldbörse hatte; es waren wohl drei oder vier Schilling. Ob gut, ob böse, alle Menschen sollten an meiner Seligkeit teilhaben. Die Raben krächzten, die kleinen Vögel sangen, aber nichts war so lustig und so wohltönend wie die Musik meines eigenen Herzens.

Mrs. Fairfax erstaunte mich, indem sie mit traurigem Gesicht zum Fenster hinaussah und in ernstem Ton sagte: »Miss Eyre, wollen Sie zum Frühstück hereinkommen?« Während der Mahlzeit war sie ruhig und kalt, aber der Augenblick war noch nicht gekommen, um ihr die beabsichtigte Aufklärung zu geben. Ich musste warten, bis mein Herr kam und ihr alles erklärte, und darauf musste auch sie warten. Ich aß, was ich konnte, und eilte dann nach oben.

Ich traf Adèle, welche aus dem Schulzimmer kam.

»Wohin gehst du? Es ist Zeit, mit dem Unterricht zu beginnen.«

»Mr. Rochester hat mich ins Kinderzimmer geschickt.«

»Wo ist er?«

»Dort drin«, sagte sie, und zeigte auf das Zimmer, welches sie soeben verlassen hatte. Ich ging hinein und dort stand er.

»Komm herein und sag mir guten Morgen«, sagte er. Fröhlich ging ich zu ihm. Es war jetzt kein kühles Wort und kein Händedruck mehr, was ich erhielt, sondern eine Umarmung und ein Kuss. Es schien mir ganz natürlich und zugleich ganz wunderbar, so umarmt und geliebt zu werden.

»Jane, du siehst heute Morgen blühend aus, so fröhlich und wunderschön«, sagte er, »wirklich wunderschön. Ist dies meine bleiche, zarte kleine Elfe? Ist dies meine Glockenblume? Dies kleine, sonnige Mädchen mit Grübchen in den Wangen und rosigen Lippen? Mit dem seidenweichen, kastanienbraunen Haar und den strahlenden braunen Augen?« – Ich habe in Wirklichkeit grüne Augen, lieber Leser, aber du musst den Irrtum entschuldigen: Ihm erschienen sie wohl frisch gefärbt.

»Es ist Jane Eyre, Sir.«

»Und wird bald Jane Rochester sein«, fügte er hinzu, »in vier Wochen, Janet; nicht einen Tag länger. Hörst du das?«

Ich hörte ihn wohl, aber ich konnte es nicht fassen. Es verursachte mir Schwindel. Das Gefühl, das durch diese Ankündigung in mir geweckt wurde, war heftiger und überwältigender als Freude – es schmerzte und betäubte mich beinahe: Ich glaube, es war etwas wie Furcht.

»Du warst eben noch rosig, Jane, und jetzt bist du bleich. Weshalb das?«

»Weil Sie mir einen neuen Namen gaben – Jane Rochester, und das klang so seltsam.«

»Ja, Mrs. Rochester«, sagte er, »die junge Mrs. Rochester – die mädchenhafte Braut Fairfax Rochesters.«

»Es kann nicht sein, Sir, niemals! Es wird nicht sein, es klingt zu unwahrscheinlich. Auf dieser Welt wird keinem Erdenwesen ungetrübtes Glück zuteil. Ich bin ja nicht zu einem besseren Geschick geboren als meine Mitmenschen. Dass solch ein Los mir zuteil werden sollte, ist ein Feenmärchen – ein Tagtraum.«

»Den ich in Erfüllung gehen lassen kann und werde. Noch heute werde ich mit der Verwirklichung beginnen. Heute Morgen habe ich an meinen Bankier in London geschrieben, dass er mir gewisse Juwelen schickt, die er in Verwahrung hat – Erbstücke der Gebieterinnen von Thornfield. In zwei, drei Tagen hoffe ich, sie dir in den Schoß schütten zu können, denn jedes Vorrecht und alle Aufmerksamkeiten sollen dir zuteilwerden, die der Tochter eines Adligen gebühren, wenn sie heiratet.«

»Oh Sir, sprechen Sie nicht von Juwelen, ich will davon nichts hören! Juwelen für Jane Eyre, das klingt seltsam und unnatürlich! Ich möchte sie lieber nicht haben.«

»Ich selbst will die Diamantenkette um deinen Hals legen und deine Stirn mit dem Diadem krönen! Wie herrlich wird es dich kleiden, denn die Natur hat dir den Adelsbrief auf die Stirn geschrieben, Jane! Und ich will diese zarten Gelenke mit Armbändern schmücken, und diese kleinen Finger mit kostbaren Ringen beladen.«

»Nein, nein, Sir! Denken Sie an andere Dinge, sprechen Sie von anderen Sachen und mit anderen Worten! Reden Sie nicht zu mir, als ob ich eine Schönheit wäre, ich bin nichts als Ihre einfache, puritanische Gouvernante.«

»In meinen Augen bist du eine Schönheit, und gerade eine Schönheit nach meinem Herzen – zart und elfengleich.«

»Klein und unbedeutend, wollten Sie sagen. Ach, Sie träumen, Sir, oder Sie spotten meiner. Um der himmlischen Barmherzigkeit willen, seien Sie nicht ironisch!«

»Ich werde es auch noch dahin bringen, dass die Welt dich als Schönheit anerkennt«, fuhr er fort. Die Art und Weise seiner Rede machte mich unruhig, denn ich fühlte, dass er entweder mich oder sich selbst zu täuschen versuchte. »Ich will meine Jane in Seide und Spitze kleiden, und sie soll Rosen im Haar tragen. Und das Haupt, das ich am meisten liebe, will ich mit einem kostbaren Schleier bedecken.«

»Und dann werden Sie mich nicht mehr kennen, Sir; und ich werde Ihre alte Jane Eyre nicht mehr sein, sondern ein Affe in einer Harlekinsjacke – eine Elster in geborgten Federn. Wahrlich, Mr. Rochester, ich möchte lieber Sie in einem Theaterkostüm sehen, als mich selbst in dem Kleid einer Hofdame. Und ich sage nicht, dass Sie schön sind, Sir, obgleich ich Sie grenzenlos liebe –

viel zu innig liebe, um Ihnen zu schmeicheln. Deshalb also schmeicheln auch Sie mir nicht.«

Er fuhr jedoch fort, ohne meine Missbilligung zu bemerken: »Noch heute werde ich dich nach Millcote hinüberfahren, damit du einige Kleider für dich wählst. Ich habe dir ja gesagt, dass wir in vier Wochen verheiratet sein werden. Die Trauung wird in aller Stille vollzogen, dort unten in jener Kirche, und dann werde ich dich sofort nach der Hauptstadt bringen. Nach einem kurzen Aufenthalt in London werde ich meinen Schatz in Regionen tragen, welche der Sonne näher sind, nach französischen Weingärten und italienischen Ebenen, und du wirst alles sehen, was berühmt in der alten Geschichte und wertvoll und kostbar in der Neuzeit ist. Du sollst auch das Leben in den großen Städten sehen, und du wirst durch den gerechten Vergleich mit anderen lernen, dich selbst hoch zu schätzen.«

»Ich soll reisen? – Und mit Ihnen, Sir?«

»Du sollst in Paris, Rom und Neapel verweilen, in Florenz, Venedig und Wien. Du sollst den Boden betreten, über den ich einst gewandelt bin; dein kleiner Fuß soll über die Stätten schweben, auf denen ich einst stand. Vor zehn Jahren bin ich wie ein Wahnsinniger durch ganz Europa geflohen; Ekel, Hass und Wut waren meine Gefährten. Jetzt werde ich geheilt und rein denselben Weg gehen – mir zur Seite ein Engel als Trösterin.«

Ich lachte bei diesen seinen Worten. »Ich bin kein Engel«, versicherte ich, »und ich werde auch keiner werden, bevor ich nicht tot und im Paradies bin. Ich werde nur ich selbst sein. Mr. Rochester, Sie dürfen etwas Himmlisches von mir weder erwarten noch fordern – denn diese Forderung würde ich nicht erfüllen können, ebenso wenig, wie Sie eine solche von meiner Seite erfüllen könnten. Aber ich erwarte auch nichts Derartiges von Ihnen.«

»Was erwartest du denn von mir?«

»Für eine kleine Weile werden Sie vielleicht bleiben, wie Sie jetzt sind – aber nur für eine sehr kurze Weile. Und dann werden Sie kühler werden und launenhaft; schließlich aber werden Sie streng sein und ich werde viel zu tun haben, um Sie zufriedenzustellen. Wenn Sie sich dann aber ganz an mich gewöhnt haben, so werden Sie mich vielleicht wieder lieb haben – *lieb haben* sage ich, nicht *lieben*. Ich vermute, dass Ihre Liebe in sechs Monaten oder in vielleicht noch kürzerer Zeit dahinschwinden wird. In Büchern, welche von Männern geschrieben sind, wird dies als Zeitspanne genannt, über welche sich die Liebe eines Mannes im besten Fall erstrecken kann. Als Freundin und Begleiterin hoffe ich aber, meinem teuren Herrn niemals ganz zuwider zu werden.«

»›Niemals ganz zuwider‹! Und ›wieder lieb haben‹! Ich glaube, dass ich dich immer und immer wieder lieb haben werde, und du wirst mir eines Tages gestehen müssen, dass ich dich nicht nur *lieb habe*, sondern dich wahrhaft, leidenschaftlich und beständig *liebe*.«

»Und sind Sie nicht launenhaft, Sir?«

»Frauen gegenüber, an denen mir nichts gefällt als ihr Gesicht, bin ich ein wahrer Teufel, wenn ich herausfinde, dass sie weder Herz noch Seele haben – da reichen kleine Anzeichen von Flachheit, Gewöhnlichkeit, Beschränktheit oder Übellaunigkeit aus. Aber für ein klares Auge und eine beredte Zunge, für eine feurige Seele und einen Charakter, der sich wohl beugt, aber nicht bricht – der zugleich biegsam, stark und beständig und doch leicht zu behandeln ist –, für diese bin ich stets treu und wahr.«

»Haben Sie einen solchen Charakter je kennengelernt, Sir? Haben Sie einen solchen geliebt?«

»Ich liebe ihn jetzt.«

»Und früher, vor mir? Wenn ich überhaupt einem so strengen Urteil standhalten kann …«

»Ich habe niemals deinesgleichen gefunden. Jane, du gefällst mir, und du beherrschst mich – du scheinst dich zu unterwerfen, und ich bewundere die Schmiegsamkeit an dir; und während ich die weiche Seide um meinen Finger wickle, macht sie mein Herz erbeben. Ich bin beeinflusst, besiegt, und dieser Einfluss ist süßer, als ich sagen kann; und der Sieg, dem ich mich unterwerfen muss, ist bezaubernder als irgendein Triumph, den ich erringen könnte. Weshalb lächelst du, Jane? Was hat dieser unerklärliche, unheimliche Wechsel des Gesichtsausdrucks zu bedeuten?«

»Ich dachte, Sir, und verzeihen Sie den unwillkürlichen Gedankengang, ich dachte gerade an Herkules und Samson und ihre Bezwingerinnen ...«

»Wirklich, du kleine Elfe ...«

»Still, Sir! Sie sprechen in diesem Augenblick nicht sehr weise, nicht viel weiser als jene beiden Herren handelten. Indes, wenn sie verheiratet gewesen wären, so würden sie ohne Zweifel durch ihre Strenge als Ehegatten ihre Torheit als Bewerber wiedergutgemacht haben, und ich fürchte, auch Sie werden das tun. Ich möchte nur wissen, wie Sie mir nach Ablauf eines Jahres antworten werden, wenn ich Sie um einen Dienst oder eine Gefälligkeit bitten sollte, deren Gewährung Ihnen nicht angenehm ist.«

»Bitte mich jetzt um etwas, Janet – was immer du willst: Ich sehne mich danach, um etwas gebeten zu werden ...«

»Gewiss, Sir, das werde ich. Ich habe schon eine Bitte parat.«

»Sprich! Wenn du aber aufblickst und mich mit solchem Ausdruck anlächelst, so schwöre ich dir Erfüllung deiner Bitte, noch bevor ich sie kenne, und das würde mich zum Toren machen.«

»Durchaus nicht, Sir. Ich erbitte nur dieses: Lassen Sie die Juwelen nicht kommen und bekränzen Sie mich nicht mit Rosen. Das wäre ja gerade so, als wenn Sie jenes einfache Taschentuch dort in Ihrer Hand mit goldener Spitze umrändern wollten.«

»Ebenso gut könnte ich echtes Gold vergolden, das weiß ich wohl. Deine Bitte sei dir also gewährt – für den Augenblick wenigstens. Ich werde die Order, die ich meinem Bankier erteilt habe, widerrufen. Aber du hast noch immer nichts erbeten; du hast nur gebeten, dass man ein Geschenk zurückziehe. Versuche es also noch einmal.«

»Nun Sir, so haben Sie denn die Güte, meine Neugier zu befriedigen, die in Bezug auf einen gewissen Punkt sehr rege geworden ist.«

Er sah verdutzt aus. »Was ist es? Was kann das sein?«, fragte er hastig. »Die Neugier ist eine gefährliche Bittstellerin. Es ist nur ein Glück, dass ich nicht geschworen habe, jede Bitte zu erfüllen ...«

»Es kann aber nicht gefährlich sein, wenn Sie diese hier erfüllen, Sir.«

»So sprich sie aus, Jane. Aber ich hätte lieber, dass du mich um die Hälfte meines Besitztums bitten würdest, als dass du versuchtest, ein Geheimnis zu erfragen.«

»Aber König Ahasver, was könnte mir denn die Hälfte deines Besitztums nützen? Meinen Sie, dass ich ein Wucherer bin, der sein Geld sicher in Ländereien anlegen möchte? Viel lieber möchte ich Ihr ganzes Vertrauen besitzen. Wenn Sie mich an Ihr Herz nehmen, werden Sie mich doch nicht von Ihrem Vertrauen ausschließen?«

»Nimm mein ganzes Vertrauen, Jane, aber um Gottes willen, lade keine unerträgliche Bürde auf dich! Verlange nicht nach Gift – werde mir nicht zu einer typischen Eva!«

»Weshalb nicht, Sir? Sie haben mir eben erst gesagt, wie gern Sie sich besiegen lassen, und wie sehr Sie es lieben, überredet zu werden. Meinen Sie nicht, dass es gut wäre, wenn ich mir dies Bekenntnis zunutze machte und anfinge zu schmeicheln und zu bitten, ja, wenn es notwendig wäre, sogar zu weinen und zu schmollen – nur um es auf einen Versuch meiner Macht ankommen zu lassen?«

»Versuch nur ein Experiment dieser Art! Überziehst du aber, so ist das Spiel zu Ende.«

»Wirklich, Sir? Sie geben aber schnell nach. Wie ernst Sie jetzt aussehen! Ihre Augenbrauen sind so dick wie meine Finger geworden und Ihre Stirn gleicht dem, was ich in einem erstaunlichen Gedicht einst als ›blue-piled thunderloft‹ bezeichnet fand. Vermutlich, Sir, werden Sie diese Miene stets zur Schau tragen, wenn Sie verheiratet sind?«

»Und wenn dies *deine* Miene als Ehefrau sein wird, werde ich als guter Christ bald die Meinung aufgeben, nur mit einer bloßen Seele oder einem Salamander zu verkehren. Aber, liebes Ding, was wolltest du erfragen, heraus damit!«

»Nun, da haben wir's! Jetzt sind Sie wirklich weniger als höflich. Aber mir ist die Unhöflichkeit lieber als Schmeichelei. Ich will lieber ein *Ding* sein als ein Engel. Dies war es, was ich fragen wollte: Weshalb gaben Sie sich so viel Mühe, mich glauben zu machen, dass Sie Miss Ingram heiraten wollten?«

»War das alles? Gott sei gelobt, dass es nichts Schlimmeres war!«

Und jetzt glättete sich seine Stirn; er blickte auf mich herab, lächelte mir zu, streichelte mein Haar, als empfände er eine innige Freude darüber, eine Gefahr abgewendet zu sehen.

»Ich glaube, ich darf es dir beichten«, fuhr er fort, »selbst auf die Gefahr hin, dass du ein wenig zornig bist. Jane, ich habe ja gesehen, welch ein Feuergeist du sein kannst, wenn du gereizt bist. Selbst in dem kalten Mondlicht sah ich dich gestern Abend erglühen, als du dich gegen das Schicksal auflehntest und beanspruchtest, von mir als gleichrangig betrachtet zu werden. Janet, nebenbei gesagt, warst du es, die mir den Antrag machte.«

»Natürlich tat ich das. Aber zur Sache, wenn es Ihnen beliebt, Sir – Miss Ingram?«

»Nun, ich machte Miss Ingram scheinbar den Hof, weil ich wünschte, dich ebenso wahnsinnig verliebt in mich zu machen, wie ich in dich verliebt war; und ich wusste, dass Eifersucht die beste Verbündete sein würde, welche ich zu diesem Zweck zu Hilfe rufen könne!«

»Ausgezeichnet! – Jetzt sind Sie klein, nicht um ein Jota größer als die Spitze meines kleinen Fingers. Es war ein himmelschreiendes Unrecht und eine große Schande, in dieser Weise zu handeln. Dachten Sie denn gar nicht an Miss Ingrams Gefühle, Sir?«

»Ihre Gefühle konzentrieren sich einzig in ihrem Stolz, und dieser verlangte nach einer Demütigung. Warst du eifersüchtig, Jane?«

»Lassen wir das, Mr. Rochester. Es ist nicht von Belang für Sie, das zu wissen. Antworten Sie mir aber noch einmal aufrichtig: Glauben Sie nicht, dass Miss Ingram unter Ihrer unehrlichen Koketterie leiden wird? Wird sie sich nicht verlassen und verraten vorkommen?«

»Unmöglich! – Ich habe dir doch erzählt, wie sie im Gegenteil mich verlassen hat: Die Flamme ihrer Liebe wurde durch das Gerücht meiner Insolvenz augenblicklich abgekühlt oder vielmehr gelöscht.«

»Sie haben einen seltsamen, ränkevollen Sinn, Mr. Rochester. Ich fürchte, dass Sie in manchen Dingen sehr exzentrische Grundsätze haben.«

»Meine Prinzipien sind nie recht geformt worden, Jane. Sie mögen aus Sehnsucht nach Beachtung ein wenig schief gewachsen sein.«

»Noch einmal und in vollem Ernst: Darf ich das große Glück, das mir geworden ist, ohne die Furcht genießen, dass jetzt nicht eine andere den bitteren Schmerz durchkostet, den ich selbst noch vor kurzem empfand?«

»Das darfst du, mein kleines Mädchen. Auf der ganzen Welt gibt es kein zweites Wesen, das dieselbe reine Liebe für mich hegt, wie du. Und der Glaube an deine Liebe, Jane, ist der Balsam, den ich für meine Seele brauche.«

Ich drückte meine Lippen auf die Hand, welche auf meiner Schulter ruhte. Ich liebte ihn sehr, mehr als ich den Mut hatte, ihm zu gestehen, mehr als Worte überhaupt auszudrücken vermochten.

»Verlange noch etwas anderes von mir«, sagte er nach einigen Sekunden, »es ist eine Wonne, gebeten zu werden und zu gewähren.«

Ich hatte meine Bitte erneut parat: »Teilen Sie Ihre Absichten Mrs. Fairfax mit, Sir, Sie hat mich gestern Abend mit Ihnen in der Halle gesehen, und sie war empört. Geben Sie ihr irgendeine Erklärung, bevor ich genötigt bin, wieder mit ihr zusammenzutreffen. Es kränkt mich, dass eine so gute Frau wie sie mich falsch beurteilt.«

»Geh auf dein Zimmer und setze deinen Hut auf«, entgegnete er. »Ich wünsche, dass du mich heute Vormittag nach Millcote begleitest. Und während du deine Vorbereitungen für die Fahrt triffst, will ich die alte Dame aufklären. Hat sie gedacht, Janet, dass du die Welt für die Liebe eingetauscht hättest?«

»Ich glaube, sie meinte, dass ich sowohl Ihre Stellung wie auch meinen Platz vergessen hätte, Sir.«

»Stellung, Platz! Dein Platz ist in meinem Herzen; das sollen diejenigen schon im Nacken zu spüren bekommen, die dich jetzt oder in Zukunft beleidigen möchten. – Geh jetzt.«

Ich war bald bereit. Und als ich hörte, dass Mr. Rochester Mrs. Fairfax' Wohnzimmer verließ, eilte ich hinunter zu ihr. Die alte Dame hatte gerade ihr Morgenkapitel aus der Bibel gelesen – die

Epistel für den Tag. Die Bibel lag aufgeschlagen vor ihr, und die Brille lag zwischen den Blättern. Die Beschäftigung, bei welcher sie durch Mr. Rochesters Nachricht unterbrochen worden war, schien jetzt vergessen. Ihre Augen, welche auf die gegenüberliegende leere Wand geheftet waren, drückten das Erstaunen eines stillen Gemüts aus, das durch überraschende Nachrichten aus seiner gewohnten Ruhe aufgescheucht worden ist. Als sie mich sah, erhob sie sich, machte eine leise Anstrengung zu lächeln und stotterte einige beglückwünschende Worte. Aber das Lächeln schwand dahin und ihr Satz blieb unvollendet. Sie setzte die Brille wieder auf, schloss die Bibel und schob ihren Stuhl vom Tisch zurück.

»Ich bin so außerordentlich überrascht«, begann sie alsdann, »ich weiß kaum, was ich Ihnen sagen soll, Miss Eyre. Ich glaube fast geträumt zu haben, aber dem ist nicht so, nicht wahr? Wenn ich hier so allein sitze, falle ich manchmal in eine Art Halbschlaf, und dann sehe und höre ich allerhand Dinge, die gar nicht existieren. Mehr als einmal habe ich in meinem Schlummer meinen armen teuren Mann gesehen, wie er hereinkam und sich an meine Seite setzte. Er ist nun schon über fünfzehn Jahre tot, und doch habe ich ihn mich beim Namen rufen hören – ich hörte ihn ›Alice‹ rufen, wie er es zu tun pflegte. Nun, können Sie mir sagen, ob es wirklich und wahrhaftig wahr ist, dass er Sie gebeten hat, ihn zu heiraten? Lachen Sie mich nicht aus! Aber mir ist wirklich, als wäre er vor kaum fünf Minuten hier im Zimmer gewesen und hätte mir erzählt, dass Sie in einem Monat seine Frau sein würden.«

»Dasselbe hat er mir gesagt«, entgegnete ich.

»Hat er das! Und glauben Sie ihm? Haben Sie eingewilligt?«

»Ja.«

Sie blickte mich bestürzt an.

»Das hätte ich nimmermehr gedacht. Er ist ein stolzer Mann. Alle Rochesters waren stolz, und sein Vater wenigstens liebte auch das Geld gar sehr. Auch von ihm sagte man stets, dass er sehr vorsichtig und sparsam sei. Er hat wirklich die Absicht, Sie zu heiraten?«

»Wenigstens sagt er mir das.«

Sie musterte mich von Kopf bis Fuß. In ihren Augen las ich, dass sie keine Reize an mir fand, die stark genug gewesen wären, das Rätsel zu lösen.

»Nein, es geht über meinen Verstand«, fuhr sie fort, »aber es muss natürlich wahr sein, wenn Sie selbst es sagen. Wie das ausgehen wird: Ich weiß es wahrlich nicht. Gleichheit der Stellung und des Vermögens sind in solchen Fällen oft sehr ratsam, und der Altersunterschied zwischen Ihnen beträgt mehr als zwanzig Jahre. Er könnte fast Ihr Vater sein.«

»Nein wirklich, Mrs. Fairfax!«, rief ich ärgerlich aus. »Er hat durchaus nichts von einem Vater. Niemand, der uns jemals beisammen gesehen hat, würde Derartiges vermuten. Mr. Rochester sieht so jung aus und ist so jung wie viele Männer mit fünfundzwanzig Jahren.«

»Und wird er Sie wirklich aus Liebe heiraten?«, fragte sie dann wieder.

Ihr Skeptizismus und ihre Kälte verletzten mich derartig, dass meine Augen sich mit Tränen füllten.

»Es tut mir leid, dass es Sie schmerzt«, fuhr die Witwe fort, »aber Sie sind so jung, Sie haben so wenig Menschenkenntnis, ich möchte Sie gern etwas vorsichtig machen. Es gibt ein altes Sprichwort: ›Es ist nicht alles Gold was glänzt.‹ Und ich fürchte, dass wir in dieser Angelegenheit etwas finden werden, das sehr verschieden ist von dem, was Sie und ich erwarten.«

»Weshalb? – Bin ich denn ein Ungeheuer?«, fragte ich. »Ist es unmöglich, dass Mr. Rochester eine aufrichtige Neigung für mich hegen könnte?«

»Nein. Sie sind nett und in der letzten Zeit haben Sie sich sehr verschönt. Möglich ist es ja, dass Mr. Rochester Sie sehr lieb hat. Ich habe immer bemerkt, dass er eine gewisse Vorliebe für Sie hegte. Es hat Zeiten gegeben, wo ich um Ihretwillen ein wenig unruhig über seine so starke Bevorzugung Ihrer Person war, und wo ich oft wünschte, Sie ein wenig vorsichtiger zu machen. Aber ich wollte nicht einmal die Möglichkeit eines Unrechts andeuten, wusste ich doch, dass solch eine Idee Sie beleidigen, vielleicht empören würde. Und Sie selbst waren so diskret und so durchaus vernünftig und bescheiden, dass ich hoffte, man würde Sie Ihrem eigenen Schutz überlassen können. Ich kann Ihnen nicht beschreiben, was ich gelitten habe, als ich Sie gestern Abend im ganzen Haus suchte und weder Sie noch unseren Herrn finden konnte. Und als ich Sie dann um Mitternacht mit ihm heimkehren sah!«

»Nun lassen Sie das jetzt und denken Sie nicht mehr daran«, unterbrach ich sie ungeduldig. »Es muss Ihnen genügen, dass es durchaus in der Ordnung war.«

»Ich will nur hoffen, dass schließlich alles in Ordnung kommt«, sagte sie, »aber glauben Sie mir, dass Sie gar nicht vorsichtig genug sein können. Versuchen Sie, Mr. Rochester in einer gewissen Entfernung zu halten. Trauen Sie ihm ebenso wenig wie sich selbst. Herren in seiner Stellung pflegen gewöhnlich nicht, ihre Gouvernanten zu heiraten.«

Ich wurde wirklich ärgerlich; glücklicherweise kam Adèle ins Zimmer gelaufen.

»Lassen Sie mich mitfahren, nehmen Sie mich mit nach Millcote!«, rief sie. »Mr. Rochester will mich nicht mitnehmen, obgleich in dem neuen Wagen noch so viel Platz ist. Mademoiselle, bitten Sie für mich, dass er mich mitnimmt!«

»Das werde ich, Adèle.« Und froh, meiner trübseligen Lehrmeisterin zu entrinnen, lief ich mit ihr von dannen. Der Wagen war bereit, der Kutscher fuhr gerade am Hauptportal vor. Mein Herr und Gebieter ging vor dem Haus auf und ab und Pilot folgte ihm geduldig auf den Fersen.

»Nicht wahr, Sir, Adèle darf uns begleiten?«

»Ich habe es ihr abgeschlagen. Ich will keinen kleinen Rangen, ich will nur dich.«

»Lassen Sie sie mitkommen, Mr. Rochester, ich bitte Sie darum. Es wäre wirklich besser.«

»Nein. Sie würde uns nur hinderlich sein.«

Er wirkte sehr entschieden, sowohl im Ton als auch in seinem Blick. Die Kälte von Mrs. Fairfax' Warnungen und Zweifeln legte sich über mich und meine Hoffnungen wurden durch ein Gefühl von Ungewissheit und Haltlosigkeit befallen. Das Bewusstsein meiner Macht über ihn schwand dahin. Ich war nahe daran, ihm ohne weitere Einwände zu gehorchen. Als er mir beim Besteigen des Wagens behilflich war, sah er mir indessen ins Gesicht.

»Was bedeutet das?«, fragte er. »Aller Sonnenschein ist verschwunden. Wünschst du denn wirklich, dass das Kind uns begleitet? Betrübt es dich in der Tat, wenn die Kleine zurückbleiben muss?«

»Es wäre mir lieber, wenn sie mitkäme, Sir.«

»Dann lauf und hole deinen Hut, sei aber schnell wie der Blitz!«, rief er Adèle zu.

Sie gehorchte ihm, so schnell sie konnte.

»Schließlich bedeutet die Störung eines einzigen Morgens ja auch nicht viel«, sagte er, »wenn ich dich – deine Gedanken, deine Unterhaltung und deine Gesellschaft – bald ganz für mich, fürs ganze Leben habe.«

Als Adèle in den Wagen gehoben wurde, begann sie mich zu küssen, um mir ihre Dankbarkeit für meine Vermittlung zu bezeigen. Augenblicklich schob er sie in einen Winkel auf der anderen Seite von ihm, aber sie beugte sich erneut an ihm vorüber zu mir. Dieser Banknachbar war ihr nun doch zu streng: Bei seiner jetzigen frostigen Laune wagte sie nicht einmal zu flüstern, geschweige denn, irgendeine Auskunft von ihm zu erbitten.

»Lassen Sie sie zu mir kommen«, bat ich, »vielleicht stört sie Sie, Sir, und auf dieser Seite hier ist noch genug Platz.«

Er reichte sie mir zu, als wäre sie ein Schoßhündchen. »Ich werde sie doch noch in eine Schule schicken«, sagte er, aber er lächelte dabei.

Adèle hörte seine Worte und fragte, ob sie *sans mademoiselle* in die Schule geschickt werden solle.

»Ja«, sagte er, »ganz entschieden *sans mademoiselle*; denn ich werde mit Mademoiselle auf den Mond reisen, und dort werde ich eine Höhle in einem der weißen Täler zwischen den Feuer speienden Bergen suchen, wo Mademoiselle dann mit mir leben wird, ganz allein mit mir.«

»Dort wird sie aber nichts zu essen haben, Sie werden sie zu Tode hungern lassen«, bemerkte Adèle.

»Tag und Nacht werde ich Manna für sie sammeln; die Ebenen und Bergrücken auf dem Mond sind weiß vor Manna, Adèle.«

»Aber wenn sie friert und Wärme braucht, wie soll sie dann ein Feuer bekommen?«

»Das Feuer steigt aus allen Mondbergen auf. Wenn sie friert, trage ich sie auf irgendeine Bergspitze und lege sie am Rande des Kraters nieder.«

»Oh, qu'elle y sera mal – peu comfortable![26] Und wenn sie ihre Kleider abtragen wird, wie soll sie dann neue bekommen?«

Mr. Rochester tat, als sei er um eine Antwort verlegen.

»Hm!«, sagte er. »Was würdest du tun, Adèle? Zerbrich dir den Kopf, um einen Ausweg zu finden. Was meinst du wohl, wie würde eine weiße oder eine rosa Wolke sich als Kleid machen? Und aus einem Regenbogen könnte man vielleicht eine hübsche Schärpe schneiden?«

Nachdem Adèle eine Weile nachgedacht hatte, sagte sie: »Nein, es geht ihr hier viel besser. Und außerdem würde sie sich furchtbar langweilen und müde werden, wenn sie dort oben mit Ihnen allein wohnen sollte. Wenn ich Mademoiselle wäre, würde ich niemals einwilligen, mit Ihnen zu gehen.«

»Sie hat aber schon eingewilligt; sie hat mir ihr Wort gegeben.«

»Aber Sie können sie ja gar nicht hinaufbringen! Es führt keine Straße zum Mond, es ist alles nur Luft, und Sie können nicht fliegen und Mademoiselle auch nicht!«

»Adèle, sieh mal dieses Feld an.«

Wir waren jetzt außerhalb der Tore von Thornfield und rollten sanft auf der ebenen Landstraße nach Millcote zu. Der Gewittersturm hatte den Staub hinweggespült und die niedrigen Hecken und hohen Bäume zu beiden Seiten des Weges prangten in schönstem Grün, das durch den Regen erfrischt war.

»Adèle, auf jenem Feld ging ich vor ungefähr vierzehn Tagen eines Abends spät umher; es war am Abend jenes Tages, an dem du mit mir auf der großen Wiese im Obstgarten das Heu zusammengetragen hast. Da ich müde war von der Arbeit, setzte ich mich an einem Zaunübertritt nieder. Dann zog ich ein kleines Buch und einen Bleistift hervor und begann von einem Unglück zu schreiben, das vor langer Zeit über mich hereingebrochen war, und ich schrieb den heißen Wunsch nieder, dass doch noch einmal glückliche Tage für mich kommen möchten. Ich schrieb sehr schnell, obgleich das Tageslicht dahinschwand, als etwas den Fußpfad heraufkam und einige Schritte vor mir stehenblieb. Ich blickte es an. Es war ein kleines, winziges Ding, das einen Schleier von Spinnweben auf dem Kopf trug. Ich winkte es heran, bald stand es vor meinen Knien. Ich sprach nicht zu ihm und es sprach nicht zu mir, nicht in Worten, aber ich las in seinen Augen und es las in den meinen, und unser stummes Gespräch ging ungefähr so:

Es sei eine Fee, sagte es, und käme aus dem Reich der Elfen. Sie sei gekommen, um mich glücklich zu machen, aber ich müsse mit ihr aus der gewöhnlichen, alltäglichen Welt hinausgehen an einen einsamen Ort – zum Beispiel zum Mond. Und sie zeigte dorthin, wo er gerade rot und leuchtend über dem Hügel aufging, und erzählte mir von den alabasternen Höhlen und silbernen Tälern, wo wir leben könnten. Ich sagte, dass ich gern mit ihr gehen würde, aber ich erinnerte das zarte Ding daran, wie du es gerade getan hast, dass ich keine Flügel zum Fliegen hätte.

›Oh‹, entgegnete die Fee, ›das schadet nichts! Hier ist ein Talisman, der alle Schwierigkeiten beiseite räumt.‹ Und sie hielt mir einen hübschen, goldenen Ring vor die Augen. ›Stecke ihn an den vierten Finger meiner linken Hand, und ich gehöre dir und du gehörst mir; und wir werden diese Erde verlassen und uns dort drüben unseren Himmel suchen.‹ Dann nickte das kleine Ding wieder dem Mond zu. Den Ring, Adèle, trage ich in meiner Brusttasche, ich habe ihn in einen Sovereign verwandelt; aber ich werde ihn bald wieder entzaubern und einen Ring daraus machen.«

»Aber was hat Mademoiselle mit all dem zu tun? Die Fee kümmert mich nicht; Sie haben ja aber gesagt, Sie wollten Mademoiselle nach dem Mond tragen?«

»Mademoiselle ist ja eine Fee«, sagte er geheimnisvoll flüsternd. Darauf sagte ich ihr, dies sei alles nur ein Scherz, und sie solle nicht darauf hören. Und sie zeigte ihrerseits wirklich einen reichen Vorrat von echt französischem Skeptizismus, indem sie Mr. Rochester *un vrai menteur*[27] nannte und ihm sagte, sie höre gar nicht auf seine Feengeschichten, und dass *du reste, il n'y avait pas de fées, et quand même il y en avait,*[28] sie fest überzeugt sei, dass ihm keine erscheinen würde und ihm Ringe schenken oder ihm anbieten, mit ihm zum Mond zu reisen.

Die Stunde, die wir in Millcote zubrachten, war ziemlich qualvoll für mich. Mr. Rochester nötigte mich, in eine gewisse Seidenhandlung zu gehen, wo er mir befahl, ein halbes Dutzend seidener Kleider auszuwählen. Ich hasste diese Aufgabe, ich bat, dies aufschieben zu dürfen, aber nein – es sollte jetzt erledigt werden. Durch meine dringenden, ihm ängstlich zugeflüsterten Bitten reduzierte ich das halbe Dutzend auf zwei Stück, diese beiden schwor er aber, selbst auswählen zu wollen. Mit wahrer Todesangst gewahrte ich, wie seine Blicke über den bunten Warenvorrat schweiften. Auf einem reichen, amethystfarbenen Seidenstoff und einem prächtigen rosa Satin blieben sie haften. Wiederum flüsterte ich ihm zu, dass er ebenso gut ein goldenes Kleid und einen silbernen Hut für mich kaufen könne, denn ich würde niemals den Mut haben, die Stoffe seiner Wahl zu tragen. Er war aber stur wie ein Stein, und nur mit unendlicher Mühe gelang es mir, ihn zu überreden, dass er sie für ein solides schwarzes Satinkleid und eine helle, perlgraue Seidenrobe eintauschte. Für den Augenblick solle ich meinen Willen haben, sagte er, aber er würde mich eines Tages doch noch farbenprächtig wie ein Blumenbeet gekleidet sehen.

Ich war froh, ihn endlich aus dem Seidenwarengeschäft und schließlich noch aus dem Laden eines Juweliers herauszubekommen, denn je mehr er mir kaufte, desto mehr fühlte ich die Röte des Ärgers und der Demütigung in meine Wangen steigen. Als wir wieder im Wagen saßen und ich mich müde in die Polster zurücklehnte, fiel mir etwas ein, was ich im Laufe der vielen traurigen und glücklichen Begebenheiten ganz vergessen hatte: der Brief meines Onkels John Eyre an Mrs. Reed und dessen Absicht, mich zu adoptieren und zu seiner Erbin zu machen. ›Es würde in der Tat eine Erleichterung sein‹, dachte ich, ›wenn ich auch nur die allerbescheidenste Unabhängigkeit in pekuniärer Hinsicht hätte. Ich werde mich niemals dareinfinden können, von Mr. Rochester wie eine Puppe herausgeputzt zu werden oder wie eine zweite Danae dazusitzen und täglich den goldenen Regen auf mich herabfallen zu sehen. Sobald ich nach Hause komme, werde ich nach Madeira schreiben und meinem Onkel John mitteilen, dass ich im Begriff bin, mich zu verheiraten und mit wem. Wenn mir nur die Aussicht bliebe, dass Mr. Rochester eines Tages durch mich einen Zuwachs seines Vermögens erleben würde, so sollte es mir auch nicht so schwer werden, mich jetzt von ihm erhalten zu lassen.‹ Und nach diesem Gedanken, welchen ich noch am selben Tage ausführte, fasste ich wieder Mut, meinem Gebieter und Geliebten ins Auge zu sehen, das fortwährend meinen Blick gesucht hatte, obgleich ich sowohl Gesicht wie Augen abgewendet hatte. Er lächelte, und mir schien sein Lächeln jenem ähnlich, mit welchem ein Sultan die Sklavin zu beglücken pflegt, welche er mit seinem Gold und seinen Juwelen geschmückt hat. Ich presste seine Hand, welche fortwährend die meine gesucht hatte, und schob sie dann – ganz rot von meinem leidenschaftlichen Drucke – von mir.

»Sie brauchen mich gar nicht so anzusehen«, sagte ich. »Wenn Sie das noch einmal tun, werde ich in Ewigkeit nichts anderes tragen als meine alten Kleider von Lowood. Ich werde mich in diesem fliederfarbenen Baumwollkleid trauen lassen – und Sie können sich aus dem perlgrauen Seidenzeug einen Schlafrock machen lassen, und aus dem schwarzen Satin eine endlose Reihe von Westen.«

Er kicherte in sich hinein und rieb sich die Hände: »Ach, es ist ein kostbares Vergnügen, sie zu hören und zu sehen!«, rief er aus. »Ist sie nicht originell? Ist sie nicht pikant? Ich würde dies eine kleine, englische Mädchen nicht gegen den ganzen Harem des Sultans eintauschen – trotz aller Gazellenaugen und Houri-Formen!«

Diese orientalische Anspielung ärgerte mich wieder: »Ich werde Ihnen durchaus nicht den Harem ersetzen«, sagte ich, »also bitte ich Sie, mich auch nicht als Ersatz für einen solchen anzusehen. Wenn Sie irgendwie für dergleichen Sinn haben, so machen Sie, dass Sie fortkommen, fort auf die Basare von Stambul, Sir. Und legen Sie einen Teil Ihres überflüssigen Geldes, welches Sie hier nicht nach Ihrem Sinne anbringen zu können scheinen, in ausgiebigen Sklavenkäufen an.«

»Und was wirst du tun, Janet, wenn ich riesige Mengen Fleisch mit schwarzen Augen kaufe?«

»Ich bereite mich darauf vor, als Missionarin hinauszugehen und allen denen Freiheit zu predigen, die in Sklaverei leben – darunter auch den Bewohnerinnen Ihres Harems. Man wird mir dort Einlass gewähren und ich werde einen Aufstand anzetteln. Und Sie, Pascha, werden im Handumdrehen von unseren Händen gefesselt dastehen und ich werde nicht eher einwilligen, Ihre Fesseln zu lösen, bis Sie nicht das freisinnigste Gesetz unterschrieben haben, welches je ein Despot gegeben hat.«

»Ich würde mich deiner Gnade ausliefern, Jane.«

»Ich würde keine Gnade kennen, Mr. Rochester, wenn Sie mich mit solchen Blicken darum bäten. Wenn Sie so aussähen, würde ich sicher sein, dass Sie jedes Gesetz, welches Sie unter Zwang unterschreiben, sofort übertreten würden, wenn Sie wieder in Freiheit sind.«

»Nun, Jane, was willst du denn eigentlich von mir? Ich fürchte, du wirst mich zwingen, noch eine zweite Trauungszeremonie, außer jener am Altar, vornehmen zu lassen. Du wirst noch ganz besondere Bedingungen festsetzen, das sehe ich schon. Welcher Art sollen sie denn sein?«

»Ich möchte nur ein fröhliches Gemüt, Sir, auf dem keine Verpflichtungen lasten. Erinnern Sie sich, was Sie von Céline Varens sagten, von den Diamanten und den Kaschmirsachen, die Sie ihr geschenkt haben? Ich will nicht Ihre englische Céline Varens sein.

Ich werde fortfahren, Adèles Gouvernante zu sein, damit verdiene ich mir Wohnung und Beköstigung und außerdem noch dreißig Pfund jährlich. Von diesem Geld werde ich meine Garderobe anschaffen, und Sie sollen mir nichts geben als ...«

»Nun, als?«

»Ihre Achtung. Und wenn ich Ihnen die meine dafür wiedergebe, so ist die Schuld abgezahlt.«

»Wahrhaftig, was kalte, angeborene Keckheit und reinen, unbeugsamen Stolz anbetrifft, hast du nicht deinesgleichen«, sagte er. Wir näherten uns Thornfield. »Möchtest du heute mit mir zu Mittag speisen?«, fragte er, als wir wieder durch das Parktor fuhren.

»Nein danke, Sir.«

»Und weshalb ›nein danke, Sir‹, wenn man so frei sein darf zu fragen?«

»Ich habe noch niemals mit Ihnen gespeist, Sir, und ich sehe nicht ein, weshalb ich es jetzt tun sollte, bevor ...«

»Nun, bevor? Diese halben Phrasen scheinen dir ein besonderes Vergnügen zu machen.«

»Bevor es nicht sein muss.«

»Glaubst du vielleicht, dass ich wie ein Oger oder wie ein Ghul esse, dass du nicht die Gefährtin meiner Mahlzeiten sein willst?«

»Ich habe mir wirklich gar keine Meinung über diese Sache gebildet, Sir, aber ich möchte gerne noch einen Monat so weiterleben wie bisher.«

»Nein, du sollst dein Sklavenleben als Gouvernante augenblicklich aufgeben.«

»Tatsächlich? Ich bitte um Verzeihung, Sir, aber ich werde das nicht tun. Ich werde gerade so weitermachen wie bisher. Ich werde mich während des ganzen Tages von Ihnen fernhalten, wie ich gewöhnt bin, es zu tun. Wenn Sie mich sehen wollen, können Sie mich des Abends holen lassen; dann werde ich kommen, aber zu keiner anderen Zeit.«

»Ich würde jetzt gerne eine Zigarre rauchen, Jane, oder eine Prise Tabak nehmen, um mich über all dies zu trösten, *pour me don-*

ner une contenance, wie Adèle sagen würde. Und unglücklicherweise habe ich meine Zigarrentasche und meine Tabaksdose vergessen. Aber hör' mich an ...« Und flüsternd: »Jetzt bist *du* dran, kleine Tyrannin, aber binnen kurzem wird *meine* Zeit kommen. Und wenn ich dich einmal ordentlich gefasst habe, um dich zu haben und zu halten, so werde ich dich – bildlich gesprochen – an eine Kette wie diese hier legen.« Hier berührte er seine Uhrkette. »Ja, du kleines, liebes Ding, ich werde dich an meinem Herzen tragen, damit mein Juwel nicht verlorengeht.«

Dies sagte er, während er mir behilflich war, aus dem Wagen zu steigen. Und während er darauf Adèle half, trat ich ins Haus und entkam glücklich nach oben.

Am Abend ließ er mich förmlich vorladen. Ich hatte mir eine Beschäftigung für ihn ausgedacht, denn ich war fest entschlossen, den Abend nicht im *Tête-à-Tête* mit ihm zuzubringen. Ich erinnerte mich seiner schönen Stimme und ich wusste, dass er wie alle guten Sänger gern sang. Ich selbst war keine Sängerin und nach seinem strengen Urteil noch nicht einmal musikalisch, aber ich liebte es zuzuhören, wenn eine Darbietung gut war. Kaum war also die Dämmerung, die Stunde der Romantik hereingebrochen und hatte ihr blaues, sternengeschmücktes Banner vor unseren Fenstern entfaltet, als ich mich erhob, das Klavier öffnete und ihn anflehte, mir ein Lied vorzutragen. Er sagte, ich sei eine launenhafte Hexe, und dass er mir lieber ein anderes Mal etwas vorsingen wolle, aber ich versicherte ihm, dass es gerade jetzt der Zeitpunkt wäre.

Ob seine Stimme mir denn eigentlich gefiele?, fragte er.

»Ganz außerordentlich.«

Ich war eigentlich nicht willens, seiner großen Eitelkeit zu schmeicheln, aber dieses eine Mal ward ich meinen Grundsätzen aus Nützlichkeitsrücksichten untreu, und ich begann, ihn anzuspornen und zu bitten.

»Dann musst du aber die Begleitung übernehmen, Jane.«

»Meinetwegen, Sir, ich werde es versuchen.«

Ich versuchte es also, wurde aber durch ihn sogleich wieder vom Hocker gefegt und ›kleine Stümperin‹ genannt. Nachdem ich derart unfeierlich beiseite geschoben war – was eigentlich auch genau meinen Wünschen entsprach –, nahm er nun meinen Platz ein und begann, sich selbst zu begleiten, denn er konnte ebenso gut spielen wie singen. Ich eilte in die Fenstervertiefung, und während ich dort saß und hinaus auf die stillen Bäume und den dunklen Rasen blickte, lauschte ich auf sein mit sanfter Stimme gesungenes Lied. Die Worte lauteten:

»Die treuste Lieb', die je ein Herz
Mit Allgewalt bewegt,
Das höchste Leid, den größten Schmerz
Hab ich um sie gehegt.

Mein Glück, ihr Kommen war's allein,
Ihr Gehen meine Qual,
Und der Gedanke herbe Pein,
Sie bliebe fort einmal.

Es war ein Traum voll Seligkeit,
Von ihr geliebt zu sein.
Du schöner Traum, wie weit, wie weit
Lagst du im Dämmerschein.

Denn dunkel war der weite Raum,
Der uns're Leben trennt,
Und voll Gefahr und Not, wie kaum
Das Schiff im Sturm sie kennt,

Unheimlich wie ein Räuberpfad
Durch unwegsames Land,
Da Leid, Macht und Gesetze hart
Sich gegen uns gewandt.

Doch ich, ich trotzte der Gefahr,
Ich stürmte dran vorbei,

Und nahm, was drohend, warnend war,
Als ob's für mich nichts sei.

Denn hin durch Dunkelheit und Nacht,
Durch Wolken schwer und wild,
Strahlt mir in glänzend heller Pracht
Ihr liebes, süßes Bild.

Noch überstrahlt die Freude licht
Das trübe Firmament.
Schon dunkler wird's, doch sorg' ich nicht
Ob Unheil mich berennt.

Was kümmert mich nun Hass und Wut,
Was mein vergang'nes Leid!
Was kümmert mich der Rache Glut,
Sie komm' – ich bin bereit!

Mag sich auch wenden mein Geschick
Durch Hass mir droh'n Gefahr,
Mag rohe Macht mit zorn'gem Blick
Mir Feind sein immerdar –

So sei's denn! Sie gab ihre Hand
Mir still vertrauensvoll,
Und flüstert, dass ein heil'ges Band
Uns bald vereinen soll.

Bis in den Tod, schwört' mir ihr Kuss,
Sie sich zu eigen gibt.
Vor Seligkeit ich jubeln muss:
Ich lieb' und werd' geliebt!«

Er erhob sich und kam zu mir. Ich sah sein Gesicht entflammt, sein Falkenauge blitzte und zärtliche Leidenschaft spiegelte sich in seinen Zügen. Einen Augenblick sank mir der Mut – dann fasste ich mich. Ich wollte keine Liebesszene, keine kühne Demonstration – und beides drohte mir in diesem Moment. Eine Verteidigung musste vorbereitet werden, also wetzte ich meine Zunge. Als er neben mir stand, fragte ich streng:

»Nun, wen werden Sie denn jetzt heiraten?«

»Das ist eine seltsame Frage von den Lippen meines Lieblings, Jane!«

»Meinen Sie? Ich halte sie für sehr natürlich und vor allen Dingen für sehr notwendig. Sie sangen davon, dass Ihre zukünftige Gattin mit Ihnen sterben solle? Was meinen Sie mit solch einer heidnischen Idee? *Ich* habe durchaus nicht die Absicht, mit Ihnen zu sterben – darauf können Sie sich verlassen.«

»Oh, alles was ich ersehne, alles was ich erflehe, ist, dass es uns vergönnt sein möge, miteinander zu leben! Der Tod ist nicht für ein Wesen wie dich.«

»Aber natürlich ist er das! Ich habe ebenso gut das Recht zu sterben, wenn meine Zeit kommt, wie Sie. Aber ich will die Zeit abwarten und mich nicht wie eine indische Witwe mit meinem Gatten verbrennen lassen.«

»Willst du mir jenen selbstsüchtigen Gedanken vergeben und mir deine Verzeihung durch einen versöhnenden Kuss beweisen?«

»Nein, wenn möglich, lieber nicht.«

Hier hörte ich, wie er mich »ein starrköpfiges, kleines Ding« nannte, und dann vernahm ich noch, wie er in den Bart brummte: »Jedes andere Weib wäre dahingeschmolzen, wenn sie solche Verse zu ihrem Ruhme hätte anhören dürfen.«

Ich versicherte ihm, dass ich von Natur aus sehr hartherzig sei, wie ein Feuerstein ungefähr, und dass er das noch oft zu spüren bekommen werde. Und dass ich überdies entschlossen sei, ihm etliche raue Punkte in meinem Charakter zu zeigen, bevor die nächsten vier Wochen abgelaufen wären. Denn er solle wissen, welche Art von Handel er zu machen im Begriff sei, während es noch nicht zu spät ist, ihn rückgängig zu machen.

»Willst du jetzt still sein oder vernünftig mit mir reden?«

»Ja, ich will still sein, wenn Sie es wünschen. Aber was das ›vernünftig reden‹ anbetrifft, so schmeichle ich mir, dies auch jetzt zu tun.«

Er war verdrossen, brummte vor sich hin und knirschte mit den Zähnen. ›Sehr gut‹, dachte ich bei mir. ›Du magst toben oder brummen, wie du willst. Aber ich bin fest überzeugt, dass dies die beste Art und Weise ist, mit dir fertig zu werden. Ich liebe dich mehr, als Worte sagen können, aber ich will nicht in Gefühlsschwärmerei versinken. Und mit meinen Nadelstichen werde ich auch dich von diesem Abgrund zurückhalten – mehr noch, durch diesen hilfreichen Stachel halte ich jene Entfernung zwischen dir und mir aufrecht, welche mir am meisten geeignet scheint, zu unserm Glück zu führen.‹

Ich brachte ihn immer mehr auf, und nachdem er sich dann endlich grollend an das entfernteste Ende des Zimmers zurückgezogen hatte, erhob ich mich und sagte in meiner gewöhnlichen, respektvollen Weise: »Ich wünsche Ihnen eine gute Nacht, Sir.« Dann schlüpfte ich durch eine Seitentür zum Zimmer hinaus und war fort.

So, wie ich begonnen hatte, fuhr ich während der ganzen Prüfungszeit fort, und es war ein sehr erfolgreiches System. Zwar machte ich ihn auf diese Weise ziemlich sauer und mürrisch, aber im Großen und Ganzen merkte ich doch, dass er sich außerordentlich gut dabei unterhielt, da lammfromme Unterwürfigkeit und turteltaubenähnliche Empfindsamkeit zwar seinen Despotismus genährt, seinem Verstand und seinem Geschmack aber deutlich weniger zugesagt haben würden.

In Gegenwart anderer war ich wie früher ehrerbietig und ruhig, denn jedes andere Betragen wäre unpassend gewesen. Es war nur bei unseren abendlichen Konferenzen und Tête-à-Têtes, dass ich ihn so quälte und mit ihm stritt. Er aber fuhr fort, mich stets mit dem siebten Glockenschlage zu sich bitten zu lassen, obgleich er jetzt, wenn ich vor ihm erschien, niemals mehr so honigsüße Worte hatte wie »Liebling« und »Engel«. Die besten Worte, welche er jetzt für mich in Gebrauch nahm, waren »provokante

Puppe«, »maliziöse Elfe«, »Kobold« oder »Wechselbalg«. Anstatt der Liebkosungen bekam ich jetzt Grimassen; anstatt mir die Hand zu drücken, kniff er mich jetzt in den Arm; anstatt eines Kusses auf die Wange zupfte er mich am Ohr. Aber es war alles richtig so. Gegenwärtig zog ich diese grimmigen Gunstbezeigungen jeder Zärtlichkeit vor. Ich sah, dass Mrs. Fairfax mein Betragen billigte. Ihre Angst und Besorgnis um mich schwand dahin und ich war der festen Überzeugung, richtig zu handeln. Inzwischen versicherte Mr. Rochester, dass ich ihn durch meine Behandlung in Haut und Knochen verwandle, und er drohte mir furchtbare Rache an, die er in nicht allzu ferner Zeit an mir üben würde. Ich lachte still über seine Drohungen.

›Jetzt vermag ich dich durch vernünftige Behandlung in Schach zu halten‹, dachte ich bei mir, ›und ich zweifle gar nicht, dass es mir auch in Zukunft gelingen wird. Wenn ein Mittel seine Macht und Wirkung verliert, muss man schnell auf ein anderes bedacht sein.‹

Und doch war meine Aufgabe keine ganz leichte; oft hätte ich ihm lieber etwas Gutes getan und ihn erfreut, anstatt ihn zu quälen. Mein künftiger Gatte wurde bereits meine ganze Welt, ja mehr als die Welt: Er wurde meine Hoffnung auf die ewige Seligkeit. Er stand zwischen mir und jedem religiösen Gedanken, so wie eine Sonnenfinsternis zwischen die helle Sonne und den Menschen kommt. In jenen Tagen betete ich Gott nur in seinem Geschöpf an; aus diesem hatte ich ein Götzenbild gemacht.

Fünfundzwanzigstes Kapitel

Der Probemonat war dahin, seine letzten Stunden waren gezählt. Der schnell herannahende Tag meiner Hochzeit konnte nicht mehr aufgeschoben werden und alle Vorbereitungen waren getroffen. Ich wenigstens hatte nichts mehr zu tun; an der Wand meines kleinen Zimmers standen meine Koffer, gepackt, verschlossen, geschnürt, alle in einer Reihe. Morgen um diese Zeit würden sie schon auf dem Weg nach London sein, und ebenso ich, oder eigentlich nicht ich, sondern eine gewisse Jane Rochester – eine Person, welche ich bis jetzt noch nicht kannte. Es blieb nur noch übrig, dem Gepäck die Karten mit den Adressen anzuheften – dort lagen sie auf der Kommode, vier kleine, weiße Vierecke. Mr. Rochester selbst hatte Namen und Bestimmungsort darauf geschrieben: »Mrs. Rochester, *** Hotel, London«, aber ich konnte mich nicht entschließen, sie zu befestigen oder befestigen zu lassen. Mrs. Rochester! Sie existierte ja nicht, sie sollte ja erst morgen das Licht der Welt erblicken, kurz nach acht Uhr, und ich wollte warten, bis ich sicher war, dass sie lebendig zur Welt gekommen ist, bevor ich ihr meinen ganzen Besitz verschrieb. Es war schon genug, dass in jener kleinen Kammer gegenüber dem Toilettentisch verschiedene Kleider, welche angeblich ihr gehörten, meine schwarzen, wollenen Lowood-Kleider verdrängt hatten: Denn nicht mir gehörten jenes prachtvolle Hochzeitsgewand, das perlgraue Kleid und der lustige Schleier. Ich schloss das Kämmerchen zu, um den seltsamen, gespenstischen Schmuck, welchen es enthielt, meinen Blicken zu entziehen, denn er warf zu dieser Stunde – es war neun Uhr abends – einen geisterhaften Schimmer zwischen die Schatten meines Zimmers.

»Ich will dich allein lassen, du weißer Traum«, sagte ich. »Ich habe Fieber, ich höre den Wind heulen – ich will hinausgehen, um ihn meine heißen Schläfen kühlen zu lassen.«

Es war nicht allein die Eile der Vorbereitungen, die mich fiebern machte, nicht allein das Vorgefühl der großen Veränderung, des neuen Lebens, welches morgen beginnen sollte. Ohne Zweifel hatten diese beiden Umstände ihren Anteil an der aufgeregten, ruhelosen Stimmung, die mich zu dieser späten Stunde noch in den dunkelnden Park hinaustrieb, aber noch eine dritte Ursache beeinflusste mein Gemüt weit mehr als jene anderen beiden.

Ein seltsamer, beängstigender Gedanke fraß mir am Herzen. Es war etwas geschehen, das mir unverständlich, unbegreiflich war. Außer mir hatte es niemand gesehen und niemand hatte davon gehört. Es hatte sich am vorangegangenen Abend zugetragen. Mr.

Rochester war an jenem Abend vom Hause abwesend und er war auch jetzt noch nicht zurückgekehrt. Er war in Geschäftsangelegenheiten zu einigen kleinen Pachthöfen, die ungefähr dreißig Meilen von Thornfield entfernt lagen, gerufen worden; Geschäftsangelegenheiten, die er durchaus noch persönlich vor seiner beabsichtigten Abreise von England ordnen musste. Jetzt wartete ich auf seine Rückkehr, ich sehnte mich danach, ihm mein Herz auszuschütten, und von ihm die Lösung des Rätsels zu erhalten, das mich verblüffte und beunruhigte. – Warte, bis er kommt, mein Leser; und wenn ich ihm mein Geheimnis enthülle, werde ich dich mit ins Vertrauen ziehen.

Ich suchte den Obstgarten auf. Der Wind, welcher während des ganzen Tages voll und scharf aus Süden geweht hatte, trieb mich in den Schutz der Bäume. Kein Regentropfen war gefallen. Anstatt sich beim Herannahen der Nacht zu legen, schien der Wind nun stärker zu heulen, heftiger zu rasen. Die Bäume neigten sich alle nach einer Seite, sie vermochten kaum, sich während des Verlaufes einer ganzen Stunde auch nur einmal aufzurichten – so unausgesetzt war der Wind, der ihre belaubten Wipfel nordwärts beugte und große Massen von Wolken von Pol zu Pol jagte. An diesem Julitag war nicht ein einziger Sonnenstrahl auf die Erde gefallen und das Auge hatte kein einziges Fleckchen Himmelsblau gesehen.

Ich ließ mich nicht ohne ein gewisses Behagen vom Wind treiben und übergab meine Sorgen dem maßlosen Luftstrom, welcher durch den Raum tobte. Als ich den Lorbeerweg hinunterging, stand ich plötzlich vor dem zerstörten Kastanienbaum. Hier stand er, schwarz und gespalten. Der Stamm hatte mit seiner zerschmetterten Hälfte etwas Geisterhaftes. Die auseinandergesplitterten Teile hingen noch immer zusammen, die feste Erde, die starken Wurzeln hielten sie, obgleich die Gemeinsamkeit der Lebenskraft längst zerstört war. Die Säfte konnten nicht mehr fließen, die großen Zweige zu beiden Seiten waren tot und die Stürme des nächsten Winters würden bestimmt die eine, vielleicht sogar auch beide Hälften zu Boden werfen. Jetzt, immerhin, konnte man aber wohl noch sagen, dass sie *einen* Baum bildeten – eine Ruine zwar, aber eine einzige Ruine.

»Ihr tatet recht, zusammenzuhalten«, sagte ich, als wenn die ungeheuren Splitter lebende Wesen wären und mich hören könnten. »Wie zerstört, verbrannt und wund Ihr auch aussehr, mir ist, als müsste doch noch ein wenig Leben in Euch sein, das jener Anhänglichkeit der ehrlichen, treuen Wurzeln entspringt. Ihr werdet niemals wieder grünen Blätterschmuck tragen – niemals die Vögel wieder Nester in euren Zweigen bauen sehen und Lobhymnen in euren Wipfeln singen hören. Eure Zeit der Liebe und des Glücks ist dahin, aber ihr seid nicht einsam, jeder von euch hat einen Gefährten, der den Verfall mit ihm beweint!«

Als ich emporblickte, erschien der Mond für einen Augenblick an jenem Teil des Himmels, welcher durch den Spalt sichtbar war. Die Scheibe war blutrot und wie in Nebel eingehüllt; sie schien mir einen traurigen, bestürzten Blick zuzuwerfen und hüllte sich dann sofort wieder in die jagenden Wolken. Für einen Augenblick legte sich der Sturm, der das Herrenhaus von Thornfield umtobt hatte, aber weit fort über Wald und Wasser zog der Wind wild klagend dahin. Es war traurig, dem zuzuhören, und ich lief weiter.

Ich durchstreifte den Obstgarten und sammelte die Äpfel auf, mit denen der Rasen unter den Bäumen dick bestreut war. Dann beschäftigte ich mich damit, die reifen von den unreifen Äpfeln zu sondern. Ich trug sie ins Haus und brachte sie in die Vorratskammer. Darauf begab ich mich in die Bibliothek, um mich zu vergewissern, dass das Feuer angezündet sei. Denn obgleich es Sommer war, wusste ich, dass Mr. Rochester an einem so düsteren Abend bei seiner Heimkehr erfreut sein würde, ein helles, anheimelndes Kaminfeuer zu sehen. Ja, das Feuer war schon längst angezündet und brannte lustig. Ich schob seinen Lehnstuhl in die Kaminecke, dann rollte ich einen Tisch vor denselben, ließ die Vorhänge herab und sorgte dafür, dass Kerzen bereitlagen, den Raum zu erleuchten. Aber nachdem ich diese Arrangements getroffen hatte, war ich ruheloser als zuvor. Ich konnte nicht still sitzen, nicht einmal im Haus bleiben. Die kleine französische Pendeluhr im Zimmer und die alte Standuhr in der Halle schlugen gleichzeitig zehn.

»Wie spät es wird!«, sagte ich. »Ich werde hinunter zum Parktor laufen. Hin und wieder scheint der Mond und ich kann eine weite Strecke der Landstraße überblicken. Er kommt jetzt vielleicht gerade, und wenn ich ihm entgegengehe, erspare ich mir einige Minuten des ungewissen Wartens.«

Der Wind heulte in den hohen Bäumen, welche das Parktor umgaben, aber so weit ich die Landstraße links und rechts überblicken konnte, war alles still und einsam. Nur die Schatten der Wolken glitten zuweilen darüber hinweg, wenn der Mond zum Vorschein kam; sonst war die Straße eine schmale, helle Linie, auf der sich auch nicht ein Pünktchen bewegte.

Eine Träne trübte mein Auge, als ich so Ausschau hielt – eine Träne der Enttäuschung und der Ungeduld. Ich schämte mich ihrer und trocknete sie schnell, verweilte aber noch. Der Mond schloss sich jetzt ganz in sein wolkiges Gemach und zog die dichtesten Vorhänge vor; die Nacht wurde immer dunkler. Dann brachte der Sturmwind auch Regenschauer.

»Ach, wenn er nur käme! Wenn er nur da wäre!«, rief ich, von einer trüben Vorahnung erfasst. Ich hatte schon vor der Teestunde auf seine Rückkehr gewartet, und jetzt war es dunkel. Was konnte ihn denn zurückhalten? War ein Unglück geschehen? Die Begebenheit von gestern Abend fiel mir wieder ein. Ich deutete sie jetzt wie ein Vorzeichen von großem Unglück. Ich fürchtete, dass meine Hoffnungen zu strahlend seien, um sich erfüllen zu können. Und ich hatte in der letzen Zeit zu viel Glück empfunden, deshalb glaubte ich, dass mein Glück seinen Meridian überschritten habe und sich jetzt seinem Niedergang zuneigte.

»Nun, nach Hause kann ich nicht zurückkehren«, dachte ich. »Ich kann nicht ruhig am Kamin sitzen, während er in so rauem Wetter draußen ist. Lieber will ich meine Füße ermüden, als mein Herz bis aufs Äußerste anspannen. Ich will weitergehen, ihm entgegen.«

So machte ich mich denn auf den Weg; ich ging schnell, aber ich kam nicht weit. Bevor ich noch eine Viertelmeile gegangen war, hörte ich Hufschläge. Ein Reiter kam im vollen Galopp daher, ein Hund lief neben ihm. Fort mit den bösen Ahnungen, er war es! Da saß er hoch zu Ross auf Mesrour, Pilot folgte ihm. Er sah mich, denn der Mond hatte sich jetzt gerade ein großes, blaues Feld am Himmel erobert und segelte auf dieser klaren Fläche dahin. Mr. Rochester nahm seinen Hut ab und schwenkte ihn hoch über seinem Kopf, ich lief ihm entgegen.

»Sieh da!«, rief er aus, indem er sich vom Pferd herabbeugte und mir die Hand reichte. »Du kannst nicht ohne mich sein, das ist doch ganz offensichtlich! Steig auf die Spitze meines Stiefels, gib mir beide Hände und spring herauf!«

Die Freude machte mich behände, ich gehorchte und schwang mich aufs Pferd. Er gab mir einen herzhaften Willkommenskuss und jubelte ein wenig über mich, was ich mir so geduldig wie möglich gefallen ließ. Dann unterbrach er die Äußerungen seiner Freude, um mich zu fragen:

»Ist irgendetwas geschehen, Jane, dass du mir um diese Stunde entgegenkommst? Ist ein Unglück passiert?«

»Nein. Aber ich glaubte, dass Sie nimmermehr kommen würden. Ich konnte es nicht länger ertragen, im Haus auf Sie zu warten. Und dann dieser Regen, dieser Wind!«

»Regen und Wind, in der Tat! Ja, du triefst ja wie eine Meerjungfrau; wickle dich in meinen Mantel! Ich glaube, du fieberst, Jane – deine Wangen und deine Hände sind brennend heiß. Ich frage dich noch einmal, ist irgendetwas vorgefallen?«

»Jetzt ist's nichts mehr. Ich bin weder furchtsam noch unglücklich!«

»Also dann warst du beides?«

»Ein wenig, ja. Aber ich werde Ihnen das alles nach und nach erzählen, Sir, und ich bin fest überzeugt, dass Sie über meine Sorgen nur lachen werden.«

»Wenn der morgige Tag vorüber ist, werde ich herzlich über dich lachen, früher habe ich nicht den Mut dazu: Der Preis ist mir noch nicht gewiss. Bist du es wirklich, die während des ganzen letzten Monats so glatt wie ein Aal und so dornig wie eine Heckenrose war? Ich konnte nirgends meine Hand hinlegen, ohne gestochen zu werden. Und jetzt ist es, als hielte ich ein verirrtes Lamm in meinen Armen. Du hast die Herde verlassen, um deinen Hirten zu suchen, nicht wahr, Jane?«

»Ich sehnte mich nach Ihnen. Aber Sie dürfen deshalb nicht übermütig werden, hier sind wir in Thornfield. Lassen Sie mich absteigen.«

Er ließ mich an der Terrasse vom Pferd steigen. Nachdem John ihm das Tier abgenommen hatte, folgte er mir in die Halle und sagte, ich solle mich mit dem Wechseln meiner Kleidung beeilen, und dann zu ihm ins Bibliothekszimmer kommen. Als ich im Begriff war, die Treppe hinaufzusteigen, hielt er mich auf, um mir das Versprechen abzunehmen, dass ich nicht lange bleiben würde. Und ich brauchte auch nicht viel Zeit; nach kaum fünf Minuten war ich wieder bei ihm. Ich fand ihn beim Abendessen.

»Nimm einen Stuhl und leiste mir Gesellschaft, Jane. Wenn es Gott gefällt, ist dies auf lange Zeit die vorletzte Mahlzeit, die du in Thornfield einnimmst.«

Ich setzte mich an seine Seite, sagte aber, dass ich nichts essen könne.

»Ist es, weil du eine Reise vor dir hast, Jane? Ist es der Gedanke, dass du London sehen wirst, was dir den Appetit raubt?«

»Heute Abend liegen meine Aussichten nicht klar vor mir, Sir, und ich weiß kaum, welche Gedanken mein Hirn durchkreuzen. Alles erscheint mir so seltsam, so unwahrscheinlich.«

»Mit Ausnahme meiner selbst, nicht wahr? Ich bin doch Wirklichkeit? Da, berühre mich!«

»Sie, Sir, sind von allem das Geisterhafteste – Sie sind nichts als ein Traum.«

Er streckte mir seine Hand entgegen und fragte lachend: »Ist das ein Traum?« Dann hielt er sie mir dicht vor die Augen. Er hatte eine wohlgerundete, kräftige Hand und einen langen, starken Arm.

»Ja, wenn ich sie auch berühre – es ist doch ein Traum«, sagte ich, als ich die Hand beiseite schob. »Sir, haben Sie Ihre Abendmahlzeit beendet?«

»Ja, Jane.«

Ich zog die Glocke und ließ die Speisen abräumen. Als wir wieder allein waren, schürte ich das Feuer von Neuem und setzte mich dann auf einen niedrigen Schemel zu den Füßen meines Herrn.

»Es ist bald Mitternacht«, sagte ich.

»Ja, Jane, aber du hast doch nicht vergessen, dass du mir versprochen hast, in der Nacht vor meiner Hochzeit mit mir zu wachen?«

»Ich erinnere mich dessen wohl, und ich werde mein Versprechen halten; wenigstens für ein oder zwei Stunden. Ich hege nicht den Wunsch, schlafen zu gehen.«

»Bist du mit allen Vorbereitungen zu Ende?«

»Mit allen, Sir.«

»Ich bin es ebenfalls«, entgegnete er. »Ich habe alles geordnet, und wir werden Thornfield morgen innerhalb einer Stunde nach unserer Rückkehr aus der Kirche verlassen.«

»Ich bin damit einverstanden, Sir.«

»Mit welch außerordentlich seltsamem Lächeln begleitest du die Worte: ›Ich bin damit einverstanden, Sir!‹ Welch glühendes Rot bedeckt deine Wangen! Und wie deine Augen blitzen! Du befindest dich doch hoffentlich wohl?«

»Ich glaube schon.«

»Du glaubst! Was ist denn geschehen? Sag mir doch, wie dir ums Herz ist.«

»Das könnte ich nicht, Sir. Worte vermögen nicht auszudrücken, was ich fühle. Ich wollte, dass die gegenwärtige Stunde nie ein Ende nähme! Wer weiß, welch furchtbares Schicksal die nächste schon bringen mag.«

»Dies ist die reine Hypochondrie, Jane. Du bist überreizt oder übermüdet.«

»Sind Sie denn ruhig und glücklich, Sir?«

»Ruhig? – Nein. Aber glücklich bis in das Innerste meines Herzens.«

Ich blickte zu ihm auf, um die Zeichen des Glücks in seinen Zügen zu lesen; sie waren erregt und gerötet.

»Schenk mir dein Vertrauen, Jane«, sagte er, »entlaste dein Gemüt von jeder Bürde, die es bedrückt, indem du mir alles mitteilst. Was fürchtest du? Dass ich kein guter Gatte sein werde?«

»Der Gedanke liegt mir ferner als alle anderen.«

»Fürchtest du dich etwa vor der neuen Sphäre, in welche einzutreten du jetzt im Begriff bist? Vor dem neuen Leben, das vor dir liegt?«

»Nein.«

»Du beunruhigst mich, Jane. Dieser Blick und dieser Ton traurigen Mutes quälen und ärgern mich. Ich will eine Erklärung!«

»So hören Sie denn, Sir. – Gestern Abend waren Sie vom Haus abwesend.«

»Das war ich, ich weiß, und vor einer Weile deutetest du an, dass sich während meiner Abwesenheit etwas zugetragen habe. Wahrscheinlich nichts von Bedeutung, aber es hat dich beunruhigt. Lass es mich hören! Vielleicht hat Mrs. Fairfax etwas gesagt? Oder hast du irgendwelches Geklatsch der Dienstboten gehört, ist deine so empfindliche Selbstachtung irgendwie verletzt worden?«

»Nein, Sir.«

Jetzt schlug es zwölf. Ich wartete, bis die silbernen Töne der Penduluhr und die vibrierenden Schläge der alten Standuhr verklungen waren, dann fuhr ich fort:

»Während des ganzen gestrigen Tages war ich sehr beschäftigt gewesen, und in meiner unaufhörlichen Emsigkeit hatte ich mich unendlich glücklich gefühlt, denn ich fürchte mich durchaus nicht vor der neuen Sphäre und dem neuen Leben, wie Sie zu glauben scheinen. Ich denke, es muss etwas unendlich Glückseliges sein, mit Ihnen zu leben, weil ich Sie grenzenlos liebe. Nein, Sir, liebkosen Sie mich jetzt nicht – lassen Sie mich ungestört weiterreden. Gestern glaubte ich wohl an die Vorsehung und meinte, dass alle Begebenheiten zu Ihrem und meinem Besten zusammenwirken. Es war ein schöner Tag, wie Sie sich wohl entsinnen können. Die Ruhe in der Luft und am Himmel verbot jede Befürchtung in Bezug auf Ihren Komfort oder Ihre Sicherheit auf der Reise. Nach dem Tee ging ich ein wenig auf der Terrasse auf und nieder und dachte an Sie. Im Geiste sah ich Sie mir so nahe, dass ich Ihre wirkliche Gegenwart gar nicht vermisste. Ich dachte an das Leben, das vor mir lag – an Ihr Leben, Sir, ein ausgedehnteres, bewegteres Dasein als das meine, um so viel bewegter, als das Meer es ist gegenüber dem Bach, der sich ins Meer ergießt. Ich fragte mich verwundert, weshalb Moralisten diese Welt eine traurige Wildnis nennen – für mich war sie blühend und strahlend wie eine Rose. Gerade zum Sonnenuntergang wurde die Luft kalt und der Himmel wolkig. Ich ging ins Haus. Sophie rief mich nach oben, um mein Hochzeitskleid anzusehen, das gerade gebracht worden war. Und darunter fand ich in der Kiste Ihr Geschenk – den Schleier, welchen Sie in Ihrer fürstlichen Freigebigkeit und Extravaganz aus London hatten kommen lassen, fest entschlossen, wie es mir schien, mich dazu zu bringen, dass ich etwas Kostbares tragen solle, wenn ich schon Ihre Juwelen ausgeschlagen hatte. Ich lächelte, als ich die Spitzen auseinanderfaltete, und machte schon einen Plan, wie ich Sie mit Ihrem aristokratischen Geschmack necken wollte und mit Ihren Bemühungen, Ihre plebejische Braut mit den Attributen einer Pairstochter zu maskieren. Ich dachte, wie ich Ihnen das Stück einfachen Tülls herunterbringen wollte, den ich selbst als eine Bedeckung für meinen niedrig geborenen Kopf gekauft hatte. Und dann hätte ich Sie gefragt, ob dieser Schmuck nicht gut genug sei für ein Mädchen, das ihrem Gatten weder Reichtum, noch Schönheit oder Familie zubringen könne. Ich sah deutlich vor mir, wie Sie aussehen würden, und ich hörte schon Ihre ungestümen, republikanischen Antworten und Ihre hochmütige Versicherung, dass Sie es nicht nötig hätten, Ihren Reichtum durch die Heirat mit einem Geldbeutel oder Ihre Stellung durch die Verbindung mit einer Krone zu befestigen.«

»Wie gut du mich zu lesen verstehst, du kleine Hexe!«, fiel Mr. Rochester hier ein. »Was fandest du aber außer der Stickerei noch an dem Schleier? Hast du Gift oder einen Dolch darin gefunden, dass du so traurig aussiehst?«

»Nein, nein, Sir, außer der Zartheit und dem Reichtum der Arbeit fand ich nur noch Fairfax Rochesters Stolz darin, und der erschreckte mich nicht, weil ich an den Anblick dieses Dämons schon gewöhnt bin. Aber, Sir, als es dunkel wurde, erhob sich der Wind. Gestern Abend wehte er nicht, wie er jetzt weht, wild und laut, sondern mit einem klagenden Laut, der viel gespensterhafter klang. Wie wünschte ich, dass Sie zu Hause wären. Ich trat in dieses Zimmer, und der Anblick des kalten, schwarzen Kamins und Ihres leeren Lehnstuhls ließ mich frösteln. Als ich endlich zu Bett gegangen war, konnte ich noch lange nicht schlafen – ein Gefühl angstvoller Erregung quälte mich. Der noch immer pfeifende Wind schien mir einen anderen, traurigen Laut zu übertönen. Ob dieser aus dem Haus oder von draußen käme, konnte ich zuerst nicht unterscheiden, aber als der Wind sich einen Augenblick legte, hörte ich ihn von Neuem: langsam, trübselig und gedehnt. Schließlich meinte ich, dass es ein Hund sein müsse, der in einiger Entfernung heulte. Ich war froh, als es endlich aufhörte. Beim Einschlafen nahm ich das Bild einer düsteren, stürmischen Nacht mit in meine Träume hinüber, aber auch den innigen, heißen Wunsch, in Ihrer Nähe zu sein – und das Bewusstsein eines Hindernisses, das sich zwischen uns auftürmte und uns trennte. Während der ersten Stunden meines Schlafes verfolgte ich einen unbekannten, verschlungenen Pfad, totale Finsternis umgab mich, der Regen durchnässte mich. Ich trug eine schwere Last, ein kleines Kind, ein sehr zartes, kleines Wesen, das zu jung und zu schwach war, um zu gehen, und das in meinen Armen vor Kälte bebte und jämmerlich schrie. Mir war, Sir, als seien Sie mir auf derselben Straße um eine lange Strecke voraus, und ich spannte alle meine Kräfte an, Sie einzuholen. Ich machte unzählige Anstrengungen, Ihren Namen zu rufen und Sie zu bitten, dass Sie in Ihrem Lauf innehalten möchten, aber meine Bewegungen waren gelähmt und meine Stimme verhallte ungehört, während Sie – das fühlte ich – sich weiter und weiter entfernten.«

»Und diese Träume lasten jetzt noch auf deiner Seele, Jane, jetzt, wo ich doch an deiner Seite bin? Du kleines, nervöses Ding! Vergiss dein eingebildetes Weh und denk nur an dein wirkliches Glück! Du sagst, dass du mich liebst, Janet, ja – ich werde das niemals vergessen, und du kannst es auch nicht leugnen. *Diese Worte erstarben nicht auf deinen Lippen, ich vernahm sie klar, sanft und deutlich; vielleicht um eine Spur zu feierlich, aber süß wie Musik:* ›Ich finde es wunderbar, hoffen zu dürfen, mit dir zu leben, Edward, denn ich liebe dich.‹ – Liebst du mich, Jane? Wiederhole es.«

»Ich liebe Sie, Sir. – Ich liebe Sie von ganzem Herzen.«

»Nun«, sagte er nach minutenlangem Schweigen, »es ist seltsam, aber diese Worte haben meine Brust schmerzhaft durchbohrt. Warum? Ich weiß es nicht. Vielleicht, weil du die Worte mit einem so ernsten, frommen Nachdruck aussprachst, und weil du mich mit so viel innigem Glauben, so viel Vertrauen und Hingebung anblicktest. Es ist immer, als umschwebe mich irgendein Geist. Blicke böse, Jane, das verstehst du ja so gut; schenk mir dein wildes, scheues, herausforderndes Lächeln; sag mir, dass du mich verabscheust – necke mich, ärgere mich; tu alles, nur mache mich nicht weich! Ich möchte lieber, dass du mich erzürnst, als dass du mich rührst.«

»Wenn ich meine Geschichte zu Ende erzählt habe, will ich Sie herausfordern und rasend machen, Sir. Aber jetzt müssen Sie mir noch zuhören.«

»Ich glaubte, Jane, dass du mir schon alles erzählt hättest. Ich meinte, dass die Quelle deiner Melancholie diesem Traum entspringen würde!«

Ich schüttelte den Kopf.

»Was gibt es noch mehr? Ich will nicht hoffen, dass es etwa Ernstes ist! Ich sage dir indessen voraus, dass du bei mir auf Ungläubigkeit stoßen wirst. Also fahre fort, mein kleiner Liebling!«

Die Unruhe in seiner Miene, die etwas furchtsame Ungeduld seines Wesens überraschte mich, ich fuhr jedoch fort.

»Ich träumte noch einen andern Traum, Sir. Thornfield Hall schien mir eine traurige Ruine, der Zufluchtsort von Eulen und Fledermäusen. Mir war, als sei von der stattlichen Front nichts übrig als eine hohle Mauer, sehr hoch und sehr zerbrechlich aussehend. An einem mondklaren Abend ging ich in dem grasbewachsenen Raume hinter jener Mauer umher. Hier fiel ich über einen

Marmorkamin, dort stolperte ich über ein herabgefallenes Fragment des Haussimses. Ich trug noch immer das kleine, in einen Schal gehüllte, unbekannte Kind; ich durfte es nirgends hinlegen, wie müde meine Arme auch waren, wie sehr das Gewicht dieses winzigen Geschöpfes mich auch am Weiterkommen hinderte, ich musste es tragen. In der Ferne hörte ich den Hufschlag eines Pferdes auf der Landstraße verklingen. Ich war fest überzeugt, dass Sie es seien und ich wusste, dass Sie auf viele, viele Jahre fortgingen, in ferne Lande. Ich erklomm die schwache Mauer in wahnsinniger, gefährlicher Hast, nur hoffend, dass ich von dort oben noch einen Blick von Ihnen erhaschen würde. Die Steine rollten unter meinen Füßen fort, die Efeuranken, an denen ich mich festhielt, gaben nach, das Kind klammerte sich voll Angst an meinen Hals und erwürgte mich fast. Endlich langte ich auf der Höhe der Mauer an. Ich erblickte Sie nur noch als winzigen Punkt auf einem weißen Weg, der mit jedem Augenblick enger wurde. Der Wind wehte so heftig, dass ich nicht stehen konnte. Ich setzte mich auf der schmalen Kante nieder und suchte das weinende Kind in meinen Armen zu beruhigen. Jetzt bogen Sie um eine Ecke der Landstraße, ich beugte mich vor, um einen letzten Blick zu erhaschen, die Mauer bröckelte, ich verlor das Gleichgewicht, das Kind entglitt meinen Armen, ich fiel und erwachte.«

»Nun ist es hoffentlich alles, Jane.«

»Dies war die Vorrede, Sir. Die eigentliche Geschichte kommt noch. Als ich erwachte, blendete ein Licht meine Augen. Im ersten Moment dachte ich: ›Ah, es ist bereits Tag!‹ Aber ich irrte mich. Es war wirklich nur der Schein einer Kerze. Ich vermutete, dass Sophie hereingekommen wäre. Auf meinem Ankleidetisch stand ein Licht, und die Tür des Kämmerchens, in welches ich mein Hochzeitskleid und meinen Schleier vor dem Schlafengehen gehängt und welches ich dann fest verschlossen hatte, stand offen. Ein Geräusch kam von dort. Ich fragte: Sophie, was tun Sie dort? Niemand antwortete, aber eine Gestalt trat aus dem Kabinett, sie ergriff das Licht, hielt es empor und betrachtete die Kleider, welche an den Kleiderriegeln hingen. ›Sophie! Sophie!‹, rief ich wiederum, und noch immer gab die Gestalt keinen Laut von sich. Ich hatte mich im Bett erhoben und neigte mich nach vorn; zuerst bemächtigte Erstaunen sich meiner, dann Bestürzung, und schließlich erstarrte das Blut mir fast in den Adern. – Mr. Rochester, es war nicht Sophie, es war nicht Leah, nicht Mrs. Fairfax – nein, sie waren es nicht, nein, dessen war ich gewiss und bin es noch, es war nicht einmal jene seltsame Person, die Grace Poole.«

»Aber eine von ihnen muss es doch gewesen sein«, unterbrach mich mein Gebieter.

»Nein, Sir, das kann ich Ihnen hoch und heilig versichern. Solange ich in Thornfield Hall bin, haben meine Augen die Gestalt, welche vor mir stand, noch nicht gesehen. Die Größe, das Gesicht, die Figur waren mir unbekannt.«

»Beschreibe sie, Jane!«

»Es schien mir eine Frau zu sein, deren langes, dickes schwarzes Haar ihr über den Rücken herabfiel. Ich weiß nicht mehr, was für ein Gewand sie trug. Es war weiß und eng, ob es aber ein Kleid, ein Betttuch oder ein Leichentuch war, in welches sie sich gehüllt hatte, das vermag ich nicht zu sagen.«

»Hast du ihr Gesicht gesehen?«

»Anfangs nicht. Aber dann nahm sie plötzlich meinen Schleier von seinem Platz, hielt ihn ausgebreitet empor, blickte ihn lange an, warf ihn über ihren eigenen Kopf und betrachtete sich dann im Spiegel. In diesem Augenblick sah ich das Spiegelbild ihres Gesichts und ihrer Figur ganz deutlich in dem dunklen Glas.«

»Und wie sah sie aus?«

»Furchtbar und gespensterhaft erschien sie mir, Sir! Oh, ich habe niemals ein ähnliches Gesicht gesehen! Es war ganz wild und verfärbt; ich wollte, ich könnte diese rollenden roten Augen vergessen und diese fürchterlichen, rußschwarzen Gesichtszüge!«

»Aber Gespenster sind doch gewöhnlich blass, Jane!«

»Dieses Gespenst war purpur, Sir. Die Lippen waren geschwollen und dunkel, die Stirn gefurcht, die schwarzen Augenbrauen bildeten einen hohen Bogen über den blutunterlaufenen Augen. Darf ich Ihnen sagen, woran sie mich erinnerte?«

»Das darfst du.«

»An das schauerliche deutsche Gespenst – an den Vampir.«

»Ah! – Und was tat sie?«

»Sir, sie nahm meinen Schleier von ihrem unförmigen Kopf und riss ihn in zwei Teile, warf diese dann auf den Boden und trampelte mit beiden Füßen voller Wut darauf herum.«

»Und weiter?«

»Dann zog sie die Fenstervorhänge zur Seite und blickte hinaus. Vielleicht sah sie, dass der Tagesanbruch nahe war, denn sie nahm darauf die Kerze und ging zur Tür. Gerade neben meinem Bett aber blieb die Gestalt stehen. Ihre entzündeten Augen glotzten mich an – sie hielt mir das Licht dicht ans Gesicht und löschte es dann vor meinen Augen aus. Ich fühlte, wie ihr finsteres Gesicht dem meinen immer näher kam, dann verlor ich das Bewusstsein. Zum zweiten Mal in meinem Leben – erst zum zweiten Mal wurde ich vor Schrecken bewusstlos.«

»Wer war bei dir, als du wieder zu dir kamst?«

»Niemand, Sir, nur das helle Licht des Tages. Ich stand auf, kühlte mein Gesicht mit frischem Wasser und trank einen großen Schluck. Obgleich ich matt war, fühlte ich mich doch nicht krank, und so fasste ich den Entschluss, von dieser Vision niemandem Mitteilung zu machen. Jetzt, Sir, sagen Sie mir, wer und was jenes Weib war?«

»Die Ausgeburt eines überreizten Gehirns, weiter nichts, davon bin ich überzeugt. Ich muss dich sorgsam hüten, mein Schatz. Nerven wie die deinen sind nicht gemacht, um widrige Schicksale zu ertragen.«

»Sir, verlassen Sie sich darauf, es war nicht die Schuld meiner Nerven. Es war Wirklichkeit, dieses Ereignis hat tatsächlich stattgefunden.«

»Und deine vorhergehenden Träume? War das auch Wirklichkeit? Ist Thornfield Hall eine Ruine? Bin ich durch unüberwindliche Hindernisse von dir getrennt? Verlasse ich dich ohne eine Träne, ohne einen Kuss, ohne ein Wort?«

»Noch nicht.«

»Habe ich denn vor, dies zu tun? Der Tag, der uns für alle Zeiten unauflöslich aneinanderketten soll, ist bereits angebrochen. Und wenn wir einmal verbunden sind, werden diese seelischen Qualen und Schrecken nicht wiederkehren, dafür stehe ich dir ein.«

»Seelische Qualen und Schrecken, Sir! Ich wollte, ich könnte glauben, dass es nichts anderes wäre. Jetzt wünsche ich es mehr denn je, da selbst Sie mir das Geheimnis dieses fürchterlichen Besuchs nicht erklären können.«

»Und da ich es nicht kann, ist es auch nicht Wirklichkeit gewesen, Jane.«

»Aber Sir, als ich mir heute Morgen beim Aufstehen dies alles sagte und im Zimmer umherblickte, um beim Anblick jedes bekannten und lieben Gegenstandes im hellen Tageslicht wieder Mut und Trost zu schöpfen, da sah ich vor mir auf dem Teppich das, was diese Hypothesen deutlich Lügen strafte: den Schleier, welcher in zwei Hälften gerissen am Boden lag!«

Ich fühlte, wie Mr. Rochester entsetzt und schaudernd zusammenfuhr; hastig umfing er mich mit beiden Armen. »Gott sei Dank«, rief er aus, »dass, falls dir letzte Nacht wirklich etwas Böses nahe gekommen sein sollte, nur dem Schleier etwas zugestoßen ist. Gar nicht auszudenken, was hätte geschehen können!«

Er atmete schnell und zog mich so fest an sich, dass ich kaum noch atmen konnte. Nach einigen Minuten der Stille fuhr er dann plötzlich fröhlich fort:

»Nun gut, Janet, ich werde dir das alles erklären. Es war halb Traum, halb Wirklichkeit. Ich zweifle nicht daran, dass eine Frau in deinem Zimmer gewesen ist: Und diese Frau war – *muss* einfach Grace Poole gewesen sein. Du selbst nennst sie eine wunderliche, seltsame Person, und nach allem, was du weißt, hast du ein Recht, sie so zu nennen. Denn bedenke nur, was sie mir getan und was sie Mason angetan hat! In einem Zustand zwischen Wachen und Schlafen bemerktest du ihr Eintreten und ihre Handlungen, aber fieberhaft erregt, fast delirierend, wie du warst, sahst du sie wie einen Kobold, ganz verschieden von ihrer wirklichen Gestalt: Das lange, wirre Haar, das geschwollene schwarze Gesicht, die unnatürliche Gestalt waren Ausgeburten deiner Phantasie, die Resultate eines Albdrückens. Das zornige Zerreißen deines Brautschleiers war Wirklichkeit, denn dergleichen kann man von ihr sehr wohl erwarten. Ich sehe dir an, dass du fragen möchtest, weshalb ich ein solches Geschöpf im Haus behalte. Wenn wir Jahr und Tag verheiratet sind, dann werde ich es dir erzählen, jetzt aber noch nicht. Bist du's zufrieden, Jane? Genügt dir meine Erklärung des Geheimnisses?«

Ich dachte einige Augenblicke nach, und dann erschien mir seine Deutung wirklich als die einzig mögliche. Ich fühlte mich immerhin beruhigt und bestätigte ihm das durch ein freundliches Lächeln. Ganz überzeugt war ich zwar noch immer nicht, aber ihm zuliebe tat ich, als wäre ich es. Und da ein Uhr jetzt längst vorüber war, rüstete ich mich, ihn zu verlassen.

»Schläft Sophie nicht mit Adèle im Kinderzimmer?«, fragte er, als ich meine Kerze anzündete.

»Ja, Sir.«

»Für dich ist in Adèles kleinem Bett noch Platz genug – diese Nacht musst du es mit ihr teilen, Jane. Es ist kein Wunder, dass der Vorfall, den du mir berichtet hast, dich nervös gemacht hat, und es wäre mir lieber, wenn du nicht allein schliefest. Versprich mir, dass du ins Kinderzimmer gehst!«

»Liebend gerne, Sir.«

»Und verschließe die Tür sorgsam und sicher von innen. Wecke Sophie, wenn du nach oben gehst, unter dem Vorwand, dass du sie bittest, dich morgen früh zeitig zu wecken. Denn du musst vor acht Uhr angekleidet sein und gefrühstückt haben. Und nun keine trüben Gedanken mehr, verscheuche die albernen Sorgen, Janet! Hörst du, wie der Sturm sich gelegt hat und der Wind nur noch zärtlich und leise flüstert? Kein strömender Regen schlägt mehr gegen die Fensterscheiben, blick nur hinaus …«, hier zog er den Vorhang zurück, »… es ist eine liebliche Nacht geworden!«

Es war wirklich eine liebliche Nacht: Die Hälfte des Himmels war klar und makellos. Die Wolken, welche der Wind vor sich hertrieb, zogen in langen, silbernen Kolonnen nach Osten. Friedlich schien der Mond auf die schlummernde Erde herab.

»Nun?«, sagte Mr. Rochester, indem er mir fragend in die Augen blickte, »wie fühlt meine Janet sich jetzt?«

»Die Nacht ist still und ungetrübt, Sir, und ich bin es jetzt ebenfalls.«

»Und dir wird heute nicht wieder von Trennung und Trübsal träumen, sondern nur von glücklicher Liebe und seliger Vereinigung.«

Diese Weissagung ging nur zur Hälfte in Erfüllung. Mir träumte nicht von Trennung und Trübsal, aber auch ebenso wenig von Freude, denn ich schlief überhaupt nicht. Ich hielt die kleine Adèle in den Armen und bewachte ihren glücklichen Kinderschlummer, der so ruhig, so leidenschaftslos und so unschuldig war – so erwartete ich den neuen Tag. Das Leben pulsierte mächtig in meinen Adern, und als die Sonne aufging, erhob auch ich mich. Ich erinnerte mich, wie fest Adèle sich an mich klammerte, als ich mich losmachen wollte. Ich erinnere mich noch, wie ich sie küsste, als ich ihre kleinen Händchen, die meinen Nacken umfasst hielten, löste. Eine seltsame Rührung übermannte mich, ich brach in Tränen aus und musste mich von ihrem Lager fortschleichen aus Furcht, dass mein Schluchzen sie wecken könnte. Sie war das Sinnbild meines ganzen bisherigen Lebens, und er, dem zu begegnen ich mich jetzt festlich schmückte, war der gefürchtete, aber auch vergötterte Inbegriff meiner Zukunft.

Sechsundzwanzigstes Kapitel

Um sieben Uhr kam Sophie, um mich anzukleiden. Es dauerte jedoch geraume Zeit, bevor sie ihre Aufgabe erledigt hatte; so lange, dass Mr. Rochester, welcher durch diese Verzögerung vermutlich ungeduldig geworden war, heraufsandte und fragen ließ, weshalb ich noch immer nicht käme. Sophie befestigte gerade meinen

Schleier – schließlich hatte ich nun doch den einfachen Tüllschleier nehmen müssen – mit einer wertvollen Nadel. Sobald es mir möglich war, entschlüpfte ich ihren Händen, um hinunterzueilen.

»Halt!«, rief sie auf Französisch. »Sehen Sie sich doch im Spiegel an: Sie haben nicht einen einzigen Blick hineingeworfen!«

Ich wandte mich also noch in der Tür um. Im Spiegel sah ich eine Fremde, denn jene weißgekleidete, verschleierte Gestalt konnte unmöglich mein kleines Selbst sein.

»Jane!«, ertönte eine Stimme, und eilends lief ich hinunter. Am Fuße der Treppe empfing mich Mr. Rochester.

»Trödlerin«, sagte er, »ich weiß vor Ungeduld nicht, wo mir der Kopf steht, und du zögerst so lange!«

Er führte mich in das Speisezimmer, betrachtete mich prüfend von Kopf bis zu Fuß, nannte mich »so zart wie eine Lilie« und nicht allein den »Stolz seines Lebens«, sondern auch das »Gelüst seiner Augen« – und dann zog er die Glocke und sagte, dass ich zum Frühstücken nur zehn Minuten Zeit hätte.

Einer seiner erst kürzlich gemieteten Diener trat ein.

»Bringt John den Wagen in Ordnung?«

»Ja, Sir.«

»Ist alles Gepäck heruntergebracht?«

»Die Leute sind dabei, es herunterzubringen.«

»Gehen Sie jetzt in die Kirche und sehen Sie nach, ob unser Geistlicher Mr. Wood und der Verwaltungsbeamte bereits dort sind. Dann kommen Sie eilends zurück, um mir den Bescheid zu bringen.«

Die Kirche lag – wie der Leser wohl weiß – gleich hinter dem Parktor. Der Diener kehrte also rasch zurück.

»Mr. Wood ist bereits in der Sakristei, Sir, und zieht gerade sein Chorhemd an.«

»Und der Wagen?«

»Die Pferde werden angeschirrt.«

»Wir brauchen ihn nicht für den Weg in die Kirche, aber der Wagen muss vor der Tür stehen, wenn wir zurückkommen. Alles

Gepäck muss aufgeladen und festgeschnallt sein, der Kutscher auf dem Bock sitzen.«

»Sehr wohl, Sir.«

»Jane, bist du bereit?«

Ich erhob mich. Wir hatten keine Brautführer, keine Brautjungfern und keine Angehörigen, die uns begleiteten oder uns erwarteten. Niemand, niemand außer Mr. Rochester und mir. Mrs. Fairfax stand in der Halle, als wir diese durchschritten. Ich hätte so gern mit ihr gesprochen, aber er hielt meine Hand mit eisernem Griff fest. Er zog mich mit sich und schritt so schnell vorwärts, dass ich kaum folgen konnte. Und als ich Mr. Rochester ins Gesicht blickte, da empfand ich deutlich, dass er mir um keinen Preis der Welt und unter keiner Bedingung auch nur eine Minute des Aufschubs gewähren würde. Ich möchte wissen, ob je ein Bräutigam seit Anbeginn der Welt so ausgesehen hat wie er – so energisch, so grimmig entschlossen zu handeln. Oder ob jemals die Augen eines Mannes auf seinem Wege zur Trauung unter hartnäckig gerunzelten Brauen so gefunkelt und geblitzt haben!

Ich weiß nicht, ob es ein schöner, klarer oder ein stürmisch-regnerischer Tag war. Als ich den großen Fahrweg hinunterschritt, blickte ich weder zum Himmel empor noch zur Erde hinab; meine Augen weilten – wie mein Herz – allein bei Mr. Rochester. Ich wollte auch gerne jenes unsichtbare Etwas sehen, auf das er während unseres Weges seinen wilden Blick zu heften schien. Ich wollte jene Gedanken kennen und nachempfinden, mit denen er rang und kämpfte.

An der Kirchhofspforte hielt er inne; jetzt erst entdeckte er, dass ich vollständig außer Atem war. »Bin ich grausam in meiner Liebe?«, fragte er. »Warten wir einen Augenblick. Stütze dich auf mich, Jane.«

Und jetzt sehe ich wieder das Bild jenes grauen, alten Gotteshauses vor mir, wie es still und mächtig emporragt in den rosigen Morgenhimmel. Ein Raubvogel umkreiste den Kirchturm. Ich hege auch noch eine Erinnerung an die grünen Grabhügel, und ich habe ebenso wenig jene beiden fremden Gestalten vergessen, welche zwischen den niedrigen Gräbern umhergingen und die Inschriften lasen, welche auf den wenigen moosbewachsenen Grabsteinen zu entziffern waren. Sie fielen mir auf, weil sie augenblicklich hinter die Kirche traten, als sie uns bemerkten, und ich zweifelte nicht einen Augenblick daran, dass sie durch die Tür des Seitenflügels in das Gotteshaus eintreten würden, um der Trauungszeremonie beizuwohnen. Von Mr. Rochester wurden sie nicht bemerkt; er blickte ernst in mein Gesicht, aus dem für den Augenblick alles Blut gewichen war, denn ich fühlte, wie ein kalter Angstschweiß meine Stirn bedeckte und wie meine Wangen und meine Lippen eisig kalt wurden. Als ich mich erholt hatte, was sehr bald geschah, ging er langsam und fürsorglich den Pfad zum Kirchenportal mit mir hinauf.

Wir traten in die stille, bescheidene Kapelle. Der Priester wartete in seinem weißen Gewand vor dem niedrigen Altar, der Beamte stand neben ihm. Tiefe, heilige Ruhe überall. In einem entfernten Winkel bewegten sich zwei Schatten. Meine Vermutung war also richtig gewesen: Die Fremden waren vor uns in die Kirche geschlüpft, jetzt standen sie mit dem Rücken zu uns vor der Gruft der Rochesters. Sie blickten durch die Gitterstäbe auf den alten, von der Zeit geschwärzten Marmorstein, wo ein kniender Engel die sterblichen Überreste des Damer de Rochester hütete, welcher zurzeit der Bürgerkriege auf Marston Moor den Tod gefunden hatte. Neben ihm ruhte Elizabeth, seine Gemahlin.

Wir hatten uns am Kommunionsgeländer aufgestellt. Als ich einen vorsichtigen Schritt hinter mir hörte, blickte ich über meine Schulter: Einer der beiden Fremden – augenscheinlich ein Gentleman – näherte sich dem Altarplatz. Der Gottesdienst begann. Der Sinn der Ehe wurde uns erläutert, dann trat der Geistliche einen Schritt vor, beugte sich leicht zu Mr. Rochester hinab und fuhr fort:

»Und so bitte und verlange ich denn von euch beiden, da ihr am furchtbaren Tage des jüngsten Gerichts, wenn das Geheimnis aller Herzen enthüllt sein wird, dafür werdet Rechenschaft ablegen müssen, dass, wenn einem von euch ein Hindernis bekannt ist, weshalb ihr nicht gesetzmäßig in die Ehe treten könnet, ihr es jetzt bekennet. Denn das sollt ihr wissen, dass so viele da beieinanderleben anders als durch Gottes Wort verbunden, so viele sind nicht durch Gott verbunden und ihre Ehe bedeutet nichts nach seinem Gesetz.«

Hier hielt er inne, wie es der Brauch ist. Wird die Pause nach dieser Frage jemals durch eine Antwort unterbrochen? Vielleicht nicht ein einziges Mal in einem ganzen Jahrhundert. Und der Geistliche, der die Blicke nicht von seinem Buch erhoben und den Atem nur für einen Augenblick angehalten hatte, fuhr jetzt fort. Seine Hand war schon gegen Mr. Rochester ausgestreckt und er öffnete die Lippen, um zu fragen: ›Willst du dieses Mädchen hier zu deinem Weibe nehmen?‹, als eine nahe Stimme deutlich sagte:

»Die Trauung kann nicht vollzogen werden. Ich erkläre hiermit, dass ein Hindernis existiert.«

Der Prediger blickte auf und sah sprachlos den Sprecher an. Ebenso der Beamte. Mr. Rochester machte eine leise Bewegung, als spüre er ein Erdbeben unter seinen Füßen. Dann fasste er sich wieder, und indem er weder das Haupt noch den Blick wandte, sagte er mit gebieterischer Stimme: »Fahren Sie fort!«

Als er diese Worte gesprochen hatte, herrschte tiefe Stille. Leise, aber fest waren sie erklungen. Dann sagte Mr. Wood:

»Ich kann nicht fortfahren, ohne Nachforschungen über die Behauptung anzustellen, welche hier soeben gemacht worden ist. Ich muss untersuchen, ob es Lüge oder Wahrheit gewesen.«

»Die Zeremonie der Trauung hat hier ein Ende«, entgegnete die Stimme hinter uns. »Ich bin in der Lage zu beweisen, dass das, was ich behaupte, die Wahrheit ist. Es existiert ein unüberwindliches Hindernis für diese Ehe.«

Mr. Rochester hörte wohl, aber er achtete auf nichts; steif und starr stand er da. Er machte keine Bewegung, nur meine Hand fasste er noch fester. Welch ein starker, mächtiger, heißer Griff das war! Und wie marmorgleich war seine blasse, festgewölbte, starke Stirn in diesem Augenblick! Wie seine Augen leuchteten, wachsam und ruhig, und doch voll von innerem Feuer!

Mr. Wood schien ratlos. »Und welcher Art ist dieses von Ihnen erwähnte Hindernis?«, fragte er endlich. »Vielleicht ließe es sich hinwegräumen – durch eine Erklärung überwinden?«

»Wohl kaum«, lautete die Antwort. »Ich habe es unüberwindlich genannt, und ich spreche mit Überlegung.«

Der Sprecher trat vor und lehnte sich über das Gitter des Altarraumes. Dann fuhr er fort, deutlich, ruhig, ohne innezuhalten, aber nicht laut.

»Das Hindernis besteht schlicht und einfach in einer bereits früher geschlossenen Ehe. Mr. Rochester hat eine Gattin, welche noch am Leben ist.«

Diese leise und ruhig gesprochenen Worte ließen meine Nerven erbeben, wie ein Donnerschlag dies nicht vermocht hätte – mein Blut empfand ihre listige Gewalt, wie es weder Frost noch Hitze je empfunden hatte. Aber ich war gefasst, grausam gefasst, und die Gefahr, ohnmächtig zu werden, drohte mir nicht. Ich blickte Mr. Rochester an – und ich zwang ihn, mich anzusehen. Sein ganzes Gesicht erschien mir in diesem Augenblick wie ein farbloser Felsen. Sein Auge war Funke und Feuerstein zugleich. Er leugnete nichts. Er sah nur aus, als sei er bereit, allen Dingen der Erde und des Himmels Trotz zu bieten. Er sprach nicht, er lächelte nicht. Er schien in mir kein lebendes Wesen mehr zu erkennen, als er meine Taille mit seinem Arm umschlang und mich so an seiner Seite festhielt.

»Wer seid Ihr?«, fragte er den Störer.

»Mein Name ist Briggs. Ich bin Advokat in ***street, London.«

»Und Sie wollen mir eine Gattin unterschieben?«

»Nein Sir, ich wollte Sie nur an die Existenz Ihrer Gemahlin erinnern! Das Gesetz erkennt Ihre erste Ehe an, wenn auch Sie selbst nicht gesonnen scheinen, dies zu tun.«

»Beglücken Sie mich doch mit einer Beschreibung dieser Dame – mit ihrem Namen, ihrem Herkommen, ihren Verwandten, ihrem Wohnsitz.«

»Gewiss Sir, ich stehe ganz zu Diensten.«

Hier zog Mr. Briggs ruhig ein Papier aus seiner Tasche und las mit einer gewissermaßen geschäftsmäßigen und nasalen Stimme Folgendes:

»Ich bestätige und kann beweisen, dass am zwanzigsten Oktober A. D. ***« – es war ein Datum fünfzehn Jahre zuvor – »Edward Fairfax Rochester von Thornfield Hall, in der Grafschaft *** und Ferndean-Manor in ***shire, England, mit meiner Schwester Bertha Antoinetta Mason, Tochter von Jonas Mason, Kaufmann, und seiner Gattin Antoinetta, einer Kreolin, in der ***-Kirche zu Spanish Town auf Jamaika getraut wurde. Das Protokoll über jene Trauung steht in den Registern der genannten Kirche verzeichnet – eine Kopie desselben befindet sich zurzeit in meinen Händen. Gezeichnet, Richard Mason«

»Das mag beweisen – wenn es übrigens ein echtes Dokument ist –, dass ich einmal verheiratet war, aber es beweist nicht, dass jenes Weib, welches darin als meine Gattin bezeichnet wird, noch am Leben ist.«

»Wenigstens lebte sie vor drei Monaten noch«, entgegnete der Advokat, »das ist bewiesen.«

»Woher wissen Sie das?«

»Ich habe einen Zeugen für jenes Faktum, Sir; einen Zeugen, Sir, dessen Aussagen selbst Sie nicht bestreiten oder entkräften können.«

»Bringen Sie ihn zur Stelle – oder gehen Sie zum Teufel!«

»Vorerst will ich ihn zur Stelle bringen – er befindet sich in nächster Nähe. – Mr. Mason, haben Sie doch die Güte vorzutreten!«

Als Mr. Rochester diesen Namen hörte, knirschte er mit den Zähnen. Ein starkes konvulsivisches Zittern ließ seinen ganzen Körper erbeben; er hielt mich so fest an sich gedrückt, dass ich das krampfhafte Beben der Wut und der Verzweiflung, das seine ganze Gestalt durchfuhr, mitempfinden musste.

Der zweite Fremde, welcher sich bis jetzt im Hintergrund gehalten hatte, trat jetzt ebenfalls näher. Ein bleiches Gesicht blickte über die Schulter des Rechtsgelehrten: Ja, es war Mr. Mason in eigener Person. Mr. Rochester wandte sich um und starrte ihn an. Wie ich schon oft erwähnt habe, waren seine Augen schwarz – jetzt aber hatten sie einen rotbraunen, nein, einen blutigen Glanz in ihrer Dunkelheit. Sein Gesicht verfärbte sich – die olivbraunen Wangen und die bleiche Stirn wurden von einer Glut überzogen, die wie ein Feuer aus dem gemarterten Herzen emporzusteigen schien. Dann machte er eine Bewegung, er erhob seinen starken Arm und er hätte Mason niederschlagen können, ihm mit einem rücksichtslosen Hieb die Luft rauben und ihn auf den Kirchenboden hinstrecken können, aber Mason zuckte zurück und schrie hilflos: »Allmächtiger Gott!« Hier überkam Mr. Rochester plötzlich ein Gefühl kalter Verachtung, seine Raserei erlosch, als hätte der Frost sie mit einem Schlag vernichtet, und er fragte nur: »Was hast *du* denn zu sagen?«

Eine unhörbare Antwort entrang sich den bleichen Lippen Mr. Masons.

»Der Teufel soll dich holen, wenn du nicht deutlich antworten kannst. Ich frage dich noch einmal, was *du* zu sagen hast«, schrie Mr. Rochester ihn an.

»Sir – Sir«, unterbrach ihn hier der Geistliche, »vergessen Sie nicht, dass Sie sich an geweihter Stätte befinden!«

Dann wandte er sich zu Mr. Mason und fragte sanft: »Wissen Sie, Sir, ob die Frau dieses Herrn hier noch am Leben ist oder nicht?«

»Nur Mut«, drängte ihn der Advokat, »sprechen Sie nur!«

»Sie ist auf Thornfield Hall«, sagte Mason mit deutlicherer Stimme. »Ich sah sie dort letzten April. Ich bin ihr Bruder.«

»Auf Thornfield Hall!«, rief der Prediger entsetzt aus. »Unmöglich! Ich bin ein alter Bewohner dieser Gegend, Sir, und noch niemals, nein, niemals habe ich von einer Mrs. Rochester auf Thornfield Hall gehört.«

Ich sah, wie ein grausames Lächeln Mr. Rochesters Lippen verzerrte. Er murmelte:

»Nein, bei Gott! Ich habe Sorge getragen, dass niemand von ihr hörte – unter jenem Namen.«

Er dachte nach. Lange Minuten ging er mit sich zurate. Dann hatte er seinen Entschluss gefasst und verkündete ihn:

»Genug! Jetzt soll alles auf einmal heraus wie die Kugel aus dem Lauf. – Wood, schließen Sie Ihr Buch und ziehen Sie Ihren Rock aus! John Green …«, dies war der Beamte, »… verlassen Sie die Kirche! Heute wird keine Trauung mehr stattfinden.« Der Mann tat, wie ihm geheißen.

Mr. Rochester fuhr fort, kühn und unentwegt: »Bigamie ist ein schlimmes Wort! Und doch hatte ich die Absicht, ein Bigamist zu werden! Aber das Schicksal hat mich überlistet – oder die Vorsehung hat mir Einhalt geboten, vielleicht ist das Letztere richtig. In diesem Augenblick bin ich wenig besser als ein Teufel, und, wie der Priester dort wahrscheinlich sagen würde, verdiene ich ohne Zweifel die furchtbarsten Strafen des Himmels, das ewige Feuer, die ewige Verdammnis. Ihr Herren, mein Plan ist durchkreuzt! Was dieser Advokat und sein Klient sagen, ist wahr: Ich war verheiratet, und das Weib, mit welchem ich verheiratet war, lebt! Wood, Sie sagen, dass Sie niemals von einer Mrs. Rochester da drüben im Herrenhause gehört hätten, aber ich vermute, dass Sie Ihr Ohr gar manches Mal den Klatschereien über die geheimnisvolle Wahnsinnige geliehen haben, die dort unter Aufsicht und strenger Wacht gehalten wird. Einige Leute haben Ihnen zugeflüstert, dass sie meine illegitime Halbschwester wäre, andere wieder, sie wäre meine verstoßene Geliebte, welche ich selbst zum Wahnsinn getrieben hätte. Aber ich sage Ihnen jetzt, dass sie meine Gattin ist, mit welcher ich mich vor fünfzehn Jahren verheiratet habe, Bertha Mason mit Namen, Schwester jenes entschlossenen, furchtlosen Menschen, der Ihnen jetzt mit seinen bebenden Gliedern und leichenfahlem Gesicht beweist, welch mutiges Herz mancher Mann im Leibe trägt! – Kopf hoch, Dick! Hab keine Angst vor mir, ich würde ja auch keine Frau schlagen. – Bertha Mason ist wahnsinnig, und sie entstammt einer wahnsinnigen Familie – Schwachsinnige und Tobsüchtige seit drei Generationen! Ihre Mutter, die Kreolin, war eine Verrückte und überdies eine Säuferin. Das erfuhr ich aber erst, nachdem ich die Tochter geheiratet hatte, denn vor meiner Heirat hatte man alle Familiengeheimnisse mit größter Diskretion gehütet. Bertha als pflichtgetreue Tochter ahmte ihre Mutter in beiden Dingen nach: Ich hatte wirklich eine reizende Gefährtin an ihr – rein, unschuldig, klug und bescheiden. Sie können mir glauben, was für ein glücklicher Mann ich war! Was musste ich für Szenen erleben, oh, meine Erfahrungen waren himmlisch! Wenn Sie das alles nur wüssten! Aber zu weiteren Enthüllungen bin ich Ihnen nicht verpflichtet. Briggs, Wood, Mason – ich lade Sie alle ein, hinauf ins Herrenhaus zu kommen und Grace Pooles Schutzbefohlene, *meine Gemahlin* zu besuchen! Sie sollen mit eigenen Augen sehen, wie man mich betrogen hat, als man mich dieses Geschöpf heiraten ließ. Und dann sollen Sie urteilen, ob ich ein Recht hatte oder nicht, einen solchen Vertrag zu brechen und Sympathie und Teilnahme bei einem Wesen zu suchen, das menschlich ist. Dieses Mädchen hier...«, er blickte zu mir, »... wusste nicht mehr als Sie, Wood, von dem abscheulichen Geheimnis. Sie glaubte, dass alles in bester Ordnung und nach dem Gesetz sei. Sie ließ sich's nicht träumen, dass sie im Begriff war, eine fingierte Ehe mit einem betrügerischen, elenden Verbrecher einzugehen, der bereits an ein schlechtes, wahnsinniges und vertiertes Weib gebunden ist! Kommen Sie nun alle, folgen Sie mir!«

Und indem er mich noch immer mit eiserner Faust hielt, verließ er die Kirche. Die drei Herren folgten uns.

Vor der großen Tür von Thornfield Hall fanden wir unsere beladene Kutsche.

»Fahr sie nur zurück in den Schuppen, John«, sagte Mr. Rochester ganz ruhig und gefasst, »heute werden wir sie nicht mehr brauchen.«

Bei unserem Eintritt kamen uns Mrs. Fairfax, Adèle, Leah und Sophie entgegen, um uns zu beglückwünschen.

»Fort mit euch! Jeder an seine Arbeit!«, schrie der Gebieter. »Zum Teufel mit euren Glückwünschen! Wer will sie? Ich nicht, sie kommen fünfzehn Jahre zu spät!«

Immer noch meine Hand haltend, stürmte er an den versammelten Frauen vorüber und machte den Herren ein Zeichen, ihm zu folgen. So geschah es.

Wir gingen die erste Treppe hinauf, gingen über die Galerie und gelangten endlich in das dritte Stockwerk. Mr. Rochester öffnete mit seinem Hauptschlüssel die niedrige schwarze Tür und ließ uns in das mit Gobelins behangene Zimmer eintreten, in welchem sich jenes große Bett und der altmodische Schrank befanden.

»Sie kennen dieses Gemach, Mason«, sagte unser Führer, »hier war es ja, wo sie Sie biss und zu erdolchen versuchte.«

Er hob die Vorhänge an der Wand empor und enthüllte unseren Blicken auf diese Weise die zweite Tür, welche er ebenfalls öffnete.

In einem fensterlosen Zimmer brannte ein großes, helles Feuer, welches durch einen starken Kaminschirm geschützt wurde. Eine Lampe hing an einer Kette von der Decke herab. Grace Poole stand über das Feuer gebeugt und war damit beschäftigt, irgendetwas in einer Kasserole zu kochen. Am äußersten Ende des Zimmers lief im tiefen Schatten unaufhörlich ein Wesen hin und her. Beim ersten Anblick vermochte man nicht zu entscheiden, ob es ein Tier oder ein menschliches Wesen sei, denn anscheinend kroch es auf allen Vieren. Es schnappte und brüllte wie ein wildes Tier, aber es war mit Kleidern behängt. Eine Menge von dunklem, ergrauendem Haar verbarg Kopf und Gesicht wie eine wilde Mähne.

»Guten Morgen, Mrs. Poole!«, sagte Mr. Rochester. »Wie geht es Ihnen? Und wie steht es heute mit Ihrer Schutzbefohlenen?«

»Ich danke Ihnen, Sir«, entgegnete Grace, »es geht uns beiden ganz erträglich.« Dann setzte sie das kochende Gericht behutsam auf den Kaminsims. »Ziemlich bissig, aber nicht tobsüchtig.«

Ein wütender Schrei schien diesen günstigen Bericht Lügen strafen zu wollen. Die bekleidete Hyäne erhob sich und stand groß und gewaltig auf ihren Hinterfüßen.

»Ach Sir, Sie hat Sie entdeckt!«, rief Grace. »Es wäre besser, wenn Sie fortgingen!«

»Nur ein paar Minuten, Grace; ein paar Minuten müssen Sie mir gestatten.«

»Aber dann seien Sie vorsichtig, Sir! Um Gottes willen – seien Sie sehr vorsichtig!«

Die Wahnsinnige stieß ein Gebell aus. Sie strich sich die Mähne aus dem Gesicht und blickte ihre Besucher wild an. Ich erkannte das blaurote Gesicht mit den geschwollenen Zügen gar wohl wieder. Mrs. Poole näherte sich ihr.

»Gehen Sie mir aus dem Weg«, sagte Mr. Rochester, indem er sie beiseite stieß. »Ich hoffe doch, dass sie in diesem Augenblick kein Messer hat. Überdies bin ich auf der Hut.«

»Man kann niemals wissen, was sie hat, Sir. Sie ist so listig, so verschlagen. Es ist unmöglich, ihre Schlauheit, ihre Hinterlist zu ergründen.«

»Wollen wir sie nicht lieber verlassen?«, flüsterte Mason.

»Geh zum Teufel!«, lautete die Aufforderung seines Schwagers.

»Achtung!«, schrie Grace. Die drei Herren wichen gleichzeitig zurück. Mr. Rochester warf mich hinter sich, die Wahnsinnige stürzte sich auf ihn, packte ihn wütend an der Kehle und fletschte die Zähne gegen sein Gesicht. Sie rangen miteinander. Sie war ein starkes Weib, an Länge kam sie ihrem Gatten fast gleich, außerdem war sie sehr stattlich. In diesem Kampf bewies sie eine fast männliche Kraft; mehr als einmal war sie nahe daran, ihn trotz seiner athletischen Geschmeidigkeit zu erdrosseln. Mit einem wohlgezielten Schlag hätte Mr. Rochester sie zwar zu Boden strecken können, aber er wollte sie nicht schlagen, er wollte nur kämpfen und ringen. Endlich war er imstande, ihre Arme zu packen. Grace Poole gab ihm einen Strick, und er band sie ihr auf dem Rücken zusammen. Mit einem zweiten Strick, der schnell herbeigeschafft wurde, band er die Rasende auf einem Stuhl fest. All dies wurde unter dem gellendsten Geschrei vollzogen, und die Gefesselte machte mehr als einen krampfhaften Versuch, sich loszureißen. Jetzt wandte Mr. Rochester sich zu den Zuschauern. Er blickte sie mit einem Lächeln an, das zugleich bitter und trostlos war.

»Das ist nun *mein Weib*!«, sagte er. »Dies die einzigen Umarmungen, die ich je zu erwarten habe – dies die Liebkosungen, welche den Trost meiner Mußestunden bilden sollen! Und *dies hier* ist das, was zu besitzen ich mich sehnte ...« – hier legte er seine Hand auf meine Schulter. »Dies junge Mädchen, welches so ernst und still, so unentwegt am Abgrund der Hölle steht und das Treiben eines Dämons gefasst mit ansieht. Ich wollte etwas anderes – nach jenem scharfen Ragout. Wood und Briggs! Sehen Sie sich doch den Unterschied an! Vergleichen Sie diese klaren Augen mit jenen rollenden Feuerkugeln da drüben, dieses Gesicht mit jener grauenerregenden Maske, diese Gestalt mit jenem Klumpen – und dann verurteilen Sie mich! Du Priester des Evangeliums: Verurteile mich! Und du Mann des Gesetzes: Tu desgleichen! Aber vergesst nicht, dass ihr gerichtet werdet, wie ihr richtet! Und jetzt fort mit euch! Fort! Ich muss meinen Preis hier wieder verschließen.«

Wir zogen uns alle zurück. Mr. Rochester verweilte noch einen Augenblick, um Grace Poole weitere Anweisungen zu geben. Als wir die Treppe hinuntergingen, wandte sich der Rechtsanwalt zu mir.

»Sie, Madam«, sagte er, »trifft wahrlich nicht der leiseste Tadel. Ihr Onkel wird glücklich sein, das zu hören – falls er noch lebt, wenn Mr. Mason nach Madeira zurückgekehrt ist.«

»Mein Onkel? Was ist mit ihm, kennen Sie ihn vielleicht?«

»Mr. Mason kennt ihn. Mr. Eyre ist jahrelang der Geschäftsfreund seines Hauses in Funchal gewesen. Als Ihr Onkel jenen Brief von Ihnen erhielt, in welchem Sie von Ihrer beabsichtigten Verbindung mit Mr. Rochester sprachen, befand Mr. Mason sich gerade zur Wiederherstellung seiner angegriffenen Gesundheit auf Madeira, wo er einige Wochen bei Ihrem Onkel zuzubringen beabsichtigte, bevor er nach Jamaika zurückkehrte. Im Laufe des Gesprächs erwähnte Mr. Eyre zufällig diese Ihre Nachricht, denn er wusste sehr wohl, dass mein Klient hier mit einem Herrn namens Rochester bekannt ist. Mr. Mason, welcher, wie Sie sich wohl vorstellen können, ebenso erstaunt wie bestürzt war, enthüllte die ganze Lage der Dinge. Es tut mir leid, Ihnen mitteilen zu müssen, dass Ihr Onkel jetzt auf dem Krankenbett liegt, von welchem er sich wahrscheinlich niemals wieder erheben wird, wenn man die Natur seiner Krankheit – es ist die Schwindsucht – und das Stadium, welches dieselbe bereits erreicht hat, in Betracht zieht. Er selbst konnte also nicht nach England eilen, um Sie aus der Schlinge zu befreien, in welche Sie geraten waren, aber er flehte Mr. Mason an, keinen Augenblick Zeit zu verlieren, sondern sofort die nötigen Schritte zu tun, um diese ungültige Heirat zu verhindern. Er wies ihn an mich und ersuchte um meine Beihilfe. Ich wandte die größte Eile an und bin glücklich, dass ich nicht zu spät gekommen bin. Und Sie sind zweifellos ebenfalls glücklich. Wenn ich nicht so fest überzeugt wäre, dass Ihr Onkel tot ist, bevor Sie Madeira erreichen, so würde ich Ihnen raten, mit Mr. Mason zusammen die Reise dorthin anzutreten. Aber wie die Sachen liegen, halte ich es für besser, wenn Sie in England bleiben, bis Sie entweder von oder über Mr. Eyre Nachricht erhalten haben. – Warten wir noch auf irgendetwas?«, wandte er sich daraufhin an Mr. Mason.

»Nein, nein! Lassen Sie uns eilen, dass wir fortkommen«, lautete die angsterfüllte Antwort. Und ohne zu warten und sich von Mr. Rochester zu verabschieden, schritten sie zur Tür der großen Halle hinaus. Der Prediger blieb noch, um seinem hochmütigen Gemeindemitglied ein paar Worte entweder des Trostes oder des Tadels zu sagen. Als diese seine Pflicht getan war, ging auch er fort.

Ich hörte ihn gehen, als ich an der halb geöffneten Tür meines Zimmers stand, in welches ich mich zurückgezogen hatte. Nachdem es im Haus ruhig geworden war und ich alle Fremden fort wusste, schloss ich mich ein, schob den Riegel vor, damit niemand mich stören konnte, und begann – nicht zu weinen, nicht zu jammern und zu trauern, denn dazu war ich zu ruhig: Ich begann mechanisch, mein Hochzeitskleid auszuziehen und es durch das wollene Gewand zu ersetzen, welches ich noch am vorangegangenen Tag getragen hatte. Gestern hatte ich noch gehofft, ich trüge es zum letzten Mal. Dann setzte ich mich. Ich fühlte mich müde und schwach, verschränkte die Arme auf dem Tisch und legte meinen Kopf darauf. Und nun begann ich *nachzudenken*. Bis zu diesem Augenblick hatte ich nur zugehört und zugesehen, ich hatte mich bewegt, war hinauf- und hinuntergelaufen, wohin man mich geführt oder gezogen hatte; ich hatte beobachtet, wie eine fürchterliche Begebenheit der nächsten folgte, wie auf eine grausige Enthüllung eine weitere kam – aber erst jetzt begann ich zu denken.

Der Morgen war mit Ausnahme des kurzen Auftrittes mit der Wahnsinnigen ziemlich ruhig gewesen. Die Verhandlung in der Kirche war ohne Lärm vor sich gegangen. Keine Ausbrüche der Leidenschaft, kein lauter Wortwechsel, kein Streit, keine Herausforderung, keine Weigerung, keine Tränen, kein Schluchzen! Nur wenige Worte waren gesprochen worden: eine ruhig ausgesprochene Einwendung gegen die Heirat, einige harte Fragen von Mr. Rochesters Seite. Antworten und Erklärungen wurden gegeben, Beweise beigebracht. Mein Herr und Gebieter hatte die Wahrheit offen eingestanden, und dann hatten wir den lebenden Beweis gesehen. Und jetzt waren all jene Eindringlinge wieder fort und alles war vorüber.

Ich war wie gewöhnlich in meinem Zimmer – nur ich allein, ohne die geringste sichtbare Veränderung. Ich war nicht verwundet oder verletzt, niemand hatte mich geschlagen, niemand hatte mich beschimpft. Und doch: Wo war die Jane Eyre von gestern, wo war ihr Leben, wo ihre Hoffnungen für die Zukunft?

Jane Eyre, die eine liebende, erwartungsvolle Frau, ja beinahe schon eine Braut gewesen war, war nun wieder ein kaltes, einsames Mädchen. Ihr Leben war farblos, ihre Aussichten trostlos. Ein harter Winterfrost war um die Mittsommerzeit gekommen, ein scharfer Dezembersturm war durch den Juni gebraust. Reif lag auf den heranreifenden Früchten, Schneewehen hatten die knospenden Rosen erdrückt. Ein eisiges Leichentuch lag über blühenden Wiesen und wogenden Kornfeldern; Heckenwege, die gestern noch im blühenden Blumenschmuck prangten, waren heute verschneit und unwegsam. Und die Wälder, welche vor zwölf Stunden noch duftig und schattig rauschten wie tropische Haine, lagen nun weit und wild und weiß da wie Tannenwälder im winterlichen Norwegen. All meine Hoffnungen waren tot – gestorben unter einem grausamen Urteil, so wie es in einer einzigen Nacht all die Erstgeborenen Ägyptens befallen hatte. Ich sah auf meine teuersten Wünsche, gestern noch so prangend und üppig: Sie lagen da wie kalte, starre, bleiche Tote, die nichts mehr zum Leben erwecken konnte. Und dann blickte ich auf meine Liebe: jene

Empfindung, die meinem Herrn gehörte, die er geweckt hatte. Sie lebte in meinem Herzen wie ein krankes Kind in einer kalten, harten Wiege; Angst und Krankheit hatten sie erfasst; sie durfte Mr. Rochesters Arm nicht mehr suchen, sie konnte nicht mehr Lebenswärme an seiner Brust finden. Oh, nimmermehr durfte sie zu ihm flüchten, denn der Glaube war dahin, das Vertrauen zerstört! Mr. Rochester war für mich nicht mehr, was er gewesen, denn er war nicht das, wofür ich ihn gehalten hatte. Ich wollte ihm nicht Lasterhaftigkeit beimessen, ich wollte nicht sagen, dass er mich betrogen hätte, aber mit dem Gedanken an ihn verband ich nicht mehr das Attribut fleckenloser Wahrheit. Und nun musste ich fort aus seiner Nähe – *das* wenigstens empfand ich klar. Wann, wie, wohin – das sah ich noch nicht. Aber ich zweifelte nicht daran, dass er selbst mich so schnell wie möglich von Thornfield fortschicken würde. Wahre Liebe, so schien es mir, konnte er doch unmöglich für mich gehegt haben. Es war nur eine vorübergehende Leidenschaft gewesen, deren Befriedigung vereitelt worden ist; jetzt würde er meiner nicht mehr bedürfen! Ich fürchtete mich sogar, jetzt seinen Weg zu kreuzen: Mein Anblick musste ihm verhasst sein. Oh, wie blind waren meine Augen gewesen, wie jämmerlich schwach mein Verhalten!

Mein Kopf lag noch auf meinen Armen, meine Augen waren geschlossen. Wirbelnde Dunkelheit schien mich zu umgeben; wie eine schwarze, schlammige Flut stürzten die Gedanken auf mich ein. Machtlos, zu schwach für jegliche Anstrengung, war mir, als läge ich in dem ausgetrockneten Flussbett eines großen Stromes: Ich hörte, wie der rauschende Sturzbach von fernen Gletschern heranbrauste, ich fühlte, wie die Flut kam, aber ich hatte nicht den Mut, mich zu erheben, nicht die Kraft zur Flucht. Ohnmächtig lag ich da und sehnte mich nur nach dem Tod. Nur noch ein einziger lebendiger Gedanke war in mir: der Gedanke an Gott. Er ließ ein stummes Gebet in mir entstehen; die Worte zogen in meiner verdüsterten Seele auf und nieder wie etwas, das geflüstert werden sollte, aber ich hatte nicht die Energie, sie auszusprechen: ›Bleib bei mir, oh Gott, denn die Prüfung ist nahe und kein Helfer da!‹

Die Prüfung war nahe, aber da ich keine Bitte zum Himmel gesandt hatte, sie von mir abzuwenden – da ich weder die Hände gefaltet, noch das Knie gebeugt oder die Lippen bewegt hatte –, da kam sie: In großen, schweren Wogen brauste der Strom über mich fort. In einer grauen, fürchterlichen Masse strömte das Bewusstsein meines zerstörten Lebens, meiner verlorenen Liebe, meiner erloschenen Hoffnung, meines toten Glaubens auf mich ein. Jene bittere Stunde kann ich nicht beschreiben: ›Die Wasser strömten in meine Seele; ich sank in einen tiefen Sumpf, ich hatte keine Stütze, keinen Grund mehr, ich kam in die Tiefe und die Fluten brausten über mich fort.‹

Siebenundzwanzigstes Kapitel

Irgendwann am Nachmittag hob ich wieder den Kopf, und als ich umherblickte und sah, wie die letzten Strahlen der untergehenden Sonne auf die Wand meines Zimmers fielen, da fragte ich mich: ›Was soll ich jetzt beginnen?‹

Aber die Antwort, welche mein Verstand mir gab: ›Verlasse Thornfield sofort!‹, kam so schnell, so furchtbar schnell, dass ich mir die Ohren zuhielt. Ich sagte mir, dass ich solche Worte jetzt nicht hören könne. ›Dass ich nicht Edward Rochesters Gattin bin, ist der geringste Teil meiner Leiden‹, versicherte ich mir. ›Dass ich aus meinen herrlichsten Träumen erwachte und sie alle eitel und trügerisch fand – das ist etwas Entsetzliches, das ich jedoch noch ertragen und überwinden könnte. Dass ich ihn aber bestimmt, augenblicklich und für immer verlassen muss – das ist unerträglich, und ich vermag es nicht!‹

Aber dann versicherte mir eine innere Stimme, dass ich es doch könne, und prophezeite zugleich, dass ich es auch tun würde. Ich kämpfte mit meinem eigenen Entschluss; ich wollte schwach sein, um den Pfad künftigen Leidens, den ich so deutlich vor mir sah, zu vermeiden. Aber mein Gewissen, zum Tyrannen geworden, packte die Leidenschaft an der Kehle und sagte ihr höhnisch, dass sie bis jetzt nur mit einem Fuße den Schlamm leicht berührt habe, und schwor, dass es sie mit seinem eisernen Arm noch in die unergründlichsten Tiefen des Leides schleudern würde.

›So lasst mich fortgerissen werden!‹, weinte ich. ›Lasst mir jemanden dabei helfen!‹

›Nein, du selbst musst dich losreißen, niemand darf dir helfen. Du selbst sollst dein rechtes Auge ausreißen, du selbst deine rechte Hand abhauen. Dein Herz soll das Opfer sein und du selbst die Priesterin, die es darbringt.‹

Plötzlich sprang ich auf, vor Entsetzen fast gelähmt über die Einsamkeit, in der nur dieser erbarmungslose Richter sprach – über die Stille, durch welche nur eine so furchtbare Stimme tönte. Es schwindelte mir, als ich so dastand. Ich merkte, dass ich vor Aufregung und Erschöpfung krank wurde. Weder Essen noch Trinken war an diesem Tag über meine Lippen gekommen, denn ich hatte nicht einmal gefrühstückt. Und mit einem seltsam stechenden Schmerz fiel mir jetzt auf, dass niemand auch nur angefragt hatte, wie es mir gehen würde, dass keine menschliche Stimme mich aufgefordert hatte, nach unten zu kommen. Nicht einmal die kleine Adèle hatte an die Tür geklopft, auch Mrs. Fairfax hatte mich nicht aufgesucht.

»Freunde verlassen stets jene, die vom Glück verlassen werden«, murmelte ich, als ich den Riegel zurückschob und hinausging. Ich strauchelte über ein Hindernis, mein Kopf war noch schwindlig, mein Blick war getrübt und meine Glieder schwach. Ich konnte mich nur langsam erholen. Dann fiel ich, aber nicht zu Boden, denn ein ausgestreckter Arm fing mich auf. Ich blickte empor – Mr. Rochester stützte mich! Er hatte in einem Lehnstuhl vor der Schwelle meines Zimmers gewacht.

»Endlich kommst du heraus«, sagte er. »Ich habe schon so lange auf dich gewartet und gelauscht, aber ich vernahm kein Geräusch, keine Bewegung, kein Schluchzen. Noch weitere fünf Minuten jener todesähnlichen Stille, und ich hätte die Tür zerbrochen wie ein Räuber. Du willst mir also ausweichen? Du schließt dich ein und trauerst allein? Ich hätte es leichter ertragen, wenn du gekommen wärst, um mir heftigste Vorwürfe zu machen. Du bist leidenschaftlich: Ich erwartete irgendeine Szene von dir. Ich war auf heiße Tränenfluten vorbereitet, nur wollte ich, dass du sie an meinem Herzen vergießen solltest. Jetzt hat ein empfindungsloser Teppich sie aufgesogen oder dein durchnässtes Taschentuch. Aber nein, ich irre! Du hast gar nicht geweint! Ich sehe eine bleiche Wange und ein mattes Auge – aber keine Tränenspur. So vermute ich, dass dein Herz blutige Tränen geweint hat?

Nun, Jane? Kein Wort des Vorwurfs? Keine Bitterkeit, keine verletzende Silbe? Kein Ausbruch der Leidenschaft, keine Kränkung? Du sitzt ruhig dort, wohin ich dich gesetzt habe, und siehst mich mit müden, leidenden Augen an?

Oh Jane, ich habe dich niemals so verwunden wollen. Wenn der Mann, der nur ein einziges kleines Lämmchen besaß, das seinem Herzen teuer war wie sein Kind, das von seinem Brote aß und aus seinem Becher trank, das an seinem Herzen ruhte – wenn der Mann dieses Lämmchen durch irgendeinen Irrtum auf der Schlachtbank getötet hätte: Er könnte sein blutiges Vergehen nicht mehr bereuen, als ich jetzt das meine. Kannst du mir jemals verzeihen?«

Mein Leser! Ich vergab ihm schon in demselben Augenblick. In seinen Augen sah ich so tiefe Reue, hörte so wahres, echtes Leid in seiner Stimme, fand so viel männliche Energie in seiner Art und Weise. Und außerdem verrieten seine Blicke und seine Miene so viel unveränderte Liebe: Ich vergab ihm alles! Doch nicht in Worten, nicht äußerlich – nur in der innersten Tiefe meines Herzens.

»Du weißt, dass ich ein Schurke bin, Jane?«, fragte er nach einer Weile traurig. Er war wohl verwundert über mein anhaltendes Schweigen, meine augenscheinliche Ruhe. Sie entsprangen mehr meiner Schwäche als meinem Willen.

»Ja, Sir.«

»Dann sag es mir geradeheraus mit harten Worten. Schone mich nicht!«

»Ich kann nicht. Ich bin müde und krank, ich möchte einen Schluck Wasser haben!« Er stieß einen schaudernden Seufzer aus, dann nahm er mich in seine Arme und trug mich hinunter. Anfangs wusste ich nicht, in welches Zimmer er mich getragen hatte; alles war trübe vor meinen verglasten Augen. Doch bald empfand ich die belebende Wärme eines Feuers, denn obwohl es Sommer war, war mir in meinem Zimmer eiskalt geworden. Er hielt ein Glas Wein an meine Lippen, ich nippte davon und fühlte neue Kräfte zurückkehren. Dann aß ich etwas, das er mir brachte, und bald war ich wieder ich selbst. Ich war im Bibliothekszimmer und saß in seinem Stuhl; er war mir ganz nahe.

›Wenn ich jetzt aus diesem Leben gehen könnte, ohne einen zu jähen Schmerz, so würde mir wohl sein‹, dachte ich. ›Dann müsste ich nicht die Anstrengung vollbringen, mein Herzensband von Mr. Rochester loszureißen. Ich *muss* ihn verlassen, das steht wohl fest. Aber ich will ihn nicht verlassen, und ich kann ihn nicht verlassen!‹

»Wie fühlst du dich jetzt, Jane?«

»Viel besser, Sir. Bald wird mir ganz wohl sein!«

»Koste noch einmal von dem Wein, Jane.«

Ich tat, wie er befahl, und er stellte das Glas anschließend wieder auf den Tisch. Nun stand er vor mir und betrachtete mich aufmerksam. Plötzlich wandte er sich mit einem unterdrückten Aufschrei ab, in dem sich alle Leidenschaft Luft machen wollte. Dann schritt er im Zimmer auf und ab, kam aber bald zu mir zurück und beugte sich nieder, als wollte er mich küssen. Mir fiel jedoch ein, dass alle Liebkosungen jetzt verboten sein müssten; ich wandte daher den Kopf fort und schob ihn beiseite.

»Was, was soll das bedeuten?«, rief er hastig aus. »Oh, ich weiß, du willst den Gatten jener Bertha Mason nicht küssen? Du meinst, ich halte schon ein Wesen in meinem Arm, dem meine Liebkosungen gebühren?«

»Auf jeden Fall, Sir, ist hier kein Raum mehr für mich, und ich habe keine Rechte.«

»Warum, Jane? Ich will dir die Mühe vieler Worte ersparen, ich will für dich antworten. Nicht wahr, du wolltest mir entgegnen, dass ich bereits eine Gattin habe? Habe ich recht geraten?«

»Ja.«

»Wenn du das meinst, so musst du eine seltsame Meinung von mir haben. Du musst mich für einen Ränke schmiedenden Bösewicht halten, für einen niedrigen, gemeinen Schurken, der dir reine, hingebende Liebe geheuchelt hat, um dich in eine wohlüberlegte und vorbereitete Schlinge zu locken und dir deine Ehre und Selbstachtung zu rauben. Was hast du mir jetzt zu antworten? Ich sehe, dass du gar nichts sagen kannst. Erstens bist du noch immer matt und kraftlos und hast genug zu tun, um atmen zu können, und zweitens kannst du dich noch nicht daran gewöhnt haben, mich zu beschuldigen und zu verlästern. Außerdem sind die Tränenschleusen jetzt geöffnet und sie würden überströmen, wenn du zu viel sprächest. Du hegst auch nicht den Wunsch, mir Vorwürfe zu machen, mich zur Rede zu stellen, eine Szene herbeizuführen. Du denkst darüber nach, wie du zu *handeln* hast – denn das *Reden* hältst du für nutzlos. Ich kenne dich – ich bin auf der Hut.«

»Oh Sir, ich bin nicht gesonnen, *gegen* Sie zu handeln«, sagte ich, und meine unsichere Stimme zeigte mir, wie gut es sein würde, mich so kurz wie möglich zu fassen.

»Nicht in *deinem* Sinne des Wortes, aber in dem *meinen* gedenkst du, mich zu vernichten. Du hast so gut wie ausgesprochen, dass ich ein verheirateter Mann bin – dem verheirateten Mann willst du ausweichen, ihm aus dem Weg gehen, soeben hast du dich schon geweigert, mir einen Kuss zu geben. Du hast die Absicht, dich mir vollständig zu entfremden und unter diesem Dach nur noch als Adèles Gouvernante weiterzuleben. Und wenn ich dir ein freundliches Wort sage, wenn jemals ein freundschaftliches Gefühl dich wieder zu mir zieht, so wirst du sagen: ›Dieser Mann hätte mich beinahe zu seiner Mätresse gemacht, für ihn darf ich nur noch Eis und Marmor sein‹ – und folglich wirst du Eis und Marmor werden.«

Ich räusperte mich und versuchte meine Stimme zu festigen, um ihm zu antworten: »Alles um mich her und für mich ist verändert, Sir, so muss auch ich eine andere werden. Daran ist kein

Zweifel, und um den Schwankungen meines Gefühls vorzubeugen, um fortwährende Kämpfe mit der Erinnerung und meiner Liebe zu verhindern, gibt es nur einen Ausweg: Adèle muss eine andere Gouvernante haben.«

»Oh, Adèle wird in eine Schule geschickt, das habe ich bereits beschlossen. Und ebenso wenig ist es meine Absicht, dich mit den grauenhaften Erinnerungen von Thornfield Hall zu peinigen – diesem verfluchten Orte diesem Zelt des Achan, dieser anmaßenden Gruft, die dem hellen, himmlischen Tageslicht das Grauen eines lebenden Todes vorzuführen wagt; dieser engen Steinhölle mit ihrem eigenen lebenden Teufel, der schlimmer ist als eine Legion solcher, die unsere Phantasie uns ausmalt. Jane, du sollst nicht hierbleiben, und ebenso wenig will ich hierbleiben. Es war falsch von mir, dich überhaupt jemals nach Thornfield Hall zu bringen, da ich doch wusste, welch fürchterliches Gespenst hier umgeht. Lange bevor ich dich gesehen hatte, befahl ich jedem hier im Haus, sorgfältig den Fluch desselben vor dir zu verbergen, einfach, weil ich fürchtete, dass niemals eine Gouvernante bei Adèle bleiben würde, wenn sie wüsste, mit wem sie unter einem Dach lebte. Aber meine Pläne haben mir nicht erlaubt, jene Wahnsinnige an einen anderen Ort zu bringen, obgleich ich ein altes Haus besitze, wo ich sie sicher genug hätte verbergen können: Ferndean Manor, das noch versteckter und abgelegener liegt als dieses Haus. Skrupel über das Ungesunde des Ortes, der mitten im dichten Wald liegt, ließen mein Gewissen vor solchen Maßregeln zurückschrecken. Wahrscheinlich hätten jene feuchten Mauern mich bald von jener entsetzlichen Last befreit, aber jedem Verbrecher seine eigene Verbrechensart! Ich tauge nicht zu indirektem Mord, nicht einmal an dem, was ich am meisten hasse.

Dir die Nähe jener Wahnsinnigen zu verheimlichen war indessen geradeso klug, als deckte man ein Kind mit einem Mantel zu und legte es neben einen giftigen Upasbaum. Die Nähe dieses Dämons ist vergiftet und war es immer. Aber ich werde Thornfield Hall verlassen, es verschließen, ich werde die große Einfahrt vernageln und die unteren Fenster vermauern lassen. Ich werde Mrs.

Poole zweihundert Pfund im Jahr geben, um hier mit *meiner Gattin* zu leben, wie du jene grauenvolle Hexe nennst. Für Geld tut Grace gar viel, und sie soll ihren Sohn, der Wärter in der Irrenanstalt von Grimsby ist, auch herkommen lassen, dass er ihr Gesellschaft leisten und zur Hand sein kann – ihr beistehen, wenn *meine Gattin* ihre Zustände bekommt und ihr böser Geist sie treibt, die Menschen nachts in ihren Betten zu verbrennen, sie zu erdolchen, ihnen mit ihren Zähnen das Fleisch von den Knochen zu reißen und dergleichen ...«

»Sir«, unterbrach ich ihn, »Sie sind unerbittlich in Bezug auf jene unglückliche Frau. Sie sprechen mit Hass von ihr, mit rachsüchtiger Antipathie. Das ist grausam – sie kann doch nichts dafür, dass sie wahnsinnig ist.«

»Jane, mein kleiner Liebling – so nenne ich dich, denn das bleibst du für mich –, du weißt nicht, was du sprichst; du beurteilst mich schon wieder falsch. Ich hasse sie nicht, weil sie wahnsinnig ist. Glaubst du, ich würde dich hassen, wenn du wahnsinnig wärst?«

»Das glaube ich in der Tat, Sir.«

»Dann irrst du dich und weißt gar nichts von mir, dann begreifst du jene Liebe nicht, zu der ich fähig bin. Jedes Atom deines Körpers ist mir so lieb wie mein eigenes Leben, und in Schmerzen und Krankheit würde es mir ebenso teuer bleiben. Dein Geist ist mein Schatz – und wenn er zerstört würde, so bliebe er dennoch mein Kleinod. Wenn du tobtest, würden meine Arme dich umschlingen und fesseln – nicht eine Zwangsjacke. Deine Berührung selbst in der Tobsucht würde mir noch eine Wonne sein. Wenn du dich auf mich stürztest, so wild wie dieses Weib es heute Morgen tat, so würde ich dich umfangen, ich würde dich durch Zärtlichkeit zu bändigen suchen. Ich würde mich nicht mit Ekel von dir abwenden wie von jenem Weib. In deinen ruhigen Zeiten solltest du keinen anderen Wärter haben als mich; ich würde dich mit unermüdlicher Zärtlichkeit pflegen, wenn du es mir auch nicht mit einem einzigen Lächeln danktest. Ich würde niemals müde werden, in deine Augen zu blicken, wenn mir auch kein Strahl des

Erkennens mehr aus ihnen entgegenleuchtete. – Aber weshalb verfolge ich diesen Gedankengang? Ich sprach ja davon, dich von Thornfield fortbringen zu wollen. Du weißt, alles ist für eine schnelle Abreise vorbereitet. Morgen sollst du fort von hier. Ich bitte dich nur, Jane, halte noch eine einzige Nacht unter diesem Dach aus; und dann fort mit all seinem Elend und Schrecken für alle Zeiten! Ich weiß einen Ort, an den wir uns begeben können, der ein sicheres Heiligtum, ein fester Schutz gegen verhasste Erinnerungen ist und der uns vor unwillkommenen Besuchern schützt – sogar vor Lüge und Beschimpfung.«

»Und nehmen Sie Adèle mit, Sir«, unterbrach ich ihn, »sie wird Ihnen eine Gefährtin sein.«

»Was willst du damit sagen, Jane? Ich habe dir doch mitgeteilt, dass ich Adèle zur Schule schicken will. Wozu bedarf ich eines Kindes als Gefährtin? Sie ist ja nicht einmal mein eigenes Kind, sondern der Bastard einer französischen Tänzerin. Weshalb behelligst du mich mit ihr? Oder anders: Warum teilst du mir Adèle als Gefährtin zu?«

»Sie sprachen von Einsamkeit, Sir, und Einsamkeit ist traurig – zu traurig für Sie.«

»Einsamkeit, Einsamkeit!«, wiederholte er ärgerlich. »Ich sehe schon, ich muss deutlicher werden. Was bedeutet dieser sphinxartige Ausdruck auf deinem Gesicht? *Du* sollst meine Einsamkeit teilen, verstehst du mich?«

Ich schüttelte den Kopf. Es erforderte einen gewissen Grad von Mut, ihm auch nur dieses stumme Zeichen der Weigerung zu geben – aufgeregt, wie er war. Er war schnell im Zimmer auf- und abgegangen, und plötzlich blieb er wie angewurzelt stehen. Er blickte mich an, lange und scharf. Ich wandte die Augen von ihm ab und auf das Feuer und versuchte, mir ein ruhiges, gefasstes Äußeres zu geben und zu erhalten.

»Da haben wir den Haken in Janes Charakter«, sagte er endlich. Er sprach ruhiger, als ich nach seinen Blicken befürchtet hatte. »Die Seidenspule hat sich bis hierher ruhig und ungehindert gedreht, aber ich wusste stets, dass der Knoten kommen würde. Hier ist er. Und jetzt kommen Ärger, Verzweiflung und endloser Kummer! Bei Gott, wie gerne hätte ich nur etwas von Samsons Kraft, um all die Verwirrung wie Werg zu zerreißen!«

Er begann seinen Weg von Neuem, aber bald hielt er wieder inne, jetzt gerade vor mir.

»Jane, willst du Vernunft annehmen?« Er beugte sich zu mir herab und näherte seine Lippen meinem Ohr. »Denn wenn du es nicht tust, werde ich Gewalt brauchen.« Seine Stimme war heiser, sein Blick war der eines Mannes, der gerade im Begriff ist, eine unerträgliche Fessel zu sprengen und sich Hals über Kopf in wilde Zügellosigkeit zu stürzen. Ich erkannte dies augenblicklich: Der kleinste Anstoß würde genügen, und ich würde nicht mehr imstande sein, auch nur noch das Geringste mit ihm anzufangen. Die gegenwärtige, die vorübergehende Sekunde war alles, was mir gehörte; nur jetzt noch konnte ich ihn beherrschen und zurückhalten. Wenn ich eine Bewegung des Abscheus, der Furcht zeigte, so wäre mein Schicksal besiegelt gewesen – und das seine. Aber ich fürchtete mich nicht, nicht einen Augenblick. Ich spürte eine innere Kraft, die mich aufrecht hielt. Die Situation war gefährlich, aber sie hatte auch ihren Reiz. Einen Reiz, wie ihn vielleicht der Wilde empfindet, wenn er in seinem Kanu über die Stromschnellen dahinsaust. Ich fasste seine geballte Hand, löste die zuckenden Finger und sagte sanft und beruhigend:

»Setzen Sie sich. Ich will mit Ihnen reden, solange Sie wollen. Ich will alles anhören, was Sie zu sagen haben, ob es nun vernünftig oder unvernünftig ist.«

Er setzte sich, aber er kam noch nicht gleich zum Reden. Ich hatte schon lange mit den Tränen gekämpft, hatte mir die größte Mühe gegeben, sie zu unterdrücken, weil ich wusste, dass er mich nicht weinen sehen mochte. Jetzt indessen hielt ich es für besser, ihnen freien Lauf zu lassen, solange sie wollten. Wenn diese Tränenflut ihn bekümmerte – umso besser. Ich gab also rasch nach und weinte bitterlich.

Bald hörte ich, wie er mich ernstlich bat, mich zu fassen. Ich entgegnete, dass ich es nicht könne, solange er so zornig sei.

»Aber ich bin nicht zornig, Jane. Ich liebe dich nur zu sehr – das ist alles. Und du hattest dein kleines, blasses Gesicht mit einem so kalten, entschlossenen Blick gestählt, dass ich es nicht ertragen konnte. Sei jetzt still und trockne deine Augen.«

Seine weiche Stimme verkündete mir, dass er besiegt sei, daher wurde auch ich nun ruhig. Jetzt machte er den Versuch, seinen Kopf an meine Schulter zu lehnen, aber ich wollte es nicht erlauben. Dann wollte er mich an sich ziehen – auch das gestattete ich nicht.

»Jane! Jane!«, sagte er mit einem Ausdruck so bitterer Traurigkeit, dass jeder Nerv in mir erbebte. »Liebst du mich denn nicht mehr? Es war also nur meine Stellung, der Rang meiner Gattin, den du schätztest und anstrebtest? Jetzt, wo du mich nicht mehr für geeignet hältst, dein Gatte zu werden, zuckst du unter meiner Berührung zusammen, als sei ich eine Kröte oder ein Affe.«

Diese Worte schnitten mir ins Herz, aber was konnte ich tun? Wahrscheinlich hätte ich gar nichts sagen oder tun müssen, aber die Gewissensbisse darüber, dass ich sein Gefühl auf diese Weise verletzen musste, quälten mich derart, dass ich dem Verlangen, heilenden Balsam zu spenden, wo ich verwundet hatte, nicht widerstehen konnte.

»Ich liebe Sie«, sagte ich, »mehr denn je. Aber ich darf diese Empfindung nicht mehr zeigen, mich ihr nicht mehr hingeben. Und dies ist auch das letzte Mal, dass ich ihr Worte verleihe.«

»Das letzte Mal, Jane! Was? Glaubst du, dass du mich täglich sehen und neben mir leben kannst und dennoch, wo du mich doch liebst, kalt und fremd zu bleiben vermagst?«

»Nein, Sir, ich weiß bestimmt, dass ich es nicht könnte. Und deshalb sehe ich nur einen einzigen Ausweg. Aber Sie werden wieder in Zorn geraten, wenn ich ihn nenne.«

»Oh, nenne ihn nur! Wenn ich tobe, so besitzt du die Kunst des Weinens.«

»Mr. Rochester – ich muss Sie verlassen.«

»Auf wie lange, Jane? Für einige Minuten, während du dein Haar ordnest, das etwas in Unordnung gekommen ist? Oder um dein Gesicht zu kühlen, das fieberhaft glüht?«

»Ich muss Adèle und Thornfield verlassen. Ich muss mich von Ihnen für das ganze Leben trennen. Ich muss ein neues Dasein unter fremdem Himmel, zwischen fremden Gesichtern beginnen.«

»Gewiss. Ich sagte dir ja schon, dass du es sollst. Den wahnsinnigen Gedanken, dich von mir trennen zu wollen, berühre ich nicht weiter. Du meinst in Wahrheit, dass du ein Teil von mir werden musst. Was das neue Dasein betrifft, so hast du recht. Du musst dennoch mein Weib werden: Ich bin nicht verheiratet. Du sollst Mrs. Rochester werden, sowohl dem Namen nach wie in den Tatsachen. Ich werde zu dir halten, solange du und ich leben. Du sollst an einen Ort kommen, den ich im südlichen Frankreich besitze: eine freundliche, weiße Villa am Ufer des Mittelmeeres. Dort sollst du ein glückliches, beschütztes und unbescholtenes Leben führen. Fürchte nicht, dass ich dich zur Sünde verleiten könnte, dass ich dich nur zu meiner Geliebten machen will. Weshalb schüttelst du den Kopf? Jane, du musst Vernunft annehmen, oder wahrhaftig – die Wut fasst mich von Neuem.«

Seine Stimme und seine Hand bebten, seine Augen funkelten, und dennoch wagte ich zu sprechen:

»Sir, Ihre Gattin lebt. Das ist ein Faktum, welches Sie heute Morgen selbst zugestanden haben. Wenn ich bei Ihnen lebte, wie Sie es wünschen, so würde ich nur Ihre Geliebte sein – etwas anderes zu sagen ist sophistisch, ist falsch.«

»Jane, ich bin kein sanftmütiger Mensch – das vergisst du. Ich bin nicht von großer Geduld. Ich bin nicht kalt und leidenschaftslos. Aus Mitleid für mich und dich selbst, lege deine Hand auf meinen Puls, fühle, wie er klopft und – hüte dich!«

Er schob den Ärmel vom Handgelenk zurück und hielt mir seinen Arm hin, aus seinen Wangen und seinen Lippen war alles Blut gewichen, er war aschfahl. Ich fühlte mich unsagbar elend. Es war grausam, ihn durch einen Widerstand, den er so verabscheute, weiter zu reizen. Ihm nachgeben stand ebenfalls außer Frage. Ich tat, was jeder Mensch instinktiv tut, wenn er zum Äußersten getrieben wird – ich blickte um Hilfe zu dem einen auf, der hilft, wenn menschliches Hoffen vergeblich scheint, und die Worte »Gott hilf mir!« kamen unwillkürlich von meinen Lippen.

»Ich bin ein Tor!«, rief Mr. Rochester plötzlich aus. »Ich fahre fort, ihr zu sagen, dass ich nicht verheiratet bin und erkläre ihr nicht das Warum. Ich vergesse, dass sie nichts von dem Charakter jenes Weibes weiß, noch von den Umständen, welche meine unglückselige Verbindung mit ihr begleiteten. Oh, ich bin überzeugt, dass Jane mit mir in meiner Ansicht übereinstimmen wird, wenn sie alles weiß, was ich weiß! Leg jetzt deine Hand in die meine, Jane, dass ich wenigstens deine Berührung fühle, dass ich weiß, du bist mir nahe – und dann werde ich dir in wenigen Worten den wahren Stand der Dinge erklären. Willst du mir zuhören?«

»Ja, Sir, stundenlang, wenn Sie wollen.«

»Ich begehre nur Minuten. Jane, hast du jemals gehört oder weißt du, dass ich nicht der älteste Sohn meines Hauses war? Dass ich einst einen Bruder hatte, der älter war als ich?«

»Ich erinnere mich, dass Mrs. Fairfax es mir einmal erzählt hat.«

»Und hast du auch gehört, dass mein Vater ein geiziger, habsüchtiger Mann war?«

»Ich dachte mir etwas Derartiges.«

»Und, Jane, da er einmal so war, hatte er den Entschluss gefasst, Besitz und Vermögen zusammenzuhalten. Er konnte den Gedanken nicht ertragen, seine Güter teilen zu müssen und mir einen gerechten Anteil davon zu geben. Er hatte beschlossen, dass mein Bruder Rowland alles bekommen solle. Aber ebenso wenig wollte er dulden, dass einer seiner Söhne ein armer Mann wäre. Für mich sollte durch eine reiche Heirat gesorgt werden, er suchte mir beizeiten eine Gemahlin. Mr. Mason, ein reicher Kaufmann und Plantagenbesitzer in Westindien, war sein alter Freund. Er hatte Erkundigungen eingezogen und in sichere Erfahrung gebracht, dass seine Besitzungen groß und reich seien. Dann hörte er auch, dass Mr. Mason einen Sohn und eine Tochter habe; und von ihm selbst hatte er gehört, dass er Letzterer eine Mitgift von dreißigtausend Pfund zu geben bereit sei – das genügte. Als ich die Universität verließ, wurde ich nach Jamaika geschickt, um eine Braut heimzuführen, um die bereits für mich geworben worden war. Mein Vater sagte nichts von ihrem Vermögen, aber er sagte mir, dass Miss Mason um ihrer Schönheit willen der Stolz von ganz Spanish Town wäre. Und dies war keine Lüge: Ich fand in ihr ein schönes Weib im Stil von Blanche Ingram – schlank, dunkel, majestätisch. Ihre Familie wünschte mich festzuhalten, weil ich aus gutem Hause war, und die Tochter wünschte es ebenfalls. Sie wurde mir in prachtvollen Gewändern auf Gesellschaften vorgeführt. Selten sah ich sie allein, und fast niemals konnte ich mich mit ihr unter vier Augen unterhalten. Sie schmeichelte mir und entfaltete all ihre Reize, Kenntnisse und Talente im reichlichsten Maße vor mir. Alle Männer in ihrem Kreis schienen sie zu bewundern und mich zu beneiden. Ich war geblendet, gereizt, meine Sinne waren erregt – und unwissend, unerfahren und jung wie ich war, glaubte ich, sie zu lieben. Es gibt keine Torheit, die zu dumm wäre, als dass ein Mann sie nicht aufgrund von albernen gesellschaftlichen Rivalitäten, Begierde, Blindheit und Eifer der Jugend begehen würde. Ihre Verwandten ermutigten mich, Mitbewerber reizten mich, sie selbst forderte mich heraus und die Heirat war vollzogen, ehe ich recht wusste, wo ich war. Oh, ich verliere alle Selbstachtung, wenn ich an jene Tat denke, die innere Verachtung überwältigt mich. Ich habe sie nie geliebt, ich habe sie niemals geachtet, ja ich habe sie nicht einmal gekannt. Ich wusste nicht, ob ihr Charakter auch nur eine einzige Tugend besaß; ich hatte bisher weder in ihrer Seele, noch in ihrem Benehmen Bescheidenheit, Seelengüte, Offenherzigkeit oder Reinheit wahrgenommen – und ich heiratete sie, blinder, grober, täppischer Dummkopf, der ich war! Weniger Sünde wäre es gewesen, sie zu ... – aber lassen wir das, ich will nicht vergessen, mit wem ich spreche.

Die Mutter meiner Braut hatte ich niemals gesehen, man hatte mir zu verstehen gegeben, dass sie tot sei. Als die Flitterwochen vorüber waren, erfuhr ich, dass ich im Irrtum gelebt hatte: Sie war wahnsinnig und in einer Irrenanstalt untergebracht. Es war auch noch ein jüngerer Bruder da, ein vollständig Schwachsinniger. Der ältere, den du hier gesehen hast – auch dieser ältere wird eines Tages dasselbe Schicksal haben. Ich kann ihn nicht hassen – während ich alle übrigen Mitglieder seiner Sippe verabscheue –, weil er doch noch immer ein Körnchen Liebe in seinem schwachen Geist hegt, das er oft genug durch das unveränderte Interesse bewiesen hat, welches er noch immer für seine unglückliche Schwester hegt, und durch eine hündische Anhänglichkeit, die er einst mir gezeigt hat. Mein Vater und mein Bruder Rowland wussten dies alles, aber sie dachten nur an die dreißigtausend Pfund und machten sich so zu Mitschuldigen der Verschwörung gegen mich.

Dies waren widerliche Entdeckungen, aber meiner Frau machte ich nur aus der niederträchtigen Geheimhaltung dieser Umstände einen Vorwurf – sonst keinen; selbst dann noch nicht, als ich einsehen lernte, dass ihre Natur der meinen vollständig fremd und entgegengesetzt war. Ihr Geschmack widerstrebte dem meinen, ihre Seele war gewöhnlich, eng, niedrig und vollständig unfähig, sich höheren Dingen zuzuwenden, sich zu vertiefen. Ich machte ihr selbst dann noch keinen Vorwurf, als ich fühlte, dass ich nicht einen einzigen Abend, nein, nicht einmal eine einzige Stunde in Behagen und Ruhe mit ihr verbringen konnte; dass ein freundliches Gespräch zwischen uns unmöglich war, weil sie jedem Gegenstand sofort ein rohes, gemeines Gepräge verlieh – selbst dann noch nicht, als ich merkte, dass ich niemals einen ruhigen, geordneten Haushalt haben würde, weil kein Dienstbote die fortwährenden Ausbrüche ihrer heftigen, unvernünftigen Launen oder die Quälereien ihrer abgeschmackten, widersprüchlichen, herrischen Befehle ertragen konnte. Noch immer beherrschte ich mich ihr gegenüber! Ich vermied alle Vorwürfe, ich machte nur leise Gegenvorstellungen; ich versuchte im Geheimen, meinen Ekel zu überwinden und mit meiner Reue fertig zu werden. Ich unterdrückte den tiefen Widerwillen, welchen ich empfand.

Jane, ich will dich nicht mit abscheulichen Einzelheiten quälen, aber einige deutliche Worte sollen ausdrücken, was ich zu sagen habe. Mit dem Weibe dort oben habe ich vier Jahre lang gelebt, und vor Ablauf dieser Zeit hatte sie meine Kräfte bereits auf die härtesten Proben gestellt. Ihr Charakter reifte und entwickelte sich mit der furchtbarsten Schnelligkeit; ihre Laster wucherten; sie waren so stark, dass nur Grausamkeit ihnen Einhalt zu tun vermochte – und Grausamkeit wollte ich nicht anwenden. Wie gering war ihr Verstand und wie monströs waren ihre bösen Neigungen. Wie furchtbar der Fluch, den diese Neigungen auf mich häuften! Bertha Mason – die echte, würdige Tochter einer abscheulichen Mutter – schleppte mich durch all die entwürdigenden und fürchterlichen Kämpfe, welche ein Mann durchzumachen hat, der an ein Weib gebunden ist, welches zugleich zügellos und unzüchtig ist.

Inzwischen war mein Bruder gestorben, und nach Ablauf jener vier Jahre starb mein Vater ebenfalls. Jetzt war ich reich genug – und doch der grässlichsten Armut verfallen. Eine Natur so roh, so unrein, so depraviert, wie ich niemals eine zweite gesehen habe, war an mich gebunden, und sowohl die Gesellschaft wie das Gesetz nannten sie einen Teil von mir. Und ich konnte mich durch kein gesetzliches Vorgehen von ihr befreien, denn jetzt entdeckten die Ärzte, dass *meine Frau* wahnsinnig sei. Ihre Exzesse hatten die Keime des Wahnsinns vor der Zeit in ihr reifen lassen. Jane, meine Erzählung erfüllt dich mit Widerwillen; du siehst krank aus – soll ich das Ende für einen anderen Tag aufsparen?«

»Nein, Sir, kommen Sie jetzt damit zu Ende. Sie tun mir so leid, so aufrichtig leid.«

»Mitleid, Jane, ist von manchen Menschen ein trauriger und beleidigender Tribut, welchen man berechtigt ist, demjenigen ins Gesicht zurückzuschleudern, der ihn darbringt. Aber das ist jene Art von Mitleid, welches von harten, selbstsüchtigen Herzen gespendet wird; es ist nur ein egoistischer, bastardartiger Schmerz beim Anhören fremder Schmerzen, welcher eine Mischung von Verachtung enthält gegen jene, die sie ertragen haben. Aber solcherart ist dein Mitleid nicht, Jane; in diesem Augenblick durchzuckt der Jammer dein ganzes Gesicht – deine Augen fließen über, dein Herz erbebt, deine Hand zittert in der meinen. Dein Mitleid, mein Liebling, ist die schmerzensreiche Mutter der Liebe, deine Ängste sind die Geburtswehen jener göttlichen Leidenschaft. Ich nehme es an, Jane, dieses Mitleid – mach dem Spross des Mitleids die Bahn frei – ich harre mit offenen Armen!«

»Fahren Sie jetzt fort, Sir! Was taten Sie, als Sie fanden, dass sie wahnsinnig sei?«

»Jane, ich stand am Rande der Verzweiflung. Zwischen dem Abgrund und mir stand nur noch ein kleiner Rest von Selbstachtung. In den Augen der Welt stand ich wahrscheinlich als entehrt da, aber ich beschloss, wenigstens vor meinen eigenen Augen rein zu bleiben, indem ich mich bis zum letzten Augenblick gegen die Besudelung mit ihren Verbrechen wehrte. Und dennoch verband die Gesellschaft ihren Namen mit dem meinen, meine Person mit der ihren. Ich sah und hörte sie täglich, ihr Atem verpestete die Luft, welche ich einatmete, und ich wurde unaufhörlich daran erinnert, dass ich einst ihr Gatte gewesen war. Diese Erinnerung war schon damals und ist noch heute unbeschreiblich ekelerregend für mich. Und mehr noch – ich wusste, dass, solange sie lebte, ich niemals der Gatte einer anderen und besseren Frau werden konnte. Und obgleich sie fünf Jahre älter war als ich – ihre Familie und mein Vater hatten mich sogar in Bezug auf ihr Alter belogen –, war es doch wahrscheinlich, dass sie ebenso lange leben würde wie ich, da sie ebenso stark an Körper wie schwach an Geist war. So stand ich mit sechsundzwanzig Jahren ohne Hoffnungen da. Eines Nachts wurde ich durch ihr Kreischen geweckt – seit die medizinischen Autoritäten sie für wahnsinnig erklärt hatten, war sie natürlich eingeschlossen. Es war eine glühende westindische Nacht, eine von jener Art, wie sie oft den Orkanen jener Gegenden vorausgehen. Da es mir unmöglich war, im Bett zu schlafen, war ich aufgestanden und hatte das Fenster geöffnet. Die Luft glich Schwefeldämpfen – nirgends waren Erfrischung und Abkühlung zu finden. Moskitos kamen hereingeflogen und schwirrten geräuschvoll im Zimmer umher. Das Meer, dessen Rauschen ich hören konnte, rollte dumpf wie ein Erdbeben; schwarze Wolken stiegen empor und der Mond versank in ihnen, groß und rot wie eine glühende Kanonenkugel. Er warf seinen letzten blutroten Blick auf eine Welt, welche unter dem Gären des Sturms erbebte.

Ich spürte dieses Bild und diese Atmosphäre beinahe körperlich, und in meinen Ohren gellten die Wutschreie, welche die Wahnsinnige fortwährend ausstieß. Meinen Namen brüllte sie in Tönen dämonischen Hasses, und sie fügte ihm furchtbare Worte hinzu. Das gesunkenste Weib bediente sich nicht so erschütternder Ausdrücke, von denen sie stets einen großen Vorrat hatte. Obgleich sie durch zwei Zimmer von mir getrennt war, gestatteten die dünnen Wände des westindischen Hauses doch, dass ihr tierisches Brüllen bis zu mir drang.

›Dieses Leben‹, sagte ich endlich, ›ist die Hölle! Dies ist die Luft – jenes ist das Toben des bodenlosen Abgrundes! Ich habe ein Recht, mich daraus zu befreien, wenn ich es denn kann. Die Qualen dieses Lebens werden von mir weichen mit dem irdischen Fleisch, das jetzt auf meiner Seele lastet. Vor dem ewigen Fegefeuer der Eiferer hege ich keine Furcht; kein zukünftiger Zustand kann furchtbarer sein als der gegenwärtige. Ich will fort, ich will heim zu Gott!‹

Während ich dies sagte, kniete ich nieder und schloss einen Koffer auf, welcher ein Paar geladener Pistolen enthielt. Ich wollte mich erschießen. Aber nur für einen Augenblick hegte ich diese Absicht; denn da ich nicht wahnsinnig war, ging diese Krisis der äußersten, echten Verzweiflung, welche den Wunsch und die Absicht der Selbstzerstörung erzeugt hatte, in einer Sekunde vorüber.

Ein frischer Wind von Europa her strich über den Ozean und strömte durchs offene Fenster. Der Sturm brach aus, der Regen stürzte in Bächen herab, es donnerte, blitzte – und die Luft wurde rein. Da fasste ich einen Entschluss. Während ich unter den triefenden Orangenbäumen meines feuchten Gartens umherging, zwischen den Granatäpfeln und den Ananas, während der strahlende Tag der Tropen um mich her anbrach, überlegte ich mir etwas. – Jane, jetzt höre mir gut zu, denn es war die tiefste Weisheit, die mich in jener Stunde tröstete und mir den rechten Weg zeigte, den ich wandeln sollte: Der süße Wind von Europa her flüsterte noch in dem erfrischten Laub und der atlantische Ozean brauste in erhabener Freiheit. Mein Herz, seit langer Zeit welk und verschrumpft, schwoll bei jenen Tönen, frisches, lebendiges Blut durchfloss es wieder, mein ganzes Ich verlangte eine Wiedergeburt, meine Seele dürstete nach einem frischen Trank. Ich sah die Hoffnung sich neu beleben, ich fühlte, dass eine Wiedergeburt möglich sei. Von einer blütenbedeckten Laube am Ende meines Gartens blickte ich auf das Meer, das blauer war als der Himmel: Da drüben lag die alte Welt! Klare Aussichten eröffneten sich mir.

›Geh‹, sagte die Hoffnung, ›und lebe wieder in Europa! Dort weiß niemand, welch besudelten Namen du trägst, und auch nicht, welche schmutzige Last du mit dir schleppst. Du kannst die Wahnsinnige mit dir nach England nehmen; schließe sie mit pflichtgetreuen Wächtern und mit der nötigen Vorsicht in Thornfield ein. Dann geh du selbst, in welche Gegend du willst, und schließe neue Bande, wenn du magst. Jenes Weib, das deine Geduld so lange missbraucht, deinen Namen beschmutzt, deine Ehre gekränkt und deine Jugend zerstört hat – jenes Weib ist nicht deine Gattin und du bist nicht ihr Gatte. Sieh darauf, dass sie gepflegt und behütet wird, wie ihr Zustand es erfordert, und du hast alles getan, was Gott und Menschenpflicht von dir verlangen können. Lass ihre Identität, ihre Verbindung mit dir in Vergessenheit begraben sein. Nichts zwingt dich, Letzteres irgendeinem lebenden Wesen anzuvertrauen. Gib ihr Bequemlichkeit und Sicherheit, umgib ihre Erniedrigung mit dem Schleier des Geheimnisses – und verlasse sie.‹

Genau nach dieser Eingebung handelte ich. Mein Vater und mein Bruder hatten ihren Bekannten von meiner Verheiratung keine Mitteilung gemacht, denn schon in meinem ersten Brief belehrte ich sie über meine Verbindung, da ich damals bereits angefangen hatte, den furchtbarsten Widerwillen gegen die Konsequenzen dieser Heirat zu empfinden. Und da ich nach dem Charakter und der Konstitution der Familie eine abscheuliche Zukunft sich mir eröffnen sah, fügte ich den strengsten Auftrag hinzu, meine Heirat geheim zu halten. Sehr bald darauf wurde der Lebenswandel der Frau, welche mein Vater für mich gewählt hatte, ein solcher, dass er sich schämte, sie als Schwiegertochter anzuerkennen. Weit entfernt davon, die Verbindung zu veröffentlichen, suchte er sie ebenso ängstlich zu verheimlichen wie ich selbst.

Ich brachte sie also nach England. Es war eine furchtbare Reise mit einem solchen Ungeheuer auf dem Schiff. Ich war froh, als ich sie endlich in Thornfield hatte und sie sicher in jenem Zimmer der dritten Etage untergebracht war, aus dessen geheimem Kabinett sie jetzt seit zehn Jahren die Höhle eines wilden Tieres gemacht hat – die Zelle eines Dämons. Es hat mich viele Mühe gekostet, eine Wärterin für sie zu finden, da es notwendig war, eine solche zu wählen, auf deren Treue man sich verlassen konnte, denn in ihren Tobsuchtsanfällen verriet sie mein Geheimnis. Außerdem hatte sie zuweilen tagelang – nein, ganze Wochen hindurch lichte Phasen, welche sie mit den schmachvollsten Schimpfreden über mich ausfüllte. Endlich engagierte ich Grace Poole aus der Irrenanstalt von Grimsby. Sie und der Wundarzt Carter, welcher an jenem Abend, als Mason gestochen und gequält wurde, dessen Wunden verband, sind die beiden einzigen Menschen, welche ich jemals in mein Geheimnis gezogen habe. Mrs. Fairfax mag in der Tat etwas geahnt haben, aber eine genaue Kenntnis der Fakten hat sie nicht erlangt. Grace hat sich im Ganzen als gute Wärterin erwiesen, obgleich ihre Wachsamkeit mehr als einmal eingeschläfert und getäuscht worden ist – was ihr aber sicherlich nur zum Teil angelastet werden kann, da diese Schwäche unabänderlich ihrem aufreibenden Beruf entspringt. Die Tobsüchtige ist so schlau wie boshaft; sie hat es niemals unterlassen, von der zeitweiligen Nachlässigkeit ihrer Hüterin Gebrauch zu machen und auf ihre Weise Vorteil daraus zu ziehen. Einmal hat sie sich das Messer angeeignet, mit dem sie ihren Bruder verwundete, und zweimal bemächtigte sie sich des Schlüssels ihrer Zelle, um bei Nacht aus derselben zu entweichen. Bei der ersten Gelegenheit machte sie den Versuch, mich in meinem Bett zu verbrennen; bei der zweiten machte sie dir den geisterhaften Besuch. Ich danke der Vorsehung, die über dich gewacht hat, dass sie ihre Wut nur an deinem Brautschmuck ausließ; vielleicht weckte sein Anblick Erinnerungen an ihre eigene Brautzeit in ihr. Aber ich wage nicht auszudenken, was möglicherweise hätte geschehen können. Wenn ich an das Geschöpf denke, das mich heute Morgen an der Gurgel packte; wenn ich mir vorstelle, dass es sein schwarzblaues, blutrünstiges Gesicht über das Nest meines unschuldigen Lieblings, meiner Taube beugte – so beginnt das Blut in mir zu kochen.«

»Und was taten Sie, Sir«, fragte ich, als er innehielt, »nachdem Sie sie hier untergebracht hatten? Wohin begaben Sie sich dann?«

»Was ich tat, Jane? Ich verwandelte mich in ein Irrlicht. Wohin ich mich begab? Ich war ein wilder, wandernder Geist. Ich durchstreifte den Kontinent und all seine Länder. Mein einziger Wunsch, meine fixe Idee war es, ein gutes, kluges Weib zu suchen und zu finden, das ich lieben könnte, den Gegensatz zu der Furie, welche ich auf Thornfield zurückgelassen hatte …«

»Aber Sie durften doch nicht heiraten, Sir!«

»Ich hatte beschlossen und war fest überzeugt, dass ich es durfte und musste. Ursprünglich war es ja nicht meine Absicht zu täuschen, wie ich dich getäuscht habe. Ich gedachte, meine Geschichte einfach zu erzählen und meinen Antrag offen zu machen; und mir erschien es so durchaus selbstverständlich, dass man mich für berechtigt ansehen werde zu lieben und geliebt zu werden, dass ich gar nicht daran zweifelte, ein Weib finden zu können, welches imstande wäre, meine Lage recht zu verstehen und mich zu nehmen trotz des Fluches, der auf mir lastete.«

»Und nun, Sir?«

»Wenn du neugierig wirst, Jane, muss ich stets lächeln. Du öffnest die Augen wie ein aufgescheuchter Vogel und machst dann und wann eine unruhige Bewegung. Es ist, als kämen die Antworten und Aufklärungen dir nicht schnell genug und als wolltest du dem Sprecher bis ins innerste Herz sehen. Aber ehe ich fortfahre, musst du mir sagen, was du mit deinem ›Und nun, Sir?‹ meinst. Es ist eine kurze Redensart, die dir eigen ist, und die mich gar manches Mal zu endlosem Reden hingerissen hat; und ich weiß eigentlich nicht, weshalb.«

»Ich meine: Und was geschah dann? Was taten Sie weiter? Welche Folgen hatte diese Tat?«

»Ganz recht. Und was möchtest du jetzt wissen?«

»Ob Sie eine fanden, die Sie liebten. Ob Sie sie zur Frau begehrten und was sie sagte.«

»Ich kann dir sagen, ob ich eine gefunden, die ich liebte, und ob ich von ihr erbat, mich zu heiraten – doch was sie antwortete, das muss erst noch im Buch des Schicksals verzeichnet werden! Zehn lange Jahre irrte ich umher, bald lebte ich in der einen Hauptstadt, bald in der anderen – zuweilen in St. Petersburg, häufiger in Paris, gelegentlich auch in Rom, Neapel und Florenz. Da ich Geld im Überfluss hatte und obendrein noch durch einen alten Namen ausgewiesen war, konnte ich mir meine Gesellschaft wählen. Kein Kreis blieb mir verschlossen, ich suchte mein Frauenideal unter englischen Ladies, französischen Komtessen, italienischen Signoras und deutschen Gräfinnen. Aber ich fand es nicht. Zuweilen, während eines flüchtigen Augenblicks, glaubte ich, einen Blick gesehen, einen Ton gehört, eine Gestalt erblickt zu haben, welche mir die Verwirklichung meines Traumes verhieß – aber schnell ward ich stets wieder enttäuscht. Du darfst jedoch nicht glauben, dass ich Vollkommenheit suchte, weder an Leib noch an Seele. Ich sehnte mich nur nach etwas, das zu mir passte – nach dem entschiedenen Gegenteil der Kreolin. Und unter all diesen Frauen fand ich nicht eine Einzige, die ich – selbst wenn ich vollständig frei gewesen wäre – zum Weibe begehrt haben würde. War ich doch gewarnt durch die Gefahren, die Schrecken und den Fluch einer unpassenden Verbindung! Die Enttäuschung machte mich wild und ruhelos. Ich versuchte es mit Zerstreuungen – jedoch niemals mit einem lasterhaften Leben, welches ich stets hasste und heute noch hasse. Das Laster war ja das Kennzeichen meiner westindischen Messalina gewesen und ein eingewurzelter Widerwille gegen sie und gegen jegliche Ausschweifung legte mir stets Fesseln an. Jedes Vergnügen, das an Schwelgerei grenzte, schien mich ihr und ihren Lastern näher zu bringen. Deshalb vermied ich es ängstlich.

Und doch konnte ich nicht allein leben. So versuchte ich es denn mit der Gesellschaft von Mätressen. Die Erste, welche ich nahm, war Céline Varens – auch ein solcher Schritt, der einen Mann mit Selbstverachtung erfüllt, wenn er an ihn zurückdenkt. Du weißt ja bereits, was sie war und wie meine Liaison mit ihr endete. Sie hatte zwei Nachfolgerinnen, eine Italienerin, Giacinta, und eine Deutsche, Clara. Beide waren außerordentliche Schönheiten, aber was war ihre Schönheit noch für mich nach Verlauf von nur wenigen Wochen? Giacinta war leichtsinnig und heftig – nach drei Monaten war ich ihrer müde geworden. Clara war ehrlich und ruhig, aber schwerfällig, seelenlos und kalt – durchaus nicht nach meinem Geschmack. Ich war nur zu froh, ihr eine hinlängliche Summe geben zu können, mit welcher sie sich ein einträgliches Geschäft gründete. So wurde ich sie auf anständige Weise los. Aber Jane, ich sehe es deinem Gesicht an, dass du dir jetzt gerade keine sehr günstige Meinung von mir bildest. Du hältst mich für einen gefühllosen, leichtsinnigen Schurken, nicht wahr?«

»In der Tat, Sir, ich denke nicht mehr so groß von Ihnen, wie ich es einmal getan habe. Dünkte es Sie denn durchaus nicht Unrecht, ein solches Leben zu führen – erst mit einer Mätresse, und dann mit einer zweiten? Sie sprechen davon, als wenn es die allernatürlichste Sache der Welt wäre.«

»Das war es auch für mich. Aber ich verabscheute dieses Leben. Es war eine niedrige Art des Daseins, es wäre mir nimmermehr möglich, dazu zurückzukehren. Eine Mätresse nehmen ist ungefähr dasselbe wie einen Sklaven kaufen; beide sind von Natur aus untergeordnete Wesen. Und auf familiärem Fuße mit untergeordneten Geschöpfen leben ist erniedrigend. Ich hasse jetzt sogar die Erinnerung an die Zeit, die ich mit Céline, Giacinta und Clara verbrachte.«

Ich empfand die Wahrheit dieser Worte, und ich zog aus ihnen die unumstößliche Gewissheit, dass, wenn ich mich selbst und alle Lehren, die jemals in meine Seele und meinen Verstand gelegt wurden, so weit vergäße, die Nachfolgerin dieser armen Geschöpfe zu werden – unter welchem Vorwand, welcher Rechtfertigung es auch sein mochte – dass er mich dann eines Tages mit denselben Empfindungen ansehen würde, welche jetzt das Andenken an sie in seinem Geiste entheiligten. Dieser Überzeugung verlieh ich jedoch nicht Ausdruck – es war genug, sie zu hegen. Ich prägte sie meinem Herzen ein, dass sie dort Wurzel fassen und mir in der Zeit der Versuchung als Stütze dienen möge.

»Nun, Jane, weshalb sagst du nicht wieder ›Und nun, Sir‹? Ich bin noch nicht zu Ende. Du siehst so ernst aus. Ich sehe, du missbilligst meine Handlungsweise noch immer. Aber lass mich zum wichtigsten Punkt kommen: Im letzten Januar, frei gemacht von allen Mätressen, in einer harten, verbitterten Stimmung, die das Resultat eines nutzlosen, umherschweifenden, einsamen Lebens war, aufgerieben durch Täuschungen, gereizt gegen alle Menschen und besonders gegen das ganze weibliche Geschlecht – denn ich begann jetzt zu glauben, dass das Bild eines klugen, treuen, liebenden Weibes nur eine Traumgestalt sei –, riefen Geschäfte mich nach England zurück.

An einem frostigen Winternachmittag tauchte Thornfield Hall wieder vor meinen Blicken auf. Verhasster Ort! Ich erwartete dort keinen Frieden, keine Freude. Auf einem Heckenweg in dem Heugässchen sah ich eine kleine, einsame Gestalt sitzen. Ich ritt so nachlässig an ihr vorüber wie an dem gekappten Weidenbaum auf der anderen Seite des Weges. Keine Vorahnung warnte mich vor dem, was sie mir dereinst sein würde; kein Vorgefühl sagte mir, dass die Richterin über Leben und Tod, mein guter oder böser Geist dort im einfachen Kleide auf mich warte. Ich wusste es selbst dann noch nicht, als sie bei dem Unfall mit Mesrour an mich herantrat und mir demütig und bescheiden ihre Hilfe anbot! Kindliches, zartes Geschöpf! Es war, als sei mir ein Hänfling vor die Füße gehüpft und hätte sich erboten, mich auf seinen gebrechlichen Flügeln zu tragen. Ich war unwirsch, aber das kleine Ding wollte nicht gehen. Es stand neben mir mit seltsamer Ausdauer, und in Sprache und Blick lag so etwas wie Überlegenheit. Ich musste mir helfen lassen, und zwar durch jene Hand. Und sie half mir!

Als ich mich auf die zarte, gebrechliche Schulter gestützt hatte, kam etwas Neues über mich – ein ungekanntes Gefühl bemächtigte sich meiner, anderes Blut durchfloss meine Adern. Es war gut, dass ich erfuhr, jene Elfe müsse zu mir zurückkehren, dass sie zu meinem Haus dort unten gehörte – sonst hätte ich sie nicht wieder aus meiner Hand entwischen lassen, ich hätte es nicht ertragen, dass sie still und behände wieder hinter jener dicken Hecke verschwand. Ich hörte dich an jenem Abend nach Hause kommen, Jane, obgleich du wahrscheinlich nicht wusstest, dass ich an dich dachte oder auf dich wartete. Am folgenden Tag beobachtete ich dich – selbst ungesehen –, wie du während einer halben Stunde mit Adèle in der Galerie spieltest. Ich erinnere mich dessen noch, es war ein schneeiger Tag und ihr konntet nicht ins Freie gehen. Ich war in meinem Zimmer, die Tür war halb geöffnet, ich konnte euch hören und sehen. Adèle nahm deine äußere Aufmerksamkeit in Anspruch, und doch bildete ich mir ein, dass deine Gedanken anderswo seien. Aber du warst sehr geduldig mit ihr, meine kleine Jane; du amüsiertest sie und unterhieltest dich lange mit ihr. Als sie dich endlich verließ, versankst du sofort in tiefe Träumereien. Du begannst, langsam in der Galerie auf- und abzuschreiten. Hier und da, wenn du an einem Fenster vorüberkamst, blicktest du hinaus auf den unablässig fallenden Schnee, horchtest auf den heulenden Wind – und dann begannst du wieder, leise hin und her zu gehen und zu träumen. Ich glaube, jene Wachträume waren nicht düster. Dann und wann leuchtete dein Auge freudig auf und eine sanfte Erregung bemächtigte sich deiner Züge: Das war kein bitteres, galliges, hypochondrisches Brüten, deine Blicke verrieten eher das süße Grübeln der Jugend, wenn ihr Geist auf leichten Flügeln dem Fluge der Hoffnung folgt und einem idealen Himmel zustrebt. Die Stimme von Mrs. Fairfax, welche in der Halle sprach, rüttelte dich auf. Und wie seltsam du über dich selbst lächeltest, Janet! Es lag viel Verstand in deinem Lächeln, es war sehr fein und schien über deine eigene Geistesabwesenheit zu spotten. Es schien zu sagen: ›Meine prächtigen Visionen sind wohl wunderbar, aber ich darf nicht vergessen, dass sie absolut unwirklich sind. In meinem Kopf trage ich einen rosigen Himmel und ein grünendes, blühendes Eden, aber ich weiß sehr wohl, dass hier draußen ein rauer Pfad vor meinen Füßen liegt, den ich durchwandern muss, und dass um mich her sich schwarze Gewitterwolken zusammenballen, denen ich trotzen muss.‹ Dann liefst du hinunter und batest Mrs. Fairfax, dir eine Beschäftigung zu geben, nämlich die Haushaltsrechnungen der Woche zu ordnen oder etwas Ähnliches. Habe ich nicht recht? Ich zürnte dir damals, dass du dich meinen Blicken entzogst.

Ungeduldig wartete ich auf den Abend, damit ich dich zu mir rufen lassen konnte. Ich vermutete in dir einen für mich neuen, ungewöhnlichen Charakter. Ich hegte den Wunsch, ihn zu ergründen und ihn näher kennenzulernen. Du tratest ins Zimmer mit einem Blick, der zugleich Bescheidenheit und Unabhängigkeit verriet. Du warst einfach gekleidet – ungefähr so wie jetzt. Ich brachte dich zum Sprechen und es dauerte nicht lange, so fand ich, dass die seltsamsten Kontraste in dir waren. Deine Kleidung und deine Manieren waren durch die Norm eingeschränkt und beengt, deine Mienen und dein Betragen waren oft voll von Misstrauen. Du warst auf eine natürliche Art kultiviert, jedoch absolut unvertraut mit der Gesellschaft. Man fühlte es, wie sehr du fürchtetest, durch einen Missgriff oder eine Ungeschicklichkeit unvorteilhaft aufzufallen. Wenn man dich jedoch anredete, so erhobst du ein klares, unerschrockenes, mutiges Auge zu dem Gesicht des Sprechers und in jedem deiner Blicke lagen Kraft und Unterscheidungsgabe. Wenn man dir verfängliche Fragen stellte, fandest du stets klare und sachgemäße Antworten. Sehr bald schienst du dich an mich zu gewöhnen – Jane, ich glaube du fühltest, dass zwischen dir und deinem grimmigen, harten Herrn eine Übereinstimmung existierte, denn es war erstaunlich zu sehen, wie schnell ein gewisses freudiges Behagen dein Wesen ruhiger stimmte. Wie sehr ich auch brummte und murrte, du trugst weder Erstaunen, noch Furcht, Verstimmung oder Ärger über meine Unfreundlichkeit zur Schau. Du beobachtetest mich und lächeltest dann und wann mit einer einfachen aber klugen Anmut, die ich nicht zu beschreiben vermag. Ich war zugleich zufrieden und gereizt durch das, was ich sah. Mir gefiel, was ich gesehen hatte, und ich wünschte, mehr zu sehen. Und doch behandelte ich dich über eine lange Zeit kalt und suchte deine Gesellschaft nur selten. Ich war ein kluger Epikureer und wünschte, die Annehmlichkeit zu verlängern, welche diese neue und pikante Bekanntschaft mir gewährte. Außerdem quälte mich eine Zeitlang eine qualvolle Furcht, dass der rosige Hauch von der Blüte abfallen würde, wenn ich zu sorglos mit ihr umginge, dass der süße Reiz ihrer Frische sich verlieren würde. Damals wusste ich ja noch nicht, dass es keine vergängliche Blüte sei, sondern das Ebenbild einer solchen, aus einem unvergänglichen Edelstein geschnitten. Und überdies wollte ich sehen, ob du mich suchen würdest, wenn ich dich mied. Aber das tatest du nicht; du hieltest dich immer im Schulzimmer auf, so still wie dein Schreibtisch, wie deine Staffelei. Wenn ich dir zufällig begegnete, gingst du so schnell und so fremd an mir vorbei, wie es sich nur irgend mit den Gesetzen der Höflichkeit vereinbaren ließ. Dein gewöhnlicher Gesichtsausdruck in jenen Tagen, Jane, war ein gedankenvoller; nicht niedergeschlagen, denn du warst nicht wehleidig, aber auch nicht fröhlich, denn du hattest wenig Hoffnung und kein einziges wirkliches Vergnügen. Ich fragte mich verwundert, was du wohl von mir denken könnest, oder ob du überhaupt an mich dächtest – und um dies herauszufinden, fing ich wieder an, dir Beachtung zu schenken. Es lag etwas Freundliches in deinem Blick, etwas Sympathisches in deiner Art, wenn du dich unterhieltest. Ich sah, dass du ein mitteilsames Herz hattest – es war also nur das stille Schulzimmer, das ewige Einerlei deines täglichen Lebens, das dich traurig machte. Ich gestattete mir die Freude, gütig gegen dich zu sein. Güte belebte dein Empfinden gar bald. Der Ausdruck deines Angesichts besänftigte sich, deine Stimme wurde weich. Es erfüllte mich mit Wonne, wenn du meinen Namen in so dankbaren, glücklichen Lauten aussprachst. Es machte mir Vergnügen, wenn ich dich durch einen Zufall traf, Jane. In deinem Benehmen lag etwas eigentümlich Zauderndes, du blicktest mich oft mit leiser Unruhe an, immer im Zweifel, welche Caprice mich wohl gerade treiben mochte – ob ich den Herrn spielen, streng und hart sein, oder den Freund herauskehren und wohlwollend sein würde. Ich hatte dich jetzt schon zu lieb gewonnen, um die erstere Rolle oft zu spielen; und wenn ich meine Hand freundlich ausstreckte, kam so viel Wonne und Licht und Farbe in deine jungen, traurigen Züge, dass ich mir oft Gewalt antun musste, um nicht die Arme auszubreiten und dich an mein Herz zu ziehen.«

»Sprechen Sie nicht mehr von jenen Tagen, Sir«, unterbrach ich ihn, indem ich verstohlen einige Tränen von meinen Wimpern trocknete. Seine Worte quälten mich, denn ich wusste, was ich tun musste – was ich bald tun musste, und all diese Erinnerungen, diese Offenbarungen seiner Gefühle machten mir meine Aufgabe nur noch schwerer.

»Nein, Jane«, erwiderte er, »wozu auch bei der Vergangenheit verweilen, wenn die Gegenwart so viel Gewissheit bietet und wenn die Zukunft so hell und klar ist?«

Ein Schauder erfasste mich, als ich diesen törichten Ausspruch vernahm.

»Du siehst jetzt, wie die Sache steht, nicht wahr?«, fuhr er fort. »Nachdem ich meine Jugend und meine Mannesjahre zur einen Hälfte in unsagbarem Elend, zur anderen in trauriger Einsamkeit zugebracht hatte, habe ich zum ersten Mal gefunden, was ich wahrhaft lieben kann: Ich habe *dich* gefunden. Du bist mir seelenverwandt, bist mein besseres Ich, mein guter Engel – ich bin mit einer starken Kraft an dich gebunden. Ich glaube, dass du gut, begabt, klug und freundlich bist. Eine glühende, eine heilige Leidenschaft wohnt in meinem Herzen, sie strebt zu dir, sie zieht dich in mein innerstes Sein, an meinen Lebensquell. Diese Leidenschaft will dich ganz umfangen, und indem sie in einer reinen, mächtigen Flamme auflodert, verschmilzt sie dich und mich in eins!

Weil ich dies fühlte und wusste, beschloss ich, dich zu heiraten. Es ist ein blanker Hohn, mir zu entgegnen, dass ich bereits eine Gattin hätte. Du weißt jetzt, dass ich nur einen widerwärtigen, grauenhaften Dämon habe. Es war ein furchtbares Unrecht, dass ich versuchte, dich zu täuschen, aber ich fürchtete den Eigensinn, der in deinem Charakter liegt. Ich fürchtete früh eingeprägte Vorurteile; ich wollte dich in Sicherheit haben, bevor ich mich an jene vertraulichen Mitteilungen wagte. Das war feige. Zuerst hätte ich an deinen Edelmut und deine Großherzigkeit appellieren sollen, wie ich es jetzt tue – ich hätte mein ganzes qualvolles Leben vor dir offenbaren sollen, dir meinen Hunger, meinen Durst nach einem höheren, würdigeren Dasein beschreiben müssen. Ich hätte dir nicht meinen *Entschluss* – welch schwaches Wort! –, sondern mein unwiderstehliches *Verlangen* zeigen müssen, treu und innig zu lieben, wo ich treue und innige Gegenliebe finde. Dann erst hätte ich dich bitten dürfen, mein Gelübde der Treue anzunehmen und mir das deine zu geben. – Jane, gib es mir jetzt!«

Eine Pause.

»Weshalb schweigst du, Jane?«

Es war eine Qual; eine Hand aus glühendem Eisen griff mir nach dem Leben. Welch furchtbarer Augenblick voll Kampf, Dunkelheit und Flammen! Kein Mensch, der je gelebt hat, konnte sich eine größere Liebe wünschen als die, mit welcher ich geliebt wurde. Und ich betete den an, der mich so liebte! Dennoch musste ich meinem Abgott und meiner Liebe entsagen. Ein furchtbares Wort begriff meine entsetzliche Pflicht in sich: Fort!

»Jane, du verstehst doch, was ich von dir verlange? Nur dieses Versprechen: ›Ich will die Ihrige sein, Mr. Rochester!‹«

»Mr. Rochester, ich will *nicht* die Ihrige sein.«

Wieder langes Schweigen.

»Jane!«, begann er wieder mit einer Sanftmut und Zärtlichkeit, die mich beinahe zusammenbrechen ließ, die mir aber zugleich auch eiskalte Schauer der Angst bescherte, denn in dieser ruhigen Stimme war schon das Schnauben des erwachenden Löwen zu vernehmen.

»Jane, gedenkst du etwa deinen eigenen Weg im Leben zu gehen, während ich einen anderen einschlage?«

»Ja!«

»Jane«, er neigte sich zu mir und umarmte mich, »bist du wirklich dazu entschlossen?«

»Ja, das bin ich.«

»Und jetzt?« Er küsste mir Stirn und Wangen.

»Noch immer …«, erwiderte ich, indem ich mich schnell und vollständig aus seiner Umarmung befreite.

»Oh, Jane, *dies* ist bitter! *Dies* ist böse! Mich zu lieben, wäre nicht böse.«

»Es wäre böse, Ihnen zu gehorchen.«

Ein wilder Blick aus seinen Augen traf mich – einen Augenblick verzerrten sich seine Züge. Er erhob sich, aber er beherrschte sich noch. Ich griff nach einem Stuhl, um mich zu stützen; ich bebte, ich fürchtete mich – aber ich blieb entschlossen.

»Noch einen Augenblick, Jane. Wirf nur einen Blick auf mein furchtbares Leben, wie es sein würde, wenn du mich verlassen solltest. Mit dir würde all mein Glück wieder von mir gehen. Was bleibt mir dann übrig? Als Gattin habe ich nur jene Tobsüchtige dort oben; ebenso gut könntest du mich an einen Leichnam da drüben auf dem Friedhof weisen. Was soll ich tun, Jane? Wo eine Gefährtin suchen? Wo Hoffnung finden?«

»Tun Sie, was ich tue. Vertrauen Sie auf Gott und sich selbst. Glauben Sie an den Himmel und an eine Vereinigung da oben.«

»Du willst also nicht nachgeben?«

»Nein.«

»Du verdammst mich also dazu, unglücklich zu leben und mit Fluch beladen zu sterben?« Seine Stimme wurde lauter.

»Ich rate Ihnen, ohne Sünde zu leben, und ich wünsche Ihnen, in Frieden zu sterben.«

»Dann reißt du also alle Liebe, alle Unschuld von mir fort? Du verweisest mich auf die Lust anstelle der Leidenschaft – du lässt mir nur das Laster als Beschäftigung?«

»Mr. Rochester, ich verweise Sie ebenso wenig auf dieses Schicksal, wie ich selbst es für mich begehre. Wir sind geboren, um zu kämpfen und zu leiden – Sie sowohl wie ich! Tun Sie es also. Sie werden mich früher vergessen als ich Sie.«

»Durch solche Worte nennst du mich einen Lügner, du beschmutzt meine Ehre. Ich erklärte dir, dass ich mich nicht verändern würde. Und du sagst mir gerade ins Gesicht, dass ich nur zu bald ein anderer sein würde. Und welche Verirrung deiner Vernunft, welche Verkehrtheit der Ideen bekundest du durch dein Verhalten! Ist es besser, einen Mitmenschen zur Verzweiflung zu treiben, als ein Gesetz zu übertreten, das doch nur von Menschen gegeben ist, wenn niemand durch diese Übertretung geschädigt wird? Denn du hast weder Verwandte noch Freunde und Bekannte, die du verletzen könntest, wenn du bei mir bliebest.«

Dies war wahr. Und während er sprach, wurden mein Gewissen und meine Vernunft an mir zu Verrätern und ziehen mich des Verbrechens, wenn ich ihm länger Widerstand leistete. Sie sprachen fast so laut wie mein Gefühl – und dieses schrie in seinem Jammer! ›Oh, gib nach!‹, flehte es. ›Denk an sein Elend! Denk an seine Gefahr – sieh seinen Zustand an, wenn er allein bleibt. Vergiss nicht seine wilde Natur; zieh die Ruhelosigkeit, den Leichtsinn in Betracht, der auf die Verzweiflung notwendig folgen muss – besänftige ihn – rette ihn – liebe ihn! Sag ihm, dass du ihn liebst und die Seine werden willst. Wer auf der ganzen Welt kümmert sich denn um *dich*? Wer außer ihm? Und wen würdest du durch deine Tat schädigen?‹

Doch unentwegt blieb die Antwort: ›*Ich selbst* kümmere mich um mich. Je einsamer, je verlassener, je unbeschützter ich bin, desto mehr werde ich mich selbst achten. Ich werde das Gesetz halten, das Gott uns gegeben und das die Menschen sanktioniert haben. Ich werde mich streng an die Grundsätze halten, die ich gefasst habe, als ich noch bei Sinnen und nicht wahnsinnig war, wie ich es jetzt bin. Gesetze und Grundsätze gelten nicht allein für die Zeiten, in denen keine Versuchung an uns herantritt; sie gelten für solche Augenblicke wie jetzt, wenn Leib und Seele sich gegen ihre bittere Strenge empören. Sind sie auch hart, so dürfen sie doch nicht verletzt werden. Wenn ich sie zu meiner persönlichen Bequemlichkeit übertreten darf, welchen Wert hätten sie dann? Sie haben einen Wert – das habe ich stets geglaubt, und wenn ich es jetzt nicht glauben kann, so ist es, weil ich wahnsinnig bin, ganz und gar wahnsinnig. In meinen Adern rollt Feuer und mein Herz klopft so schnell, dass ich seine Schläge nicht mehr zählen kann. Vorgefasste Meinungen, frühere Entschließungen sind alles, was mich in dieser Stunde standhaft macht; auf sie stütze ich mich!‹

Und ich tat es. Mr. Rochester las es in meinen Zügen. Seine Wut erreichte den höchsten Grad. Er musste ihr einen Augenblick nachgeben – komme, was da wolle. Er schritt auf mich zu, fasste meinen Arm, packte mich um die Taille und schien mich mit flammenden Blicken zu verschlingen. Physisch fühlte ich mich in diesem Augenblick so schwach wie trockenes Stroh, das der Glut und dem Zug eines Ofens ausgesetzt ist; innerlich aber besaß meine Seele die Überzeugung ihrer unabänderlichen Sicherheit. Die Seele hat glücklicherweise einen Vermittler – oft einen unbewussten, immer jedoch einen getreuen Übersetzer: das Auge. Mein Auge erhob sich zu dem seinen, und während ich in sein wild erregtes Gesicht schaute, stieß ich unwillkürlich einen Seufzer aus. Sein Griff war schmerzhaft, und meine überanstrengten Kräfte waren fast erschöpft.

»Niemals«, sagte er, indem er mit den Zähnen knirschte. »Noch niemals hat es ein Geschöpf gegeben, das so zart und so unbeugsam zugleich ist. In meiner Hand ist sie nur ein schwaches Rohr!« Er schüttelte mich mit dem ganzen Aufgebot seiner Kräfte. »Ich könnte sie mit Daumen und Zeigefinger zerbrechen. Aber was würde es nützen, wenn ich sie zerbräche, sie zerrisse, zermalmte? – Betrachte einer nur diese Augen! Betrachte einer das entschlossene, wilde, freie Etwas, das mir daraus entgegenblickt, das mir trotzt mit mehr als Mut – mit wildem Triumph. Was ich auch mit der Hülle tun mag, zu diesem Etwas kann ich nicht gelangen. Wildes, schönes Geschöpf! Wenn ich dies zarte Gefängnis zerreiße, zersprenge, so würde das nur jenes gefangene Etwas befreien. Das Gehäuse könnte ich besiegen, aber der Insasse würde gen Himmel fliegen, bevor ich mich noch Besitzer jener Hülle aus irdischem Ton nennen könnte. Und du bist es doch, Geist – mit deinem Willen und deiner Energie, deiner Tugend und Reinheit, den ich haben will, nicht allein deine schöne Behausung. Wenn du nur wolltest, so könntest du aus eigenem Antrieb mit sanftem, leisem Flügelschlag kommen und dich an mein Herz schmiegen. Wollte ich dich gegen deinen Willen greifen, so würdest du dich meiner Hand wieder entwinden, wie zarter Blütenduft verraucht, ehe wir seinen Wohlgeruch eingeatmet haben. Oh komm Jane, komm!«

Indem er dies sagte, ließ er mich los und blickte mich nur noch an. Es war viel schwerer, diesem Blick zu widerstehen, als seiner wahnsinnigen Umarmung. Doch nur eine Wahnsinnige wäre jetzt noch unterlegen. Ich hatte seiner Wut getrotzt und sie zunichtegemacht, seinen Kummer jedoch konnte ich nicht ertragen. Deshalb näherte ich mich der Tür.

»Gehst du, Jane?«
»Ich gehe, Sir.«
»Du willst mich verlassen?«
»Ja.«
»Du willst nicht zu mir kommen? Du willst nicht meine Trösterin, meine Erlöserin sein? Meine tiefe, innige Liebe, mein wildes Weh, meine heißen Bitten – ist alles das nichts für dich?«

Welch eine unbeschreibliche Würde lag in seinen Tönen! Wie schwer war es, fest und entschlossen zu wiederholen: »Ich gehe!«

»Jane!«
»Mr. Rochester!«
»So geh denn – ich willige ein. Aber vergiss nicht, dass du mich hier in Todesqualen zurücklässt. Geh hinauf in dein Zimmer, denk nach über alles, was ich dir gesagt habe, und dann, Jane, wirf einen Blick auf mein Leid und denk an mich!«

Er wandte sich ab, warf sich auf das Sofa und begrub das Gesicht in den Kissen. »Oh, Jane! Meine Hoffnung, meine Liebe, mein Leben!«, rang es sich schmerzvoll von seinen Lippen. Dann kam ein tiefes, herzzerreißendes Schluchzen.

Ich hatte die Tür schon erreicht, aber mein Leser, ich ging wieder zurück. Ging zurück, ebenso entschlossen, wie ich fortgegangen war. Ich kniete neben ihm nieder, ich hob sein Gesicht vom Kissen zu mir empor, ich küsste ihm die Tränen von den Wangen und streichelte sein wildes Haar.

»Gott segne Sie, mein teurer Herr!«, sagte ich. »Gott halte Sie von Unrecht und Sünde zurück! Er führe Sie, er tröste Sie! Und vor allen Dingen lohne er Sie für Ihre grenzenlose Güte gegen mich!«

»Die Liebe meiner kleinen Jane wäre mein bester Lohn gewesen«, entgegnete er, »ohne sie ist mein Herz gebrochen. Aber Jane wird mir ihre Liebe noch schenken! Sie wird edel, sie wird großmütig sein!«

Das Blut stieg ihm zu Kopf, seine Augen sprühten Flammen, er sprang auf und stand vor mir. Er breitete die Arme aus, doch ich entzog mich seiner Umarmung und verließ augenblicklich den Raum.

»Leb wohl!«, war der Aufschrei meines Herzens, als ich ihn verließ. Und die Verzweiflung fügte hinzu: »Leb wohl, auf ewig!«

*

Ich hatte nicht geglaubt, dass diese Nacht mir Schlaf bringen würde; aber ein barmherziger Schlummer senkte sich auf meine Lider, als ich mich kaum niedergelegt hatte. Der Schlaf führte mich wieder zu den Szenen meiner Kindheit zurück. Mir träumte, ich läge im Roten Zimmer in Gateshead; die Nacht war düster und eine seltsame Angst lastete auf meiner Seele. Das Licht, das mich vor langer Zeit ohnmächtig gemacht hatte, spielte in diese Vision hinüber, es schien an der Wand emporzuziehen und dann vibrierend im Mittelpunkt der düsteren Zimmerdecke zu verweilen. Ich hob den Kopf empor, um zu sehen: Das Dach löste sich in Wolken auf, hoch und trübe. Der Schimmer glich nun dem Mondlicht, bevor es einen Wolkenschleier zerreißt. Ich wartete darauf, dass der Mond aufging – ich wartete mit der seltsamsten Vorahnung, als müsse mein Urteil auf seiner Scheibe geschrieben stehen. Dann brach er hervor, wie noch niemals der Mond durch Wolken hervorgebrochen ist: Zuerst drang eine Hand durch die schwarzen Massen und schob sie zur Seite. Dann erschien in dem Azur nicht der Mond, sondern eine weiße, menschliche Gestalt, welche ihre strahlende Stirn erdwärts senkte. Sie blickte mich dabei unverwandt an. Sie sprach zu meiner Seele, aus unermesslicher Ferne kamen die Laute und doch waren sie so nahe. In meinem Herzen flüsterte es:

»Meine Tochter, fliehe die Versuchung!«
»Mutter, ich will!«

So antwortete ich, nachdem ich aus dem tranceartigen Traum erwacht war. Es war noch Nacht, aber Julinächte sind kurz – bald nach Mitternacht beginnt die Dämmerung. ›Es kann nicht zu früh sein, um mit der Aufgabe zu beginnen, welche ich zu erfüllen habe‹, dachte ich. Dann erhob ich mich vom Lager. Ich war noch angekleidet, denn ich hatte mich nur meiner Schuhe entledigt. Ich wusste, wo ich in meiner Schublade etwas Wäsche, einen Ring und ein Medaillon zu finden hatte. Während ich nach diesen Gegenständen suchte, gerieten meine Finger mit den Perlen eines Halsbandes in Berührung, welches Mr. Rochester mich vor einigen Tagen anzunehmen gezwungen hatte. Das ließ ich zurück. Es gehörte nicht mir; es gehörte der Braut, jenem Luftgebilde, das in nichts zerflossen war. Die anderen Sachen schnürte ich zu einem Päckchen zusammen; meine Börse, welche zwanzig Schillinge enthielt, mein ganzes Besitztum, schob ich in die Tasche. Ich setzte meinen Strohhut auf, steckte meinen Schal zusammen, nahm das Päckchen und meine Schuhe, die ich noch nicht anziehen wollte, und schlich aus meinem Zimmer.

»Leben Sie wohl, gütige Mrs. Fairfax!«, flüsterte ich, als ich an ihrer Tür vorüberglitt.

»Lebe wohl, mein Liebling Adèle!«, sagte ich, als ich einen Blick auf die Tür des Kinderzimmers warf. Dem Gedanken, hineinzugehen und sie zu umarmen, durfte ich nicht Raum geben – es galt, ein feines Ohr zu täuschen. Wusste ich denn, ob es nicht in diesem Augenblick lauschte?

Ich würde auch an Mr. Rochesters Zimmer ohne Aufenthalt vorübergegangen sein; da jedoch mein Herz für einen Augenblick zu schlagen aufhörte, als ich an seiner Schwelle vorbeieilen wollte, war ich gezwungen, eine Weile stehenzubleiben. – Da war kein Schlaf eingekehrt: Der Bewohner durchschritt ruhelos das Gemach von einem Ende zum anderen; wiederholt stieß er tiefe Seufzer aus, während ich dort stand und lauschte. In jenem Zimmer war mein Himmel – mein irdischer Himmel, wenn ich wollte! Ich brauchte nur hineinzugehen und zu sagen:

›Mr. Rochester, ich will Sie lieben und bei Ihnen bleiben bis an das Ende unseres Lebens‹, und eine Quelle der Wonne und des Entzückens würde sich in meine Seele ergießen. Daran dachte ich.

Jener gütige Mann, mein Herr und Gebieter, der jetzt keinen Schlaf finden konnte, wartete mit Ungeduld auf den kommenden Tag. Am Morgen würde er nach mir schicken – dann wäre ich jedoch fort. Er würde mich suchen lassen – umsonst! Er würde sich verlassen fühlen, seine Liebe für verschmäht halten. Er würde leiden, vielleicht der Verzweiflung anheimfallen. Auch daran dachte ich. Meine Hand machte eine Bewegung nach der Türklinke. Doch ich zog sie zurück und schlich weiter.

Traurig suchte ich meinen Weg nach unten. Ich wusste, was ich zu tun hatte und tat es mechanisch. In der Küche suchte ich den Schlüssel zur Seitentür; außerdem nahm ich eine kleine Flasche mit Öl und eine Feder, um den Schlüssel und das Schloss zu ölen. Ich trank ein wenig Wasser und nahm ein Stück Brot, denn vielleicht würde mein Weg weit sein. Meine Kräfte, welche in letzter Zeit auf so harte Proben gestellt waren, durften mich nicht verlassen. All dies tat ich ohne das leiseste Geräusch. Ich öffnete die Tür, ging hinaus und schloss sie leise wieder hinter mir. Trübe Dämmerung lag über den Hof gebreitet. Die großen Tore waren verschlossen, aber eine Seitenpforte in einem der Tore war nur eingeklinkt. Durch diese ging ich hinaus, dann schloss ich auch sie. Jetzt lag Thornfield hinter mir.

Eine Meile von hier zog sich hinter den Feldern eine Straße hin, welche in die entgegengesetzte Richtung von Millcote führte; eine Straße, auf der ich noch niemals gefahren war, die ich aber bemerkt hatte und bei deren Anblick ich mich oft verwundert gefragt hatte, wohin sie wohl führen möge. Dorthin lenkte ich meine Schritte. Jetzt durfte ich keinem Nachdenken Raum geben; keinen Blick durfte ich zurückwerfen oder in die Zukunft tun, nicht einen Gedanken durfte ich der Vergangenheit oder der Zukunft weihen. Erstere war ein Blatt im Buch des Schicksals, so himmlisch süß und so tödlich bitter, dass es all meinen Mut erschüttern und meine Energie vernichten würde, wenn ich auch nur eine Zeile davon lesen wollte. Letztere war eine grauenhafte Leere, der Erde nach der Sintflut gleich.

Ich ging an Feldern entlang, an Hecken und Feldwegen, bis die Sonne aufgegangen war. Ich glaube, es war ein lieblicher Sommermorgen. Ich weiß noch, dass meine Schuhe, welche ich erst angezogen hatte, als ich das Haus verlassen hatte, bald von Tau durchtränkt waren. Aber ich blickte weder zur Sonne empor, noch zu dem lächelnden Himmel, noch herab auf die erwachende Natur. Der Mensch, der auf einem schönen Weg zum Schafott schreitet, denkt nicht an die Blumen, die am Rand wachsen, sondern nur an den Block und das Beil, an die Trennung von Leib und Seele und an das gähnende Grab, das seiner harrt. Ich dachte an die traurige Flucht und an das heimatlose Umherwandern – und ach!, mit Qual dachte ich an das, was ich zurückgelassen hatte. Ich konnte nicht anders. Ich dachte jetzt an ihn, wie er ruhelos in seinem Zimmer hin- und herwanderte und auf den Sonnenaufgang wartete. Wie er hoffte, dass ich bald kommen und ihm sagen würde, dass ich bei ihm bleiben und die Seine werden wolle. Ich sehnte mich danach, ihm anzugehören; ich war in Versuchung, zu ihm zurückzukehren: Noch war es nicht zu spät. Noch konnte ich ihm den bittern Schmerz der Trennung ersparen. Ganz gewiss, noch war meine Flucht nicht entdeckt, noch konnte ich zurückgehen und seine Trösterin sein – sein Stolz, seine Erlöserin aus tiefem Elend, vielleicht seine Retterin vor dem Verderben. Oh, jene Furcht vor seiner Vereinsamung – viel schlimmer als meine eigene – wie sie mich marterte! Es war ein vergifteter Pfeil in meiner Brust, der mir alles zerriss, wenn ich versuchte, ihn herauszuziehen; er tötete mich fast, als die Erinnerung ihn mir noch weiter, bis zum Sitz alles Lebens hineinstieß! – In Feld und Busch begannen die Vögel zu singen; die Vögel waren einander treu, Vögel waren das Sinnbild der Liebe. Aber was war ich? Inmitten meiner Herzensqual, meiner verzweifelten Anstrengung, meinen Grundsätzen treu zu bleiben, verabscheute ich mich selbst. Ich hatte meinen Herrn beleidigt, gekränkt, verwundet und verlassen! Ich erschien mir selbst hassenswert. Und doch konnte ich nicht umkehren, nicht einen einzigen Schritt zurück tun. Gott muss mich weitergeführt haben. Leidenschaftlicher Kummer hatte meinen eigenen Willen vernichtet und mein Gewissen zum Schweigen gebracht. Ich vergoss wilde, heiße Tränen, als ich auf meinem einsamen Weg dahinschritt. Ich ging schnell, schnell wie ein Fieberkranker. Eine Schwäche, die von innen heraus kam und sich meiner Glieder bemächtigte, befiel mich und warf mich zu Boden. Dort lag ich einige Minuten und drückte mein Gesicht in das nasse Gras. Ich hegte die Furcht – oder vielmehr die Hoffnung, dass ich hier liegen bleiben und sterben würde. Aber bald war ich wieder auf und kroch auf Händen und Füßen vorwärts. Endlich stand ich wieder auf den Füßen – fest entschlossen und begierig, die Landstraße schließlich zu erreichen.

Als ich sie erreicht, war ich gezwungen, mich zu setzen und unter einer Hecke auszuruhen. Wie ich so dasaß, vernahm ich das Geräusch von Rädern und sah einen Wagen des Weges kommen. Ich stand auf und winkte mit der Hand. Der Wagen hielt an. Ich fragte, wohin er fahren würde. Der Kutscher nannte einen weit entfernten Ort, von dem ich bestimmt wusste, dass Mr. Rochester dort keine Verbindungen hatte. Ich fragte, für welche Summe er mich dorthin mitnehmen würde, und er antwortete: für dreißig Schillinge. Ich entgegnete ihm, dass ich nur zwanzig besäße. Nun, er wolle sehen, ob er es nicht auch dafür tun könne. Dann erlaubte er mir noch, mich in das Innere des Wagens zu setzen, da er leer war. Ich stieg ein. Die Tür wurde zugeschlagen und ich rollte fort.

Mein lieber Leser, mögest du niemals empfinden, was ich damals empfand. Mögen deine Augen niemals so stürmische, sengende, blutige Tränen vergießen, wie sie damals meinen Augen entquollen. Mögest du niemals den Himmel anflehen in Gebeten, die so hoffnungslos und so todesbetrübt sind, wie sie in jener Stunde von meinen Lippen kamen. Und mögest du niemals, wie ich es tat, fürchten, das Werkzeug zu werden, welches dem Menschen Böses zufügt, den du am meisten auf dieser Erde liebst.

Achtundzwanzigstes Kapitel

Zwei Tage sind vorüber. Es ist ein Sommerabend, der Kutscher hat mich an einem Ort abgesetzt, der Whitcross heißt. Für die Summe, die ich ihm gezahlt hatte, wollte er mich nicht weiter mitnehmen, und ich besaß nicht einen einzigen Schilling mehr in dieser Welt. Jetzt ist die Kutsche schon eine ganze Meile weit fort und ich bin allein. Plötzlich stelle ich fest, dass ich vergessen habe, mein Paket aus der Wagentasche zu nehmen, wohin ich es der größeren Sicherheit wegen gesteckt hatte. Dort bleibt es nun, dort muss es bleiben – und ich bin vollständig mittellos.

Whitcross ist keine Stadt, nicht einmal ein Marktflecken: Es ist nur ein steinerner Pfeiler, welcher dort aufgerichtet ist, wo vier Wege sich kreuzen; weiß angestrichen, damit er aus der Ferne und in der Dunkelheit besser zu erkennen ist, wie ich vermute. Vier Arme gehen von seiner oberen Spitze aus; die nächstgelegene Stadt, zu welcher diese zeigen, ist der Inschrift nach noch zehn Meilen von hier entfernt, die am weitesten entfernte mehr als zwanzig. Durch die wohlbekannten Namen dieser Städte erfahre ich, in welcher Grafschaft ich ausgestiegen bin. Eine Grafschaft der nördlichen Midlands mit düsteren Mooren, von Bergen eingerahmt: All dies sehe ich. Hinter mir und zu beiden Seiten sind große Torfmoore, hinter jenem tiefen Tal zu meinen Füßen ziehen sich hohe Bergketten hin. Die Gegend hier ist nur spärlich besiedelt. Ich sehe weder Fußgänger noch Reiter auf diesen Straßen, die sich hell, breit und einsam nach Norden, Osten, Süden und Westen erstrecken; über das Moor gelegt und vom Heidekraut wild und üppig umstanden. Und doch könnte zufällig ein Fußgänger vorüberkommen, und ich möchte keinem fremden Auge zu begegnen. Man würde verwundert fragen, was ich hier tue, an den Wegweiser gelehnt, augenscheinlich ohne Ziel und verloren. Würde man mich fragen, so hätte ich nur Antworten, die unglaubwürdig klängen, und dann würde ich Argwohn erwecken. Kein einziges Band verknüpft mich in diesem Augenblick mit der menschlichen Gesellschaft – kein Reiz, keine Hoffnung ruft mich dorthin, wo meine Mitmenschen sind. Und niemand, der mich hier sähe, würde einen freundlichen Gedanken oder einen guten Wunsch für mich haben. Ich habe keinen Angehörigen außer unser aller Mutter, die Natur. Ich will mich an ihre Brust flüchten und um Ruhe bitten.

Ich lief geradewegs durch die Heide, wobei ich mich in einer Bodensenke hielt, welche die braune Moorerde durchzog. Ich watete knietief durch die dunkle Vegetation und folgte allen Windungen der Senke, und als ich einen moosbewachsenen Granitfelsen in einem verborgenen Winkel fand, setzte ich mich. Hohe Moordämme umgaben mich, die Klippe beschützte mein Haupt. Und über all diesem war der Himmel.

Es verging einige Zeit, bevor ich mich hier sicher fühlte. Ich hatte eine unbestimmte Furcht, dass wilde Viehherden in der Nähe sein könnten, oder dass ein Jäger oder ein Wilddieb mich entdecken könne. Wenn ein Windstoß über die Fläche fegte, so blickte ich erschreckt empor und meinte, es könne ein Stier auf mich zustürmen; wenn ein Regenvogel pfiff, so glaubte ich, es seien menschliche Laute. Als ich indessen einsah, dass meine Befürchtungen unbegründet waren, und weil die tiefe Stille, welche beim Hereinbrechen der Nacht herrschte, mich beruhigte, fasste ich Vertrauen.

Noch hatte ich nicht nachgedacht. Ich hatte nur gehorcht, gewacht und gefürchtet. Jetzt kehrte die Fähigkeit des Nachdenkens wieder.

Was sollte ich beginnen, wohin gehen? Oh qualvolle, unerträgliche Fragen, wenn ich nichts beginnen, mich nirgendwohin wenden konnte! Wenn meine müden, zitternden Glieder noch einen langen, langen Weg zurücklegen mussten, bevor ich menschliche Wohnungen erreichte, wo ich kalte Mildtätigkeit in Anspruch nehmen musste, um eine Unterkunft zu erlangen. Wo widerstrebende Barmherzigkeit angerufen und herzlose Zurückweisungen ertragen werden mussten, ehe überhaupt jemand meine Geschichte anhören würde und man irgendeines meiner Bedürfnisse nach Nahrung und Unterkunft erfüllte.

Ich berührte den Heideboden, er war trocken und noch warm von der Hitze des Sommertages. Ich blickte zum Himmel empor – er war klar, ein freundlicher Stern funkelte gerade über dem Gipfel der Felsenklippe. Der Tau fiel, aber glücklicherweise sehr schwach. Nicht ein Windhauch störte die Ruhe. Die Natur schien mir gut und wohlwollend, ich glaubte, dass sie mich arme Ausgestoßene lieben würde. Und ich, die ich von Menschenkindern nur Misstrauen zu erwarten hatte, Zurückweisung und Beleidigungen, ich klammerte mich mit kindlicher Zärtlichkeit an sie. Heute Nacht wenigstens wollte ich ihr Gast sein, da ich doch auch ihr Kind war. Mutter Natur würde mir ja ohne Geld, ohne Lohn Obdach gewähren. Ich hatte noch einen kleinen Bissen Brot; es war der Rest einer Semmel, welche ich in einer Stadt gekauft hatte, die wir um die Mittagszeit passierten – gekauft mit einem verirrten Penny, meinem letzten Geldstück. Hier und da fand ich reife Heidelbeeren wie Perlen im Heidekraut. Ich pflückte eine Handvoll davon und aß sie zu meinem Brot. Mein zuvor noch quälender Hunger war, wenn auch nicht gestillt, so doch gemildert durch dieses Einsiedlermahl. Zuletzt sagte ich mein Abendgebet und dann suchte ich mir ein Nachtlager.

Neben der Felsenklippe war das Heidekraut sehr üppig. Als ich mich niederlegte, waren meine Füße beinahe darin verschwunden. Zu beiden Seiten wuchs es zudem so hoch, dass es fast über mir zusammenschlug und so dem Hereindringen der Nachtluft nur wenig Raum gewährte. Ich legte meinen Schal doppelt zusammen und breitete ihn wie eine Decke über mich; eine kaum spürbare, bemooste Erhöhung bildete mein Kopfpolster. So verwahrt, spürte ich wenigstens beim Beginn der Nacht keine Kälte.

Meine Nacht wäre vielleicht ruhig gewesen, wenn mein gequältes Herz sie nicht unterbrochen hätte. Es klagte über seine blutenden Wunden, seinen inneren Schmerz, seine zerrissenen Saiten. Es zitterte um Mr. Rochester und sein Schicksal, es beklagte ihn mit tiefem Mitleid, es verlangte nach ihm mit endloser Sehnsucht, und, hilflos wie ein Vogel, dem beide Flügel gebrochen sind, schlug es noch mit seinen zerstörten Schwingen und machte vergebliche Versuche, zu ihm zu fliegen.

Erschöpft durch diese Seelen- und Gedankenpein erhob ich mich auf die Knie. Die Nacht war gekommen und ihre Sterne waren aufgegangen; eine schöne, stille Nacht, zu rein und klar, als dass man der Furcht hätte Raum geben können. Wir wissen, dass Gott allgegenwärtig ist, aber gewiss fühlen wir seine Gegenwart am deutlichsten, wenn seine größten und herrlichsten Werke im Glanz vor uns ausgebreitet liegen. Und der unbewölkte Nachthimmel, an dem seine Welten ihren stillen Kreislauf vollführen, lässt uns am stärksten seine Unendlichkeit, seine Allmacht, seine Allgegenwärtigkeit empfinden. Ich hatte mich auf die Knie begeben, um für Mr. Rochester zu bitten. Als ich mit tränenblinden Augen aufsah, erblickte ich die gewaltige Milchstraße. Indem ich mich daran erinnerte, was diese eigentlich sei – welche zahllosen Systeme dort nur wie ein Lichtschein durch den Raum zogen –, da fühlte ich die Macht und die Kraft Gottes. Ich war überzeugt von seiner Macht, das erhalten zu können, was er erschaffen hatte; ich war sicher, dass die Erde nicht untergehen könne, noch irgendeine Kreatur, die auf ihr lebte. Dann wandelte sich mein Gebet in eine Danksagung: Der Quell des Lebens war ja auch der Erlöser der Seelen. Mr. Rochester war in Sicherheit, er war Gottes, und Gott würde ihn schützen! Und ich legte mich wieder an die Brust der Erde und nicht lange dauerte es, so hatte ich im Schlaf allen Kummer vergessen.

Aber am nächsten Tag trat die Not wieder bleich und hager an mich heran. Lange, nachdem die kleinen Vögel ihre Nester verlassen; lange, nachdem die Bienen während des süßen Tagesbeginns den Honig aus den Heideblüten gesogen hatten und noch bevor der Tau getrocknet war – als die langen Schatten des Morgens kürzer wurden und die Sonne Himmel und Erde erfüllte, da erhob ich mich und blickte umher.

Welch ein stiller, warmer, herrlicher Tag! Welch eine goldene Wüste war dieses weite Moor! Überall Sonnenschein! Ich wünschte, dass ich in ihm und von ihm leben könnte. Ich sah eine

Eidechse über den Felsen huschen, ich sah eine Biene geschäftig zwischen den süßen Heidelbeeren. Wie gern wäre ich in diesem Augenblick Biene oder Eidechse gewesen, dann hätte ich hier hinreichende Nahrung und schützendes Obdach gefunden. Aber ich war ein menschliches Wesen und hatte die Bedürfnisse eines menschlichen Wesens. Ich durfte nicht verweilen, wo ich nichts fand, um sie zu befriedigen. Ich erhob mich und blickte zurück auf das Lager, das ich verließ. Ohne Hoffnung für die Zukunft hegte ich nur den einen Wunsch: dass mein Schöpfer es für gut befunden hätte, während meines Schlafes in dieser vergangenen Nacht meine Seele von mir zurückzufordern; dass dieser müde Körper, durch den Tod von allen weiteren Kämpfen mit dem Schicksal befreit, jetzt ruhig der Verwesung anheimgegeben wäre und ungestört seinen Staub mit dem Staub dieser Wildnis vermischen könnte. Aber das Leben war noch immer mein, das Leben mit seinen Erfordernissen, seiner Verantwortlichkeit und seinen Qualen. Die Bürde musste getragen werden, die Bedürfnisse befriedigt, die Leiden ertragen und der Verantwortlichkeit genüge getan werden. Ich machte mich auf den Weg.

Als ich Whitcross wieder erreicht hatte, schlug ich eine Straße ein, welche von der Sonne fortführte, die jetzt bereits hoch am Himmel stand und glühend brannte – die Wahl meiner Richtung wurde einzig durch diesen Umstand bestimmt. Lange ging ich geradeaus, und als ich endlich dachte, dass nun wohl genug geleistet sei und ich mit gutem Gewissen der Müdigkeit nachgeben könnte, die mich beinahe überwältigte – dass ich dieses angestrengte Vorwärtsdrängen unterbrechen und mich auf einen nahen Stein setzen dürfe, um mich widerstandslos der Apathie hinzugeben, die sich meines Körpers und meiner Seele bemächtigt hatte –, da hörte ich eine Glocke erklingen, eine Kirchenglocke.

Ich wandte mich nach der Richtung, aus welcher der Schall kam, und dort, zwischen den romantischen Hügeln, deren wechselnden Anblick ich schon seit Stunden zu bewundern aufgehört hatte, sah ich einen Weiler und einen Kirchturm. Das ganze Tal zu meiner Rechten war voll von Weiden, Kornfeldern und Wäldern;

ein glitzernder Strom lief mäandernd durch die verschiedenen Schattierungen der Wiesen, des reifenden Korns, der düsteren Wälder und der hellen, sonnigen Fluren. Das schwere Rollen von Rädern lenkte meine Gedanken wieder auf die vor mir liegende Straße; ich sah einen hoch beladenen Wagen hügelaufwärts streben, und eine kurze Strecke dahinter erblickte ich zwei Kühe mit ihrem Treiber. Menschliches Leben und menschliche Arbeit waren mir also nahe. Ich musste weiterkämpfen, versuchen zu leben und zu arbeiten wie die Übrigen.

Gegen vier Uhr nachmittags kam ich in das Dorf. Am Ende der einzigen Straße war ein kleiner Laden mit Broten im Fenster. Ich sehnte mich nach einem Laib Brot, durch eine Stärkung wäre es mir vielleicht möglich, einen gewissen Grad von Energie wiederzuerlangen, ohne die ich unmöglich weitergehen konnte. Der Wunsch nach Kraft und Energie meldete sich, kaum, dass ich wieder unter Menschen war. Ich fühlte, dass es entehrend wäre, auf der Dorfstraße vor Hunger ohnmächtig zu werden. Besaß ich denn nichts, was ich jenen Leuten zum Tausch gegen eines der Brote anbieten konnte? Ich dachte nach. Um den Hals hatte ich ein kleines, seidenes Tuch geschlungen, auch hatte ich noch Handschuhe. Wie sollte ich wissen, was Männer oder Frauen taten, wenn sie an den äußersten Grenzen der Not angelangt waren? Ich wusste ja nicht einmal, ob die Leute irgendeinen dieser Gegenstände annehmen würden; wahrscheinlich würden sie es nicht tun – aber ich musste es versuchen.

Ich trat in den Laden. Eine Frau war darin. Als sie eine anständig gekleidete Person sah, eine Dame wie sie vermutete, trat sie mit größter Höflichkeit auf mich zu. Womit sie mir dienen könne? Ich kam fast um vor Scham und meine Zunge konnte die wohlvorbereitete Bitte nicht hervorstammeln. Ich wagte nicht, ihr die abgenützten Handschuhe oder das zerdrückte Seidentuch anzubieten. Außerdem sah ich auch ein, dass dies dumm sein würde. Ich bat sie nur um die Erlaubnis, mich einen Augenblick setzen zu dürfen, da ich sehr ermüdet sei. Getäuscht in ihrer Erwartung auf einen Kunden, gewährte sie meine Bitte fast widerstrebend. Sie zeigte auf einen Stuhl; ich brach darauf zusammen. Die Tränen waren mir nahe, und ich befand mich in der größten Versuchung, ihnen nachzugeben. Doch bedachte ich noch rechtzeitig, wie unvernünftig eine solche Kundgebung sein würde, und hielt sie zurück. Ich fragte sie, ob es im Dorf wohl eine Schneiderin oder eine einfache Handarbeiterin geben würde?

Ja, zwei oder drei. Gerade so viele, wie hier Beschäftigung finden könnten.

Ich überlegte. Ich war an meine Grenze gekommen, ich sah der Not jetzt ins Auge. Ich hatte keine Hilfsquelle mehr, keinen Freund, kein Geld. Irgendetwas musste geschehen, aber was? An irgendjemanden musste ich mich wenden, aber an wen?

Ob sie von irgendeiner Stelle in der Nachbarschaft wisse, wo eine Dienerin gebraucht werde?

Nein, sie wisse von keiner.

Welches denn wohl der hauptsächliche Handel an diesem Orte sei? Womit die Mehrzahl der Leute sich beschäftige?

Einige seien Landarbeiter, viele von ihnen arbeiteten auch in der Nadelfabrik von Mr. Oliver und in der Gießerei.

Ob Mr. Oliver auch Frauen beschäftige?

Nein, dies sei Männerarbeit.

Und womit beschäftigten sich die Frauen?

»Keine Ahnung«, lautete die Antwort. »Einige tun dies, andere das. Arme Leute müssen zusehen, dass sie durchkommen.«

Sie schien meiner Fragen müde zu sein, und in der Tat, welches Recht hatte ich, sie zu belästigen? Ein oder zwei Nachbarn traten ein. Augenscheinlich brauchte man meinen Stuhl. Ich verabschiedete mich.

Ich ging die Straße hinauf und blickte im Vorübergehen jedes Haus zur Linken und zur Rechten an, aber ich konnte keinen Vorwand, keine Veranlassung finden, irgendwo einzutreten. Ich streifte im Dorf umher, dann ging ich wieder aufs freie Feld hinaus, um eine Stunde oder später erneut zurückzukehren. Völlig erschöpft und leidend durch den Mangel an Nahrung, bog ich schließlich in einen kleinen Weg ein und setzte mich unter eine

Hecke. Aber nur wenige Minuten vergingen, und ich war wieder auf den Füßen; getrieben suchte ich nach einem Ausweg oder wenigstens nach jemandem, der mir raten könnte. Ein hübsches kleines Haus mit einem Vorgarten stand am Ende des Gässchens, der Garten war außerordentlich gepflegt und prangte mit schönster Blütenpracht. Ich stand still davor. Durfte ich mich der weißen Tür nähern oder den blitzenden Klopfer berühren? Konnte es denn im Interesse der Bewohner liegen, mir behilflich zu sein? Dennoch trat ich näher und klopfte an. Eine sauber gekleidete junge Frau mit milden Gesichtszügen öffnete mir. Mit einer Stimme, von welcher man auf ein hoffnungsloses Herz und einen kranken Körper schließen konnte – einer leisen, stammelnden Stimme –, fragte ich, ob man hier ein Dienstmädchen bräuchte.

»Nein«, sagte sie, »wir halten keine Angestellten.«

»Können Sie mir denn nicht sagen, wo ich Beschäftigung irgendwelcher Art finden kann?«, fuhr ich fort. »Ich bin hier fremd, ohne Bekannte oder Freunde am Ort.«

Aber es war nicht ihre Sache, für mich zu denken oder mir eine Stelle zu suchen. Überdies, wie zweifelhaft mussten ihr mein Charakter, meine Lage, meine Erzählung erscheinen. Sie schüttelte den Kopf, es täte ihr leid, mir keine Auskunft geben zu können, und die weiße Tür wurde geschlossen. Leise und höflich, aber ich war ausgeschlossen. Wenn sie sie noch eine kleine Weile offen gelassen hätte, so glaube ich, dass ich um ein Stückchen Brot gebeten hätte, denn jetzt war ich wirklich am Ende.

Ich konnte den Gedanken nicht ertragen, in das schäbige Dorf zurückgehen zu müssen, wo sich mir keine Aussicht auf Hilfe bot. Ich wäre lieber in einen Wald entwichen, den ich in nicht allzu großer Entfernung sah und der mir mit seinem dicken Schatten einladenden Schutz zu versprechen schien. Aber ich war so krank, so schwach, so gemartert durch das natürliche Verlangen nach Nahrung, dass mein Instinkt mich fortwährend in die Nähe menschlicher Wohnungen führte, wo ich vielleicht doch noch durch Zufall einen Bissen Brot erlangen konnte. Einsamkeit wäre ja keine Einsamkeit gewesen, Ruhe keine Ruhe, solange jener

Geier Hunger seine Krallen und seinen Schnabel in meine Seiten schlug.

Ich näherte mich den Häusern, ich entfernte mich und kehrte doch wieder zurück. Dann wanderte ich von Neuem fort, immer wieder getrieben durch das Bewusstsein, dass ich kein Recht zu betteln habe – kein Recht zu erwarten, dass irgendjemand an meiner verzweifelten Lage Anteil nehme. Inzwischen neigte der Nachmittag sich seinem Ende zu, während ich wie ein verlorener, verlaufener Hund umherwanderte. Als ich über ein Feld ging, sah ich den Kirchturm vor mir. Ich eilte näher. In der Nähe des Friedhofs, inmitten eines Gartens stand ein kleines aber schön gebautes Haus, welches ich sofort für den Pfarrhof hielt. Es fiel mir ein, dass Fremde, welche ohne jemanden zu kennen in einen Ort kommen, wo sie irgendeine Beschäftigung suchen, sich zuweilen um Rat und Hilfe an den Geistlichen wenden. Es ist das Amt des Priesters, denen wenigstens mit seinem Rat zu helfen, welche sich selbst helfen wollen. Mir schien es, als hätte auch ich eine Art Anrecht, mir hier Rat zu holen. So belebte sich denn mein Mut von Neuem, und indem ich den letzten schwachen Rest meiner Kräfte zusammennahm, wanderte ich vorwärts. Ich erreichte das Haus und klopfte an die Küchentür. Eine alte Frau öffnete. Ich fragte, ob dies das Pfarrhaus sei.

Ja.

Ob der Pfarrer da wäre?

Nein.

Ob er bald nach Hause kommen würde?

Nein, er sei unterwegs.

Sehr weit?

Nicht so sehr weit – vielleicht drei Meilen. Er sei durch den plötzlichen Tod seines Vaters gerufen worden; augenblicklich sei er in Marsh End und würde dort wahrscheinlich noch vierzehn Tage bleiben.

Vielleicht wäre dann aber die Frau des Hauses da?

Nein, außer ihr sei niemand da, und sie sei die Haushälterin. – Aber von ihr, mein Leser, konnte ich keine Hilfe erbitten, selbst wenn die Not mich fast zu Boden sinken ließ. Noch vermochte ich nicht zu betteln. Ich schleppte mich also weiter.

Wieder löste ich mein Halstuch, wieder fielen mir die Brote im Ladenfenster des Dorfes ein. Ach, nur eine Brotkruste! Nur einen Bissen, um den Schmerz des Hungers zu lindern! Instinktiv wandte ich mich wieder dem Dorf zu, ich fand den Laden und trat ein, und obgleich sich außer der Frau noch mehrere Leute dort befanden, wagte ich doch die Bitte, ob sie mir nicht ein Brot für das Seidentuch geben wolle.

Mit offensichtlichem Misstrauen blickte sie mich an. Nein, sie verkaufe ihre Ware niemals auf diese Weise.

Fast verzweifelt bat ich um ein halbes Brot. Sie schlug es mir wieder ab. Wie könne sie denn wissen, wie ich zu dem Halstuch gekommen sei, sagte sie.

Ob sie denn meine Handschuhe nehmen würde?

Nein! Was sie damit denn anfangen solle?

Mein Leser, es ist nicht angenehm, bei diesen Details zu verweilen. Es gibt Leute, welche behaupten, dass es Freude gewähre, auf qualvolle Erfahrungen der Vergangenheit zurückzublicken, aber bis auf den heutigen Tag ist es mir schmerzlich, auf die Zeit zurückzusehen, von welcher ich hier spreche. Die moralische Herabwürdigung und das physische Leiden bilden zusammen eine zu traurige Erinnerung, als dass man jemals gerne bei ihr verweilen würde. Ich tadelte keinen von denen, die mich zurückwiesen. Ich fühlte, dass es nichts anderes sei, als was ich zu erwarten hatte und was nicht zu ändern war. Ein gewöhnlicher Bettler ist schon häufig genug ein Gegenstand des Misstrauens, ein wohlgekleideter Bettler ist es stets. Zwar war das, was ich erbat, Arbeit; aber wessen Sache war es denn, mir Arbeit zu verschaffen? Gewiss nicht die von Leuten, die mich zum ersten Mal sahen und durchaus gar nichts über meinen Charakter wussten. Und was die Frau betraf, die ihr Brot nicht gegen mein Halstuch eintauschen wollte, so hatte sie unbedingt Recht, wenn das Anerbieten ihr verdächtig und der Tausch ihr nicht gewinnbringend erschien. Doch jetzt will ich mich kurz fassen, denn ich bin des Gegenstandes leid:

Kurz vor Einbruch der Dunkelheit kam ich an einem Bauernhaus vorbei, an dessen geöffneter Tür der Bauer saß und sein Abendbrot verzehrte, es war Brot mit Käse. Ich blieb stehen und fragte:

»Würden Sie mir wohl ein Stück Brot abgeben? Ich bin sehr hungrig.«

Er warf einen erstaunten Blick auf mich, schnitt dann aber ohne zu antworten ein dickes Stück von seinem Brot ab und gab es mir. Ich vermute, dass er mich nicht für eine Bettlerin hielt, sondern nur für eine exzentrische Dame, welche von einem plötzlichen Appetit auf sein Schwarzbrot befallen war. Sobald ich außer Sichtweite war, setzte ich mich hin und begann zu essen.

Ich konnte nicht hoffen, Zuflucht unter einem Dach zu finden, und deshalb suchte ich sie in jenem Wald, den ich zuvor schon erwähnt habe. Aber es war eine fürchterliche Nacht, ich fand keine Ruhe. Der Erdboden war feucht, die Luft kalt. Außerdem kamen mehr als einmal Leute vorüber, und ich hatte wieder und wieder mein Lager zu wechseln. Kein Gefühl von Ruhe oder Sicherheit kam über mich. Gegen Morgen regnete es. Der ganze folgende Tag war nasskalt. Bitte mich nicht, lieber Leser, dir genauen Bericht über diesen Tag abzustatten; wie zuvor suchte ich Arbeit, wie zuvor wurde ich abgewiesen, wie zuvor hungerte ich. Nur einmal kam Nahrung über meine Lippen: An der Tür einer Hütte sah ich ein kleines Mädchen, das dabei war, einen Klumpen aus kaltem Haferbrei in den Schweinetrog zu schütten.

»Willst du mir das nicht geben?«, bat ich.

Sie starrte mich an.

»Mutter«, rief sie dann aus, »hier ist eine Frau, die möchte, dass ich ihr den Porridge gebe.«

»Nun denn, Mädchen«, erwiderte die Stimme von drinnen, »gib ihn ihr, wenn es eine Bettlerin ist. Das Schwein mag ihn eh nicht.«

Das Mädchen schüttete den steifen Brei in meine Hand und ich verschlang ihn gierig.

Als die nasskalte Dämmerung herabsank, hielt ich auf einem einsamen Reitweg inne, den ich schon seit mehr als einer Stunde verfolgt hatte.

›Meine Kräfte verlassen mich jetzt gänzlich‹, sagte ich zu mir selbst. ›Ich fühle, dass ich nicht viel weiter gehen kann. Werde ich diese Nacht wieder eine Ausgestoßene sein? Muss ich mein Haupt auf den kalten, durchweichten Erdboden legen, während der Regen in Strömen herabfließt? Ich fürchte, es wird mir nichts anderes übrig bleiben, denn wer sollte mich aufnehmen? Aber es wird furchtbar sein; mit diesem Gefühl des Hungers, der Ohnmacht, der Kälte, der Trostlosigkeit – dieser vollständigen Vernichtung aller Hoffnung. Aller Wahrscheinlichkeit nach werde ich noch vor Tagesanbruch sterben. Und weshalb kann ich mich denn nicht mit der Aussicht auf den Tod versöhnen? Weshalb kämpfe ich, um ein so wertloses Leben zu erhalten? Weil ich weiß oder glaube, dass Mr. Rochester noch lebt! Und weil die menschliche Natur sich dem Schicksal, vor Hunger und Kälte zu sterben, nicht ruhig unterwirft. Oh Vorsehung! Halte mich nur noch ein wenig länger aufrecht! Hilf mir, führe mich!‹

Mein trübes Auge schweifte über die neblige, verschwommene Landschaft. Ich sah, dass ich weit vom Dorf fortgeirrt war; es war meinen Blicken gänzlich entschwunden. Auf Abzweigungen und Nebenpfaden war ich noch einmal dem Moorland nahe gekommen, und jetzt lagen nur noch wenige Äcker, die fast ebenso wild und unfruchtbar waren wie die Heide, der sie vor kurzem erst abgerungen, zwischen mir und den nebligen Bergen.

›Nun, ich will lieber dort drüben sterben, als an der Landstraße oder an einem verkehrsreichen Weg‹, dachte ich. ›Und besser, viel besser, dass Krähen und Raben – wenn es überhaupt Raben in diesen Regionen gibt – das Fleisch von meinen Knochen nagen, als dass meine Gebeine in einen Armenhaussarg gelegt werden und in einem Schachtgrabe vermodern.‹

So wandte ich mich also den Bergen zu und erreichte sie auch. Jetzt blieb mir nur noch übrig, eine Höhle zu finden, in der ich mich verborgen, wenn auch nicht sicher fühlen konnte. Aber die ganze Oberfläche der Gegend sah nicht danach aus. Es gab nur den farblichen Wechsel zwischen grün, wo Binsen und Moose den Sumpfboden bedeckten, und schwarz, wo der trockene Erdboden nichts trug als Heidekraut. Obgleich es bereits dunkel wurde, konnte ich diese Unterschiede gerade noch wahrnehmen, wenn sie sich auch nur als Abwechslung zwischen Licht und Schatten darstellten, denn die Farben waren mit dem Tageslicht geschwunden.

Mein Auge schweifte noch über die düsteren Anhöhen und am Rand des Torfmoors entlang, das sich in Wildnis auflöste, als plötzlich an einem entfernten Punkt, weit entfernt zwischen den Mooren und Höhen, ein Licht aufblitzte. ›Ein *ignis fatuus*, ein Irrlicht‹, war mein erster Gedanke, und ich erwartete, dass die Erscheinung bald wieder verschwinden würde. Das Licht brannte indessen stetig; es kam weder näher, noch entfernte es sich. ›Ist es vielleicht ein gerade entzündetes Feuer?‹, fragte ich mich, und versuchte zu erkennen, ob es sich weiter ausdehnen würde. Aber nein, so wenig, wie es größer wurde, verkleinerte es sich. ›Es wird Kerzenschein aus einem Haus sein‹, vermutete ich dann, ›aber wenn dies auch der Fall ist, so werde ich es doch nimmer erreichen können. Es ist viel zu weit entfernt. Und selbst wenn es nur einen Meter von mir wäre, was könnte es nützen? Ich würde doch nur an die Tür klopfen, um zu sehen, wie sie vor mir geschlossen wird.‹

Und ich sank zusammen, wo ich stand, und drückte mein Gesicht gegen den Erdboden. Eine Weile lag ich ganz still, der Nachtwind zog über den Hügel und über mich hinfort und erstarb ächzend in der Ferne. Der Regen fiel unablässig und durchnässte mich von Neuem bis auf die Haut. Wenn ich doch nur durch Frost hätte steif, durch einen freundlichen Tod hätte gefühllos werden können, so hätte es ruhig weiter auf mich herabrieseln mögen. Aber mein lebenswarmer Körper schauderte zusammen unter dem erkältenden Regen. Es dauerte nicht lange, und ich erhob mich wieder.

Das Licht war noch immer da, es schien trübe aber beständig durch den Regen. Ich versuchte wieder zu gehen und schleppte meine erschöpften Glieder langsam dem Schimmer entgegen. Er leitete mich quer über den Hügel durch einen weiten Sumpf, der im Winter unpassierbar gewesen wäre und selbst jetzt im Hochsommer nass und unsicher war. Hier fiel ich zweimal. Aber ebenso oft erhob ich mich wieder und nahm von Neuem den Rest meiner Kräfte zusammen. Dieses Licht war meine letzte Hoffnung: Ich musste dorthin gelangen.

Nachdem ich den Sumpf verlassen hatte, sah ich eine weiße Spur über das Moor führen. Ich näherte mich ihr, es war eine Straße oder ein Pfad, der direkt zu dem Licht hinführte, das mir jetzt aus einer Gruppe von Bäumen heraus von einer Art Hügel herab entgegenschien. Die Bäume waren, soweit ich dies in der Dunkelheit entscheiden konnte, Tannen. Als ich näher kam, verschwand mein Stern. Irgendein Hindernis war zwischen ihn und mich getreten. Ich streckte die Hand aus, um die dunkle Masse vor mir zu fühlen. Ich unterschied die rauen Steine einer niedrigen Mauer, darüber war etwas, das Palisaden glich, und dahinter erkannte ich eine hohe und dornige Hecke. Ich tastete mich weiter. Wieder leuchtete ein weißlicher Gegenstand vor mir; es war ein Tor, eine Pforte. Sie bewegte sich in ihren Angeln, als ich sie berührte. Zu jeder Seite stand ein schwarzer Busch – Stechpalme oder Eibe.

Als ich durch die Pforte trat und an den Büschen vorüberging, erhob sich die Silhouette eines Hauses vor meinen Blicken, schwarz, niedrig und ziemlich lang. Das rettende Licht schien aber nirgends mehr, alles war Dunkelheit. Hatten die Bewohner sich zur Ruhe begeben? Ich fürchtete, dass dies so wäre. Als ich die Tür suchte, kam ich um eine Ecke: Da schoss der freundliche Lichtstrahl wieder aus den länglichen Scheiben eines kleinen, vergitterten Fensters hervor, das nur einen Fuß hoch über dem Erdboden gelegen war. Es war durch die Ranken eines Efeus oder irgendeiner anderen Schlingpflanze verkleinert, deren Blätter den ganzen Teil des Hauses bedeckten, in welchem diese Fensteröffnung sich befand. Die Öffnung war so verwachsen und eng, dass man Vorhänge oder Fensterladen für unnötig erachtet hatte; und als ich mich hinabbeugte und die grünende Ranke beiseite schob, welche sie bedeckte, konnte ich alles sehen, was drinnen vorging. Ich sah deutlich ein Zimmer mit einem reinlichen, sandbestreuten Fußboden und einer Kredenz von Nussholz, auf welcher in langen Reihen Teller aus Zinn aufgestellt waren. Diese waren so blank, dass der Glanz und der rote Schein eines Torffeuers sich in ihnen spiegelte. Ich konnte eine Uhr sehen, einen weißen Tisch von Tannenholz und einige Stühle. Das Licht, dessen Strahl mein Leuchtturm gewesen war, brannte auf dem Tisch, und bei seinem Schein strickte eine ältliche Frau an einem Strumpf. Die Frau sah ein wenig derb, aber makellos sauber aus – wie überhaupt alles um sie herum.

Ich bemerkte diese Dinge nur flüchtig, denn es lag nichts Außergewöhnliches in ihnen. Am Herd saß eine Gruppe, die mich mehr interessierte, wie sie sich meinen Augen so von rosigem Frieden und behaglicher Wärme umflossen darbot. Es waren zwei junge, anmutige, weibliche Wesen – Damen in jeder Beziehung. Die eine saß in einem Schaukelstuhl, die andere auf einem niedrigen Schemel. Beide trugen Trauerkleider in Crêpe und Bombasin und die düsteren Gewänder ließen ihre zarten Nacken und schönen Gesichter ganz besonders hervortreten. Ein großer, alter Vorstehhund hatte seinen Kopf auf die Knie des einen Mädchens gelegt, auf dem Schoß des anderen lag eine schwarze Katze.

Welch ein seltsamer Aufenthalt war diese bescheidene Küche für solche Insassen! Wer waren sie? Unmöglich konnten sie die Töchter jener ältlichen Person am Tisch sein, denn diese sah aus wie eine Bäuerin, und sie waren ganz Zartheit und Verfeinerung. Nirgends hatte ich Gesichter gesehen, welche ihren glichen – und doch, wenn ich sie ansah, war mir jeder einzelne Zug bekannt. Ich kann sie nicht schön nennen, für dieses Wort waren sie zu blass und zu ernst. Wie sie so dasaßen, jede über ein Buch gebeugt, sahen sie gedankenvoll, beinahe streng aus. Ein Tisch zwischen ihnen trug eine zweite Kerze und zwei große, schwere Bücher, zu welchen sie häufig ihre Zuflucht nahmen. Offensichtlich verglichen sie sie mit den kleineren Bänden, welche sie in Händen hielten – ganz wie Leute, die beim Übersetzen ein Wörterbuch zurate ziehen. Dieser Anblick war so ruhig, als wären alle Figuren nur Schatten und der hell erleuchtete Raum ein Bild; es war so still, dass ich die Asche durch den Rost fallen und die Uhr in ihrem dunklen Winkel ticken hören konnte, und ich bildete mir sogar ein, das Klappern der Stricknadeln jener alten Frau zu vernehmen. Als daher endlich eine Stimme diese seltsame Stille unterbrach, war sie mir deutlich und hörbar genug.

»Hör zu, Diana«, sagte eine der emsigen Leserinnen, »Franz und der alte Daniel sind des Nachts zusammen und Franz erzählt einen Traum, aus dem er mit Entsetzen erwacht ist, hör nur!« Und mit leiser Stimme las sie etwas, wovon mir nicht ein einziges Wort verständlich war, denn es war in einer mir unbekannten Sprache – weder Französisch noch Latein. Ob es Griechisch oder Deutsch war, vermochte ich nicht zu sagen.

»Das ist gut«, sagte sie, als sie zu Ende war, »es gefällt mir.« Das andere Mädchen, welches den Kopf erhoben hatte, um der Schwester zuzuhören, starrte ins Feuer und wiederholte eine Zeile von dem, was soeben gelesen worden war. In späteren Tagen lernte ich die Sprache und das Buch kennen, deshalb will ich die Zeile hier anführen, obgleich sie, als ich sie damals hörte, für mich einem Schlag auf tönendes Erz gleichkam und keinen Sinn ergab:

»›Da trat hervor einer, anzusehen wie die Sternennacht ...‹[29] – Sehr gut!«, rief sie aus, während ihre tiefen, dunklen Augen funkelten. »Da siehst du einen düsteren und mächtigen Erzengel vor dir stehen! Diese einzige Zeile ist mehr wert als hundert Seiten voll Bombast. ›Ich wäge die Gedanken in der Schale meines Zorns und die Werke mit dem Gewichte meines Grimms!‹[30] Das gefällt mir!«

Jetzt schwiegen beide wieder.

»Gibt es denn wirklich und wahrhaftig ein Land, wo die Leute so sonderbar reden?«, fragte die alte Frau, indem sie von ihrer Arbeit aufsah.

»Ja Hannah, ein viel größeres Land als England, wo sie gar nicht anders reden.«

»Oh je, da begreif ich nicht, wie die einander verstehen können. Wenn nun eine von Ihnen dorthin reiste – glauben Sie denn, dass *Sie* das verstehen könnten?«

»Wahrscheinlich würden wir etwas von dem verstehen, was die Leute dort sprechen, wenn auch nicht alles – denn wir sind nicht so gelehrt, wie du meinst, Hannah. Wir sprechen nicht Deutsch und wir können es nicht lesen, ohne ein Wörterbuch zu Hilfe zu nehmen.«

»Und was haben Sie davon?«

»Wir beabsichtigen, es eines Tages zu unterrichten – oder doch wenigstens die Anfangsgründe, wie man es nennt. Dann werden wir mehr Geld verdienen als jetzt.«

»Kann schon sein! Aber jetzt lassen Sie das Studieren, für heute Abend ist genug getan.«

»Ich glaube auch. Ich bin müde, Mary, du ebenfalls?«

»Todmüde. Schließlich ist es doch eine harte Arbeit, sich mit einer Sprache abzuplagen, ohne einen anderen Lehrer als das Wörterbuch.«

»Das ist es, wahrhaftig. Besonders eine Sprache wie dieses vertrackte, aber herrliche Deutsch. Ich möchte wissen, wann St. John nach Hause kommen wird.«

»Gewiss wird er jetzt nicht mehr lange ausbleiben, es ist gerade zehn Uhr.« Sie sah auf eine zierliche, goldene Uhr, die sie aus dem Gürtel gezogen hatte. »Es regnet heftig. Hannah, willst du so gut sein, und nach dem Feuer im Wohnzimmer sehen?«

Die Frau erhob sich und öffnete eine Tür, durch welche ich undeutlich einen Korridor erkennen konnte. Bald hörte ich, wie sie in einem inneren Zimmer ein Feuer anschürte. Gleich darauf kam sie zurück.

»Ach, Kinderchen!«, sagte sie, »es wird mir gar so schwer, jetzt in jenes Zimmer zu gehen; es sieht so einsam und verlassen aus mit dem leeren Stuhl, der in den Winkel geschoben dasteht!«

Sie trocknete sich die Augen mit der Schürze. Die beiden jungen Mädchen, die vorher nur ernst ausgesehen hatten, wurden ebenfalls traurig.

»Aber er ist jetzt an einem besseren Ort«, fuhr Hannah fort. »Wir dürfen ihn nicht wieder herwünschen. Und dann, einen sanfteren Tod als er hatte, hat niemand.«

»Du sagtest, dass er gar nicht mehr von uns gesprochen hat?«, fragte eine der jungen Damen.

»Er hatte keine Zeit mehr, Kindchen; er war in einer Minute hinüber, Ihr Vater. Ihm war nicht ganz wohl gewesen, wie schon tags zuvor, aber es hatte nichts zu bedeuten. Und als Mr. St. John ihn fragte, ob eine von Ihnen geholt werden solle, da lachte er ihm gerade ins Gesicht, ja, gerade ins Gesicht! Am nächsten Tag fing es dann wieder mit der Schwere im Kopfe an – das ist nun ja schon vierzehn Tage her –, und er fiel in Schlaf und wachte nicht mehr auf. Er war beinahe schon kalt, als Ihr Bruder zu ihm ins Zimmer kam und ihn fand. Ach Kinderchen, das war der Letzte von dem alten Stamm – denn Sie und Mr. St. John sind von einer anderen Sorte als die, die schon fort sind. Ihre Mutter hatte auch viel Ähnlichkeit mit Ihnen und war beinahe ebenso gelehrt. Sie sind ihr Ebenbild, Mary; Diana sieht ihrem armen Vater ähnlicher.«

Ich fand beide einander so ähnlich, dass ich nicht begreifen konnte, wo die alte Dienerin – denn jetzt begann ich, sie für eine solche zu halten – irgendeinen Unterschied zwischen ihnen fand. Beide hatten eine zarte Gesichtsfarbe und waren von schlanker Gestalt. Beider Gesichter waren klug und vornehm. Das Haar der einen war allerdings um einen Schatten dunkler, und sie trugen es verschieden geordnet: Marys hellbraune Locken waren gescheitelt und fielen zu beiden Seiten der Schläfen herab, Dianas dunklere Locken hingen in dichten Wogen über den Nacken.

Es schlug zehn Uhr. »Sie werden gewiss Ihr Abendbrot wollen«, bemerkte Hannah, »und Mr. St. John wird seines auch verlangen, wenn er nach Hause kommt.«

Und sie begann, die Mahlzeit vorzubereiten. Bis zu diesem Augenblick war ich so damit beschäftigt gewesen, sie zu beobachten, ihre Erscheinungen und ihre Unterhaltung hatten ein so reges Interesse in mir wachgerufen, dass ich meine eigene verzweifelte Lage fast vergessen hatte. Jetzt fiel sie mir wieder ein. Durch den Kontrast erschien sie mir trostloser und entsetzlicher als zuvor. Und wie unmöglich schien es mir, den Bewohnern dieses Hauses Teilnahme für mich einzuflößen, sie von der Wahrheit meiner Not und meines Jammers zu überzeugen, sie zu bewegen, dass sie mir eine kurze Rast unter ihrem Dache gewährten. Als ich mich an die Tür getastet hatte und zögernd anklopfte, fühlte ich, dass der letzte Gedanke eine reine Schimäre sei. Hannah öffnete.

»Was wollen Sie?«, fragte sie mit erstaunter Stimme, als sie mich beim Schein der Kerze, die sie in der Hand hielt, prüfend ansah.

»Darf ich mit Ihren Herrinnen sprechen?«, fragte ich.

»Sagen Sie mir nur lieber, was Sie von ihnen wollen. Woher kommen Sie denn eigentlich?«

»Ich bin hier fremd.«

»Was haben Sie denn um diese Stunde hier zu suchen?«

»Ich bitte um Nachtquartier in einem Stall oder sonst wo, und um ein Stückchen Brot.«

Misstrauen war auf Hannahs Gesicht zu lesen – gerade die Empfindung, welche ich am meisten fürchtete. »Ich will Ihnen ein Stück Brot geben«, sagte sie nach einer Pause, »aber wir können einer Landstreicherin kein Obdach geben. Das geht einfach nicht!«

»Lassen Sie mich bitte mit den Damen sprechen!«

»Nein, gewiss nicht. Was könnten die für Sie tun? Sie sollten um diese Zeit nicht mehr so umherlaufen. Das sieht sehr verdächtig aus!«

»Aber wohin soll ich gehen, wenn ich auch hier fortgejagt werde? Was soll ich nur beginnen?«

»Ach, ich wette, Sie wissen schon, wohin Sie zu gehen haben und was Sie zu tun haben. Nehmen Sie sich nur in Acht, dass Sie nichts Unrechtes tun! Hier ist ein Penny, und nun fort ...«

»Einen Penny kann ich nicht essen und ich habe keine Kraft weiterzugehen. Schließen Sie nicht die Tür, bitte – tun Sie's nicht! Um Gottes willen!«

»Ich muss, der Regen kommt herein.«

»Sagen Sie den jungen Damen Bescheid. Lassen Sie mich zu ihnen!«

»Ganz gewiss nicht, nein! Sie sind nicht, was Sie vorgeben, sonst würden Sie nicht solchen Lärm machen. Gehen Sie!«

»Aber ich werde sterben, wenn ich fortgejagt werde!«

»Unsinn! Ich nehme an, dass Sie etwas Böses vorhaben. Wozu treiben Sie sich sonst um diese Zeit vor den Häusern anderer Leute herum? Wenn Sie vielleicht noch Helfershelfer haben, Einbrecher oder dergleichen, die hier in der Nähe versteckt sind, so sagen Sie denen nur, dass wir nicht allein im Hause sind. Wir haben einen Mann hier und Hunde und Flinten.« Mit diesen Worten schlug die ehrliche aber unbeugsame Magd mir die Tür vor der Nase zu und verriegelte sie von innen.

Dies war der Wendepunkt. Ein Schmerz der qualvollsten Art, ein Gefühl echter Verzweiflung zerriss mir das Herz. Ich war vollständig erschöpft, ich konnte keinen Schritt mehr tun. Auf den nassen Steinstufen brach ich zusammen, ich stöhnte, ich rang die Hände, ich weinte in meiner Todesangst. Oh wie gespenstisch war der Tod, diese letzte Stunde, die mit all ihren Schrecken nahte! Ach, dieses Verlassensein, dieses Verstoßensein von meinesgleichen! Nicht allein den festen Anker eines Heims, nein, auch all meine Seelenkraft hatte ich verloren, wenn auch nur für einen Augenblick. Aber ich bemühte mich, Letztere zurückzugewinnen.

»Ich kann nur noch sterben«, sagte ich, »und ich glaube an Gott. Lass mich versuchen, seinen Willen ergeben abzuwarten.«

Diese Worte dachte ich nicht nur, sondern ich sprach sie auch aus, und indem ich all mein Elend in mein Herz zurückdrängte, versuchte ich es dort einzuschließen und stumm zu bleiben.

»Jeder Mensch muss sterben«, sagte eine Stimme in meiner Nähe, »aber nicht alle sind verurteilt, ein langsames oder vorzeitiges Ende zu finden, so wie das Ihre es sein würde, wenn Sie hier vor Mangel umkämen.«

»Wer oder was spricht da?«, fragte ich, erschrocken über die unerwarteten Laute, denn jetzt war ich schon nicht mehr imstande, aus irgendeinem Umstand Hoffnung auf Hilfe zu schöpfen. Eine Gestalt war in meiner Nähe, mehr zu erkennen hinderte mich die stockfinstere Nacht und meine geschwächte Sehkraft. Mit lautem, ausdauerndem Klopfen meldete der Neuangekommene sich an der Tür.

»Sind Sie es, Mr. St. John?«, fragte Hannah.

»Ja, ja, mach nur schnell auf.«

»Ach du meine Güte, wie erfroren und durchnässt Sie sein müssen, in einer solchen Nacht! Kommen Sie nur herein! Ihre Schwestern haben schon große Angst um Sie. Und ich glaube gar noch, dass sich hier böse Gesellen herumtreiben. Eine Bettlerin ist hier gewesen ... aber wahrhaftig, sie ist noch nicht fort ... hat sich hierher gelegt! – Stehen Sie auf! Es ist eine Schande. Fort, sage ich!«

»Still Hannah! Ich habe ein Wort mit dieser Frau zu sprechen. Du hast deine Pflicht getan, als du sie ausschlossest, jetzt lass mich die meine tun, indem ich sie hereinlasse. Ich war in der Nähe und habe gehört, was ihr beide miteinander spracht. Ich glaube, dies ist ein ganz besonderer Fall – wenigstens muss ich ihn untersuchen. Junge Frau, stehen Sie auf und gehen Sie vor mir ins Haus.«

Mit großen Anstrengungen gehorchte ich ihm. Gleich darauf stand ich in jener reinlichen, hellen Küche – vor jenem Herd, zitternd, schwächer und schwächer werdend, wohl wissend, dass ich im höchsten Grade zerlumpt, gespenstisch und abschreckend aussah. Die beiden jungen Damen, ihr Bruder Mr. St. John und die alte Dienerin – alle starrten mich an.

»St. John, wer ist sie?«, hörte ich die eine fragen.

»Ich weiß es nicht. Ich fand sie vor der Tür«, lautete seine Antwort.

»Sie sieht ganz weiß aus«, warf Hannah ein.

»So weiß wie Kreide oder der Tod«, wurde erwidert, »sie wird umfallen, lass sie sich setzen.«

Und in der Tat ward mir schwindlig – ich sank um, aber ein Stuhl nahm mich auf. Ich war noch im Besitz meiner Sinne, obgleich ich in diesem Augenblick nicht sprechen konnte.

»Vielleicht würde etwas frisches Wasser sie neu beleben. Hannah, hol ein wenig. Aber sie ist ja gänzlich erschöpft. Wie mager sie ist! Und nicht ein Tropfen Blut in den Wangen!«

»Ein wahres Gespenst.«

»Ist sie krank oder nur ausgehungert?«

»Ausgehungert, glaube ich. Hannah, ist das Milch? Gib sie mir, und ein Stück Brot dazu!«

Diana – ich erkannte sie an den langen Locken, welche ich zwischen mir und dem Feuer herabwallen sah, als sie sich über mich beugte – zerbröckelte ein wenig Brot, tunkte es in Milch und hielt es an meine Lippen. Ihr Gesicht war dem meinen ganz nahe. Ich sah das Mitleid darin und in ihren beschleunigten Atemzügen fühlte ich Sympathie. Aus ihren einfachen Worten sprach das nämliche Gefühl, als sie sagte: »Versuchen Sie zu essen!«

»Ja, versuchen Sie es«, wiederholte Mary sanft, und Marys Hand entfernte meinen durchnässten Hut und hob meinen Kopf empor. Ich nahm von dem, was sie mir anboten, zuerst matt, dann aber gierig.

»Nicht zu viel auf einmal – haltet sie zurück!«, sagte der Bruder. »Das ist genug.« Und er nahm die Tasse mit Milch und den Teller mit Brot fort.

»Ein wenig noch, St. John – sieh doch die Begierde in ihren Augen.«

»Für den Augenblick nicht mehr, Schwester. Versuch, ob sie jetzt sprechen kann – frag sie nach ihrem Namen.«

Ich fühlte, dass ich sprechen konnte und ich entgegnete:

»Mein Name ist Jane Elliot.« Besorgt darum, entdeckt und gefunden zu werden, hatte ich beschlossen, ein Alias anzunehmen.

»Und wo wohnen Sie? Wo sind Ihre Angehörigen, Ihre Freunde?«

Ich schwieg.

»Können wir irgendeine Person holen lassen, die Sie kennen?«

Ich schüttelte den Kopf.

»Was für Auskunft können Sie uns über sich selbst geben?«

Seltsam! Seitdem ich die Schwelle dieses Hauses überschritten hatte und mich seinen Bewohnern von Angesicht zu Angesicht gegenüberfand, fühlte ich mich nicht mehr wie eine Ausgestoßene, wie eine Landstreicherin, die von der ganzen Welt geächtet ist. Ich hatte den Mut, die Bettlerin abzulegen und meine natürliche Art und Weise, meinen eigenen Charakter wieder anzunehmen. Jetzt begann ich, mich selbst wieder zu erkennen. Und als Mr. St. John einen Bericht verlangte, welchen zu geben ich für den Augenblick aber zu schwach war, sagte ich nach einer kurzen Pause:

»Sir, ich bin nicht fähig, Ihnen heute Abend noch Näheres mitzuteilen.«

»Aber was erwarten Sie denn von mir, dass ich für Sie tun soll?«, fragte er.

»Nichts«, entgegnete ich. Meine Kraft reichte nur für kurze Antworten hin. Diana nahm das Wort.

»Wollen Sie damit sagen, dass wir Ihnen jetzt alle Hilfe geleistet haben, deren Sie bedürfen?«, fragte sie. »Und dass wir Sie nun wieder hinaus in den Regen und den durchweichten Sumpf lassen können?«

Ich blickte sie an. Ich fand, dass sie ein bemerkenswertes Gesicht hatte, in dem sich Klugheit, Kraft und Güte vereinten. Plötzlich fasste ich Mut. Indem ich ihren mitleidigen Blick mit einem Lächeln beantwortete, sagte ich: »Ich will Ihnen vertrauen. Wenn ich ein herrenloser, verlaufener Hund wäre, so weiß ich, dass Sie mich heute Abend nicht mehr aus Ihrem Hause jagen würden. Wie es nun ist, hege ich wirklich keine Furcht. Tun Sie mit mir und für mich, was Sie wollen, aber erlassen Sie mir das Reden – mein Atem ist kurz, ich fühle eine Art Krampf, wenn ich spreche.« Alle drei beobachteten mich und alle drei verhielten sich schweigend.

»Hannah«, sagte Mr. St. John endlich, »lass sie dort für den Augenblick noch sitzen und richte keine Fragen an sie. Nach zehn Minuten gib ihr den Rest von der Milch und dem Brot. Mary und Diana, lasst uns ins Wohnzimmer gehen und die Sache weiter bedenken.«

Sie zogen sich zurück. Sehr bald kehrte eine von den Damen zurück – ich konnte nicht unterscheiden, welche es war. Mit leiser Stimme erteilte sie Hannah einige Befehle. Eine Art angenehmer Bewusstlosigkeit bemächtigte sich meiner, als ich so neben dem wärmenden Feuer saß. Es dauerte nicht lange, und ich stieg mithilfe der Dienerin eine Treppe hinauf. Meine durchnässten Kleider wurden mir ausgezogen, und bald lag ich in einem trockenen, angenehm warmen Bett. Ich dankte Gott – ich empfand trotz meiner unbeschreiblichen Erschöpfung ein Gefühl der dankbarsten Freude – und schlief ein.

Neunundzwanzigstes Kapitel

An die drei Tage und Nächte, welche hierauf folgten, habe ich nur eine sehr schwache, verworrene Erinnerung bewahrt. Ich kann mir wohl einige Empfindungen zurückrufen, welche ich in dieser Zeit hatte, aber einen festen Gedanken zu hegen oder gar eine Handlung zu vollbringen, war ich vollends zu schwach. Ich wusste, dass ich mich in einem kleinen Zimmer in einem schmalen Bett befand. An das Bett schien ich festgewachsen zu sein. Bewegungslos wie ein Stein lag ich darin, und wenn man mich daraus entfernt hätte, so wäre das gleichbedeutend mit meinem Tod gewesen. Ich nahm keine Notiz davon, wie die Zeit verging – ich wusste nichts vom Übergang des Morgens zum Mittag, des Mittags zum Abend. Ich bemerkte jedoch, wenn jemand ins Zimmer trat oder es wieder verließ; ich hätte sogar sagen können, wer es war. Ich konnte verstehen, was gesprochen wurde, wenn der Redende in meiner Nähe stand, aber ich vermochte nicht zu antworten. Es war mir ebenso unmöglich, ein Glied zu rühren, wie die Lippen zu bewegen. Hannah, die Dienerin, war meine häufigste Besucherin. Ihr Kommen störte mich: Ich hatte das Gefühl, dass sie mich wieder fort wünschte, dass sie weder mich noch meine Verhältnisse begriff und dass sie ein Vorurteil gegen mich hegte. Ein- oder zweimal täglich erschienen Diana und Mary im Zimmer. Sie flüsterten an meinem Bett:

»Ich bin froh, dass wir sie aufgenommen haben.«

»Ja. Wir hätten sie am nächsten Morgen zweifellos tot vor unserer Tür gefunden, wenn wir sie die ganze Nacht draußen gelassen hätten. Ich möchte nur wissen, was sie alles durchgemacht hat.«

»Eine ganz außergewöhnliche Notlage, denke ich. So ein armer, verhungerter, bleicher Wanderer!«

»Ich vermute, dass Sie keine ungebildete Person ist – nach ihrer Sprache zu urteilen. Ihr Akzent war sehr rein, und die Kleider, welche sie abgelegt hat, waren, wenn auch nass und schmutzig, so doch fein und wenig abgenutzt.«

»Sie hat ein eigentümliches Gesicht, obwohl es ausgemergelt und hager ist, gefällt es mir doch. Ich kann mir sehr gut vorstellen, dass ihre Züge in gesundem und fröhlichem Zustand recht nett sind.«

In all ihren Gesprächen hörte ich niemals auch nur eine einzige Silbe des Bedauerns über die Gastfreundschaft, welche sie mir gewährt hatten, oder ein Wort der Abneigung oder des Misstrauens gegen mich. Ich war also beruhigt.

Mr. St. John kam nur einmal. Er sah mich an und sagte, dass dieser Zustand der Lethargie die Folge übermäßiger und anhaltender Erschöpfung sei. Er erklärte es für unnötig, einen Arzt holen zu lassen; es sei seiner Überzeugung nach am besten, wenn man der Natur ihren freien Lauf ließe. Er sagte, jeder Nerv sei auf irgendeine Weise aufs Höchste angespannt, und dass das ganze System eine Zeitlang in einer Art Betäubung verharren müsse. Es sei durchaus keine Krankheit. Er glaube, dass meine Genesung, wenn sie einmal begonnen habe, eine sehr schnelle sein werde. Diese seine Ansichten sprach er in wenigen Worten aus, mit einer leisen, ruhigen Stimme. Und nach einer Pause fügte er im Ton eines Mannes, der wenig an erläuternde Bemerkungen gewöhnt ist, hinzu: »Eine ziemlich ungewöhnliche Physiognomie; ganz entschieden nicht vulgär oder depraviert.«

»Weit entfernt davon«, entgegnete Diana. »Ehrlich gesprochen, St. John – mein Herz zieht mich zu der armen, kleinen Seele. Ich wollte, dass wir ihr dauerhaft nützlich sein könnten.«

»Das ist kaum anzunehmen«, lautete seine Antwort. »Ihr werdet finden, dass sie ein junges Mädchen ist, welches einen Streit mit seinen Angehörigen gehabt und diese dann unvernünftigerweise verlassen hat. Vielleicht gelingt es uns, sie jenen wieder zuzuführen, wenn sie nicht allzu eigensinnig ist. Aber ich sehe Linien in ihrem Gesicht, die auf Widerstandskraft schließen lassen und mich in Bezug auf ihre Lenksamkeit skeptisch machen.« Er stand und betrachtete mich für einige Zeit, dann fügte er hinzu: »Sie sieht klug aus, aber sie ist durchaus nicht hübsch.«

»Sie ist so krank, St. John.«

»Krank oder gesund, sie wird immer bescheiden aussehen: Um schön zu sein, fehlt es Ihren Zügen an Anmut und Harmonie.«

Am dritten Tag fühlte ich mich besser; am vierten konnte ich sprechen, mich bewegen, im Bett aufsetzen und mich umdrehen. Es war, wie ich vermutete, um die Mittagsstunde, als Hannah mir ein wenig Grütze und einige geröstete Brotscheiben brachte. Ich aß mit Appetit und die Speise war gut – ihr fehlte zum ersten Mal der fiebrige Beigeschmack, welcher bis dahin alles vergiftete, was ich gegessen hatte. Als Hannah mich verließ, fühlte ich mich neu belebt und verhältnismäßig stark, und bald darauf wurde ich der Ruhe müde und empfand den Wunsch nach Bewegung, nach Tätigkeit. Ich wollte aufstehen – aber welche Kleider sollte ich anlegen? Meine feuchten, verschmutzten Gewänder, in welchen ich auf dem Erdboden geschlafen hatte und im Moor gestürzt war? Ich schämte mich, in solcher Kleidung vor meinen Wohltätern zu erscheinen, aber diese Demütigung blieb mir erspart.

Auf einem Stuhl neben meinem Bett lagen all meine eigenen Kleidungsstücke sauber und trocken. Mein schwarzseidener Rock hing an der Wand. Die Spuren des Schlammes waren davon entfernt, die Falten, welche durch die Nässe entstanden waren, waren geglättet: Alles sah durchaus anständig aus. Sogar meine Schuhe und Strümpfe waren gereinigt und wieder brauchbar gemacht. Es gab eine Waschmöglichkeit im Zimmer, und ich fand Kamm und Bürste, um mein Haar zu ordnen. Unter großer Mühe, da ich mich alle Augenblicke ausruhen musste, gelang es mir schließlich, mich anzukleiden. Meine Kleider hingen lose an mir herunter, denn ich war sehr abgemagert. Ich versuchte, diesen Makel mit einem Schal zu kaschieren. Endlich wieder sauber und anständig aussehend – kein Körnchen Schmutz, keine Spur von Unordnung, die ich so sehr hasste und die mich in meinen Augen tief erniedrigte, haftete mehr an mir – schlich ich die steinerne Treppe hinunter, mich fortwährend am Geländer haltend. Ich gelangte in einen engen Korridor und fand gleich darauf meinen Weg in die Küche.

Diese war vom Duft frisch gebackenen Brotes erfüllt und von einem großen, hellen Feuer durchwärmt. Hannah war mit Backen beschäftigt. Es ist ja bekannt, dass es am schwersten ist, Vorurteile aus solchen Herzen auszurotten, deren Boden niemals durch Erziehung urbar und fruchtbar gemacht worden ist: Hier wachsen und wuchern Vorurteile fast wie das Unkraut zwischen Felsgestein. Hannah war in der Tat anfangs kalt und steif gewesen, seit kurzem aber hatte sie angefangen, ein wenig aufzutauen, und als sie mich nun sauber und anständig gekleidet eintreten sah, lächelte sie sogar.

»Was, Sie sind aufgestanden?«, rief sie aus. »Da geht es Ihnen also endlich besser? Wenn Sie wollen, dürfen Sie sich in meinen Stuhl am Herd setzen.«

Sie zeigte auf den Schaukelstuhl; ich nahm Platz. Sie wirtschaftete in der Küche umher und warf mir von Zeit zu Zeit einen prüfenden Seitenblick zu. Während sie einige Brote aus dem Backofen nahm, wandte sie sich zu mir und sagte derb:

»Haben Sie schon früher gebettelt, ehe Sie zu uns kamen?«

Einen Augenblick war ich empört, aber glücklicherweise fiel mir ein, dass ich mich nicht ärgern durfte, da ich in ihren Augen wirklich wie eine Bettlerin erscheinen musste. Ich antwortete also ruhig, aber nicht ohne einen gewissen Nachdruck:

»Sie irren sich, wenn Sie meinen, dass ich eine Bettlerin sei. Ich bin keine Bettlerin, nicht mehr als Sie oder Ihre jungen Ladys.«

Nach einer Pause sagte sie wieder: »Nun, das verstehe ich nicht. Sie haben doch kein Haus und kein Kupfer?«

»Dass ich kein Haus und kein Kupfer besitze – ich vermute, dass Sie damit Geld meinen –, das macht mich doch noch nicht zur Bettlerin, in Ihrem Sinne des Wortes.«

»Sind Sie denn gebildet, mit Büchern und dergleichen?«, fragte sie darauf.

»Ja.«

»Aber Sie sind doch nicht in einem Internat gewesen, oder?«

»Ich war acht Jahre hindurch in einem Internat.«

Sie riss die Augen weit auf: »Und dann können Sie sich nicht einmal selbst erhalten?«

»Ich habe mich selbst ernährt und hoffe, es sehr bald wieder zu können. – Was wollen Sie denn mit den Stachelbeeren machen?«, fragte ich, als sie einen Korb dieser Früchte herbeitrug.

»Kuchen davon backen.«

»Geben Sie sie mir, ich will sie auslesen.«

»Nein. Ich mag nicht, dass Sie etwas tun.«

»Aber ich muss mich doch mit irgendetwas beschäftigen! Geben Sie sie nur her!«

Endlich willigte sie ein und brachte mir sogar ein reines Handtuch, um es über mein Kleid zu legen, damit ich »es nicht beschmuddle«, wie sie sagte.

»Sie sind wohl nicht an Hausarbeit gewöhnt gewesen? Das sehe ich an Ihren Händen«, bemerkte sie. »Wahrscheinlich sind Sie eine Schneiderin.«

»Nein, Sie irren sich. Und nun machen Sie sich keine Gedanken über das, was ich einmal gewesen bin; zermartern Sie Ihren Kopf nicht länger über meine Angelegenheiten, sondern sagen Sie mir bitte lieber, wo ich mich eigentlich befinde, wie dieses Haus heißt.«

»Einige Leute nennen es Marsh End, andere nennen es Moor House.«

»Und der Herr, welcher hier wohnt, heißt Mr. St. John?«

»Nein, er wohnt nicht hier, er hält sich hier nur für einige Zeit auf. Zu Hause ist er in seinem eigenen Haus, und das ist der Pfarrhof von Morton.«

»Das Dorf einige Meilen von hier?«

»Ja.«

»Und was ist er?«

»Er ist Pastor.«

Mir fiel die Antwort der alten Haushälterin im Pfarrhof ein, als ich gebeten hatte, mit dem Pastor sprechen zu dürfen.

»War denn dies das Haus seines Vaters?«

»Ja. Der alte Mr. Rivers wohnte hier, und sein Vater und sein Großvater, und sein Urgroßvater vor ihm.«

»Der Name dieses Herrn ist also Mr. St. John Rivers?«

»Ja. St. John ist so etwas wie sein Taufname.«

»Und seine Schwestern heißen Diana und Mary Rivers?«

»Ja.«

»Ihr Vater ist tot?«

»Vor drei Wochen gestorben. Durch den Schlag.«
»Sie haben keine Mutter?«
»Die ist schon lange Jahre tot.«
»Und sind Sie schon lange in der Familie?«
»Ich bin schon dreißig Jahre hier. Hab ja die drei Kinder allein aufgezogen.«

»Das beweist, dass Sie eine treue und ehrliche Dienerin sein müssen. Dies will ich Ihnen gerne zugestehen, obgleich Sie mich eine Bettlerin genannt haben.«

Wieder sah sie mich ganz erstaunt an.

»Ich glaub, ich hab mich in meiner Meinung über Sie wohl geirrt«, sagte sie dann, »aber da gehen ja so viele Betrügerinnen umher, das müssen Sie schon verzeihen.«

»Überdies«, fuhr ich in ziemlich strengem Ton fort, »wollten Sie mich von der Tür fortjagen, in einer Nacht, wo Sie nicht einmal einen Hund hätten hinausjagen dürfen.«

»Nun ja, das war hart, aber was kann der Mensch tun? Ich dachte ja nicht an mich, sondern nur an die Kinderchen. Die armen Dinger! Die haben ja niemand als mich, da muss ich doch aufpassen!«

Für einige Minuten hüllte ich mich in ernstes Schweigen.

»Sie dürfen nicht allzu schlimm von mir denken«, fing sie wieder an.

»Aber ich denke doch schlimm von Ihnen«, sagte ich, »und ich will Ihnen sagen weshalb. Nicht so sehr, weil Sie sich weigerten, mir Obdach zu geben oder mich für eine Betrügerin hielten, sondern weil Sie mir eben noch einen Vorwurf daraus machten, dass ich kein Haus und kein ›Kupfer‹ habe. Einige der besten Menschen, die jemals auf dieser Erde gelebt haben, sind ebenso arm gewesen, wie ich es bin. Und wenn Sie eine gute Christin wären, dürften Sie Armut nicht für ein Verbrechen halten.«

»Nein, das dürft' ich nicht«, sagte sie. »Mr. St. John sagt mir das auch immer, und ich sehe ein, dass ich Unrecht hatte – aber jetzt, bei meiner Seele, denke ich auch anders von Ihnen als früher. Sie sehen ja wirklich aus wie eine anständige Person.«

»Das ist genug – jetzt vergebe ich Ihnen. Geben Sie mir die Hand!«

Sie legte ihre schwielige, mit Mehl bestäubte Hand in die meine und ein herzliches Lächeln ließ ihr raues Gesicht aufleuchten. Von diesem Augenblick an waren wir Freunde.

Hannah liebte es augenscheinlich sehr zu schwatzen. Während ich die Beeren auslas und sie den Kuchenteig machte, fuhr sie fort, mir allerhand Einzelheiten über ihren verstorbenen Herrn, seine Gattin und die »Kinderchen« mitzuteilen, wie sie die jungen Leute unabänderlich nannte.

Der alte Mr. Rivers, sagte sie, sei ein einfacher Mann gewesen, aber ein Gentleman in jeder Beziehung, und aus einer so alten Familie, wie es kaum eine ältere gäbe. Marsh End hätte schon seit seiner Erbauung dieser Familie gehört, und wie sie versicherte, sei es viel älter als zweihundert Jahre, wenn es auch klein und bescheiden aussähe und sich in keiner Weise mit Mr. Olivers großem Herrenhaus da unten in Morton Vale vergleichen könne. Sie erinnere sich aber noch sehr gut, dass Bill Olivers Vater als Nähnadelmacher von Tür zu Tür gegangen ist, wo doch die Rivers schon in den Zeiten der Heinriche adlig gewesen seien, wie jedermann sehen könne, der sich nur die Mühe machte, in den Kirchenbüchern von Morton nachzublättern. Dennoch, das müsse sie zugeben, wäre der alte Herr ganz wie andere Menschen auch gewesen, gar nichts Besonderes: verrückt nach der Jagd und der Landwirtschaft und derlei. – Die Frau wäre anders gewesen, sie hätte viel gelesen und immerzu studiert, und die »Kinderchen« wären da ganz nach ihr geraten. Sie hätten ihresgleichen nicht in dieser Gegend; von dem Tag an, wo sie sprechen konnten, hätten sie beinahe schon angefangen zu studieren, und sie hätten schon immer »sowas Apartes gehabt.« – Als Mr. St. John größer geworden war, hätte er auf die Universität gehen und Pastor werden wollen. Und die Mädchen hätten Gouvernanten werden wollen, sobald sie die Schule verlassen hatten, denn wie sie ihr erzählt hätten, hätte Mr. Rivers vor mehreren Jahren durch den Bankrott eines Bankiers, dem er sein Vermögen anvertraut hatte, einen großen Teil desselben verloren. Und da er ihnen kein Vermögen mitgeben konnte, wollten sie nun selbst für sich sorgen. Seit langer Zeit wären sie nur selten im alten Heim gewesen, und jetzt hätte der Tod ihres Vaters sie auch nur für einige Wochen hergerufen. Aber sie liebten Marsh End und Morton und all diese Hügel und Täler und Moore und Heiden so innig. Sie wären in London und vielen anderen großen Städten gewesen, aber immer hätten sie gesagt, der Heimat käme doch nichts gleich. Und dann hätten sie einander so lieb und zankten nie und machten keinen Lärm. Sie meinte, eine solche Familie, was Einigkeit beträfe, sei gar nicht mehr zu finden.

Nachdem ich mit meiner Arbeit des Beerenlesens zu Ende war, fragte ich, wo die beiden jungen Damen und ihr Bruder jetzt wären.

»Nach Morton hinüberspaziert; aber in einer halben Stunde werden sie zum Tee zurück sein.«

Sie kehrten innerhalb der von Hannah angegebenen Zeit zurück und traten durch die Küchentür ein. Als Mr. St. John mich sah, verbeugte er sich nur und ging vorüber; die beiden Damen aber verweilten, und Mary drückte in wenigen Worten freundlich und ruhig ihre Freude darüber aus, dass ich wohl genug sei, um herunterzukommen. Diana schüttelte den Kopf, als sie meine Hand ergriff:

»Sie hätten meine Erlaubnis zum Herunterkommen abwarten sollen«, sagte sie. »Sie sehen noch so fürchterlich blass aus – und so abgezehrt! Armes Kind, armes Mädchen!«

Diana hatte eine Stimme, welche für mein Ohr wie das Girren einer Taube klang. Sie besaß Augen, deren Blick man nur mit Entzücken begegnen konnte, und ihr Gesicht war reizend und anmutig. Marys Züge waren ebenso intelligent und ebenso hübsch; ihr Ausdruck aber war zurückhaltender und ihre Manieren, obgleich sanft, doch viel reservierter. Diana blickte und sprach mit einem gewissen Autoritätsbewusstsein, offensichtlich hatte sie einen starken Willen. Es lag in meiner Natur, einer Überlegenheit wie der ihren mit Freuden nachzugeben und mich einem kräftigen Willen zu beugen, wo mein Gewissen und meine Selbstachtung es erlaubten.

»Und was haben Sie hier in der Küche zu tun?«, fuhr sie fort. »Dies ist kein Platz für Sie. Mary und ich sitzen zuweilen in der Küche, weil wir zu Hause gern einmal tun, was uns beliebt – aber Sie sind ein Gast und müssen ins Wohnzimmer kommen.«

»Ich fühle mich hier aber sehr behaglich.«

»Das kann nicht sein – mit Hannah, die umherwirtschaftet und Sie mit Mehl bestäubt?«

»Außerdem erhitzt das Herdfeuer Sie auch zu sehr«, warf Mary ein.

»Gewiss«, fügte ihre Schwester hinzu. »Kommen Sie, Sie müssen gehorsam sein.« Und indem sie meine Hand noch immer hielt, ließ sie mich aufstehen und führte mich in das innere Zimmer.

»Nehmen Sie dort Platz …«, sagte sie, indem sie mich auf das Sofa niederdrückte, »… während wir unsere Mäntel ablegen und den Tee bereiten. Das ist noch eins von jenen Privilegien, die wir in unserem kleinen Ländchen ausüben: Wir bereiten unsere eigenen Mahlzeiten, wenn wir Lust dazu haben, oder wenn Hannah gerade Brot bäckt, Bier braut, wäscht oder bügelt.«

Sie schloss die Tür und ließ mich mit Mr. St. John allein, der mir mit einem Buch oder einer Zeitung in der Hand gegenübersaß. Prüfend ließ ich meine Blicke durch das Wohnzimmer schweifen, dann hefteten sie sich auf mein Gegenüber.

Das Wohnzimmer war ein ziemlich kleiner, außerordentlich einfach ausgestatteter Raum, aber es war gemütlich und die gründlichste Sauberkeit herrschte darin. Die altmodischen Stühle waren blank poliert und selbst der Nussbaumtisch glänzte wie ein Spiegel. Einige seltsame alte Porträts von Männern und Frauen vergangener Tage zierten die farbig gestrichenen Wände, ein Glasschrank enthielt einige Bücher und ein altes, wertvolles Porzellanservice. Im ganzen Zimmer waren keine überflüssigen Luxusgegenstände und nicht ein einziges neumodisches Möbelstück – mit Ausnahmen von zwei Handarbeitskästen und einem Damenschreibtisch von Rosenholz. Alles, selbst der Teppich und die Vorhänge, sah viel benutzt und dennoch sehr geschont aus.

Es war nicht schwer, Mr. St. Johns Äußeres eingehend zu prüfen; er saß so still da, wie eines der dunklen Bilder an den Wänden. Sein Auge haftete fest auf den Zeilen, welche er las, und seine Lippen waren versiegelt. Wäre er eine Statue anstatt ein Mann gewesen, so hätte man ihn nicht leichter besichtigen können. Er war jung – ungefähr zwischen achtundzwanzig und dreißig, groß und schlank. Sein Gesicht musste jedes Auge fesseln; es war ein griechisches Antlitz mit ernsten Linien, einer geraden, klassischen Nase und dem Mund und dem Kinn eines Atheners. Es ist allerdings selten, dass ein englisches Gesicht der Antike so nahekommt, und es war nicht verwunderlich, dass er sich über die Unregelmäßigkeit meiner Züge entsetzt hatte, da die seinen so überaus harmonisch waren. Seine Augen waren groß und blau mit langen, dunklen Wimpern; Locken blonden Haares fielen sorglos hier und da auf seine hohe Stirn, die fast so farblos war wie Elfenbein.

Dies ist eine liebenswürdige Skizze, nicht wahr, mein Leser? Und doch machte der, den ich beschreibe, nicht den Eindruck einer sanften, nachgiebigen, feinfühligen oder milden Natur. Obgleich er so still dasaß, entdeckte ich doch Züge um seinen Mund, seine Stirn und seine Nase, welche nach meinem Dafürhalten auf ruhelose, ungestüme, harte und heftige Elemente schließen ließen. Er sprach kein Wort mit mir, er warf nicht einmal einen Blick auf mich, bis seine Schwestern wieder eintraten. Als Diana bei den Vorbereitungen zum Tee aus- und einging, brachte sie mir einen kleinen Kuchen, der auf der Platte des Backofens gebacken war.

»Essen Sie das jetzt«, sagte sie, »Sie müssen ja hungrig sein. Hannah sagt, dass Sie seit dem Frühstück nur ein wenig Haferschleim gegessen haben.«

Ich weigerte mich nicht, denn mein Appetit war voll und ganz zurückgekehrt. Mr. Rivers schloss jetzt sein Buch, näherte sich dem Tisch und heftete, indem er Platz nahm, seine blauen, malerischen Augen auf mich. Es lag eine unzeremonielle Direktheit, eine prüfende, bestimmte Festigkeit in seinem Blick, welche mir zeigte, dass Absicht und nicht Gleichgültigkeit ihn bis jetzt von der Fremden ferngehalten hatten.

»Sie sind sehr hungrig«, sagte er.

»Das bin ich, Sir.« Es ist meine Art, ja es war schon stets instinktiv meine Art, Knappheit mit Kürze und Direktheit mit Offenheit zu begegnen.

»Es war ein Glück für Sie, dass ein leichtes Fieber Sie drei Tage zum Fasten gezwungen hat; es wäre sehr gefährlich gewesen, wenn Sie gleich dem Verlangen Ihres Appetits nachgegeben hätten. Jetzt dürfen Sie essen, aber immer doch nur mäßig.«

»Ich hoffe, dass ich nicht lange auf Ihre Kosten essen werde«, war meine unbeholfene und ungeschliffene Antwort.

»Nein«, sagte er kalt. »Wenn Sie uns den Wohnort Ihrer Angehörigen mitgeteilt haben werden, so können wir ihnen schreiben, und Sie werden Ihrer Familie wiedergegeben.«

»Ich muss Ihnen rundweg erklären, dass es nicht in meiner Macht liegt, das zu tun, da ich weder ein Heim noch Anverwandte habe.«

Die drei blickten mich an, aber nicht misstrauisch. Ich fühlte, dass kein Mangel an Vertrauen in ihren Blicken lag, mehr eine Regung der Neugier – besonders bei den jungen Damen. Die Augen St. Johns, obgleich außerordentlich klar im buchstäblichen Sinne, waren im bildlichen Sinne schwer zu ergründen. Er schien sie mehr als Werkzeuge zu betrachten, um anderer Leute Gedanken zu erraten, denn als Mittel, seine eigenen preiszugeben. Und diese Kombination von Zurückhaltung und Scharfsinn war bedeutend mehr geeignet, jemanden in Verlegenheit zu bringen, als ihn zu ermuntern.

»Wollen Sie damit sagen«, fragte er, »dass Sie vollständig allein im Leben dastehen?«

»Ja. Kein Band fesselt mich an irgendein lebendes Wesen; ich habe kein Recht, die Aufnahme unter irgendein Dach in ganz England zu beanspruchen.«

»Eine seltsame Lage in Ihrem Alter!«

Hier sah ich, wie er einen Blick auf meine Hände warf, die ich gefaltet vor mir auf den Tisch gelegt hatte. Ich wunderte mich über den prüfenden Blick. Aber seine Worte erklärten bald, was er suchte.

»Sind Sie niemals verheiratet gewesen? Sie sind Jungfer?«

Diana lachte. »Aber sie kann ja kaum älter als siebzehn oder achtzehn Jahre sein, St. John«, sagte sie.

»Ich zähle beinahe neunzehn, aber ich bin nicht verheiratet, nein.«

Ich fühlte, wie eine dunkle Glut mein Gesicht überzog, denn durch die Frage nach einer Heirat wurden die bitteren und aufwühlenden Erinnerungen wieder in mir wach. Alle sahen meine Verlegenheit und meine Bewegung. Mary und Diana kamen mir zu Hilfe, indem sie ihre Blicke von meinem glutübergossenen Gesicht abwandten, aber der kalte, harte Bruder fuhr fort mich anzustarren, bis der Kummer, den er mir dadurch bereitete, mir schließlich Tränen entlockte.

»Wo haben Sie zuletzt gelebt?«, fragte er dann.

»Du bist zu neugierig und fragst zu viel, St. John«, murmelte Mary leise. Er lehnte sich aber über den Tisch und verlangte mit durchdringendem Blick eine Antwort.

»Der Ort, wo, und der Name der Person, mit welcher ich lebte, sind mein Geheimnis«, entgegnete ich bestimmt.

»Welches zu wahren Sie nach meiner Ansicht ein Recht haben, sowohl vor St. John wie vor jeder anderen Person«, bemerkte Diana ruhig.

»Und doch vermag ich Ihnen nicht zu helfen, wenn ich nichts von Ihnen oder von Ihrer Lebensgeschichte weiß«, sagte er. »Sie bedürfen doch der Hilfe, nicht wahr?«

»Ja, ich bedarf ihrer und ich suche sie, insoweit Sir, dass ich einen wahren Menschenfreund suche, der mir Arbeit verschafft, welche ich verrichten kann, und deren Ertrag mir die Mittel zum Leben gibt, wenn auch nur die allernotwendigsten.«

»Ich weiß nicht, ob ich ein wahrer Menschenfreund bin, aber ich bin willens, Ihnen mit allen mir zu Gebote stehenden Kräften in der Ausführung eines so ehrlichen Vorsatzes zu helfen. Sagen Sie mir also vor allen Dingen, an welche Art von Arbeit Sie gewöhnt sind und was Sie leisten *können!*«

Jetzt hatte ich meinen Tee getrunken. Er hatte mich sehr gekräftigt, gerade so, als ob ein Riese Wein getrunken hätte. Er stärkte meine erschütterten Nerven und machte es mir möglich, diesem eindringlichen jungen Richter ausdauernd zu entgegnen.

»Mr. Rivers«, sagte ich, indem ich mich zu ihm wandte und ihn so ansah, wie er mich: offen und ohne Furcht. »Sie und Ihre Schwestern haben mir einen großen Dienst geleistet – den größten, den ein Mitmensch dem anderen leisten kann. Sie haben mich durch Ihre edle Gastfreundschaft vom Tode errettet. Diese mir erwiesene Wohltat gibt Ihnen einen unbegrenzten Anspruch auf meine Dankbarkeit und bis zu einem gewissen Grad auch Anspruch auf mein Vertrauen. Ich werde Ihnen so viel von der Geschichte des Wanderers erzählen, den Sie beherbergt haben, wie ich es kann, ohne meinen Seelenfrieden aufs Neue zu gefährden – meine eigene geistige und körperliche Sicherheit sowie diejenige anderer.

Ich bin eine Waise, die Tochter eines Geistlichen. Meine Eltern starben, bevor ich sie kennen konnte. Ich wurde von Angehörigen erzogen und in einer gemeinnützigen Anstalt ausgebildet. Ich will Ihnen sogar den Namen des Instituts nennen, in dem ich sechs Jahre als Schülerin und zwei als Lehrerin zubrachte: Es war das Waisenhaus von Lowood in ***shire; Sie werden davon gehört haben, Mr. Rivers. Reverend Robert Brocklehurst ist der Schatzmeister.«

»Ich habe von Mr. Brocklehurst gehört und ich kenne die Schule.«

»Vor ungefähr einem Jahr verließ ich Lowood, um Privatlehrerin bei einer Familie zu werden. Ich hatte eine gute Stellung und war glücklich. Vier Tage bevor ich hier herkam, war ich gezwungen, die Stellung aufzugeben. Ich kann und darf die Veranlassung zu meiner Abreise nicht erklären, es wäre auch nutzlos und gefährlich. Überdies würde es nicht glaubhaft klingen. Kein Tadel haftet an mir; ich bin ebenso frei von jeder Schuld wie irgendeiner von Ihnen. Unglücklich bin ich und werde es auch noch eine lange Zeit bleiben, denn die Katastrophe, welche mich aus dem Haus trieb, wo ich ein Paradies gefunden hatte, war von seltsamer und schrecklicher Art. Ich nahm nur auf zwei Dinge Rücksicht, als ich meine

Flucht plante: Eile und Heimlichkeit. Um diese zu sichern, musste ich alles zurücklassen, was ich besaß, mit Ausnahme eines kleinen Pakets, welches ich in meiner Eile und Seelenangst aber in der Kutsche vergaß, die mich nach Whitcross gebracht hatte. So kam ich denn von allen Mitteln entblößt in diese Gegend. Zwei Nächte schlief ich draußen in Gottes freier Natur, und zwei Tage wanderte ich umher, ohne die Schwelle einer menschlichen Wohnung zu betreten. Nur zweimal während dieser Zeit kam etwas Nahrung über meine Lippen. Und als Sie, Mr. Rivers, es verhinderten, dass ich vor Hunger und Mangel an Ihrer Tür umkam, indem Sie mich in Ihr Haus aufnahmen, hatten Hunger, Verzweiflung und Erschöpfung mich schon an den Rand des Todes gebracht. Ich weiß, was Ihre Schwestern seitdem für mich getan haben, denn während meiner scheinbaren Betäubung war ich nicht immer besinnungslos, und ihrem echten, freiwilligen und ungeheuchelten Mitleid verdanke ich ebenso viel, wie Ihrer christlichen Barmherzigkeit.«

»Lass sie jetzt nicht mehr reden, St. John«, sagte Diana, als ich innehielt. »Wie du siehst, ist sie noch keiner Art von Aufregung gewachsen. Kommen Sie jetzt hier aufs Sofa und setzen Sie sich, Miss Elliott.«

Als ich dieses Alias vernahm, schrak ich unwillkürlich zusammen; ich hatte meinen neuen Namen schon fast vergessen. Mr. Rivers, dem nichts zu entgehen schien, bemerkte es sofort.

»Sie sagten doch, dass Ihr Name Jane Elliott wäre?«, bemerkte er.

»Das sagte ich, und ich halte es für zweckmäßig, mich für den Augenblick so zu nennen. Aber in Wirklichkeit ist dies nicht mein Name, und wenn ich ihn höre, so klingt er meinem Ohr fremd.«

»Sie wollen Ihren wahren Namen also nicht nennen?«

»Nein. Was ich am meisten fürchte, ist, entdeckt zu werden. Daher will ich jede Mitteilung vermeiden, die dazu führen könnte.«

»Ich bin überzeugt, dass Sie daran ganz recht tun«, sagte Diana. »Jetzt aber, lieber Bruder, lass sie wirklich in Ruhe!«

Als St. John jedoch einige Minuten nachgedacht hatte, fing er ebenso scharfsinnig und unerschütterlich von Neuem an.

»Sie möchten nicht lange von unserer Gastfreundschaft abhängig sein. Ich sehe, dass Sie so schnell wie möglich aus dem Mitleid meiner Schwestern und vor allen Dingen aus meiner *Barmherzigkeit* entfliehen wollen. Ich merke den Unterschied, welchen Sie hier machen, sehr wohl und zürne Ihnen deshalb durchaus nicht – er ist sehr gerechtfertigt. Sie möchten also gern unabhängig von uns werden?«

»Gewiss möchte ich das, wie ich schon sagte. Zeigen Sie mir, wie ich arbeiten kann oder wie ich Arbeit finden kann, das ist alles, worum ich jetzt bitte. Dann lassen Sie mich ziehen, und wenn es in die niedrigste Hütte ist – aber *bis dahin* gestatten Sie mir, hierzubleiben. Ich kann nicht noch einmal den Kampf mit den Schrecken von Heimatlosigkeit und Armut aufnehmen.«

»Natürlich, Sie *müssen* hierbleiben«, sagte Diana, indem sie ihre weiße Hand auf meinen Kopf legte. »Sie *müssen* bleiben«, wiederholte Mary in dem Ton anspruchsloser Aufrichtigkeit, der ihr eigen zu sein schien.

»Wie Sie sehen, macht es meinen Schwestern Freude, Sie hierzubehalten«, sagte Mr. St. John, »geradeso wie es ihnen Freude bereiten würde, einen halb erfrorenen Vogel, den der winterliche Wind in ihr Fenster getrieben hat, zu hegen und zu pflegen. *Ich* allerdings bin mehr geneigt, Ihnen die Möglichkeit zu schaffen, für sich selbst zu sorgen, und ich werde mich auch bemühen, das zu tun. Aber merken Sie wohl auf, meine Sphäre ist eng begrenzt. Ich bin nur der Amtsinhaber in einer armen Landgemeinde, meine Hilfe kann daher nur von bescheidenster Art sein. Wenn Sie also geneigt sind, das Wenige gering zu achten, so müssen Sie wirksamere Hilfe suchen, als ich Ihnen bieten kann.«

»Sie hat ja schon gesagt, dass sie jede ehrliche Arbeit verrichten will, zu der sie fähig ist«, antwortete Diana für mich. »Und weißt du, St. John, auch sie kann sich ihre Helfer nicht aussuchen: Sie ist sogar gezwungen, mit so rauen Menschen wie dir vorlieb zu nehmen.«

»Ich will Schneiderin werden, ich will eine einfache Arbeiterin sein, eine Magd, eine Kinderfrau, wenn sich nichts anderes findet«, antwortete ich.

»Recht so«, sagte Mr. St. John sehr sachlich. »Wenn das Ihre Gesinnung ist, so verspreche ich, Ihnen zu helfen, sobald ich Zeit und Mittel finde.«

Dann nahm er das Buch wieder auf, mit dem er vor dem Tee beschäftigt gewesen war. Ich zog mich bald zurück, denn ich war so lange außerhalb des Bettes gewesen und hatte so viel gesprochen, wie es der augenblickliche Zustand meiner Kräfte nur irgend erlaubte.

Dreißigstes Kapitel

Je näher ich die Bewohner von Moor House kennenlernte, desto besser gefielen sie mir. Nach wenigen Tagen hatte ich meine Gesundheit schon so weit wiedererlangt, dass ich den ganzen Tag über aufbleiben und sogar schon kurze Spaziergänge machen konnte. Ich konnte mich mit Diana und Mary in all ihre Beschäftigungen teilen, mich mit ihnen unterhalten so viel sie mochten, und ihnen helfen, wo und wann sie es mir gestatteten. In diesem Verkehr lag ein frisch belebendes Vergnügen, das ich hier zum ersten Mal empfand – das Vergnügen, welches Gleichartigkeit des Geschmacks, der Gefühle und der Grundsätze uns stets gewährt.

Ich liebte die Lektüre, welche sie liebten, was ihnen Freude machte, entzückte mich, was sie schätzten, verehrte ich. Sie liebten ihr von der Welt entlegenes Heim. Auch ich fand einen mächtigen und anhaltenden Reiz in dem kleinen, alten, grauen Gebäude mit seinem niedrigen Dach, seinen vergitterten Fenstern, seinen zerbröckelnden Mauern, seiner Allee von uralten Tannen, welche alle schief unter dem Druck der Gebirgsstürme emporgewachsen waren – mit seinem Garten voll Stechpalmen und Eiben, in dem nur abgehärtete Blumen zur Blüte kommen konnten. Sie hingen mit inniger Liebe an der rotblühenden Heide, in deren Mitte ihr Wohnsitz lag, und an dem tiefen Tal, in welches der steinige Reitweg, der sich an ihrem Tor vorüberzog, hinunterführte, sich zwischen mit Farn bewachsenen Hügeln und den wildesten Weideplätzen hindurchschlängelte, welche je ein Heideland begrenzt und einer Herde grauer Moorlandschafe mit ihren kleinen Lämmern Nahrung geboten haben. Sie hingen mit enthusiastischer Liebe an dieser Landschaft, wie ich sagte. Und ich konnte dieses Gefühl verstehen und seine Aufrichtigkeit und Stärke vermochte ich nachzuempfinden. Auch ich empfand den fesselnden Zauber dieses Ortes. Ich empfand die Heiligkeit seiner Einsamkeit, mein Auge erfreute sich an den Umrissen von Berg und Tal und an der wilden Färbung, welche Moos, Heiderosen, blumenbestreute Wiesen, prächtige Farnkräuter und Granitfelsenklippen den Hügeln und der Ebene verliehen. All diese Einzelheiten waren auch für mich, was sie für sie waren – reine und süße Quellen der Freude. Der scharfe Wind und die leichte Brise, die rauen und die sanften Tage, die Stunde des Sonnenaufgangs und die des Sonnenuntergangs, das Mondlicht und die wolkige Nacht – alles dies übte in diesen Regionen dieselbe Anziehungskraft auf mich aus, wie auf sie, nahm mich mit demselben Zauber gefangen, der sie längst umstrickt hatte.

Auch im Hause stimmten wir gut zusammen. Sie beide waren viel gebildeter und hatten viel mehr gelesen als ich, aber emsig folgte ich ihnen auf dem Pfad des Wissens, welchen sie schon vor mir betreten hatten. Ich verschlang die Bücher, welche sie mir geborgt hatten, und es gewährte mir die größte Befriedigung, am Abend das mit ihnen zu besprechen, was ich während des Tages gelesen hatte. Ihre Gedanken passten genau zu meinen, ihre Ansichten teilte ich – kurzum, wir harmonierten in allem vollkommen.

In unserem Trio gab es eine Erste, eine Anführerin: Das war Diana. Physisch übertraf sie mich bei Weitem, sie war schön, stark und energisch. Ihr wilder Geist hatte einen Überfluss von Leben und war von einer Widerstandsfähigkeit, die meine höchste Verwunderung erregte, während sie mein Begriffsvermögen überstieg. Wenn der Abend begann, vermochte ich eine Zeitlang zu reden, aber wenn der erste Strom meiner Rede und meiner Lebhaftigkeit vorüber war, liebte ich es, mich auf einen Schemel zu

Dianas Füßen zu setzen, meinen Kopf in ihren Schoß zu legen und abwechselnd ihr und Mary zuzuhören, während sie das Thema, welches ich nur flüchtig berührt hatte, gründlich erörterten. Diana erbot sich, mich Deutsch zu lehren. Es war eine Freude, von ihr zu lernen. Ich sah, dass das Amt einer Lehrerin für sie passte und ihr angenehm war, und die Rolle der Schülerin gefiel und passte mir nicht weniger. Unsere Naturen ergänzten einander mit dem Resultat gegenseitiger Liebe der wärmsten Art. Sie entdeckten, dass ich malen konnte – augenblicklich standen ihre Stifte und ihr Farbenkasten zu meiner Verfügung. Meine Geschicklichkeit, die in diesem einen Punkt größer war als die ihre, überraschte und entzückte sie. Mary konnte stundenlang sitzen und mir zusehen; dann nahm sie Unterricht bei mir und war eine folgsame, intelligente und fleißige Schülerin. So beschäftigt und in Anspruch genommen, gingen die Tage wie Stunden, die Wochen wie Tage hin.

Die Vertraulichkeit, welche so schnell und so natürlich zwischen den Schwestern und mir entstanden war, dehnte sich jedoch nicht auf Mr. St. John aus. Ein Grund der Distanz, welche zwischen ihm und mir herrschte, lag darin, dass er nur selten zu Hause war. Der größte Teil seiner Zeit schien durch Besuche bei den Kranken und Armen seiner weit verstreuten Gemeinde in Anspruch genommen zu werden.

Weder Wind noch Wetter schien ihn an diesen seelsorgerischen Ausflügen zu hindern; sobald die Stunden seiner allmorgendlichen Studien vorüber waren, pflegte er – ob Sonne, ob Regen – seinen Hut zu nehmen und, gefolgt von Carlo, dem alten Vorstehhund seines Vaters, sich auf seine Mission der Pflicht oder der Liebe zu begeben – ich weiß nicht, in welchem Licht er sie betrachtete. Zuweilen, wenn es ein sehr widriger Tag war, versuchten seine Schwestern zu protestieren. Dann sagte er wohl mit einem Lächeln, das eher feierlich als fröhlich war:

»Und wenn ich mich nun durch einen Windhauch oder ein paar Regentropfen von diesen leichten Aufgaben abhalten ließe, welche Vorbereitung wäre denn solche Trägheit für die Zukunft, der ich entgegengehe?«

Dianas und Marys gewöhnliche Antworten auf diese Frage waren Seufzer und einige Minuten anscheinend traurigen Nachsinnens.

Aber außer seiner häufigen Abwesenheit gab es noch ein zweites Hindernis für die Freundschaft mit ihm: Er schien eine reservierte, abstrakte, sogar grüblerische Natur zu besitzen. Eifrig in seinen seelsorgerischen Pflichten, tadellos in seinem Leben und seinen Gewohnheiten, schien er sich doch nicht jenes Seelenfriedens und jener inneren Zufriedenheit zu erfreuen, welche der Lohn jedes echten Christen und tatkräftigen Menschenfreundes sein sollten. Oft, wenn er abends am Fenster saß, sein Pult und seine Papiere vor sich, konnte er mit dem Lesen oder Schreiben innehalten, das Kinn in die Hand stützen und sich Gott weiß welchen Gedanken hingeben. Dass diese jedoch aufregend und unruhig sein mussten, konnte man an dem häufigen Aufblitzen seiner Augen sehen.

Überdies glaube ich nicht, dass die Natur ihm so viele Quellen der Wonne und des Entzückens bot, wie seinen Schwestern. Nur einmal, nur ein einziges Mal sprach er in meiner Gegenwart über den wunderbaren Reiz, welchen diese rauen, schroffen Hügel auch auf ihn ausübten, und über die angeborene Liebe für das düstere Dach und die bemoosten Mauern, die er sein Heim nannte. Aber in seinen Worten lag mehr herbe Trauer als sich mit dem Gefühl vertrug, dem er Ausdruck verlieh. Auch schien es mir stets, als durchstreife er Heide und Moor nicht um ihrer beruhigenden, tröstenden Stille und Einsamkeit willen – als suche er sie nicht auf für die Tausend friedlichen Freuden, die sie ihm doch hätten gewähren können.

Da er wenig mitteilsam war, verging geraume Zeit, ehe ich Gelegenheit fand, sein Gemüt zu ergründen. Erst als ich ihn in seiner eigenen Kirche in Morton predigen hörte, bekam ich einen Begriff seiner Tiefe. Ich wollte, ich könnte jene Predigt beschreiben, aber das übersteigt meine Kraft. Ich vermag nicht einmal, den Eindruck getreu wiederzugeben, den sie auf mich machte.

Die Predigt begann ruhig. Und sie blieb auch bis zum Ende ruhig, was Vortrag und Stimmlage anbetraf – aber ein tief empfundener, jedoch streng in den Grenzen gehaltener Eifer atmete bald aus jedem seiner deutlichen Worte, beflügelte seine Sprache und verlieh ihr eine ungeheure Macht. Das Herz ward erschüttert und das Gemüt überwältigt durch die Kraft des Predigers – der Zuhörer fand keine Besänftigung, keine Ruhe. Das Ganze durchwehte eine seltsame Bitterkeit, ein Mangel an tröstender Sanftmut: Starre Mahnungen an calvinistische Glaubenssätze – Berufung, Gnadenwahl, ewige Verdammnis – kehrten immer wieder, und jede Bezugnahme auf diese Punkte klang wie ein Urteilsspruch. Als er zu Ende war, empfand ich eine unbeschreibliche Traurigkeit, anstatt mich durch seine Rede besser, ruhiger, aufgeklärter zu fühlen. Es schien mir – und ich weiß nicht, ob andere dasselbe empfanden –, als ob die Beredsamkeit, welcher ich gelauscht hatte, einer Tiefe entsprang, wo der trübe Bodensatz der Enttäuschung lagerte, wo qualvolle Impulse ungestillten Sehnens und beunruhigenden Strebens tobten. Ich war überzeugt, dass St. John Rivers – rein, gewissenhaft und eifrig, wie er war – doch noch nicht jenen göttlichen Frieden gefunden hatte, welcher über alle Vernunft geht. Er hatte ihn ebenso wenig gefunden, dachte ich, wie ich selbst mit meinem geheimen, quälenden Gram um mein zerstörtes Ideal, mein verlorenes Paradies – Gram, von dem ich in letzter Zeit nicht mehr gesprochen hatte, der mich aber dennoch gänzlich gefangen hielt und mich schonungslos beherrschte.

Inzwischen war ein Monat vergangen. Diana und Mary sollten Moor House bald wieder verlassen und zu dem sehr anderen Leben und Treiben zurückkehren, welches ihrer als Gouvernanten in einer großen, modernen Stadt im Süden Englands harrte; wo sie Stellen in Familien innehatten, deren hochmütige, reiche Mitglieder sie nur als bescheidene Dienerinnen betrachteten, keine ihrer ausgezeichneten Eigenschaften suchten oder kannten und ihre hervorragenden Fähigkeiten nur so zu schätzen wussten, wie sie die Geschicklichkeit ihres Kochs oder den guten Geschmack ihrer Kammerfrauen zu würdigen verstanden.

Mr. St. John hatte noch nicht eine Silbe mit mir über die Stellung gesprochen, welche er mir zu verschaffen gelobt hatte, und doch wurde es jetzt dringend nötig, dass ich eine Tätigkeit irgendeiner Art erwählte. Als ich eines Morgens mit ihm allein war, fasste ich den Mut, mich der Fenstervertiefung des Wohnzimmers zu nähern, welche durch seinen Tisch, sein Schreibpult und seinen Stuhl eine Art von Studierzimmer bildete. Ich war gerade im Begriff zu sprechen – obgleich ich noch nicht recht wusste, in welche Worte ich meine Frage kleiden sollte, denn es ist immer schwierig, das Eis der Zurückhaltung zu brechen, in welches Naturen wie die seine sich zu hüllen pflegen –, als er mich der Mühe enthob, indem er derjenige war, welcher das Zwiegespräch begann.

Als ich mich ihm näherte, blickte er auf und sagte: »Sie wollen eine Frage an mich richten?«

»Ja. Ich möchte gern wissen, ob Sie bereits von irgendeiner Arbeit gehört haben, zu deren Verrichtung ich mich erbieten könnte.«

»Schon vor drei Wochen fand oder plante ich etwas für Sie; da Sie hier aber glücklich schienen und sich nützlich machten, da meine Schwestern Sie augenscheinlich lieb gewonnen hatten und Ihre Gesellschaft den beiden außerordentliche Freude gewährte, so hielt ich es nicht für ratsam, Ihr gegenseitiges Wohlbehagen früher zu stören, als ihre nahe bevorstehende Abreise von Marsh End auch die Ihre notwendig machen würde.«

»Sie reisen aber schon in drei Tagen ab«, entgegnete ich.

»Ja, und wenn sie abreisen, kehre ich zum Pfarrhaus von Morton zurück. Hannah wird mich begleiten, und dieses alte Haus wird zugeschlossen.«

Ich wartete einige Augenblicke, da ich hoffte, er würde fortfahren, über den zuerst erwähnten Gegenstand zu sprechen. Er schien jedoch in einen anderen Gedankengang hineingeraten zu sein. Sein Blick verriet mir, dass er weit von mir und meiner Angelegenheit abgeschweift war. So war ich denn gezwungen, ihn auf das Thema zurückzubringen, welches notwendigerweise für mich von so großer Bedeutung war.

»Und was war die Beschäftigung, Mr. Rivers, die Sie für mich im Auge hatten? Ich hoffe, dass dieser Aufschub nicht die Schwierigkeit vergrößert hat, sie für mich zu sichern?«

»Oh nein. Es handelt sich um eine Beschäftigung, welche nur davon abhängig ist, ob *ich* sie vergeben werde und ob *Sie* diese annehmen.«

Hier hielt er wieder inne. Nur widerstrebend schien er fortzufahren. Ich wurde ungeduldig. Ein oder zwei unruhige Gesten und ein ängstlicher, fragender Blick, den ich auf sein Gesicht heftete, drückten ihm meine Empfindungen deutlicher und weniger mühevoll aus, als Worte dazu imstande gewesen wären.

»Die näheren Umstände haben keine Eile«, sagte er. »Lassen Sie mich Ihnen aufrichtig sagen, dass ich nichts besonders Wünschenswertes oder Profitables vorzuschlagen habe. Ehe ich mich weiter erkläre, bitte ich Sie, sich meiner Worte zu erinnern, dass, wenn ich Ihnen helfen würde, es nur so sein könnte, wie der Blinde dem Lahmen hilft. Ich bin arm, denn nachdem ich die Schulden meines Vaters bezahlt habe, besteht mein ganzes Erbe in diesem bröckelnden Gehöft, der Reihe krummer Tannen dahinter und in dem Fleckchen Moorerde mit den Eiben und Stechpalmen darauf. Auch bin ich ein unbekannter Mann: Rivers ist zwar ein alter Name, aber von den drei einzigen Nachkommen dieses Geschlechts verdienen zwei ihr hartes Brot in Abhängigkeit unter Fremden, und der dritte betrachtet sich als Fremder in seinem Vaterland – nicht allein für dieses Leben, sondern auch im Tod. Ja, und er erachtet sich – er ist sogar gezwungen, sich dafür zu erachten – geehrt durch dieses Los und sehnt sich nur nach dem Tag, an dem das Kreuz der Trennung von allen fleischlichen, irdischen Banden auf seine Schultern gelegt wird, und das Oberhaupt jener kirchlichen Streitmacht, deren geringstes Mitglied er ist, zu ihm das Wort spricht: ›Steh auf und folge mir nach!‹«

St. John sprach diese Worte, wie er seine Predigten sprach – mit einer ruhigen, tiefen Stimme, mit bleichen Wangen aber mit funkelndem Glanz in den Augen. Dann fuhr er fort:

»Und da ich selbst arm und unbekannt bin, kann ich auch Ihnen nur eine Stelle der Armut und der Bedeutungslosigkeit bieten. *Sie* mögen sie vielleicht sogar für entehrend halten, denn ich habe nun bemerkt, dass Ihre Gewohnheiten das sind, was die Welt ›verfeinert‹ nennt – Ihr Geschmack bevorzugt das Ideale und Ihre Gesellschaft hat aus wohlerzogenen Menschen bestanden. Ich bin jedoch der Ansicht, dass kein Dienst entehrt, welcher dazu beiträgt, das Menschengeschlecht besser zu machen. Ich halte dafür, dass, je unfruchtbarer und vernachlässigter der Boden, welcher dem Christen zur Urbarmachung zugewiesen ist, je geringer also die Ausbeute, welche seine Arbeit ihm bringt, desto größer die Ehre. Unter solchen Umständen ist sein Los das des Pioniers, und die ersten Pioniere des Evangeliums waren die Apostel – ihr Anführer war Jesus Christus, der Erlöser selbst.«

»Nun«, sagte ich, als er wiederum innehielt, »weshalb fahren Sie nicht fort?«

Er blickte mich an, bevor er fortfuhr. In der Tat, er schien gemächlich in meinem Gesicht zu lesen, als wären dessen Züge und Linien die gedruckten Worte eines Buches. Den Schlussfolgerungen, welche er aus dieser Prüfung zog, verlieh er in seinen gleich darauf folgenden Äußerungen Ausdruck.

»Ich glaube, dass Sie den Platz, welchen ich Ihnen anbieten will, annehmen werden«, sagte er, »und ihn auch wenigstens für eine Zeitlang behalten werden, wenn auch nicht für immer. Ebenso wenig könnte ich das enge und beengende, stille, verborgene Amt eines englischen Landpfarrers für immer ausfüllen. In Ihrer wie in meiner Natur liegt etwas, das der Ruhe widerstrebt, wenn es auch unterschiedlicher Art ist.«

»Bitte erklären Sie mir dies«, drängte ich, als er wiederum innehielt.

»Das will ich, und Sie werden hören, wie armselig das Anerbieten ist – wie klein – wie knapp. Jetzt, wo mein Vater tot ist und ich mein eigener Herr bin, werde ich nicht mehr lange in Morton bleiben; wahrscheinlich werde ich es nach Ablauf eines Jahres verlassen. Aber so lange ich dort bleibe, werde ich meine Kräfte bis aufs Äußerste anspannen, um diesen Ort zu fördern und zu verbessern. Als ich vor zwei Jahren nach Morton kam, gab es keine Schule; die Kinder der Armen waren von jeder Hoffnung auf Emporkommen ausgeschlossen. Ich gründete also eine Schule für Knaben; jetzt beabsichtige ich, eine zweite für Mädchen zu eröffnen. Ich habe zu diesem Zweck ein Gebäude gemietet und ein dazugehöriges Häuschen mit zwei Zimmern, welches der Lehrerin als Wohnung dienen soll. Ihr Gehalt wird dreißig Pfund im Jahr betragen und ihr Haus ist bereits eingerichtet – sehr einfach, aber ausreichend – durch die Güte einer Dame, Miss Oliver. Diese ist die einzige Tochter des einzigen reichen Mannes in meiner Gemeinde, Mr. Oliver, welcher Besitzer einer Nähnadelfabrik, eines Hochofens und einer Eisengießerei unten im Tal ist. Dieselbe Dame sorgt für die Erziehung und Kleidung eines Waisenmädchens aus dem Arbeitshause unter der Bedingung, dass sie der Lehrerin in jenen einfachen Arbeiten ihres Haushalts und in der Schule zur Hand geht, welche selbst zu verrichten das Amt des Lehrens sie hindert. Wollen Sie diese Lehrerin sein?«

Er stellte diese Frage sehr schnell, sehr überstürzt. Er schien halb und halb eine empörte oder wenigstens doch eine verächtliche Zurückweisung dieses Anerbietens zu erwarten. Da er meine Gedanken und Empfindungen nicht kannte, wenn er auch einige derselben erriet, so konnte er unmöglich wissen, in welchem Licht dieses Los mir erscheinen würde.

In der Tat, es war bescheiden – aber es war sicher, und ich brauchte vor allen Dingen ein geschütztes Asyl. Es war mühevoll und anstrengend – aber im Vergleich mit dem Los einer Gouvernante in einem reichen Haus war es doch immerhin unabhängig. Und die Furcht vor Abhängigkeit von fremden Leuten folterte meine Seele wie glühendes Eisen. Es war nicht unedel, nicht unwürdig, nicht geistig erniedrigend – ich fasste meinen Entschluss.

»Ich danke Ihnen für den Vorschlag, Mr. Rivers, und ich nehme ihn von ganzem Herzen an.«

»Aber Sie verstehen mich?«, sagte er. »Es ist eine Dorfschule, ihre Schülerinnen werden nur arme Mädchen sein – Kinder von Tagelöhnern, im besten Falle Kinder von Pächtern. Stricken, Nähen, Lesen, Schreiben, Rechnen – das wird alles sein, was Sie zu lehren haben. Was werden Sie mit Ihren Talenten anfangen? Was mit der großen Tiefe Ihres Gemüts, Ihren Empfindungen, Ihrem Geschmack?«

»Sie aufbewahren, bis sie gebraucht werden. Die halten sich schon.«

»Sie wissen also, was Sie unternehmen?«

»Ich weiß es.«

Jetzt lächelte er; nicht ein bitteres oder trauriges Lächeln, sondern ein freundliches, zufriedenes.

»Und wann wollen Sie mit der Ausübung Ihrer Pflichten beginnen?«

»Ich will schon morgen in die mir angewiesene Wohnung ziehen und Anfang der nächsten Woche die Schule eröffnen, wenn es Ihnen recht ist.«

»Gut. So sei es.«

Er erhob sich und ging durchs Zimmer. Dann stand er still, blickte mich wiederum an und schüttelte den Kopf.

»Was missbilligen Sie, Mr. Rivers?«, fragte ich.

»Sie werden nicht lange in Morton bleiben, nein, nein.«

»Weshalb? Welchen Grund haben Sie, das zu sagen?«

»Ich lese es in Ihren Augen; sie versprechen keinen ebenen, ruhigen Lebensweg.«

»Ich bin nicht ehrgeizig.«

Bei dem Wort »ehrgeizig« fuhr er zusammen. Dann wiederholte er: »Nein. Was ließ Sie an Ehrgeiz denken? Wer ist ehrgeizig? Ich weiß, dass ich es bin. Aber wie haben Sie das entdeckt?«

»Ich sprach nur von mir selbst.«

»Nun, wenn Sie nicht ehrgeizig sind, so sind Sie ...«, hier hielt er inne.

»Was?«

»Ich wollte sagen ›leidenschaftlich‹, aber vielleicht hätten Sie das Wort missverstanden und wären verletzt gewesen. Ich meine nur, dass menschliche Zuneigung und Liebe große Macht über Sie haben. Ich bin überzeugt, dass es Ihnen nicht für lange genügen wird, Ihre freie Zeit in Einsamkeit zuzubringen und Ihre Arbeitsstunden einer einförmigen Arbeit zu widmen, welche durchaus jeden Reizes entbehrt – ebenso wenig wie ich zufrieden sein kann ...«, fügte er mit Emphase hinzu, »... hier im Morast begraben, von Bergen eingeengt zu leben. Meine Natur, die Gott mir gegeben hat, sträubt sich dagegen; meine Fähigkeiten, mir vom Himmel geschenkt, werden gelähmt und liegen nutzlos da. Sie hören jetzt, wie ich mir selbst widerspreche. Ich, der ich Zufriedenheit mit einem bescheidenen Los predige und sogar den Beruf eines Holzfällers, eines Wasserschöpfers im Dienste Gottes rechtfertige – ich, sein gesalbter Bote, ich tobe beinahe in meiner Ruhelosigkeit. Nun, auf irgendeine Weise müssen angeborene Neigung und Grundsätze miteinander versöhnt werden.«

Er verließ das Zimmer. In dieser kurzen Stunde hatte ich ihn besser kennengelernt als im ganzen vorhergehenden Monat, und doch zerbrach ich mir noch den Kopf über ihn.

Diana und Mary Rivers wurden immer stiller und schweigsamer, je näher der Tag kam, an dem sie ihren Bruder und ihr Heim verlassen sollten. Beide versuchten, nicht anders zu erscheinen als gewöhnlich. Aber der Kummer, gegen welchen sie zu kämpfen hatten, konnte weder leicht besiegt noch verheimlicht werden. Diana deutete an, dass dies eine Trennung sein würde, sehr verschieden von jeder bisherigen. Was St. John anbetraf, so würde es wahrscheinlich ein Abschied für lange Jahre sein, vielleicht sogar eine Trennung fürs Leben.

»Er wird alles seinen längst gefassten Entschlüssen opfern«, sagte sie, »die Bande der Natur und noch viel mächtigere Gefühle. St. John sieht ruhig aus, Jane, aber in seinem Inneren tobt ein brennendes, verzehrendes Fieber. Du hältst ihn für sanft und milde, doch er ist in manchen Dingen unerbittlich wie der Tod. Und was das Schlimmste ist: Mein Gewissen erlaubt mir kaum, ihm von seinen strengen Entschlüssen abzuraten, denn wahrhaftig, ich kann ihn nicht einen Augenblick dafür tadeln. Es ist rechtens, edel und christlich – und dennoch bricht es mir das Herz!« Tränen standen in ihren schönen Augen. Mary neigte den Kopf tief über ihre Arbeit.

»Wir haben jetzt keinen Vater mehr; bald werden wir auch kein Heim und keinen Bruder mehr haben«, sagte sie leise.

In diesem Augenblick geschah etwas, das vom Schicksal eigens dazu bestimmt schien, die Wahrheit des alten Spruches ›Ein Unglück kommt selten allein‹ zu beweisen und diesem noch die ärgerliche Weisheit hinzuzufügen, dass, wenn man auch glaubt, das Maß des Kummers sei voll, doch immer noch ein Quäntchen mehr hinzukommen mag. St. John ging, einen Brief lesend, am Fenster vorüber. Dann trat er ein.

»Unser Onkel John ist tot«, sagte er.

Beide Schwestern waren betroffen, aber nicht erschrocken oder entsetzt. Die Nachricht schien ihnen eher bedeutsam als betrüblich zu sein.

»Tot?«, wiederholte Diana.

»Ja.«

Sie heftete einen prüfenden Blick auf das Gesicht ihres Bruders. »Und was jetzt?«, fragte sie mit leiser Stimme.

»Und was jetzt, Di?«, wiederholte er, die marmorne Ruhe des Gesichtsausdrucks bewahrend. »Was jetzt? Nun – nichts! Lies!«

Er warf ihr den Brief in den Schoß. Sie überflog ihn schnell und reichte ihn dann Mary. Mary las ihn schweigend und gab ihn darauf dem Bruder zurück. Alle drei blickten einander an und alle drei lächelten – es war ein trauriges, nachdenkliches Lächeln.

»Amen! Wir werden schon weiterleben«, sagte Diana endlich.

»Auf jeden Fall wird unsere Lage nicht schlimmer, als sie vorher war«, bemerkte Mary.

»Es führt der Seele ein Bild davon vor, was *hätte sein können*«, sagte Mr. Rivers, »und zeigt nur zu deutlich den Unterschied zu dem, was in Wirklichkeit *ist*.«

Er faltete den Brief zusammen, verschloss ihn in seinem Pult und ging wieder hinaus.

Während einiger Minuten sprach niemand. Dann wandte sich Diana zu mir.

»Jane, du wirst dich über uns und unsere Geheimnisse wundern«, sagte sie, »und uns für hartherzige Geschöpfe halten, weil wir über den Tod eines so nahen Verwandten, wie ein Onkel es ist, nicht mehr Betrübnis an den Tag legen. Aber wir haben ihn niemals gekannt noch gesehen. Er war der Bruder meiner Mutter. Vor langen Jahren hatten er und mein Vater einen Streit und entzweiten sich. Es geschah auf seinen Rat, dass mein Vater den größten Teil seines Vermögens in jene Spekulation steckte, welche ihn ruinierte. Gegenseitige Vorwürfe flogen zwischen ihnen hin und her, sie trennten sich im Zorn und versöhnten sich niemals wieder. Mein Onkel wurde später in glücklichere Unternehmungen hineingezogen; wie es scheint, erwarb er ein Vermögen von zwanzigtausend Pfund. Er war niemals verheiratet und hatte außer uns und noch einer Person, die ihm durchaus nicht näher steht als wir, keine nahen Verwandten. Mein Vater hegte stets den Glauben, dass er seinen Irrtum wiedergutmachen würde, indem er uns sein Vermögen hinterließ. Doch dieser Brief unterrichtet uns davon, dass er jeden Penny jener anderen Person hinterlässt – mit Ausnahme von dreißig Pfund, welche zwischen St. John, Diana und Mary Rivers geteilt werden sollen, um drei Trauerringe dafür zu kaufen. Natürlich hatte er ein Recht, mit seinem Geld zu machen, was er wollte, und doch wirft eine solche Nachricht eine augenblickliche Verstimmung auf das Gemüt. Mary und ich würden uns reich erachtet haben, wenn er jeder von uns tausend Pfund hinterlassen hätte; und für St. John wäre dieselbe Summe von großem Wert gewesen um der Wohltaten willen, die er damit hätte vollbringen können.«

Nach dieser Erklärung wurde das Thema fallengelassen und niemand, weder Mr. Rivers noch seine Schwestern, erwähnte es je wieder.

Am folgenden Tag übersiedelte ich von Marsh End nach Morton. Tags darauf begaben Diana und Mary sich auf die Reise nach dem weit entfernten B***, und eine Woche später zogen auch Mr. Rivers und Hannah zum Pfarrhof. Nun stand das alte Haus verlassen.

Einunddreißigstes Kapitel

Meine Heimat ist also – nun, da ich endlich ein Heim gefunden habe – ein Cottage: ein kleiner Raum mit weiß getünchten Wänden, ein mit Sand bestreuter Fußboden, vier bemalte Stühle und ein Tisch, eine Uhr, ein Schrank mit zwei, drei Tellern und Schüsseln und ein Teeservice aus Delfter Steingut. Darüber ein Zimmer von derselben Größe wie die Küche, mit einer Bettstelle aus Tannenholz und einer Kommode, die zwar klein, aber dennoch zu groß ist, um durch meine ärmlichen Kleidungsstücke ausgefüllt zu werden – obgleich meine gütigen, großmütigen Freunde dieselben um einen kleinen Vorrat der allernotwendigsten Dinge vermehrt hatten.

Es ist Abend. Mit einer Orange als Belohnung habe ich die kleine Waise entlassen, welche mir als Hausmädchen dient. Ich sitze allein am Herd. Heute Morgen ist die Dorfschule eröffnet worden. Ich habe zwanzig Schülerinnen. Nur drei von ihnen können lesen, nicht eine Einzige kann schreiben oder rechnen. Mehrere können stricken, einige nähen ein wenig. Sie sprechen den breitesten Dialekt der Gegend. Gegenwärtig fällt es uns sogar noch schwer, einander zu verstehen. Einige von ihnen sind ebenso ungezogen, roh und unumgänglich wie unwissend; andere wieder sind sanft, hegen große Lernbegierde und zeigen Anlagen, welche mir Freude machen. Ich darf nicht vergessen, dass diese armselig gekleideten kleinen Dorfmädchen ebenso gute Kinder sind, wie die Sprösslinge der edelsten Geschlechter, und dass die Keime angeborener Vortrefflichkeit, Verfeinerung, Intelligenz oder Seelengüte wahrscheinlich ebenso gut in ihren Herzen schlummern wie in denen der Höchstgeborenen. Meine Pflicht wird es sein, diese Keime zu entwickeln; gewiss wird es mir Befriedigung und Genugtuung gewähren, wenn ich dieses Amt gewissenhaft ausübe. Viel Freude erwarte ich nicht vom Leben, das vor mir liegt, aber es wird mir zweifellos gelingen, mich wenigstens von einem Tag zum andern zu bringen, wenn ich mein Gemüt wappne und meine Kräfte bis aufs Äußerste anstrenge.

War ich fröhlich, zufrieden und ausgeglichen während der Stunden, die ich an diesem Morgen und am Nachmittag in dem kahlen, bescheidenen Schulzimmer dort unten verbracht hatte? Wenn ich mich nicht selbst täuschen will, so muss ich entgegnen: Nein, bis zu einem gewissen Grade war ich trostlos. Verrückt, wie ich bin, fühlte ich mich herabgewürdigt. Ich hatte wohl einen Schritt getan, der mich in der menschlichen Gesellschaft eher herabsetzte als emporhob. Ich war schwach genug, über die Armseligkeit und Rohheit all dessen, was ich um mich herum sah und hörte, empört zu sein. Aber ich will mich um dieser Gefühle willen nicht zu sehr hassen und verachten: Ich weiß, dass sie Unrecht waren, und das ist schon ein großer Schritt zur Besserung. Ich werde kämpfen, um über sie zu siegen. Morgen, so hoffe ich, werde ich derselben vollständig Herr werden, und in wenigen Wochen wird jegliche derartige Empfindung aus meinem Herzen verschwunden seien. Bestimmt tritt in wenigen Monaten schon Zufriedenheit an die Stelle des Widerwillens, wenn ich bei meinen Schülerinnen Fortschritte und eine Wendung zum Besseren wahrnehmen kann.

Inzwischen will ich eine Frage an mich richten: Was ist besser? Der Versuchung erlegen zu sein, der Leidenschaft Gehör geschenkt zu haben, keine qualvolle Anstrengung gemacht, keinen Kampf gekämpft zu haben? Stattdessen in eine seidene Schlinge geraten zu sein, zwischen den Blumen, welche diese bedeckten, einschlafen, um in einem südlichen Klima im Luxus einer Prachtvilla zu erwachen? In Frankreich als Mr. Rochesters Geliebte zu leben; wahnsinnig vor Liebe während eines Teils meines Daseins – denn für eine Spanne Zeit würde er mich geliebt haben, oh ganz gewiss, er würde mich vergöttert haben! Er hatte mich *geliebt* – kein Mensch wird mich jemals lieben, wie er es tat. Ich werde niemals wieder die süße Huldigung empfinden, die der Schönheit, der Jugend und der Anmut gezollt wird – denn für keines anderen Augen werde ich jemals wieder mit diesen Reizen ausgestattet erscheinen. Er war verliebt in mich und er war stolz auf mich – kein Mann wird das wieder sein! Aber wohin wandern meine Gedanken und was sage ich? Vor allen Dingen: Was empfinde ich? Ist es besser, frage ich, die Sklavin im Paradies eines Toren in Marseille zu sein, vom Fieber der Seligkeit einer einzigen Stunde befallen zu sein, um in der nächsten schon von den bittern Tränen erstickt zu werden, welche Scham und Gewissensbisse uns auspressen? Oder frei und ehrlich in einem frischen Gebirgswinkel im gesunden Herzen von England eine einfache Dorfschullehrerin zu sein?

Ja. Jetzt fühle ich, dass ich recht tat, als ich mich streng an Gesetz und Grundsätze hielt und die wahnsinnigen Einflüsterungen eines unseligen Augenblicks erstickte und vernichtete. Gott ließ mich die rechte Wahl treffen, ich danke der Vorsehung für ihre gütige Führung!

Als meine abendliche Grübelei an diesem Punkt angelangt war, ging ich an meine Tür und betrachtete den Sonnenuntergang des Herbsttages, die stillen Felder vor meiner Hütte, welche samt der Schule eine halbe Meile vom Dorf entfernt lag. Die Vögel sangen ihr letztes Lied:

»Mild war die Luft und süß der Tau.«

Als ich so hinausblickte, fühlte ich mich glücklich und war daher ganz erstaunt, mich dennoch gleich darauf in Tränen zu sehen – und weshalb? Um des Geschickes willen, das mich von der Seite meines Herrn und Meisters gerissen, von ihm, den ich in diesem Leben nicht wiedersehen würde; um des verzweifelten Kummers und der verhängnisvollen Wut willen – der Folgen meiner Flucht, welche ihn jetzt vielleicht vom rechten Weg abbrachten, zu weit, um noch auf eine letztendliche Umkehr hoffen zu dürfen. Bei diesem Gedanken wandte ich mein Gesicht ab von dem lieblichen Abendhimmel und dem einsamen Tal von Morton. Ich sage einsam, denn in jenem Teil desselben, der meinem Auge sichtbar war, befand sich mit Ausnahme der Kirche und des Pfarrhofes nicht ein einziges Gebäude, und auch diese beiden waren fast gänzlich unter schattigen Bäumen versteckt. Weit hinaus am äußersten Ende erblickte man das Dach von Vale Hall, wo der reiche Mr. Oliver mit seiner Tochter wohnte. Ich legte die Hand über die Augen und lehnte meinen Kopf an die steinerne Umrahmung meiner Tür, aber bald ließ ein leises Geräusch an der Pforte, welche meinen kleinen Garten von der davorliegenden Wiese abschloss, mich wieder aufblicken. Ein Hund – der alte Carlo, Mr. Rivers' Vorstehhund, wie ich auf den ersten Blick sah – stieß mit der Schnauze an das Tor, und Mr. St. John selbst lehnte mit verschränkten Armen darauf. Er runzelte die Stirn und sah mich mit ernstem, fast unwilligem Blick an.

Ich forderte ihn zum Eintreten auf.

»Nein, ich kann nicht bleiben. Ich bringe Ihnen hier nur ein kleines Paket, das meine Schwestern für Sie zurückgelassen haben. Ich glaube, es enthält einen Farbenkasten, Stifte und Papier.«

Ich ging zu ihm, um es entgegenzunehmen; es war eine willkommene Gabe. Als ich ihm näher kam, prüfte er, wie es schien, mein Gesicht mit Strenge; ohne Zweifel trug es noch die allzu deutlichen Spuren der eben vergossenen Tränen.

»Haben Sie die Arbeit Ihres ersten Tages schwerer gefunden, als Sie erwarteten?«, fragte er.

»Oh nein. Im Gegenteil, ich glaube, dass ich mit der Zeit sehr gut mit meinen Schülerinnen zurechtkommen werde.«

»Dann vielleicht Ihre Bequemlichkeit, Ihre Hütte, Ihre Möbel – haben Ihre Erwartungen Sie getäuscht? All dies ist in der Tat recht armselig, jedoch ...« – hier unterbrach ich ihn.

»Meine Hütte ist sauber und wetterfest, meine Möbel sind bequem und hinreichend. Alles was ich sehe, hat mich dankbar gemacht, nicht traurig. Ich bin nicht so närrisch, dass ich das Fehlen eines Teppichs, eines Sofas oder eines silbernen Bestecks beweinen würde. Außerdem: Noch vor fünf Wochen besaß ich gar nichts, ich war eine Ausgestoßene, eine Bettlerin, eine Heimatlose auf der Landstraße. Jetzt habe ich Freunde, ein Heim, eine Beschäftigung. Ich staune die Güte Gottes an, die Großmut meiner Freunde und die Milde meines Geschicks – ich hadere mit nichts.«

»Aber Sie empfinden eine drückende Einsamkeit? Das kleine Haus da hinter Ihnen ist düster und leer.«

»Ich habe ja noch kaum Zeit gehabt, mich eines Gefühls der Ruhe zu erfreuen, wie viel weniger nun, unter einem Druck der Einsamkeit ungeduldig zu werden.«

»Nun gut. Ich hoffe, dass Sie die Zufriedenheit, welcher Sie Ausdruck verleihen, auch empfinden. Auf jeden Fall wird Ihr gesunder Menschenverstand Ihnen sagen, dass es noch zu früh ist, um der schwankenden Furcht von Lots Weib nachzugeben. Ich weiß zwar nicht, was Sie verlassen hatten, bevor ich Sie kennenlernte, aber ich rate Ihnen, standhaft jeder Versuchung zu widerstehen, welche Ihnen einflüstern könnte zurückzublicken. Erfüllen Sie ohne Wanken die Pflichten Ihres jetzigen Berufs, für die Dauer einiger Monate wenigstens.«

»Das ist es, was ich zu tun gedenke«, entgegnete ich. St. John fuhr fort:

»Es ist eine schwere Aufgabe, unsere Neigungen im Zaum zu halten und unseren angeborenen Trieben entgegenzuarbeiten. Dass man es jedoch kann, das weiß ich aus eigener Erfahrung. Gott hat uns bis zu einem gewissen Grade die Macht gegeben, unser eigenes Schicksal zu gestalten, und wenn unsere Kräfte eine Unterstützung verlangen, die sie nicht erhalten können – wenn unser Wille einem Pfad zustrebt, den wir nicht wandeln dürfen, so brauchen wir weder Hungers zu sterben noch in Verzweiflung stillzustehen: Wir müssen dann nur eine andere Nahrung für unser Gemüt suchen, die ebenso kräftig und vielleicht reiner und gesünder ist als jene, die wir zu genießen verlangten. Und für unseren abenteuerlustigen Fuß müssen wir einen Weg frei schlagen, der ebenso gerade und ebenso breit ist wie jener, den das Schicksal uns versperrt hat – wenn auch vielleicht rauer und mühevoller.

Vor einem Jahr noch war auch ich namenlos elend, weil ich glaubte, einen Irrtum begangen zu haben, indem ich mich dem geistlichen Stand widmete, dessen einförmige Pflichten mich zu Tode ermüdeten. Ich verlangte sehnsüchtig nach dem tätigen Leben der großen Welt – nach den aufregenden Mühen einer literarischen Karriere, nach dem Beruf eines Künstlers, Schriftstellers, Redners – alles andere, nur kein Priester. Ja, unter dem Rock eines

Hilfspredigers schlug das Herz eines Politikers, eines Soldaten; ich dürstete nach Anerkennung, ich verlangte nach Ruhm, es gelüstete mich nach Macht. Ich begann zu überlegen. Mein Leben war so elend, dass ein Wechsel eintreten musste, wenn ich nicht sterben wollte. Nach einer langen Zeit der Dunkelheit und des Kampfes brach die Erleuchtung über mich herein, und Hilfe und Erlösung kamen. Mein eng begrenztes Dasein erweiterte sich plötzlich zu einer Ebene ohne Grenzen – meine Fähigkeiten vernahmen einen Ruf vom Himmel, sich aufzuraffen, all ihre Kräfte zusammenzunehmen, ihre Flügel auszubreiten und sich über den Gesichtskreis zu erheben. Gott hatte eine Aufgabe für mich, zu deren Übernahme und Ausführung es Geschicklichkeit und Kraft, Beredsamkeit und Mut bedurfte. Diese besten Eigenschaften eines Soldaten, eines Staatsmannes und eines Redners konzentrieren sich in einem guten Missionar.

Ich beschloss also, Missionar zu werden. Von diesem Augenblick an änderte sich mein Gemütszustand; alle Fesseln lösten sich von meinen Fähigkeiten und von der Gefangenschaft blieb nichts zurück als eine qualvoll schmerzhafte Empfindlichkeit, welche allein die Zeit zu heilen vermag. Mein Vater widersetzte sich zwar diesem Entschluss, aber seit seinem Tod steht mir kein legitimes Hindernis mehr im Weg. Wenn meine Angelegenheiten geordnet sind – ein Nachfolger für Morton muss gefunden werden, einige Gefühlssachen müssen entwirrt oder zerrissen, ein letzter Kampf mit menschlicher Schwäche ausgefochten werden, von dem ich weiß, dass ich siegen werde, weil ich geschworen habe, dass ich siegen will –, so verlasse ich Europa für immer und ziehe gen Osten.«

Er sagte dies alles in seiner eigentümlichen gedämpften und doch pathetischen Stimme. Als er zu sprechen aufgehört hatte, sah er nicht auf mich, sondern auf die untergehende Sonne, die auch meine Blicke gefesselt hielt. Sowohl er wie ich hatten den Rücken gegen den Fußpfad gewendet, welcher vom Feld her an meine Gartenpforte führte. Wir hatten auf dem grasbewachsenen Weg keine Schritte vernommen; der Bach, welcher durch das Tal rieselte, war der einzige sanfte Laut des Ortes und der Stunde. Es war also nicht zu verwundern, dass wir zusammenschraken, als eine fröhliche Stimme, hell wie eine Silberglocke, ausrief:

»Guten Abend, Mr. Rivers! Und guten Abend, alter Carlo. Ihr Hund erkennt seine Freunde schneller als Sie, Sir! Er spitzte schon die Ohren und wedelte mit dem Schweif, als ich noch am äußersten Ende der Wiese war, und Sie drehen mir noch immer den Rücken zu!«

So war es. Obgleich Mr. Rivers bei dem ersten dieser freundlichen Klänge aufgefahren war, als ob ein Donnerkeil die Wolken oberhalb seines Kopfes zerrissen hätte, so stand er noch jetzt, als jener Satz zu Ende gesprochen war, in derselben Stellung, in welcher die Sprecherin ihn überrascht hatte – sein Arm lag auf der Pforte und sein Gesicht war nach Westen gerichtet. Endlich wandte er sich um, gemessen und langsam. Mir war, als sei eine liebliche Vision an seiner Seite erschienen: Kaum drei Fuß von ihm entfernt stand eine weißgekleidete Gestalt – eine jugendliche, anmutige Figur; üppig, jedoch von zarten Konturen. Sie hatte sich niedergebeugt, um Carlo zu streicheln. Als sie sich wieder aufrichtete und einen langen Schleier zurückwarf, blickte unter demselben ein blühendes Gesicht von vollkommener Schönheit hervor. ›Vollkommene Schönheit‹ ist ein starker Ausdruck, aber ich nehme ihn nicht zurück und schränke ihn auch nicht ein: Züge, so süß wie das gemäßigte Klima Albions sie nur jemals gemeißelt, und Farben, so rosenrot und lilienweiß, wie sie unter diesem wolkigen Himmel, in diesen feuchten Winden nur je geblüht hatten, rechtfertigten die Bezeichnung. Kein einziger Reiz fehlte, kein Makel war sichtbar. Das junge Mädchen hatte zarte und regelmäßige Züge; ihre Augen waren von solcher Form und Farbe, wie sie sonst nur auf schönen Gemälden zu sehen sind – groß und dunkel und mit offenem Blick. Die langen, dicken Wimpern, welche den schönen Augen einen so sanften Reiz verliehen; die geschweiften Brauen, welche ihnen so viel Klarheit gaben; die weiße, reine Stirn, welche der lebhaften Schönheit von Farbe und Ausdruck so viel Ruhe hinzufügte; die ovalen, frischen und weichen Wangen; die ebenso frischen, rosigen, gesunden und süß geformten Lippen; die leuchtenden, makellosen Perlzähne; das kleine Kinn mit dem schelmischen Grübchen; der Schmuck reicher, schwerer Haarlocken – all diese Vorzüge besaß sie und zusammen verwirklichten sie das Ideal wahrer Schönheit. Ich war erstaunt, als ich diese schöne Gestalt ansah; ich bewunderte sie von ganzem Herzen. Die Natur hatte sie augenscheinlich in ihrer glänzendsten Laune geschaffen und vergessen, dass sie ihre Gaben für gewöhnlich eher stiefmütterlich austeilte. Hier hatte die Natur als freigebige Großmutter ihren Liebling mit allem ausgestattet, was sie zu geben vermochte.

Und was dachte St. John Rivers von diesem Engel in Menschengestalt? Es war ganz natürlich, dass ich mir diese Frage stellte, als ich sah, wie er sich zu ihr wandte und sie anblickte. Und ebenso natürlich suchte ich die Antwort auf diese Frage in seinem Gesicht. Er hatte seine Augen jedoch schon wieder von dieser feenhaften Peri abgewandt und sah auf ein bescheidenes Büschel Tausendschönchen, welches an der Pforte blühte.

»Ein lieblicher Abend, aber es ist zu spät, als dass Sie allein draußen sein sollten«, sagte er, indem er die schneeigen Köpfchen der geschlossenen Blumen zertrat.

»Oh, ich bin erst heute Nachmittag aus S*** zurückgekehrt.« Sie nannte hier den Namen einer ungefähr zwanzig Meilen entfernten, größeren Stadt. »Papa sagte mir, dass Sie Ihre Schule eröffnet hätten, und dass die neue Lehrerin angekommen wäre. Deshalb setzte ich nach dem Tee meinen Hut auf und lief durchs Tal, um sie zu sehen. Ist sie das?« Dabei deutete sie auf mich.

»Das ist sie«, sagte St. John.

»Glauben Sie, dass Morton Ihnen gefallen wird?«, fragte sie mich in einer zarten und naiven Weise, die, wenn auch etwas kindlich, so doch reizend war.

»Ich hoffe es zuversichtlich, denn ich habe gar manche Ursache dazu.«

»Haben Sie Ihre Schülerinnen so aufmerksam gefunden, wie Sie erwarteten?«

»Durchaus.«

»Und gefällt Ihnen Ihr Häuschen?«
»Sehr.«
»Habe ich es hübsch eingerichtet?«
»Sehr hübsch, wirklich.«
»Und traf ich eine gute Wahl, als ich Alice Wood zu Ihrer Bediensteten machte?«
»Oh ja, das taten Sie. Sie ist gelehrig und flink.« – Dies also, dachte ich, ist Miss Oliver, die Erbin; ebenso reich durch die Gaben des Schicksals bedacht wie durch jene der Natur. Welch glückliche Konstellation der Gestirne mag nur bei ihrer Geburt gewaltet haben? –
»Ich werde zuweilen heraufkommen und Ihnen in den Unterrichtsstunden behilflich sein«, fügte sie hinzu. »Es wird eine Abwechslung für mich sein, wenn ich Sie dann und wann besuchen darf, und ich liebe die Abwechslung. Oh Mr. Rivers, ich bin während meines Aufenthalts in S*** so lustig und ausgelassen gewesen. Gestern Abend oder vielmehr diese Nacht habe ich bis zwei Uhr getanzt. Seit den Revolten ist das ***te Regiment dort stationiert, und die Offiziere sind die liebenswürdigsten Leute der Welt. Sie stellen alle unsere jungen Scherenschleifer und Messerhändler in den Schatten.«
Mir schien es, als ob Mr. St. Johns Unterlippe sich vorschob und die Oberlippe sich für einen Augenblick kräuselte. Sein Mund sah auf jeden Fall sehr zusammengekniffen aus, und der untere Teil seines Gesichts war ungewöhnlich ernst und gesetzt, während das lachende Mädchen ihm diese Mitteilungen machte. Dann erhob er den Blick von den Tausendschönchen und heftete ihn auf sie. Es war ein durchdringender, unfreundlicher, bedeutsamer Blick. Sie antwortete mit einem erneuten Lachen, und Lachen kleidete ihre Jugend, ihre Rosen, ihr Grübchen und ihre leuchtenden Augen wohl.
Als er so stumm und ernst dastand, begann sie von Neuem, Carlo zu streicheln. »Der arme Carlo liebt mich«, sagte sie. »*Er* ist nicht streng und distanziert zu seinen Freunden, und wenn er sprechen könnte, würde er nicht schweigen.«

Als sie den Kopf des Tieres streichelte und sich mit angeborener Anmut vor seinem jungen, strengen Herrn beugte, sah ich, wie eine purpurne Glut das Gesicht jenes Herrn überzog. Ich sah, wie ein plötzliches Feuer die Härte seines Auges schmolz und dort in nicht zu unterdrückender Rührung flackerte. So gerötet und erregt sah er als Mann fast ebenso schön aus wie sie als Frau. Seine Brust hob sich ein einziges Mal – als ob sein Herz des despotischen Zwanges müde wäre und sich gegen seinen Willen ausdehnte, um einen verzweifelten Befreiungsversuch zu machen. Aber er bändigte es, wie ein entschlossener Reiter ein sich bäumendes Pferd bändigen würde. Weder mit Wort noch Bewegung antwortete er auf ihr zartes Entgegenkommen.

»Papa klagt, dass Sie uns niemals mehr besuchen«, fuhr Miss Oliver fort, indem sie aufblickte. »Sie sind ein Fremder in Vale Hall geworden. Er ist heute Abend allein und fühlt sich nicht ganz wohl. Wollen Sie mit mir nach Hause gehen und ihn besuchen?«

»Es ist schon zu spät, um Mr. Oliver noch zu belästigen«, entgegnete St. John.

»Schon zu spät! Aber ich erkläre Ihnen, dass es durchaus nicht zu spät ist. Dies ist gerade die Stunde, in welcher Papa am meisten der Gesellschaft bedarf. Jetzt sind die Eisenwerke geschlossen und er ruht aus von seinen Geschäften. Jetzt, Mr. Rivers, ich bitte Sie, *kommen* Sie! Weshalb sind Sie so zurückhaltend, so fürchterlich ernst?«

Dann füllte sie jedoch die Lücke, welche durch sein Schweigen entstand, durch ihre eigene Antwort aus. »Ach, ich vergaß!«, rief sie aus, indem sie ihren schönen Lockenkopf schüttelte, als sei sie über sich selbst entsetzt. »Ich bin so gedankenlos und zerstreut! Verzeihen Sie mir! Es war meinem Gedächtnis gänzlich entfallen, dass Sie Gründe genug haben, um für mein albernes Geschwätz nicht aufgelegt zu sein. Diana und Mary haben Sie verlassen, Moor House ist verschlossen und Sie sind einsam. Sie tun mir von Herzen leid! Kommen Sie mit und besuchen Sie Papa!«

»Nicht heute Abend, Miss Rosamond, nicht heute Abend.«

Mr. St. John sprach beinahe wie ein Automat. Nur er allein wusste, was es ihn kostete, ihr diese Bitte abzuschlagen.

»Nun, wenn Sie so eigensinnig sind, so will ich Sie verlassen, denn ich darf nicht länger ausbleiben. Der Tau beginnt schon zu fallen. Gute Nacht!«

Sie streckte ihm ihre Hand entgegen. Er berührte sie leicht. »Gute Nacht!«, wiederholte er mit einer Stimme, die so hohl und matt wie ein Echo klang. Sie wandte sich zum Gehen. Doch gleich darauf kam sie zurück.

»Geht es Ihnen auch gut?«, fragte sie. Sie mochte diese Frage wohl stellen, denn sein Gesicht war so bleich wie ihr Gewand.

»Recht gut«, beteuerte er, und mit einer Verbeugung entfernte er sich von der Pforte. Sie ging nach der einen Seite, er nach der anderen. Sie wandte sich zweimal um, ihm nachzublicken, als sie elfengleich über die Felder talabwärts trippelte; er blickte nicht ein einziges Mal zurück, während er mit großen, festen Schritten dem Pfarrhof zuging.

Dieser Anblick der Leiden und Opfer anderer lenkte mich vom Nachdenken über mich selbst ab. Diana Rivers hatte von ihrem Bruder gesagt, er wäre »unerbittlich wie der Tod«. Sie hatte nicht übertrieben.

Zweiunddreißigstes Kapitel

Ich widmete mich dem Unterricht an der Dorfschule so treu und fleißig, wie ich konnte. Anfangs war es wirklich eine schwere Arbeit. Es verging trotz all meiner Anstrengungen geraume Zeit, bevor ich die Art und die Sprechweise meiner Schülerinnen verstehen konnte. Vollständig unwissend, all ihre Fähigkeiten noch ungeweckt schlummernd, schienen sie mir hoffnungslos dumm und, auf den ersten Blick, alle gleich stumpfsinnig. Aber bald sah ich meinen Irrtum ein. Wie unter den Gebildeten, so gab es auch unter ihnen Unterschiede. Und als wir erst anfingen, einander kennenzulernen, entwickelten diese Unterschiede sich mit rapider Schnelligkeit. Als ihr Erstaunen über mich, meine Sprache, meine Forderungen und meine Manieren erst einmal gewichen war, sah ich zu meiner größten Verwunderung, wie einige dieser schwerfälligen, gaffenden Bauernkinder sich zu klugen, verständigen kleinen Mädchen entwickelten. Einige zeigten sich sogar verbindlich und liebenswürdig, und ich entdeckte unter ihnen mehr als ein Beispiel natürlicher, angeborener Höflichkeit und Selbstachtung sowie ausgezeichnete Anlagen, welche meine Bewunderung und mein herzliches Wohlwollen gewannen. Die Mädchen erledigten ihre Aufgaben schon bald mit Freude. Sie hielten sich sauber, lernten ihre Lektionen regelmäßig und eigneten sich ruhige und ordentliche Manieren an. In einigen Fällen war die Schnelligkeit ihrer Fortschritte sogar überraschend, und ich empfand einen ehrlichen, glücklichen Stolz darüber. Außerdem hegte ich für einige meiner besten Schülerinnen bald ein persönliches Wohlwollen, und diese liebten mich wieder. Unter den Mädchen befanden sich mehrere Bauerntöchter, die fast schon erwachsen waren. Sie konnten bereits lesen, schreiben und nähen; ich lehrte sie nun die Grundlagen der Grammatik, Geografie und Geschichte und zeigte ihnen feinere Arten von Handarbeit. Ich entdeckte hoch achtbare Charaktere – Charaktere, welche nach Belehrung dürsteten und der Bildung zugänglich waren, und mit ihnen brachte ich manchen freundlichen Abend in ihrer eigenen Häuslichkeit zu. Bei solchen Gelegenheiten überhäuften mich die Eltern – der Bauer und seine Frau – oft mit Aufmerksamkeiten. Es war mir dann eine große Freude, diese einfache Herzlichkeit anzunehmen und sie durch besondere Achtung und sorgsame Rücksichten auf ihre Gefühle zu vergelten – Rücksichten, an welche sie vielleicht nicht immer gewöhnt waren, welche sie erfreuten und welche Ihnen nützten: Während es sie in ihren eigenen Augen erhob, spornte es sie auch an, sich der achtungsvollen Behandlung würdig zu erweisen, welche ich ihnen zuteil werden ließ.

Ich fühlte, wie ich anfing, der Liebling meiner Umgebung zu werden. Wenn ich aus dem Haus ging, hörte ich von allen Seiten freundliche Grüße und wurde überall mit herzlichem Lächeln empfangen. Inmitten allgemeiner Achtung zu leben, und wenn es auch nur die Achtung einfacher Arbeiter ist, gleicht dem Gefühl, im ruhigen, lieblichen Sonnenschein zu sitzen; reine, heitere Empfindungen sprießen und erblühen unter diesem belebenden Strahl. In diesem Abschnitt meines Lebens schwoll mein Herz viel öfter in Dankbarkeit an, als dass es gejammert und getrauert hätte. – Und doch, mein lieber Leser, wenn ich dir alles sagen soll, inmitten dieses ruhigen, dieses nützlichen Daseins, nachdem ich den Tag in ehrlichen Bestrebungen unter meinen Schülerinnen, den Abend mit Zeichnen oder Lesen still und zufrieden zugebracht hatte, pflegte ich in der Nacht gar seltsame Träume zu haben: farbige, bunte, aufregende, stürmische Träume – Träume, in denen ich in einer fremden Umgebung voller Abenteuer, zwischen furchtbaren Gefahren und romantischen Zwischenfällen immer und immer wieder Mr. Rochester traf, jedes Mal in dem Augenblick, wo irgendeine entscheidende Krise eintrat. Und dann erneuerte sich mit all seiner ersten Macht und seinem ersten Feuer das Gefühl, in seinem Arm zu liegen, seine Stimme zu hören, seinem Blick zu begegnen, seine Hand, seine Wange zu berühren, ihn zu lieben und von ihm geliebt zu werden – und damit die Hoffnung, ein ganzes langes Leben an seiner Seite zuzubringen. Dann erwachte ich, erinnerte mich meiner Lage und wo ich war und erhob mich von meinem einfachen Lager, zitternd und bebend. Und die stille, dunkle Nacht sah die Zuckungen der Verzweiflung, hörte den Jammer der Leidenschaft. Um neun Uhr am nächsten Morgen öffnete ich aber pünktlich die Schule; ruhig, gefasst, vorbereitet auf die ernsten Pflichten des Tages.

Rosamond Oliver hielt ihr Versprechen, mich zu besuchen. Ihren Besuch in der Schule machte sie gewöhnlich zurzeit ihres täglichen Morgenrittes. Sie pflegte an der Tür des Schulhauses vorzureiten, hinter ihr ein livrierter Diener, ebenfalls zu Pferde. Man kann sich kaum einen lieblicheren Anblick denken als ihre Erscheinung in einem dunkelroten Reitkleid, das Amazonenhütchen von schwarzem Samt graziös auf die langen Locken gedrückt, die ihre Wangen umflossen und über ihre Schultern herabwallten. So trat sie in das einfache, ländliche Gebäude und schwebte zwischen den Reihen der halb geblendeten Dorfkinder auf und ab. Gewöhnlich kam sie um die Zeit, wo Mr. Rivers damit beschäftigt war, seinen täglichen Katechismusunterricht zu geben. Ich fürchte, dass das Auge der holden Besucherin das Herz des jungen Priesters schmerzlich durchbohrte: Eine Art von Instinkt schien ihm ihren Eintritt anzuzeigen, selbst wenn er ihn nicht mit eigenen Augen sah. Wenn er auch in die entgegengesetzte Richtung blickte – sobald sie in der Tür erschien, übergossen sich seine Wangen mit Glut und seine Züge veränderten sich in unbeschreiblicher Weise, wie sehr er auch dagegen kämpfen mochte.

Natürlich war sie sich ihrer Macht bewusst, und in der Tat, er verbarg nichts vor ihr, weil er es nicht konnte. Trotz seines christlichen Stoizismus zitterte seine Hand und sein Auge flammte auf, wenn sie auf ihn zuging, mit ihm sprach und ihm fröhlich, ermunternd, ja sogar zärtlich ins Gesicht lächelte. Wenn er es auch nicht aussprach, so schien er mit seinem traurigen, entschlossenen Blick zu sagen: ›Ich liebe dich und ich weiß, dass du mich lieb hast. Nicht weil ich am Erfolg zweifle, bleiben meine Lippen stumm. Ich glaube, dass du mein Herz annehmen würdest, wenn ich es dir anbieten würde. Aber dieses Herz liegt bereits auf einem heiligen Altar, die Opferflamme brennt schon. Bald wird es nichts mehr sein, als die Asche des Opfers.‹

Und dann konnte sie schmollen wie ein zürnendes Kind, und eine nachdenkliche Wolke trübte ihre strahlende Munterkeit. Hastig entzog sie dann ihre Hand der seinen und wandte sich heftig und zornig von ihm ab, von ihm, der dastand, wie ein Held und Märtyrer zugleich. Ohne Zweifel würde St. John die Welt darum gegeben haben, hätte er ihr folgen, sie zurückrufen, zurückhalten können, wenn sie ihn so verließ. Aber er wollte kein Körnchen seiner Anwartschaft auf den Himmel aufgeben; er wollte für das Elysium ihrer Liebe nicht seine Hoffnung auf das wahre, ewige Paradies hingeben. Überdies konnte er nicht alles das, was in seinem innersten Sein schlummerte – den Wanderer, den Schwärmer, den

Dichter, den Priester – in die engen Grenzen einer einzigen Leidenschaft schmieden. Er konnte nicht, er wollte nicht dem wilden Schlachtfeld des Missionars für die Prachtsäle und den Frieden von Vale Hall entsagen. Dies alles erfuhr ich von ihm selbst, als ich mich seiner Zurückhaltung zum Trotz eines Tages bemühte, sein Vertrauen zu erlangen.

Miss Oliver beehrte mich bereits mit häufigen Besuchen in meinem Cottage. Ich hatte ihren Charakter kennengelernt, der weder Heimlichkeiten noch Verstellung kannte. Sie war kokett, aber nicht herzlos; herrisch, aber nicht niedrig selbstsüchtig. Von Geburt an hatte man sie verwöhnt, aber nicht vollständig verzogen. Sie war vorschnell, aber gutmütig; eitel – und das war nicht ihre Schuld, da doch jeder Blick in den Spiegel ihr ein solches Übermaß von Liebreiz zeigte –, aber nicht geziert; freigebig und vollständig frei von dem Übermut, der gewöhnlich großen Reichtum begleitet; ursprünglich, hinreichend intelligent, fröhlich, lebhaft und gedankenlos – kurzum, sie war selbst in den Augen einer so kühlen Beobachterin, wie ich es war, reizend. Aber sie war nicht außergewöhnlich interessant oder umwerfend beeindruckend, ihr Gemüt zum Beispiel war himmelweit verschieden von dem der beiden Schwestern St. Johns. Und doch liebte ich sie ungefähr so, wie ich meine Schülerin Adèle liebte, nur mit dem Unterschied, dass eine innigere Neigung für ein Kind entsteht, das wir behütet und belehrt haben, als wir sie für eine erwachsene Person hegen können, welche dieselben Vorzüge besitzt.

Sie selbst hatte eine liebenswerte Laune für mich gefasst. Sie sagte, ich sei Mr. Rivers ähnlich, allerdings, fügte sie hinzu, nicht halb so hübsch. Denn wenn ich auch eine nette kleine Person wäre, so sei er aber doch ein Engel. Indessen sei ich gut, klug, ruhig und charakterfest wie er. Ich sei ein *lusus naturae*, behauptete sie, ein Wunder von einer Dorfschullehrerin. Sie sei überzeugt, dass meine Lebensgeschichte, wenn man sie denn kennen würde, den schönsten Romanstoff abgeben würde.

Eines Abends, als sie mit ihrer gewöhnlichen kindlichen Lebhaftigkeit und gedankenlosen, jedoch harmlosen Neugier den

Schrank und die Schubladen des Tisches in meiner kleinen Küche durchstöberte, entdeckte sie zuerst zwei französische Bücher, einen Band von Schillers Werken, eine deutsche Grammatik und ein Wörterbuch; dann meine Zeichenutensilien und einige Skizzen, einen mit Bleistift gezeichneten Kopf eines hübschen, kleinen, engelsgleichen Mädchens – eine meiner Schülerinnen – und verschiedene Zeichnungen nach der Natur, welche ich im Tal von Morton und auf den umliegenden Moorgründen angefertigt hatte. Zuerst war sie stumm vor Erstaunen, dann elektrisiert vor Begeisterung.

Ob ich diese Bilder gemalt hätte? Ob ich denn Französisch und Deutsch könne? Welch ein Liebling, welch ein Wunder ich sei! Ich zeichnete ja viel besser als ihr Lehrer in der besten Schule von S***. Ob ich denn nicht auch eine Skizze von ihr machen wolle, um sie ihrem Papa zu zeigen?

»Mit Vergnügen«, entgegnete ich, und bei dem Gedanken, nach einem so vollkommenen und vor Schönheit strahlenden Modell malen zu dürfen, empfand ich etwas von dem Entzücken eines Künstlers. Sie hatte gerade ein dunkelbraunes Seidenkleid an, Arme und Nacken waren bloß, ihr einziger Schmuck waren ihre kastanienbraunen Locken, welche in wilder und natürlicher Anmut auf ihre Schultern herabfielen. Ich nahm einen Bogen feinen Kartons und zeichnete mit großer Sorgfalt die Umrisse. Ich freute mich darauf, sie in Farben zu malen, aber da es bereits spät geworden war, sagte ich ihr, dass sie noch einmal kommen und mir zu dem Bild Modell sitzen müsse.

Ihrem Vater erstattete sie einen solchen Bericht von mir, dass Mr. Oliver selbst sie am nächsten Abend begleitete – ein großer, grauhaariger Mann in mittleren Jahren mit kräftigen Gesichtszügen, an dessen Seite die liebliche Tochter aussah wie eine prächtige Blume neben einem eisgrauen Turm. Er schien ein schweigsamer, vielleicht auch ein hochmütiger Mensch zu sein, aber gegen mich war er gütig und freundlich. Die Skizze zu Rosamonds Porträt gefiel ihm außerordentlich; er sagte, ich müsse ein fertiges Bild daraus machen. Er bestand auch darauf, dass ich am nächsten

Tag nach Vale Hall kommen müsse, um den Abend dort zuzubringen.

Ich ging hin. Ich fand einen großen, schönen Wohnsitz, welcher hinreichend Zeugnis vom Reichtum seines Besitzers ablegte. Während der ganzen Zeit meines Aufenthalts war Rosamond voll Freude und Liebenswürdigkeit. Ihr Vater war freundlich, und als er nach dem Tee ein Gespräch mit mir anfing, gab er in starken Ausdrücken seine Zufriedenheit mit dem zu erkennen, was ich in Morton getan hatte. Nur fürchte er, wie er sagte, dass ich zu gut für die Stelle sei, nach allem was er gesehen und gehört habe, und dass ich diese wohl bald gegen eine bessere vertauschen würde.

»In der Tat«, rief Rosamond aus, »sie ist gescheit genug, um Gouvernante in einer vornehmen Familie sein zu können, Papa.«

Ich dachte bei mir, dass ich viel lieber bleiben würde, wo ich war, als in irgendeine große Familie des Landes zu gehen. Von Mr. Rivers und dessen ganzer Familie sprach Mr. Oliver mit größter Hochachtung. Er sagte, dass Rivers der älteste Name in der ganzen Gegend sei, dass die Vorfahren der Familie sehr reich gewesen wären und dass einst ganz Morton ihnen gehört habe. Mr. Oliver war der Ansicht, dass der einzige Repräsentant jenes Hauses noch jetzt eine Verbindung mit den besten Familien eingehen könne. Er meinte, es sei jammerschade, dass ein so strahlender und talentierter junger Mann den Plan gefasst habe, Missionar zu werden; das hieße doch wirklich, ein reiches, wertvolles Leben zu verschleudern. Es schien also, dass der Vater der Verbindung Rosamonds mit St. John durchaus kein Hindernis in den Weg legen würde – Mr. Oliver betrachtete das gute Herkommen, den alten Namen und den frommen Beruf des jungen Geistlichen als hinreichenden Ersatz für seinen Mangel an Vermögen.

★★★

Es war der fünfte November und ein Feiertag. Nachdem meine kleine Dienerin mir geholfen hatte, das Haus zu reinigen, war sie fortgegangen, hoch beglückt durch das Geschenk eines Pennys für ihre Dienstleistungen. Alles um mich her war glänzend rein und spiegelblank – der Fußboden war gescheuert, der Herd gereinigt und die Stühle poliert. Auch mich selbst hatte ich zurechtgemacht, und nun lag der Nachmittag vor mir, mit dem ich anfangen konnte, was ich wollte.

Die Übersetzung einiger Seiten Deutsch nahm eine Stunde in Anspruch. Dann nahm ich meine Palette und meine Pinsel und begann mit der weit beruhigenderen, weit leichteren Arbeit, Rosamond Olivers Miniaturbild zu vollenden. Der Kopf war bereits fertig; es fehlten nur noch die Andeutung des Hintergrundes und die Schattierung der Stoffe; ein Hauch Karmin musste noch auf die vollen, reifen Lippen gebracht werden und hier und da eine sanfte Welle auf das lockige Haar und eine tiefere Nuance auf die Wimpern unter den bläulichen Augenlidern. Ich war in die Ausführung dieser hübschen Details vertieft, als nach einem kurzen, hastigen Klopfen meine Tür geöffnet wurde und St. John Rivers eintrat.

»Ich wollte einmal schauen, wie Sie Ihren Feiertag zubringen«, sagte er. »Nicht in Gedanken versunken, hoffe ich? Nein? Das ist gut. Wenn Sie malen, werden Sie sich nicht einsam fühlen. Sie sehen, ich misstraue Ihnen noch immer, obgleich Sie sich bis jetzt wunderbar tapfer gezeigt haben. Ich habe Ihnen ein Buch zum Trost für die Abendstunden mitgebracht.« Damit legte er ein neu erschienenes Werk auf den Tisch. Es war ein Gedicht, eine dieser genialen Produktionen, wie sie dem Publikum in jenen Tagen, dem goldenen Zeitalter der modernen Literatur, oft vergönnt waren. Ach, die Leser unserer Zeit sind weniger begünstigt. Aber Mut, ich will nicht hadern oder klagen. Ich weiß, dass die Poesie noch nicht tot, das Genie noch nicht verloren ist. Auch hat der Mammon noch keine Macht über beide gewonnen; er kann sie weder fesseln noch töten. Beide werden eines Tages wieder ihre Existenz, Gegenwart, Freiheit und Stärke behaupten. Mächtige Engel, die ihr dort oben im Himmel Sicherheit gefunden habt! Ihr lächelt, wenn niedrige Seelen triumphieren und Schwache über eure Zerstörung weinen. Die Poesie zerstört? Das Genie verbannt? Mittelmäßigkeit? Nein! Lass den Neid dir nicht solche Gedanken eingeben! Poesie und Genie leben nicht nur, sondern sie herrschen und sie erlösen: Ohne ihren göttlichen Einfluss, der überallhin dringt, wäre man ja in der Hölle – in der Hölle der eigenen Armseligkeit.

Während ich eifrig die strahlenden Seiten des Buches durchblätterte, es war Walter Scotts »Marmion«, beugte St. John sich nieder, um meine Zeichnung zu prüfen. Plötzlich schnellte seine schlanke Figur wieder empor, jedoch er sagte nichts. Ich sah zu ihm auf, aber er vermied meinen Blick. Ich kannte seine Gedanken gar wohl und konnte deutlich in seinem Herzen lesen. In diesem Augenblick waren meine Empfindungen klarer und ruhiger als die seinen, ich war ihm gegenüber also im Vorteil. Und plötzlich kam mir der Wunsch, ihm etwas Liebes zu erweisen, wenn ich es denn konnte.

›Er lädt sich zu viel auf, mit all seiner Festigkeit und Selbstbeherrschung‹, dachte ich. ›Er verschließt jede Empfindung, jeden Schmerz – verleiht keinem Gefühl Worte, bekennt nichts, teilt nichts mit. Ich bin überzeugt, es würde ihm guttun, wenn er ein wenig über diese süße Rosamond spräche, welche er nicht heiraten zu dürfen glaubt. Ich will ihn schon zum Reden bringen …‹

Zuerst sagte ich: »Nehmen Sie einen Stuhl, Mr. Rivers.« Aber er antwortete wie immer, dass er nicht bleiben könne. ›Nun gut‹, sagte ich dann zu mir selbst, ›dann bleiben Sie stehen, wenn es Ihnen beliebt, aber ich habe beschlossen, dass Sie nicht so schnell wieder fortkommen, denn die Einsamkeit ist Ihnen mindestens ebenso schädlich wie mir. Ich will doch versuchen, ob ich nicht die geheime Sprungfeder Ihres Vertrauens finden und eine Öffnung in dieser Marmorbrust zu entdecken vermag, durch welche ich einen Tropfen des Balsams der Sympathie einträufeln kann.‹

»Ist das Porträt ähnlich?«, fragte ich geradeheraus.

»Ähnlich? Wem ähnlich? Ich habe es nicht so genau angesehen.«

»Das taten Sie doch, Mr. Rivers.«

Er schrak förmlich zusammen über meine plötzliche und seltsame Schroffheit. Dann blickte er mich erstaunt an. ›Oh, das ist noch gar nichts‹, murmelte ich still vor mich hin. ›Diese Kälte und Steifheit Ihrerseits soll mich durchaus nicht zurückschrecken; ich bin entschlossen, noch viel weiterzugehen.‹ Dann fuhr ich fort: »Sie haben das Bild genau und deutlich angesehen, aber ich habe nichts dagegen, wenn Sie es noch einmal anschauen.« Und ich stand auf und reichte es ihm hin.

»Ein gut gemaltes Bild«, sagte er, »ein sehr zartes, klares Kolorit und überhaupt eine sehr anmutige und korrekte Zeichnung.«

»Ja, ja. Da weiß ich alles. Aber was sagen Sie zu der Ähnlichkeit? Wem ist es ähnlich?«

Nach kurzem Zögern entgegnete er: »Miss Oliver, vermute ich?«

»Natürlich! Und jetzt, Sir, um Sie zu belohnen, weil Sie so trefflich geraten haben, will ich versprechen, Ihnen ein sorgfältiges und getreues Duplikat dieses Bildes zu malen – vorausgesetzt natürlich, dass diese Gabe Ihnen angenehm ist: Ich will doch meine Zeit und Mühe nicht an eine Arbeit verschwenden, die für Sie keinen Wert hat.«

Er fuhr fort, das Bild anzublicken; je länger er es ansah, desto fester hielt er es und desto inniger schien er danach zu verlangen. »Es ist ähnlich«, murmelte er, »es ist sehr ähnlich! Die Augen sind prächtig getroffen; Farbe, Licht und Ausdruck sind ausgezeichnet, ganz vollkommen. Es lächelt geradezu!«

»Würde es Ihnen gefallen oder würde es Sie verletzen, ein gleiches Bild zu besitzen? Sagen Sie mir das. Wenn Sie auf Madagaskar oder am Kap oder in Indien sind, würde es Ihnen da einen Trost gewähren, dieses Andenken in Ihrem Besitz zu haben, oder würde sein Anblick Erinnerungen heraufbeschwören, welche nur dazu angetan sind, Sie traurig und mutlos zu machen?«

Jetzt blickte er flüchtig auf. Er sah mich an, unentschlossen, erregt, dann heftete er die Augen wieder auf das Bild.

»Dass ich es gern besitzen möchte, ist gewiss. Ob es aber klug und ratsam wäre – das ist eine andere Frage.«

Seit ich mich vergewissert hatte, dass Rosamond ihn wirklich bevorzugte, und dass auch ihr Vater wahrscheinlich keine Einwendung gegen eine Heirat machen würde, hatte ich – die ich weniger exaltiert war als St. John – still für mich beschlossen, ihre Verbindung zu fördern. Mich dünkte, dass, wenn er eines Tages der Besitzer von Mr. Olivers großem Vermögen werden würde, er ebenso viel Gutes stiften könnte, als wenn er hinausginge in die weite Welt, wo sein Genie unter einer tropischen Sonne dahinwelken, seine Kraft vergeudet werden würde. Und mit dieser Überzeugung antwortete ich jetzt:

»So, wie ich die Dinge begreife, wäre es weiser und ratsamer, wenn Sie gleich das Original nähmen.«

Inzwischen hatte er sich gesetzt. Er hatte das Bild vor sich auf den Tisch gelegt; den Kopf auf beide Hände gestützt, betrachtete er es mit zärtlichen Blicken. Jetzt merkte ich, dass meine Dreistigkeit ihn weder verletzt noch erzürnt hatte. Ich bemerkte sogar, dass er es wie eine Art neuer Freude empfand, wie eine unverhoffte Erleichterung, dass man mit ihm offen über einen Gegenstand sprach, den er bis jetzt für unantastbar gehalten hatte. Zurückhaltende Menschen bedürfen der offenen Besprechung ihrer Kümmernisse und Empfindungen in der Tat oft mehr, als die mitteilsamen. Schließlich ist der starrste Stoiker doch auch nur ein Mensch; und oft ist es die größte Wohltat, die man ihm erweisen kann, wenn man sich mit Mut, Kühnheit und Wohlwollen in die stille See seiner Seele stürzt.

»Sie hegt eine große Neigung für Sie, dessen bin ich gewiss«, sagte ich, während ich hinter seinem Stuhl stand. »Und ihr Vater achtet Sie. Außerdem ist sie ein wundervolles Mädchen – ein wenig sorglos vielleicht, aber Sie machen sich ja hinreichend Gedanken für sich selbst und sie. Sie sollten sie wirklich heiraten.«

»Mag sie mich denn wirklich?«, fragte er.

»Gewiss. Mehr als irgendeinen anderen Menschen. Sie spricht unaufhörlich von Ihnen; es gibt kein Thema, das ihr so lieb wäre oder das sie so oft berührte.«

»Es ist sehr wohltuend, dies zu hören«, sagte er, »sehr. Bitte, fahren Sie noch eine Viertelstunde so fort.« Und wirklich zog er seine Uhr aus der Tasche und legte sie vor sich auf den Tisch, um die Zeit zu bemessen.

»Aber was nützt es denn, fortzufahren«, fragte ich, »wenn Sie so dasitzen und wahrscheinlich irgendeinen eisernen Faustschlag des Widerspruchs vorbereiten oder eine neue Kette schmieden, um sie Ihrem armen Herzen anzulegen?«

»Bilden Sie sich doch nicht solche fürchterlichen Dinge ein. Denken Sie lieber, ich gäbe nach und schmölze dahin, wie ich es jetzt tue: Irdische Liebe sprudelt wie ein frischer Quell in meiner Seele und ergießt sich mit ihrem süßen Rieseln über das ganze Feld, das ich so sorgsam und mühevoll bearbeitet, so fleißig mit der Saat guter Vorsätze und selbstverleugnender Pläne bebaut hatte. Und jetzt überschwemmt es eine Flut aus himmlischem Nektar – die jungen Keime werden ertränkt und süßes Gift lässt sie verfaulen. Ich sehe mich auf einer Ottomane in Vale Hall, zu den Füßen meiner Braut Rosamond Oliver, sie spricht zu mir mit ihrer melodischen Stimme, blickt auf mich herab mit jenen Augen, die Sie so geschickt gemalt haben, lächelt mich an mit jenen Korallenlippen. Sie gehört mir – ich gehöre ihr – dieses irdische Leben, diese wandelbare Welt genügt mir! Still! Sagen Sie nichts – mein Herz ist voll Wonne, meine Sinne sind bezaubert – lassen Sie diese Viertelstunde in Frieden vorübergehen.«

Ich tat ihm den Willen. Die Uhr tickte weiter, er atmete schnell und leise und ich stand schweigend neben ihm. Und in dieser Stille ging die Viertelstunde vorüber. Dann schob er die Uhr wieder in die Tasche, legte das Bild hin, erhob sich und stand vor dem Kamin.

»Nun«, sagte er, »diese kurze Spanne Zeit war der Phantasie und der Illusion gegönnt. Ich lehnte meine Wange an den Busen der Versuchung, beugte meinen Nacken freiwillig unter ihr Blumenjoch und kostete von ihrem Becher. Doch das Polster brannte, in dem Blumenkranz war eine Wespe verborgen und der Wein schmeckte bitter. Ihre Versprechungen sind hohl, ihre Gelübde sind falsch – dies alles weiß ich und sehe ich.«

Erstaunt blickte ich ihn an.

»Es ist seltsam«, fuhr er fort, »dass ich, während ich Rosamond Oliver so grenzenlos, so wild und mit der ganzen Glut einer ersten Leidenschaft liebe, deren Gegenstand so unendlich schön, anmutig und bezaubernd ist – dass ich dennoch zu gleicher Zeit das ruhige, klare Bewusstsein hege, dass sie mir keine gute Gattin sein würde; dass sie nicht die Lebensgefährtin ist, welche zu mir passt; dass ich dies schon innerhalb eines Jahres nach unserer Heirat empfinden würde und dass auf die Seligkeit eines einzigen Jahres das Elend und die Reue eines ganzen langen Lebens folgen würden. Dies weiß ich.«

»Seltsam, in der Tat!«, konnte ich nicht umhin zu entgegnen.

»Während etwas in mir krankhaft empfänglich für ihre Reize und Vorzüge ist«, fuhr er fort, »so ist ein anderes Etwas ebenso tief verletzt durch ihre Mängel und Fehler. Und diese Letzteren sind derart, dass sie in allem, was ich anstrebe, nicht mit mir übereinstimmen könnte – mir in keiner Sache, die ich unternähme, zur Seite stehen würde. Rosamond eine Dulderin, eine Arbeiterin, ein weiblicher Apostel? Rosamond, die Frau eines Missionars? Nein!«

»Aber Sie müssen doch nicht Missionar werden! Sie könnten diesen Plan dann aufgeben.«

»Aufgeben! Was? Meinen Beruf? Mein großes Werk? Den Grundstein, welchen ich auf Erden für eine Wohnung im Himmel legen will? Meine Hoffnung, einst zu der Zahl derer gerechnet zu werden, welche allen Ehrgeiz von sich gestreift haben, um des größeren Zieles willen, das Menschengeschlecht besser gemacht, Kenntnisse und Belehrung in das Reich der Unwissenheit getragen zu haben? Frieden an die Stelle des Krieges gestellt, Freiheit für Knechtschaft, Religion für Aberglauben, die Hoffnung auf das ewige Leben für die Furcht der Hölle eingetauscht zu haben? Das soll ich aufgeben? Es ist mir teurer als das Blut in meinen Adern. Es ist das, worauf ich hoffe, wofür ich lebe!«

Nach langem Schweigen sagte ich: »Und Miss Oliver? Bedeuten ihr Kummer und ihre Enttäuschung Ihnen denn gar nichts?«

»Miss Oliver ist stets von Bewerbern und Schmeichlern umgeben. In weniger als einem Monat ist mein Bild aus ihrem Herzen gelöscht. Sie wird mich vergessen und wahrscheinlich einen Mann heiraten, der sie viel glücklicher machen wird, als ich es vermöchte.«

»Sie sprechen sehr kühl und ruhig, aber Sie leiden in diesem Kampf. Sie reiben sich auf.«

»Nein, wenn ich vielleicht etwas schmächtiger werde, so kommt das durch die Angst um meine Zukunft, die so wenig gesichert ist, und durch die Unruhe, welche meine fortwährend hinausgeschobene Abreise mir verursacht. Heute Morgen habe ich die Nachricht erhalten, dass mein Nachfolger, dessen Ankunft ich schon so lange erwarte, mich erst nach Ablauf von drei Monaten ersetzen kann. Und aus diesen drei Monaten werden vielleicht noch sechs.«

»Sie zittern und erröten, sobald Miss Oliver in das Schulzimmer tritt.«

Wiederum zeigte der erstaunte Ausdruck sich auf seinem Gesicht; er hatte bisher nicht geglaubt, dass eine Frau so zu einem Manne reden könnte. Was mich anbetraf, so fühlte ich mich ganz heimisch in dieser Art von Gespräch. Ich konnte mich im Verkehr mit starken, diskreten, feinfühligen Geistern niemals ganz zufriedengeben, bevor ich nicht über die Bollwerke konventioneller Zurückhaltung hinfortgekommen war, die Schwelle des Vertrauens überschritten und einen Platz im innersten Winkel ihres Herzens erobert hatte. So erging es mir sowohl mit Frauen wie mit Männern.

»Sie *sind* originell«, sagte er, »und durchaus nicht schüchtern. Es liegt etwas Tapferes in Ihrem Geist und etwas Durchdringendes in Ihren Augen. Aber gestatten Sie mir, Ihnen zu versichern, dass Sie meine Empfindungen teilweise falsch deuten. Sie halten sie für tiefer und mächtiger, als sie sind. Sie lassen mir einen größeren Anteil von Sympathie zuteil werden, als ich gerechterweise beanspruchen darf. Wenn ich vor Miss Oliver erröte oder erbebe, so bemitleide ich mich nicht selbst. Ich verachte diese Schwäche. Ich weiß, sie ist unedel; nichts als ein Fieber des Fleisches, wahrlich nicht ein Erbeben der Seele, das versichere ich Ihnen. Diese ist so fest wie ein Felsen, der in den tiefsten Tiefen des tobenden Meeres wurzelt. Erkennen Sie mich als das, was ich bin – ein kalter, harter Mann!«

Ich lächelte ungläubig.

»Sie haben mein Vertrauen im Sturm erobert«, fuhr er fort, »und jetzt steht es Ihnen gänzlich zu Diensten. Wenn man mir das blutgetränkte Gewand herabreißt, mit welchem das Christentum menschliche Schwächen und Gebrechen bedeckt, so bin ich einfach nichts als ein harter, kalter, ehrgeiziger Mann. Von allen Gefühlen hat nur die Liebe, welche die Natur uns ins Herz gelegt hat, dauernde Macht über mich. Vernunft, und nicht Gefühl, ist meine Leiterin. Mein Ehrgeiz kennt keine Grenzen; meine Begierde, höher zu steigen, mehr zu tun als die anderen Menschen, ist unersättlich. Ich ehre die Duldung, die Ausdauer, den Fleiß, das Talent, weil diese die Mittel sind, durch welche Menschen große Zwecke erreichen und zu schwindelnder Höhe emporsteigen. Ich beobachte Ihren Werdegang mit Interesse, weil ich Sie für das Muster einer fleißigen, ordentlichen, energischen Frau halte – und nicht, weil ich etwa tiefes Mitgefühl für das hege, was Sie durchgemacht haben oder was Sie noch leiden.«

»Sie möchten sich selbst wie einen heidnischen Philosophen hinstellen«, sagte ich.

»Nein. Zwischen mir und den deistischen Philosophen gibt es einen Unterschied: Ich glaube, und ich glaube an das Evangelium. Sie wandten eine falsche Bezeichnung an. Ich bin nicht ein heidnischer, sondern ein christlicher Philosoph – ein Nachfolger der Sekte des Jesus Christus. Als sein Schüler nehme auch ich seine reinen, barmherzigen, milden Lehrsätze an. Ich streite für sie. Ich habe geschworen, sie zu verbreiten. Schon in der Jugend habe ich mich der Religion geweiht, und sie hat meine angeborenen Eigenschaften veredelt: Aus dem kleinen Keim der natürlichen Liebe hat sie den großen, schattenreichen Baum der Menschenliebe gemacht. Aus der wilden, zähen Wurzel menschlicher Rechtschaffenheit hat sie ein richtiges Gefühl für die göttliche Gerechtigkeit entwickelt. Aus dem Ehrgeiz, Macht und Ruhm für mein elendes Selbst zu gewinnen, hat sie den Ehrgeiz gebildet, das Reich meines Herrn zu verbreiten, Siege für die Standarte des Kreuzes zu erringen. So viel hat die Religion für mich getan. Sie hat die ursprünglichen Anlagen auf das Beste verwendet, sie hat die Natur gereift und veredelt. Aber sie konnte die Natur nicht ausrotten, und sie kann nicht ausgerottet werden, als bis dieser Sterbliche das Gewand der Unsterblichkeit anlegt.«

Nachdem er dies gesagt hatte, nahm er seinen Hut, welcher auf einem Tisch neben meiner Palette lag. Noch einmal blickte er das Porträt an.

»Sie ist wahrhaftig lieblich«, murmelte er. »Sie trägt ihren Namen ›Rose der Welt‹ mit Recht!«

»Und soll ich nicht ein zweites Porträt für Sie malen?«

»*Cui bono*? – Nein!«

Und er zog den Bogen feinen Papiers, auf welchem meine Hand während des Malens ruhte, um den Karton nicht zu beschmutzen, über das Bild. Was er dann aber plötzlich auf diesem leeren Papier sah, ist mir unmöglich zu sagen, aber irgendetwas begegnete seinem Blick. Er riss das Blatt an sich; er besah den Rand und warf dann einen sonderbaren Blick auf mich, unbeschreiblich seltsam und mir ganz unverständlich; einen Blick, der jeden Punkt meiner Gestalt, meines Gesichts, meiner Kleidung zu umfassen schien, denn er überfuhr mich schnell wie der Blitz. Seine Lippen öffneten sich, als wollte er sprechen, aber er unterdrückte den Satz – was immer es auch gewesen sein mochte.

»Was ist Ihnen?«, fragte ich.

»Nichts, durchaus gar nichts«, lautete die Antwort, und indem er das Papier auf das Bild zurücklegte, sah ich, wie er heimlich ein kleines Stück von dem Rand abriss. Es verschwand in seinem Handschuh, und mit einem heftigen Nicken und einem »Guten Abend!« verschwand er.

»Nun«, rief ich aus, »das übersteigt doch alles, was ich bis jetzt von ihm erlebt habe!«

Dann fing ich an, das Papier zu prüfen, aber ich konnte nichts darauf erblicken als einige matte Farbkleckse, wo ich meine Pinsel ausprobiert hatte. Ein oder zwei Minuten grübelte ich über das Geheimnis nach; da ich es aber unergründlich fand und auch überzeugt war, dass es nicht von großer Bedeutung sein könne, gab ich schließlich auf und vergaß es bald ganz und gar.

Dreiunddreißigstes Kapitel

Als Mr. St. John ging, begann es zu schneien. Ein Wirbelsturm tobte die ganze Nacht. Am nächsten Tage brachte ein scharfer Wind frischen, blendenden Schneefall; um die Dämmerungszeit war das Tal dann ganz verweht und fast unpassierbar geworden. Ich hatte die Fensterläden geschlossen, eine Matte vor die Tür gelegt, um zu verhindern, dass der Schnee hereinweht, und das Feuer geschürt. Nachdem ich beinahe eine Stunde am Kamin gesessen und dem dumpfen Toben des Sturms gelauscht hatte, zündete ich eine Kerze an, nahm »Marmion« vom Bücherbrett und begann zu lesen:

> »Der Tag erstarb über den Burgen
> An Nordhams steilen Küsten,
> Und über dem Flusse Tweed, so schön, so breit und tief,
> Und über Cheviots einsamen Bergen.
> Die festen Türme, die massiven Mauern
> Und die wehrhaften Wälle ringsum
> Erstrahlten in goldgelbem Glanz …«

Über dieser Musik vergaß ich bald den Sturm.

Plötzlich hörte ich ein Geräusch. Ich dachte, der Wind rüttle an der Tür, aber nein: Es war St. John Rivers, der die Türklinke drückte und durch den eisigen Orkan und die undurchdringliche Finsternis zu mir gekommen war. Er stand vor mir. Der Mantel, welcher seine hohe Gestalt einhüllte, war weiß und eisig wie ein Gletscher. Ich war fast bestürzt, so wenig hatte ich an diesem Abend einen Besucher aus dem verschneiten Dorf erwartet.

»Irgendwelche schlechten Nachrichten?«, fragte ich. »Ist irgendetwas geschehen?«

»Nein. Wie leicht Sie doch erschrecken!«, antwortete er. Er nahm seinen Mantel ab und hängte ihn an der Tür auf, um danach gelassen die schützende Matte wieder zurückzuschieben, die durch seinen Eintritt von ihrem Platz verschoben worden war. Dann stampfte er den Schnee von den Füßen.

»Ich werde die Reinheit Ihres Fußbodens zerstören«, sagte er, »aber dieses eine Mal müssen Sie mir verzeihen.« Er näherte sich dem Feuer. »Es war ein hartes Stück Arbeit, hierher zu gelangen, das kann ich Ihnen versichern«, bemerkte er, während er seine Hände über dem Feuer wärmte. »Einmal geriet ich bis an die Brust in eine Schneewehe; glücklicherweise ist der Schnee aber noch ganz weich.«

»Aber weshalb kamen Sie denn?«, konnte ich nicht umhin zu fragen.

»Eine recht ungastliche Frage an einen Besucher, aber da Sie nun einmal fragen, antwortete ich Ihnen: ganz einfach, um ein wenig mit Ihnen zu plaudern. Ich wurde meiner stummen Bücher und leeren Zimmer endlich müde. Außerdem empfinde ich seit gestern die Neugier eines Menschen, dem eine Geschichte nur zur Hälfte erzählt worden ist und der nun mit Ungeduld das Ende derselben erwartet.«

Er setzte sich. Ich erinnerte mich seines seltsamen Betragens von gestern und begann wirklich zu fürchten, dass seine Vernunft gelitten habe. Indessen, wenn er wahnsinnig sein sollte, so war sein Wahnsinn ein sehr stiller und harmloser. Niemals hatte sein schönes Gesicht einer vollendet gemeißelten Marmorbüste ähnlicher gesehen als gerade jetzt, da er sein durchnässtes Haar aus der Stirn strich und der Schein des Kaminfeuers auf seine bleiche Stirn und seine ebenso bleichen Wangen fiel – auf denen ich heute zum ersten Mal die Furchen und Linien entdeckte, welche Kummer und Sorge schon deutlich darauf gezogen hatten. Ich schwieg, immer erwartend, dass er irgendetwas mir Verständliches sagen würde. Aber jetzt hatte er das Kinn in die Hand gestützt und den Finger auf den Mund gelegt – er dachte nach. Es fiel mir auf, dass seine Hand ebenso bleich und abgezehrt war wie sein Gesicht. Ein ungekanntes und kaum gefordertes Gefühl des Erbarmens überkam mich; ich ließ mich hinreißen zu sagen: »Ich wollte, Diana und Mary kämen, um bei Ihnen zu leben. Es ist zu traurig, dass Sie so ganz allein sind, denn Sie nehmen gar keine Rücksicht auf Ihre Gesundheit.«

»So ist es nicht. Wenn es nötig ist, sehe ich mich schon selbst ausreichend vor, und jetzt fühle ich mich ganz wohl. Was fällt Ihnen denn an meinem Aussehen auf?«

Dies sagte er mit einer sorgen- und gedankenlosen Gleichgültigkeit, welche mir bewies, dass meine Bedenken überflüssig waren, zumindest in seinen Augen. Ich schwieg also.

Er fuhr noch immer langsam mit dem Finger über seine Oberlippe, und noch immer hing sein Blick träumerisch an den glühenden Kohlen des Kamins. Da ich es für dringend notwendig hielt, irgendetwas zu sagen, so fragte ich ihn endlich, ob er kalten Zug von der Tür her verspüre, die hinter ihm lag.

»Nein, nein ...«, entgegnete er knapp, mit einem Anflug von Ärger.

›Gut‹, dachte ich, ›wenn Sie nicht reden mögen‹, so schweigen Sie. Ich werde mich nicht mehr um Sie kümmern, sondern zu meiner Lektüre zurückkehren.‹

Ich beschnitt die Kerze und nahm meine Lektüre des »Marmion« wieder auf. Bald darauf machte er eine Bewegung, die unwillkürlich meinen Blick anzog. Er holte ein ledernes Notizbuch aus der Tasche und entnahm demselben einen Brief, den er schweigend durchlas, wieder zusammenfaltete und zurücklegte. Dann versank er erneut in Nachdenken. Es war sinnlos, mit einem so undurchdringlichen Wesen vor mir weiterzulesen. Und in meiner Ungeduld vermochte ich mich ebenso wenig stumm zu verhalten – er konnte mich ja zurückweisen, wenn er wollte, aber reden musste ich.

»Haben Sie kürzlich von Diana und Mary gehört?«

»Nichts seit jenem Brief, den ich Ihnen vor einer Woche zeigte.«

»Und in Ihren eigenen Angelegenheiten hat sich auch nichts geändert? Werden Sie England nicht doch noch früher verlassen müssen, als Sie anfangs glaubten?«

»Nein, in der Tat, ich fürchte, das wird nicht geschehen. Solch ein Glück wäre zu groß, als dass es mir zuteil werden könnte.«

Hier war ich also wieder zurückgeschlagen. Ich wechselte das Thema und begann, von der Schule und meinen Schülerinnen zu sprechen.

»Mary Garretts Mutter geht es besser, Mary kam heute Morgen wieder zur Schule. Und nächste Woche kommen vier neue Schülerinnen von der Gießerei; sie wären schon heute gekommen, wenn der Schneefall sie nicht zurückgehalten hätte.«

»So?«

»Mr. Oliver bezahlt für zwei.«

»Wirklich!«

»Und Weihnachten beabsichtigt er, der ganzen Schule ein Fest zu geben.«

»Ich weiß.«

»Geschieht es auf Ihren Vorschlag?«

»Nein.«

»Auf wessen denn?«

»Auf Vorschlag seiner Tochter, glaube ich.«

»Das sieht ihr ähnlich. Sie ist so gutmütig.«

»Ja.«

Wiederum entstand eine Pause. Die Uhr schlug achtmal. Das weckte ihn auf, er richtete sich empor und wandte sich zu mir.

»Lassen Sie Ihr Buch einen Augenblick und rücken Sie näher ans Feuer«, sagte er.

Mit endloser Verwunderung tat ich, was er verlangte.

»Vor einer halben Stunde«, fuhr er fort, »sprach ich von meiner Ungeduld, die Fortsetzung einer Geschichte zu hören. Nach reiflicher Überlegung sehe ich ein, dass die Sache besser gehen wird, wenn ich die Rolle des Erzählers und Sie diejenige der Zuhörerin übernehmen. Bevor ich jedoch beginne, ist es nur in der Ordnung, wenn ich Ihnen vorhersage, dass die Geschichte in Ihren Ohren ein wenig abgedroschen klingen wird – aber alle Erzählungen gewinnen manchmal wieder einen gewissen Grad von Frische, wenn neue Lippen sie vortragen. Übrigens – ob nun alt oder neu, sie ist kurz.

Vor ungefähr zwanzig Jahren verliebte sich ein armer junger Hilfsprediger – sein Name tut in diesem Augenblick nichts zur Sache – in die Tochter eines reichen Mannes; auch sie verliebte sich in ihn und heiratete ihn gegen den Willen und den Rat ihrer Angehörigen und Freunde; diese sagten sich nach ihrer Heirat gänzlich von ihr los. Doch noch ehe zwei Jahre vergangen waren, war das unbedachte junge Paar tot und lag ruhig Seite an Seite unter einem Grabstein. – Ich habe ihr Grab gesehen; es bildet einen Teil des Pflasters eines großen Kirchhofs, welcher die finstere, rauchgeschwärzte alte Kathedrale einer schnell wuchernden Fabrikstadt in ***shire umgibt. – Nun, sie hinterließen eine Tochter, welche schon bei ihrer Geburt von den Armen der Wohltätigkeit aufgefangen ward, die doch so kalt sind wie die Schneewehen, in welchen ich heute Abend fast stecken blieb. Die Barmherzigkeit trug das arme, verlassene Ding in das Heim seiner reichen Verwandten mütterlicherseits; es wuchs auf im Hause einer angeheirateten Tante, welche Mrs. Reed von Gateshead hieß – Sie sehen, jetzt fallen mir sogar die Namen ein. Aber Sie erschrecken ja, vernehmen Sie etwa ein Geräusch? Ich vermute, dass es nur eine Ratte ist, welche an den Dachsparren des anstoßenden Schulhauses entlangläuft. Es war eine Scheune, bevor ich es umbauen ließ, und Scheunen werden fast immer von Ratten heimgesucht. – Also weiter: Mrs. Reed behielt die Waise zehn Jahre; ob die Kleine glücklich oder unglücklich bei ihr gewesen ist, vermag ich nicht zu sagen, da ich niemals etwas darüber erfahren habe. Aber nach Ablauf dieser Zeit sandte Mrs. Reed sie an einen Ort, den Sie ebenfalls kennen – an die Schule von Lowood, wo Sie selbst so lange untergebracht waren. Es scheint, dass ihre Karriere dort sehr ehrenwert war; aus einer Schülerin wurde eine Lehrerin wie Sie selbst – wirklich, es ist auffallend, wie parallel Ihre Geschichte neben jener der Waise herläuft. Dann verließ sie das Institut, um Gouvernante zu werden, und auch da ist Ihr Geschick wieder analog. Sie übernahm die Erziehung des Mündels eines gewissen Mr. Rochester.«

»Mr. Rivers!«, unterbrach ich ihn.

»Ich errate Ihre Gefühle«, sagte er, »aber ich bitte Sie, beherrschen Sie dieselben noch für ein paar Augenblicke. Ich bin beinahe schon zu Ende, hören Sie mich ruhig an. Von Mr. Rochesters Charakter weiß ich nichts, jedoch kenne ich das eine Faktum, dass er vorgab, dieses junge Mädchen zu seiner rechtmäßigen Gattin machen zu wollen, und dass das Mädchen erst am Altar seine noch bestehende Ehe mit einer anderen – allerdings einer Wahnsinnigen – entdeckte. Von welcher Art *seine* darauffolgenden Handlungen und Vorschläge waren, kann nur ein Gegenstand vager Vermutungen sein. Als jedoch ein Ereignis eintrat, welches diese Gouvernante betraf, entdeckten auch andere, dass sie fort war – und niemand vermochte zu sagen, wie, wann oder wohin. Sie hatte Thornfield Hall während der Nacht verlassen; jede Nachforschung nach der Richtung, welche sie wohl eingeschlagen hatte, war vergeblich gewesen. Man hatte die Gegend nah und fern durchstreift, aber nirgends war eine Spur oder eine Nachricht von ihr zu entdecken. Es wurde jedoch ein Gegenstand dringender Notwendigkeit, dass man sie fand: In alle Zeitungen ließ man Anzeigen einrücken; ich selbst erhielt einen Brief von einem gewissen Mr. Briggs, einem Advokaten, welcher mir die soeben erzählten Details mitteilte. Ist das nicht eine seltsame Erzählung?«

»Sagen Sie mir nur dies eine«, sagte ich, »und da Sie so viel wissen, werden Sie sicher imstande sein, mir dies zu sagen: Was ist mit Mr. Rochester geschehen? Wie geht es ihm? Wo ist er? Was tut er? Befindet er sich wohl?«

»Ich bin in vollständiger Unkenntnis über alles, was Mr. Rochester betrifft. Der Brief erwähnt ihn nur, um den betrügerischen und ungesetzlichen Versuch zu beschreiben, von dem ich Ihnen gesprochen habe. Sie sollten mich lieber nach dem Namen der Gouvernante fragen – und nach dem Ereignis, welches ihr Erscheinen so dringend notwendig macht.«

»Ist denn niemand auf Thornfield Hall gewesen? Hat niemand Mr. Rochester gesehen?«

»Vermutlich nicht.«

»Aber man hat ihm geschrieben?«

»Natürlich.«

»Und was sagte er? Wer hat seine Briefe?«

»Mr. Briggs deutete an, dass die Antwort auf seine Anfrage nicht von Mr. Rochester, sondern von einer Dame kam, welche mit ›Alice Fairfax‹ unterzeichnet hat.«

Mir wurde eiskalt und ich fühlte einen stechenden Schmerz im Herzen. So waren meine ärgsten Befürchtungen also bestätigt. Aller Wahrscheinlichkeit nach hatte er England verlassen und war an irgendeinen seiner früheren Aufenthaltsorte auf dem Kontinent geflüchtet. Und welches Opiat für seine schweren Leiden, welchen Gegenstand für seine stürmischen, verzehrenden Leidenschaften hatte er dort gefunden? Ich wagte nicht, mir diese Frage zu beantworten. Oh, mein armer Geliebter, einst fast schon mein Gatte! Er, den ich so oft ›mein lieber Edward‹ genannt hatte!

»Er muss ein schlechter Mensch gewesen sein«, bemerkte Mr. Rivers.

»Sie kennen ihn nicht – Sie dürfen auch keine Meinung über ihn aussprechen!«, entgegnete ich mit Leidenschaft.

»Meinetwegen«, sagte er ruhig, »und ich habe wahrlich auch andere Dinge im Kopf als ihn. Ich muss mit meiner Geschichte zu Ende kommen. Da Sie mich nicht nach dem Namen der Gouvernante fragen wollen, so muss ich Ihnen denselben aus eigenem Antrieb nennen. Warten Sie – ich habe ihn hier – es ist immer besser, wichtige Dinge schriftlich, fein säuberlich schwarz auf weiß zu haben.«

Und wieder nahm er ganz gelassen seine Brieftasche, öffnete sie und suchte etwas darin. Aus einer der kleinen Abteilungen zog er dann ein unscheinbares Stückchen Papier hervor, welches in Eile abgerissen zu sein schien. Ich erkannte an seiner Farbe und seinen ultramarinblauen und roten Flecken den geraubten Rand meines Blattes wieder. Er stand auf, hielt es mir dicht vor die Augen und ich las, in schwarzer Tusche von meiner eigenen Hand geschrieben, die Worte »JANE EYRE« – wahrscheinlich das Werk eines Augenblicks der Geistesabwesenheit.

»Briggs schrieb mir von einer Jane Eyre«, sagte er, »die Zeitungsnummern nannten eine Jane Eyre – ich kannte eine Jane Elliot. Ich muss gestehen, dass ich Argwohn, Vermutungen hegte, aber erst gestern Nachmittag wurden sie zur Gewissheit. Sie bekennen sich zu dem Namen und entsagen dem Alias?«

»Ja, ja – aber wo ist Mr. Briggs? Vielleicht weiß er mehr von Mr. Rochester?«

»Briggs ist in London. Ich bezweifle, dass er überhaupt irgendetwas von Mr. Rochester weiß; es ist nicht Mr. Rochester, für den er Interesse hat. Inzwischen vergessen Sie nämlich die Hauptsache, indem Sie Kleinigkeiten nachgehen: Sie fragen nicht, weshalb Mr. Briggs Sie suchte – was er von Ihnen wollte.«

»Nun, was wollte er?«

»Ihnen nur mitteilen, dass Ihr Onkel, Mr. Eyre auf Madeira, tot sei, dass er Ihnen sein ganzes Vermögen hinterlassen habe und dass Sie jetzt reich seien. Nur das, weiter nichts.«

»Ich? Reich?«

»Ja, Sie. Reich – eine richtige Erbin.«

Darauf entstand eine Pause.

»Natürlich müssen Sie Ihre Identität beweisen«, fuhr Mr. St. John nach längerem Schweigen fort, »ein Schritt, der indessen keine Schwierigkeiten bereitet. Dann können Sie den Besitz sofort antreten. Ihr Vermögen ist in englischen Papieren angelegt; Briggs hat das Testament und die nötigen Dokumente.«

So hatte sich das Blatt also mit einem Schlage gewendet! Es ist eine schöne Sache, mein lieber Leser, in einem kurzen Augenblick von Armut zu Reichtum emporgehoben zu werden – eine sehr schöne Sache, aber immerhin ein Ding, das man nicht in einem Moment begreifen und genießen kann. Und es gibt auch viel erschütterndere oder entzückendere Zufälle im Leben: *Dieses Ereignis* ist solide, eine Angelegenheit der Wirklichkeit. Nichts Ideales ist dabei; alles, was damit in Verbindung steht, ist fest und geschäftsmäßig und die Wirkungen sind es ebenfalls. Man schreit und springt nicht, man ruft nicht hurra, wenn man erfährt, dass man ein Vermögen bekommen hat. Man fängt an, Verantwortungen in

Erwägung zu ziehen und über Geschäftsangelegenheiten nachzudenken; auf der Basis ruhiger Zufriedenheit entstehen gewisse Sorgen und wir sammeln uns und brüten mit feierlich ernster Stirn über den uns zuteil gewordenen Segen.

Überdies gehen die Worte »Vermächtnis« und »Erbe« Hand in Hand mit den Worten »Tod« und »Begräbnis«. Ich hatte gehört, dass mein Onkel, mein einziger Verwandter, tot sei. Von dem Augenblick an, wo ich von seiner Existenz gehört, hatte ich auch gehofft, ihn eines Tages zu sehen – nun war auch das vorbei. Und dann bekam ja auch nur *ich allein* dieses Vermögen, nicht ich und eine glückliche Familie, nur mein einsames Ich! Doch zweifellos war es eine großartige Gabe, und Unabhängigkeit musste ein gar köstliches Ding sein – ja, das fühlte ich. Allein der Gedanke ließ mein Herz vor Wonne erzittern.

»Endlich blicken Sie wieder auf«, sagte Mr. Rivers. »Ich glaubte, Medusa habe Sie angeblickt und Sie wären zu Stein geworden. Vielleicht wollen Sie mich jetzt auch fragen, wie viel Sie wert sind?«

»Wie viel bin ich denn wert?«

»Oh, eine Kleinigkeit, kaum erwähnenswert. Nur zwanzigtausend Pfund, glaube ich, wurde gesagt. Aber was ist das schon?«

»Zwanzigtausend Pfund?«

Dies war ein neues Erstaunen für mich, ich hätte mit vier- oder fünftausend Pfund gerechnet. Die Nachricht raubte mir in der Tat für einen Augenblick den Atem. Mr. St. John, den ich noch niemals lachen gehört hatte – Mr. St. John lachte jetzt über mich!

»Nun«, sagte er, »wenn Sie einen Mord begangen hätten und ich Ihnen sagte, dass Ihre Tat entdeckt wäre, so könnten Sie nicht bestürzter aussehen.«

»Das ist eine ungeheure Summe – glauben Sie nicht, dass hier irgendein Irrtum vorliegt?«

»Durchaus kein Irrtum.«

»Vielleicht haben Sie die Zahlen falsch gelesen – es werden zweitausend sein!«

»Es ist in Buchstaben geschrieben, nicht in Zahlen: zwanzigtausend.«

Mir war ungefähr so zumute wie einem Menschen, der über ein normales Essvermögen verfügt und sich allein an einer Tafel niederlässt, welche mit Speisen für hundert Personen gedeckt ist. Jetzt erhob sich Mr. Rivers und nahm seinen Mantel.

»Wenn es nicht ein so stürmischer Abend wäre«, sagte er, »so würde ich Hannah heruntersenden, um Ihnen Gesellschaft zu leisten. Sie sehen so verzweifelt und unglücklich aus, man sollte Sie nicht allein lassen. Aber das arme Weib, die Hannah, könnte nicht so gut durch die Schneewehen kommen wie ich; ihre Beine sind nicht ganz so lang. Daher muss ich Sie schon einsam Ihrem Kummer überlassen. Gute Nacht!«

Er griff schon nach der Klinke, da kam mir ein plötzlicher Gedanke.

»Warten Sie eine Minute«, rief ich.

»Nun?«

»Es macht mir Kopfzerbrechen, weshalb Mr. Briggs an Sie über mich schrieb, oder woher er Sie kannte und wie er glauben konnte, dass Sie, der Sie in einem so weltentlegenen Winkel wohnen, die Macht besäßen, ihm zu meiner Entdeckung behilflich zu sein.«

»Oh, ich bin ein Pastor«, sagte er, »und an die Geistlichen wendet man sich oft in den seltsamsten Angelegenheiten.« Wieder griff er die Klinke.

»Nein, das genügt mir nicht!«, rief ich aus. Und in der Tat lag etwas in der hastigen, unklaren Antwort, das meine Neugierde nur noch mehr reizte, anstatt sie zu befriedigen.

»Das ist eine seltsame Geschichte«, fügte ich hinzu, »und ich muss noch mehr darüber erfahren.«

»Ein anderes Mal.«

»Nein, heute Abend. Heute Abend!«

Als er sich von der Tür abwandte, stellte ich mich zwischen diese und ihn. Er sah ziemlich verlegen aus.

»Sie werden bestimmt nicht gehen, bevor Sie mir nicht alles erzählt haben!«, sagte ich.

»Erlassen Sie mir das, für den Augenblick wenigstens.«

»Sie werden – Sie müssen!«

»Ich hätte lieber, dass Diana oder Mary mit Ihnen darüber sprächen.«

Natürlich machten seine Einwendungen mich nur noch erregter. Mein Verlangen, alles zu erfahren, hatte den höchsten Grad erreicht, es musste befriedigt werden, und das ohne Verzug. Ich sagte ihm das.

»Ich erklärte Ihnen bereits, dass ich ein starrköpfiger Mann sei«, sagte er, »und schwer zu überreden.«

»Und ich bin ein starrköpfiges Weib, und unmöglich abzuweisen!«

»Überdies«, fuhr er fort, »bin ich kaltblütig; keine Leidenschaft reißt mich hin.«

»Während ich heißblütig bin, und Feuer schmilzt das Eis. Das Holzfeuer dort hat allen Schnee aus Ihrem Mantel geschmolzen, er ist auf meinen Fußboden herabgetropft und hat aus ihm eine schmutzige Straße gemacht. Mr. Rivers, wenn Sie hoffen, dass Sie Vergebung für das Verbrechen finden werden, den sandbestreuten Fußboden meiner Küche beschmutzt zu haben, so sagen Sie mir alles, was ich zu erfahren wünsche!«

»Nun gut«, sagte er, »ich gebe nach, wenn auch nicht Ihrem Ernst, so doch Ihrer Ausdauer. Gerade so, wie der Stein durch einen fortwährenden Tropfen ausgehöhlt wird. Überdies müssen Sie es eines Tages ja doch erfahren – also besser jetzt als später. Ihr Name ist also Jane Eyre?«

»Natürlich. Darüber waren wir ja schon im Reinen.«

»Sie wissen vielleicht nicht, dass ich Ihr Namensvetter bin? Dass ich St. John Eyre Rivers getauft bin?«

»Nein, wirklich? Ich erinnere mich jetzt wohl, in den Büchern, welche Sie mir zu verschiedenen Zeiten geborgt haben, auch den Buchstaben E gesehen zu haben, doch fragte ich niemals, für welchen Namen er stehe. Und weiter? Sollte etwa …«

Ich hielt inne. Ich hatte nicht einmal den Mut, den Gedanken zu denken, der sich vor mir auftat – viel weniger noch, ihm Worte zu verleihen. Einen Gedanken, der nach Ablauf der nächsten Minute aber als starke Wahrscheinlichkeit vor mir stand. Die Umstände knüpften aneinander an, passten zusammen, ordneten sich in Reih und Glied. Die Kette, welche bis jetzt in einem formlosen Haufen von Gliedern dagelegen hatte, wurde auseinandergezogen – jeder Ring war ganz, die Verbindung ununterbrochen. Instinktiv wusste ich, wie die Sache lag, noch bevor St. John ein Wort gesprochen hatte. Aber ich kann nicht verlangen, dass mein Leser dasselbe instinktive Ahnungsvermögen hat, deshalb werde ich seine Erklärung wiederholen:

»Der Name meiner Mutter war Eyre. Sie hatte zwei Brüder. Der eine war ein Geistlicher und heiratete Miss Reed von Gateshead; der andere, John Eyre Esq., Kaufmann, ist vor kurzem in Funchal auf Madeira gestorben. Da Mr. Briggs Mr. Eyres Sachwalter ist, schrieb er im letzten August an uns und teilte uns den Tod unseres Onkels mit; zugleich unterrichtete er uns davon, dass er sein Vermögen der Tochter seines Bruders hinterlassen habe. Wir waren übergangen infolge eines Streites zwischen ihm und meinem Vater, dem er niemals vergeben hatte. Vor einigen Wochen schrieb Mr. Briggs wieder, um uns zu sagen, dass die Erbin unauffindbar sei, und um anzufragen, ob wir denn nichts von ihr wüssten. Ein Name, vielleicht einmal in der Zerstreuung auf ein Stück Papier geschrieben, hat mich in die Lage versetzt, sie ausfindig zu machen. Das Übrige wissen Sie.« Und wiederum wollte er gehen, aber ich stellte mich vor die Tür.

»Lassen Sie mich sprechen«, sagte ich, »geben Sie mir nur einen Augenblick, um aufzuatmen und nachzudenken.« Ich hielt inne – er stand vor mir, den Hut in der Hand, und sah sehr ruhig und gefasst aus. Ich fuhr fort:

»Ihre Mutter war die Schwester meines Vaters?«

»Ja.«

»Folglich meine Tante?«

Er nickte.

»Mein Onkel John war Ihr Onkel John? Sie, Diana und Mary sind die Kinder seiner Schwester, ebenso wie ich das Kind seines Bruders bin?«

»Ohne Zweifel.«

»Sie sind also mein Vetter und Ihre Schwestern sind meine Cousinen: Die Hälfte unseres Blutes fließt aus derselben Quelle.«

»Vetter und Cousinen, ja.«

Ich beobachtete ihn. Mir war, als hätte ich einen Bruder gefunden, und noch dazu einen, auf den ich stolz sein, den ich lieben konnte. Und zwei Schwestern, welche so große, erhabene Eigenschaften besaßen, dass sie mir, als sie für mich nur fremde Menschen waren, die größte Liebe und Bewunderung eingeflößt hatten. Die beiden Mädchen, auf welche ich an jenem Abend, als ich auf dem feuchten Erdboden kniete und durch das niedrige, vergitterte Fenster der Küche von Moor House sah, mit einem so bitteren Gemisch von Interesse und Verzweiflung geblickt hatte – sie waren meine nächsten Verwandten! Und der junge, stattliche Mann, welcher mich fast sterbend auf seiner Schwelle gefunden hatte – er war durch Bande des Blutes an mich gebunden. Welche Entdeckung für eine unglückliche Verlassene! *Dies* war Reichtum in der Tat, Reichtum für mein Herz! Eine ganze Fundgrube reiner und natürlicher Liebe! Dies war eine Himmelswohltat, strahlend, klar und belebend; nicht wie ein schweres Geschenk von Gold, das in seiner Art willkommen genug sein mag, durch sein Gewicht aber stets zu Boden drückt. In einer plötzlichen Aufwallung von Freude klatschte ich in die Hände, mein Puls flog und in meinen Schläfen hämmerte es.

»Oh, ich bin so glücklich, so glücklich!«, rief ich aus.

St. John lächelte. »Sagte ich nicht, dass Sie die Hauptsache vernachlässigten, um Kleinigkeiten nachzuhängen?«, fragte er. »Sie wurden ernst, als ich Ihnen sagte, dass Ihnen ein Vermögen zugefallen sei, und jetzt sind Sie freudig erregt um einer Sache willen, die gar keine Bedeutung hat.«

»Was wollen Sie damit sagen? Für Sie mag es keine Bedeutung haben; Sie besitzen Schwestern und kümmern sich wenig darum, ob Sie eine Cousine haben. Ich jedoch hatte niemanden, und jetzt sind plötzlich drei Verwandte – oder nur zwei, wenn Ihnen nichts daran liegt, mitgerechnet zu werden – in Lebensgröße in mein Dasein getreten. Oh, ich sage es noch einmal: Ich bin so glücklich!«

Ich lief im Zimmer umher, dann hielt ich inne. Die Gedanken, welche schneller kamen, als ich sie erfassen, begreifen und ordnen konnte, erstickten mich fast – Gedanken über das, was über kurz oder lang sein konnte, musste und sollte. Ich starrte die kahle Wand an; sie erschien mir wie ein Himmel, der dicht mit leuchtenden Sternen übersät war, und jeder Einzelne von ihnen strahlte mir als eine Möglichkeit entgegen, Freude zu bereiten. Jetzt konnte ich jenen Wohltaten erweisen, die mir das Leben gerettet hatten und die ich bis zu diesem Augenblick nur untätig hatte lieben können. Sie lebten in einem Joch, ich aber konnte sie befreien; sie waren in der Welt zerstreut, ich konnte sie wieder vereinen – die Unabhängigkeit, der Überfluss, dessen ich mich erfreute, konnte auch ihnen zuteil werden. Waren wir denn nicht zu viert? Zwanzigtausend Pfund, in gleiche Teile geteilt, würde für jeden fünftausend geben – mehr als genug. Der Gerechtigkeit sollte Genüge geschehen, unser aller Glück gesichert werden. Jetzt lastete der Reichtum nicht mehr schwer auf mir, jetzt war es nicht nur ein Erbe aus Münzen – nein, es war ein Erbe aus Leben, Hoffnung und Freude!

Ich kann nicht sagen, wie ich aussah, während diese Gedanken auf meine Seele einstürmten, aber bald bemerkte ich, dass Mr. Rivers einen Stuhl hinter mich gestellt hatte und sanft versuchte, mich auf denselben niederzudrücken. Er riet mir auch, gefasst zu sein; mich aber empörte seine Anspielung auf meine Hilflosigkeit und Erregtheit, ich schüttelte seine Hand von meiner Schulter und begann von Neuem, auf und ab zu wandern.

»Schreiben Sie gleich morgen an Diana und Mary und teilen Sie ihnen mit, dass sie sofort nach Hause kommen«, sagte ich. »Diana hat mir oft gesagt, dass sie sich für reich halten würden, wenn sie tausend Pfund hätten, folglich werden sie mit je fünftausend Pfund sehr gut leben können.«

»Sagen Sie mir, wo ich Ihnen ein Glas Wasser holen kann«, sagte St. John. »Sie müssen sich wirklich beruhigen und Ihre Gefühle zu beherrschen suchen.«

»Unsinn! Und welche Folgen wird diese Erbschaft für Sie haben? Wird sie Sie in England halten und Sie bewegen, Miss Oliver zu heiraten? Werden Sie sich in Ruhe niederlassen, wie ein gewöhnlicher Sterblicher?«

»Sie phantasieren, Ihre Gedanken verwirren sich. Ich habe Ihnen diese Nachricht zu plötzlich mitgeteilt, es war zu viel für Ihre Kräfte.«

»Mr. Rivers, Sie machen mich wirklich ungeduldig! Ich bin vollkommen vernünftig; Sie sind es, welcher mich missversteht, oder welcher vielmehr vorgibt, mich misszuverstehen.«

»Vielleicht würde ich Sie besser verstehen, wenn Sie sich klarer ausdrückten.«

»Klarer ausdrücken! Was ist denn hier noch klarer auszudrücken? Sie müssen doch einsehen, dass zwanzigtausend Pfund, die infrage stehende Summe, zu gleichen Teilen zwischen dem Neffen und den drei Nichten meines Onkels verteilt, fünftausend Pfund für jeden ergibt? Was ich will, ist, dass Sie an Ihre Schwestern schreiben und ihnen Mitteilung von dem Vermögen machen, welches ihnen zugefallen ist.«

»Ihnen selbst, wollen Sie sagen.«

»Ich habe Ihnen deutlich meine Ansicht über die Sache erklärt; eine andere Sicht vermag ich nicht einzunehmen. Ich bin nicht schonungslos selbstsüchtig, nicht blind ungerecht, nicht verwerflich undankbar. Außerdem bin ich entschlossen, ein Heim zu gründen, mir Verwandte zu schaffen. Ich liebe Moor House, und in Moor House will ich wohnen. Ich liebe Diana und Mary, und bei Diana und Mary will ich mein Leben lang bleiben. Es wird mir ein Segen und eine Freude sein, fünftausend Pfund zu besitzen, aber es würde mich quälen und bedrücken, zwanzigtausend mein eigen zu nennen. Und außerdem könnten sie mir niemals von Rechts wegen gehören, wenn auch das Gesetz sie mir zuspricht. So überlasse ich Ihnen nur das, was für mich absolut überflüssig wäre. Widerspruch und Diskussion in dieser Sache sind ganz und gar nutzlos. Einigen wir uns lieber gleich über diesen Gegenstand und ordnen alles Nötige sofort!«

»Dies hieße, nach der ersten Eingebung zu handeln. Sie bedürfen mehrerer Tage, um die Sache zu überlegen, bevor ich Ihr Wort als gültig annehmen kann.«

»Oh! Wenn es nur die Aufrichtigkeit und Dauer meines Willens ist, die Sie bezweifeln, so bin ich ruhig. Sehen Sie denn wenigstens die Gerechtigkeit der Sache ein?«

»Ja, eine *gewisse* Gerechtigkeit erkenne ich an, doch läuft sie jedem hergebrachten Brauch entgegen. Sie haben immerhin einen Anspruch auf das ganze Vermögen. Mein Onkel erwarb es durch seine eigenen Anstrengungen und es stand ihm frei, es zu hinterlassen, wem er wollte: Er hinterließ es Ihnen. Und schließlich erlaubt das Gesetz Ihnen, es zu behalten. Mit reinem Gewissen können Sie es als Ihnen gehörig betrachten.«

»Bei mir ist es ebenso gut eine Sache des Gewissens wie des Gefühls«, sagte ich. »Und ich muss nach meinem Gefühl handeln. Ich habe bis jetzt so selten Gelegenheit gehabt, das zu tun. Und wenn Sie während der Dauer eines ganzen Jahres mit mir stritten, mich ärgerten und mir widersprächen, so würde ich mir die selige Freude nicht versagen, die sich mir in dieser Stunde flüchtig offenbart hat – nämlich, eine große Verbindlichkeit teilweise abzahlen zu können und mir zugleich Freunde für das ganze Leben zu erringen.«

»So denken Sie jetzt«, begann St. John erneut, »weil Sie nicht wissen, was es heißt, Reichtum zu besitzen und sich desselben zu erfreuen. Sie haben keinen Begriff von der Bedeutung, welche der Besitz von zwanzigtausend Pfund Ihnen verleihen würde, von der Stellung, welche Sie in der Gesellschaft einnehmen würden, von den Aussichten, welche sich Ihnen dadurch eröffnen; Sie können nicht ...«

»Und Sie«, unterbrach ich ihn, »können sich keinen Begriff machen von der Sehnsucht, welche ich nach schwesterlicher und brüderlicher Liebe empfinde. Ich hatte niemals eine Heimat, niemals Brüder oder Schwestern. Ich will und muss sie jetzt haben. Widerstrebt es Ihnen denn, mich aufzunehmen und anzuerkennen?«

»Jane, ich will Ihnen ein Bruder sein. Und meine Schwestern werden Ihre Schwestern sein, auch ohne dass Sie uns das Opfer Ihrer gerechten Ansprüche bringen.«

»Bruder? Ja, in der Entfernung von einigen Tausend Meilen! Schwestern? Ja, die ein Sklavenleben unter Fremden führen! Ich – reich, überschüttet mit Gold, das ich mir nicht erworben habe und das ich nicht verdiene! Und Sie alle arm? Eine großartige Gleichheit und Brüderlichkeit wäre das! Welch eine enge Verbindung, welch innige Anhänglichkeit!«

»Aber Jane, Ihre Sehnsucht nach Familienbanden und häuslichem Glück könnte doch in anderer Weise gestillt werden, als in jener, welche Sie im Sinne haben! Sie könnten sich doch verheiraten!«

»Noch einmal Unsinn! Heiraten! Ich will nicht heiraten und werde niemals heiraten!«

»Das ist zu viel gesagt. Solch gewagte Behauptungen sind ein Beweis der Erregung, in welcher Sie sich befinden.«

»Es ist nicht zu viel gesagt. Ich weiß, was ich empfinde und wie sehr alles in mir dem bloßen Gedanken an eine Heirat widerstrebt. Niemand würde mich aus Liebe heiraten, und ich möchte nicht als reine Geldgelegenheit dastehen. Überdies will ich keinen fremden, mir unsympathischen Menschen, der ganz von mir verschieden ist. Ich will meine Anverwandten, mit denen ich jedes Gefühl gemeinsam habe. Sagen Sie noch einmal, dass Sie mein Bruder sein wollen! Als Sie jene Worte aussprachen, war ich zufrieden und glücklich; wiederholen Sie sie, wenn Sie können, wiederholen Sie sie aufrichtig!«

»Ich glaube, dass ich es kann. Ich weiß, dass ich meine eigenen Schwestern stets geliebt habe, und ich weiß, worauf meine Liebe für sie gegründet ist – auf Achtung vor ihrem Wert und auf Bewunderung ihrer Eigenschaften und Talente. Auch Sie besitzen Gemüt, Herz und Grundsätze; Ihr Geschmack und Ihre Gewohnheiten gleichen denen Marys und Dianas; Ihre Gesellschaft ist mir stets angenehm und in der Unterhaltung mit Ihnen habe ich schon seit langer Zeit einen wohltuenden Trost gefunden. Ich fühle, dass ich Ihnen leicht und gern einen Platz in meinem Herzen einräumen kann – Sie sind meine dritte und jüngste Schwester.«

»Ich danke Ihnen! Für heute Abend bin ich damit zufrieden. Jetzt sollten Sie aber gehen, denn wenn Sie noch länger blieben, regten Sie mich vielleicht von Neuem durch Ihre misstrauischen Gewissensbisse auf.«

»Und die Schule, Miss Eyre? Die wird jetzt doch vermutlich geschlossen werden müssen?«

»Nein. Ich werde den Platz einer Lehrerin behalten und ausfüllen, bis Sie einen Ersatz für mich gefunden haben.«

Er lächelte zustimmend. Dann drückten wir uns die Hände und er ging.

Ich brauche wohl nicht alle Einzelheiten der weiteren Kämpfe, welche ich zu bestehen hatte, und der Argumente, die ich anführen musste, zu berichten, bis ich endlich die Angelegenheit der Erbschaft so geordnet hatte, wie ich es wünschte. Meine Aufgabe war eine sehr schwierige; da ich aber fest entschlossen war und da auch meine Verwandten endlich einsahen, dass es für mich unwiderruflich feststand, eine gerechte und gleichmäßige Teilung des Erbes vorzunehmen; da sie endlich in ihrem innersten Herzen wohl die Billigkeit dieser Absicht anerkannten und sich wohl auch klar bewusst waren, dass sie an meiner Stelle ebenso gehandelt haben würden, wie ich zu handeln wünschte – so gaben sie schließlich insoweit nach, dass sie einwilligten, die Sache einem Schiedsgericht zu unterbreiten. Die erwählten Richter waren Mr. Oliver und ein tüchtiger Rechtsanwalt; beide stimmten mit meiner Ansicht überein und ich trug den Sieg davon. Die Akte der Übertragung wurden ausgefertigt. St. John, Diana, Mary und ich erhielten alle ein hinreichendes Auskommen.

Vierunddreißigstes Kapitel

Es war beinahe Weihnachten geworden, bis alles geordnet war, und die Ferienzeit rückte näher. Ich schloss die Schule von Morton und trug Sorge dafür, die Unterbrechung durch eine Aufmerksamkeit meinerseits zu begleiten. Das Glück öffnet Herz und Hand gar wundersam, und in geringem Maße zu geben, wenn wir reichlich empfangen haben, ist nur ein Abfluss, den wir der ungewohnten Aufwallung unserer Gefühle verschaffen. Schon lange hatte ich voll Freude empfunden, dass manche meiner ländlichen Schülerinnen mich liebten, und als wir voneinander Abschied nahmen, wurde diese Empfindung vollauf bestätigt; sie legten ihre Anhänglichkeit für mich deutlich und ehrlich an den Tag. Wie groß war meine Dankbarkeit, als ich sah, dass ich wirklich einen Platz in ihren reinen Herzen innehatte. Und so versprach ich ihnen, dass auch zukünftig keine Woche vergehen sollte, ohne dass ich sie aufsuchen und ihnen eine Unterrichtsstunde in ihrer Schule geben würde.

Mr. Rivers kam, um die Tür zu verschließen, nachdem die Klassen – zusammen jetzt sechzig Mädchen – an mir vorübergezogen waren. Ich stand mit dem Schlüssel in der Hand da und wechselte noch einige besondere Abschiedsworte mit einem halben Dutzend meiner besten Schülerinnen. Diese waren sicher die anständigsten, achtbarsten, bescheidensten und gebildetsten jungen Frauen des ganzen englischen Bauernstandes. Und das ist viel gesagt, denn seit diesen Tagen habe ich viele französische *paysannes* und deutsche *Bäuerinnen* gesehen, und die besten von ihnen erscheinen mir dumm, gewöhnlich und ungehobelt, wenn ich sie mit meinen Mortoner Mädchen vergleiche.

»Betrachten Sie sich als wohl entlohnt für diese Zeit der Anstrengung?«, fragte Mr. Rivers, als sie alle fort waren. »Gewährt Ihnen das Bewusstsein, in Ihrer Zeit und Ihrer Generation etwas wirklich Gutes geleistet zu haben, nicht wahre Freude?«

»Ohne Zweifel.«

»Und Sie haben doch erst wenige Monate gewirkt! Wäre nicht ein ganzes Leben, welches der Aufgabe gewidmet ist, das Menschengeschlecht zu bessern, ein gut angewandtes Leben?«

»Ja«, sagte ich. »Aber *ich* hätte nicht für alle Zeit auf diese Weise leben können. Ich will mich ebenso gern an meinen eigenen Talenten und Fähigkeiten erfreuen, wie ich jene meiner Mitmenschen heranbilde. Ich will mich ihrer *jetzt* freuen; erinnern Sie mich also nicht wieder an die Schule. Die liegt jetzt hinter mir und ich will mich meinen Ferien widmen.«

Er sah sehr ernst aus. »Was bedeutet das? Welche Ungeduld legen Sie plötzlich an den Tag? Was haben Sie vor?«

»Ich will tätig sein, so tätig wie möglich. Und vor allen Dingen möchte ich Sie bitten, Hannah freizugeben und sich jemand anderen zu suchen, der Sie an ihrer Stelle bedient.«

»Brauchen Sie sie?«

»Ja, um mit mir nach Moor House zu gehen. In einer Woche werden Diana und Mary zu Hause sein, und bei ihrer Ankunft sollen sie alles in der schönsten Ordnung finden.«

»Ich verstehe. Ich glaubte schon, Sie beabsichtigten, irgendeinen Ausflug zu machen. Es ist besser so. Hannah soll Sie begleiten.«

»Sagen Sie ihr also bitte, dass sie sich morgen bereithält. Und hier ist der Schlüssel zum Schulzimmer; morgen früh werde ich Ihnen den Schlüssel zu meinem Häuschen geben.«

Er nahm ihn. »Sie liefern ihn sehr freudig ab«, sagte er. »Ihr Frohsinn erscheint mir ein wenig unbegreiflich, weil ich nicht weiß, welche Beschäftigung Sie in Aussicht nehmen anstelle derjenigen, welche Sie aufgeben; welches Ziel, welchen Zweck, welchen Ehrgeiz Sie jetzt für Ihr Leben haben.«

»Mein erstes Ziel ist, Moor House vom Keller bis zum Boden einer gründlichen Reinigung zu unterziehen – können Sie das Ausmaß eines solchen Vorhabens erahnen? Das Nächste wird sein, alles mit Bienenwachs, Öl und einer Unmenge von Tüchern zu polieren, bis es blitzt. Drittens werde ich jeden Tisch, jeden Stuhl, jedes Bett und jeden Teppich mit mathematischer Präzision arrangieren. Darauf werde ich Sie durch ungezählte Massen von Torf und Holz fast zugrunde richten, um in jedem Zimmer ein loderndes Feuer zu unterhalten, und schließlich werden die beiden letzten Tage, welche der Ankunft Ihrer Schwestern vorausgehen, dem Schlagen von Eiern, Auslesen von Rosinen, Rösten von Gewürzen, Backen von Weihnachtskuchen, Schneiden von Fleisch und anderen kulinarischen Verrichtungen gewidmet sein, von welchen Uneingeweihte wie Sie gar keinen Begriff haben. Kurz und gut, mein Zweck ist es, vor dem nächsten Donnerstag alles in einem Zustand der vollkommensten Bereitschaft zu Dianas und Marys Empfang zu haben; mein Ehrgeiz besteht darin, ihnen das *beau-ideal* eines Willkommens zu bieten, wenn sie eintreffen.«

St. John lächelte fast unmerklich. Aber er war noch immer nicht ganz zufrieden.

»Das alles ist sehr schön für den Augenblick«, sagte er, »aber im Ernst gesprochen: Ich hoffe und vertraue, dass Sie Ihren Blick ein wenig höher richten werden, als auf häusliche Freuden und Verschönerungen, wenn die erste Freude und Erregung vorüber sein wird.«

»Oh, das sind die besten Dinge, die das Leben uns bietet!«, entgegnete ich ihm.

»Nein Jane, nein! Diese Welt ist nicht die Stätte des Genusses; versuchen Sie nicht, sie dazu zu machen. Und auch nicht eine Stätte der Ruhe – werden Sie nicht träge!«

»Im Gegenteil! Ich beabsichtige, sehr tätig und arbeitsam zu sein!«

»Jane, für den Augenblick verzeihe ich Ihnen noch. Ich gebe Ihnen zwei Monate zum vollen Genuss Ihrer neuen Lebenslage; zwei Monate dürfen Sie den Reiz dieser neu aufgefundenen Verwandtschaft auskosten. *Dann* aber hoffe ich, werden Sie Ihren Blick über Moor House und Morton hinaus erheben; Sie werden mehr anstreben als die Gesellschaft der Schwestern, mehr als die selbstsüchtige Ruhe und das sinnliche Behagen des Überflusses unserer Zivilisation. Ich hoffe, dass Ihre Energie Ihnen dann wiederum keine Ruhe lassen wird.«

Ich sah ihn erstaunt an. »St. John«, sagte ich endlich, »es kommt mir beinahe schlimm vor, dass Sie so reden. Ich habe mir vorgenommen, so glücklich und zufrieden wie eine Königin zu sein, und da kommen Sie und versuchen von Neuem, die Ruhelosigkeit in mir wachzurufen. Zu welchem Zweck?«

»Zu dem Zwecke, die Talente und Fähigkeiten, welche Gott Ihnen gegeben hat, in seinem Sinne zu verwerten. Denn eines Tages wird er dafür strenge Rechenschaft von Ihnen verlangen. Jane, ich werde getreulich und unablässig über Ihnen wachen – das kündige ich Ihnen an. Und bemühen Sie sich, den unangemessenen Eifer zu unterdrücken, mit dem Sie sich den einfachen, gewöhnlichen häuslichen Freuden hingeben. Hängen Sie sich nicht zu fest an die Bande des Fleisches. Bewahren Sie Ihre Energie und Ausdauer für eine vollkommenere Sache auf; unterlassen Sie es, sie mit gewöhnlichen, wertlosen Dingen zu verzetteln. Hören Sie mich, Jane?«

»Ja. Gerade so, als ob Sie Griechisch sprächen. Ich fühle nur, dass ich einen guten Grund habe, froh und glücklich zu sein, und ich *werde* glücklich sein. Auf Wiedersehen!«

Und ich war glücklich in Moor House. Ich arbeitete angestrengt, ebenso Hannah. Sie war entzückt zu sehen, wie fröhlich ich sein konnte inmitten der Unruhe eines Hauses, in welchem das Unterste zuoberst gekehrt wurde – wie gut ich bürsten, abstauben, reinigen und kochen konnte. Und wirklich, nach zwei Tagen der heillosesten Verwirrung war es reizend anzusehen, wie wir nach und nach Ordnung in das Chaos brachten, das wir selbst hervorgerufen hatten. Kurz vorher hatte ich noch eine Reise nach S*** unternommen, um einige neue Möbelstücke zu kaufen, nachdem meine Cousinen mir *Carte blanche* und eine bestimmte Summe zu dem Zweck gegeben hatten, alle mich gut dünkenden Änderungen vorzunehmen. Das bisherige Wohnzimmer und die Schlafzimmer ließ ich ganz so, wie sie waren, denn ich wusste, dass Diana und Mary mehr Freude am Wiedersehen mit den abgenutzten alten Stühlen und Tischen haben würden, als am Anblick der prächtigsten Neuerungen. Und doch war einiges an Neuem erforderlich, um ihrer Heimkehr das prickelnd Ungewöhnliche zu verleihen, womit ich sie gern umkleiden wollte. Diesem Zweck dienten nun schöne neue, dunkle Teppiche und Vorhänge, eine Zusammenstellung sorgsam ausgewählter, alter Gegenstände aus Porzellan und Bronze, neue Möbelbezüge sowie Spiegel und Necessaires für die Toilettentischchen: All dies lies die Zimmer frisch aussehen, ohne jedoch störend zu wirken. Ein ungenutztes Wohn- und Schlafzimmer richtete ich mit alten Mahagonimöbeln und roten Polstern gänzlich neu ein; in den Korridor und auf die Treppe legte ich Teppiche. Als alles fertig war, erschien das Innere von Moor House mir so freundlich, sauber und gemütlich, wie es draußen um diese Jahreszeit gerade winterlich einsam, öde und traurig war.

Endlich kam der ereignisreiche Donnerstag. Wir erwarteten die Ankunft um die Dämmerstunde und hatten schon lange vorher oben und unten die Kaminfeuer angezündet. Die Küche war in vollkommenster Ordnung, Hannah und ich waren umgekleidet, alles war bereit.

Zuerst kam St. John. Ich hatte ihn herzlich gebeten, das Haus nicht eher zu besuchen, als bis alles arrangiert wäre – und in der Tat hatte der bloße Gedanke an das alltägliche, niedrige Durcheinander, welches innerhalb unserer Wände herrschte, hingereicht, ihn völlig von Moor House fernzuhalten. Er fand mich in der Küche mit dem Backen einiger Kuchen für unseren ersten Teeabend beschäftigt. Indem er sich dem Herd näherte, fragte er, ob ich nun endlich mit der Arbeit eines Hausmädchens zufrieden sei. Ich antwortete ihm, indem ich ihn einlud, mich auf einer Inspektionsreise durch das Haus zu begleiten, um das Resultat meiner Anstrengungen zu begutachten. Mit einiger Mühe gelang es mir, ihn zu diesem Rundgang zu überreden. Er blickte kaum in die Türen hinein, wenn ich sie öffnete; und nachdem er oben und unten gewesen war, meinte er, ich müsse unendlich viel Mühe und Arbeit gehabt haben, um in so kurzer Zeit so beträchtliche Veränderungen bewerkstelligt zu haben. Aber nicht mit einer einzigen Silbe verriet er, ob er an der Verschönerung seines väterlichen Hauses auch nur die geringste Freude hatte.

Sein Schweigen dämpfte meine Begeisterung. Ich nahm an, dass die Veränderungen vielleicht einige alte Erinnerungen zerstört hätten, welche ihm lieb und wertvoll waren, und fragte ihn, ob dies der Fall sei, wobei ich sicher sehr niedergeschlagen klang.

Durchaus nicht! Er bemerke im Gegenteil, dass ich mit der größten Gewissenhaftigkeit alles, was ihm wert sei, geschont habe; er fürchte in der Tat, dass ich der Sache mehr Wichtigkeit beigelegt habe, als sie wert sei. Wie viel Zeit hätte ich zum Beispiel damit zugebracht, über das Arrangement dieses Zimmers nachzudenken? – Übrigens, könne ich ihm vielleicht sagen, wo ein gewisses Buch sei?

Ich zeigte ihm den Band auf dem Bücherbrett. Er nahm ihn herunter, und nachdem er sich wie gewohnt in seine Fenstervertiefung zurückgezogen hatte, begann er zu lesen.

Nun, mein lieber Leser, dies gefiel mir nicht. St. John war gewiss ein guter Mann; aber jetzt begann ich zu empfinden, dass er die Wahrheit über sich selbst gesprochen hatte, als er sagte, dass er hart und kalt sei. Das Menschliche und das Angenehme des Lebens hatten keine Anziehungskraft für ihn, friedliche Genüsse boten ihm keinen Reiz. In der Tat, er lebte nur, um zu streben – zu streben nach dem, was gut und groß war. Aber er kannte keine Ruhe, er wollte sie nicht und er billigte es auch nicht, wenn die, welche um ihn waren, ruhten. Als ich auf seine hohe Stirn blickte, die still und bleich wie ein Grabstein war, auf seine schönen Züge, die durch das Studium fest und streng waren – da begriff ich plötzlich, dass er niemals ein guter Gatte sein könne, dass es eine schwere Aufgabe sein müsse, sein Weib zu sein. Wie durch eine plötzliche Eingebung verstand ich das Wesen seiner Liebe zu Miss Oliver, und ich stimmte ihm zu, dass dies nur eine Liebe der Sinne sein könne. Ich begriff, wie sehr er sich selbst verachten musste um des fieberhaften Einflusses willen, welchen sie auf ihn ausübte, wie er wünschen musste, diese Liebe zu ersticken und zu zerstören. Wie er daran zweifeln musste, dass diese Liebe jemals zu seinem und ihrem dauerhaften Glück führen könnte. Ich sah ein, dass er aus dem Stoff war, aus dem die Natur ihre Heroen macht, christliche wie heidnische, ihre Gesetzgeber, ihre Staatsmänner, ihre Eroberer: ein festes Bollwerk, auf das man in großen Zeiten um großer Ideen willen bauen kann. Am häuslichen Herd aber glich er nur allzu oft einer schweren, kalten Säule, düster und am falschen Platz.

›Dieses Wohnzimmer ist nicht seine Sphäre‹, dachte ich, ›das Himalajagebirge, der afrikanische Busch, sogar die pestgeplagten, sumpfigen Küsten Guineas würden besser für ihn passen. Wohl mag er sich vor der Ruhe des Familienlebens scheuen, dies ist nicht sein Element. Hier stagnieren seine Fähigkeiten; sie können sich nicht entwickeln, keinen Nutzen bringen. In Kampf und Gefahr, wenn Mut gezeigt, Willensstärke geübt, Kraft gestählt werden kann – da wird er reden und handeln, als Anführer, als Erster! An diesem Herd jedoch wird ein frohsinniges Kind den Sieg über ihn davontragen. Er hat recht, wenn er den Beruf eines Missionars erwählt – jetzt sehe ich es ein!‹

»Sie kommen! Sie kommen!«, rief Hannah und riss die Tür des Wohnzimmers auf. Im selben Augenblick begann auch der alte Carlo, freudig zu bellen. Ich lief hinaus. Jetzt war es dunkel geworden, aber deutlich vernahm man das Rollen der Räder. Hannah hatte schnell eine Laterne angezündet. Der Wagen hielt vor dem Gittertor und der Kutscher öffnete die Tür: Jetzt stieg die eine der wohlbekannten Gestalten heraus, darauf die zweite. Im nächsten Augenblick war mein Gesicht unter ihren Hüten, zuerst in Kontakt mit Marys weicher Wange, dann mit Dianas reichen Locken. Sie lachten und küssten mich, dann Hannah; sie streichelten Carlo, der fast wild vor Freude war, fragten eifrig, ob alles wohl und in Ordnung sei, und als wir ihre Frage bejahten, eilten sie ins Haus.

Sie waren ganz steif von der langen Fahrt auf dem schlechten Weg von Whitcross, ihre Glieder waren in der eisigen Nachtluft fast erstarrt, aber ihre schönen Gesichter tauten vor dem lustig flackernden Kaminfeuer zusehends auf. Während der Kutscher und Hannah die Koffer hereinbrachten, fragten sie nach St. John. In diesem Augenblick trat er aus dem Wohnzimmer und beide umarmten ihn zugleich. Er gab jeder einen ruhigen, leidenschaftslosen Kuss, sprach einige leise Worte des Willkommens, unterhielt sich einen kurzen Augenblick und zog sich dann von Neuem in das Wohnzimmer wie in einen Zufluchtsort zurück, nachdem er die Schwestern ermuntert hatte, ihn dort bald aufzusuchen.

Ich hatte die Kerzen angezündet, um beide nach oben zu geleiten, aber Diana musste vorher noch einige Anweisungen zur Bewirtung des Kutschers geben. Nachdem dies geschehen war, folgten beide mir. Sie waren über die Neuerungen und Ausschmückungen ihrer Zimmer entzückt, über die neuen Vorhänge, die frischen Teppiche und die reich bemalten Porzellanvasen. Ihre Freude kam von Herzen. Ich hatte die Genugtuung zu fühlen, dass meine Anordnungen ihren Wünschen vollkommen entsprachen, und dass alles, was ich getan hatte, ihnen zu ihrer Heimkehr noch eine zusätzliche Freude beschert hatte.

Es war ein wundervoller Abend. Meine Cousinen waren in ihrer freudig erregten Stimmung so beredt in ihren Erzählungen und Fragen, dass St. Johns Schweigsamkeit dadurch vollkommen verdeckt wurde. Er war aufrichtig froh, seine Schwestern zu sehen, aber er konnte mit ihrer wortreichen Freude, ihrer glühenden Beredsamkeit nicht umgehen. Die Begebenheit des Tages – Dianas und Marys Heimkehr – machte ihn froh, aber das, was diese Begebenheit im Gefolge hatte, der fröhliche Tumult, die wortreiche Freude, das verdross ihn. Ich sah ihm an, wie sehr er den ruhigeren nächsten Morgen herbeiwünschte. Auf dem Höhepunkt der Glückseligkeit dieses Abends, ungefähr eine Stunde nach dem Tee, vernahmen wir plötzlich ein Klopfen an der Tür. Hannah trat mit der Nachricht ein, dass ein armer Junge zu dieser ungewöhnlichen Zeit gekommen sei, um Mr. Rivers zu seiner kranken Mutter zu holen, mit welcher es schnell zu Ende gehe.

»Wo wohnt sie denn, Hannah?«

»Ganz oben in Whitcross, beinahe vier Meilen weit; und den ganzen Weg nichts als Moor und Moos.«

»Sag ihm, dass ich komme.«

»Ach Herr, es wäre besser, wenn Sie nicht gingen. Es gibt keinen Weg, der bei Nacht schlimmer und gefährlicher ist; es führt ja gar kein Fußpfad durch den Schlamm! Und dann ist die Nacht so kalt; der schärfste Wind, der je geweht hat. Sie sollten doch lieber sagen lassen, Herr, dass Sie zeitig morgen früh kommen wollen.«

Aber er war schon im Korridor und zog seinen Rock an. Dann ging er ohne Murren, ohne Widerstreben. Es war jetzt neun Uhr, und vor Mitternacht kehrte er nicht zurück. Wohl war er hungrig und todmüde, aber er sah glücklicher und zufriedener aus als vorher. Er hatte eine Pflicht erfüllt, eine Anstrengung überstanden; er hatte seine Tatkraft und Selbstverleugnung erprobt und stand nun mit sich selbst auf besserem Fuße.

Ich fürchte, dass die ganze folgende Woche seine Geduld auf eine harte Probe stellte. Es war die Weihnachtswoche; keine von uns griff zu einer bestimmten Beschäftigung, sondern wir brachten die Zeit in einer fröhlichen, häuslichen Sorglosigkeit hin. Die Luft des Moors, die Freiheit des eigenen Heims, die Morgenröte des Glücks, der Unabhängigkeit: Dies alles wirkte auf Diana und Mary wie ein belebendes Elixier; sie waren heiter vom Morgen bis zum Mittag und vom Mittag bis zum Abend. Sie konnten immerzu reden, und ihre geistreiche, pointierte und originelle Unterhaltung hatte einen so großen Reiz für mich, dass ich das Vergnügen, daran teilzunehmen oder ihr lauschen zu dürfen, jeder anderen Beschäftigung vorzog. St. John verwies uns unsere Lebhaftigkeit nicht, aber er entrann ihr. Er war nur selten im Hause; seine Gemeinde war groß, die Einwohnerschaft hier und da verstreut, und es war seine tägliche Beschäftigung, die Armen und Kranken in den verschiedenen Distrikten aufzusuchen.

Eines Morgens beim Frühstück fragte Diana ihn, nachdem sie lange nachdenklich dreingeschaut hatte, ob seine Pläne noch immer unverändert wären.

»Unverändert und unabänderlich«, war seine Antwort. Und dann benachrichtigte er uns, dass seine Abreise von England jetzt bestimmt im nächsten Jahr stattfinden würde.

»Und Rosamond Oliver?«, fragte Mary. Die Worte schienen ihren Lippen unwillkürlich zu entschlüpfen, denn kaum hatte sie sie ausgesprochen, als sie auch schon eine Bewegung machte, als wollte sie sie zurücknehmen. St. John hatte ein Buch in der Hand, es war eine seiner ungeselligen Gewohnheiten, während der Mahlzeiten zu lesen; er schlug es zu und blickte auf.

»Rosamond Oliver«, entgegnete er, »ist im Begriff, sich mit Mr. Granby, einem der achtbarsten und vornehmsten Bürger von S***, dem Enkel und Erben von Sir Frederic Granby, zu verheiraten. Gestern machte ihr Vater mir diese Mitteilung.«

Seine Schwestern blickten zuerst einander an, dann mich, schließlich sahen wir alle drei auf ihn. Er war ruhig wie Marmor.

»Diese Verbindung muss sehr schnell zustande gekommen sein«, sagte Diana. »Sie können einander doch erst seit kurzer Zeit kennen.«

»Seit zwei Monaten. Im Oktober lernten sie sich auf dem Grafschaftsball in S*** kennen. Wo sich einer Verbindung indessen keine Hindernisse in den Weg stellen, wie in dem gegenwärtigen Fall, wo die Heirat in jeder Beziehung wünschenswert erscheint, da ist jeder Aufschub unnötig. Sie werden sich verheiraten, sobald S*** Place, welches Sir Frederik ihnen einräumt, für ihren Empfang bereit ist.«

Als ich St. John nach dieser Mitteilung zum ersten Mal allein traf, war ich in großer Versuchung zu fragen, ob diese Begebenheit ihn unglücklich mache. Aber er schien des Zuspruchs so wenig zu bedürfen, dass ich – weit entfernt davon, ihm mein Mitgefühl auszusprechen – fast einige Beschämung über mein bereits zuvor einmal ausgedrücktes Mitgefühl empfand. Außerdem hatte ich auch vollständig die Übung verloren, mit ihm zu sprechen; seine Zurückhaltung hatte sich von Neuem mit einer Eiskruste überzogen und meine Offenherzigkeit war darüber erfroren. Er hatte sein Versprechen, mich ebenso wie seine Schwestern zu behandeln, nicht gehalten; er machte fortwährend kleine, abkühlende Unterscheidungen, welche durchaus nicht zur Entwicklung irgendwelcher Vertraulichkeiten zwischen uns beitrugen. Kurzum: Jetzt, wo ich seine anerkannte Blutsverwandte war und mit ihm unter einem Dach wohnte, fühlte ich, dass die Entfernung zwischen uns viel größer war, als zu jener Zeit, wo er in mir nur die Dorfschullehrerin sah. Wenn ich mich daran erinnerte, wie weit er mich einst in sein Vertrauen gezogen hatte, so konnte ich seine jetzige, eisige Zurückhaltung kaum begreifen.

In Anbetracht dieser Umstände war ich nicht wenig erstaunt, als er den Kopf plötzlich von dem Schreibpult, über welches er gebeugt saß, emporhob und sagte:

»Sie sehen, Jane, der Kampf ist zu Ende gekämpft und der Sieg ist errungen.«

Erstaunt darüber, so plötzlich angeredet zu werden, konnte ich nicht augenblicklich antworten. Nach kurzem Zögern entgegnete ich:

»Wissen Sie aber auch bestimmt, dass es Ihnen nicht ergeht, wie jenen Eroberern, deren Siege zu teuer erkauft waren? Würde ein zweiter solcher Triumph nicht Ihr Verderben sein?«

»Ich glaube nicht. Und erginge es mir wirklich so – was bedeutete es denn auch? Ich werde niemals in die Lage kommen, ein zweites Mal so zu kämpfen. Dieser Konflikt hat die Entscheidung gebracht: Mein Weg liegt jetzt klar vor mir. Ich danke Gott dafür!« Mit diesen Worten versank er wiederum in Schweigen und wandte sich seinen Papieren zu.

Als unser gemeinsames Glück – oder besser: das Glück von Diana, Mary und mir – einen ruhigeren Charakter annahm und wir zu unseren alten Gewohnheiten und regelmäßigen Studien zurückkehrten, verweilte St. John auch wieder mehr im Hause, zuweilen war er sogar stundenlang bei uns im Zimmer. Während Mary zeichnete, Diana, von meinem ehrfurchtsvollen Staunen begleitet, enzyklopädische Studien betrieb und ich mich mit dem Deutschen abmühte, grübelte er über irgendwelchen geheimnisvollen Überlieferungen in einer östlichen Sprache, deren Kenntnis ihm für die Ausführung seiner Pläne notwendig schien.

Wenn er so beschäftigt in seinem kleinen Winkel saß, schien er ruhig und ganz vertieft. Aber seine blauen Augen hatten eine eigentümliche Art und Weise, sich von der exotischen Grammatik zu erheben, über uns, seine Mitstudierenden, zu schweifen und gar oft in seltsam scharfer Beobachtung auf uns zu verweilen. Begegnete man dann seinem Blick, so senkte er ihn sofort wieder auf das Buch. – Und doch kehrten seine Augen immer wieder zu unserem Tisch zurück. Ich fragte mich verwundert, was das bedeuten möge. Auch erstaunte mich die Zufriedenheit, die er immer wieder bei einer Gelegenheit an den Tag legte, die mir von sehr geringer Bedeutung schien – nämlich bei meinem allwöchentlichen Besuch in der Schule von Morton. Und noch verwunderter war ich darüber, dass, wenn das Wetter ungünstig war, wenn es Schnee, Regen oder Sturm gab und seine Schwestern mich inständig baten, nicht zu gehen, er unabänderlich über ihre Fürsorglichkeit spottete und mich ermunterte, meine Aufgabe ohne Rücksicht auf die Elemente auszuführen.

»Jane ist nicht der Schwächling, zu dem Ihr sie machen wollt«, pflegte er dann zu sagen. »Sie kann den Gebirgswind oder einen Regenschauer oder ein paar Schneeflocken geradeso gut ertragen wie irgendeiner. Ihre Konstitution ist gesund und biegsam und sie verträgt die Schwankungen des Klimas besser als manche robustere Natur.«

Und wenn ich dann zurückkehrte, oft sehr ermattet und arg von Wind und Wetter mitgenommen, wagte ich nicht zu klagen, weil ich sah, dass ich ihn durch mein Murren erzürnen würde. Stärke gefiel ihm stets, das Gegenteil bereitete ihm immer Verdruss.

Eines Nachmittags indessen erhielt ich wirklich die Erlaubnis, zu Hause zu bleiben, weil ich heftig erkältet war. Seine Schwestern waren an meiner Stelle nach Morton gegangen. Ich saß und las Schiller, er war über seine Arbeit gebeugt und versuchte, seine komplizierten östlichen Schriften zu entziffern. Als ich meine Übersetzung beiseitelegte und mit einer Schreibübung begann, sah ich zufällig zu ihm hinüber und bemerkte, dass seine wachsamen blauen Augen wieder auf mich gerichtet waren. Wie lange sie mich schon geprüft und durchbohrt hatten, vermochte ich nicht zu sagen; sein Blick war aber so scharf und kalt, dass ich für einen Augenblick abergläubisch wurde – mir war, als säße ich mit etwas Unheimlichem im Zimmer.

»Jane, was machen Sie?«

»Ich lerne Deutsch.«

»Ich möchte, dass Sie das Deutsche aufgeben und Hindustani lernen.«

»Das kann doch nicht Ihr Ernst sein?«

»So sehr mein Ernst, dass es geschehen muss; und ich will Ihnen auch sagen, weshalb.«

Dann erklärte er mir, dass es die Sprache sei, welche er selbst augenblicklich studiere; dass er jetzt, wo er tiefer eindringe, leicht die Anfangsgründe wieder vergesse; dass es ihm von großem Nutzen sein würde, wenn er eine Schülerin hätte, mit welcher er immer und immer wieder die Elemente durchgehen und sie auf diese Weise seinem Gedächtnis von Neuem einprägen müsse; dass er eine Zeitlang in der Wahl zwischen mir und seinen Schwestern geschwankt habe, dass er sich aber endlich für mich entschlossen hätte, weil er bemerkt habe, dass ich von uns dreien am längsten bei einer Arbeit ausharren könne. Ob ich ihm diesen Gefallen tun wolle? Vielleicht würde ich ihm dieses Opfer ja nicht lange bringen müssen, weil bis zu seiner Abreise nur noch drei Monate vergehen würden.

St. John war nicht der Mann, dem man leicht eine Bitte abschlagen konnte, denn man fühlte, dass jeder Eindruck, ob freudig oder qualvoll, ein dauernder und tiefgehender bei ihm sei – ich willigte also ein. Als Diana und Mary zurückkehrten, fand Erstere ihre Schülerin zu ihrem Bruder übergegangen. Sie lachte und sowohl sie wie Mary kamen darin überein, dass St. John sie beide niemals zu einem solchen Schritt hätte überreden können. Er antwortete ruhig: »Das weiß ich.«

Ich fand in ihm einen sehr geduldigen und nachsichtigen, aber dennoch strengen Meister. Er erwartete große Leistungen von mir, und wenn ich seine Erwartungen erfüllte, dann gab er mir in seiner eigenen Weise seine Zufriedenheit in vollem Maße zu erkennen. Nach und nach errang er einen gewissen Einfluss über mich, der mir die Freiheit des Denkens und Wollens nahm: Seine Beachtung und sein Lob legten mir mehr Zwang auf als seine Gleichgültigkeit. Ich konnte in seiner Gegenwart nicht mehr ungezwungen lachen und sprechen, weil ein ermüdend zudringlicher Instinkt mich stets fühlen ließ, dass jede Lebhaftigkeit – wenigstens bei mir – ihm zuwider sei. Ich war mir immer bewusst, dass er nur eine ernste Stimmung und ernsthafte Beschäftigungen guthieß, und dass es vergeblich war, in seiner Gegenwart irgendeine Anstrengung zu etwas anderem zu machen. Ich unterlag einem eisigen Zauber, wenn er sagte »Geh!«, so ging ich; wenn er sagte »Komm!«, so kam ich; »Tu dies!«, so tat ich es. Aber ich liebte diese meine Knechtschaft nicht. Gar manches Mal wünschte ich von Herzen, dass er damit fortgefahren wäre, mich zu vernachlässigen.

Als seine Schwestern und ich ihn eines Abends um die Schlafenszeit umstanden, küsste er sie beide, wie es seine Gewohnheit war, und ebenfalls seiner Gewohnheit gemäß reichte er mir die Hand. Diana, welche zufällig in der ausgelassensten Laune war – *sie* unterlag seinem Willen nicht in so qualvoller Weise wie ich, denn ihr Wille war nach einer anderen Seite hin ebenso stark –, rief aus: »St. John! Du pflegtest, Jane deine dritte Schwester zu nennen, aber du behandelst sie nicht als solche. Du solltest sie ebenfalls küssen!«

Sie schob mich zu ihm. Ich fand Diana sehr herausfordernd und war unbehaglich verwirrt. Und während ich noch so fühlte und dachte, neigte St. John den Kopf; sein griechisches Gesicht befand sich in einer Linie mit dem meinen, seine Augen suchten forschend die meinen – und er küsste mich. Es gibt wohl keine Marmorküsse oder Eisküsse, sonst würde ich sagen, dass die Liebkosung meines geistlichen Vetters einer dieser Klassen angehörte; aber es mag ja experimentelle Küsse geben, denn der seine war ein experimenteller Kuss. Nachdem er ihn gegeben hatte, betrachtete er mich, um die Wirkung zu beobachten. Diese war wohl nicht sehr auffallend; ganz bestimmt errötete ich nicht. Vielleicht bin ich aber ein wenig blass geworden, denn ich empfand diesen Kuss wie ein Siegel auf meine Fesseln. Von nun an unterließ er diese Zeremonie niemals wieder, und der Ernst und die Unterwürfigkeit, mit welcher ich mich derselben unterzog, schien sie für ihn mit einem gewissen Reiz zu umkleiden.

Was mich anbetraf, so wünschte ich täglich mehr, ihn zufriedenzustellen. Aber ich empfand auch zunehmend, dass ich, um dies zu tun, mehr als die Hälfte meiner Natur verleugnen müsste, meine Neigungen unterdrücken, meine Wünsche mit Gewalt aus ihrer ursprünglichen Richtung drängen, mich zu Beschäftigungen und Liebhabereien zwingen, zu denen ich von Natur aus keinen Drang in mir verspürte. Er wollte mich zu einer Höhe emporheben, zu welcher ich mich nicht aufschwingen konnte; jede Stunde mühte ich mich ab, die Standarte zu erreichen, welche er so unerreichbar hoch aufgepflanzt hatte. Es war ebenso unmöglich, als wenn ich versucht hätte, meine unregelmäßigen Gesichtszüge nach seinem klassischen Muster umzuformen oder meinen grünschillernden, beständig die Farbe wechselnden Augen die wasserblaue Farbe und den feierlichen Glanz der seinen zu geben.

Indessen war es nicht sein überlegener Einfluss allein, der mich in Fesseln hielt. Seit einiger Zeit war es mir leicht genug geworden, traurig auszusehen, denn ein zehrendes Übel nagte an meinem Herzen und erstickte mein Glück schon an seiner Quelle – das Übel der Ungewissheit, des Zweifels.

Vielleicht glaubst du, mein Leser, dass ich Mr. Rochester vergessen hätte, seit mein Schicksal sich gewendet und meine Umgebung sich verändert hatte? Nicht für einen einzigen Augenblick! Sein Andenken war mir stets gegenwärtig; es war nicht nur ein Nebel, den heller Sonnenschein verjagen konnte, und auch kein in den Sand gezeichnetes Bild, das von Sturmeswogen ausgelöscht werden konnte. Es war ein Name, der in eine Platte eingraviert ebenso lange bestehen musste, wie der Marmorblock, welcher ihn trug. Die Sehnsucht zu erfahren, was aus ihm geworden war, folgte mir überall hin. Als ich noch in Morton war, trat ich jeden Abend in meine Hütte, um an ihn zu denken, und jetzt in Moor House suchte ich allabendlich mein Zimmer auf, um die ganze Nacht hindurch diesem Gedanken nachzuhängen.

Im Laufe meiner notwendigen Korrespondenz mit Mr. Briggs über das Testament hatte ich angefragt, ob er irgendetwas über Mr. Rochesters Gesundheit und seinen gegenwärtigen Aufenthalt wisse, aber wie St. John bereits vermutet hatte, befand Mr. Briggs sich in totaler Unwissenheit über alles, was Mr. Rochester anging. Dann schrieb ich an Mrs. Fairfax und flehte sie an, mir über diese Angelegenheit Auskunft zu geben. Ich hatte mit Sicherheit darauf gerechnet, dass ich durch diesen Schritt meinen Zweck erreichen würde; ich war überzeugt, eine umgehende Antwort zu erhalten. Dann war ich erstaunt, als zwei Wochen vergingen, ohne dass diese Nachricht kam; als jedoch zwei Monate verflossen waren und die Post Tag für Tag eintraf, ohne irgendetwas für mich zu bringen, da fiel ich der tödlichsten Angst zum Opfer.

Ich schrieb noch einmal, denn es bestand ja die Möglichkeit, dass mein erster Brief verlorengegangen war. Der neuen Bemühung folgte neue Hoffnung; wie die erste leuchtete sie mir einige Wochen, dann flackerte sie wie jene noch ein paar Mal auf, um wiederum gänzlich zu verlöschen. Nicht eine Zeile, nicht ein Wort! Als ein halbes Jahr in vergeblicher Erwartung verflossen war, erstarb alle Hoffnung in mir und es ward dunkel um mich.

Ein lieblicher Frühling erblühte ringsumher, aber ich konnte mich nicht an ihm erfreuen. Der Sommer nahte und Diana bemühte sich, mich zu erheitern. Sie sagte, ich sähe krank aus und erbot sich, mich an den Meeresstrand zu begleiten. Dem widersetzte sich St. John; er sagte, ich bedürfe nicht der Zerstreuung, sondern der Beschäftigung; mein jetziges Leben habe keinen Zweck, kein Ziel, und das bräuchte ich notwendig. Um die Lücken auszufüllen, verlängerte er meine Hindustani-Stunden und wurde noch drängender in seiner Erwartung, dass ich mich in dieser Sprache vervollkomme. Und ich – Törin, die ich war – dachte nicht einmal daran, ihm zu widersprechen; ich konnte ihm nicht widerstehen.

Eines Tages war ich noch niedergeschlagener als gewöhnlich zur Stunde gekommen. Dies war durch eine harte Enttäuschung hervorgerufen: Hannah hatte mir am Morgen gesagt, es wäre ein Brief für mich eingetroffen, und als ich hinunterging, um ihn in Empfang zu nehmen, beinahe fest überzeugt, dass die so lange und innig ersehnte Nachricht endlich eingetroffen sei, fand ich nur einen ganz unwichtigen Geschäftsbrief von Mr. Briggs. Der harte Schlag hatte mich einige Tränen gekostet, und als ich jetzt über die verschnörkelten Züge und die blütenreiche Sprache einer indischen Schrift gebeugt saß, füllten sich meine Augen von Neuem mit Tränen.

St. John rief mich an seine Seite, um lesen zu üben. Als ich dies aber versuchte, versagte mir die Stimme und ein Schluchzen erstickte meine Worte. Außer ihm und mir war niemand im Wohnzimmer; Diana war mit ihrer Musik im Salon beschäftigt, Mary arbeitete im Garten. Es war ein schöner Maientag – klar, sonnig und luftig. Mein Gefährte legte durchaus keine Verwunderung über meine Bewegung an den Tag, und ebenso wenig befragte er mich über ihre Ursache. Er sagte nur:

»Jane, wir wollen einige Minuten warten, bis Sie gefasster sind.«

Und während ich so schnell wie möglich den Anfall zu unterdrücken suchte, saß er ruhig und geduldig da, auf sein Pult gelehnt wie ein Arzt, welcher mit dem Auge der Wissenschaft eine längst und sicher erwartete, vollständig erklärte Krisis in der Krankheit eines Patienten beobachtet. Als ich zu schluchzen aufgehört, meine Augen getrocknet und etwas wie »mir ist heute Morgen nicht ganz wohl« gemurmelt hatte, begann ich von Neuem mit meiner Arbeit und brachte sie auch zu Ende. St. John legte seine und meine Bücher beiseite, verschloss sein Pult und sagte:

»Nun, Jane, Sie sollten einen Spaziergang machen, und zwar mit mir.«

»Ich werde Diana und Mary rufen.«

»Nein. Heute Morgen brauche ich nur eine Gefährtin, und die müssen Sie sein. Kleiden Sie sich an, gehen Sie durch die Küchentür hinaus und schlagen Sie den Weg nach Marsh Glen ein. Ich komme Ihnen in wenigen Augenblicken nach.«

Ich kenne keinen Mittelweg: Niemals in meinem ganzen Leben habe ich in meinem Umgang mit harten, bestimmenden Charakteren, welche dem meinen ganz entgegengesetzt waren, ein Mittelding zwischen absoluter Unterwerfung und entschlossener Empörung gekannt. Ich habe stets getreulich den einen Weg verfolgt, bis ich plötzlich, oft mit vulkanischer Vehemenz, mich auf den anderen stürzte. Und da weder meine augenblickliche Stimmung noch die Umstände eine Widersetzlichkeit notwendig machten, folgte ich gehorsam St. Johns Weisungen und fand mich schon zehn Minuten später an seiner Seite auf dem wilden Fußpfad zur Schlucht.

Von Westen her wehte ein frischer Wind, er kam von den Hügeln herunter und brachte süße Düfte von Heidekraut und Binsen mit sich. Der Himmel war wolkenlos blau; der Bach, durch häufigen Frühlingsregen angeschwollen, brauste durch die Schlucht und spiegelte die goldenen Strahlen der Sonne und das saphirfarbene Firmament. Als wir weitergingen und den Fußpfad verließen, gelangten wir auf einen feinen, moosigen, smaragdgrünen Boden, auf welchem zarte weiße Blüten und sternenartige gelbe Blumen leuchteten. Schon jetzt waren wir von den Bergen vollständig umgeben, die Schlucht aber zog sich an ihrem oberen Ende noch bis tief in die Mitte der Bergkette hinein.

»Hier wollen wir ausruhen«, sagte St. John, als wir die ersten Vorboten eines ganzen Bataillons von Felsen erreichten, die eine Art Pass beschützten, an dessen anderem Ende der Bach sich aus einem hohen Wasserfall speiste. Eine kurze Strecke weiter streifte der Berg Moose und Blumen ab und trug als einziges Gewand nur noch Heidekraut, mit Felsklippen als Schmuck. Dort wurde die Landschaft zur Wildnis und aus der Frische wurde Finsternis; die Felsen boten der Suche nach Einsamkeit eine letzte Zuflucht, einen letzten Ort der Stille. Ich setzte mich, St. John stand neben mir. Er blickte den Pass hinauf und den Hohlweg hinunter, sein Auge wanderte mit dem Strom fort und kehrte zurück, um über den wolkenlosen Himmel zu streifen, der dem Strom seine Farbe gab. Dann nahm er seinen Hut ab, um den Wind in seinem Haar spielen und um seine Stirn streichen zu lassen. Er schien mit dem *genius loci* dieses einsamen Schlupfwinkels übereinzustimmen: Sein Auge sagte irgendeinem Gegenstande Lebewohl.

»Und ich werde es wiedersehen«, sagte er laut, »im Traum, wenn ich an den Ufern des Ganges schlafe. Und dann, zu einer noch späteren Stunde, wenn ein anderer Schlaf über mich kommt – am Ufer eines dunkleren Stromes.«

Seltsame Worte einer seltsamen Liebe! Die Leidenschaft eines ernsten Vaterlandsfreundes für seine Heimat! Er setzte sich. Während einer halben Stunde sprachen wir kein Wort, weder er zu mir noch ich zu ihm. Nach dieser Zeit begann er von Neuem:

»Jane, ich reise in sechs Wochen. Ich habe bereits eine Kajüte auf einem Ostindienfahrer genommen, der am zwanzigsten Juni absegelt.«

»Gott wird Sie beschützen, denn Sie arbeiten für ihn«, entgegnete ich.

»Ja«, sagte er, »das ist mein Stolz und meine Freude. Ich bin der Diener eines unfehlbaren Herrn. Ich gehe nicht unter menschlicher Führung ins Leben hinaus, nicht unter einer Führung, welche den mangelhaften Gesetzen und der fehlbaren Gewalt meiner schwachen Mitmenschen unterworfen ist. Mein König, mein Gesetzgeber, mein Führer ist der Allgewaltige, der Vollkommene! Es erscheint mir so seltsam, dass nicht alle, die mich umgeben, vor Begierde vergehen, sich um dieselbe Fahne zu scharen – dasselbe Werk zu unternehmen.«

»Nicht alle haben Ihre Kraft, und es wäre Torheit, wenn die Schwachen mit den Starken gehen wollten.«

»Ich spreche nicht von den Schwachen und denke nicht an sie; ich wende mich nur an jene, welche jener Arbeit würdig sind und fähig, sie zu verrichten.«

»Deren Zahl ist nur gering, und es ist schwer, sie zu finden.«

»Sie sprechen wahr; aber wenn man sie gefunden hat, so ist es eine Pflicht, sie auch zu erwecken, sie anzuspornen, ihnen zu zeigen, welche Gaben ihnen gegeben sind, und weshalb sie ihnen gegeben sind – ihnen die Botschaft des Himmels ins Ohr zu rufen, ihnen im Namen Gottes einen Platz in den Reihen seiner Auserwählten anzubieten.«

»Wird nicht ihr eigenes Herz es ihnen zu allererst sagen, wenn sie jener Aufgabe wirklich gewachsen sind?«

Mir war, als nähme ein furchtbarer Zauber mich mehr und mehr gefangen. Ich zitterte vor Furcht, ein verhängnisvolles Wort zu hören, das den Zauber zugleich aussprechen und brechen würde.

»Und was sagt *Ihr* Herz Ihnen?«, fragte St. John.

»Mein Herz ist stumm, mein Herz ist stumm«, entgegnete ich betroffen und erregt.

»Dann muss ich an seiner Stelle sprechen«, fuhr er mit seiner tiefen, erbarmungslosen Stimme fort. »Jane, komm mit mir nach Indien! Komm mit mir als meine Helferin, meine Mitarbeiterin.«

Die Schlucht und der Himmel fingen an zu schwanken, die Hügel hoben und senkten sich. Mir war, als hätte ich einen Ruf vom Himmel vernommen, als wäre mir ein Sendbote wie jener von Mazedonien erschienen, der gerufen hätte: »Kommt und helft uns!« Aber ich war kein Apostel – ich konnte den Boten nicht sehen und konnte seinem Ruf nicht folgen.

»Oh, St. John!«, rief ich. »Hab Erbarmen!«

Aber ich flehte zu einem Menschen, der weder Erbarmen noch Gewissensbisse kannte, wenn er glaubte, seine Pflicht zu erfüllen. Er fuhr fort:

»Gott und die Natur haben dich zum Weibe eines Missionars bestimmt. Sie haben dir nicht so sehr körperliche, sondern geistige Vorzüge gegeben; du bist für die Arbeit geschaffen, nicht für die Liebe. Du musst – du sollst die Gattin eines Missionars werden, du musst mein werden. Ich fordere dich – nicht für mich, nicht für mein Glück – ich fordere dich für den Dienst meines allmächtigen Herrn!«

»Nein, dazu passe ich nicht – ich fühle keine Berufung dazu«, sagte ich.

Auf diese ersten Einwendungen war er vorbereitet, sie irritierten ihn nicht. In der Tat, als er sich an den Felsen zurücklehnte, die Arme über die Brust kreuzte und mich fest anblickte, da sah ich in seinen Gesichtszügen, dass er sich auf einen langen und harten Widerstand vorbereitet und mit einem Vorrat an Geduld ausgerüstet hatte, der bis an das Ende meines Widerstands ausreichen sollte. Und er war entschlossen, dieses Ende nur als Sieg zu akzeptieren.

»Demut, Jane, ist der Grundpfeiler aller christlichen Tugenden«, sagte er, »du hast recht, wenn du sagst, du eignest dich nicht für die Arbeit. Wer in der Tat taugte dazu? Oder wer, wenn er wahrhaft berufen war, hielt sich dieses Berufs wirklich für würdig? Ich zum Beispiel, ich bin nur Staub und Asche. Mit dem Apostel Paulus nenne ich mich den größten aller Sünder. Aber ich gestatte diesem Bewusstsein meiner eigenen Niedrigkeit nicht, mich zu unterjochen oder mich einzuschüchtern. Ich kenne meinen Führer: Ich weiß, dass er ebenso gerecht wie allmächtig ist; und wenn er ein schwaches Werkzeug erwählt hat, um eine große Aufgabe zu vollbringen, so wird er auch die unzulänglichen Mittel dieses Werkzeuges ergänzen. Denke wie ich Jane, vertraue gleich mir! Ich will, dass du dich auf den Felsen aller Zeiten stützt – zweifle nicht daran, dass er die Last deiner menschlichen Schwächen zu tragen vermag.«

»Ich verstehe aber nichts vom Leben eines Missionars; ich habe mich nie in die Arbeiten eines solchen vertieft.«

»Darin kann ich dir trotz meiner Niedrigkeit Unterweisung geben; von Stunde zu Stunde kann ich dir deine Aufgabe vorschreiben, von Augenblick zu Augenblick dir weiterhelfen. Und das würde ja nur am Anfang notwendig sein, bald würdest du ebenso stark und der Arbeit gewachsen sein wie ich selbst, denn ich kenne deine Kraft, und dann würdest du meiner Hilfe nicht mehr bedürfen.«

»Aber meine Kraft für ein solches Unternehmen, wo ist sie? Ich bin mir derselben nicht bewusst. Während du jetzt zu mir sprichst, regt sich nichts in mir, gar nichts. Ich empfinde nichts – mein Puls schlägt nicht höher, keine innere Stimme rät mir oder ermuntert mich. Oh ich wollte, dass ich dich sehen lassen könnte, wie meine Seele in diesem Augenblick einem düsteren Gefängnis ähnelt, auf dessen grauenvollem Boden nur *eine* qualvolle Furcht wurzelt – die Furcht, von dir zu einem Versuch überredet zu werden, der niemals glücken kann!«

»Ich habe eine Antwort für dich – höre sie! Seit unserer ersten Begegnung habe ich dich genau beobachtet, zehn Monate hindurch habe ich dich studiert. Durch kleine, unscheinbare Versuche habe ich dich erprobt – und was habe ich erfahren und gesehen? Ich fand, dass du in der Dorfschule eine Arbeit, welche deinen Neigungen und Gewohnheiten entgegenstand, gut, pünktlich und ehrlich verrichten konntest; ich sah sogar, dass du sie mit Geschick und Takt tatest – während du lenktest, konntest du sogar Herzen erobern. In der Ruhe, mit welcher du die Nachricht von deinem plötzlichen Reichtum hinnahmst, erkannte ich ein Gemüt, das frei von allem Laster ist – Habgier hat keine Macht über dich. In der entschlossenen Bereitwilligkeit, mit welcher du deinen Reichtum in vier Teile teiltest, nur den einen Teil für dich behaltend und die drei anderen den Forderungen einer ganz abstrakten Gerechtigkeit überlassend, erkannte ich eine Seele, in welcher die Flamme der Dankbarkeit und des Opfermuts brennt. In der Lenksamkeit, mit welcher du auf meinen Wunsch ein Studium aufgabst, welches dich interessierte, und ein anderes aufnahmst, nur weil es *mich* interessierte; in dem unermüdlichen Fleiß, mit welchem du bis jetzt darin ausharrst; in der festen, unerschütterlichen Energie und stets gleichmäßigen Laune, mit welcher du die Schwierigkeiten dieses Studiums überwindest – in all dem erkannte ich die Vollkommenheit der Eigenschaften, welche ich suche. Jane, du bist sanftmütig, fleißig, selbstlos, treu, beständig und mutig; sehr liebreich und sehr heldenmütig. Höre auf, dir selbst zu misstrauen – ich vertraue dir rückhaltlos! Als Leiterin indischer Schulen und Helferin indischer Frauen wird dein Beistand mir von unschätzbarem Wert sein.«

Ein eisernes Totenhemd zog sich um mich zusammen; die Überredung kam mit langsamen, sicheren Schritten daher. Ich mochte meine Augen verschließen, wie ich wollte – diese seine letzten Worte reichten hin, um meinen Weg, welcher mir bis zu diesem Augenblick voller Hindernisse erschien, frei zu machen. Meine Lebensaufgabe, welche mich bisher so unbestimmt gedünkt hatte, wurde unter seinen Händen klar; was mir so hoffnungslos verworren schien, hatte durch seine Worte eine feste Gestalt angenommen. Er wartete auf eine Antwort. Ich bat um eine Viertelstunde Bedenkzeit, bevor ich von Neuem zu sprechen wagte.

»Gern«, entgegnete er. Er erhob sich und ging er eine kurze Strecke die Schlucht hinauf, warf sich dort auf ein Lager von Heidekraut und blieb still liegen.

›Ich bin gezwungen einzugestehen, dass ich wohl vollbringen *kann*, was er von mir verlangt‹, überlegte ich. ›Das heißt, wenn ich überhaupt am Leben bleibe: Ich vermute, dass dies unter einer indischen Sonne nicht lange der Fall sein würde. Was aber dann? Das kümmert ihn kaum. Wenn die Zeit zum Sterben für mich gekommen sein würde, gäbe er mich dem Gott, der mich ihm gegeben hat, in aller Ruhe und Heiligkeit zurück. Dies sehe ich sehr klar. Wenn ich England verließe, so würde ich nur ein mir teures, aber ebenso leeres Land verlassen – denn Mr. Rochester ist nicht mehr da, und selbst wenn er da wäre, was bedeutete das schon für mich? Welche Bedeutung könnte das jemals noch für mich haben? Meine Aufgabe ist es jetzt, ohne ihn zu leben. Nichts Dümmeres, nichts Schwächeres, Nutzloseres, als sich so von einem Tag zum anderen zu schleppen; gerade, als erwartete ich noch irgendeine unmögliche Veränderung der Verhältnisse, welche mich wieder mit ihm vereinigen könnte. Natürlich muss ich mir eine andere Aufgabe im Leben suchen, als Ersatz für das verlorene Ziel, wie St. John einst sagte. Und ist die Aufgabe, welche er mir jetzt bietet, nicht in Wahrheit die ruhmreichste, welche ein Gott stellen und ein Mensch vollbringen kann? Ist sie mit ihren edlen Sorgen und erhabenen Erfolgen nicht am besten geeignet, die Leere auszufüllen, welche zerstörte Hoffnung und tote Liebe zurückgelassen haben? Ich glaube, ich kann nur mit Ja antworten – und doch erfasst mich ein Schauder. Denn ach, wenn ich mit St. John gehe, so gebe ich mehr als die Hälfte meines Ichs dahin; wenn ich nach Indien gehe, gehe ich einem frühzeitigen Tod entgegen. Und wie wird die Zeit, welche zwischen meinem Abschied von England und meinem Grab in Indien liegt, verfließen? Oh, ich weiß es nur zu wohl, auch dies liegt klar vor meinen Augen: Ich werde mich anstrengen, bis meine Glieder schmerzen und meine Nerven reißen, um St. Johns hohe Erwartungen bis ins kleinste Detail hinein zu erfüllen. Wenn ich mit ihm gehe, wenn ich das Opfer bringe, das er verlangt, so bringe ich es ganz und gar; dann lege ich alles auf den Altar, Herz und Lebenskraft, dann ist das Opfer vollständig. Er würde mich niemals lieben; aber er sollte zufrieden mit mir sein. Ich würde ihm Kraft und Energie geben, Hilfsquellen, deren Dasein er nicht geahnt. Ja, ich kann ebenso angestrengt arbeiten wie er, und mit ebenso großer Bereitwilligkeit.

Einwilligung in seine Bitte wäre also möglich, ja. Aber da ist noch ein Punkt – ein furchtbarer Punkt: Er verlangt, ich solle seine Gattin werden, und hat dabei doch nicht mehr Gefühl eines Gatten für mich als jener düstere, riesige Felsen, über welchen der Strom dort in den Abgrund stürzt. Er schätzt mich, wie ein Soldat eine gute Waffe schätzt, das ist alles! Unverheiratet würde mich das niemals bekümmern; aber kann ich ihn ruhig seine Planungen durchführen und seine Pläne ins Werk setzen lassen, um dann mit ihm durch die Trauungszeremonie zu gehen? Kann ich den Brautring von ihm entgegennehmen und alle Formen der Liebe ertragen, welche er ohne Zweifel ebenfalls gewissenhaft ausüben würde, und doch wissen, dass sein Geist woanders weilte? Kann ich das Bewusstsein ertragen, dass jede Liebkosung, welche er mir zuteil werden ließe, ein Opfer ist, welches er seinen Grundsätzen bringt? Nein, ein solches Märtyrertum wäre ungeheuerlich! Niemals werde ich es auf mich nehmen. Als seine Schwester könnte ich ihn begleiten, nicht als seine Gattin. Und das will ich ihm sagen.‹

Ich sah zu dem Hügel hin, er lag noch immer regungslos wie eine gestürzte Säule. Sein Gesicht war mir zugewandt. Scharf und wachsam ruhten seine Blicke auf mir. Dann sprang er empor und kam zurück.

»Ich bin bereit, nach Indien zu gehen – wenn ich frei dorthin gehen kann.«

»Deine Antwort bedarf eines Kommentars, sie ist nicht klar.«

»Bis jetzt bist du mein Adoptivbruder gewesen und ich war deine adoptierte Schwester. Fahren wir fort, nur das zu sein. Es ist besser, wenn wir einander nicht heiraten.«

Er schüttelte den Kopf. »In diesem Fall würde Adoptivgeschwisterschaft den Zweck nicht erfüllen. Wärst du meine wirkliche Schwester, so läge die Sache anders: Ich würde dich mit hinausnehmen und kein Weib suchen. Wie die Dinge aber liegen, so muss unsere Verbindung entweder durch die Heirat geheiligt und besiegelt werden, oder sie darf überhaupt nicht bestehen. Jedem anderen Plan stellen sich praktische Hindernisse entgegen, siehst du das nicht ein, Jane? Denk nur einen Augenblick nach – deine Vernunft wird dich leiten.«

Ich dachte nach, aber meine Vernunft erkannte nichts als die Tatsache an, dass wir einander nicht liebten, wie Mann und Frau sich lieben sollen, und dass wir daher nicht heiraten dürfen. Das sagte ich ihm.

»St. John«, entgegnete ich, »ich liebe dich wie einen Bruder – du mich wie eine Schwester. Belassen wir es dabei.«

»Das können wir nicht – wir können es einfach nicht«, antwortete er scharf und bestimmt. »Es ginge nicht. Du hast gesagt, dass du mit mir nach Indien gehen willst; vergiss es nicht – du hast es gesagt!«

»Unter einer Bedingung!«

»Gut, gut. Gegen die Hauptsache – die Abreise von England, das Zusammenwirken mit mir in meiner künftigen Arbeit – hast du nichts einzuwenden. Du hast schon so gut wie deine Hand an die Pflugschar gelegt; du bist zu beständig und ausdauernd, um sie wieder zurückzuziehen. Du hast nur ein Ziel ins Auge zu fassen: wie die Arbeit, welche du begonnen hast, am besten zu Ende zu führen ist. Vereinfache deine vielen komplizierten Interessen, Gefühle, Gedanken, Wünsche und Zwecke; schmilz all deine Bedenken in den einen Vorsatz zusammen – jenen, mit Kraft und Erfolg die Mission unseres mächtigen Herrn zu erfüllen. Um das tun zu können, musst du einen Beistand, einen Mithelfer, einen Gatten haben – nicht einen Bruder, denn dies ist ein zu loses Band. Auch ich brauche keine Schwester: Eine Schwester könnte mir jeden Tag genommen werden. Ich brauche eine Gattin. Das ist die einzige Gehilfin, die ich im Leben kräftig genug beeinflussen und bis zum Tode absolut an mich fesseln kann.«

Ein Schaudern erfasste mich, während er sprach. Bis ins Mark fühlte ich seinen Einfluss – ich spürte die Macht, welche er über mich besaß.

»Suche diese nicht in mir, St. John! Suche dir eine Frau, die deiner würdiger ist als ich!«

»Würdiger meines Zweckes, willst du sagen – würdiger meines Berufs. Ich wiederhole dir noch einmal, dass es nicht das unbedeutende Individuum ist – nicht der Mann mit den selbstsüchtigen Sinnen und Wünschen eines Mannes, für den ich eine Gefährtin suche, nein, ich suche sie für den Missionar.«

»Und ich bin bereit, dem Missionar meine Kraft zu geben – denn das ist alles, was er wünscht –, nicht aber mich selbst. Das hieße ja doch nur, dem Kern die Schale und die Hülse hinzuzufügen. Für diese hat er doch keine Verwendung, und deshalb will ich sie behalten.«

»Das kannst du nicht, das darfst du nicht! Glaubst du, dass Gott sich mit einem halben Opfer zufriedengibt? Es ist die Sache Gottes, welche ich vertrete, in seine Armee reihe ich dich ein. Um seinetwillen darf ich einen halben Eid der Treue nicht annehmen – er muss ganz sein!«

»Oh, ich bin bereit, *Gott* mein Herz zu geben«, sagte ich, »denn *du* brauchst es nicht!«

Ich kann nicht darauf schwören, mein lieber Leser, dass in dem Ton, mit welchem ich die letzten Worte sprach, und in der Empfindung, welche sie begleitete, nicht auch ein wenig unterdrückter Sarkasmus lag. Bis jetzt hatte ich St. John im Stillen gefürchtet, weil ich ihn nicht verstanden hatte. Er hatte mich erschreckt, weil ich über ihn im Zweifel war. Bis jetzt war ich nicht imstande gewesen zu sagen, wie viel an ihm heilig, wie viel menschlich war. Aber dieses Gespräch führte zur Offenbarung, die Analyse seines Wesens vollzog sich vor meinen Augen. Ich sah seine Schwächen, ich verstand sie. Ich begriff, dass jene schöne Gestalt vor mir hier auf dem Heidekraut ein Mensch war, welcher irrte, wie ich irrte. Der Schleier vor seiner Härte und seinem Despotismus fiel herab, und als ich diese Eigenschaften in ihm entdeckt hatte, sah ich seine

Unvollkommenheit und fasste Mut. Ich stand meinesgleichen gegenüber – einem Menschen, mit dem ich disputieren konnte, und dem ich widerstehen konnte, wenn ich es für richtig und notwendig hielt.

Als ich die letzten Worte gesprochen hatte, schwieg er. Ich wagte, einen Blick auf sein Gesicht zu werfen. Seine Augen, die auf mich gerichtet waren, drückten zugleich ernstes Erstaunen und gespannte Neugier aus. Sie schienen zu fragen: ›Ist sie sarkastisch? Und sarkastisch mir gegenüber? Was bedeutet dies?‹

Nach einer Weile fuhr er fort: »Lass uns nicht vergessen, dass dies eine ernste Angelegenheit ist, eine Sache, von welcher wir nicht ungestraft leichtsinnig sprechen dürfen. Ich hoffe, Jane, dass es dein Ernst ist, wenn du sagst, dass du Gott dein Herz geben willst – das ist alles, was ich verlange. Wenn du dein Herz erst von allem Irdischen losgemacht und es deinem Schöpfer gegeben hast, so wird die Ausbreitung des Reiches dieses deines Schöpfers deine höchste Wonne, dein einziges Bestreben sein, und du wirst zu jeder Stunde bereit sein, alles zu tun, was jenen Zweck fördert. Du wirst sehen, welch mächtige Triebkraft dein und mein Streben durch unsere geistige und leibliche Vereinigung in der Ehe erhalten wird – diese einzige Vereinigung, welche den Schicksalen und Bestrebungen menschlicher Geschöpfe den Charakter dauernder Übereinstimmung verleiht. Du wirst über alle anderen belanglosen Umstände, alle trivialen Schwierigkeiten und Feinheiten der Empfindungen, alle Skrupel über Art, Stärke oder Zartheit der persönlichen Neigungen hinwegkommen und dich beeilen, diese Verbindung auf der Stelle zu schließen.«

»Werde ich das?«, sagte ich kurz, und ich blickte auf seine Züge, die so schön in ihrer Harmonie, aber seltsam Furcht einflößend in ihrer stillen Strenge waren; auf seine Stirn, die herrschsüchtig und mächtig, aber nicht offen war; auf seine Augen, die hell, glänzend, tief und durchdringend waren, aber niemals sanft; auf seine schlanke, imposante Gestalt ... Und dann stellte ich mir vor, ich wäre *seine Frau*. Oh, das wäre unmöglich! Als seine Helferin, seine Kameradin, meinetwegen! In diesen Eigenschaften würde ich

Meere mit ihm durchkreuzen, in diesem Amt würde ich in asiatischen Wüsten unter einer tropischen Sonne mit ihm arbeiten und streben, seinen Mut, seine Hingabe, seine Kraft bewundern und anspornen, mich ruhig seiner Herrschaft unterwerfen, ruhig und unbewegt über seinen unausrottbaren Ehrgeiz lächeln. Den Christen würde ich von dem Menschen zu unterscheiden wissen, den einen im höchsten Grade achten und dem andern von ganzem Herzen vergeben. Ohne Zweifel würde ich oft und schwer leiden, wenn ich ihm nur in dieser Eigenschaft beigegeben wäre; mein Körper würde unter einem qualvoll drückenden Joch leiden, aber mein Herz, meine Seele und mein Ich würden frei sein! Ich könnte dann noch immer zu meinem ungestörten Selbst zurückkehren, ich hätte noch mein ungefesseltes Empfinden für die Augenblicke trauriger Einsamkeit. Es würde in meiner Seele Zufluchtsorte geben, die nur mir gehörten und in welche er niemals eindringen könnte; Gefühle könnten dort frisch und ungestört keimen und wachsen, welche seine Strenge nicht zu versengen, sein gemessener Kriegerschritt nicht zu zertreten vermöchte. – Aber als sein Weib, stets ihm zur Seite, stets beschränkt und kontrolliert; gezwungen, das Feuer meiner Natur, meines Temperaments unaufhörlich zu bewachen, es dazu zu zwingen, sich in meinem Inneren selbst zu verzehren und niemals einen Schrei auszustoßen, wenn auch die eingeschlossene Flamme ein Lebenswerkzeug nach dem andern verschlänge – nein, *das* würde unerträglich sein!

»St. John!«, rief ich aus, als ich in meinen Gedanken bis hierher gekommen war.

»Nun?«, fragte er eisig.

»Ich wiederhole es noch einmal, ich willige ein, als deine Gefährtin, deine Missionshelferin mit dir zu gehen – aber nicht als deine Gattin. Ich kann dich nicht heiraten, ich kann nicht ein Teil von dir werden.«

»Du musst ein Teil von mir werden«, entgegnete er entschlossen, »oder der ganze Handel ist ungültig. Wie könnte ich, ein Mann, der noch nicht dreißig Jahre alt ist, ein Mädchen von neunzehn Jahren mit mir nach Indien nehmen, wenn es nicht meine

Gattin ist? Wie könnten wir für immer beisammen sein, zuweilen in abgelegenen Einöden, zuweilen unter wilden Stämmen, und nicht verheiratet?«

»Sehr gut«, entgegnete ich kurz. »Sehr gut ginge dies unter solchen Umständen. Wir könnten so leben, als ob ich deine wirkliche Schwester wäre – oder ein Mann und Geistlicher wie du selbst.«

»Man weiß, dass du nicht meine Schwester bist; ich kann dich nirgends als solche hinführen. Es hieße, beleidigendes Misstrauen an unser beider Fersen zu heften, wenn ich es versuchte. Und überdies – wenn du auch den starken Verstand eines Mannes hast, so hast du doch das Herz eines Weibes, und ... es ginge nicht.«

»Es würde gehen«, versicherte ich leicht verächtlich. »Es würde ausgezeichnet gehen. Ich habe das Herz einer Frau – aber nicht, wenn du im Spiel bist; für dich hege ich nur die beständige Freundschaft eines Gefährten, die Offenherzigkeit, die Treue, die brüderliche Empfindung eines Kriegskameraden, die Achtung und die Unterwürfigkeit eines Neubekehrten für seinen Oberpriester. Mehr nicht. Fürchte also nichts!«

»Das ist's, was ich brauche«, sagte er, mit sich selbst sprechend, »das ist gerade, was ich brauche! Es sind Hindernisse im Weg, aber sie müssen niedergehauen werden. Jane, du würdest es nicht bereuen, wenn du mich heiratetest; davon kannst du überzeugt sein. Wir müssen einander heiraten. Ich wiederhole es, es gibt keinen anderen Ausweg! Und nach der Heirat wird ohne Zweifel ausreichend Liebe entstehen, um die Verbindung in deinen Augen erträglich zu machen.«

»Ich verabscheue deine Idee von der Liebe«, konnte ich nicht unterlassen zu entgegnen. Ich erhob mich und stand nun mit dem Rücken an den Felsen gelehnt vor ihm. »Ich verachte das unechte Gefühl, welches du mir bietest. Ja, St. John, und ich verachte dich, weil du es mir anbietest.«

Er blickte mich scharf an und kniff seine schön geformten Lippen fest zusammen. Ob er empört oder überrascht oder sonst irgendetwas war, war schwer zu sagen; er hatte seine Gesichtszüge vollständig in der Gewalt.

»Ich erwartete kaum, diesen Ausdruck von dir zu hören«, sagte er. »Ich glaube, ich habe nichts getan oder gesagt, das Verachtung verdiente.«

Sein sanfter Ton rührte mich; seine ruhige, erhabene Miene überwältigte mich.

»Vergib mir die Worte, St. John, aber es ist deine eigene Schuld, dass ich mich hinreißen ließ, so unüberlegt zu sprechen. Du hast einen Gegenstand zur Sprache gebracht, über den wir – unseren verschiedenen Naturen entsprechend – ganz verschieden denken, einen Gegenstand, den wir beide niemals diskutieren sollten. Das bloße Wort ›Liebe‹ wird schon zum Zankapfel zwischen uns – was würden wir nur tun, wenn Liebe in Wirklichkeit erfordert wäre? Wie würde uns ums Herz sein? Mein teurer Vetter, gib deinen Heiratsplan auf – vergiss ihn!«

»Nein«, entgegnete er, »es ist ein lange gehegter Plan, und der einzige, der mir mein großes Ziel sichern kann. Aber für den Augenblick will ich nicht weiter in dich dringen. Morgen reise ich nach Cambridge, ich habe dort viele Freunde, denen ich Lebewohl sagen möchte. Ungefähr vierzehn Tage werde ich vom Haus abwesend sein – überlege dir meinen Vorschlag in dieser Zeit. Und vergiss nicht: Wenn du ihn zurückweist, so verleugnest du nicht mich, sondern Gott. Ich bin nur das Werkzeug, durch welches er dir eine edle Lebenslaufbahn eröffnet, und nur als meine Gattin kannst du diese betreten. Weigerst du dich, meine Frau zu werden, so beschränkst du dich selbst für alle Zeit auf einen Pfad voll selbstsüchtiger Bequemlichkeit und leerer Dunkelheit. Zittere! Denn in diesem Fall zähltest du zu denen, die den Glauben verleugnet haben und schlimmer sind als die Ungläubigen.«

Jetzt war er zu Ende. Er wandte sich von mir ab, noch einmal zum Flusse, zu den Höhen blickend.

Aber jetzt hielt er seine Empfindung fest in seinem Herzen verschlossen: Ich war nicht mehr würdig, sie zu vernehmen. Als ich an seiner Seite heimwärts ging, las ich in seiner steinernen Ruhe, seinem eisigen Schweigen alles, was er gegen mich empfand: die Enttäuschung einer harten, despotischen Natur, welche auf Widerstand gestoßen ist, wo sie Unterwerfung erwartet hatte; die Missbilligung einer kalten, unbeugsamen Vernunft, welche in einem anderen Gefühle und Anschauungen entdeckt hat, mit denen sie nicht fähig ist zu sympathisieren. Kurzum, als Mann hatte er gewünscht, mich zum Gehorsam zu zwingen, und nur als eifriger Christ ertrug er meinen Eigensinn so geduldig und gab mir eine so lange Zeit zum Nachdenken und zur Reue.

Als er an diesem Abend vor dem Schlafengehen seine Schwestern geküsst hatte, hielt er es für angemessen, sogar den Händedruck mit mir zu vergessen und verließ schweigend das Zimmer. Ich, die ich, wenn auch keine Liebe, so doch innige Freundschaft für ihn hegte, fühlte mich durch diese Unterlassung verletzt, so tief verletzt, dass mir die Tränen in die Augen traten.

»Jane, ich sehe, dass du dich mit St. John während eures Spazierganges auf dem Moor gezankt hast«, sagte Diana. »Geh ihm nach, er weilt jetzt noch im Korridor und wartet auf dich – er will sich wieder mit dir versöhnen.«

Unter solchen Umständen besitze ich nur wenig Stolz; ich möchte immer viel lieber glücklich und zufrieden als würdevoll sein. Und deshalb lief ich ihm nach – er stand am Fuß der Treppe zum oberen Stockwerk.

»Gute Nacht, St. John«, sagte ich.

»Gute Nacht, Jane«, entgegnete er ruhig.

»Geben wir uns die Hand«, fügte ich hinzu.

Welch einen kalten, leichten Druck fühlte ich auf meinen Fingern! Er war tief verletzt durch das, was an diesem Tag vorgefallen war. Tränen rührten ihn nicht, Herzlichkeit erwärmte ihn nicht. Von dem Menschen war keine glückliche Versöhnung zu erzielen, kein ermunterndes Lächeln, kein großmütiges Wort – aber der Christ war noch immer ruhig und geduldig. Und als ich ihn fragte, ob er mir vergeben habe, sagte er, dass es nicht seine Gewohnheit sei, die Erinnerung an eine Kränkung zu bewahren, und dass er nichts zu vergeben habe, da er gar nicht beleidigt sei.

Und mit dieser Antwort ging er von mir. Es wäre mir lieber gewesen, wenn er mich mit den Fäusten zu Boden geschlagen hätte.

Fünfunddreißigstes Kapitel

Am folgenden Tag reiste er jedoch nicht nach Cambridge ab, wie er es angekündigt hatte. Er schob die Abreise noch eine ganze Woche auf, und während dieser Zeit ließ er mich empfinden, welch schwere Strafe ein guter, jedoch strenger, ein gewissenhafter, jedoch unbeugsamer Mann einem Wesen auferlegen kann, das ihn beleidigt hat. Ohne irgendeinen Akt von offener Feindseligkeit, ohne ein Wort des Vorwurfs gelang es ihm, mir fortwährend die Überzeugung beizubringen, dass ich seine Gunst vollständig verloren hatte.

Nicht, dass St. John den Geist unchristlicher Rachsucht gehegt und mir auch nur ein Haar auf meinem Haupt gekrümmt hätte, selbst wenn dies in seiner Macht gestanden hätte. Sowohl durch Grundsatz wie durch Natur war er erhaben über jede gemeine Befriedigung seines Rachegefühls. Er hatte mir *verziehen*, dass ich gesagt hatte, ich verachte ihn und seine Liebe. Aber *vergessen* hatte er die Worte nicht, und er würde sie auch nicht vergessen, so lange er und ich lebten. Wenn er sich zu mir wandte, sah ich an seinem Blick, dass sie stets zwischen ihm und mir in der Luft geschrieben standen; wenn ich sprach, so schlugen sie in meiner Stimme an sein Ohr, und ihr Echo klang aus jeder Antwort, die er mir gab.

Er nahm durchaus nicht von jeder Unterhaltung mit mir Abstand, er rief mich sogar wie gewöhnlich jeden Morgen an sein Pult, um mit ihm zu arbeiten. Aber während er augenscheinlich ganz so handelte und sprach wie gewöhnlich, fürchte ich, dass der böse Mensch in ihm ein Vergnügen daran fand, mit größter Geschicklichkeit aus jedem Wort und jeder Tat den Geist des Interesses und des Beifalls zu entfernen, welcher früher seiner Sprache und seinem ganzen Wesen einen gewissen herben Reiz verliehen hatte – ein Vergnügen, an welchem der reine Christ in ihm sicher keinen Anteil hatte. Für mich war er in Wirklichkeit nicht mehr Fleisch und Blut, sondern Marmor; sein Auge war ein kalter, klarer, blauer Edelstein, seine Zunge ein sprechendes Instrument – sonst nichts.

All dies war eine Qual für mich, eine raffinierte, langsame Qual, die in mir ein kleines Feuer der Empörung nährte und einen zitternden, ärgerlichen Kummer, der mich quälte und bedrückte. Ich fühlte, dass dieser gute Mensch, der so rein war wie die klarste Quelle, mich binnen kurzem töten würde, wenn ich seine Frau wäre – und zwar ohne meinen Adern einen einzigen Tropfen Blut zu entziehen und ohne sein kristallklares Gewissen auch nur mit dem leisesten Hauch eines Verbrechens zu beschweren. Besonders empfand ich dies, wenn ich einen Versuch machte, ihn zu besänftigen. Mein Mitleid stieß nicht auf Mitleid. *Ihm* verursachte unsere Entfremdung keine Qual; *er* empfand kein Verlangen nach Versöhnung. Und obgleich meine schnell fließenden Tränen mehr als einmal auf das Buch fielen, über welches wir beide gebeugt waren, so machten sie doch nicht mehr Eindruck auf ihn, als wenn sein Herz ein Gegenstand aus Metall oder Stein gewesen wäre. Zu seinen Schwestern war er indessen herzlicher als gewöhnlich; gerade als fürchtete er, dass bloße Kälte mich noch nicht hinlänglich überzeugen könnte, wie vollständig ich in den Bann getan sei, wollte er noch die Macht des Kontrastes hinzufügen. Und dies tat er, ich bin fest davon überzeugt, nicht aus Bosheit, sondern aus Grundsatz.

Am Abend vor seiner Abreise sah ich ihn zufällig gegen Sonnenuntergang im Garten auf- und abgehen. Als ich ihn erblickte, dachte ich wieder daran, dass dieser Mann, entfremdet wie er mir jetzt war, einst mein Leben gerettet hatte und dass wir nahe Verwandte seien. Das bewog mich, einen letzten Versuch zur Wiedererlangung seiner Freundschaft zu machen. Ich ging hinaus und näherte mich ihm, als er an die kleine Pforte gelehnt dastand. Sofort begann ich, von dem zu reden, was mir auf dem Herzen lag.

»St. John, ich bin unglücklich, weil du mir noch immer zürnst. Lass uns wieder Freunde sein.«

»Ich hoffe doch, dass wir Freunde sind«, lautete die gelassene Antwort, während er den Blick auf den aufgehenden Mond gerichtet hielt, den er schon betrachtet hatte, als ich mich ihm näherte.

»Nein, St. John, wir sind nicht mehr Freunde wie früher. Du weißt das wohl.«

»Sind wir es nicht? Das wäre falsch. Ich meinerseits wünsche dir nichts Böses, sondern nur Gutes.«

»Ich glaube dir, St. John, denn ich bin fest überzeugt, dass du nicht fähig bist, irgendjemandem Böses zu wünschen. Da ich aber deine Verwandte bin, würde ich mir ein wenig mehr Zuneigung wünschen als jene Art allgemeiner Philanthropie, mit der du auch gänzlich fremde Menschen umfängst.«

»Natürlich«, sagte er. »Der Wunsch ist durchaus billig, und ich bin weit entfernt davon, dich als eine Fremde zu betrachten.«

Dies sprach er in sehr kühlem, ruhigem Ton, und das war kränkend und demütigend genug. Hätte ich den Ratschlägen meines Stolzes und meiner Wut Gehör geschenkt, so würde ich ihn augenblicklich verlassen haben. Aber es war etwas in mir, das stärker war als diese Gefühle. Ich hatte eine tiefe Verehrung für die Grundsätze und die Begabung meines Vetters. Seine Freundschaft war von großem Wert für mich; sie zu verlieren, wäre eine harte Prüfung gewesen. Deshalb gab ich den Versuch auch nicht so schnell auf, sie wieder zu erobern.

»Wollen wir uns denn in solcher Stimmung trennen, St. John? Und wenn du nach Indien gehst, willst du mich dann ohne ein freundlicheres Wort verlassen?«

Jetzt endlich wandte er sich ganz vom Mond ab und blickte mir gerade ins Gesicht.

»Jane, werde ich dich denn verlassen, wenn ich nach Indien gehe? Wie? Gehst du nicht mit mir nach Indien?«

»Du sagtest, das könnte ich nicht, wenn ich dich nicht vorher heiratete.«

»Und du willst mich nicht heiraten? Du bleibst fest bei jenem Entschluss?«

Lieber Leser, hast du jemals erfahren, welchen Schrecken jene kalten Menschen mit ihren eisigen Fragen verursachen können? Wie viel von einem Lawinensturz in ihrem Zorn liegt? Wie sehr ihr Missvergnügen dem Zerbrechen von Eisschollen auf dem Meere gleicht?

»Nein, St. John, ich werde dich nicht heiraten. Ich bleibe fest bei meinem Entschluss.«

Die Lawine kam in Bewegung, aber sie stürzte noch nicht talwärts.

»Noch einmal – weshalb diese Weigerung?«, fragte er.

»Bisher, weil du mich nicht liebst«, entgegnete ich, »und jetzt, weil du mich beinahe hasst. Wenn ich dich heiraten würde, würdest du mich töten. Du bist jetzt schon im Begriff, dies zu tun.«

Seine Wangen und Lippen wurden bleich – totenbleich.

»Ich würde dich töten? Ich töte dich jetzt schon? Deine Worte sind so, wie du nie reden solltest: gewalttätig, unweiblich, unwahr. Sie verraten einen unglückseligen Gemütszustand und verdienen strenge Zurechtweisung. Sie würden unverzeihlich sein, wenn es nicht die Pflicht des Menschen wäre, seinem Bruder zu verzeihen, und wenn es auch siebenundsiebzigmal wäre.«

Jetzt hatte ich die Sache zu Ende gebracht. Während ich den ernstlichen Wunsch hegte, die Spur meiner ersten Kränkung aus seiner Seele zu löschen, hatte ich auf jener zähen Oberfläche einen weiteren und tieferen Eindruck zurückgelassen, buchstäblich eingebrannt.

»Jetzt wirst du mich wirklich hassen«, sagte ich. »Es ist ganz nutzlos, den Versuch zu machen, dich zu versöhnen. Ich sehe, jetzt habe ich mir in dir einen ewigen Feind gemacht.«

Diese Worte waren aber ein erneuter Fehler, ein schlimmerer noch, weil sie der Wahrheit nahekamen. Seine blutlosen Lippen zitterten wie in einem Krampf. Ich wusste, welch eisernen Zorn ich erregt hatte. Das Herz zersprang mir fast.

»Du missverstehst meine Worte ganz und gar«, sagte ich und erfasste seine Hand. »Ich hatte nicht die Absicht, dich zu verletzen oder zu reizen – wirklich, das wollte ich nicht!«

Er lächelte unendlich bitter – mit großer Entschiedenheit entzog er seine Hand der meinen. »Und jetzt nimmst du dein Versprechen zurück, vermute ich, und gehst nicht nach Indien?«, sagte er nach langem Schweigen.

»Doch, ich gehe. Als deine Assistentin«, antwortete ich.

Jetzt folgte eine lange Pause. Ich kann nicht sagen, wie hart der Kampf war, den Natur und Barmherzigkeit in dieser Zeit in ihm auskämpften. Aber in seinen Augen funkelten seltsame Strahlen und fremde Schatten flogen über sein Gesicht. Endlich sprach er wieder.

»Ich habe dir schon einmal die Absurdität des Vorschlags bewiesen, dass ein Mädchen deines Alters einen unverheirateten Mann in meinen Jahren begleiten könne. Ich bewies sie dir mit Argumenten, von denen ich vermuten durfte, dass sie dich hindern würden, jemals wieder auf diesen Plan zurückzukommen. Dass du es dennoch tust, bedaure ich – deinetwegen.«

Ich unterbrach ihn. Etwas in seinen Worten, das einem fassbaren Vorwurf ähnlich war, gab mir sofort wieder Mut. »Bleib doch bei der gesunden Vernunft, St. John, das grenzt nun wirklich an Unsinn. Du behauptest, entsetzt zu sein über das, was ich gesagt habe. Du bist aber nicht wirklich empört darüber, denn mit deinem außergewöhnlichen Verstand kannst du weder so abgeschmackt noch so eingebildet sein, meine Meinung misszuverstehen. Noch einmal wiederhole ich es: Ich will deine Mitarbeiterin sein, aber niemals deine Gattin.«

Wiederum ward er leichenfahl. Aber wie zuvor beherrschte er seine Leidenschaft vollständig. Er antwortete nachdrücklich, aber ruhig:

»Eine weibliche Mitarbeiterin, die nicht meine Gattin ist, würde mir niemals genügen. Es scheint also, dass du mit mir nicht gehen kannst; wenn du es mit deinem Anerbieten aber ehrlich meinst, so will ich während meines Aufenthalts in der Stadt mit einem Missionar sprechen, dessen Frau eine Mitarbeiterin braucht. Dein eigenes Vermögen wird dich unabhängig von der Hilfe der Missionsgesellschaft machen; auf diese Weise wird dir die Schande erspart, dein Versprechen zu brechen und der Verbindung untreu zu werden, welcher anzugehören du gelobt hast.«

Wie nun der Leser weiß, hatte ich niemals irgendein förmliches Versprechen gegeben oder war eine Verpflichtung eingegangen, und seine Worte waren auf dieser Grundlage viel zu herrisch und viel zu despotisch. Daher entgegnete ich:

»Da gibt es keine Schande, kein gebrochenes Versprechen, kein Untreuwerden in diesem Falle. Ich habe nicht die geringste Verpflichtung, nach Indien zu gehen, besonders nicht mit Fremden. Mit dir zusammen würde ich viel gewagt haben, weil ich dich bewundere, dir vertraue und dich liebe wie eine Schwester den Bruder. Aber ich bin auch zugleich fest überzeugt, dass ich, wann und mit wem ich auch ginge, in jenem Klima nicht lange leben würde.«

»Ah! Du fürchtest für deine Person«, sagte er mit spöttisch verzogenen Lippen.

»Das tue ich. Gott hat mir mein Leben nicht gegeben, dass ich es fortwerfe. Und jetzt beginne ich zu glauben, dass es einen Selbstmord begehen hieße, wenn ich täte, was du von mir verlangst. Überdies will ich, bevor ich mich entschließen würde, England zu verlassen, sicher sein, dass ich in meinem Vaterland nicht von größerem Nutzen sein könnte, als anderswo.«

»Was soll das heißen?«

»Es würde nutzlos sein, wenn ich versuchen wollte, das zu erklären. Aber es gibt einen Punkt, über den ich schon lange in qualvollem Zweifel bin; und ich kann mich nirgends hinbegeben, bevor dieser Zweifel nicht ausgeräumt ist.«

»Ich weiß, wohin dein Herz dich zieht und an wem es hängt. Das Interesse, welches du hegst, ist unheilig und gegen das Gesetz. Schon lange hättest du es ersticken sollen, und jetzt müsstest du erröten, es nur zu erwähnen. Du denkst an Mr. Rochester!«

Es war wahr. Durch mein Schweigen bestätigte ich es.

»Willst du Mr. Rochester aufsuchen?«

»Ich muss erfahren, was aus ihm geworden ist.«

»So bleibt mir denn nichts anderes mehr zu tun übrig, als deiner in meinem Gebet zu gedenken«, sagte er, »und Gott von ganzem Herzen zu bitten, dass er dich nicht zu einer Verworfenen werden lässt. Ich habe geglaubt, in dir eine der Auserwählten zu sehen. Aber Gott sieht nicht, wie Menschen sehen: *Sein* Wille geschehe!«

Er öffnete das Heckentor, schritt hinaus und ging durch die Wiesen der Schlucht zu. Bald war er ganz entschwunden.

Als ich wieder ins Wohnzimmer trat, fand ich Diana am Fenster stehend. Sie schien in trübes Grübeln versunken. Diana war sehr viel größer als ich, sie legte ihre Hand auf meine Schulter, beugte sich zu mir herab und sah mir prüfend ins Gesicht.

»Jane«, sagte sie, »du bist jetzt stets so blass und aufgeregt. Ich bin fest überzeugt, dass irgendetwas geschehen ist. Sag mir, was zwischen dir und St. John vorgeht; seit einer halben Stunde habe ich euch hier vom Fenster aus beobachtet. Du musst verzeihen, dass ich eine solche Spionin bin, aber seit längerer Zeit schon habe ich mir allerhand Dinge eingebildet. St. John ist ein so seltsamer, so ganz eigentümlicher Mensch.«

Sie hielt inne; ich schwieg. Bald begann sie von Neuem:

»Ich bin fest überzeugt, dass mein sonderbarer Herr Bruder ganz besondere Ansichten in Bezug auf dich hegt. Schon seit langer Zeit hat er dich durch eine Beachtung und ein Interesse ausgezeichnet, das er noch niemals einem anderen Menschen bewiesen hat – und zu welchem Zweck? Ich wollte, dass er dich liebte, Jane – tut er das?«

Ich zog ihre kühle Hand an meine heiße Stirn: »Nein, Di, nein, nicht im Geringsten.«

»Weshalb verfolgt er dich dann so mit den Augen – und macht, dass er so häufig allein mit dir ist und hält dich fortwährend an seiner Seite fest? Mary und ich waren beide zu dem Schluss gekommen, dass er den Wunsch hegt, dich zu heiraten.«

»Das tut er auch – er hat von mir verlangt, dass ich seine Frau werde.«

Diana schlug vor Freude die Hände zusammen.

»Das ist's ja gerade, was wir hofften und dachten! Und du wirst ihn heiraten, Jane, nicht wahr? Dann müsste er ja auch in England bleiben!«

»Weit entfernt davon, Diana. Die einzige Absicht, welche er bei seinem Heiratsantrag hegt, ist, sich in mir eine passende Gehilfin für seine indischen Arbeiten und Mühseligkeiten zu sichern.«

»Was? Er verlangt von dir, dass du nach Indien gehst?«

»Ja!«

»Wahnsinn!«, rief sie aus. »Ich bin überzeugt, dass du dort kaum drei Monate überleben würdest. Du darfst unter keinen Umständen gehen! Du hast doch nicht eingewilligt, nicht wahr, liebe Jane?«

»Ich habe mich geweigert, ihn zu heiraten.«

»Und folglich hast du ihn tief gekränkt?«, vermutete sie.

»Tief. Er wird mir niemals verzeihen, fürchte ich. Und doch erbot ich mich, ihn als seine Schwester zu begleiten.«

»Es war eine unglaubliche Torheit, das zu tun, Jane. Denk nur an die Aufgabe, welche du damit unternehmen würdest – es wäre eine endlose Anstrengung, und die Anstrengung tötet in jenen Ländern selbst die Stärksten. Du aber bist zart und schwach. Du kennst St. John und weißt, dass er dich selbst zu Unmöglichkeiten anspornen würde; in seiner Nähe würdest du nicht die Erlaubnis bekommen, während der heißen Stunden zu rasten, und unglücklicherweise zwingst du dich, wie ich bemerkt habe, alles zu vollbringen, was er von dir verlangt. Ich bin nur erstaunt, dass du den Mut gefunden hast, seine Hand zurückzuweisen. Du liebst ihn also auch nicht, Jane?«

»Nicht, wie ich einen Gatten lieben müsste.«

»Und doch ist er ein so schöner Mann.«

»Ja, und ich bin so farblos – wir würden gar nicht zueinander passen, Di.«

»Farblos? Du? Durchaus nicht! Du bist viel zu hübsch und viel zu jung, um in Kalkutta lebendig gegrillt zu werden.« Und wiederum beschwor sie mich eindringlich, jeden Gedanken daran aufzugeben, mit ihrem Bruder nach Indien zu gehen.

»Das muss ich wohl«, sagte ich, »denn als ich ihm vorhin mein Anerbieten wiederholte, ihm als Helferin zur Seite zu stehen, zeigte er sich empört über meinen Mangel an Anstand. Er schien der Ansicht zu sein, dass ich eine Unschicklichkeit begangen habe, indem ich ihm anbot, ihn zu begleiten, ohne mit ihm verheiratet zu sein. Als hätte ich nicht von allem Anfang an gehofft, in ihm einen Bruder zu finden, und ihn auch stets als solchen betrachtet.«

»Wie kannst du aber sagen, dass er dich nicht liebt, Jane?«

»Du solltest ihn nur selbst über den Gegenstand reden hören. Er hat mir wieder und immer wieder erklärt, dass er nicht für sich selbst, sondern für sein Amt eine Gefährtin wünscht. Er sagte mir, dass ich zur Arbeit geboren sei – nicht zur Liebe. Und das ist ohne Zweifel wahr. Aber meiner Meinung nach bin ich auch nicht für die Ehe geboren, wenn ich nicht für die Liebe geschaffen bin. Wäre es denn nicht seltsam, Di, für das ganze Leben an einen Menschen gekettet zu sein, der in mir nichts weiter sieht als ein nützliches Werkzeug?«

»Unerträglich – unnatürlich – ganz außer Frage!«

»Und dann«, fuhr ich fort, »obgleich ich jetzt nur eine schwesterliche Neigung für ihn hege, so kann ich mir doch sehr gut die Möglichkeit vorstellen, dass ich, wenn ich gezwungen würde, seine Gattin zu werden, mit der Zeit eine unvermeidliche, seltsame, qualvolle Art von Liebe für ihn empfinden würde. Denn er ist so hochbegabt, und in seinem Blick, seiner Art, seiner Unterhaltung, seiner Sprechweise liegt oft ein Zug von heldenmütiger Größe. Und in einem solchem Fall würde mein Los doch unsäglich elend werden. Er würde nicht wollen, dass ich ihn liebte, und wenn ich ihm das Gefühl zeigte, würde er mir begreiflich machen, dass dies eine Überflüssigkeit sei, welche er nicht verlange, und die mich nur schlecht kleide. Ich weiß, dass er so handeln würde.«

»Und doch ist St. John ein guter Mensch«, sagte Diana.

»Er ist ein guter und ein großer Mann, aber ohne Erbarmen vergisst er die Empfindungen und Ansprüche kleinerer Menschen, indem er seine eigenen großen Pläne verfolgt. Es ist daher für die Unbedeutenden besser, ihm aus dem Weg zu gehen, damit er sie in seinem rastlosen Vorwärtsstreben nicht zu Boden tritt. – Doch da kommt er. Ich verlasse dich, Diana.« Und damit eilte ich die Treppe hinauf, als ich ihn in den Garten treten sah.

Beim Abendessen war ich jedoch gezwungen, ihm wieder zu begegnen. Während der Mahlzeit schien er so ruhig wie gewöhnlich. Ich hatte geglaubt, dass er kaum mit mir sprechen würde, und ich war fest überzeugt, dass er es aufgegeben hatte, seinen Heiratsplan noch weiterzuverfolgen, aber das Weitere sollte mich lehren, dass ich mich in beiden Punkten geirrt hatte. Er sprach zu mir ganz in der gewohnten Weise – oder doch wenigstens so, wie er es in der ganzen letzten Zeit getan hatte: Er war penibel höflich. Ohne Zweifel hatte er die Hilfe des Heiligen Geistes angefleht, um den Ärger zu bekämpfen, den ich in ihm erregt hatte, und er glaubte nun von sich, dass er mir ein weiteres Mal vergeben habe.

Zum Lesen vor dem Abendgebet hatte er das einundzwanzigste Kapitel der Offenbarung gewählt. Zu allen Zeiten war es wohltuend, ihm zuzuhören, wenn die Worte der Bibel von seinen Lippen kamen – niemals jedoch klang seine Stimme so süß und voll, niemals machte seine Art und Weise in ihrer edlen Einfachheit einen so tiefen Eindruck, als wenn er die Prophezeiungen verkündete. Heute Abend nahm diese Stimme einen noch feierlicheren Ton an, und seine Bewegungen und Gebärden bekamen eine noch tiefere Bedeutung, wie er so inmitten seines Haushaltes dasaß, während der Maimond durch die unverhängten Fenster schien und das Kerzenlicht fast überflüssig machte. Er saß über die große, alte Bibel gebeugt und beschrieb aus ihren Blättern die Vision des neuen Himmels und der neuen Erde. Er las davon, wie Gott kommen würde, um unter den Menschen zu wohnen und um alle Tränen von ihren Augen zu trocknen; wie Gott den Gerechten das Versprechen gab, dass der Tod nicht mehr sein würde; dass Leid, Klagen und Schmerzen nicht mehr sein würden, weil das Erste vergangen.

Die dann folgenden Worte ließen mich seltsam erzittern, besonders, da ich an der leisen, unbeschreiblichen Veränderung in seinem Ton merkte, dass er sich zu mir gewandt hatte, als er sie aussprach:

»Wer siegt, wird dies als Anteil erhalten: Ich werde sein Gott sein, und er wird mein Sohn sein. – Aber die Feiglinge und Treulosen ...«, fuhr er ganz langsam und deutlich fort, »... ihr Los wird der See von brennendem Schwefel sein. Dies ist der zweite Tod.«

Von diesem Augenblick an wusste ich, welches Schicksal St. John für mich befürchtete.

Ein stiller, unterdrückter Triumph, vermischt mit einem sehnsüchtigen Ernst, kennzeichnete seine Erklärung der letzten glorreichen Verse dieses Kapitels. Der Vorleser war überzeugt, dass sein Name bereits in dem Lebensbuche des Lammes geschrieben stehe, und er sehnte sich nach der Stunde, wo er Einlass finden würde in die Tore der Stadt, in welche die Könige auf Erden ihre Heiligkeit bringen, die keiner Sonne noch des Mondes bedarf, dass sie in ihr scheinen, denn die Herrlichkeit Gottes erleuchtet sie und ihre Leuchte ist das Lamm.

In dem Gebet, welches diesem Kapitel folgte, fasste er all seine Energie zusammen – all sein starrer Eifer erwachte. Er war in heiligem Ernst, er rang mit Gott und war entschlossen zu siegen. Er flehte um Kraft für die Schwachen, um Führung für die Lämmer, welche von der Herde abirrten; um eine Rückkehr, selbst noch in der elften Stunde, für jene, welche durch die Versuchungen der Welt und des Fleisches von dem engen aber rechten Pfade weggelockt wären. Er erbat, er erflehte, er forderte die Gnade, dass das Stigma von den zum Brande Verurteilten genommen werden möge. Ernsthaftigkeit ist stets feierlich: Als ich am Anfang auf das Gebet lauschte, erfüllte mich St. Johns Ernst mit Verwunderung; dann, als er fortfuhr und sich steigerte, rührte der Vorbeter mich, und zuletzt erfüllte er mich mit Furcht. Er empfand die Größe und den Wert seines Vorhabens so aufrichtig, dass jeder, der sein Flehen mit anhörte, nicht umhin konnte, mit ihm zu fühlen.

Als das Gebet zu Ende war, nahmen wir Abschied von ihm; er beabsichtigte, sehr früh am nächsten Morgen abzureisen. Nachdem Diana und Mary ihn geküsst hatten, verließen sie das Zimmer und befolgten damit, wie ich glaube, einen Wink, welchen er ihnen im Flüsterton gegeben hatte. Dann reichte auch ich ihm die Hand und wünschte ihm glückliche Reise.

»Ich danke dir, Jane. Wie ich schon sagte, werde ich in vierzehn Tagen von Cambridge zurückkehren; dieser Zeitraum ist dir also noch zur Überlegung gegönnt. Wenn ich dem gewöhnlichen, menschlichen Stolz Gehör schenkte, so würde ich dir nicht mehr von einer Verbindung mit mir reden; aber ich gehorche meiner Pflicht und behalte mein erstes, mein vornehmstes Ziel unentwegt im Auge: Alle Dinge zur Ehre Gottes zu tun. Mein Herr hat lange und schwer gelitten; das werde auch ich tun. Ich kann dich nicht im Zorn der ewigen Verdammnis überlassen. Bereue – entschließe dich, solange noch Zeit ist! Vergiss nicht, wir sollen arbeiten, solange es Tag ist – wir wissen, dass die Nacht kommen wird, in welcher man nicht mehr arbeiten kann. Denk an das Schicksal des reichen Mannes im Evangelium, welcher alle Güter dieses Lebens besaß. Gott gebe dir Kraft, jenen besseren Teil zu erwählen, der dir nicht geraubt werden kann!«

Als er diese letzten Worte sprach, legte er die Hand auf meinen Kopf. Er hatte ernst und milde gesprochen, sein Blick war aber nicht der eines Liebenden, der seine Geliebte anblickt – es war der eines Hirten, der seine zerstreute Herde zusammenruft, oder eher noch der eines Schutzengels, welcher über die Seele wacht, für welche er verantwortlich ist. Alle Männer von Begabung, ob sie Gefühlsmenschen sind oder nicht, ob sie Eiferer, Strebende oder Despoten sind, haben – vorausgesetzt, dass sie es ehrlich meinen – ihre erhabenen Augenblicke, in denen sie besiegen und herrschen. Ich fühlte Verehrung für St. John, eine Verehrung, die so stark war, dass ihre Triebkraft mich plötzlich an jenen Punkt brachte, den ich solange geflohen hatte. Die Versuchung überkam mich, den Kampf mit ihm aufzugeben, auf dem Strom seines Willens in die Bucht seines Daseins hineinzutreiben, um dort mein eigenes Sein aufzugeben. Ich war jetzt von ihm fast ebenso sehr in die Enge getrieben, wie einst von einem anderen. In beiden Fällen war ich eine Törin. Wenn ich damals nachgegeben hätte, so wäre es ein Vergehen gegen die Moral gewesen; nun nachzugeben wäre ein Vergehen gegen die gesunde Vernunft. – So denke ich in dieser heutigen Stunde, wenn ich durch das Medium der Zeit auf jene Krise zurückblicke. In jenem Augenblick damals war ich mir meiner Torheit indes nicht bewusst.

Bewegungslos stand ich unter der Berührung meines Hohepriesters da. All meine Weigerungen waren vergessen, meine Furcht war besiegt, mein Ringen ermüdet. Das Unmögliche – meine Verbindung mit St. John – ward schnell zum Möglichen. Mit einem Schlage veränderte sich alles. Die Religion rief, die Engel winkten und Gott befahl – das Leben wickelte sich vor mir auf wie eine Schriftrolle, die Tore des Todes öffneten sich und zeigten mir die Ewigkeit, welche jenseits lag. Mir war, als könnte ich für die Sicherheit und Glückseligkeit im Jenseits in einer Sekunde alles opfern, was hienieden lag. Das dunkle Zimmer war voller Visionen.

»Könntest du dich nicht jetzt schon entschließen?«, fragte der Missionar. Er stellte die Frage in sanftem Ton, und ebenso sanft zog er mich an sich. Oh, jene Milde! Wie viel mächtiger ist sie doch als Gewalt! St. Johns Zorn vermochte ich zu widerstehen, seiner Güte gegenüber wurde ich jedoch schwach wie ein Schilfrohr. Und dennoch wusste ich bestimmt, dass er mich, wenn ich jetzt auch nachgab, eines Tages für meinen früheren Widerstand würde büßen lassen. Durch eine Stunde des inbrünstigen, heiligen Gebets war seine ganze Natur noch nicht verändert; sie war nur erhabener geworden.

»Ich könnte mich entschließen«, antwortete ich, »wenn ich nur gewiss wäre, wenn ich nur die feste Überzeugung hätte, es sei Gottes Wille, dass ich dich heiraten soll! Dann würde ich hier und jetzt schwören – möge später kommen, was da wolle!«

»Mein Gebet ist erhört!«, rief St. John aus. Er presste seine Hand fester auf meinen Kopf, als nähme er Besitz von mir. Er legte seinen Arm um mich, *beinahe* als wenn er mich liebte. – Ich sage ›beinahe‹, denn ich kannte den Unterschied: Ich hatte ja einst empfunden, was es heißt, geliebt zu sein; aber gleich ihm hatte ich die Liebe jetzt beiseite gelassen und nur an die Pflicht gedacht. Ich rang mit der verschwommenen Vision in mir, welche Nebel und Wolken umgaben. Aufrichtig, tief und innig sehnte ich mich danach, das zu tun, was recht war – und sonst nichts. »Zeige mir, oh zeige mir den rechten Pfad, gütiger Himmel!«, flehte ich. Ich war erregt, wie noch niemals zuvor. Und ob das, was dann folgte, die Wirkung meiner Aufregung war, mag der Leser selbst beurteilen.

Das ganze Haus lag in tiefer Ruhe, denn ich glaube, dass außer St. John und mir sich alle bereits zu Bett begeben hatten. Die einzige Kerze war dem Verlöschen nahe und das Mondlicht fiel hell ins Zimmer. Mein Herz schlug laut und heftig, ich hörte jeden seiner Schläge. Plötzlich stand es still unter einer unbeschreiblichen Empfindung, die es durchzitterte und mich an Kopf, Händen und Füßen lähmte. Die Empfindung war nicht wie ein elektrischer Schlag, aber ebenso scharf und seltsam beängstigend; sie wirkte auf meine Sinne, als sei deren äußerste Tätigkeit und Rastlosigkeit bis jetzt nur eine Art Erstarrung gewesen, aus welcher sie nun aufgerüttelt und geweckt wurden. Sie harrten voll Erwartung; Auge und Ohr waren gespannt, während jeder Nerv in mir bebte.

»Was hast du gehört? Was siehst du?«, fragte St. John. Ich sah nichts. Aber ich hörte irgendwo eine Stimme, die rief:

»Jane! Jane! Jane!« – sonst nichts.

»Oh Gott, was ist das?«, stieß ich hervor.

Ich könnte ebenso gut ausgerufen haben »Wo ist das?«, denn es schien nicht im Zimmer zu sein, nicht im Haus und nicht im Garten. Es kam nicht aus der Luft, nicht aus dem Erdboden und nicht von oben. Ich hatte etwas vernommen – wie oder woher, war unmöglich zu sagen. Aber es war die Stimme eines menschlichen Wesens – eine bekannte, geliebte, nie vergessene Stimme: die Stimme Edward Fairfax Rochesters; und sie schrie flehend und jammernd, in wildem Schmerz.

»Ich komme!«, rief ich. »Warte auf mich! Oh, ich werde kommen!« Ich flog an die Tür und sah in den Korridor hinaus, er war dunkel. Ich lief in den Garten – er war leer.

»Wo bist du?«, rief ich aus.

Die Hügel hinter der Schlucht sandten die Antwort gedämpft zurück: »Wo bist du?« Ich lauschte. Der Wind seufzte leise in den Föhren. Nichts als einsames, leeres Moorland und mitternächtliche Stille.

»Fort mit dir, Aberglaube!«, befahl ich, als sich dies düstere Gespenst unheimlich neben dem schwarzen Eibenbaum an der Pforte erhob. »Dies ist nicht dein Trug, nicht deine Zauberei – dies ist das Werk der Natur. Sie war geweckt und tat zwar kein Wunder, wohl aber ihr Äußerstes.«

Ich riss mich von St. John los, der mir gefolgt war und mich zurückhalten wollte. Jetzt war *meine* Zeit gekommen, überlegen zu sein. Jetzt konnte ich *meine* Macht zeigen. Ich sagte ihm, er solle weder Fragen stellen noch Bemerkungen machen; ich bat ihn, mich zu verlassen, ich musste und wollte allein sein. Er gehorchte sofort. Wo genug Energie vorhanden ist, um zu befehlen, bleibt der Gehorsam niemals aus. Dann ging ich in mein Zimmer, schloss mich ein, fiel auf die Knie und betete auf meine Weise – anders als St. John, aber wirkungsvoll nach eigener Art. Mir war, als dränge ich hinauf zum Geist der Allmacht, und meine Seele warf sich in Dankbarkeit zu seinen Füßen. Ich erhob mich vom Gebet, fasste einen Entschluss und legte mich dann zur Ruhe, ohne Furcht und voller Hoffnung – mit Sehnsucht den Anbruch des Tages erwartend.

Sechsunddreißigstes Kapitel

Und der Tag kam. Beim ersten Morgengrauen erhob ich mich. Ein oder zwei Stunden war ich damit beschäftigt, die Sachen, die Schubladen und Schränke in meinem Zimmer zu ordnen, um alles so zurückzulassen, wie es für die Dauer einer kurzen Abwesenheit sein musste. Inzwischen hörte ich St. John sein Zimmer verlassen. An meiner Tür blieb er stehen. Ich fürchtete, dass er anklopfen würde – aber nein, ein Streifen Papier wurde durch den schmalen Spalt unter der Tür hereingeschoben. Ich hob ihn auf. Er enthielt folgende Worte:

»Gestern Abend hast du mich zu plötzlich verlassen. Wenn du nur noch ein wenig länger geblieben wärst, so hätte deine Hand Christi Kreuz ergriffen und du hättest die Engelskrone errungen. Wenn ich in vierzehn Tagen zurückkehre, erwarte ich deinen klaren, endgültigen Entschluss. Inzwischen wache und bete, dass du nicht in Versuchung fällst: Der Geist, hoffe ich, ist willig, aber das Fleisch, das sehe ich, ist schwach. Jede Stunde werde ich für dich beten! Der Deine, St. John.«

›Mein Geist‹, entgegnete meine Seele, ›will das tun, was recht ist, und mein Fleisch, hoffe ich, ist stark genug, den Willen des

Himmels zu vollbringen, wenn ich erst einmal jenen Willen deutlich erkannt habe. Auf jeden Fall wird es stark genug sein zu fragen, einen Ausweg aus diesem Nebel des Zweifels zu suchen und das Tageslicht der Gewissheit zu finden.‹

Es war der erste Juni, aber der Morgen war kalt und wolkig und der Regen schlug hart an meine Fenster. Ich hörte, wie die Haustür geöffnet wurde und St. John hinausging. Als ich zum Fenster hinausblickte, sah ich, wie er durch den Garten ging. Er nahm den Weg über das neblige Moor in der Richtung von Whitcross – dort musste er den Postwagen treffen.

›In wenigen Stunden werde ich dir auf deiner Spur folgen, mein Vetter‹, dachte ich. ›Auch ich muss in Whitcross einen Postwagen nehmen. Auch ich habe in England jemanden, nach dem ich mich erkundigen und den ich aufsuchen muss, bevor ich für immer davongehe.‹

Bis zum Frühstück waren es noch zwei Stunden. Diese Zeit füllte ich damit aus, dass ich leise in meinem Zimmer auf- und abging und über die Vision nachdachte, welche meinen Plänen ihre gegenwärtige Richtung gegeben hatte. Ich rief mir jene seltsame innere Empfindung ins Gedächtnis zurück und bemühte mich, mir ihre unbeschreibliche Fremdartigkeit in allen Einzelheiten zu vergegenwärtigen. Ich erinnerte mich der Stimme, die ich vernommen hatte; wiederum und ebenso vergeblich wie zuvor fragte ich mich, woher sie wohl gekommen sein könnte. Sie schien *in mir* gewesen zu sein – nicht in der äußeren Welt. Ich fragte mich, ob es bloß ein nervöser Eindruck gewesen war, eine Täuschung? Ich konnte weder begreifen noch glauben, es war mehr wie eine Inspiration gewesen. Die wundersame Erschütterung meiner Sinne war gekommen wie das Erdbeben, welches die Grundfesten von Paulus' Gefängnis erschütterte; sie hatte die Tore der Zelle meiner Seele geöffnet und ihre Ketten gelöst, sie hatte sie aus ihrem Schlaf geweckt, aus welchem sie zitternd, lauschend, voll Entsetzen aufgefahren war. Dann schlug dreimal ein Schrei an mein ängstliches Ohr; ich hatte ihn in meinem bebenden Herzen vernommen, in meiner erregten Seele, die weder fürchtete noch zagte, sondern voll Freude jauchzte über den Erfolg dieser einzigen Anstrengung, die sie unabhängig von der Last des Fleisches hatte machen dürfen.

›In ein paar Tagen‹, sagte ich, als ich mit meinem Nachsinnen zu Ende war, ›werde ich mehr wissen von dem, dessen Stimme mich gestern Abend zu rufen schien. Briefe haben sich als unwirksam erwiesen – jetzt soll persönliche Nachfrage an ihre Stelle treten.‹

Beim Frühstück verkündete ich Diana und Mary, dass ich eine Reise antreten und wenigstens vier Tage abwesend sein würde.

»Allein, Jane?«, fragten sie.

»Ja, es ist, um Auskunft über eine Person zu bekommen, über welche ich seit längerer Zeit in Unruhe schwebe.«

Sie hätten mir nun erwidern können, was sie ohne Zweifel dachten, dass sie nämlich geglaubt hätten, ich habe außer ihnen keine Freunde, denn dies hatte ich ihnen ja oft genug versichert. Aber in ihrem echten, natürlichen Zartgefühl enthielten sie sich jeder Bemerkung; nur Diana fragte mich, ob ich mich denn auch wohl genug fühle, um reisen zu können. Ich sähe seit einiger Zeit so leidend und blass aus. Ich entgegnete ihr, dass ich nicht krank sei, dass nur eine bestimmte Seelenangst über mich gekommen wäre, welche ich aber bald zu verscheuchen hoffte.

Es war leicht, meine weiteren Vorbereitungen zu treffen, denn ich wurde weder mit Fragen noch mit Vermutungen gequält. Nachdem ich ihnen einmal gesagt hatte, dass ich meine Pläne für den Augenblick nicht näher erklären könne, fanden sie sich ruhig und gütig in das Schweigen, mit welchem ich sie zur Ausführung brachte. Sie gewährten mir das Privileg der Handlungsfreiheit, das ich unter den gleichen Umständen auch ihnen gewährt haben würde.

Es war drei Uhr nachmittags, als ich Moor House verließ, und bald nach vier stand ich am Fuße des Wegweisers von Whitcross, die Ankunft der Postkutsche erwartend, die mich nach dem fernen Thornfield bringen sollte. Bei der Stille auf jenen leeren Straßen und einsamen Hügeln hörte ich schon aus weiter Entfernung das Rollen der Räder. Es war derselbe Wagen, dem ich auf derselben

Stelle an einem Sommerabend entstiegen war – hoffnungslos, einsam und lebensmüde. Er hielt an, als ich ihm ein Zeichen gab. Ich stieg ein, ohne wie damals gezwungen zu sein, für die Bequemlichkeit dieses Reisemittels mein ganzes Vermögen hinzugeben. Als ich mich wieder auf dem Weg nach Thornfield befand, war mir zumute wie der heimkehrenden Brieftaube.

Es war eine Reise von sechsunddreißig Stunden. An einem Dienstagnachmittag war ich von Whitcross abgefahren, und es war früh am Morgen des folgenden Donnerstags, als die Postkutsche anhielt, um die Pferde vor einem Wirtshaus an der Landstraße zu tränken. Diese Schenke lag inmitten einer Landschaft, deren grüne Hecken, weite Felder und niedrige, bewaldete Hügel meinem Auge begegneten, wie die Züge eines einstmals geliebten Angesichts. Wie mild waren diese Züge doch, wie sanft diese Farben im Vergleich mit der herben, kargen Moorlandschaft von Morton in den nördlichen Midlands! Ja, diese Landschaft kannte ich; jetzt musste ich dem Ziel meiner Reise nahe sein!

»Wie weit ist Thornfield noch von hier?«, fragte ich den Hausknecht.

»Gerade noch zwei Meilen, Madam, wenn Sie den Weg über die Felder nehmen wollen.«

›Meine Reise ist nun zu Ende‹, dachte ich bei mir. Ich stieg aus dem Postwagen, übertrug die Sorge für mein Gepäck dem Hausknecht, dass er es aufbewahre, bis es abgeholt würde, bezahlte den Fahrpreis, gab dem Postillion ein Trinkgeld und ging. Die ersten Strahlen der aufgehenden Sonne fielen auf das Schild des Wirtshauses, und ich las in vergoldeten Buchstaben die Inschrift: »The Rochester Arms«. Ich war also schon auf dem Grund und Boden meines Herrn! Mein Herz pochte heftig; dann stand es plötzlich wieder still, denn nun kam mir der Gedanke:

›Dein Herr und Gebieter mag sich ebenso gut jenseits des Kanals aufhalten, was weißt du schon? Und selbst wenn er auf Thornfield Hall sein sollte, dem du entgegeneilst – wer ist außerdem noch dort? Seine wahnsinnige Gattin! Und du hast nichts mit ihm zu schaffen; du darfst nicht mit ihm sprechen, dich nicht in seine

Nähe wagen. All deine Mühen und Anstrengungen sind umsonst gewesen. Es wäre wohl besser, wenn du nicht weitergingest‹, – so sprach die warnende Stimme. ›Bitte die Leute in der Schenke um Auskunft; sie können dir alles sagen, was du zu wissen brauchst, sie können all deine Zweifel mit einem Wort zerstreuen. Geh hin zu jenem Mann und frag ihn, ob Mr. Rochester daheim ist!‹

Der Rat war vernünftig, und doch konnte ich es nicht über mich bringen, danach zu handeln. Ich fürchtete eine Antwort, die mich in Verzweiflung treiben würde. Den Zweifel verlängern hieß die Hoffnung verlängern. Ich musste Thornfield Hall noch einmal unter seinem strahlenden Stern wiedersehen. Dort vor mir lag der Fußpfad. Dies waren dieselben Felder, durch welche ich am Morgen meiner Flucht von Thornfield gelaufen war, blind, taub und wahnsinnig, mit einer rachsüchtigen Wut im Herzen, die mich peitschte und verfolgte. Ehe ich noch recht wusste, welche Richtung ich am besten einschlüge, war ich schon mitten zwischen den Feldern. Wie schnell ich ging, wie ich zuweilen sogar lief! Wie ich voraus blickte, um die ersten Wipfel des wohlbekannten Parks zu erspähen! Mit welchem Gefühl ich einzelne Bäume begrüßte, die ich kannte, und lieb gewordene Aussichten auf Wiesen und Hügel!

Endlich erhoben sich die Bäume des Parks vor mir. Düster lag der Krähenhorst da, ein lautes Krächzen unterbrach die Stille des Morgens. Ein seltsames Entzücken überkam mich und ich eilte vorwärts. Noch ein Feld durchkreuzt, einer gewundenen Heckengasse gefolgt – und da lagen die Mauern des Hofes und die Wirtschaftsgebäude vor mir. Das Haus selbst war noch hinter dem Krähenhorst verborgen.

›Zuerst will ich es von vorne wiedersehen‹, beschloss ich, ›wo die kühnen Zinnen einen so erhabenen Eindruck auf den Betrachter machen, und wo ich das Fenster meines Herrn sehen kann. Vielleicht steht er an demselben – er pflegt früh aufzustehen. Vielleicht ergeht er sich jetzt auch im Obstgarten, oder auf der Terrasse vor dem Haus. Wenn ich ihn nur erblicken könnte! Nur für einen Augenblick! Wahrlich, wenn es so wäre – könnte ich so verrückt sein, zu ihm zu laufen? Ich kann es nicht sagen – ich bin meiner nicht sicher. Und wenn ich es täte, was weiter? Gott segne ihn, was dann? Wem geschähe ein Unrecht damit, wenn ich noch einmal für einen kurzen Augenblick die Lebenswonne kostete, die sein Blick in meine Adern gießt? – Aber ich phantasiere: Vielleicht beobachtet er in diesem Moment den Sonnenaufgang über den Pyrenäen oder das gezeitenlose Meer des Südens.‹

Ich war an der niedrigen Mauer des Obstgartens entlanggegangen und um eine Ecke gebogen. Hier befand sich eine Pforte zur Wiese, eingerahmt von zwei steinernen Pfeilern, welche von großen Steinkugeln gekrönt waren. Hinter einem dieser Pfeiler versteckt, würde ich ruhig die ganze Front des Herrenhauses überblicken können. Mit großer Vorsicht streckte ich meinen Kopf vor, weil ich mich vergewissern wollte, ob die Vorhänge der Schlafzimmerfenster bereits zur Seite gezogen wären. Von diesem geschützten Standpunkt aus würde ich sowohl die lange Vorderseite als auch die Fensterreihen und die Zinnen des Hauses beherrschen ...

Vielleicht beobachteten mich die Krähen, welche ruhig durch die blauen Lüfte über mir segelten. Ich hätte gerne gewusst, was sie dachten: Sie werden mich zunächst für sehr besorgt und scheu, dann nach und nach aber für sehr kühn und unbekümmert gehalten haben. Ein flüchtiger Blick, dann ein langes Starren, nun ein Verlassen meines Winkels und ein Gang hinaus auf die Wiese. Darauf ein plötzliches Innehalten gerade vor der Front des Hauses, und ein kühner, langer Blick in jener Richtung. ›Welch affektierte Scheu am Anfang‹, mögen die alten Raben sich gefragt haben, ›und welch dumme Dreistigkeit jetzt?‹

Ich will es dir an einem Beispiel erklären, lieber Leser: Ein Liebender findet seine Geliebte auf einer bemoosten Bank eingeschlafen; er wünscht einen Blick auf ihr süßes Gesicht zu tun, ohne sie zu wecken. Leise schleicht er über das Gras, besorgt, ein Geräusch zu machen. Er hält inne, überzeugt, dass sie sich geregt hat. Nicht um alles in der Welt möchte er von ihr gesehen werden: Er zieht sich zurück. Alles ist still, er nähert sich ihr wiederum, er beugt sich über sie. Ein luftiger Schleier ist über sie gebreitet, er hebt ihn auf, beugt sich tiefer hinab; seine Augen genießen den Anblick der Schönheit: warm, blühend und lieblich in ihrer Ruhe. Wie flüchtig war sein erster Blick – aber wie sehr erstarrt er jetzt! Wie er zusammenschrickt! Wie er jetzt plötzlich stürmisch die ganze Gestalt, die er noch vor einem kurzen Augenblick nicht mit einem einzigen Finger zu berühren wagte, mit beiden Armen umschlingt! Wie er laut ihren Namen ruft, seine Last wieder sinken lässt und sie wild anstarrt! So packt und schreit und starrt er, weil er nicht länger fürchten kann, die Geliebte durch einen Schrei, den er ausstößt, durch eine Bewegung, die er macht, zu wecken: Er glaubt sie ruhig und friedlich schlafend – aber sie ist kalt und tot!

Mit zitternder Freude hatte ich den Anblick eines stattlichen Herrenhauses erwartet: Ich sah nur von Rauch geschwärzte Ruinen.

Es war nicht nötig, mich hinter einem Torpfeiler zusammenzukauern, scheu nach den Fenstern der Schlafzimmer emporzublicken, voller Bangen, dass sich hinter ihnen etwas regen könnte. Es war nicht nötig, auf das Öffnen und Schließen von Türen zu lauschen oder mir einzubilden, dass ich menschliche Schritte auf der Terrasse oder den Kieswegen vernähme. Der Garten und der Park waren niedergetreten und verwüstet; das Portal gähnte mir in fürchterlicher Leere entgegen. Die Vorderseite des Hauses war so, wie ich sie einst im Traum gesehen hatte: nur eine hohle Mauer, hoch und zerbrechlich, hier und da durch leere Fensterhöhlen unterbrochen. Kein Dach, keine Zinnen, keine Schornsteine – alles war in Trümmer gefallen. Und überall herrschte die Ruhe des Todes, die Stille einer einsamen Wildnis.

Kein Wunder, dass auf Briefe, welche an Personen hierher gerichtet waren, niemals eine Antwort gekommen war; ebenso gut hätte man Episteln nach dem Grabgewölbe einer Kirche senden können. Die rauchige Schwärze sagte mir, welchem Schicksal das Herrenhaus zum Opfer gefallen war – durch Feuersbrunst war es vernichtet. Wie aber war diese entstanden? Welche Geschichte knüpfte sich an dieses Unglück? Welcher Verlust außer Mörtel, Marmor und Holz war noch entstanden? Waren auch Menschenleben zerstört worden? Und wenn – wessen Leben war zu beklagen? Furchtbare Frage! Hier war niemand, der mir hätte Antwort geben können, kein Laut, kein stummes Zeichen.

Als ich zwischen den geborstenen Mauern und dem zerstörten Inneren des Hauses umherwanderte, wurde mir klar, dass das unglückselige Ereignis schon etwas zurückliegen musste. Es schien, dass durch den hohlen Torbogen bereits der Schnee eines Winters geweht und eisiger Regen durch die leeren Fensterhöhlen gedrungen war. Zwischen den Trümmerhaufen des zerstörten Hausrats schoss schon die Vegetation eines Frühlings empor; hier und dort wucherten Gras und Unkraut gar üppig zwischen den Steinen und herabgestürzten Balken. Aber ach, wo war wohl inzwischen der unglückliche Besitzer dieser Ruine? In welchem Land, unter welchen Verhältnissen? Unwillkürlich wanderten meine Blicke zu dem altersgrauen Kirchturm dicht hinter dem großen Einfahrtstor, und ich fragte mich: ›Liegt er neben Damer de Rochester und teilt mit ihm die Ruhe seines engen Marmorhauses?‹

Irgendwo musste ich Antworten auf diese Fragen erhalten, und dieser Ort konnte nur das Wirtshaus sein. Ich begab mich also dorthin zurück. Der Wirt selbst brachte mir das bestellte Frühstück ins Empfangszimmer. Ich bat ihn, die Tür zu schließen und Platz zu nehmen. Nachdem er dies getan hatte, wusste ich aber kaum, wie ich beginnen sollte, ein solches Entsetzen empfand ich vor den möglichen Antworten. Und doch hatte der Anblick des Grauens, welches ich soeben verlassen hatte, mich schon auf eine jammervolle Geschichte vorbereitet. Der Wirt war ein anständig aussehender Mann in mittleren Jahren.

»Sie kennen Thornfield Hall natürlich?«, fragte ich unter großer Anstrengung.

»Ja, Madam, ich habe dort einst gewohnt.«

»Tatsächlich?« – ›Aber nicht zu meiner Zeit‹, dachte ich, ›denn mir bist du ein Fremder.‹

»Ich war der Kellermeister des verstorbenen Mr. Rochester.«

Des Verstorbenen! Mit voller Wucht fiel nun anscheinend der Schlag auf mich, dem ich so lange ausgewichen war.

»Des Verstorbenen?«, stieß ich mühsam hervor. »Ist er denn tot?«

»Ich meine den Vater des jetzigen Mr. Edward«, erklärte er.

Ich atmete auf und mein Blut begann wieder zu zirkulieren. Diese Worte gaben mir doch die Gewissheit, dass der ›jetzige Mr. Edward‹ – *mein* Mr. Rochester, Gott segne ihn, wo er auch sein mochte! – am Leben war. Glücklich machende Worte! Mir war, als könne ich alles mit anhören, was jetzt noch kommen sollte, wie furchtbar die Enthüllungen auch sein mochten. Jetzt war ich wieder verhältnismäßig ruhig geworden; er lag ja nicht im Grabe! Nun hätte ich es ertragen, wenn man mir erzählt hätte, dass er auf den Antipoden sei.

»Wohnt Mr. Rochester jetzt auch auf Thornfield Hall?«, fragte ich, obgleich ich die Antwort im Voraus wusste. Ich wollte aber eine direkte Frage in Bezug auf seinen Aufenthalt vermeiden.

»Nein, Madam, ach nein! Dort wohnt jetzt niemand. Ich vermute, dass Sie in dieser Gegend fremd sind, sonst würden Sie wissen, was sich im vorigen Herbst zugetragen hat. Thornfield Hall ist nur noch eine Ruine, gerade um die Erntezeit brannte es gänzlich ab. Ein furchtbares Unglück, solch eine ungeheure Menge wertvollen Eigentums zerstört! Von den Möbeln konnte fast nichts gerettet werden. Das Feuer brach mitten in der Nacht aus, und ehe die Spritzen aus Millcote ankamen, war das ganze Gebäude ein Flammenmeer. Es war ein grauenhafter Anblick. Ich war selbst dabei.«

»Mitten in der Nacht«, murmelte ich. Ja, das war die verhängnisvolle Stunde für Thornfield!

»Weiß man, wie das Feuer entstanden ist?«, fragte ich.

»Man *vermutet* es, Madam, man *vermutet* es. Ich für meinen Teil würde allerdings sagen, dass es ohne Zweifel feststeht. Wussten Sie denn …«, fuhr er fort, indem er seinen Stuhl näher an den Tisch rückte und im Flüsterton weitersprach, »… dass eine Dame … eine … eine Wahnsinnige im Haus eingesperrt war?«

»Ich habe etwas darüber gehört.«

»Sie war unter sehr strenger Bewachung, Madam. Viele Jahre hindurch wussten die Leute nichts Bestimmtes über ihr Dasein.

Niemand sah sie, und nur durch Gerüchte wusste man überhaupt, dass irgendjemand im Herrenhaus verborgen gehalten wird. Wer oder was es sei, wusste keiner. Man sagte, Mr. Edward habe sie aus der Fremde mitgebracht, und viele glaubten, sie sei seine Geliebte gewesen. Aber vor ungefähr einem Jahr passierte dann etwas Sonderbares – etwas sehr Sonderbares.«

Ich fürchtete jetzt, meine eigene Geschichte mit anhören zu müssen, deshalb versuchte ich, ihn zur Hauptsache zurückzuführen.

»Und diese Dame?«

»Diese Dame, Madam, erwies sich als Mr. Rochesters Gattin! Und die Entdeckung wurde auf die seltsamste Weise herbeigeführt: Im Herrenhaus war ein junges Mädchen, die Gouvernante, und Mr. Rochester ...«

»Und das Feuer?«, unterbrach ich ihn.

»Das kommt gleich, Madam! – ... und Mr. Rochester verliebte sich in sie. Die Dienstboten sagten, dass sie in ihrem ganzen Leben noch keinen so verliebten Menschen gesehen hätten wie ihn, ständig war er hinter ihr her. Sie bedeutete ihm mehr als alles andere auf der Welt, und die Angestellten beobachteten ihn – Sie wissen ja, Madam, wie Dienstboten nun einmal so sind. Außer Mr. Rochester fand niemand sie hübsch, sie war ein kleines, unbedeutendes Ding, heißt es, fast noch ein Kind. Ich selbst habe sie nie gesehen, aber Leah, das Stubenmädchen, hat mir von ihr erzählt. Leah hat sie sehr lieb gehabt. Mr. Rochester war ungefähr vierzig Jahre alt und diese Gouvernante noch nicht zwanzig. Und Sie wissen wohl, wenn Leute in seinen Jahren sich in junge Mädchen verlieben, so sind sie oft wie behext. Kurz und gut: Er wollte sie heiraten.«

»Diesen Teil der Geschichte können Sie mir ja ein andermal erzählen«, sagte ich. »Ich habe einen ganz besonderen Grund, weshalb ich die Geschichte der Feuersbrunst hören möchte. Vermutet man denn, dass diese wahnsinnige Mrs. Rochester die Hand dabei im Spiel hatte?«

»Sie haben es getroffen, Madam. Es ist ganz sicher, dass sie – und keine andere, als sie – das Haus angezündet hat. Es gab da ein

Weib, das sie bewachen sollte, Mrs. Poole mit Namen. Eine ganz geschickte Person in ihrer Art und ganz vertrauenswürdig, aber sie hatte einen Fehler – einen Fehler, den beinahe alle alten Weiber und Krankenwärterinnen haben: *Sie trug immer eine private Flasche Gin mit sich herum* und nahm dann und wann einen Schluck über den Durst. Das war verzeihlich, denn sie hatte ein schweres Leben, aber zugleich war es auch gefährlich. Denn wenn Mrs. Poole nach ihrem Gin fest eingeschlafen war, so nahm die wahnsinnige Frau, die so listig und verschlagen war wie eine Hexe, ihr manchmal den Schlüssel aus der Tasche, schlich sich aus der Tür, wanderte im Haus umher und richtete alles Unheil an, das ihr so in den Kopf kam. Die Leute sagen, dass sie einmal ihren eigenen Gatten beinahe in seinem Bett verbrannt hätte, aber ich weiß nicht, ob das wahr ist. An einem Abend steckte sie jedoch zuerst die Vorhänge in dem Zimmer an, welches dem ihren am nächsten lag. Dann stieg sie hinunter in das erste Stockwerk, schlich sich in das Zimmer, das einst der Gouvernante gehört hatte, und zündete dort das Bett an. Es war, als hätte sie eine Ahnung von dem gehabt, was sich zugetragen hatte, und als hasste sie das arme Mädchen nun. Zum Glück schlief aber niemand in dem Bett: Die Gouvernante war zwei Monate zuvor fortgelaufen, und obgleich Mr. Rochester sie suchte, als wenn sie das kostbarste Juwel auf Erden wäre, so konnte er doch nicht ein einziges Wort über sie in Erfahrung bringen. Er wurde darüber ganz wild. War er zuvor schon kein milder Mann gewesen, so wurde er, nachdem er sie verloren hatte, geradezu gefährlich. Er wollte ganz allein sein. Die Haushälterin Mrs. Fairfax schickte er weit fort zu ihren Verwandten, wobei er aber so anständig war, ihr eine lebenslange Rente auszusetzen. Sie verdiente es auch, denn sie war eine herzensgute Frau. Miss Adèle, sein Mündel, das ebenfalls im Haus war, wurde in eine Schule geschickt. Und er brach jeden Verkehr mit dem benachbarten Adel ab und lebte im Herrenhaus wie ein Eremit.«

»Was? Hat er England nicht verlassen?«

»England verlassen? Gott segne Sie, nein! Er ist nicht mehr über die Schwelle des Hauses gegangen, ausgenommen bei Nacht, wenn er wie ein Geist im Park und im Obstgarten umherlief und tobte, als wäre er von Sinnen. Und meiner Meinung nach war er das auch. Denn Sie konnten keinen lustigeren, kühneren, frischeren Herrn als ihn sehen, bevor das kleine Ding von Gouvernante ihm in den Weg kam. Er war weder ein Spieler, noch ein Trinker; er kümmerte sich nicht einmal um die Pferdegeschichten, wie so viele es tun. Er war auch nicht besonders schön, aber er hatte Mut und einen so festen Willen, wie ihn nur jemals ein Mann besaß. Sehen Sie, ich habe ihn seit seinen Knabenjahren gekannt, und was mich anbetrifft, so habe ich oft gewünscht, Miss Eyre wäre im tiefsten Meer ertrunken, ehe sie nach Thornfield Hall kam.«

»Mr. Rochester war also zu Hause, als das Feuer ausbrach?«

»Ja, gewiss war er das. Er lief hinauf in die Dachkammern, als oben und unten schon alles brannte, rettete die Dienerschaft aus ihren Betten und half ihnen selbst hinunter. Und dann lief er noch einmal zurück, um seine wahnsinnige Gattin aus ihrer Zelle zu holen. Da riefen sie ihm zu, dass sie auf dem Dache stehe; und da stand sie auch und schlug mit den Armen um sich, oben auf den Zinnen, und dabei schrie sie, dass man sie eine Meile weit hörte. Ich habe sie mit meinen eigenen Augen und Ohren gesehen und gehört. Sie war eine große, starke Frau und hatte langes, schwarzes Haar; wir sahen es im Wind flattern, während die Flammen schon an ihr emporschlugen. Ich sah es, und noch viele andere haben es gesehen, wie Mr. Rochester durch das Oberlicht auf das Dach stieg. Wir hörten ihn ›Bertha!‹ rufen, wir sahen, wie er sich ihr näherte. Und da, Madam, stieß sie einen furchtbaren Schrei aus und tat einen Sprung – und im nächsten Augenblick lag sie zerschmettert auf der Steinrampe der Terrasse.«

»Tot?«

»Tot? Oh ja, so tot wie die Steine, auf denen ihr Gehirn und ihr Blut verspritzt waren.«

»Großer Gott!«

»Das mögen Sie wohl sagen, Madam, es war fürchterlich!«

Er schauderte.

»Und dann?«, fragte ich.

»Nun, Madam, dann brannte das Haus bis auf den Grund nieder. Es stehen nur noch einige Mauerreste.«

»Sind noch mehr Menschenleben verloren?«

»Nein. Aber es wäre vielleicht besser gewesen.«

»Was wollen Sie damit sagen?«

»Armer Mr. Edward!«, rief er aus. »Dass ich das noch würde erleben müssen, hätte ich nicht gedacht. Einige sagen, das sei die gerechte Strafe, weil er seine erste Heirat geheim halten und eine zweite Frau nehmen wollte, während die erste noch lebte. Aber mir tut er doch von Herzen leid.«

»Aber Sie sagten doch, dass er lebt!«, rief ich aus.

»Ja, ja, er lebt. Aber manche meinen, dass es besser für ihn wäre, tot zu sein.«

»Weshalb? Wie?« Das Blut erstarrte mir fast in den Adern. »Wo ist er?«, fragte ich. »Ist er in England?«

»Ja, ja, er ist in England. Er kann ja gar nicht von England fort, er sitzt hier fest.«

Welch eine Qual! Und dieser Mann schien entschlossen, sie nach Möglichkeit zu verlängern.

»Er ist stockblind«, sagte er endlich. »Ja, ja, er ist stockblind, der arme Mr. Edward.«

Ich hatte Schlimmeres befürchtet. Ich hatte gefürchtet, er wäre wahnsinnig geworden. Nun nahm ich all meine Kraft zusammen und fragte, wie dies Unglück geschehen sei.

»Sein eigener Mut war schuld daran, und, wenn man so will, seine Gutherzigkeit: Er wollte das Haus nicht eher verlassen, als bis jeder andere vor ihm hinausgeschafft war. Als er dann endlich die große Treppe hinunterkam, nachdem Mrs. Rochester sich von den Zinnen hinabgestürzt hatte, da gab es einen großen Krach, und alles brach zusammen. Er wurde zwar lebend unter den Ruinen hervorgezogen, aber schwer verletzt. Ein Balken war so gefallen, dass er ihn teilweise geschützt hatte, aber ein Auge war ihm ausgeschlagen und eine Hand so vollständig zerschmettert, dass Mr. Carter, der Wundarzt, sie sofort amputieren musste. Das andere Auge war sehr entzündet und er verlor auch auf diesem die Sehkraft. Jetzt ist er ganz hilflos – gänzlich blind und ein Krüppel.«

»Wo ist er? Wo wohnt er jetzt?«

»In Ferndean, einem seiner Landgüter, etwa dreißig Meilen von hier. Ein ziemlich verlassener Ort.«

»Und wer ist bei ihm?«

»Der alte John und sein Weib. Er wollte sonst niemanden um sich dulden. Man sagt, er wäre ganz gebrochen.«

»Haben Sie irgendeine Kutsche?«

»Wir haben eine Chaise, Madam, eine sehr schöne Chaise.«

»Lassen Sie augenblicklich anspannen! Und wenn Ihr Postknecht mich heute noch vor dem Dunkelwerden nach Ferndean bringen kann, so werde ich sowohl Ihnen wie ihm den doppelten Fahrpreis zahlen.«

Siebenunddreißigstes Kapitel

Das Herrenhaus von Ferndean war ein Gebäude von beträchtlichem Alter und mittlerer Größe, es entbehrte jeder architektonischen Schönheit und lag tief im Wald versteckt. Früher hatte ich oft davon reden gehört; Mr. Rochester hatte häufiger von Ferndean gesprochen und sich auch wiederholt dorthin begeben. Sein Vater hatte die Besitzung um ihrer ausgebreiteten Jagdgründe willen gekauft. Er hätte das Haus gern vermietet, konnte aber wegen der ungesunden und unbequemen Lage keinen Mieter finden. Also blieb Ferndean unmöbliert und unbewohnt – mit Ausnahme von zwei oder drei Zimmern, welche zur Aufnahme des Gutsherrn bereitstanden, wenn er während der Jagdsaison dorthin kam.

Ich erreichte das Haus am Abend eines trüben, von kaltem Wind und ununterbrochenem Regen gezeichneten Tages. Die letzte Meile hatte ich zu Fuß zurückgelegt, nachdem ich Postkutsche und Postillion mit dem Doppelten des versprochenen Preises entlassen hatte.

Selbst wenn man schon nahe vor dem Herrenhaus stand, konnte man es doch nicht sehen, so dicht wuchsen die Bäume des düsteren Waldes ringsum. Ein eisernes Tor zwischen zwei Granitpfeilern zeigte mir, wo ich eintreten musste, und als ich es durchschritten hatte, befand ich mich sofort wieder unter dem dicken Laubdach langer Baumreihen. Zwischen alten, bemoosten Baumstämmen und dichtem Unterholz zog sich ein grasbewachsener Pfad hin. Diesem folgte ich in der Erwartung, bald an eine menschliche Wohnung zu gelangen, jedoch er schlängelte sich weiter und weiter und nirgends war eine Spur von einem Haus oder einem Park.

Ich dachte, ich hätte die falsche Richtung eingeschlagen und den Weg verfehlt. Die Dunkelheit des Abends und des Waldes wurde immer undurchdringlicher. Ich blickte umher, um einen anderen Weg zu suchen: Es gab keinen. Nichts als verwachsenes Unterholz, kerzengerade Baumstämme, Sommerlaub – nirgends eine Lichtung.

Ich ging weiter. Endlich wurde der Pfad breiter und die Bäume standen weniger dicht. Ich sah ein Geländer und dann ein Haus, welches in der zunehmenden Finsternis kaum von den Bäumen zu unterscheiden war, so feucht und moosbedeckt waren seine morschen Mauern. Ich trat durch ein Tor, das nur durch die Klinke geschlossen war, und stand inmitten eines umfriedeten Raumes, welcher sich im Halbkreis zwischen den Bäumen des Waldes ausdehnte. Es waren weder Blumen noch Gartenbeete dort, nur ein breiter Kiesweg, welcher sich um einen Rasenplatz zog – umstanden von dem ernsten, düsteren Wald. Das Haus hatte an seiner Vorderseite zwei Giebel; die Fenster waren schmal und vergittert; auch die Haustür war eng, eine Steinstufe führte zu ihr hinauf. Das Ganze war, wie der Wirt des »Rochester Arms« gesagt hatte, wirklich ein trostloser Ort. Es war hier still wie in einer Kirche am Wochentag; der Regen, welcher ununterbrochen auf das Waldeslaub herabfiel, war der einzige Laut, der an mein Ohr schlug.

›Können hier lebende Wesen sein?‹, fragte ich mich.

Ja, Leben irgendeiner Art war hier, denn ich vernahm ein Geräusch. Die schmale Haustür wurde geöffnet und irgendjemand schickte sich an, aus dem Gebäude zu treten.

Die Tür öffnete sich nur langsam, eine Gestalt trat in die Dämmerung hinaus, ein Mann ohne Hut, er streckte die Hand aus, wie um zu fühlen, ob es regne. Und obwohl es dunkel war, erkannte ich ihn gleich – es war mein Gebieter, Edward Fairfax Rochester, kein anderer!

Ich blieb stehen, ich hielt den Atem an und verharrte, um ihn zu beobachten, ihn zu betrachten – von niemandem gesehen und leider auch unsichtbar für ihn.

Es war eine sehr plötzliche Begegnung, und das Entzücken, welches sie mir verursachte, wurde tausendmal aufgewogen durch den Jammer, welchen ich bei seinem Anblick empfand. Es wurde mir nicht schwer, einen Aufschrei zurückzuhalten; ich fühlte mich nicht versucht, zu ihm zu eilen.

Seine Gestalt hatte dieselben starken, kräftigen Umrisse wie früher; er trug sich noch aufrecht, sein Haar war rabenschwarz, seine Züge waren nicht verändert. Ein Jahr des Kummers und des Leides hatte nicht vermocht, seine athletische Stärke zu beugen, seine männliche Kraft zu brechen. Aber in seinem Gesichtsausdruck bemerkte ich eine Veränderung, denn dieser war düster und verzweifelt. Er erinnerte mich in seinem dumpfen Schmerz an ein gefesseltes wildes Tier oder an einen Vogel, dem man sich nicht ohne Gefahr nähern konnte: Ein gefangener Adler, dessen goldumränderte Augen durch Grausamkeit geblendet sind, würde so blicken wie dieser blinde Samson.

Ach, mein Leser, glaubst du, dass ich ihn fürchtete in seiner blinden Wildheit? Wenn du dies meinst, so kennst du mich wenig. In meinen Schmerz mischte sich die süße Hoffnung, dass ich bald versuchen würde, einen Kuss auf diese Marmorstirn zu drücken, auf diese krampfhaft zusammengepressten Lippen … bald, aber jetzt noch nicht. Noch wollte ich ihn nicht anreden.

Er stieg die Steinstufe hinunter und ging langsam und tastend auf den Grasplatz zu. Wo war sein kühner Schritt jetzt? Dann blieb er stehen, als ob er nicht wüsste, nach welcher Seite er sich wenden sollte. Er hob die Hand und öffnete die Augenlider, richtete – wie es schien, mit großer Anstrengung – den Blick zum Himmel hinauf und sah dann auf das Amphitheater des Waldes. Aber für ihn war alles Leere und Dunkelheit. Er streckte die rechte Hand aus, den verstümmelten linken Arm hielt er in der Brusttasche verborgen. Es war, als wünschte er aus der Berührung zu erkennen, was in seiner nächsten Umgebung sei. Aber auch hier fand er nur leeren Raum, denn die Baumreihen fingen erst mehrere Ellen weiter entfernt an. Dann gab er seine Bemühungen auf, verschränkte die Arme und stand ruhig und stumm im Regen, der jetzt unablässig auf seinen unbedeckten Kopf fiel.

In diesem Augenblick trat John, den ich zuvor nicht bemerkt hatte, an ihn heran.

»Sir, wollen Sie meinen Arm nehmen?«, fragte er. »Ein gar heftiger Regenschauer zieht herauf. Es wäre besser, wenn Sie ins Haus gingen.«

»Lass mich allein!«, lautete die Antwort.

John zog sich zurück, ohne meiner ansichtig geworden zu sein. Jetzt versuchte Mr. Rochester einen kleinen Gang, aber es war vergebens: Er war zu unsicher. Er tastete sich zum Haus zurück, trat hinein und schloss hinter sich die Tür.

Nun ging auch ich näher und klopfte an. Johns Frau öffnete mir die Tür.

»Mary«, sagte ich, »wie geht es Ihnen?«

Sie erschrak, als ob sie ein Gespenst gesehen hätte. Ich beruhigte sie. Auf ihren hastigen Ausruf: »Sind Sie es wirklich, Miss, die in so später Stunde an diesen einsamen Ort kommt?«, antworte ich nur, indem ich ihre Hand erfasste. Dann folgte ich ihr in die Küche, wo John jetzt vor einem hell lodernden Feuer saß.

In wenigen Worten erklärte ich ihnen, dass ich bereits von allem wisse, was sich zugetragen, seit ich Thornfield verlassen hatte, und dass ich gekommen sei, um Mr. Rochester zu sehen. Ich bat John, zur Zollschranke hinunterzugehen und mir mein Eigentum heraufzubringen; dem Wärter dort hatte ich meinen Koffer anvertraut, nachdem ich die Chaise entlassen hatte. Dann legte ich Hut und Schal ab und fragte Mary vorsichtig, ob man für eine Nacht wohl Unterkunft im Herrenhaus nehmen könnte. Als ich mich überzeugt hatte, dass dies trotz einiger Schwierigkeiten möglich sei, sagte ich ihr, dass ich gerne bleiben würde. In diesem Augenblick ertönte die Glocke des Wohnzimmers.

»Wenn Sie hineingehen, Mary, so sagen Sie Ihrem Herrn, dass jemand da sei, der mit ihm zu sprechen wünscht. Nennen Sie ihm jedoch nicht meinen Namen.«

»Ich glaube nicht, dass er Sie vorlassen wird«, entgegnete sie. »Er weist alle Leute ab.«

Als sie zurückkam, fragte ich, was er gesagt habe.

»Er lässt nach Ihrem Namen und Ihrem Anliegen fragen«, entgegnete sie. Dann machte sie sich daran, ein Glas mit Wasser zu füllen und es mit zwei Kerzen auf ein Tablett zu stellen.

»Klingelte er Ihnen, um dies zu verlangen?«, fragte ich.

»Ja, er lässt stets Kerzen bringen, wenn es dunkel wird, wenn er auch blind ist.«

»Geben Sie mir das Brett, ich will es hineintragen.«

Ich nahm es ihr aus der Hand und sie bezeichnete mir die Tür des Wohnzimmers. Das Tablett zitterte in meiner Hand, ich verschüttete das Wasser, das Herz pochte mir fast hörbar in der Brust. Mary öffnete die Tür für mich und schloss sie hinter mir wieder.

Das Wohnzimmer sah düster aus; ein vernachlässigtes Feuer qualmte im Kamin, und darüber gebeugt, den Kopf auf den hohen, altmodischen Kaminsims gestützt, stand der blinde Bewohner des Zimmers. Sein alter Hund Pilot lag an einer Wand; es schien, als hätte er sich selbst behutsam aus dem Wege geräumt aus Furcht, dass er getreten werden könnte. Als ich eintrat, spitzte Pilot die Ohren. Dann sprang er winselnd empor und stürzte auf mich zu – fast hätte er mir das Tablett aus der Hand gestoßen.

Ich stellte es auf den Tisch, streichelte ihn und sagte leise: »Kusch, Pilot!« Mechanisch drehte Mr. Rochester sich herum, als wolle er *sehen*, was diese Unruhe verursachte. Da er aber nichts sehen *konnte*, wandte er den Kopf wieder ab und seufzte laut auf.

»Gib mir das Wasser, Mary«, sagte er.

Ich näherte mich ihm mit dem nur noch zur Hälfte gefüllten Glas. Pilot folgte mir, noch immer mit dem Schweif wedelnd.

»Was gibt es denn?«, fragte er.

»Kusch Pilot!«, sagte ich noch einmal. Im Begriff, das Wasserglas an die Lippen zu führen, hielt er inne und schien zu lauschen. Dann trank er und setzte das Glas wieder hin.

»Du bist es doch, Mary?«

»Mary ist in der Küche«, entgegnete ich.

Mit einer hastigen Gebärde streckte er die Hand aus, da er aber nicht sah, wo ich stand, berührte er mich nicht.

»Wer ist es? Wer ist es?«, fragte er ängstlich und versuchte, wie es schein, mit seinen blinden Augen zu *sehen*. Ein vergeblicher, trauriger Versuch. »Antworte mir, sprich noch einmal!«, befahl er laut und herrisch.

»Wollen Sie noch ein wenig Wasser, Sir? Ich habe die Hälfte von dem verschüttet, was im Glas war«, sagte ich.

»*Wer* ist es? *Was* ist es? Wer spricht?«

»Pilot kennt mich, und John und Mary wissen, dass ich hier bin. Ich bin erst heute Abend angekommen«, antwortete ich.

»Allmächtiger Gott! Welche Täuschung hat sich meiner bemächtigt? Welch schöner Wahnsinn hat mich erfasst?«

»Keine Täuschung, kein Wahnsinn, Sir. Ihr Geist ist zu stark, um Täuschungen zu verfallen; ihre Gesundheit zu kräftig für den Wahnsinn.«

»Und wo ist die Sprecherin? Ist es nur eine Stimme? Oh, ich *kann nicht* sehen, aber ich muss fühlen, oder mein Herz hört auf zu schlagen und mein Kopf zerspringt. Was auch immer, wer auch immer du sein magst – lass dich anfassen, oder ich kann nicht länger leben!«

Er tastete umher. Ich fasste seine unsichere Hand und umschloss sie mit den meinen.

»Es sind ihre Finger!«, rief er aus, »ihre kleinen, dünnen Finger! Und wenn sie es sind, so muss doch noch mehr von ihr da sein.«

Die kräftige Hand entzog sich meiner Umklammerung; er fasste meinen Arm – meine Schulter – meinen Hals – meine Taille – er zog mich an sich und hielt mich umschlungen.

»Ist das Jane? *Was* ist es? Dies ist ihre Gestalt, ihre Größe ...«

»Und dies ist ihre Stimme«, fügte ich hinzu. »Sie ist hier, ganz und gar hier, und ihr Herz auch. Gott segne Sie, Sir! Ich bin so glücklich, Ihnen wieder nahe zu sein!«

»Jane Eyre! – Jane Eyre!«, war alles, was er sagte.

»Ja, mein teurer Herr«, antwortete ich, »ich bin Jane Eyre; ich habe Sie wiedergefunden, ich bin zu Ihnen zurückgekehrt!«

»In Wahrheit? Leibhaftig? Meine lebendige Jane?«

»Sie halten mich, Sir – Sie halten mich ja, und fest obendrein. Ich bin nicht kalt wie eine Tote, nicht leer wie Luft, nicht wahr?«

»Mein Liebling am Leben! Dies sind ihre Glieder, dies ihr Gesicht! Aber so glücklich kann ich nicht werden nach all meinem Elend. Es ist ein Traum, wie ich ihn so oft während der trostlosen Nächte hatte, wenn ich sie noch einmal an mein Herz drückte, wie ich es jetzt tue; und sie küsste wie jetzt, und fühlte, dass sie mich liebte, und hoffte, dass sie mich nicht verlassen würde.«

»Und das werde ich von heute an auch nicht mehr tun, Sir.«

»›Nicht mehr tun‹, sagt die Vision? Aber ich erwachte stets und fand, dass es bittere Täuschung gewesen war. Und ich war einsam und verlassen; mein Leben dunkel, trübe und hoffnungslos. Meine Seele dürstete, und niemand reichte ihr einen erquickenden Trunk – mein Herz hungerte, und die Nahrung blieb ihm versagt. Du sanfter, süßer Traum, der du mir jetzt im Arm ruhst, du wirst wiederum entfliehen, wie all deine Schwestern vor dir entflohen sind. Aber küsse mich, bevor du gehst – umarme mich, Jane!«

»Hier, Sir – und hier!«

Ich presste meine Lippen auf seine einst so strahlenden und jetzt völlig glanzlosen Augen; ich strich ihm das Haar aus der Stirn und küsste auch diese. Plötzlich schien er sich aufzuraffen; er wurde sich der Wirklichkeit dessen, was geschah, bewusst.

»Bist du es – ist es Jane? Du kommst also zu mir zurück?«

»Ja.«

»Und du liegst nicht tot in irgendeinem Graben oder einem Fluss? Du weilst nicht traurig, einsam und ausgestoßen unter fremden Menschen?«

»Nein Sir, ich bin jetzt eine unabhängige Frau.«

»Unabhängig? Was heißt das, Jane?«

»Mein Onkel auf Madeira ist gestorben und hat mir fünftausend Pfund hinterlassen.«

»Ah! Dies ist Realität, dies ist Vernunft!«, rief er aus. »Sowas würde ich nicht träumen! Nebenbei, das ist ja auch wieder ihre eigenartige Stimme, so belebend, so reizend und doch so sanft. Sie erfrischt mein krankes Herz und flößt mir neues Leben ein. – Was, Janet? Du bist jetzt unabhängig? Eine reiche Frau?«

»Ziemlich reich, Sir. Wenn Sie mich nicht hier wohnen lassen wollen, so kann ich mir ein Haus ganz nahe vor Ihrer Tür bauen, und dann können Sie zu mir kommen und bei mir im Wohnzimmer sitzen, wenn Sie sich des Abends nach Gesellschaft sehnen.«

»Da du nun aber reich bist, Jane, so wirst du ohne Zweifel Freunde haben, die sich um dich kümmern und nicht dulden werden, dass du dich ganz und gar einem armen, blinden Jeremias widmest.«

»Ich sagte Ihnen ja, dass ich unabhängig bin, Sir, und reich obendrein. Ich bin jetzt meine eigene Herrin.«

»Und du willst bei mir bleiben?«

»Gewiss – wenn Sie nichts dagegen haben. Ich werde Ihre Nachbarin, Ihre Pflegerin, Ihre Haushälterin sein. Ich finde Sie hier einsam und traurig: Ich werde Ihre Gesellschafterin sein. Ich will Ihnen vorlesen, mit Ihnen spazieren gehen, bei Ihnen sein, Ihnen aufwarten und Sie bedienen, Augen und Hand für Sie sein. Mein teurer Herr, jetzt dürfen Sie nicht mehr so traurig aussehen; solange ich lebe, werden Sie nicht mehr einsam sein.«

Er entgegnete nichts; er schien ernst, in Gedanken versunken. Er öffnete die Lippen, als ob er sprechen wollte, dann schloss er sie wieder. Ich war ein wenig verlegen. Vielleicht hatte ich die Grenzen der Konventionen zu schnell überschritten, und vielleicht erblickte auch er wie St. John etwas Unschickliches in meiner Unbedachtsamkeit. Ich hatte meinen Vorschlag in der Tat in dem Glauben gemacht, dass er mich bitten würde, seine Frau zu werden. Wenn ich der Erwartung, dass er mich sofort als sein Eigentum reklamieren würde, auch keine Worte verliehen hatte, so hatte ich sie doch voller Überzeugung gehegt. Da ihm aber kein einziges Wort nach dieser Richtung hin entschlüpfte und sein Gesicht immer trüber und trüber wurde, so fiel mir plötzlich ein, dass ich mich ja auch geirrt haben und ohne es zu wissen die Närrin gespielt haben könnte. Deshalb begann ich, mich leise seinen Armen zu entwinden – er jedoch presste mich noch fester an sich.

»Nein, nein, Jane, du darfst nicht gehen. Nein, jetzt habe ich dich gefühlt, dich gehört, den Trost deiner Nähe empfunden – die Milde deines Trostes! Diese Freuden kann ich nicht wiederum opfern. In mir selbst ist wenig geblieben, ich brauche dich. Die Welt mag lachen – mag mich albern, selbstsüchtig nennen, das bedeutet nichts. Meine Seele verlangt nach dir und ihr Wunsch muss erfüllt werden, oder sie nimmt tödliche Rache an ihrer Hülle.«

»Nun, Sir, ich sagte ja, dass ich bei Ihnen bleiben will.«

»Ja, aber wir beide verstehen sehr unterschiedliche Dinge darunter. Du könntest dich vielleicht entschließen, mir zur Hand zu sein, neben meinem Stuhl zu stehen – mich zu pflegen wie eine gute, kleine Wärterin. Denn du hast ja ein liebevolles Herz und eine großmütige Seele, welche dich zwingen, denen, die du bemitleidest, Opfer zu bringen. Und das sollte mir ohne Zweifel genügen. Vielleicht sollte ich jetzt nur noch väterliche Empfindungen für dich hegen, nicht wahr, der Ansicht bist du doch? Komm, sag mir, was du denkst!«

»Ich will denken, was Sie wünschen, Sir. Ich bin es auch zufrieden, nichts zu sein als Ihre Pflegerin, wenn Sie das für besser halten.«

»Aber Janet, du kannst nicht immer meine Pflegerin bleiben. Du bist jung, du musst dich eines Tages verheiraten.«

»Ich wünsche nicht besonders, mich zu verheiraten.«

»Aber du solltest es wünschen, Janet! Wenn ich noch wäre, was ich einst war, so würde ich es dich schon wünschen machen – aber so, als blinder Klotz ...«

Und wieder versank er in trübes Grübeln. Ich hingegen wurde fröhlicher und fasste von Neuem Mut. Seine letzten Worte öffneten mir die Augen darüber, wo die Schwierigkeit lag. Aber für mich war es keine Schwierigkeit; meine frühere Unsicherheit und Befangenheit war ganz gewichen. Jetzt begann ich eine fröhlichere Unterhaltung.

»Es wird Zeit, dass es jemand unternimmt, Sie wieder menschlicher zu machen«, sagte ich, indem ich sein dickes, ungepflegtes Haar glatt strich. »Denn ich sehe, dass Sie sich langsam in einen Löwen oder irgendetwas Ähnliches verwandeln. Ganz entschieden haben Sie etwas von dem *faux-air* Nebukadnezars in der Schlacht an sich: Ihr Haar erinnert mich an Adlerfedern; ob Ihre Nägel gewachsen sind wie Vogelkrallen, habe ich noch nicht bemerkt.«

»An diesem Arm habe ich weder Hand noch Nägel«, sagte er, indem er den verstümmelten Arm aus seinem Rock zog und ihn mir zeigte. »Es ist nur noch ein Stumpf. Ein schlimmer Anblick, nicht wahr, Jane?«

»Ein trauriger Anblick! Und es ist auch traurig, Ihre Augen anzusehen und das Brandmal auf Ihrer Stirn. Aber was das Allerschlimmste ist: Man läuft Gefahr, Sie um all dieses Jammers willen zu sehr zu lieben und Sie zu sehr zu verwöhnen.«

»Ich glaubte, Jane, du würdest entsetzt sein, wenn du meinen Arm sähest und mein narbiges Gesicht.«

»Glaubten Sie das wirklich? Sagen Sie sowas ja nicht, sonst müsste ich wenig Schmeichelhaftes über Ihren Verstand sagen. Jetzt lassen Sie mich aber einen Augenblick, damit ich ein helleres Feuer anmache. Können Sie sehen, wenn das Kaminfeuer hell auflodert?«

»Ja, mit dem rechten Auge kann ich einen Glutschein wahrnehmen, einen rötlichen Nebel.«

»Und Sie sehen die Kerzen?«

»Sehr trübe, jede derselben bildet ein helles Wölkchen.«

»Können Sie mich sehen?«

»Nein, meine Fee. Aber ich bin schon dankbar genug, wenn ich dich nur hören und fühlen kann.«

»Wann nehmen Sie Ihr Abendbrot?«

»Ich pflege nicht, zu Abend zu essen.«

»Heute Abend müssen Sie das schon tun. Ich bin hungrig, und ich bin überzeugt, dass Sie es auch sind. Sie vergessen es nur.«

Ich rief Mary herbei, und in kurzer Zeit hatten wir das Zimmer in einen erfreulicheren Zustand gebracht; überdies bereitete ich ihm eine schmackhafte Abendmahlzeit. Mein Geist war angeregt, und während des Essens und eine lange Zeit noch danach plauderte ich leicht und fröhlich. Hier gab es keine quälende Zurückhaltung, kein Unterdrücken von Lebhaftigkeit und Fröhlichkeit, denn ihm gegenüber fühlte ich mich vollkommen behaglich, weil ich wusste, dass ich ihm angenehm war. Alles, was ich sagte oder tat, schien ihn entweder zu trösten oder neu zu beleben. Welch ein beglückendes Bewusstsein! Er ließ mein ganzes Wesen aufleben und brachte es zum Strahlen. In seiner Gegenwart lebte ich wahrhaft – und er in der meinen. Trotz seiner Blindheit flog manches Lächeln über sein Gesicht und Freude thronte auf seiner Stirn. Seine Züge wurden milder und wärmer.

Nach dem Abendessen begann er, viele Fragen an mich zu richten: wo ich gewesen sei, was ich getan habe und wie es mir gelungen wäre, ihn ausfindig zu machen. Ich gab ihm aber nur teilweise Antwort, denn an diesem Abend war es schon zu spät geworden, um auf besondere Einzelheiten einzugehen. Außerdem wünschte ich auch nicht, gewisse empfindliche Saiten zu berühren, keine frische Quelle der Aufregung in seinem Herzen zu öffnen. Mein einziger Zweck war jetzt, ihn zu erheitern. Und wie gesagt, aufgemuntert hatte ich ihn bereits, wenn auch nur stellenweise. Trat eine Pause in der Unterhaltung ein, so wurde er wieder ruhelos, berührte mich und sagte: »Jane. Bist du wirklich ein menschliches Wesen, Jane? Bist du dessen ganz gewiss?«

»Davon bin ich aufs Gewissenhafteste überzeugt, Mr. Rochester.«

»Wie war es aber möglich, dass du so plötzlich an diesem trüben, trostlosen Abend an meiner einsamen Feuerstelle stehen konntest? Ich streckte meine Hand aus, um von einem Dienstboten ein Glas Wasser zu nehmen – und du reichtest es mir. Ich tat eine Frage und erwartete, dass Johns Frau mir antworten würde – und deine Stimme schlug an mein Ohr.«

»Weil ich an Marys Stelle mit dem Tablett ins Zimmer getreten war.«

»Und ein wahrer Zauber liegt in der Stunde, die ich jetzt mit dir verbringe. Niemand weiß, welch ein trostloses, düsteres und hoffnungsloses Leben ich seit Monaten hingeschleppt habe! Ich tat nichts mehr und erwartete nichts mehr; der Tag ging in die Nacht über, ohne dass ich es merkte. Ich empfand Kälte, wenn ich das Feuer hatte erlöschen lassen, und Hunger, wenn ich vergessen hatte zu essen; dann einen niemals endenden Schmerz, und zuweilen ein an Wahnsinn grenzendes Verlangen, meine Jane noch einmal wiederzusehen. Ja, ich sehnte mich danach, dass sie mir wiedergegeben werde, weit mehr als danach, dass ich das verlorene Augenlicht wieder erhielte. Wie ist es möglich, dass Jane bei mir ist und sagt, dass sie mich liebt? Wird sie nicht ebenso plötzlich wieder verschwinden, wie sie gekommen ist? Oh, ich fürchte, dass ich sie morgen nicht wiederfinde.«

Ich war überzeugt, dass es in dieser Stimmung das Beste für ihn sein würde, wenn ich ihm eine ganz triviale, praktische Antwort gäbe, die nichts mit seinem augenblicklichen, erregten Gedankengang zu tun hatte. Ich ließ also den Finger über seine Augenbrauen gleiten und bemerkte, dass sie zwar versengt wären, dass ich aber ein Mittel kennen würde, um sie wieder so dick und schwarz wie früher zu machen.

»Was nützt es, mir irgendetwas Gutes zu tun, wohltätiger Geist, wenn du mich in einem verhängnisvollen Augenblick doch wieder verlassen willst? Wenn du mir entschwindest wie ein Schatten, ohne dass ich weiß, weshalb und wohin, und dann für mich unauffindbar bleibst?«

»Haben Sie einen Taschenkamm, Sir?«

»Zu welchem Zweck, Jane?«

»Nur, um diese raue, schwarze Mähne auszukämmen. Wenn ich Sie genau betrachte, flößen Sie mir beinahe Furcht ein. Sie sagen, ich sei wie eine Fee, aber ich finde, dass Sie einem Kobold ähnlich sind.«

»Bin ich abschreckend hässlich, Jane?«

»Sehr hässlich, Sir. Sie wissen, das waren Sie ja stets.«

»Hm! Nun, wo du auch gewesen sein magst, deine Bosheit hat sich doch erhalten.«

»Und doch bin ich bei guten Menschen gewesen, bei Menschen, die viel besser sind als Sie, hundertmal besser als Sie. Die Ansichten und Gedanken hegen, welche Sie niemals in Ihrem ganzen Leben gekannt haben; die viel feiner und gebildeter sind als Sie!«

»Bei wem zum Teufel warst du denn?«

»Wenn Sie sich nicht ruhig verhalten, so muss ich Ihnen Ihre schönen Locken ausreißen, und dann werden Sie hoffentlich jeden Zweifel an meiner Wirklichkeit aufgeben.«

»Bei wem bist du gewesen, Jane?«

»Heute Abend werden Sie das nicht mehr aus mir herausbringen, Sir, Sie müssen bis morgen warten. Sie wissen, es ist eine Art von Sicherheit für Sie, dass ich morgen früh wieder am Frühstückstisch erscheine, wenn ich meine Geschichte heute Abend nur halb erzähle. Doch da fällt mir ein, dass ich dann nicht nur mit einem Glas Wasser an Ihrem Feuer erscheinen darf; zum Frühstück muss ich doch wenigstens ein Ei mitbringen, von gebratenem Schinken gar nicht zu reden.«

»Du spöttischer Wechselbalg – von Feen geboren und von Menschen erzogen! Seit zwölf Monaten habe ich nicht empfunden, was ich heute durch dich empfinde. Wenn Saul dich anstelle von David hätte haben können, so wäre der böse Geist auch ohne die Harfe beschworen.«

»Nun Sir, endlich habe ich Sie wieder anständig hergerichtet. Jetzt will ich Sie verlassen. Ich bin seit zwei Tagen auf der Reise und fühle mich sehr ermattet. Gute Nacht!«

»Noch ein einziges Wort, Jane! Waren nur Damen in dem Haus, wo du lebtest?«

Ich lachte laut auf und entwand mich ihm. Und als ich die Treppe hinaufrief, lachte ich noch immer.

»Eine gute Idee!«, dachte ich voll Freude. »Ich sehe, dass ich so das Mittel in Händen habe, ihn in absehbarer Zeit aus seiner Melancholie herauszuärgern.«

Sehr früh am nächsten Morgen hörte ich ihn schon rastlos von einem Zimmer ins andere wandern. Sobald Mary nach unten kam, vernahm ich die Frage: »Ist Miss Eyre hier?« Und dann hörte ich: »Welches Zimmer habt Ihr für sie in Ordnung gebracht? War es auch trocken? Ist sie schon aufgestanden? Geh und frag, ob sie irgendetwas braucht, und wann sie herunterzukommen gedenkt.«

Ich kam hinunter, sobald ich glaubte, dass eine Aussicht auf Frühstück vorhanden sei. Ich trat sehr leise ins Zimmer und gewann so ein Bild von ihm, noch ehe er meine Anwesenheit bemerkte. Es war traurig zu gewahren, wie körperliche Gebrechlichkeit jenen mächtigen Geist unterjocht hatte. Er saß in seinem Stuhl – still, aber nicht ruhig, augenscheinlich voller Erwartung. Die Linien gewohnheitsmäßiger Traurigkeit hatten sich scharf in seine kräftigen Züge gegraben. Sein Gesicht erinnerte mich an eine gewaltsam ausgelöschte Lampe, welche darauf wartete, wieder angezündet zu werden. Aber leider konnte er selbst sein Gesicht nicht mehr zu lebendigem Glanz entfachen; er war dazu auf andere angewiesen. Ich hatte die Absicht gehabt, fröhlich und sorglos zu sein, aber die Hilflosigkeit dieses kräftigen Mannes ergriff mich auf das Tiefste. Trotzdem redete ich ihn mit der ganzen Fröhlichkeit an, welche mir in diesem Augenblick zu Gebote stand:

»Es ist ein heller, sonniger Morgen, Sir«, sagte ich. »Der Regen hat aufgehört, und die Sonne scheint so milde herab. Sie müssen bald einen Spaziergang machen.«

Ich hatte jenen Glanz entfacht, seine Züge belebten sich.

»Oh, bist du wirklich da, meine Lerche? Komm zu mir! Du bist nicht wieder gegangen, nicht entschwunden? Vor einer Stunde hörte ich eine von deiner Art, sie sang hoch über dem Wald. Aber ihr Gesang hatte keine Melodie für mich, ebenso wenig wie die aufgehende Sonne Strahlen hatte. Für mein Ohr konzentriert sich die Melodie der ganzen Erde in der Stimme meiner Jane – wie froh bin ich, dass sie nicht schweigsam ist! Und Sonnenschein empfinde ich nur in ihrer Nähe.«

Die Tränen traten mir in die Augen bei diesem Geständnis seiner Abhängigkeit. Es war gerade so, als ob ein königlicher Adler, an einen Pflock gefesselt, einen Spatzen angefleht hätte, sein Wärter und Hüter zu sein. Aber ich wollte nicht larmoyant sein, ich wischte die Tränen fort und machte mich daran, ihm das Frühstück zu bereiten.

Den größten Teil des Morgens brachten wir im Freien zu. Ich führte ihn aus dem wilden, feuchten Wald hinaus auf die sonnigen Felder; ich beschrieb ihm, wie saftig grün sie seien; wie erfrischt die Blumen und Hecken nach dem Regen aussähen, wie funkelnd blau der Himmel sei. An einem verborgenen, lieblichen Ort suchte ich ihm ein Plätzchen auf einem trockenen Baumstumpf. Und als er sich gesetzt hatte, wehrte ich ihm nicht, dass er mich auf seine Knie zog. Weshalb hätte ich das tun sollen? Waren wir beide doch glücklich, wenn wir einander nahe waren! Pilot lag neben uns, alles war still. Plötzlich schloss er mich in seine Arme und rief:

»Grausame, grausame Ausreißerin! Oh Jane, was empfand ich, als ich entdeckte, dass du von Thornfield geflohen warst, und ich dich nirgends wiederfinden konnte; als ich dein Zimmer durchsuchte und fand, dass du kein Geld noch irgendetwas, das dir an Geldes statt hätte dienen können, mitgenommen hattest! Ein Perlenhalsband, das ich dir geschenkt hatte, lag unberührt in seinem kleinen Etui; deine Koffer waren verschlossen und geschnürt, wie wir sie für unsere Hochzeitsreise vorbereitet hatten. Was konnte mein Liebling denn beginnen, fragte ich mich ohne Unterlass, verlassen, ohne Geld, von allen Mitteln entblößt? Und was begann er? Lass mich das jetzt hören!«

Auf sein Bitten begann ich nun endlich, ihm meine Erlebnisse des letzten Jahres zu erzählen. Als ich zu jenen drei Tagen des Umherwanderns, des Bettelns und Hungerns kam, milderte ich meinen Bericht sehr, denn es hätte ihm nur unnötigen Kummer bereitet, wenn er alles erfahren hätte. Das Wenige, was ich erzählte, verwundete sein treues Herz schon tiefer, als ich wünschte.

Er sagte, ich hätte ihn nicht verlassen sollen, um mir einen Weg zu bahnen, so ganz ohne alle Mittel. Ich hätte ihm meine Absicht kundtun müssen. Ich hätte mich ihm anvertrauen sollen, denn er würde mich niemals gezwungen haben, seine Geliebte zu werden. Heftig, wie er in seiner Verzweiflung auch geschienen habe, liebe er mich in Wahrheit doch zu tief und zu zärtlich, um sich jemals zu meinem Tyrannen zu machen. Er würde mir sein halbes Vermögen gegeben haben, ohne auch nur einen Kuss als Belohnung zu begehren; aber ich hätte niemals ohne Schutz, ohne Freund in die weite Welt hinauswandern sollen. Er sei gewiss, dass ich viel mehr gelitten habe, als ich ihm jetzt beichtete.

»Nun, welcher Art meine Leiden und Entbehrungen auch gewesen sein mögen, sie waren doch nur von kurzer Dauer«, erwiderte ich. Dann fuhr ich fort, ihm zu berichten, wie man mich in Moor House aufgenommen hatte, wie ich die Stelle einer Schullehrerin erhielt und so fort. In der richtigen Reihenfolge kam dann zur Sprache, wie ich zu meinem Reichtum gelangte und wie ich meine Verwandten auffand. Natürlich kam der Name St. John Rivers im Verlauf meiner Erzählung häufig vor. Als ich zu Ende war, knüpfte er sofort an diesen Namen an.

»Dieser St. John ist also dein Vetter?«

»Ja.«

»Du hast viel von ihm gesprochen. Hattest du ihn lieb?«

»Er war ein sehr guter Mann, Sir; ich konnte nicht umhin, ihn lieb zu haben.«

»Ein guter Mann? Bedeutet das, ein achtbarer, ruhiger Mann von fünfzig Jahren? Oder was soll das heißen?«

»St. John war erst neunundzwanzig Jahre alt, Sir.«

»*Jeune encore*, wie die Franzosen sagen. Ist er ein Mensch von kleiner Statur, phlegmatisch und hässlich? Ein Mensch, dessen Güte eigentlich mehr darin besteht, dass er keinem Laster frönt, als dass er irgendeine Tugend übt?«

»Er ist unermüdlich tätig. Er lebt nur, um große und erhabene Taten zu vollbringen.«

»Aber sein Verstand? Der wird wohl nur gering sein! Er hat die besten Absichten, aber man zuckt die Achseln, wenn man ihn reden hört?«

»Er spricht wenig, Sir; was er aber sagt, trifft stets ins Schwarze. Er hat meiner Ansicht nach einen außerordentlichen Verstand – sehr mächtig und kaum zu beeindrucken.«

»Er ist also ein gescheiter Mann?«

»Sehr gescheit.«

»Ein durch und durch gebildeter Mann?«

»St. John Rivers ist ein hervorragender und gründlich gebildeter Gelehrter.«

»Aber mich dünkt, du sagtest, dass seine Manieren nicht ganz nach deinem Geschmack wären, pfäffisch und langweilig?«

»Ich sprach durchaus nicht von seinen Manieren, und ich müsste schon einen sehr schlechten Geschmack haben, wenn sie mir nicht gefielen. Er ist höflich, ruhig und sehr *gentlemanlike*.«

»Sein Äußeres – ich habe ganz vergessen, welche Beschreibung du von seinem Äußeren gabst: eine Art von ungehobeltem Landprediger, der in seiner weißen Krawatte halb erstickt und auf seinen dicksohligen Stiefeln wie auf Stelzen geht, was?«

»St. John kleidet sich sehr gut. Er ist ein schöner Mann, groß, strahlend, mit blauen Augen und griechischem Profil.«

»Hol ihn der Teufel!«, sagte er beiseite, zu mir aber: »Mochtest du ihn, Jane?«

»Ja, Mr. Rochester, ich mochte ihn; aber Sie haben mich ja schon einmal danach gefragt.«

Ich bemerkte natürlich schon lange, was der Fragesteller beabsichtigte. Die Eifersucht hatte sich seiner bemächtigt, sie quälte und reizte ihn, aber dieser Reiz war gesund, er riss ihn aus der qualvollen Melancholie, welcher er anheimgefallen war. Deshalb wollte ich das grünäugige Ungeheuer auch nicht sofort bändigen.

»Vielleicht wird es Ihnen unbequem, Miss Eyre, noch länger auf meinen Knien zu sitzen?«, war seine nächste, ziemlich unerwartete Bemerkung.

»Weshalb, Mr. Rochester?«

»Das Bild, welches Sie mir soeben entworfen haben, war von geradezu überwältigendem Kontrast. Ihre Worte haben auf das Anmutigste einen herrlichen Apoll gezeichnet; er steht Ihnen sehr lebhaft vor Augen – groß, strahlend, mit blauen Augen und griechischem Profil! Und jetzt ruhen Ihre Augen auf einem Vulkanus, einem wahren Grobschmied, braun, breitschultrig und obendrein noch blind und lahm.«

»Daran habe ich bis jetzt noch nicht gedacht, aber Sie sind dem Vulkanus tatsächlich ähnlich, Sir.«

»Gut, Sie können mich ja verlassen, Madam, aber bevor Sie gehen …« – und er hielt mich fester als zuvor – »… werden Sie die Gewogenheit haben, mir noch ein oder zwei Fragen zu beantworten.« Er machte eine Pause.

»Welche Fragen, Mr. Rochester?«

Und nun folgte ein Kreuzverhör:

»St. John verschaffte dir den Platz als Lehrerin in Morton, noch bevor er wusste, dass du seine Cousine bist?«

»Ja.«

»Warst du oft mit ihm zusammen? Besuchte er die Schule häufig?«

»Täglich.«

»Und er billigte deinen Lehrplan, Jane? Ich bin überzeugt, dass dieser gut war, denn du bist ja ein talentiertes Geschöpf.«

»Er billigte ihn, ja.«

»Er hat wohl manche gute Seite an dir entdeckt, auf die er nicht vorbereitet war? Einige deiner Talente sind von ganz ungewöhnlicher Art.«

»Das weiß ich wirklich nicht.«

»Du sagst, du habest ein kleines Häuschen in der Nähe der Schule gehabt? Kam er oft dorthin, um dich zu besuchen?«

»Dann und wann.«

»Am Abend?«

»Ein oder zwei Mal.«

Eine Pause.

»Und wie lange wohntest du noch mit ihm und seinen Schwestern zusammen, nachdem die Verwandtschaft entdeckt war?«

»Fünf Monate.«

»Verbrachte St. John Rivers einen großen Teil seiner Zeit mit den Damen seiner Familie?«

»Ja. Das hintere Wohnzimmer war sowohl sein als auch unser Studierzimmer. Er saß am Fenster und wir am Tisch.«

»Studierte er viel?«

»Sehr viel.«

»Was?«

»Hindustani.«

»Und was tatest du inzwischen?«

»Anfangs lernte ich Deutsch.«

»Lehrte er es dich?«

»Er war des Deutschen nicht mächtig.«

»Lehrte er dich gar nichts?«

»Ein wenig Hindustani.«

»Rivers lehrte dich Hindustani?«

»Ja, Sir.«

»Und seine Schwestern lehrte er ebenfalls Hindustani?«

»Nein.«

»Nur dich?«

»Nur mich.«

»Hast du ihn darum gebeten?«

»Nein.«

»So wünschte er, dich zu unterrichten?«

»Ja.«

Eine zweite Pause.

»Weshalb wünschte er das? Welchen Nutzen sollte dir Hindustani bringen?«

»Er wollte, dass ich mit ihm nach Indien gehe.«

»Ah, jetzt komme ich endlich an die Wurzel des Ganzen. Er wollte, dass du seine Frau wirst?«

»Er bat mich, ihn zu heiraten.«

»Das ist eine Lüge – eine freche Erfindung, um mich zu ärgern!«

»Ich bitte um Verzeihung, aber dies ist buchstäblich die Wahrheit. Er hat mir mehr als einen Heiratsantrag gemacht und war dabei ebenso hartnäckig, wie Sie es nur sein könnten.«

»Miss Eyre, ich wiederhole es noch einmal: Sie können mich verlassen. Wie oft soll ich denn ein und dieselbe Sache noch wiederholen? Weshalb bleiben Sie so eigensinnig auf meinem Schoß sitzen, wenn ich Ihnen sage, dass Sie gehen sollen?«

»Weil ich mich hier sehr wohl fühle.«

»Nein, Jane, du fühlst dich hier nicht wohl, denn dein Herz weilt nicht bei mir – es weilt bei deinem Vetter, St. John Rivers! Oh, bis zu diesem Augenblick glaubte ich, dass meine kleine Jane nur mir allein gehörte! Selbst nachdem sie von mir geflohen war, glaubte ich noch, dass sie mich liebe – das war das einzige süße Körnchen in all der Bitterkeit. Wie lange wir auch getrennt gewesen waren, wie viele heiße Tränen ich auch über unsere Trennung geweint habe – niemals hätte ich geglaubt, dass sie einen anderen liebe, während ich um sie trauerte! Aber was nützt mein Jammer. Jane, verlasse mich! Geh hin und vermähle dich mit Rivers!«

»Dann stoßen Sie mich fort, Sir – stoßen Sie mich fort! Aus eigenem Antrieb verlasse ich Sie nicht.«

»Oh, Jane, wie liebe ich den Laut deiner Stimme noch! Er erweckt immer wieder Hoffnung in mir, er klingt so ehrlich und treu. Wenn ich ihn höre, trägt er mich ein ganzes Jahr in die Vergangenheit zurück und ich vergesse, dass du neue Bande geknüpft hast. Aber ich bin kein Dummkopf ... geh ...«

»Wohin soll ich gehen, Sir?«

»Geh deinen eigenen Weg mit dem Gatten, den du dir erwählt hast.«

»Und wer ist das?«

»Du weißt es, St. John Rivers.«

»Er ist nicht mein Gatte und wird es niemals werden. Er liebt mich nicht – ich liebe ihn nicht. Er liebt – so, wie er eben lieben *kann*, und das ist nicht zu vergleichen damit, wie *Sie* lieben können – ein schönes, junges Mädchen mit dem Namen Rosamond. Mich wollte er nur heiraten, weil er glaubte, dass ich mich sehr gut zur Gattin eines Missionars eignen würde – was er von Rosamond nicht erwarten konnte. Er ist gut und groß, aber streng. Und mir gegenüber ist er kalt wie ein Eisberg. Er ist nicht wie Sie, Sir; ich bin nicht glücklich an seiner Seite, noch in seiner Nähe, noch in seiner Gesellschaft. Er hat keine Nachsicht mit mir, keine Zärtlichkeit für mich. Er sieht nichts Anziehendes in mir, nicht einmal meine Jugend – nur einige nützliche, geistige Eigenschaften. Und nun soll ich Sie verlassen, Sir, um zu ihm zu gehen?«

Unwillkürlich überlief mich ein Schauer und ich klammerte mich instinktiv fester an meinen geliebten, blinden Gebieter. Er lächelte.

»Was, Jane! Ist dies wahr? Stehen die Dinge wirklich so zwischen dir und St. John Rivers?«

»Ganz so, Sir. Oh, Sie haben keine Ursache, eifersüchtig zu sein! Ich wollte Sie nur ein wenig necken, um Sie Ihrer Traurigkeit zu entreißen. Ich glaubte, Ärger sei besser für Sie als Kummer. Wenn Sie aber wollen, dass ich Sie liebe … ach, könnten Sie nur sehen, wie viel grenzenlose Liebe zu Ihnen auf dem Grunde meines Herzens ruht, so würden Sie stolz und zufrieden zugleich sein. Mein ganzes Herz gehört Ihnen, Sir. Und bei Ihnen würde es auch bleiben, wenn das Schicksal so grausam wäre, mein übriges Selbst für immer aus Ihrer Nähe zu verbannen!«

Er küsste mich. Aber wiederum zogen trübe Wolken über seine Stirn.

»Mein verlorenes Augenlicht! Meine gelähmte Kraft!«, murmelte er bedauernd.

Ich streichelte ihn, um ihn zu beruhigen. Ich wusste, woran er dachte; gern hätte ich für ihn gesprochen, aber ich hatte nicht den Mut dazu. Als er den Kopf einen Augenblick zur Seite wandte, sah ich eine Träne unter seinen geschlossenen Lidern hervorquellen und über seine gebräunte Wange rollen. Mein Herz klopfte laut und heftig.

»Jetzt bin ich nichts Besseres als der alte, vom Blitzstrahl getroffene Kastanienbaum im Obstgarten von Thornfield«, bemerkte er nach längerem Schweigen. »Und welches Recht hätte jener

Baumstumpf, von einer blühenden Waldhecke zu verlangen, dass sie seinen Verfall mit frischem Grün bedecke?«

»Sie sind keine Ruine, Sir, kein vom Blitz zerschmetterter Baum: Sie sind noch grün und kräftig. An Ihren Wurzeln werden Pflanzen emporwachsen, ob Sie sie das wollen oder nicht, denn es gefällt ihnen in Ihrem wohltätigen Schatten. Und während sie wachsen, werden sie sich an Sie lehnen und sich um Sie schlingen, weil Ihre Kraft den zarten Schösslingen einen so sicheren Halt gewährt.«

Wiederum lächelte er. Ich spendete ihm Trost.

»Du sprichst von Freunden, Jane?«, fragte er.

»Ja, von Freunden«, entgegnete ich zögerlich. Ich hatte wohl *mehr* als Freunde im Sinn gehabt, hatte aber die rechten Worte nicht so schnell gefunden. Er half mir.

»Ach, Jane! Aber ich will eine Frau.«

»Wirklich, Sir?«

»Ja! Überrascht dich das?«

»Natürlich! Bis jetzt ließen Sie nichts davon verlauten.«

»Ist es eine unwillkommene Nachricht für dich?«

»Das hängt von den Umständen ab, Sir, von Ihrer Wahl.«

»Die sollst du für mich treffen, Jane. Ich werde deinen Entschluss befolgen.«

»So wählen Sie diejenige, Sir, *welche Sie am meisten liebt.*«

»Ich will aber diejenige wählen, *die ich am meisten liebe.* Jane, willst du mich heiraten?«

»Ja, Sir.«

»Einen armen, blinden Mann, den du an der Hand führen musst?«

»Ja, Sir.«

»Einen Krüppel, der zwanzig Jahre älter ist als du, den du bedienen musst?«

»Ja, Sir.«

»Wirklich, Jane?«

»Wirklich und wahrhaftig, Sir.«

»Oh mein Liebling! Gott segne und belohne dich!«

»Mr. Rochester, wenn ich je in meinem Leben eine gute Tat vollbracht habe, wenn ich einen edlen Gedanken gedacht habe, wenn ich ein reines und aufrichtiges Gebet gesprochen habe, wenn ich nur einen gerechten Wunsch gehegt habe – so bin ich jetzt belohnt. Ihre Frau zu sein bedeutet für mich das größte mögliche Glück auf dieser Erde.«

»Weil du glücklich bist, wenn du Opfer bringen kannst.«

»Opfer! Was opfere ich denn? Ich gebe die Hungersnot für Nahrung hin, Erwartung für Zufriedenheit. Dass es mir vergönnt ist, mit meinen Armen zu umschlingen, was ich schätze – meine Lippen auf das zu drücken, was ich liebe – bei dem auszuruhen, dem ich vertraue: Heißt das etwa, ein Opfer zu bringen? Wenn dem so ist, dann bin ich allerdings glücklich, Opfer bringen zu können.«

»Und meine Gebrechlichkeit zu ertragen, Jane, meine Mängel zu übersehen?«

»Für mich ist es keine Gebrechlichkeit, kein Mangel, Sir. Jetzt, wo ich Ihnen wirklich von Nutzen sein kann, liebe ich Sie inniger als zurzeit Ihrer stolzen Unabhängigkeit, wo Sie jede andere Rolle als die des Gebers und Beschützers verschmähten.«

»Bis jetzt hasste ich es, wenn man mir half, wenn man mich führte. Aber von nun an, das fühle ich, wird es mir nicht mehr verhasst sein. Es war mir fürchterlich, meine Hand in die eines Mietlings zu legen, aber es ist wohltuend, sie von Janes zarten Fingern umfassen zu lassen. Ich zog absolute Einsamkeit der beständigen Anwesenheit meiner Dienstboten vor; aber Janes sanfte, geduldige Unterstützung wird eine immerwährende Freude für mich sein. Jane ist mir angenehm. Bin ich es ihr auch?«

»Bis in die letzte Faser meines Wesens, Sir.«

»Nun, wenn dies der Fall ist, so haben wir auf nichts in der Welt mehr zu warten; wir müssen uns sofort verheiraten.«

Er sah erregt aus und sprach voller Eifer, seine alte Lebhaftigkeit erwachte wieder.

»Ohne Aufschub müssen wir eins werden, Jane. Wir brauchen nur noch die Lizenz einzuholen – dann heiraten wir.«

»Mr. Rochester, soeben entdecke ich, dass die Sonne bereits tief unter dem Meridian steht, und Pilot ist wirklich schon zum Essen nach Hause gelaufen. Lassen Sie mich Ihre Uhr sehen!«

»Befestige sie gleich an deinem Gürtel, Janet, und behalte sie in Zukunft. Ich kann sie ja doch nicht mehr brauchen.«

»Es ist beinahe vier Uhr nachmittags, Sir! Sind Sie gar nicht hungrig?«

»In drei Tagen muss unser Hochzeitstag sein, Jane. Lass es gut sein mit schönen Kleidern, Juwelen und dergleichen: All das ist doch keinen Pfifferling wert.«

»Die Sonne hat jeden Regentropfen aufgesogen, Sir. Der Wind hat sich gelegt – es ist heiß geworden.«

»Weißt du eigentlich, Jane, dass ich in diesem Augenblick unter meiner Krawatte dein kleines Perlenhalsband um meinen braunen Hals trage? Ich trage es seit dem Tag, da ich meinen einzigen Schatz verlor, als ein Andenken an ihn.«

»Wir wollen durch den Wald nach Hause gehen, dort finden wir einen schattigen Weg.«

Ohne meiner Worte zu achten, verfolgte er seine eigenen Gedanken.

»Jane! Ich bin überzeugt, dass du mich für einen ungläubigen Hund hältst, aber in diesem Augenblick schwillt mein Herz vor Dankbarkeit gegen den gütigen Gott dieser Erde. Er sieht nicht, wie Menschen sehen, er sieht klarer. Er urteilt nicht, wie die Menschen urteilen, sondern viel weiser. Ich habe unrecht getan. Ich wollte meine unschuldige Blume beschmutzen, ich wollte ihre Reinheit mit Schuld besudeln – und der Allmächtige entriss sie mir. Ich, in meiner starren Empörung, verfluchte diese göttliche Fügung; anstatt mich dem Ratschluss zu beugen, trotzte ich ihm. Doch die göttliche Gerechtigkeit nahm ihren Lauf und das Unglück drückte mich fast zu Boden. Ich wurde gezwungen, durch das Tal der Schatten des Todes zu wandern. *Seine* Züchtigungen sind mächtig, und eine traf mich, die mich für immer gedemütigt hat: Du weißt, ich war stolz auf meine Kraft. Und was ist sie jetzt? Ich muss mich fremder Führung überlassen wie ein schwaches, unmündiges Kind. Erst seit kurzem, Jane, seit kurzem begann ich, Gottes Hand in meinem Schicksal zu erkennen. Ich begann Gewissensqualen und Reue zu empfinden, den Wunsch, mich mit meinem Schöpfer zu versöhnen. Zuweilen begann ich zu beten; es waren nur kurze Gebete, aber sie waren aufrichtig.

Vor einigen Tagen – nein, ich kann sie zählen: es war vor vier Tagen, am Abend des letzten Montags – da bemächtigte sich meiner eine eigentümliche Stimmung; Leid, Gram und Verdruss traten an die Stelle der Raserei. Lange schon war ich überzeugt, dass du tot sein müsstest, da ich dich nirgends finden konnte. Spät an jenem Abend – es mochte vielleicht zwischen elf und zwölf Uhr sein, ehe ich mich auf mein trostloses Lager zur Ruhe legte – bat ich Gott, dass er mich bald, wenn es ihm so gefiele, aus diesem Leben nehmen und mich in jenes andere eingehen lassen möge, wo ich die Hoffnung hatte, meine Jane wiederzufinden.

Ich war in meinem Zimmer und saß am geöffneten Fenster, die milde Nachtluft wirkte beruhigend auf mich. Ich konnte die Sterne nicht sehen, und nur ein vager, heller Nebel verriet mir, dass der Mond aufgegangen war. Ich sehnte mich nach dir, Janet. Ich sehnte mich nach dir mit Leib und Seele. Ich fragte Gott voller Angst und Demut, ob ich nun nicht lange genug einsam, heimgesucht und gequält gewesen sei; ob ich denn niemals wieder Glück und Frieden finden solle. Ich erkannte an, dass ich alles verdient hätte, was ich leiden müsse – dass ich aber kaum noch mehr ertragen könne. Und dann brach das Alpha und Omega all meiner Herzenssehnsucht unwillkürlich von meinen Lippen, es waren die Worte ›Jane! Jane! Jane!‹«

»Und sprachen Sie diese Worte laut?«

»Das tat ich, Jane. Wenn irgendjemand mich gehört hätte, so würde er mich für wahnsinnig gehalten haben, denn ich schrie mit verzweifelter Kraft.«

»Und es war am letzten Montagabend? Ungefähr um die Mitternachtsstunde?«

»Ja, aber die Zeit hat ja nichts zu bedeuten. Was dann folgte, ist das Seltsame an der Sache. Du wirst mich für abergläubisch halten – und ich habe ja wirklich etwas Aberglauben im Blut, hatte ihn stets –, aber es ist dennoch wahr. Wahr wenigstens ist, dass ich hörte, was ich dir jetzt erzähle.

Als ich rief ›Jane! Jane! Jane!‹, erwiderte eine Stimme – ich kann nicht sagen, woher sie kam, aber ich weiß, wessen Stimme es war – ›Ich komme, warte auf mich!‹, und gleich darauf trug der Wind mir noch die geflüsterten Worte zu: ›Wo bist du?‹

Wenn ich es denn vermag, will ich dir den Gedanken, das Bild beschreiben, welches jene Worte vor meinem Gemüt entrollten; doch ist es schwer auszudrücken, was ich ausdrücken möchte. Wie du siehst, liegt Ferndean in einem dichten Wald begraben, wo jeder Schall dumpf ist und ohne Widerhall erstirbt. ›Wo bist du?‹ schien zwischen Bergen gesprochen, denn ich hörte, dass ein Bergecho die Worte wiederholte. Kühler und frischer schien der Wind in diesem Augenblick meine heiße Stirn zu umwehen; ich hätte mir beinahe einbilden können, dass Jane und ich uns an einem wilden, einsamen Ort wiederfanden. Unsere Seelen, glaube ich, müssen sich gefunden haben. Du, Janet, lagst zu jener Stunde ohne Zweifel in tiefem, unbewusstem Schlummer. Vielleicht entwand sich aber auch deine Seele ihrer Hülle und kam, um die meine zu trösten, denn es war deine Stimme – so wahr ich lebe – es war deine Stimme!«

Mein Leser, es war am Montag gegen Mitternacht, als auch ich den geheimnisvollen Ruf vernahm; und es waren jene Worte, mit denen ich ihn beantwortet hatte. Ich horchte auf Mr. Rochesters Erzählung, aber ich machte ihm meinerseits keine Enthüllung. Das Zusammentreffen schien mir zu unerklärlich und Ehrfurcht gebietend, um darüber zu sprechen. Wenn ich irgendetwas erzählte, so wäre meine Erzählung notwendigerweise derart gewesen, dass sie einen tiefen Eindruck auf das Gemüt meines Zuhörers machen musste. Und dieses Gemüt, welches nach all seinen Leiden dem düsteren Nachdenken nur zu sehr unterworfen war, vertrug nicht auch noch den tiefen Schatten, den das Übernatürliche stets um sich verbreitet. Ich behielt diese Dinge also für mich und grübelte allein darüber nach.

»Du wirst dich jetzt also nicht mehr wundern«, fuhr mein Gebieter fort, »dass es mir schwer wurde, dich für etwas anderes als eine Vision, eine bloße Stimme zu halten, als du so plötzlich gestern Abend vor mir standest. Ich meinte, du würdest wieder in Schweigen und in das Nichts zurücksinken, wie jenes mitternächtliche Flüstern und das Bergesecho. Jetzt danke ich Gott, ich weiß es besser! Ja, ich danke Gott von ganzem Herzen!«

Er schob mich von seinem Schoß, erhob sich, nahm ehrerbietig den Hut vom Kopf und stand lange in stummer Andacht da, indem er seine blinden Augen zur Erde senkte. Nur die letzten Worte seines Gebetes waren hörbar:

»Ich danke meinem Schöpfer, dass er inmitten der Strafe doch Gnade walten lässt. Ich bitte meinen Erlöser in aller Demut, dass er mir Kraft geben möge, von jetzt an ein besseres, reineres Leben zu führen als bisher!«

Dann streckte er die Hand aus, dass ich ihn führe. Ich ergriff die teure Hand, presste sie einen Augenblick an meine Lippen und legte sie dann auf meine Schulter. Da ich viel kleiner war als er, diente ich ihm sowohl als Stütze wie als Führer. Wir gingen in den Wald hinein und wendeten uns heimwärts.

Achtunddreißigstes Kapitel

Mein Leser, ich habe ihn geheiratet. Wir hatten eine stille Hochzeit; nur er und ich, der Geistliche und der Beamte waren anwesend. Als wir aus der Kirche zurückkamen, ging ich in die Küche des Herrenhauses hinunter, wo Mary das Mittagessen bereitete und John die Messer putzte, und sagte:

»Mary, ich bin heute Morgen mit Mr. Rochester getraut worden.«

Die Haushälterin und ihr Mann gehörten zu jener Sorte von bescheidenen und gleichmütigen Leuten, welchen man zu jeder Zeit eine merkwürdige, außergewöhnliche Nachricht mitteilen kann, ohne Gefahr zu laufen, dass ein schriller Aufschrei einem das Trommelfell zerreißt und man gleich darauf in einem Strom wortreichen Erstaunens ertränkt wird. Mary blickte auf und starrte mich an. Der Kochlöffel, mit dem sie ein paar junge Hühner, welche auf dem Feuer brieten, mit Fett begossen hatte, blieb eine ganze Weile schwebend in der Luft, und ebenso lange ruhte Johns Messer sich vom Poliertwerden aus. Aber dann sagte Mary nur, indem sie sich über den Braten beugte:

»Wirklich, Miss? Das ist gut!«

Kurze Zeit darauf fügte sie hinzu: »Ich sah Sie mit dem Herrn ausgehen, aber ich wusste nicht, dass Sie in die Kirche gingen, um sich trauen zu lassen.« Und dann begoss sie ihren Braten von Neuem. Als ich mich zu John wandte, grinste er von Ohr zu Ohr.

»Ich habe Mary schon gesagt, dass es so kommen wird«, sagte er. »Ich wusste, was Mr. Edward tun würde ...« – John war ein alter Diener und hatte seinen Herrn bereits gekannt, als dieser noch der jüngere Sohn des Hauses war, deshalb nannte er ihn noch oft bei seinem Taufnamen, und es wurde ihm verziehen – »... und ich war sicher, dass er nicht lange warten würde. Nun, soviel ich einsehen kann, hat er recht getan. Ich wünsche Ihnen viel Glück, Miss!« Und er verbeugte sich höflich.

»Ich danke Ihnen, John. Mr. Rochester gab mir dies für Sie und Ihre Frau.«

Ich reichte ihm eine Fünfpfundnote und verließ die Küche, ohne weitere Worte abzuwarten. Als ich kurze Zeit darauf an diesem Heiligtum erneut vorüberging, hörte ich die Worte:

»Sie wird schon besser für ihn passen als eine von den vornehmen Ladys.« Und weiter: »Wenn sie auch nicht grade die Schönste ist, so ist sie ja auch nicht hässlich. Und ein guter Mensch. Und in seinen Augen ist sie wohl schön, das merkt man.«

Ich schrieb sofort nach Cambridge und Moor House, um meinen Verwandten mitzuteilen, was ich getan hatte, und um Ihnen meine Gründe dafür ausführlich zu erklären. Diana und Mary billigten meinen Schritt rückhaltlos. Diana kündigte an, dass sie mir nur die Zeit der Flitterwochen lassen, mich danach aber sofort besuchen wolle.

»Es wäre besser, wenn sie nicht so lange wartete, Jane«, sagte Mr. Rochester, als ich ihm den Brief vorlas. »Wenn sie das tut, wird sie zu spät kommen, denn unser Honigmond wird unser Leben lang scheinen. Nur an deinem oder meinem Grabe wird er aufhören zu leuchten.«

Wie St. John die Nachricht aufnahm, weiß ich nicht; er beantwortete den Brief, in welchem ich sie ihm mitteilte, niemals. Sechs Monate später schrieb er mir jedoch: Mr. Rochesters Namen erwähnte er nicht, und ebenso wenig sprach er von meiner Heirat. Sein Brief war sehr ruhig, und wenn auch ernst, so doch gütig. Seitdem hat er einen regelmäßigen, wenn auch nicht gerade häufigen Briefwechsel mit mir aufrechterhalten. Er hofft, dass ich glücklich bin, und ist überzeugt, dass ich nicht zu jenen gehöre, die ihren Gott im Weltleben vergessen und ihr Herz nur an irdische Dinge hängen.

Lieber Leser, hoffentlich hast du die kleine Adèle noch nicht ganz vergessen? Ich wenigstens gedachte ihrer. Schon bald erbat ich von Mr. Rochester die Erlaubnis, sie in der Schule besuchen zu dürfen, in welche er sie gebracht hatte. Ihre unbändige Freude bei meinem Anblick rührte mich aufs Tiefste. Sie war blass und mager und klagte mir, dass sie nicht glücklich sei. Ich fand, dass die Regeln der Pension zu streng gehandhabt wurden und dass der Lehrplan für ein Kind ihres Alters zu anstrengend wäre. Deshalb nahm ich sie mit mir nach Hause. Ich hatte die Absicht, wieder ihre Lehrerin zu werden; bald aber entdeckte ich, dass dieser Plan unausführbar war: Ein anderer nahm jetzt meine Zeit und meine Fürsorge in Anspruch – mein Gatte brauchte beides. So suchte und fand ich denn eine Schule, welche nach einem nachsichtigeren System geführt wurde und uns nahe genug gelegen war, um Adèle öfter besuchen und dann und wann nach Hause nehmen zu können. Ich trug Sorge, dass ihr nichts fehlte, was zu ihrem Wohlbefinden notwendig war, und so fühlte sie sich an ihrem neuen Aufenthaltsort bald heimisch, wurde dort sehr glücklich und machte in ihren Studien ausgezeichnete Fortschritte. Als sie heranwuchs, korrigierte eine gesunde englische Erziehung in großem Maße die Mängel ihrer französischen Herkunft; und nachdem sie die Schule verlassen hatte, fand ich in ihr eine stets liebenswürdige und opfermutige Gefährtin. Sie ist sanft, gutmütig und hat strenge Grundsätze. Durch die dankbare Aufmerksamkeit, welche sie mir und den Meinen erweist, hat sie längst jede Güte vergolten, welche ihr zu erweisen einst in meiner Macht lag.

Meine Geschichte nähert sich ihrem Ende. Nur noch ein Wort über die Erfahrungen, welche ich in meiner Ehe machte, und einen kurzen Blick auf die Schicksale derer, welche am häufigsten in diesen Blättern vorkamen, dann bin ich zu Ende.

Jetzt bin ich seit zehn Jahren verheiratet. Ich weiß, was es heißt, ganz *für das* und *mit dem* zu leben, was man auf dieser Welt am liebsten hat. Ich halte mich für außerordentlich glücklich – glücklicher als Worte es beschreiben können, weil ich meinem Gatten ebenso teuer bin, ebenso unentbehrlich, wie er es mir ist. Keine Frau stand ihrem Gatten jemals näher als ich dem meinen: Ich bin Blut von seinem Blute, Fleisch von seinem Fleisch. Edwards Gesellschaft ermüdet mich niemals; er ist keine Stunde ohne mich; der Pulsschlag seines Herzens ist der meine, mein Pulsschlag ist der seine. Beieinandersein bedeutet für uns, so froh zu sein wie in großer Gesellschaft und so frei zu sein wie in absoluter Einsamkeit. Ich glaube, wir sprechen den ganzen Tag miteinander, denn zu reden ist nur eine hörbare und lebhaftere Art des Denkens. Er besitzt mein ganzes Vertrauen und er hat mir vollständig das seine geschenkt. Da unsere Charaktere in jeder Beziehung zueinander passen, ist das Resultat eine vollkommene Übereinstimmung.

Während der ersten zwei Jahre nach unserer Heirat blieb Mr. Rochester blind, und vielleicht war es gerade dieser Umstand, der uns so fest aneinanderkettete und uns so unauflöslich verband. Damals war ich sein Augenlicht, wie ich noch heute seine rechte Hand bin. Ich war, wie er mich so oft nannte, buchstäblich sein Augapfel. Er sah die Welt und alle Bücher durch mich, und ich wurde es niemals müde, mich ihm zuliebe umzuschauen und die Eindrücke in Worte zu kleiden, welche die Landschaft vor uns, welche Felder, Bäume, Stadt, Strom, Wolken und Sonnenstrahlen, Wind und Wetter auf mich machten, und durch Laute seinem Ohr das verständlich zu machen, was sein Auge nicht mehr in sich aufnehmen konnte. Niemals wurde ich es müde, ihm vorzulesen, niemals wurde ich es müde, ihn hinzuführen, wohin er geleitet sein wollte, für ihn zu tun, was er getan haben wollte.

Und diese Dienstleistungen machten mir eine zwar traurige, aber doch außerordentliche Freude, weil er sie ohne quälende Scham, ohne bedrückende Demütigung von mir verlangte. Er liebte mich so wahrhaft, dass er niemals zauderte, meine Hilfeleistungen in Anspruch zu nehmen; er fühlte, dass ich ihn so zärtlich liebte, ihm so blind und innig ergeben war, dass es mein größtes Glück war, ihm diese Pflege angedeihen zu lassen.

Am Ende jener zwei Jahre, als ich eines Morgens bei ihm saß und einen Brief nach seinem Diktat schrieb, kam er zu mir und beugte sich über mich. Nach einigen Augenblicken sagte er:

»Jane, trägst du einen blitzenden Schmuck um den Hals?«

Ich trug eine goldene Uhrkette und antworte: »Ja.«

»Und hast du ein mattblaues Kleid an?«

Auch dies war der Fall. Nun teilte er mir mit, dass es ihm schon seit einiger Zeit schien, als ob die Dunkelheit, welche das eine Auge bedeckte, weniger dicht und undurchdringlich sei – jetzt aber wäre er dessen gewiss.

Wir reisten zusammen nach London. Er fragte einen hervorragenden Augenarzt um Rat, und in der Tat erlangte er die Sehkraft des einen Auges wieder. Er vermag zwar noch nicht ganz deutlich zu sehen und er darf weder viel lesen noch schreiben, aber er findet den Weg, ohne an der Hand geführt zu werden. Der Himmel ist keine farblose Fläche mehr für ihn und die Erde kein leerer Raum.

Als man ihm seinen Erstgeborenen in die Arme legte, konnte er sehen, dass der Knabe seine Augen geerbt hatte, wie sie einst gewesen waren: groß, glänzend und schwarz. Und bei dieser Gelegenheit erkannte er noch einmal an, dass der allmächtige Gott inmitten der Strafe Gnade habe walten lassen.

Edward Rochester und ich sind also glücklich, und das umso mehr, weil alle jene, welche wir lieben, ebenfalls glücklich sind. Diana und Mary Rivers sind beide verheiratet; abwechselnd kommt eine von beiden jedes Jahr, um uns zu besuchen, und ebenso reisen wir zu ihnen. Dianas Gatte ist ein Kapitän der Marine, ein tapferer Offizier und ein guter Mann. Marys Gemahl ist ein Geistlicher, ein Studienfreund ihres Bruders. Seine Grundsätze und seine Vorzüge machen ihn seiner vortrefflichen Gattin durchaus würdig. Kapitän Fitzjames und Mr. Wharton lieben ihre Frauen und werden von ihnen geliebt.

Was St. John Rivers anbetrifft, so verließ er England und ging nach Indien. Er betrat den Weg, welchen er selbst sich vorgezeichnet hatte, und noch heute wandelt er auf demselben. Niemals hat ein unermüdlicherer, entschlossenerer Pionier zwischen Felsen und Gefahren gewirkt. Fest, treu und ergeben, voll Energie, Eifer und Wahrheit – so arbeitet er für das Menschengeschlecht; mit Mühe und Anstrengung macht er ihm den schweren Weg zum Heil frei; wie ein Riese schmettert er die Hindernisse, welche Glaubensbekenntnis und Kaste ihm entgegenstellen, zu Boden. Er mag hart und streng sein; er mag scharf sein, vielleicht auch ehrgeizig – aber seine Härte und Strenge ist die des Kriegers Greatheart, der seine Pilgerschar gegen die Angriffe des Apollyon[31] verteidigt. Wenn er fordert, so fordert er wie der Apostel, der nur für Christus spricht, wenn er sagt: »Wer mir gleichen will, der verleugne sich selbst, nehme sein Kreuz auf sich und folge mir nach.« Sein Ehrgeiz ist der eines großen Geistes, welcher den ersten Platz in den Reihen derjenigen einnehmen will, welche von den Sünden dieser Welt erlöst werden – welche ohne Fehl vor Gottes Thron stehen, welche den letzten großen Sieg des Lammes teilen, welche berufen, auserwählt und treu sind.

St. John ist unverheiratet und er wird sich jetzt auch nicht mehr verheiraten. Seine eigene Kraft hat bis heute für die Arbeit ausgereicht, und die Arbeit nähert sich ihrem Ende. Seine strahlende Sonne ist dem Untergange nahe. Der letzte Brief, welchen ich von ihm erhielt, entlockte meinen Augen menschliche Tränen, und doch erfüllte er mein Herz mit himmlischer Freude: Er sah seinem sicheren Lohn entgegen, seiner Krone, die ihm niemand rauben kann.

Ich weiß, dass eine fremde Hand mir das nächste Mal schreiben wird, um mir mitzuteilen, dass der gute und treue Diener endlich zu den himmlischen Freuden seines Herrn einberufen ist. Und weshalb sollte ich da weinen? Keine Furcht vor dem Tode wird St. John in seiner letzten Stunde quälen; sein Geist wird frei sein, sein Herz wird unerschrocken, seine Hoffnung sicher, sein Glaube unerschütterlich sein. Seine eigenen Worte bürgen mir dafür:

»Mein Herr und Gott«, schreibt er, »hat mir eine Botschaft geschickt. Täglich verkündet er es mir deutlicher: ›Ich komme bald!‹ Und stündlich antworte ich Ihm sehnsuchtsvoller: ›So komm, Jesus Christus, in Ewigkeit, Amen.‹«

ENDE

Anmerkungen

[1] *Guy Fawkes* – Haupt der sog. Pulververschwörung in London, 1570 geboren, 1605 hingerichtet.
[2] *Resurgam* – Ich werde auferstehen.
[3] Kommen Sie bald zurück, meine gute Freundin, mein teures Fräulein Jeannette.
[4] Und das soll bedeuten, dass ein Geschenk für mich darin sein wird, und vielleicht auch für Sie, Fräulein. Der Herr hat von Ihnen gesprochen: Er hat mich nach dem Namen meiner Gouvernante gefragt, und ob diese nicht eine kleine Person sei, ziemlich dünn und ein wenig bleich. Ich habe Ja gesagt, denn es stimmt doch, Fräulein, nicht wahr?
[5] *Heidelberger Schloss am Rhein* – geografischer Fehler im Original
[6] Nicht wahr, Sir, in Ihrem kleinen Koffer liegt ein Geschenk für Fräulein Eyre?
[7] Meine Schachtel!
[8] Verhalte dich ruhig, Kind; verstehst du?
[9] Oh Himmel, wie schön das ist!
[10] und ich bleibe dabei
[11] Ich muss es anprobieren, und das sogleich!
[12] Sitzt mein Kleid gut? Und meine Schuhe? Und meine Strümpfe? Hört, ich glaube, ich werde tanzen.
[13] Mein Herr, ich danke Ihnen tausendmal für Ihre Güte. – So machte Mama, nicht wahr, mein Herr?
[14] Was ist Ihnen, Fräulein? Ihre Finger zittern wie ein welkes Blatt und Ihre Wangen sind rot, aber rot wie Kirschen.
[15] *Fideikommiss* – unveräußerliches und unteilbares Familienvermögen
[16] Sie wechseln die Kleidung.
[17] Wenn Mama Besuch hatte, folgte ich ihr überall hin, in den Salon, in ihre Zimmer. Oft sah ich zu, wie die Zofen die Damen frisierten und ankleideten – es war so amüsant. So lernt man.
[18] Aber ja, Fräulein, seit fünf oder sechs Stunden haben wir nichts gegessen.

[19] Kann ich nicht eine einzige dieser schönen Blumen nehmen, Fräulein? Nur, um meine Toilette zu vervollständigen.
[20] *David Rizzio* – italienischer Musiker und Günstling von Maria Stewart. Er wurde von deren zweitem Ehemann ermordet.
[21] *Lord Bothwell* – dritter Ehemann von Maria Stewart. War wahrscheinlich in den Tod seines Vorgängers verwickelt.
[22] Hüten Sie sich wohl!
[23] *Bridewell* – Gefängnis in London. Die Scharade war aus den Worten *bride* (Braut) und *well* (Brunnen) zusammengesetzt.
[24] Da kommt Herr Rochester zurück!
[25] bereit, ihre kleine englische Mama aufzuessen
[26] Oh, wie wenig behaglich sie sich dort fühlen wird!
[27] einen wahren Lügner
[28] ... es übrigens gar keine Feen gibt, und selbst wenn es welche gäbe ...
[29] Da trat hervor Einer, anzusehen wie die Sternennacht, der hatte in seiner Hand einen eisernen Siegelring, den hielt er zwischen Aufgang und Niedergang und sprach: Ewig, heilig, gerecht, unverfälschbar! Es ist nur eine Wahrheit, es ist nur eine Tugend! *Schiller: Die Räuber. 5. Akt., 1. Szene*
[30] ebenda
[31] *Greatheart und Apollyon* – Gestalten aus dem allegorischen Werk *The Pilgrim's Progress* von John Bunyam (1628–1688).

Zur Übersetzung

Unter den zahlreichen deutschen Übersetzungen nimmt die von Borch'sche eine herausragende Stellung ein, da sie im Hinblick auf die Epoche des Originals noch als zeitgenössische Übersetzung zu gelten vermag und somit dem Charakter des Urtextes sehr nahekommt. Aus diesem Grunde wurde in der vorliegenden Neubearbeitung darauf Wert gelegt, den Stil der Ausgangsübersetzung grundsätzlich beizubehalten, wobei dem heutigen Leser nicht mehr verständliche Wendungen und Begriffe ersetzt und komplizierte Strukturen behutsam aufgelöst wurden. Neben der Tilgung von Eigentümlichkeiten und Hinzufügungen der Übersetzerin wurden in der Neubearbeitung u. a. die Tempora der springenden Erzählzeiten des Originals sowie eingedeutschte Namen, Maße und Währungen wiederhergestellt, fehlende Stellen nachübersetzt und die Anredeformen der wörtlichen Rede systematisiert. Absätze und Kapitelzählung wurden anhand des Originals neu eingerichtet. Übersetzungs- und Druckfehler wurden getilgt; Rechtschreibung, Grammatik und Interpunktion wurden den aktuell gültigen Regeln angepasst.

Martin Engelmann